SOBRE TODAS AS BANDAS DE ROCK QUE EU NÃO CONHECIA ANTES DE CONHECER VOCÊ

ao vivo
CONCERTO
MUSICAL
Classico
20
OUT
15.
ABERTURA:
EDITORA
EUPHORIA

Sobre Todas as
Bandas de Rock
Que Eu
Não Conhecia
Antes
de
Conhecer
Você
D. Mayumi

Capa e Ilustrações
Ana Araújo

Diagramação
Rafael Sales

Revisão
Nathalia Brandão

Coordenação de Projeto Editorial
Nathalia Brandão

Dados Internacionais de Catalogação na Publicação (CIP)
(Câmara Brasileira do Livro, SP, Brasil)

Mayumi, D.
Sobre todas as bandas de rock que eu não conhecia antes de conhecer você / D. Mayumi ; ilustração Ana Araújo. -- 2. ed. -- Rio de Janeiro : Editora Euphoria, 2025.

ISBN 978-65-84923-34-8

1. LGBTQIAP+ - Siglas 2. Romance brasileiro I. Araújo, Ana. II. Título.

25-251585 CDD-B869.3

Índices para catálogo sistemático:

1. Romances : Literatura brasileira B869.3

Aline Graziele Benitez - Bibliotecária - CRB-1/3129

Editora Euphoria

CNPJ: 39.317.627/0001-06
Rio de Janeiro - RJ
Contato: editoraeuphoria@gmail.com
Site: www.editoraeuphoria.com.br

ao vivo
CONCERTO
MUSICAL
Classico
PRIMEIRA ORQUESTRA NACIONAL
20
OUT

PRÓLOGO

Pode-se dizer que não havia uma única alma, viva ou penada, naquela faculdade, que não sentisse pelo menos um pingo de atração por Daniel Stein. Se ele fosse uma estrela do rock 'n' roll, certamente sairia na capa da revista *Rolling Stones* como o vocalista mais sexy e bonito do ano — e com a voz mais sexy também — muitas vezes seguidas.

Decerto, isso seria um fato incontestável se excluíssem algumas espécies de humanos daquele lugar: os homens heterossexuais convictos de si mesmos, as lésbicas... e Naoki Matsui.

Não que Naoki fosse um clichê encarnado dos filmes e livros de romances, nos quais o personagem bonitão não conseguia conquistar apenas uma pessoa. Estava longe de ser aquilo, porque a verdade era que Naoki era apenas um coitado que nem conhecia o tal Daniel Stein.

A família Matsui pressionava o jovem, filho único, a realizar inúmeras atividades em um mesmo dia, desde a faculdade de Música até aulas de direção, de piano, de violino e de natação, além de o fazerem estudar inglês, japonês e alemão — idiomas das três maiores potências mundiais durante a década de 1990 —, convencidos de que era importante para o seu futuro.

Naoki era tão ocupado que lhe faltava tempo para respirar e pensar em si mesmo. Ele não sabia muito bem o que ocorria na faculdade fora as aulas, não sabia o que passava na televisão além das notícias e não lia revistas de entretenimento, apenas livros clássicos. Apesar disso, é claro que Naoki já tinha ouvido falar em Daniel — afinal, quem é que não tinha? —, mas nunca o havia visto. O *campus* era tão grande e seu tempo, tão escasso que, simplesmente, não havia brecha para a curiosidade vencê-lo e fazê-lo procurar pelo famoso Daniel junto com os seus colegas.

Em segredo, porém, Naoki mantinha sua "vida real" bem viva dentro do seu quarto trancado, como o seu gosto pela novíssima Britney Spears, cujas músicas ouvia em seus novíssimos fones de ouvido, e o desejo que sentia por homens, especialmente Leo DiCaprio e alguns outros famosos que via nas revistas que sua melhor amiga, Akane, emprestava-lhe. Também arranjava tempo para assistir a seriados e à nova novela das oito — cujo protagonista era interpretado pelo ator mais bonito que Naoki já havia visto na televisão brasileira — enquanto seus pais pensavam que ele estava estudando partituras. E, sem dúvida nenhuma, ele comprava escondido livros com enredos que não eram nem um pouco "clássicos" ou comportados.

Quando Naoki parava para pensar em sua vida, achava-a extremamente chata e entediante. Queria se libertar daquilo tudo, sair de casa e fazer o que bem entendesse, do jeito que quisesse, mas para alguém que cresceu tendo tudo o que quis, era muito difícil simplesmente sair de casa com as mãos abanando, sem dinheiro algum. Naoki era um covarde, admitia para si mesmo todos os dias. Não tinha coragem suficiente para sair de casa e viver a própria vida, mesmo indo dormir todas as noites com os dedos cruzados, pedindo para viajar no tempo e acordar quando sua vida já estivesse feita e não morasse mais com os pais.

Em contraposição aos dias regrados, completamente atarefados e monótonos da rotina de Naoki, a vida de Daniel era um imenso caos fervente, afogada no famoso lema "sexo, drogas e rock 'n' roll". Era coberta, porém, por uma camada de sensatez, que o fazia ir à faculdade, estudar e trabalhar. Todavia, aquilo tudo era parte da vida que ele desejava esquecer e, almejando uma forma de escapar de todos os seus pensamentos, Daniel afundava-se nas drogas sempre que ia aos bares para beber com os amigos e ouvir suas bandas de rock preferidas. Se existia uma coisa que Daniel gostava mais do que sentir sua mente livre pelas drogas era sentir o prazer esvaziá-lo plenamente sempre que necessitava. Ele não se importava com gêneros: desde que houvesse uma boca para beijar e um corpo para se derreter em lascívia, Daniel estava feliz. Gostava de tocar pessoas, sabia bem que era um ímã para aqueles ao seu redor e, acima de tudo, sabia como tirar proveito daquilo.

Não havia quem não soubesse da sua fama e quem não o quisesse apesar dela. Uma noite com Daniel, segundo diziam, seria a melhor noite da sua vida, embora estivesse implícito — e, paradoxalmente, explícito — um "você sabe que não vou te ligar amanhã e que não vou decorar seu nome" no final. Porque a verdade era que Daniel preferia estar sozinho. Ou queria acreditar que preferia.

A única coincidência ali era o fato de que mesmo parecendo tão diferentes, Naoki e Daniel eram bem parecidos: solitários, viviam vidas que não desejavam, mas com as quais já tinham se conformado e tapavam buracos de vazios existenciais, cada um à sua forma, porém com o mesmo intuito.

Foi no começo de 2000 que os dois se conheceram, naquele ano que todos acreditavam que não existiria, já que a virada para o novo século, como diziam na época, seria o final dos tempos. E talvez fosse mesmo, porque Daniel e Naoki estavam prestes a se corroerem com mentiras e toxicidade, sentimentos loucos e desesperados e música, é claro, numa mistura ensurdecedora e genial entre a música erudita e o rock, tão complementares e explosivos quanto Daniel e Naoki no tempo em que estiveram juntos.

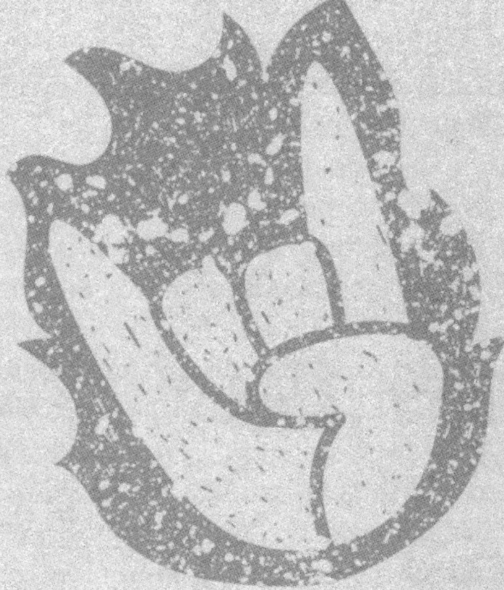

Os raios de sol trespassavam as beiradas das nuvens que enfeitavam o céu tingido de azul-claro. O vento soprava de leve, fazendo as folhas verdes dançarem nas árvores. Era um dia ameno de maio, mas o frio já começava a dar os primeiros indícios de sua chegada. O *campus* da Universidade de São Paulo estava quase vazio àquela hora, uma vez que os alunos já deveriam estar em suas salas. Despreocupado, Daniel caminhava à procura do prédio do Departamento de Música, que não era o seu.

No caminho até lá, havia passado por algumas garotas bonitas e trocado olhares com a que mais chamou a sua atenção, devido ao longo cabelo preto. Ela era linda, de fato, mas o rapaz não se daria ao trabalho de pará-la para pedir seu número — não havia motivo, pois ele nem sequer gostava de levar pessoas a encontros.

Sendo assim, continuou o trajeto e passou pelas enormes portas do edifício da Escola de Comunicação e Artes. Tudo sobre aquele prédio o agradou, fazendo-o perceber como era mais estruturado do que aqueles da Faculdade de Filosofia, Letras e Ciências Humanas, onde cursava Filosofia.

Estava indo àquele lugar pela primeira vez. Nunca havia entrado ali e não sabia como as coisas realmente funcionavam, mas tinha expectativa de encontrar uma sala onde pudesse achar instrumentos e, quem sabe, tocar violão ou piano enquanto esperava pelo horário de suas aulas. Caminhou, pelos corredores, a passos leves, até entender que estava no prédio errado. Frustrado, Daniel teve de sair e procurar o lugar certo pelo lado de fora.

Ao finalmente encontrar o Departamento de Música, começou a olhar pelo pequeno vidro de cada porta, tentando descobrir o que havia nas salas e se estavam vazias, até finalmente encontrar uma. Virou a maçaneta, cruzando os dedos para que não estivesse trancada e deu um sorriso quando a porta abriu. No entanto, ao adentrar, em um canto que não pôde ver antes pelo vidro, encontrou um jovem segurando um violino.

Ele estava de pé e parecia concentrado enquanto remexia algumas partituras e tentava puxá-las de sua pasta sem ter de colocar o instrumento de lado. Era alto e tinha costas de um provável nadador, seu cabelo escuro estava impecavelmente cortado e penteado, o visual impecável complementado pela calça social preta e a camisa branca que vestia. A não ser que tivesse saído de um compromisso importante ou fosse um estudante de Direito, aquele cara era um mauricinho e tanto, julgou Daniel. Virado de costas, o jovem sequer percebeu quando Daniel entrou, muito menos se deu conta de que ele ainda estava parado ali, observando-o.

O rapaz puxou uma das folhas de sua pasta e esta se ergueu, acompanhando o movimento desastrado, e as outras coisas que estavam sobre a mesa foram parar no chão com um barulho desagradável.

Daniel se aproximou, abaixando-se para ajudá-lo a juntar as partituras, a garrafa de água e os livros. O desconhecido se assustou, enfim percebendo sua presença, olhando-o com certo espanto antes de franzir a testa e agradecer.

— Você está perdido? — puxou os papéis de suas mãos e colocou-se de pé.

Daniel balançou a cabeça negativamente.

— Estava procurando uma sala vazia e achei que esta estivesse...

— Não está... Eu estou aqui — o outro ergueu os ombros e Daniel assentiu, rindo com o canto dos lábios.

— É, estou vendo que está aqui.

Em silêncio, o jovem colocou as coisas sobre a mesa e virou-se para Daniel mais uma vez, esperando, provavelmente, que fosse embora. Daniel acabou deixando os olhos caírem para os sapatos lustrosos à sua frente — e, claro, aproveitando a paisagem disponível até eles. Era uma bela vista, mesmo que prejudicada pela calça social.

— Quis dizer que reservei a sala — o rapaz ergueu o arco do violino com a expressão um tanto quanto desdenhosa e irritadiça, como se achasse Daniel burro. — Eu estou treinando aqui, então... você vai ter que arranjar outro lugar.

Daniel colocou as mãos nos bolsos da jaqueta de couro, assentiu outra vez e saiu sem dizer nada.

— Não acredito que ele me mandou sair assim... — murmurou, fechando a porta.

Antes de se afastar, começou a ouvir o som do violino.

As notas lentas fizeram-no se ater à porta, sem vontade de arredar os pés. Não sabia o nome nem o compositor da música, mas ficou ali durante um bom tempo, até o jovem errar uma nota e soltar uma pequena exclamação frustrada.

Ao ouvir aquilo, Daniel voltou a si e se afastou.

Aquela melodia permaneceu em sua cabeça durante alguns dias, assim como a expressão nojentinha — como gostou de caracterizar — do violinista.

— Este aqui é bonito? — Akane colocou um vestido em frente ao corpo, segurando o cabide antes de se virar para Naoki. — O que acha?

Ele se virou para encará-la.

Toda vez que olhava para Akane, Naoki praticamente conseguia ver o pôster do filme *As Patricinhas de Beverly Hills*. Sua melhor amiga era a encarnação viva da protagonista do filme e ele chegava a se perguntar se a roteirista a tinha conhecido e se inspirado nela para criar a personagem. Assim como Cher, todos rotulavam Akane como mimada, alienada e fútil na adolescência. Não que fosse mentira... Ele ainda se lembrava bem de quando ela tinha quinze anos e um temperamento irritadiço e mimado.

Naoki não podia criticá-la demais, no entanto. Tinha agido da mesma forma que a amiga na adolescência, e talvez ainda se comportasse assim de vez em quando, mesmo já tendo se tornado adulto.

Na verdade, tampouco a "fase" de Akane tinha passado. Talvez os dois não tivessem mudado nada, mesmo depois de oito anos. Agora, com vinte e três, os dois ainda pareciam estagnados no que o irmão de Akane chamava de "chatice de gente rica e mimada". *Como se Akira fosse muito diferente,* era o que Naoki sempre pensava ao ouvir aquilo. Às vezes, Naoki tinha vontade de esfregar em sua cara que ser apenas um ano e meio mais velho não significava ser mais maduro, muito menos humilde. Aliás, humilde era o antônimo de mimado?

— Ei, Naoki — Akane ergueu as sobrancelhas, arrancando-o dos típicos e longos devaneios. — Está me ouvindo?

— Você está linda, Akane — o rapaz sorriu e depois suspirou. — E você já viu praticamente todas as roupas desta loja... Quando vamos tomar sorvete? Você tinha dito que íamos.

— E iremos! — ela confirmou, com a voz meio esganiçada pela animação. — Espera só um pouco, por favorzinho... Por que você não vai lá ver a seção masculina com meu irmão?

Naoki revirou os olhos, enfim percebendo que conhecia a música que estava tocando — *Amor I Love You*, a mais famosa da Marisa Monte em seu álbum lançado naquele mesmo ano. Ele fez um bico para a amiga, ao passo que ela respondeu piscando os olhinhos, pedinte, fazendo-o soltar outro suspiro.

— Tá bom!

Depois de andar pela seção masculina e não encontrar Akira, Naoki encostou-se em uma arara cheia de roupas e ficou ali parado, com a mão apoiando o queixo enquanto o tédio o consumia quase que por completo. Se ele ficasse mais um minuto ali, mofaria.

Não era lá tão fã de moda, porque sempre usava as roupas que seus pais sugeriam, muito menos de fazer compras, mas por Akane aguentava bastante coisa... Ela era sua única amiga, afinal.

Conheceu-a quando tinham doze anos e se esbarraram em uma festa da Associação Cultural Japonesa do bairro em que moravam. Ele derrubou suco de uva em seu vestido branco e, pelo olhar que Akane lhe deu, pensou que seria estrangulado. Contudo, ela respirou fundo, visivelmente contando até dez, e sorriu. Ficaram amigos quase que na mesma hora, talvez por ambos estarem sozinhos na festa e porque ele fora obrigado pela mãe a levar outro vestido para a garota alguns dias mais tarde. À medida que a amizade se consolidava, Akane passou a lhe sugerir a técnica de contar até dez, sempre com a justificativa de que Naoki era "doido e impulsivo". Em pouco tempo, ele se deu conta de que não havia ninguém que o entendesse mais do que ela. Akane havia se tornado sua confidente, sua conselheira oficial, sua melhor amiga.

Na primeira vez que dormiu na casa da garota, Naoki conheceu seu irmão, Akira, que gostava de repetir irritantemente que era o mais velho. Ele tinha um sorrisinho malicioso que o deixava sem jeito, e, mais tarde, na adolescência, quando Naoki começou a desconfiar de que podia gostar de meninos, Akira viria a ser seu primeiro-várias-coisas.

Quando sentiu uma mão apertar sua bunda, Naoki deu um pulo e se virou, estressado, pronto para dizer um monte de desaforos ao engraçadinho, mas se deparou com o rosto do amigo.

— Achei você — Akira estava com seu sorrisinho característico.

— Não faz isso em público, idiota... — Naoki sussurrou, irritado, e o empurrou.

— Tá bom, farei só no meu quarto então — o outro sussurrou de volta em seu ouvido e mordiscou sua orelha. Naoki franziu a testa enquanto um arrepio o percorria, e logo bufou e o afastou com cuidado, olhando ao redor.

Akira e Naoki não tinham uma relação romântica — na realidade, estava bem longe daquilo: era só sexo casual e sem exclusividade, porque Akira gostava de sair com outros.

Desde a adolescência, Akira tinha se tornado o cara que tirava todas as dúvidas de Naoki, mas nunca tiveram uma relação profunda. Apesar de ser a pessoa com quem o rapaz teve certeza de que era gay e também o que o fez passar por uma das maiores vergonhas da sua vida — *aquela vez* que Akane os flagrou porque se esqueceram de trancar a porta do quarto —, nunca haviam se tornado realmente mais do que amigos.

Depois daquele dia vergonhoso, não houve mais segredos entre o trio, e a amizade se estreitou. Akane até mesmo se ofereceu para beijar ou transar com Naoki para sanar suas dúvidas sobre ser bissexual ou homossexual. Os três eram estranhos, mas Naoki gostava daquela amizade doida com os irmãos Hashimoto, porque sentia que podia dizer e fazer absolutamente tudo o que quisesse, coisas que não poderia em qualquer lugar.

— Você acha que sua irmã ainda vai demorar muito? — perguntou a Akira, que deu de ombros.

— Você acha que a Terra gira em torno do Sol?

Naoki estalou a língua, entediado, olhando para o teto enquanto Akira se entretinha em olhar as roupas nas araras.

— Naoki! Akira! — Akane apareceu, eufórica, meio sussurrando, meio gritando, naquele típico jeito de *"Meu Deus, vocês não vão acreditar no que aconteceu!"*. E disse exatamente isso: — Meu Deus, vocês não vão acreditar no que aconteceu!

— Você achou a roupa que queria e está com um mega desconto? — Akira riu.

— Não!

— Você viu o Leonardo DiCaprio? — o outro brincou também.

— Não — Akane lhe mostrou a língua. — Eu vi o Daniel Stein.

— Quem é esse? — Naoki levantou uma sobrancelha, perdido.

— Você não sabe quem é o Daniel? — a garota franziu a testa. — Você realmente precisa andar mais pela universidade e ir às festas.

— Tá bom, mas quem é esse...?

— É só o cara com a maior lista de reprodução não reprodutiva daquele *campus*...

Akira riu com a irmã, mas Naoki não entendeu.

— O quê?

— É um cara gostoso da porra que deve ter transado muito mais do que você nos seus sonhos eróticos — Akane explicou, com uma risada debochada que fez o amigo respirar fundo. — Dizem que ele é tão bom naquilo que não tem como recusar... E ele acabou de me dizer para nos encontrarmos na festa de sexta-feira!

— Akane, ele quer te comer! — Akira riu, e Naoki se engasgou.

— Não fala assim da sua irmã! Comer é uma palavra horrível...

— Qual o problema? Eu estou feliz pela minha irmãzinha! Ter orgasmos faz bem para a saúde, Naoki.

Ele sorriu sugestivamente, e em seguida se virou para a irmã:

— Você vai adorar, Akane, ele é incrível.

— Espera aí, você já ficou com ele? — Naoki franziu a testa, confuso.

— Já, ué.

— E vocês vão ficar com o *mesmo* cara? Não conseguem ser normais, não?

— O que tem de mais em ficarmos com o mesmo cara?

— É bizarro. Seria como namorar o ex da sua irmã. Ou o contrário... Isso só pode dar problema.

— Pois é, mas lembre-se de uma coisa: não é um namoro, é um lance de uma noite. — Akira sorriu. — E você — apontou para a irmã —, lembre-se disso também. Uma noite.

Ela abriu a boca para responder, mas Naoki a cortou:

— Tá, mas ainda acho estranho o jeito que vocês falam um do outro.

Akane riu.

— Mesmo que você tenha nojo de mim, eu adoro você! — ela lhe deu um beijinho na bochecha antes de se afastar. — Vou pagar isto aqui e a gente já vai tomar sorvete.

— Coitadinha... Acho que o coração dela vai ser quebrado — Naoki sussurrou para Akira, que deu um pequeno sorriso triste e apertou sua bochecha.

— Não se preocupe, a Akane não tem tanto coração assim, lembra? — o rapaz riu.

— Não tenho tanta certeza assim...

— Está preocupado com sua melhor amiga?

— É só que esse tal de Daniel parece ser um cara que estraçalha qualquer coração — Naoki revirou os olhos.

Não conseguia entender por que qualquer um dos dois queria dormir com um cara daqueles. Ninguém deveria querer um babaca, não era óbvio? Porque, sim, o tal Daniel certamente era um daqueles babacas que se orgulhavam em ser um "destruidor de corações" que dormia com mais pessoas do que podia contar nos dedos. E só de pensar naquilo, uma série de estereótipos surgiu em sua mente. Naoki conseguia se lembrar de todos os garotos ridículos e metidos a "héteros pegadores" que haviam infernizado a sua vida durante o colegial. Aqueles babacas que se achavam melhores que todo mundo, que o haviam julgado, subjugado e o chamado de "bichinha", que o isolavam e o ridicularizavam na frente dos outros, fazendo-o acreditar que ele era errado, insuficiente, esquisitão e grotesco.

A raiva se apossou de sua mente no mesmo instante conforme ele pensava em como havia desejado, com muita raiva e por um longo tempo, vingar-se de todos eles, mostrando que era exatamente o contrário do que o haviam feito acreditar que era. Agora percebia que a vontade não havia se extinguido por completo.

Suspirou. Não se surpreenderia se um dia conhecesse alguém que havia chorado por causa do tal Daniel. Quem sabe essa pessoa seria até mesmo a própria Akane, que, apesar de beijar vários caras em uma única festa, era meio bobinha e romântica, como se apenas estivesse à procura da pessoa ideal para se apaixonar perdidamente. E se ela se iludisse, achando que o tal Daniel era o cara certo? Ela voltaria para casa chorando, Naoki tinha certeza.

Com a mente fervilhando, não percebeu quando Akira franziu a testa e se inclinou para fitá-lo. Só se deu conta quando o ouviu perguntar:

— Você tá legal?

— Estou — Naoki sacudiu a cabeça.

— Então no que está pensando, para ficar com essa cara feia? — o amigo riu.

— Em gente escrota — foi o que respondeu antes de ir atrás da melhor amiga.

Fazia exatamente uma semana desde que Naoki havia se surpreendido com a própria habilidade de "prever o futuro", enquanto Akane estava chorosa por ter acreditado que Daniel ligaria para ela. A garota dissera, mais de dez vezes, ao irmão e ao amigo que Daniel estava olhando para ela com carinho e que havia até mesmo beijado sua testa depois de transarem. Para completar, Daniel havia pedido, com um sorriso, seu telefone, prometendo que ligaria.

Naoki achava óbvio que pedir o número fazia parte do joguinho de ser um "quebrador de corações" — e sabia também que todos esperavam aquilo de Daniel: o implícito "não vou te ligar amanhã", mesmo que ele tivesse dito "me passa seu número, eu te ligo".

Escroto, Naoki pensou com raiva.

Ele ficou possesso quando ouviu Akane contar sobre aquilo entre os soluços de choro.

"Quem é que beija a testa de alguém se não vai ligar no dia seguinte?!" foi o que se perguntou na hora. No entanto, o que mais o enfureceu foi o fato de o babaca ter pedido o telefone de Akane. O que foi aquilo? Daniel queria fazê-la de idiota? Humilhá-la enquanto ria internamente por ser o único a saber da verdade?

Daniel, sem dúvidas, era um babaca. Era isso o que martelava na cabeça de Naoki sem parar, imerso na imagem que havia criado dele e imaginando-o como um daqueles garotos que o infernizavam no colégio.

Como Akane continuava triste e irritada depois de uma semana e Akira e Naoki odiavam vê-la daquela maneira — mesmo que soubessem que era inevitável que a situação acabasse daquele jeito —, combinaram de levá-la para comer um hambúrguer, a fim de levantar seu astral.

Assim, embora não fosse muito fã de coisas gordurosas, Naoki estava sentado em uma banqueta alta da lanchonete, esperando pelo casal de irmãos. O fim de tarde daquele sábado estava ensolarado e quente, o que exigia uma bebida bem gelada, então ele tomava um suco de laranja com gelo e sem açúcar.

A lanchonete era decorada no estilo anos 1950, com direito a piso preto e branco e até mesmo um daqueles aparelhos grandes de música que Naoki não fazia ideia do nome. Uma música de rock 'n' roll totalmente desconhecida para ele preenchia o ambiente.

Ele lia um livro de Hermann Hesse enquanto os amigos não chegavam, mas a melodia entrava em sua cabeça e fazia seus dedos dançarem. Ele não tinha ideia do que estava escutando, mas era bom e seus dedos moviam-se sobre o estreito balcão à sua frente, como se tocassem a melodia no piano.

— Que música boa... Quem será que canta? — ele deixou o livro de lado e se deu conta de que suas palavras haviam saído em voz alta.

— Queen — um cara parou ao seu lado, curvando-se sobre a bancada. — Me vê uma Coca-Cola? — pediu ao atendente, que lhe entregou uma garrafa de vidro gelada.

Naoki observou a jaqueta de couro do rapaz, aquele *mullet* estranho no cabelo loiro, e seus olhos baixaram, involuntariamente, para a calça apertada e os coturnos de vinil. O desconhecido o olhou de soslaio, pegando-o no flagra, o que o fez virar a cabeça para o lado na mesma hora, torcendo para suas bochechas não terem ficado vermelhas.

— Gosta? — o cara perguntou de repente, e Naoki se odiou por saber que estava corando.

Ele podia sentir o rosto queimar.

— O quê?

— Gosta de Queen? — o outro repetiu, com uma sobrancelha levantada e um sorriso de espertalhão.

Uau, como ele era bonito, Naoki pensou, reparando que seus olhos verdes destacavam todos os detalhes de seu rosto.

— Ah — pegou o livro, sacudindo a cabeça. — Não conheço — foi simplório.

O cara ficou encarando-o com um sorriso e as sobrancelhas arqueadas, como se achasse muita graça na resposta.

— Algum problema em não conhecer esse tal de Queen? — Naoki indagou, abaixando o livro novamente e franzindo a testa.

— Bem, se você quer saber, tem, sim — ele riu.

Naoki revirou os olhos.

— Só pelo jeito de revirar os olhos, já notei que você é todo enjoado — o outro riu de novo, mas Naoki não fez nada daquela vez. Fitou-o dentro dos olhos, tentando estudá-lo.

— Qual é o nome? — questionou, enfim.

— Meu? — o desconhecido soltou uma risada.

— Não, né?! Da música.

— *Killer Queen.*

Naoki assentiu e, sem mais nada para dizer, virou-se para o suco e o livro.

— E o *seu* nome, posso saber? — o cara sorriu, com a garrafa de Coca-Cola balançando na mão.

Alguém entrou na lanchonete e Naoki olhou para a porta, esperando que fossem Akira e Akane, mas era só um grupo de rapazes.

— Não te conheço — ele respondeu.

— Não? Mesmo?

— Não.

— Então tá.

O loiro gargalhou mais uma vez, o que causou uma irritação tremenda em Naoki, que perguntou com desdém:

— Você é o presidente do país para eu ter que te conhecer, por acaso?

O cara então deu uma risada diferente das anteriores, uma mais gostosa e calma.

— Não, não mesmo.

Aqueles rapazes se aproximaram e cumprimentaram o desconhecido com quem Naoki conversava.

— E aí, Daniel! — um deles lhe deu um toque de mão. — Beleza?

— Oi — ele o cumprimentou de volta, e logo os outros se dispersaram, deixando-o ali outra vez em frente a Naoki, que levantou uma sobrancelha ao reconhecer o nome.

Babaca! Queria gritar agora que tinha entendido quem aquele cara era, ou quem podia ser. E antes que pudesse se controlar, estava rindo ironicamente e soltou:

— Ah, espera aí, você é aquele tal de Daniel S...

Quis completar o nome, mas ao perceber o quanto aquilo era ridículo, calou-se. Desejava não ter dito nada, mas já havia se pronunciado, então ficou se achando idiota pela situação toda e quis sair, mas Daniel lhe respondeu:

— Não sei. Existem vários "Daniel" por aí, né — ele deu de ombros. — Por quê? Estava esperando algum deles? Posso ser quem você quiser, sem problema nenhum — riu, malicioso.

Naoki revirou os olhos mais uma vez, porém, ao invés de permanecer calado, resolveu questionar, desdenhoso:

— Você é o tal Daniel Stein, do *campus*...?

— Não sei, podem existir vários por lá também — ele o provocou novamente, olhando-o com mais atenção.

Então o violinista realmente não se lembrava de quando Daniel entrou na sala e o ajudou a pegar suas coisas do chão? Ou será que ele estava finalmente confundindo os rostos, como seu amigo André havia brincado que aconteceria um dia, por ele dormir com tanta gente...?

Quantos anos ele tem? Dez? Naoki pensou, lutando contra a vontade de encará-lo com raiva. As respostas daquele cara eram tão idiotas...

— Quer saber? Esquece, não vale a pena conversar com você — virou-se, completamente irritado, enquanto o outro apenas ria, encostando-se ao balcão.

— Qual é, estava só brincando!

Sem obter resposta, Daniel inspirou e concluiu:

— Então você me conhece, afinal.

— Não. Quer dizer... — o rapaz gesticulou. — Só a fama, não a cara.

— Fama? — Daniel levantou uma sobrancelha.

— É, dos milhares de corações partidos — Naoki fingiu uma carinha de choro, colocando as mãos no peito, como se tivesse sido atingido.

Daniel riu outra vez, irritando-o profundamente. *Qual é, ele era uma piada ou algo do tipo?!*

— Gostei de você — o loiro sorriu.

— Nem começa — Naoki balançou a cabeça com um sorriso irônico.

— "Nem começa" o quê?

— Não se faça de desentendido. Não tente me levar para a sua cama... — Naoki aproximou-se e colocou um dedo no peito de Daniel, empurrando-o para trás ao concluir a frase: — *Porque você não vai conseguir*.

Ainda gargalhando, Daniel segurou seu pulso rapidamente:

— Calma, eu tava só dizendo que você é engraçado. Não quero te levar pra cama.

Naoki levantou uma sobrancelha, com um sorriso debochado.

— Não sei se acredito em você — disse enquanto o sorriso se desfazia. — Solta a minha mão.

— Bom, eu juro — Daniel o soltou e ergueu a própria mão, como se fizesse um juramento, olhando-o com demora de cima a baixo. Podia provocá-lo e dizer que não valia a pena levá-lo para a cama, mas seria mentira. Além disso, era capaz de isso irritá-lo muito mais do que pretendia.

— Tá — Naoki deu de ombros. — Será que é pedir demais para você sair de perto de mim?

— Ai! — foi a vez do loiro fingir ter sido atingido no coração. — Essa doeu. Sou pervertido demais para o seu gosto?

Naoki apenas riu, o que fez o outro se inclinar um pouco e insistir:

— Você não vai mesmo me dizer seu nome?

— Que diferença faz se você não vai decorar? — o rapaz o encarou com um sorriso desafiador.

Daniel sorriu, balançando a garrafa de refrigerante e umedecendo os lábios.

— É, tem razão — deu de ombros, encarando-o de volta.

Naoki respirou fundo, tentando formular uma resposta, mas, na mesma hora, viu Akira e Akane entrarem na lanchonete. Então, pegou o livro, o copo de suco e desceu da banqueta, seu rosto ficando próximo ao de Daniel quando se despediu com um sorrisinho cínico:

— Tchau.

Naoki andou até os amigos e pôde sentir o olhar do outro em suas costas.

— Eu não queria vir — Akane fez um biquinho, arrumando o cabelo atrás da orelha enquanto fitava os próprios sapatos. — Ia assistir à minha novelinha das seis, é o último mês...

— Só vamos comer e conversar um pouco, Akane. Você assiste à novela das seis todo dia, mas nem sempre comemos fora. Se anima, vai — Akira tentou encorajá-la.

— Preferia ver o Caio Blat e o Henri Castelli... — a garota murmurou e, em seguida, ergueu os olhos para cumprimentar Naoki, mas instantaneamente viu Daniel ao fundo. — Ah, meu Deus! — ela sussurrou, chocada.

Akane puxou o amigo para perto, como se quisesse se esconder, fazendo-o quase tropeçar nos próprios pés. Tentando se equilibrar, Naoki segurou a cintura da garota com uma das mãos enquanto a outra parava atrás de seu corpo para não derramar o suco em sua roupa.

— É o Daniel... Vamos sair daqui, por favor! Já posso me sentir ridícula...

— Ah, não, maninha — Akira resmungou, de cara feia. — Ele é só um cara!

— Bom, se você quiser mesmo sair, tudo bem, eu só preciso pagar pelo suco primeiro — disse Naoki.

— A-ah, ele está vindo para cá! — ela o agarrou com mais força.

— Não sabia que você a namorava — Daniel aproximou-se, falando com Naoki. Ele tinha quase certeza de que sabia o nome da garota: era diferente e começava com "A"... Mas não conseguia se lembrar.

— Não namora — Akane respondeu, afastando-se de leve.

Desta vez, Naoki de fato tropeçou nos próprios pés e ergueu mais o suco, tentando não derrubá-lo. Daniel o segurou com as mãos firmes e Akane desculpou-se, sem graça:

— Ai, minha nossa... Foi mal, Naoki.

— Ah, então esse é seu nome?

Daniel sorriu, e Naoki o empurrou. *Que tipo de cara flerta com alguém na frente da garota com quem passou uma noite?* Ele se revoltou. *Que babaca!* Era incrível quantas vezes tinha pensado na palavra "babaca" sendo atrelada a Daniel...

— Não te interessa — ele franziu a testa, vendo que seus amigos estavam confusos com a interação.

— Tá certo... Está na minha hora, divirtam-se.

Daniel acenou e saiu, deixando Naoki abismado.

— Vocês viram isso?! Ele agiu como se nem conhecesse vocês!

— Teoricamente, ele não conhece — Akira riu e guiou os dois para uma das mesas.

— Ainda teve a audácia de perguntar se eu namoro a Akane, sem nem dizer o nome dela! Ele não se lembra do nome? E vocês entenderam o mesmo que eu, né?! Ele dormiu com ela, então por que me perguntou se namoro ela? Ele queria me contar que levei um chifre?! — sua voz se alterou com a indignação.

Akira fez uma cara confusa com o tanto de perguntas feitas e conclusões que o amigo tirava.

— O que aconteceu antes de chegarmos? — Akane perguntou enquanto se sentava. — Ele falou com você?

— É, mais ou menos — Naoki assentiu. — Ele só falou da música que estava tocando.

— Ele deu em cima de você? — Akira soltou uma risada.

— Não... Não sei... — Naoki franziu o cenho, lembrando-se de que Daniel havia dito que não tinha intenção de levá-lo para a cama. Por alguma razão, aquela frase causou-lhe ainda mais raiva.

Akane sorriu de repente.

— Eu tive uma ideia.

— Que ideia? — Naoki olhou para a amiga enquanto tomava o resto de seu suco.

— Ah, não, diz que não é uma das suas ideias doidas... — Akira pareceu cansado.

— Vamos fazer o Daniel se apaixonar por você, aí você esmaga o coração dele, Naoki!

— Você pirou, Akane?! — o jovem ralhou, ouvindo a gargalhada de Akira, que disse:

— Isso até que seria divertido de assistir!

— Estou falando sério... Faça isso pela sua melhor amiga! — ela agarrou as mãos de Naoki. — Por favorzinho!

— Não me venha com esses olhinhos — Naoki largou as mãos de Akane e virou o rosto para o outro lado, evitando os olhos pedintes que sempre conseguiam o que queriam dele, desde que se conheceram. — Eu não vou fazer isso. É loucura.

— Ah, qual é! — ela fez uma careta. — Imagina só? Você vai ser conhecido como o cara que fez o Daniel se apaixonar...

— E que depois quebrou o coração dele — Akira completou, rindo. — Não sei se ser conhecido por isso é tão legal assim, maninha.

— Aquele babaca precisa aprender a parar de brincar com os sentimentos dos outros — Akane cruzou os braços. — Talvez ter o coração partido ensine algo a ele.

Uma garçonete foi atendê-los, obrigando-os a deixarem o assunto de lado por um momento.

— Então, você vai fazer isso? — Akane perguntou quando ela saiu de perto.

— Por que eu? Por que não o Akira?

— Isso é ideia da criança aqui — o rapaz respondeu, apontando para a irmã —, então não me metam nisso. Além do mais, já dormi com ele. Não seria interessante para o Daniel.

Akane olhou para Naoki.

— Ele não te lembra dos babacas que nos zoavam na escola? Então... Seria como se vingar deles.

— Se ele também te lembra daqueles caras, por que você dormiu com ele? — Akira perguntou. — Isso foi no colégio. Supere, irmãzinha. Vê se cresce!

Ela se reclinou no banco acolchoado, respirando fundo.

— Tá, deixa para lá... Foi uma ideia boba. Esquece.

Naoki sabia do que Akane estava falando: afinal, ele não era o único caçoado pelos meninos da escola. Mas no caso da amiga, para piorar, ela também teve sua vida infernizada por um grupo de meninas até que, cansados do *bullying*, os dois amigos resolveram mudar para outro colégio em que pudessem estudar juntos, sem serem atormentados. No entanto, mesmo com a transferência, nenhum deles foi capaz de superar o que aconteceu, tampouco gostavam de relembrar — mas vez ou outra as lembranças ressurgiam e lhes causavam grande tormento, tristeza e raiva.

"Isso foi no colégio. Supere as coisas, vê se cresce". Aquilo também se aplicava a Naoki... E sua única vontade era pegar aquela frase e enfiar garganta abaixo em Akira. Como se eles não tentassem esquecer e superar! E o pior de tudo, para ele, era saber que seus agressores sequer se lembravam do que haviam feito, assim como Daniel não se lembrava — ou não se importava — de ter partido corações.

Com o sangue fervendo e todas as lembranças odiosas doendo, Naoki exclamou:

— Está bem! Eu faço isso! Mas só porque achei esse tal de Daniel um babaca e ele realmente precisa aprender umas lições.

— Você está falando sério? — Akane perguntou, animada, enquanto Akira o olhou com uma expressão de quem acha graça no que vê.

— Boa sorte com o impossível — debochou.

Naoki estreitou os olhos, resolvendo desafiá-lo:

— Por que você não escreve isso em um papel pra eu poder esfregar na sua cara quando o Daniel chorar por minha causa?

Akira rolou os olhos e Naoki sorriu, recostando-se no banco.

Quebraria o coração de Daniel Stein. Daria o gostinho da vingança para Akane — e para si mesmo — e ainda esfregaria a façanha na cara de Akira.

Naoki traçou, em sua cabeça, a primeira fase do jogo para quebrar o coração de Daniel: *ouvir Queen*.

CAPÍTULO 2

Naoki se sentou à escrivaninha que ficava em seu quarto. A porta estava trancada e ele devia estudar alemão, mas estava ouvindo Elvis Presley em seu *discman*.

A intenção era ter comprado algo da banda Queen, mas acabou por pedir ajuda a um atendente bonito, que abriu um enorme sorriso gentil e começou a tagarelar sobre como Naoki deveria conhecer o rock 'n' roll por ordem cronológica, então nada melhor do que começar pelo Rei do Rock: Elvis Presley. Naoki não tinha certeza se já o havia escutado e também não sabia o motivo de o cantor ter aquele título, mas acatou a sugestão do vendedor.

Então, lá estava ele, ouvindo um compilado de *hits* do astro, a começar por *Jailhouse Rock*, passando por *Heartbreak Hotel* e terminando com *Suspicious Minds*. E Naoki tinha que admitir que eram todas ótimas músicas e que a voz do tal Elvis Presley era inconfundível.

O atendente também havia lhe dito coisas bem estranhas sobre o cantor, o que fez Naoki pensar duas vezes antes de comprar o CD, mas acabou por fazê-lo. Agora, ouvindo as músicas e esforçando os pés para não se agitarem no ritmo, sentia-se um pouco culpado por ter comprado, ainda mais por estar gostando.

Seu celular, um Nokia 3310, começou a tocar ao seu lado e ele desligou o *discman* para atender à chamada. Era Akane, que berrou, animada, em seu ouvido:

— Naoki!

— Ai, meu ouvido! — ele resmungou, afastando o celular da orelha. — O que foi?

— Desculpe! — a amiga deu uma risada sem graça e abaixou o tom de voz. — É que fiquei sabendo que amanhã à noite vai ter um show em um barzinho famoso que só toca rock...

— Mas você não gosta de ir a bares... — Naoki comentou, interrompendo-a. Pousou o queixo na mão, olhando para os livros de alemão que deveria estudar.

Podia ouvir a música que vinha do outro lado da ligação, do álbum novo da dupla Sandy & Junior. Akane, claramente, estava aproveitando a vida, dançando em seu quarto e cantando ao som de música bem alta, enquanto Naoki estava acorrentado à escrivaninha ouvindo música escondido em seu *discman*.

Ele acabou sorrindo, lembrando-se de Akane ter comprado o álbum no mesmo dia em que foi lançado, no ano anterior, e como ela fez questão de arrastar o melhor amigo para sua casa, para poderem ouvi-lo juntos. Quando começou a tocar *Vamo Pulá!*, Akane aumentou o volume e o fez saltar pelo quarto como uma criança em um pula-pula. A casa de Naoki era um lugar quieto e tedioso, onde quase tudo era proibido, o que tornou aquele dia com a amiga um dos mais divertidos que tivera até então. Quando pensava naqueles momentos, tinha certeza de que tinha a melhor amiga do mundo.

— Eu sei que não gosto, mas sabe quem gosta? — ela retrucou, do outro lado da linha.

— Eu que não sou — Naoki riu.

— Mas pode começar a fingir que sim... — Akane brincou. — Porque o Daniel vai.

— Como você sabe?

— Isso te interessou? — ela riu.

— Não! — ele franziu a testa e levantou-se da cadeira, indo até a janela.

— Estou falando do plano, Naoki.

— Ah, entendi...

Ele viu o carro do pai chegando e se afastou da janela, ouvindo a amiga tagarelar:

— Você vai, né? Vamos colocar o plano em prática! "Deixar o Daniel de joelhos na frente do Naoki e quebrar o coração dele", parte um, em ação!

— Meu Deus, Akane... Isso é vergonhoso, nunca mais fale disso em voz alta — Naoki revirou os olhos e bufou, pensando nas coisas que ainda não havia feito e no pai, que já estava em casa. — Olha, a gente vê isso amanhã, tá? Eu preciso estudar alemão.

— Está bem! *Mata ne!* — ela exclamou a despedida em japonês, desligando em seguida.

Naoki colocou o telefone sobre a escrivaninha e puxou os livros de alemão, pensando que tinha apenas meia hora para terminar todas as lições do dia, porque tinha desperdiçado seu tempo ouvindo rock e deveria treinar piano quando acabasse o horário separado para as tarefas das aulas de alemão. Suspirando, tentou se concentrar, mas só conseguia pensar nas melodias de Elvis Presley e nas histórias que o atendente da loja de CDs havia lhe contado.

Respirando fundo, Naoki empurrou a cadeira e se levantou. Saiu do quarto, andando pelo piso de madeira em busca da mãe, que devia estar em algum dos enormes quartos do andar. Sem encontrá-la, desceu as escadas e a procurou pelo térreo. Correu a porta de vidro da sala de instrumentos que dava para a piscina e encontrou a mãe sentada à mesinha com guarda-sol, embrulhada em um casaco grosso.

Cada dia mais, Naoki achava que sua mãe estava perdendo o brilho que tinha quando era mais jovem — não porque estava envelhecendo, mas porque parecia cada vez mais entediada e triste naquela casa enorme e solitária.

Ela lia algum livro em silêncio, concentrada, e quando o filho se aproximou, assustou-se.

— Oi, filho — ela sorriu. Ao mexer o rosto, o cabelo curto e liso acompanhou o movimento.

— Oi. Vi meu pai chegando...

— É mesmo? Acho que ele deve ter ido direto para o escritório, não o vi.

Naoki olhou para a piscina.

— Mas e você, meu amor? Dando um tempinho dos estudos?

— É... Estou um pouco distraído — ele respondeu, sentando-se à sua frente.

— É mesmo? No que está pensando? — a mãe colocou o livro sobre a mesa.

— Hum... Não sei bem... Você acha que pessoas famosas que fazem coisas ruins deviam ser boicotadas?

A mulher colocou a mão sob o queixo, respirou fundo e olhou para a piscina. Ficou um longo momento mirando a água, pensativa.

— Não faço ideia — ela respondeu, enfim, com uma risadinha. — Mas acho que se fôssemos boicotar todos que já fizeram algo ruim, não apreciaríamos arte alguma.

— Mas não acha que aí, pelo menos, não apreciaríamos arte de gente que... Sei lá, devia ser presa?

Ela sorriu.

— É, você pode ter razão. É uma coisa delicada, nunca parei para pensar... Mas, nesse caso, quem julgaria qual arte deveria ser boicotada e qual não precisaria ser?

Naoki se reclinou na cadeira.

— Não sei... A Justiça? — ele deu de ombros.

— A mesma Justiça que julga e prende pessoas inocentes ou que não julga certas pessoas por interesses econômicos e políticos?

Ele ficou um momento em silêncio, encarando-a.

— Certo, ser humano é difícil e não entendo nada.

A mãe riu.

— Não se preocupe, meu amor. Quando você chegar à minha idade, ainda não vai ter entendido.

— Vou subir e tentar estudar... — Naoki sorriu e se levantou, deixando-a sozinha outra vez.

Ele adoraria permanecer ali, conversando sobre qualquer coisa com a mãe ou simplesmente lendo sob o guarda-sol, entretanto não queria ter de ouvir seu pai perguntando quantas horas havia praticado seus instrumentos ou se havia estudado suas lições de línguas estrangeiras.

Desde pequeno, Naoki havia aprendido a priorizar os estudos, porque era a única forma de não ver o desapontamento de seu pai, ouvir seus julgamentos duros ou receber sermões. Por isso, ao invés de espairecer um pouco com a mãe, ele sempre se via subindo os degraus em direção ao seu quarto, cuja atmosfera não lhe trazia conforto há anos. A única coisa que aquele ambiente lhe trazia era estudos e mais estudos.

O bar, totalmente diferente de qualquer local que Naoki já frequentara, estava cheio. Muita gente queria comer, beber e conversar com os amigos nas sextas-feiras à noite aproveitando a música ao vivo, e as pessoas ali realmente se vestiam como motoqueiros fãs de rock, parecendo personagens de um filme. O ambiente não era muito iluminado, o que não era de seu agrado, mas Naoki não estava ali porque queria ou gostava do lugar.

Como já havia adiantado seus estudos no dia anterior, pôde sair de casa sem receber nenhum olhar de desaprovação ou impaciência de seu pai e sua mãe sorriu animadamente quando ele se despediu, dizendo-lhe para mandar um beijo à Akane e convidá-la para jantar em casa qualquer dia desses, afirmando que faria *okonomiyaki* — o prato preferido da amiga, que sua mãe sempre preparava quando a chamava para jantar.

Naoki olhava ao redor enquanto andava com Akane ao seu lado, tentando encontrar Akira, já que este havia saído antes de casa.

A garota logo percebeu o olhar e disse:

— Não se preocupe com o meu irmão. Ele está com alguém que conheceu ontem... Não lembro o nome.

— Hum, tá bom — Naoki deu de ombros e continuou a olhar ao redor.

Agora, procurava por outra pessoa, aquela que vinha ganhando cada vez mais seu interesse enquanto fantasiava sua vingança.

— Está com ciúme, é? — provocou Akane, fazendo o outro chacoalhar a cabeça com violência.

— Não. Eu... — respondeu, distraído, prendendo os olhos em alguns caras bonitos enquanto passeava pelo ambiente.

— Ah, já entendi — a voz da amiga mudou para um sussurro. — Está procurando o Daniel?

— Bom, foi por isso que viemos, não foi? — Naoki revirou os olhos, frustrado por ter de admitir algo tão constrangedor, ainda incomodado pelo fato de ter que ir atrás dele.

— Certo — Akane concordou e sentou-se a uma mesa. — Vamos pedir batata frita?

— Gorduroso demais... — ele se sentou também.

Ela fez uma cara de tédio.

— Tá, senhor Saudável, o que você quer comer?

— Não sei — ele deu de ombros.

E então, Naoki o viu.

Daniel estava, mais uma vez, com uma jaqueta de couro, calça jeans e uma camiseta branca. Não demorou nada para que os olhos de Naoki caíssem sobre aquele *mullet* característico, que julgava tão anos 80 ou tão... aquela dupla sertaneja que Naoki não conseguia lembrar o nome.

Definitivamente, não o remetia a rock 'n' roll, mas quem era ele para entender a referência? Até pouco tempo atrás, sequer sabia o que era Queen ou quem era Elvis Presley... Será que, para os roqueiros, aquele estilo carregava uma imagem significativa? Era *só* um corte de cabelo que não tinha absolutamente nada a ver com a sua vida, portanto não tinha razão para pensar tanto naquilo... Mas pensava. Sem perceber, ficou encarando Daniel com a testa franzida.

Quando os olhos de Daniel encontraram os seus, Naoki teve um sobressalto e lutou contra a vontade de virar o rosto. Tudo ficou ensurdecedoramente alto e ele se sentiu zonzo.

O loiro passou ao seu lado e eles continuaram a se encarar, mas então o roqueiro revirou os olhos e virou o rosto, passando reto.

Naoki se irritou com a atitude. Como Daniel ousava revirar os olhos e virar a cara para ele daquele jeito?

— Então, qual é o seu plano para chegar no bonitão? — Akane brincou, folheando o cardápio e rindo baixinho, tentando fingir que não havia visto aquela cena; até porque, se conhecia bem o melhor amigo, sabia que ele falaria mal de Daniel até a próxima sexta-feira caso ela lhe desse corda.

— Plano? — Naoki franziu a testa.

— É, ué... Para chegar nele.

— Ah, sei lá...

Ele passou a mão freneticamente pelo cabelo e puxou o cardápio das mãos da garota, que se inclinou para ajeitar a bagunça. Sorrindo, Naoki se afastou quando ela acabou e perguntou para a amiga:

— Já escolheu o que vai comer?

— Já, aquele cara gatinho ali atrás que tá me encarando — Akane cochichou com um sorriso, e Naoki virou-se para olhar, sem disfarçar nem um pouco.

— Ei, não olhe agora! — ela reclamou.

— Ah, dá pro gasto — o rapaz elogiou e voltou a encará-la.

Naoki viu Daniel se aproximar de uma moça no balcão do bar e, dentro de si, pôde sentir um enorme misto de emoções que o enjoavam: insuficiência, medo... raiva? Não sabia bem e talvez não quisesse classificá-los, para não sentir pena de si mesmo.

— E qual é o *seu* plano, Akane?

— Meu plano?

Ao ver o amigo assentir, ela respondeu, sem jeito:

— Bem... Eu também não tenho um.

— Mas é *você* quem quer quebrar o coração dele!

— Ei, ei, calma aí! Eu disse que podíamos deixar para lá, mas você quis mesmo assim.

— Aceitei porque você implorou.

— Você não tinha que aceitar só porque eu implorei, Naoki. E não se faça de bobo, eu disse para deixar para lá *antes* de você aceitar e não implorei depois, então não jogue a culpa em mim!

Ele soltou um muxoxo, vencido, e Akane ficou em silêncio. Em seguida, Naoki voltou a olhar para Daniel. Não tinha ideia do que poderia fazer, portanto pensou que a melhor coisa a fazer era deixar aquela ideia estúpida de lado.

— Então meu plano é "abortar a missão" — ele suspirou quando viu o loiro falar algo para a moça no balcão e ela gargalhar. — Olha para aquela garota. Ela é linda e gostosa... Não acho que ele vá perder a chance de transar com ela.

Akane olhou para a cena por cima do ombro, mas logo se virou para o amigo outra vez.

— Eu conheço ela — inclinou-se sobre a mesa, cochichando. — Ela pediu para me beijar em uma festa... e logo depois arranjou uma namorada. Devem ser só amigos.

— O quê? Você a beijou e não me contou nada?!

— Foi mal, esqueci...

— Como você esqueceu?! Quando foi isso? Você a beijou?!

— Não... Não gosto de meninas...

Akane ficou visivelmente incomodada, então Naoki mudou de assunto:

— E que tipo de amigos você acha que eles são?

— Como assim? Amigos, ué... Olha lá, ela não parece estar a fim dele...

— Como você sabe? Ela está rindo demais pro meu gosto.

— Olha direito, Naoki. Os olhos dela não estão devorando o Daniel... Nem os dele.

— E se eles tiverem uma amizade colorida? Sabe?

— Como a sua com o meu irmão?

Naoki não respondeu, e Akane pegou o cardápio de volta. Quando estava prestes a perguntar ao amigo o que iam beber, ela o viu se levantar da mesa e o seguiu com os olhos, curiosa e apreensiva. Uma enorme placa de "vergonha alheia" piscava em seu rosto.

Naoki caminhou em direção ao *barman* bonito em quem havia reparado desde que colocou os pés no local. Daniel estava logo ao lado, acompanhado da "amiga" de belo sorriso.

— Oi — o jovem sorriu para o *barman*.

— Boa noite — ele sorriu de volta.

— Você tem algo bem forte para indicar? — Naoki perguntou, olhando Daniel de soslaio e tentando ver se tinha ganhado sua atenção.

— Bem forte? Você não vai passar mal? — o atendente brincou.

Daniel ergueu os olhos, enfim.

— Não — Naoki sorriu. — Aguento bastante.

— Ah... Entendi — o *barman* assentiu com um sorriso sugestivo. — Vou te preparar algo, então.

— Valeu. Vou esperar aqui.

Mais uma moça se aproximou, e pelo modo discreto e comedido com que segurou a cintura da "amiga" de Daniel, somado ao olhar apaixonado, o rapaz concluiu que aquela fosse a namorada de que Akane havia falado. Ou esperou que fosse.

— Naoki, não é? — Daniel se encostou no bar, ao seu lado.

Ele havia se lembrado de seu nome! Aquilo era um bom sinal, não era? Naoki, no entanto, conteve-se para não dizer nada a respeito. Pelo contrário: olhou-o com confusão, como se não lembrasse o nome do roqueiro.

Daniel sorriu, entendendo o joguinho e puxou o assunto:

— Bebidas fortes fazem bem mal às vezes.

— E *quem* vai beber?

— Tá certo, entendi — o outro riu. — E por que você veio aqui?

— Hã? Desculpe, eu tenho restrição de lugares que posso frequentar?

— De jeito algum — Daniel deu um sorriso de canto. — Você pode ir aonde quiser e fazer o que quiser! É só que você não é fã de rock, se lembro bem. E... Bom, além de ser um bar especificamente de rock, hoje tem show.

— Você tem razão, mas é sempre bom experimentar coisas novas, não é? — Naoki retrucou.

— Óbvio! Por falar nisso, você ouviu Queen?

— Não.

Daniel não soube o que responder ou o que fazer. Naoki o pegava desprevenido com sua personalidade detestável, suas respostas e comentários cortantes. Em geral, Daniel era muito bom em conversas e tinha uma boa lábia, mas havia algo tão irritante no garoto ao seu lado que ele sentia vontade de desistir. Quer dizer, será que valia tanto esforço assim? Olhou-o de cima a baixo.

Talvez, ele refletiu.

O *barman* entregou uma taça para Naoki, e ele agradeceu.

— Divirta-se assistindo ao *show* — o rapaz acenou com a cabeça e voltou para a mesa em que Akane estava sozinha, olhando para o cara da outra mesa, provavelmente envergonhada demais para assistir ao melhor amigo interagindo com o roqueiro.

A intenção de Naoki era fazer Daniel acompanhá-lo com o olhar, acreditando que aquele gesto indicaria que suas chances de conquistar seu alvo eram relativamente altas.

E lá estava Daniel, cruzando os braços e vendo-o se afastar, de fato. Porém, em sua mente havia uma enxurrada de xingamentos em relação ao outro: Naoki era arrogante, chato e parecia um filhinho de papai de primeira... Apesar de tudo aquilo, Daniel simplesmente ficou doido para levá-lo para a cama, querendo ver o mimadinho doido por ele, louco a ponto de acabar com sua arrogância e admitir que estava apaixonado. Ele se perguntou o que significava para alguém com a personalidade de Naoki admitir que estava apaixonado. Seria como se deixar ser pisado como um tapete? Se sim, era isso o que Daniel ia fazer com o outro, porque parecia divertido. Achava que já estava com meio caminho andado, porque a interação anterior o fez acreditar que Naoki queria chamar sua atenção. O que mais Daniel tinha de fazer para tê-lo em sua mão?

Ele observou quando Naoki se sentou ao lado de Akane. *Do que pessoas arrogantes gostam?* O roqueiro refletiu. *De atenção e elogios à beça, é claro!* Daniel se desencostou do bar e caminhou em direção à mesa dos dois.

— Naoki, por que você não ouviu Queen? — ele questionou, puxando uma cadeira e passando as pernas ao redor do encosto. Descansou os braços sobre o metal, cruzando-os, e olhou diretamente para o jovem à sua frente. — Você tinha dito que aquela música era legal. Tinha até me perguntado o nome... Achei que teríamos assunto para conversar.

Naoki ergueu os olhos.

Akane ficou confusa e desconfortável. Ela encarou o amigo e, depois de pegar sua pequena bolsa, levantou-se e sumiu no meio das pessoas.

— Seu grosso! Você não sabe dizer "olá"? — Naoki foi ríspido.

— Nossa, desculpe! Fiquei tão distraído te olhando que nem percebi que tinha outra pessoa na mesa.

Daniel se aproximou, mas Naoki recuou, virando o rosto para o lado.

— Esse papinho não vai funcionar. Cantada barata não me compra.

— E o que te compra? Algo bem caro? Tipo Gucci e Versace?

— Dá o fora daqui, seu idiota.

— Ah, qual é! Eu sei que você ouviu Queen ou alguma outra coisa só para podermos conversar.

— Você é convencido demais — Naoki revirou os olhos.

— O que você ouviu? — Daniel sorriu, procurando por seus olhos em vão. — Guns N' Roses? Led Zeppelin? Metallica? Ou foi...

— Nenhuma dessas. — O outro cruzou os braços.

— Ah, então você realmente ouviu algo!

Merda! Pense duas vezes antes de falar, Naoki!

— Tanto faz, você não vai acertar.

— O que eu ganho se acertar?

Naoki o encarou com uma expressão debochada. Em seguida, balançou a cabeça, dando uma risada irritante.

— Não sei — disse por fim, depois do que pareceu uma eternidade para Daniel. — O que você quer?

— Nós vamos ouvir algo juntos.

— O quê? Seus gemidos dizendo meu nome? — Naoki brincou ironicamente, e Daniel gostou daquilo, soltando uma pequena risada.

— Bom, na verdade é você quem vai gemer o *meu* nome, mas não é disso que estou falando. Nós vamos ouvir uma banda, é óbvio.

— Tá. Mas se você errar, nós vamos ouvir algo que eu gosto e você vai aprender o que é música de verdade.

— Música clássica? — Daniel levantou as sobrancelhas, fazendo uma expressão que mostrava que ele não estava impressionado.

— Como você sabe? — Naoki deixou escapar.

— Você é bem previsível. E eu sei, pelo seu modo inexperiente de pensar, que você começou por Elvis Presley, o Rei do Rock.

Droga, ele é bom, Naoki admitiu a contragosto.

Ele fez uma careta, encarando-o com cuidado, tentando entender como Daniel sabia sobre seu gosto por música clássica. E então, teve um estalo:

— Ei! Não sou previsível porra nenhuma, foi você quem entrou na sala naquele dia que eu estava treinando. É por isso que sabe que eu gosto de música clássica.

— Ah, *agora* você se lembrou disso?

— Ah, me desculpe — Naoki fez um biquinho debochado. — Não ser lembrado fere seu ego? Eu machuquei seus sentimentos?

— Você ouviu Elvis Presley — Daniel afirmou outra vez, ignorando-o. — Não ouviu?

— Não.

— Não minta.

— Não estou mentindo, você não acertou — Naoki cruzou os braços.

Eles se encararam por um momento que pareceu mais longo do que realmente foi — e nenhum dos dois queria desviar, pois sentiam que o primeiro que o fizesse perderia o jogo. As luzes do ambiente refletiam em seus orbes e, para ambos, foi impossível não notar os pequenos detalhes no rosto alheio: o formato dos olhos, os cílios, as pintinhas aqui e ali... E, sobretudo o modo como cada olhar os penetrava de forma mais desafiadora do que o outro gostaria de admitir.

O maxilar de Daniel se contraiu, possivelmente pela raiva do momento, e Naoki piscou, transferindo sua atenção para o movimento.

Um sorriso de lado deslizou pelos lábios do roqueiro.

— Você não sabe mentir, Naoki — provocou-o, fazendo-o trincar os dentes com ódio e inspirar com força.

Naoki pensou em respondê-lo, mas foi vencido pelo cansaço. Daniel estava certo: ele não sabia mentir. Não ia tentar fazê-lo pensar o contrário, porque não saberia como.

— Tá — expirou com força. — Vamos ouvir alguma banda que você goste.

— Ótimo, então você vem para casa comigo hoje.

— O quê? Não, eu não vou!

— Você perdeu a aposta.

— Não apostamos *isso*. E eu nem te conheço!

— Vamos ouvir algo que eu gosto e, pelo horário, vai ter que ser na minha casa — Daniel respondeu, dando de ombros como se aquilo fosse algo completamente natural para ele. — Não se preocupe, eu não vou te matar. Sua amiga está bem viva, não está?

Naoki observou sua pose e suas palavras, sentindo a irritação voltar. Tudo que emanava de Daniel era inexplicável... Inexplicavelmente ruim e irritante.

— Você está aqui pelo show, não é? Então vamos ver o show — ele argumentou.

— Não, não é a mesma coisa, você tem que ouvir as originais. Vamos.

— E por que tem que ser hoje? — Naoki questionou, irritado. — Pode ser outro dia e, de preferência, *não* na sua casa.

— Está com medo de mim? Não se preocupe, eu não mordo. A não ser que você me implore.

— Estou falando sério, Daniel.

— Eu também.

Encararam-se.

— O que foi...? Mamãe e papai não deixam você dormir fora?

Aquilo foi o suficiente para enfurecê-lo de vez.

— Tá legal. Mas eu não quero ver essa porcaria de show. Nós vamos agora.

— Tem um ponto de ônibus do outro lado da rua, ali passa um que vai para a minha casa.

Naoki encarou o outro como se ele fosse louco.

— Ônibus?

— É — Daniel respondeu como se fosse óbvio. — Minha moto está no mecânico, então vim de carona hoje.

— Não vou pegar um ônibus — Naoki balançou a cabeça com veemência. — Vamos de táxi.

— Táxi?

— Sim.

— Com que dinheiro?

— Eu pago — Naoki revirou os olhos.

Daniel deu um sorriso e colocou as mãos nos bolsos da jaqueta.

— Já que insiste... Tudo bem.

A segunda coisa que Naoki notou em relação ao pequeno apartamento de Daniel foi o quanto tudo era extremamente bagunçado: havia caixotes de madeira pelo chão cheios de discos de vinil e CDs, e pôsteres de bandas de rock em meio a réplicas de famosas obras de arte — o que deixou Naoki, o amante de "coisas clássicas", estupefato.

Mas a primeira coisa que notou assim que adentraram a sala foi o cara sem camisa que caminhava em direção a eles. Naoki sentiu-se queimar por inteiro com a visão daquele corpo, porém o que passou imediatamente pela sua cabeça foi uma pergunta e a certeza de qual seria sua resposta, que foram suficientes para enchê-lo de vontade de dar meia-volta e sair dali. Se aquele cara à sua frente tinha passado a noite, a tarde ou qualquer momento fragmentado naquele apartamento, na companhia de Daniel, fazendo qualquer coisa indecente e prazerosa, então o que Naoki estava fazendo ali? Seu olhar se prendeu à imagem enquanto sua mente repetia, em voltas, o quanto não estava à altura daquele desafio e deveria ir embora.

Percebendo o olhar que recebia, o desconhecido sorriu, encarando-o de volta. As bochechas de Naoki queimaram ainda mais e ele olhou para o lado, constrangido.

— Ei, Daniel — o rapaz vestiu a camisa. — Estou de saída. Divirtam-se!

— Tchau, André — Daniel despediu-se do outro, que lançou mais um sorriso atrevido na direção de Naoki antes de fechar a porta.

— Quem era aquele? — Naoki apontou para trás com o dedão, tentando parecer descontraído.

— É o André. Nós dividimos o apartamento.

— Ah... — balançou a cabeça, olhando ao redor e reparando em tudo meticulosamente. Era um apartamento velho em um bairro velho de São Paulo. — Você... fica com ele? — perguntou, olhando-o com uma expressão de quem dizia o óbvio.

— Eventualmente — Daniel deu de ombros e jogou as chaves do apartamento sobre a bancada da cozinha. — Mas não conte aos meus vizinhos — brincou.

Naoki estalou a língua e balançou os braços.

— Claro... Morar juntos deve facilitar as coisas.

— Você está bravo porque eu disse "eventualmente"? — o loiro analisou seu rosto, dando uma risada baixa, e inclinou-se para olhá-lo de perto quando Naoki franziu a testa e virou o rosto. — Estou só brincando, pô. André e eu não ficamos nem nada.

— Eu não disse que estava interessado em saber sobre isso.

— Disse sim, você perguntou se fico com ele.

Naoki franziu a testa e olhou ao redor, sem responder. O apartamento cheirava a uma mistura de perfumes, café e... tinta? Ele continuou a olhar ao redor até notar o piano encostado em uma parede. Seus olhos arregalaram-se na mesma hora e ele se virou para Daniel:

— O André toca piano?

— *Eu* toco — Daniel franziu a testa. — Por que você chutou que era ele de imediato? Acha que eu não posso tocar piano?

— Você não tem cara de quem sabe tocar — Naoki deu de ombros.

— Mas você, por outro lado, tem cara de quem sabe, não é? — o roqueiro riu e o puxou até o instrumento. — Vamos, toque alguma coisa.

Naoki encarou o piano por um momento. Ele não se sentia confortável para tocar assim, tão de repente, na frente dos outros — principalmente para quase desconhecidos e possíveis "rolos". E se Daniel o julgasse? E se ele ficasse nervoso e errasse alguma nota? Ele não gostava muito de errar quando tocava... Seu *pai* não gostava nada.

— Vai logo — Daniel puxou o banquinho e o forçou a sentar-se.

Naoki respirou fundo e abriu o tampo, tocando as teclas devagar. A melodia de Chopin invadiu o apartamento.

— *Noturno* — Daniel sorriu ao reconhecer, encostando-se à parede.

Naoki o encarou.

Noturno, Op. 9: No. 2 em Mi bemol maior. Certo. Fácil. Então, desdenhoso, respondeu:

— Essa todo mundo sabe. Até quem não estuda música conhe...

— Então toque algo que nem todos conhecem — o outro retrucou, erguendo uma sobrancelha, com uma expressão séria, contendo-se para não o xingar.

— Toque você.

Encararam-se, incomodados com a presença um do outro.

— Não. Vamos, quero ouvir *você* tocar piano — insistiu Naoki. — Você não disse que sabe?

Mais uma palavra e Daniel o jogaria pela janela.

— Chega para lá, então — mandou e sentou-se ao seu lado, dividindo o estreito banco. Seus dedos começaram a tocar uma música que o outro não conseguiu identificar.

— O que foi, nunca ouviu essa música? — ele provocou.

— Não.

— É *Bohemian Rhapsody,* do Queen.

— É bonita — Naoki assentiu.

— É linda! — gritou Daniel, exaltado, apertando o piano com mais força, e a música ficou agressiva. O outro encolheu os ombros e o olhou, sendo retribuído de modo hostil.

— Já ouviu Guns N' Roses? — o roqueiro perguntou.

— Não.

— Porra, em que mundo você vive, hein?

— No mesmo que você, é óbvio — Naoki respondeu, impaciente.

— Olha, essa música aqui se chama *Sweet Child O' Mine...*

Daniel voltou a dedilhar o piano e as notas começaram a soar rápidas e delicadas. Naoki sorriu, porque achou a melodia bonita.

— Como é a letra? — ele perguntou.

— Não vou cantar para você.

— Tá, tanto faz...

Naoki revirou os olhos e, de repente, Daniel se inclinou e começou a cantar, surpreendendo-o:

— *She's got a smile, it seems to me, reminds me of childhood memories; where everything was as fresh as the bright blue sky!*

Naoki sorriu e o olhou, pondo a mão direita sobre o outro braço para evitar o arrepio causado pela voz.

— Engraçado, essa letra me lembrou de uma passagem de um livro — comentou, tentando quebrar o momento.

— Qual?

— *Anna Karenina.*

— Você também acha isso?! Eu sublinhei a passagem que o Levin pensa algo muito parecido sobre a Kitty. Fiquei surpreso com a semelhança quando li, não acredito que você também acha parecido — Daniel sacudiu a cabeça com empolgação, e Naoki se sentiu um pouco estranho. *Ele já tinha lido Tolstói?*

Sabia que era errado "julgar um livro pela capa", mas era óbvio que já havia julgado Daniel... Só que aquela visita ao apartamento estava despedaçando todo o estereótipo que Naoki tinha criado em sua mente.

De certa forma, aquilo o deixava interessante, afinal Daniel não era nada do que ele esperava que fosse.

— Agora... — Daniel tirou as mãos do piano brevemente. — Essa aqui se chama *November Rain*, é minha preferida. Talvez a minha preferida no mundo inteiro.

— Sua música preferida? — Naoki ergueu uma sobrancelha, surpreso. Era difícil escolher uma única música preferida, como Daniel podia ter uma?

Quando o roqueiro começou a tocar as primeiras notas, Naoki teve a impressão de já ter escutado aquilo antes. Era tão bonito e tranquilo que se tornava impossível não fechar os olhos e aproveitar a melodia. Então, Naoki deixou seu corpo ser embalado pela música.

Daniel olhou-o de soslaio. Parecia uma ótima hora para roubar-lhe um beijo. Porém, se as coisas acontecessem rápido demais, não haveria tempo para que o garoto arrogante criasse sentimentos e a brincadeira não teria graça no final. Ele tinha que desacelerar tudo...

Mesmo assim, tirou as mãos do piano e se inclinou até Naoki lentamente. O rapaz abriu os olhos e se deparou com a visão de Daniel ali, bem pertinho, a alguns centímetros de distância.

Os seus olhos eram lindos. E aquele olhar parecia... Bem, ele não saberia defini-lo.

Por que Daniel estava tão perto...?

E, de repente, Naoki compreendeu que não seria assim tão difícil fazê-lo se interessar. É claro que o outro parecia se interessar por qualquer coisa humana que respirasse, então... Pensando bem, agora Naoki começava a se perguntar se Daniel não estava só querendo se divertir. Quem sabe humilhá-lo depois para engrandecer o próprio ego? Se assim fosse, se estivessem realmente jogando o mesmo jogo, então Naoki precisaria ser mais rápido do que aquele roqueiro estúpido.

Mas não soube o que fazer em seguida. Seus pensamentos pareciam levar um século para se formarem, assim como aquela cena, embora Daniel não estivesse o encarando nem há cinco segundos. *O que deveria fazer? Aproximar-se e beijá-lo? Recuar? O que deveria fazer?*

A porta abriu com um barulho e Naoki se afastou, recuperando o fôlego.

Daniel virou o rosto para o piano, bufando em silêncio e tentando não xingar André.

— Opa, desculpe interromper o casalzinho... — a voz que soou pelo apartamento, entretanto, não era de André.

Era de Luísa, sua amiga e companheira de cama nas horas solitárias. E provavelmente ela estava em uma de suas horas solitárias, procurando por Daniel ou por André.

Era apenas com ela e com André que Daniel conversava de verdade — sobre livros, filmes e coisas um pouco mais pessoais... desde que não fossem íntimas demais. Essa era uma regra importante: intimidade significava apenas corpos nus em um momento de sexo despropositado.

Almas nuas não lhe interessavam, muito menos palavras sobre qualquer coisa do passado ou sobre família.

Daniel ergueu os olhos devagar, ciente do que se passava na mente de Naoki enquanto este observava a jovem parada à porta com um sorriso gentil estampado em seu rosto.

— Oi, Luísa.

— Oi, Dan. Desculpe, eu posso voltar outra hora...

Naoki pensou em como era impossível não reparar no quanto a tal Luísa era bonita: alta, com longos cabelos de tom quase indecifrável, entre o castanho e o vermelho, e olhos praticamente embebidos em mel. Provavelmente, Daniel estaria pensando em expulsá-lo com alguma frase ridícula do tipo "Foi ótimo te ver, até a próxima!" para se divertir com a garota no quarto.

Mas tudo o que Daniel disse foi:

— O André não está, Luísa. Quer deixar um recado?

— Diga para ele juntar dinheiro e comprar um celular — ela respondeu com uma risada e ergueu um livro. — Vim devolver isto. O Seu Francisco estava chegando e me deixou entrar... — Luísa se referiu a um dos vizinhos, que conhecia a jovem de vista e sempre a deixava entrar quando chegavam juntos ao portão, poupando o trabalho dela de ter de interfonar para os amigos e esperar que abrissem.

— A sua porta estava aberta, então entrei, como sempre — a garota ainda se explicava. — Mas desculpe interromper. Eu ouvi o piano e achei que fosse você tocando sozinho.

— Não tem problema, Lu.

— Bom, tchauzinho — ela sorriu, acenando para Naoki. — Prazer em conhecê-lo.

— Igualmente — o rapaz assentiu, com o "*entrei, como sempre*" reverberando em sua cabeça. Se ela ia ali sempre que quisesse, qual era a sua relação com Daniel? Naoki não achava que pessoas se encontravam tarde da noite apenas para devolver livros.

Aquela aposta não faria bem para o seu ego.

Por isso, levantou-se assim que Luísa saiu do apartamento.

— Eu preciso ir, está muito tarde — disse sem ao menos olhar o relógio no pulso ou procurar por qualquer um nas paredes. Mas se só queria ir embora sem pretextos nem desculpas, por que inventou um? Ele se sentia uma bagunça...

— Você já vai? Não quer ficar mais um pouco? Posso fazer café ou chá ou... Não sei o que você toma à noite. Leite?

— O quê? — Naoki riu. — Não, obrigado... Até porque você não tem cara de quem toma chá ou leite numa sexta-feira à noite.

— Eu tenho muitas caras, e você, certamente, não sabe qual delas é a verdadeira — Daniel respondeu com um sorriso, fazendo o outro sacudir a cabeça.

— Pode ser... — Naoki encarou o olhar que lhe causava confusão em meio ao inconcebível. — Tenho certeza de que nem você mesmo sabe qual é.

Daniel riu.

— *Touché*. É sempre ótimo conversar com você — a ironia saiu sem o tom característico e sob aquele sorriso incompreensível, o que causou certo estranhamento no outro.

— Boa noite — Naoki disse por fim, tentando não encará-lo em demasia, pois sentia que se o fizesse, algo ficaria estranho dentro de si.

— Calma, você não pode ir — o roqueiro se apressou em dizer. — Disse que íamos ouvir alguma música que gosto.

— É, mas já ouvimos.

— Não. Você me ouviu tocar no piano e não sei se você sabe, mas não é a mesma coisa.

— Tanto faz... — Naoki deu de ombros com desdém. — Você pode me emprestar seu CD preferido de alguma banda e eu ouço depois.

— Não é uma má ideia. Espera.

Daniel correu para o quarto e deixou Naoki sozinho na sala, observando as réplicas de Monet nas paredes, e logo voltou com um CD do Guns N' Roses.

— Aqui. Devolva quando você ouvir, senão eu vou te perseguir. Ah, e você tem que escolher uma música preferida.

Naoki suspirou.

— Entendi — pegou o CD e saiu do apartamento sem dizer tchau.

Aquilo valia mesmo a pena?

"Quando você se perguntar se vale a pena, já deixou de valer", repetiu o mantra para si mesmo sem parar em todos os passos que deu ao descer as escadas do prédio. *Aquilo tudo não valia a pena*. Ele repetia a frase enquanto andava pela rua, com pressa e medo — mas, para a sua sorte, um táxi vazio passou e ele o pegou. Naoki repassou os diálogos, os olhares e os aborrecimentos trocados com Daniel em um ciclo vicioso, incapaz de se desvencilhar da lembrança daqueles olhos indecifráveis.

Olhos dúbios, assim como as palavras e os gestos. Incógnita nebulosa, incompreensível, ininteligível, indecifrável — aquilo era o que o tornava tão singular e surpreendente? O que eram aqueles olhos, afinal?

Incapaz de compreendê-los, Naoki tinha certeza de que Daniel estava brincando também, determinado em algum joguinho íntimo e perverso. Do contrário, por que se interessaria por ele?

Não valia a pena. *Daniel* não valia a pena. Ou era Naoki quem não valia?

Respirou fundo, observando a cidade passar por seus olhos pela janela do táxi. “Quando você se perguntar se vale a pena, já deixou de valer”.

Ao finalmente sair do carro e avistar a própria casa, parou de repetir a frase. Se pensasse demais naquilo, seria incapaz de voltar à rotina — que, definitivamente, valia a pena. Violino, piano, inglês, alemão, japonês, natação... Inspirar. Inspirar. Inspirar. Tinha que valer.

Forçou-se a repetir: “pelo seu futuro, vale a pena”.

Luísa riu e suspirou ao mesmo tempo quando sentiu os dedos de Daniel escorregarem por sua calcinha, na altura do quadril. Ela virou o resto da bebida e se deitou no colchão, com ele ao seu lado.

André se jogou na poltrona do quarto, fumando alguma coisa qualquer com cheiro forte. Ele segurava uma lata de cerveja, mesmo que já tivesse bebido tudo.

— Então, esse é o seu plano? — a garota perguntou enquanto jogava a cabeça para o fim do colchão, enxergando André de ponta-cabeça.

— É — Daniel soltou uma risadinha. — Aquele Naoki vai se apaixonar por mim em menos de um mês, esperem só.

— E por que, exatamente, você quer fazer isso? — Luísa ergueu uma sobrancelha, encarando-o com diversão. — Ele feriu seu orgulho, por acaso? — zombou.

O loiro revirou os olhos.

— Ele é um pé no saco, um mauricinho de primeira. Só por isso.

— Você não tem dó dele? — André perguntou, soprando a fumaça para cima. — O coitado vai sair de coração partido!

— Sabe o que seria divertido? — Luísa deu um sorriso malicioso, colocando a garrafa no chão antes de se levantar. Ela então se arrastou até se sentar no colo de Daniel, de frente para ele.

— Se você começasse a gostar dele de verdade.

— Tá me tirando? Você já me viu interessado em alguém? — Daniel resmungou, com as mãos tomando suas costas.

— Não, mas vai que... Dizem que para tudo se tem uma primeira vez.

— Acho que as drogas estão te fazendo mal — o roqueiro revirou os olhos.

Ela empurrou seu ombro.

— Ver você se apaixonar vai ser divertido.

— Não vai ser divertido, Lu, vai ser hilário! — André gargalhou. — Daniel Stein apaixonado e de coração partido! E será ainda melhor se o Naoki descobrir depois que é tudo uma mentira, igual naqueles filmes.

— Não se atreva a contar nada para ele — Daniel apontou-lhe o dedo.

Luísa se jogou para trás, observando a expressão divertida de André. Ele fingiu fechar um zíper nos lábios, como se dissesse "minha boca ficará fechada".

O loiro ficou por cima da garota, segurando suas costelas.

— Sabem o que seria divertido neste momento?

— O quê? — Luísa e André perguntaram ao mesmo tempo.

— Um *ménage*.

Akane se jogou na cama ao lado de Naoki, com a cara cheia de alguma coisa verde que ela dizia ser boa para a pele.

No quarto da garota dava para ouvir uma música baixa, porém desconhecida para os dois amigos. Vinha da TV ligada, na qual a MTV exibia um videoclipe onde três garotos esquisitos zoavam vídeos famosos dos Backstreet Boys, do *NSYNC, da Christina Aguilera e até mesmo da Britney Spears.

Eram os três esquisitos daquele CD que Akane ganhou no ano anterior de algum *punk* ou skatista qualquer que estava completamente apaixonado e iludido, crente de que a patricinha se envolveria com ele. Qual era mesmo o nome do garoto? Naoki não fazia ideia, mas lembrava-se da banda: Blink-182. Ele se lembrava de Akane ter colocado o CD para ouvirem, mas Naoki desligou o rádio, implorando para que não ouvissem aquilo. Não que fosse ruim, era só *barulho demais* para os seus ouvidos acostumados a *música de verdade*.

— E minha noite acabou nisso... — Akane concluiu, com uma cara de decepção. Ela não estava prestando atenção na TV, ocupada demais olhando revistas de moda. — Aquele cara era bonito, mas não beijava tão bem assim, então eu vim para casa.

— Você ficou com ele na hora que eu saí do bar? — o amigo perguntou.

— Não sei nem quando você saiu, eu levantei e ele veio atrás de mim — ela riu baixinho.

— Poderosa, hein? — Naoki brincou, esfregando os cabelos molhados com a toalha. — E o seu irmão?

— Sei lá — a menina deu de ombros. — Somos só eu e você hoje. — Akane sorriu, enfim deixando a revista de lado. — Então, até agora você não me contou como foi com o Daniel ontem.

Ele deixou a amiga passar uma máscara esquisita em seu rosto e até hidratar seu cabelo naquele dia, tudo porque ela queria ter uma "tarde de meninas", mas não tinha nenhuma melhor amiga para fazê-lo.

— Não tem muito que dizer — Naoki suspirou. — Nós tocamos piano, ele tocou Guns N' Roses e até cantou... — ao passar a mão pelo cabelo, exclamou: — Nossa, ficou macio mesmo!

— Eu não disse? As revistas nunca mentem — Akane deu uma risadinha e virou-se para Naoki. — E aí, vocês se beijaram?

Ele balançou a cabeça e explicou:

— Uma garota chegou.

— Uma garota?

— É. Ela disse que a porta estava aberta, por isso entrou sem avisar. Ela tinha ido devolver um livro e logo foi embora. Eu aproveitei e disse que também ia... Aí o Daniel insistiu para eu ficar, mas acabou me entregando um CD para ouvir.

— Hum, entendi... O que acha de vocês se beijarem na próxima vez?

— Mas, Akane, se a coisa for rápida demais, o Daniel não vai se apegar, né? E se ele não se apegar, não vai fazer diferença alguma quando eu "terminar" com ele.

— É, acho que você tem razão.

— Estive pensando... — Naoki deixou a toalha de lado e a encarou. — Isso não foi uma boa ideia.

— Então não faça isso — ela respondeu com um sorriso compreensivo. — Foi uma ideia estúpida mesmo.

— É, mas... cada vez sinto mais raiva daquele insuportável e daquela prepotência toda — revirou os olhos. — O problema é que não acho que seja uma má ideia só por não gostar de brincar com os sentimentos de alguém... É porque também não acho que vou conseguir fazer ele se interessar por mim.

— Como é? — as sobrancelhas de Akane se ergueram. — Já se olhou no espelho, cara?

Ele inspirou fundo.

— Esquece... Você não entende.

— Não, Naoki, desculpe — ela tocou suas mãos e rapidamente recuou, encarando-o. — Só queria que você pudesse se ver como te vejo, daí me entenderia.

Com o silêncio que se seguiu, Akane ergueu uma das mãos e ajeitou o cabelo molhado e desgrenhado do amigo. Naoki sorriu e ela retribuiu, dizendo baixinho:

— Vamos esquecer a ideia de "quebrar o coração dele". É ridícula mesmo.

O rapaz assentiu, olhando para a TV, e ela resolveu mudar de assunto. Fofocas costumavam animá-lo, então cochichou, embora não houvesse necessidade:

— Eu acho que meu irmão está se encontrando com um cara mais velho.

— Ele adora dizer que é mais velho que nós dois, então deve estar adorando sair com alguém assim também.

— É verdade — ela riu e colocou o queixo sobre a mão, observando o videoclipe também. Um dos garotos tinha um *piercing* no lábio e Naoki ficou imaginando como seria ter um.

— Essa moda *punk* é tão esquisita... — Akane murmurou.

O rapaz puxou uma das revistas para ler, agora tentando imaginar como seria beijar alguém com um *piercing*. Por alguma razão, perguntou-se se Daniel tinha algum.

Enquanto folheava e se perdia nos pensamentos, Akane o observou em silêncio. Uma de suas mãos estava perto do amigo e, involuntariamente, seu dedo indicador se dobrou, tentando pegar o tecido de sua camiseta.

Quando Naoki se virou, Akane afastou a mão.

— Você já beijou alguém com um *piercing* assim? — ele perguntou.

— Não — ela respondeu, pegando o controle para mudar de canal. — Não tem música que preste? — reclamou, desligou a TV, ergueu-se e ligou o rádio.

A música soou tão alta que fez os dois darem um pulo.

— Quer estourar meus tímpanos e o meu coração?! — Naoki se exaltou.

— Meu irmão deve ter esquecido o CD dele aqui — Akane respondeu e o puxou pela mão, erguendo-o.

Era uma música dos Mamonas Assassinas, banda de que o rapaz definitivamente não gostava, mas sua amiga estava rindo e mexendo o corpo com animação.

— Vem dançar!

Animada, ela começou a dar pequenos pulinhos de um lado para o outro, como geralmente dançavam Vira-Vira, e ele se levantou na mesma hora, segurando suas mãos e entrando na brincadeira.

Era uma manhã calma de terça-feira. O frio do outono já podia ser sentido e Naoki caminhava, sozinho e quieto, pelo *campus* da universidade, tentando não pensar demais em nada, mas havia uma única coisa incômoda que não lhe saía da mente.

Não havia passado uma única hora, durante o final de semana inteiro, em que não tivesse se lembrado da tal Luísa entrando no apartamento de Daniel — e não conseguia entender o porquê pensava tanto no ocorrido.

O fato era que aquilo o incomodava, porque fazia tudo parecer mais difícil: como seduziria Daniel se ele tinha praticamente qualquer um aos seus pés sempre que quisesse? Naoki não se achava tão bonito assim e sabia muito bem que sua personalidade irritante, petulante e, por vezes, chata, não era lá muito atraente a quase ninguém.

Mas por que ainda pensava naquilo se havia dito à Akane que desistiria da ideia?

Bufando, o jovem se sentou em um banco de cimento e pegou o *discman* da mochila. Colocou seu CD com música erudita e ficou sentado por um tempo, desejando cessar os pensamentos e se concentrar na melodia, até que percebeu alguém sentar-se ao seu lado.

— Oi.

Era Akira. Naoki franziu a testa e torceu o nariz, não respondendo.

— O que foi?

— Nada.

— Então, por que fez essa cara de nojentinho para mim? — Akira riu.

— Sua irmã me disse que você está se encontrando com alguém.

— Ah, então você está com ciúmes? — a risada do amigo se tornou uma gargalhada e Naoki empurrou seu ombro, incomodado. Já havia passado daquela fase em que tudo que Akira fazia era motivo para se queimar de ciúmes.

— Lógico que não! É só que você não me disse nada e eu *achei* que fôssemos *melhores amigos*.

— Hum, sei... Olha, não é nada sério. Ainda estou aqui, cem por cento disponível pra você, quando quiser — Akira sorriu, com a mão pousando sobre o joelho dele.

Naoki se mexeu e retirou a mão de si.

— Não, obrigado... Estou ocupado.

— Com o Daniel?

— Não, eu desisti da ideia.

— Ah, é? Bom, então não vai te causar nada se eu falar que o vi ontem com um cara.

— Que ótimo pra ele, espero que tenha sido bom.

— Ah, com certeza foi! Eles estavam quase se engolindo.

Naoki assentiu, olhando para o lado. "Em plena segunda-feira?", teve vontade de dizer, mas sabia que era melhor permanecer calado.

— Ouvi dizer que eles moram juntos, você acredita nisso? — Akira continuou, e Naoki deu um pulo.

— O quê?! Filho da puta mentiroso!

— Eu?!

— Não, ele! Ele mentiu pra mim! Que babaca!

O mais velho riu e respondeu:

— Ele deve mentir muito mesmo...

— Tá legal, preciso da sua ajuda, Akira.

— Que tipo de ajuda? — o amigo levantou uma sobrancelha.

— Eu não sei, não sei o que fazer. Nunca fiz isso antes... Sabe? "Seduzir" alguém.

— Mas você não tinha desistido da ideia?

— Isso foi antes de eu saber que ele mentiu para mim! Aposto que mentiu só para me conquistar e me usar!

— E obviamente não deu certo, né? — Akira ironizou.

— Aposto que ele está brincando comigo também, mas quem vai ganhar esse joguinho idiota sou *eu*.

— Aposto que *ele* ganha.

— Cala a sua boca e me ajuda a seduzi-lo.

— Não posso te ajudar, estou torcendo para você perder.

— Akira!

— Vamos apostar? — ele se aproximou, instigando-o. — Aposto que o Daniel quebra seu coração primeiro.

— Você é um péssimo amigo, sabia disso?

— Só estou deixando as coisas mais divertidas. Vamos?

Naoki o encarou por um momento até enfim responder:

— Eu quero um violino novo se eu ganhar.

— Nem fodendo vou te comprar um violino novo!

— Então esquece a aposta.

— Tá legal, eu aceito o seu termo. Mas se *eu* ganhar... a gente faz aquilo que eu sempre quis fazer.

— O quê?

— Eu, você e o cara com quem estou saindo.

— Isso é absurdo! Não vou apostar meu... — Naoki se interrompeu, olhando para os lados e diminuindo o tom de voz para um sussurro. — E você nem sabe se esse cara aí vai querer. Aliás, *eu* não vou querer, nem o conheço!

— Acho que ele vai querer, sim, ele gosta de me agradar — Akira deu de ombros, exibindo um sorriso convencido, e Naoki não soube se ele estava brincando ou não. — E também acho que você ia gostar dele.

— Não. Nem pensar. Esquece, não quero fazer essa aposta.

— Qual o problema, Naoki, já está contando com a sua derrota? Olha só, tá tudo bem... Se você perder mesmo, um *ménage* pode ajudar a curar seu coração partido.

— Não! Não vou perder.

— Então aposte comigo! Se você tem tanta certeza de que vai ganhar, não tem que se preocupar com a minha condição.

Naoki o analisou, sentindo o nervosismo descompassar ligeiramente sua respiração. Nunca tinha feito nada daquilo. Que tipo de ideia era aquela? Não mesmo, era loucura! Estava barganhando valores altos demais pelo coração partido de Daniel... E pelo seu próprio.

Akira achou graça do silêncio alheio e resolveu provocar o amigo:

— Tá bom... Se você está assim, com tanto medo de perder, deixa para lá.

— Eu topo — Naoki resmungou.

— Tem certeza? Não vale dar pra trás depois.

— Tenho certeza, porque não vou perder. Mas, caso aconteça, isso vai ser tipo o meu presente para a sua despedida de solteiro, porque se você ainda estiver com esse cara até lá, provavelmente ele é o homem da sua vida — ironizou.

— Fechado.

Akira riu, e apertaram as mãos para oficializar a aposta. Naoki sabia que aquilo estava errado, mas sentia que alguma parte de si precisava daquilo. Só não entendia o porquê.

— Isso significa que você não vai me ajudar, não é?

— Eu também não sei seduzir pessoas, eu ajo normalmente e pronto — Akira levantou os ombros. — Só seja você mesmo, Naoki.

— Se eu for eu mesmo, tenho a impressão de que ele vai querer se afastar logo — o rapaz murmurou em resposta, resignado.

Akira ficou em silêncio e olhou ao redor. Então, de repente, aproximou-se do amigo e retirou um CD da mochila.

— Ei, comprei um presente para você.

— O que é isso?

— Britney Spears!

— Não grita! — Naoki tapou a boca de Akira, que respondeu com uma risada abafada.

— O que foi? Você tem vergonha de gostar dela?

— Claro que sim!

— Que horror! *Ela* que teria vergonha de ter um fã como você — Akira cutucou-o e empurrou o CD contra o tórax de Naoki. — Não vai me agradecer?

— Obrigado — o outro resmungou, de mau humor, mas não foi capaz de manter a cara fechada por mais do que alguns segundos. Sua alegria contida se tornou nítida. — Eu não tinha o CD dela...

— Eu sei! — Akira sorriu. — Minha irmã me disse que você ouviu o CD em casa e gostou, então eu comprei para você. Mas esconda bem, para o seu pai não achar. Agora me fala: eu sou um ótimo melhor amigo, não é? O melhor amigo do Universo inteiro!

— E você não vai me dizer com quem você tá saindo, "ótimo melhor amigo, melhor amigo do Universo inteiro"? A Akane me disse que o cara é mais velho, acho que ela deve estar preocupada.

— Por quê? Já sou maior de idade — Akira revirou os olhos.

— Ele não é um velho nojento que te compra coisas, né?

— O que você acha que eu sou?!

Naoki deu de ombros.

— Quão mais velho ele é, então?

— Não é tanto assim...

— Quão mais velho é? — Naoki insistiu.

— Uns cinco anos, só.

— Não é tanto, mas... se parar para pensar, você está saindo com um homem na casa dos trinta anos, Akira! Estão em diferentes estágios da vida, ainda mais se considerarmos que a sua mentalidade é de uns cinco anos a menos. — O rapaz gargalhou. — Como conseguem conversar? Ele não te acha uma criança chata e mimada, não?

— Idiota! Para o seu governo, o Rodrigo disse que adora conversar comigo — o amigo cruzou os braços, olhando para o lado. — E você e a Akane também são crianças.

— Então é algo sério com o Rodrigo? Ele... Ele se assumiu...?

— Naoki! — Akira arregalou os olhos e se aproximou mais, passando os braços ao redor dos ombros do amigo.

— O que foi...?

Akira começou a sussurrar:

— Já que eu acho que você está em desvantagem e eu não quero ganhar assim tão fácil, vou te ajudar. Você quer fazer ciúmes no Daniel, né?

— Hã? — Naoki franziu o cenho, confuso com a mudança de assunto.

— Estou vendo ele daqui... Logo vai se virar e nos ver assim, aí vai ficar mordido de ciúme ou algo assim... Isso deve te ajudar — Akira sorriu, colocando a mão na perna do amigo e apertando-a de leve.

— E se ele achar que estamos juntos e que não deve mais se aproximar de mim?

— Ora, por favor! — Akira riu, apertando a bochecha de Naoki, mas este afastou sua mão. — Você tem muito o que aprender ainda... Entende uma coisa: o Daniel vai te querer só porque me viu ao seu lado. A concorrência vai fazer com que ele queira ganhar.

— Não sou um prêmio para alguém me "ganhar".

Akira o encarou.

— Mas não foi você quem apostou quebrar o coração do cara por um violino?

Naoki não respondeu, podendo quase ouvir Akira chamá-lo de "hipócrita" com seu olhar debochado.

Seu amigo tinha razão — e Naoki odiava quando os outros esfregavam na sua cara que ele estava errado. Então, apenas revirou os olhos e virou o rosto para longe do amigo.

— Pense como quiser, estou indo — Akira sorriu e deu-lhe um beijo estalado na bochecha. — Não fique bravo comigo por tempo demais, tá legal?

Naoki fez uma careta em resposta, mas assim que o amigo se afastou, uma risada escapou por sua boca. Ele pegou o CD da Britney Spears, tão animado que se esqueceu completamente de que Daniel estava por perto. Sacudindo a cabeça, colocou o álbum no *discman* e os fones nos ouvidos.

— Está ouvindo *Use Your Illusion I*? — uma voz grossa soou ao seu lado, fazendo-o pular no banco por causa do susto e virar-se na mesma hora para se deparar com o perfil de Daniel.

Voltando a cabeça para o outro lado, esforçou-se para controlar a respiração. Seus dedos tentaram desligar o *discman*, mas Daniel arrancou-lhe os fones de ouvido para checar o que estava tocando.

— Enxerido! — ele protestou.

— O que é isso? — o roqueiro franziu a testa.

Naoki sentiu falta de ar e raiva.

— Nada que você goste — respondeu, arrancando os fones de volta.

— É aquela cantora internacional? Aquela da voz diferente... Não é a Shakira... É a Britney Spears! É ela, não é? Engraçado, achei que você só gostasse de "música de verdade" — o loiro o provocou.

Naoki não soube o que responder, tomado pela vergonha. Morrendo de vergonha... Daniel ia rir dele! Qualquer um riria!

— Você gosta da Britney Spears? — o roqueiro perguntou, arqueando as sobrancelhas.

— O que tem de mau nisso? — Naoki franziu a testa, na defensiva, enfiando o *discman* na mochila.

— Nada! — Daniel sorriu, colocando as mãos no bolso da calça e inclinando-se mais sobre o banco. Seu rosto ficou bem próximo ao de Naoki, fazendo-o perceber o quanto ele estava bonito... Bonito como sempre, mas havia algo de diferente. Por que Daniel parecia, repentinamente, mais bonito?

Droga!

— Não quer ser patriota e ouvir música daqui? — o roqueiro o provocou.

— Do que você está falando? Você só fala de bandas gringas. E quanto ao rock nacional?

— Tá legal, tá legal! Eu estava só brincando, calma.

— Sei... Você está é me julgando por gostar de música pop. E o que tem de mau em ouvir, hein?!

— Já disse que nada!

— É, mas por dentro está me julgando.

— Cara, já disse que não estou. É só que eu, particularmente, não gosto da Britney Spears. Mas você pode ter seu próprio gosto musical, é óbvio.

— Não é o que parece — Naoki murmurou, olhando para o lado.

O roqueiro pulou o banco e sentou-se ao seu lado.

— Não estou te julgando, já disse.

Era preciso ter muita paciência com aquele esquentadinho, o loiro pensou.

— Tá — Naoki revirou os olhos, pontuando a palavra com raiva. — Só acredito quando você ouvir Britney Spears comigo sem dizer algo do tipo "Você só escuta música lixo, vamos ouvir outra coisa".

— Fechou — Daniel sorriu. — Vamos ouvir Britney Spears juntos!

Naoki piscou, perplexo, assombrado, abismado, surpreso... Quem era Daniel, realmente? Que joguinho ele estava fazendo? Não importava: Naoki não cairia. E se tivesse de ser arrastado, arrastaria aquele cara junto.

— O que me diz, então? — o roqueiro ergueu uma sobrancelha.

— Está bem.

Daniel voltou a sorrir de um jeito doce, fazendo Naoki se sentir meio esquisito.

Antes que o *discman* fosse tirado da mochila, o outro perguntou com um tom excessivamente sossegado, denunciando sua curiosidade:

— Então, era um amigo seu?

— Quem? — Naoki franziu a testa.

— Aquele cara que estava com você.

— Ah... Acho que não é da sua conta — sorriu Naoki, todo engraçadinho.

Um ponto no jogo.

— Hum, tá legal — Daniel assentiu, como se tivesse ouvido algo muito sério.

Eles ficaram em silêncio. Os pés de Naoki se agitavam com a ansiedade enquanto sua mente procurava uma maneira de puxar assunto, mas não havia nada. Daniel, em contraposição, estava tranquilo, com o corpo relaxado e as pernas esticadas, aproveitando o sol morno em sua pele.

— E aquela garota? Era sua amiga? — Naoki deixou escapar, embora estivesse tentando se controlar.

— Ah... Acho que não é da sua conta — Daniel deu um sorriso irônico, mas doce, e Naoki sentiu seu cérebro dar um nó com o paradoxo daquela cena.

1x1.

— E o tal André? — questionou Naoki, como quem não queria nada.

— O que tem ele? — Daniel o olhou de soslaio.

— Estava me perguntando se ele está solteiro, já que vocês não são um casal... Ou sei lá como você define a sua relação com ele.

Eles se encararam, tentando imaginar o que se passava na mente um do outro.

— Por quê? Quer sair com ele?

— Por que, você não bancaria o cupido para mim? — Naoki estreitou os olhos em sua direção. — Ou acha que não faço o tipo dele?

— Não... — Daniel se aproximou. — Acho que *ele* não faz o seu tipo.

— E qual é o meu tipo?

Naoki soltou uma risadinha, e o roqueiro olhou para o pulôver em sua frente, arqueando as sobrancelhas em um pequeno sorriso.

— Hum, acho que alguém que goste de seguir regras, mas é só porque você ainda não descobriu como é excitante quebrar algumas.

— Ah, e você faz isso? Quebra regras?

Foi a vez de Daniel estreitar os olhos.

— Se você quer saber mesmo, eu não banco o cupido para os outros, prefiro roubar a flecha para mim. De preferência, as duas pontas dela.

Naoki ficou sério, pensando se tinha entendido a frase, mas era orgulhoso demais para fazer qualquer pergunta.

— Vai, põe a tal Britney Spears aí no seu *discman* — o roqueiro o apressou.

— Você vai reclamar na primeira música, eu aposto.

— E se eu ouvir sem reclamar? Será que ganho um... encontro? — Daniel se esforçou para não sair do personagem ao dizer aquilo. Ele jamais, *jamais* levava alguém a um encontro!

Entretanto, aquele mauricinho era alguém que desafiava seu ego, então Daniel estava disposto a qualquer coisa.

— Não — Naoki respondeu seriamente.

— Ah, qual é! Eu sei que você quer.

— Só se você ouvir o CD inteiro sem revirar os olhos nenhuma vez — Naoki sorriu, atrevido, e Daniel o xingou mentalmente.

Idiota. Desgraçado, imbecil. Tá na cara que você me quer, para de se fazer de difícil!

— Tá — ele esticou a mão para selar o acordo.

Merda. Ele ia mesmo ouvir o CD inteiro da Britney Spears com Naoki? Era bom que eles fossem *mesmo* para a cama após aquele *sacrifício*.

CAPÍTULO 5

Sacrifício. Não havia outra palavra para descrever aquilo. Seus ouvidos e sua mente estavam sendo oferecidos em sacrifício à Britney Spears por um objetivo maior: ter Naoki aos seus pés, apaixonado e humilhado — e, eventualmente, de coração partido. Não havia limites quando se tratava da arte da conquista, não é mesmo? A tarefa exigia façanhas inimagináveis que Daniel, um simples pegador, nunca se dispunha a fazer. E havia uma grande diferença entre ser um pegador e um conquistador: o tempo investido. Daniel não costumava gastar muito do seu com flertes, encontros, agrados e o que mais pudesse lhe trazer o título de "conquistador"; preferia muito mais beijar desconhecidos quando a chance aparecia. O que não estava fazendo para recuperar a própria honra e dobrar Naoki? Aquilo chegava a ser uma espécie de humilhação que impunha a si mesmo, mas gostava de imaginar a recompensa que teria num futuro próximo.

Era assim que pensava ao ouvir toda maldita música daquele álbum de doze faixas: "Oops!... I Did It Again", lançado há pouco mais de uma semana, segundo Naoki lhe explicou, obrigando-o a balançar a cabeça e parecer interessado em cada palavra.

Por algum motivo, Daniel imaginava Naoki trancado em seu quarto cantando as músicas de Britney Spears como se estivesse em um show para uma grande audiência, em um estádio gigantesco. Será que ele dançava com as músicas? Algo lhe dizia que o outro devia ter belas pernas...

A primeira faixa tinha o mesmo nome do álbum e Daniel riu internamente ao ouvir a garota cantar "*Oops, I did it again, I played with your heart, got lost in the game*". Aquela letra parecia explicar a situação em que se encontravam: Daniel estava brincando com Naoki daquele jeito, às vezes quase se perdendo no próprio jogo, mas ainda assim, aquilo era bem divertido para ele. A arte imita a vida ou a vida imita a arte?

A antepenúltima música se chamava *Can't Make You Love Me*, e Daniel ficou olhando para Naoki enquanto este tagarelava sobre algo em que ele não prestava atenção. Tudo o que passava por sua cabeça era que Britney Spears estava errada: era sempre possível fazer alguém se apaixonar. Ele faria Naoki se apaixonar, faria aquele mauricinho ficar perdidamente apaixonado.

Quando a última música estava quase acabando e Naoki não parava de tagarelar sobre coisas irrelevantes, Daniel arrancou os fones e lhe disse:

— Tá, ouvi tudo sem revirar os olhos. O encontro é na minha casa, agora.

— O quê? — Naoki franziu a testa.

— Vamos para casa. Estou com fome, então almoce comigo.

Naoki olhou o relógio, ficando ligeiramente desesperado:

— Ah, meu Deus, eu preciso ir embora!

— Por quê? Ah, não, vamos almoçar juntos.

— Não, eu tenho aula de japonês hoje e preciso treinar violino — Naoki balançou a cabeça, enfiando as coisas na mochila com pressa.

— Qual é, você vai morrer se não for hoje? — Daniel levantou uma sobrancelha.

— Vou — ele respondeu secamente.

— Não vai, não — o loiro riu e se levantou. — Vamos almoçar juntos. Um hambúrguer naquele lugar da última vez, lembra? E aí, o que me diz?

Naoki conteve a vontade de sorrir. *Essa aposta está ganha, Akira!* Foi o que pensou por um segundo antes de voltar a se desesperar com o horário. Ele não podia ir à casa do roqueiro, mesmo que quisesse.

— Eu realmente preciso ir para a minha casa, Daniel.

— Ah, não... Vamos quebrar uma regra hoje, vai. Eu te levarei para a sua casa mais tarde.

— *Você* me leva?

Naoki suspirou. Ele não queria ir às aulas da tarde, estava cansado, morrendo de vontade de comer alguma coisa... e de ir com Daniel para ver o que aconteceria, ele admitia. Estava curioso.

— É, eu tenho uma moto, lembra? — o loiro sorriu, tirando uma chave do bolso da jaqueta de couro. — Eu te levarei para casa quando você quiser ir.

Naoki ficou um instante em silêncio e, depois de respirar fundo, olhou para Daniel e respondeu:

— Certo, eu vou. Mas hambúrguer não.

— Por que não?

— Porque é gorduroso demais, não vou comprar isso.

Daniel o encarou com tédio.

— Tá legal, eu pago, você só tem que comer. Além disso, vai ser a segunda regra quebrada e você vai ver como tudo vai ser uma delícia — ele brincou. — O hambúrguer *e* a minha companhia.

Naoki o encarou, sem saber o que dizer, e Daniel fez um sinal com a cabeça para que o seguisse.

Eles haviam pedido comida para viagem e, agora, encontravam-se largados no chão da sala de Daniel, com a pequena mesa de centro abarrotada de embalagens dos hambúrgueres, batatas fritas e de refrigerantes.

Naoki tinha devolvido o CD *Use Your Illusion I* sem ouvi-lo, então Daniel o colocou no rádio para que pudessem ouvir enquanto comiam.

Ficaram por um tempo em silêncio, sem saberem exatamente sobre o que falar. Acabaram conversando sobre um livro que estava jogado no sofá e, em pouco tempo, estavam listando suas obras preferidas, surpreendendo-se com os títulos em comum — melhor dizendo, Naoki se surpreendia.

E, olhando bem para o apartamento de Daniel, podia notar até mesmo pequenos detalhes cafonas que, certamente, não faziam o gosto de um roqueiro que tinha tatuagens, usava *mullet*, jaquetas de couro e coturnos, como aquela fruteira de vidro antiquada — ainda mais para ser usada como porta-chaves — que estava em cima do aparador, ao lado da porta de entrada. Naoki reparou também na estante de livros recheada de lombadas velhas, talvez edições das décadas de 1950, 1960 ou ainda mais velhas, além das plantas que aparentavam ser cuidadas e regadas com frequência. Nada ali era o que ele esperava e ainda não tinha conseguido digerir esse fato.

Sentado no chão, olhando ao redor disfarçadamente, o violinista acabou por observar Daniel também. O loiro estava tão distraído com sua comida que nem parecia se lembrar de que o outro estava ali. Quando viu o roqueiro encher o lanche de *ketchup*, Naoki limpou a garganta e pediu:

— Você pode me dar um copo d'água?

— Pode pegar, sinta-se em casa.

Bufando baixinho, Naoki se ergueu e andou até a cozinha. "*Sinta-se em casa*", repetiu em um resmungo enquanto abria a geladeira e pegava uma garrafa de vidro cheia de um líquido que esperava ser água. Ao fechar a porta, percebeu que havia um adesivo colado que dizia: "Quando o poder do amor superar o amor pelo poder, o mundo conhecerá a paz". Naoki gostou da frase, mas, definitivamente, não diria isso ao dono do apartamento. Por isso, só abriu a garrafa, cheirou-a para ter certeza de que era água e se serviu.

Ao voltar à sala com o copo na mão, o CD já chegava ao fim e Daniel lhe perguntou:

— Qual foi sua música preferida?

Naoki deu de ombros, tomando um longo gole de água.

— Não sei.

— Eu disse que você tinha que escolher uma.

— Bom, eu escolho se você escolher uma da Britney.

Só por cima do meu cadáver que eu vou fazer isso, Daniel pensou, encarando-o, mas escondeu as palavras em algum lugar escuro da mente e respondeu:

— Foi a *Oops!... I Did It Again*. Era a mais legal.

Naoki deu um sorriso e, então, admitiu:

— Gostei da *November Rain*. Aquele dia só com você tocando foi bem diferente de ouvir com todos os outros instrumentos. Ela é bem bonita... e o final deixa tudo diferente e meio... trágico, sei lá.

— Sabia que essa seria a sua preferida — Daniel sorriu de volta.

— Hum? Como?

— É que você é todo classiquinho, então chutei que seria essa. A propósito, é a minha preferida também, lembra?

Naoki piscou.

— Ah... Eu não me lembrava disso.

— Pois é. Sabe, eu acho que pessoas que têm a mesma música preferida têm uma espécie de conexão.

Que idiotice estava dizendo? Pensou Daniel. Nunca achou que diria tanta baboseira em um dia só, mas lá estavam os olhos de Naoki completamente entretidos ao ouvir a frase. Era óbvio que aquele papo meloso era a cara daquele riquinho.

— Conexão? — Naoki inclinou o rosto num gesto involuntário.

— É, eu não sei explicar... Elas meio que devem sentir a mesma coisa quando escutam a música, né? Um sentimento bom. Acho que sentimentos bons conectam pessoas.

Tá legal, Daniel, o roqueiro pensou, *agora você pode ganhar o Oscar de melhor ator.*

Naoki assentiu em silêncio, encarando seus olhos. Eles ficaram um tempo daquele jeito, sem saber o que fazer em seguida, até que o roqueiro pigarreou e roubou uma batata de Naoki.

— Ei, coma a sua — o violinista reclamou.

— O que foi? Só estou te ajudando a reduzir o consumo de gordura — ele deu de ombros. — Aliás, não era você quem não queria comer hambúrguer e batata?

Então, aproximou-se com um sorrisinho atrevido para perguntar:

— É mais gostoso que comida saudável, não é?

Naoki o encarou e depois rolou os olhos para longe:

— Isto não é um encontro, se quer saber.

— Do que está falando?

— Você exigiu um, se ouvisse o CD da Britney Spears.

— Ah... E por que diz isso? Gostou tanto deste encontro que quer outro?

— Não, definitivamente não quero outro. É só que *isto* aqui não é um encontro.

— Por que não? Estamos comendo e ouvindo música, é um encontro pra mim.

Naoki olhou o relógio no pulso e a culpa o encheu de repente.

— Eu devia ter ido embora... — murmurou, mas Daniel sacudiu a cabeça.

— Esquece seja lá o que tivesse que fazer hoje, porque agora você vai ouvir Jimi Hendrix.

— Jimi Hendrix? Quem é esse? — o rapaz franziu a testa.

— Ele é só o melhor guitarrista de todos os tempos! — gritou o loiro, empolgado, levantando-se em um pulo para procurar pelo CD.

— Está bem... — Naoki riu ao observar a euforia de criança que o outro demonstrava toda vez que o assunto era rock 'n' roll.

Daniel acabou por ir ao quarto e deixou Naoki sozinho, então este se levantou e se aproximou dos quadros pendurados na parede. Olhando com cuidado para cada detalhe das pinturas, percebeu que todas tinham um traço leve e cuidadoso. Ao observar as bordas, no entanto, teve um sobressalto: era tudo assinado por Daniel.

Daniel pintava Monet, Van Gogh, Cassatt... E eram belíssimas reproduções dos quadros. Pelo visto, o roqueiro era fã de Impressionismo e Pós-impressionismo. Por coincidência, Naoki também.

— Achei!

O outro apareceu e Naoki deu um passo para trás, constrangido por ter sido pego observando as pinturas.

— Hã... — ele engoliu em seco. — Você... tem um dom — sorriu, apontando para os quadros com o dedão.

— Ah — Daniel piscou, sentindo-se ligeiramente tímido, de repente. — Não, são só... um monte de lixo.

— Está brincando? São lindos.

Daniel olhou para o lado, dizendo em voz baixa:

— Não valem nem o dinheiro da tinta.

— Quem disse?

— Não vem ao caso...

— Quem te disse isso é louco e invejoso — Naoki sorriu. — O que essa pessoa queria, que você fosse a Mary Cassatt? O Van Gogh ou o Monet? Só assim você ia conseguir pintar exatamente como eles.

Daniel sorriu, sentindo-se estranho. Não se lembrava de algum dia ter dito aquilo a alguém, nem de ouvir algo assim sobre sua arte. Então, por que havia contado aquilo a Naoki, justo o cara que lhe dava nos nervos?

— Deixe isso para lá — o loiro disse, mais para si mesmo do que para o outro. — Vamos ouvir Jimi Hendrix.

Naoki o observou trocar os CDs no rádio e ficou imaginando quem havia dito aquilo a Daniel. Por que alguém diria algo ruim a respeito de quadros tão bonitos? Pensou no próprio pai, que o criticava por suas notas e seu desempenho em treinos e apresentações, sempre o fazendo se perguntar por que um pai faria algo assim com o filho com a premissa de "só querer seu bem".

Perguntou-se se Daniel também havia escutado aquele tipo de coisa de sua própria família e, mesmo sem saber a resposta, entendeu o que ele provavelmente sentira ao ouvir que seus quadros não valiam "sequer o dinheiro da tinta".

— Tá legal... Olha só, esse álbum é de 1968 — contou o roqueiro enquanto pulava algumas faixas. — Ele morreu em 1970, seis anos antes de eu nascer, aos vinte e sete, o que faz dele um dos integrantes do Clube dos 27. Já ouviu falar nisso, né?

— Não.

— Naoki, onde está seu conhecimento de mundo? — Daniel ficou surpreso. — Muitos famosos morreram aos vinte e sete ou bem perto dessa idade, então nomearam de "Clube dos 27". Estranho, não é?

— Mórbido, você quis dizer, né?

— Enfim — o loiro suspirou —, você tem que ouvir essa guitarra e me dizer se não é incrível.

Daniel parou em uma música chamada *All Along the Watchtower*. A voz de Jimi Hendrix era bonita e tinha controle da música, além da guitarra parecer dançar nos ouvidos de Naoki. O loiro o encarava como uma criança, esperando que ele dissesse algo sobre a música, então Naoki sorriu:

— Esse cara é bom mesmo.

— *Bom*?! Está brincando?! Você está falando que o melhor guitarrista do mundo é só "bom"?

— Tudo bem, ele é *muito* bom — o violinista riu.

— Não! Ele é bom pra caralho!

— Está bem, está bem! Ele é o melhor guitarrista que já ouvi. Satisfeito? — Naoki riu e se jogou no sofá.

— Não, assim não vale! Você não deve ter ouvido mais do que três guitarristas até hoje...

Daniel se jogou ao lado dele e, depois de um tempo, a próxima música começou: *Voodoo Child*.

— Você toca guitarra, Daniel? — Naoki o observou.

— Não tanto quanto o Jimi Hendrix, quem dera... Mas até que sim.

— Caramba, o que mais você sabe fazer?!

— Como assim? — foi a vez do loiro encará-lo.

— Você pinta, toca piano, guitarra... Tem mais alguma coisa que você domina que eu deveria saber?

— Hum... Na verdade, tem.

— E o que é?

Daniel observou os olhos de Naoki por um segundo antes de se aproximar e beijá-lo. Um beijo quente, necessitado, urgente, louco, imediatamente obsceno. Um beijo selvagem, ao som de um louco solo de guitarra, de um jeito que Naoki jamais imaginou que beijaria alguém.

Sua mente o alertou de que deveria se afastar, mas seu corpo respondeu que era impossível. Ele não podia. Não queria, não conseguia. Aquilo era quase insano de tão delicioso e Naoki queria mais e mais e mais e... Daniel o puxou para perto, erguendo-o e colocando-o em seu colo, com uma perna de cada lado de seu corpo.

Quando Naoki desceu as mãos para segurar a jaqueta do roqueiro, com a intenção de tirá-la, ele segurou-o pelas coxas e jogou-o no sofá. Daniel então mordeu seus lábios de um jeito delicioso que fez o corpo inteiro de Naoki se arrepiar, obrigando-o a prender a respiração para não soltar um gemido. Sentia-se fervendo e completamente perdido.

Daniel se afastou, com um sorriso carregado de malícia e olhos incendiários.

— *Isto* — Naoki demorou um segundo para entender que aquela era a resposta à pergunta feita antes do beijo. — *E você* — completou Daniel com a voz rouca e uma expressão que faria o violinista se ajoelhar naquele mesmo instante.

Os olhos de Daniel faiscavam e Naoki estava a um segundo de pegar fogo — e de fazer uma besteira enorme. Não poderia se deixar ser enganado por aquele joguinho idiota, seja lá qual fosse, nem deixá-lo destruir seus próprios planos, então virou o rosto para o lado, obrigando-se a ignorar aqueles olhos cheios de brasa.

— Entendi — respondeu, empurrando Daniel de modo tão desesperado e nervoso que o roqueiro acabou por cair do sofá e atingir o chão com um baque alto.

Ele riu na mesma hora, encarando-o ao perguntar:

— O que foi? Não gostou?

— Não — Naoki sentou-se, ainda evitando encará-lo.

— Tem certeza de que não gostou? Você retribuiu... — provocou o outro.

— Eu fui pego de surpresa! — Naoki tentou se justificar, mas Daniel ergueu uma sobrancelha, contendo uma risada.

— Ah, então é assim que você reage quando é pego de surpresa? Retribui?

— Não é disso que estou falando, eu... A gente tava *conversando* e você me beijou.

— Tanto faz, não muda o fato de que você gostou. Além disso, suas frases foram bem sugestivas. "O que mais você domina?" — o loiro fez uma imitação exagerada de sua voz e Naoki revirou os olhos.

— Eu estava falando sobre *arte*, Daniel.

— E beijar não é uma arte? Fazer amor não é?

— Artes plásticas e música! Era *desse tipo* de arte que eu estava falando — Naoki levantou-se de uma vez. — E "fazer amor"? Você, com certeza, não fala assim, então se está achando que vai me enganar e me usar como fez com todas as outras pessoas com quem você já ficou, você está muito enganado.

— Me ofende você achar que eu só quero te usar — Daniel franziu a testa.

— Ah, já entendi — Naoki riu com sarcasmo. — Você acha que só porque decorou meu nome não está me usando? Ou talvez porque não dormi com você no primeiro minuto em que nos conhecemos?

— Não, não. Eu paguei pela sua comida! Sabe para quantas pessoas eu já fiz isso? Nenhuma.

— E daí? — Naoki o olhou com uma expressão tediosa, em seguida começou a pegar suas coisas. — Pagar um lanche não é exatamente uma prova de amor verdadeiro, não vou cair nessa.

— Então é isso o que você quer? — Daniel riu. — Amor verdadeiro?

— Não! — o outro berrou, irritado. — Não! Só não quero ser usado e descartado.

— Parece amor verdadeiro para mim — o roqueiro deu de ombros. — Todo mundo acaba usando e jogando os outros no lixo, Naoki. Todo mundo quer satisfazer alguma coisa lá dentro e acaba usando os outros, mesmo sem ser de propósito.

— Nem todo mundo, porque nem todo mundo é babaca desse jeito.

— Você que não entende.

— Não, *você* é que não entende. Você fica por aí tratando os outros como objetos, brincando com os sentimentos das pessoas e machucando elas. Não quero ser um brinquedo para você.

— E o que você quer de mim, exatamente? O que quer ser para mim?

Naoki não soube retrucar e não conseguir dar uma resposta à altura o irritou. Além disso, sabia que estava sendo hipócrita. Estava usando Daniel e fazendo seus próprios joguinhos para vê-lo sofrer.

Respirou fundo e, sem dizer nada, abriu a saída do apartamento.

Daniel se levantou do chão.

— Espera aí, Naoki.

— Tchau — ele atravessou a porta e fechou-a atrás de si.

Daniel bufou e chutou o sofá, nervoso.

— Que cara irritante!

Depois de encarar a salada que Naoki comia, Akira olhou o próprio prato, com um enorme pedaço de lasanha.

— Não acredito que eu sugeri vir num restaurante legal pra você pedir uma salada — ele resmungou.

— Não foi você que pediu, então pare de reclamar. Por que todo mundo implica com a minha comida? — Naoki bufou, reclinando-se na cadeira.

— Porque isso não é comida — Akira replicou, simplório.

— Por que sua irmã não veio? — o outro rolou os olhos, mudando de assunto.

— Está enrolada com algum trabalho da faculdade — o amigo deu de ombros. — Que foi? Já está enjoando de mim, é?

— Claro que não! Mas se você fosse o Daniel, eu estaria, sim... — Naoki fez uma careta, irritado com o fato de não conseguir esquecer o ocorrido, nem parar de mencioná-lo.

— Sei... Como se você não fosse adorar que ele te comesse.

— Não fale isso em público! — Naoki reclamou em voz baixa, olhando ao redor.

Pouco antes de os pratos chegarem, ele havia contado sobre o que aconteceu no dia anterior, mas, até então, Akira não havia feito nenhum comentário, nem mesmo uma fala de apoio a Naoki ou uma crítica ao comportamento de Daniel. Mas agora que o nome havia sido dito mais uma vez, Akira, cansado de só ouvir sobre o roqueiro nos últimos dias, largou o garfo e se inclinou sobre a mesa.

— Eu não acredito que *você* foi embora — sua voz soou baixa. — Devia ter deixado ele te comer, duvido que estaria assim, todo irritadinho com ele.

— Mas o que você quer, hein? Que ele não me procure no dia seguinte? — Naoki resmungou enquanto enfiava uma garfada de salada na boca.

— Se ele não te procurar, você vai ficar de coração partido, por acaso? — Akira o provocou. — Então é isso mesmo o que eu quero. Quero ganhar nossa aposta.

— Não vou transar com ele assim de cara, porque senão ele vai se mandar. Eu quero fazer o Daniel se *apaixonar*, não me comer e sumir como se nada tivesse acontecido.

— É, ele faz isso mesmo — Akira deu de ombros e deu um gole no refrigerante.

Eles ficaram em silêncio.

— Mas acho que eu me dei mal — Naoki suspirou. — Talvez ele não queira mais falar comigo. Falei algumas coisas que *talvez* não devesse ter falado... — admitiu, mesmo que a contragosto.

— Quando você não fala? — uma risada escapou de Akira. — Você nunca pensa duas vezes antes de falar ou fazer certas coisas.

— Tá bom, sua queixa foi registrada e será analisada pelo nosso SAC, mas se você pudesse me ajudar dessa vez ao invés de me criticar seria mais legal. E se ele resolver não vir atrás de mim nunca mais?

— Ei, já te ajudei ontem! — o amigo protestou. — Você acha o quê? Que eu vou *me* fazer perder?

— Se você não me ajudar, ninguém vai ganhar, idiota.

— Você que é o idiota aqui e devia calar a boca ao invés de falar besteira. Você estragou suas próprias chances.

Eles voltaram a ficar em silêncio.

— Ele deve ter cansado e agora não vamos a lugar nenhum... — Naoki voltou a reclamar.

— Então faça alguma coisa para continuar no radar dele. O Daniel vai ficar incomodado de te ver e lembrar que não te comeu — Akira gargalhou.

— E eu vou fazer o quê? Eu não sei onde o Daniel está durante o dia para aparecer por lá.

— Já dei a ideia, agora se vira. Não vou ficar te ajudando, acha que sou bobo?

Eles voltaram a comer, mas Naoki não teve tempo de ficar ali e aproveitar o almoço, nem a conversa. O relógio o avisou de que estava atrasado para a aula de direção, então ele saiu de lá sem ao menos terminar sua salada.

O final de maio estava se aproximando, assim como o inverno, e os telejornais já anunciavam dias cada vez mais frios. Algumas manhãs ainda iludiam os moradores de São Paulo, no entanto, com a aparição do sol que prometia calor, para logo depois vir um vento gelado que mudava o tempo.

Atrasado, Naoki saiu de casa correndo sob o céu azul e ensolarado, sem se lembrar de pegar uma blusa. De tarde, ele já tremia ao caminhar sozinho pelos corredores do Departamento de Música, pensando que nunca se acostumaria com o frio intenso dentro dos prédios da universidade. Apertou as partituras contra o peito e, ao chegar perto da sala, percebeu que havia alguém lá dentro tocando o piano, embora tivesse reservado a sala e, em tese, isso garantisse que ela ficasse desocupada.

Naoki espiou pelo vidro.

— Tá de brincadeira comigo... — murmurou ao perceber quem estava sentado ao piano, tocando algo que ele não conhecia: Daniel.

Bufando, o violinista adentrou a sala, propositalmente fazendo um pouco de barulho.

— O que está fazendo aqui? — perguntou ao fechar a porta.

Daniel não respondeu, porque estava concentrado demais tocando o piano como se estivesse se apresentando na Sala São Paulo. De vez em quando, pressionava as teclas com um pouco mais de pressa e agressividade, por causa da melodia.

Naoki resolveu se aproximar.

— O que está fazendo aqui? — repetiu, franzindo a testa por causa do nervoso.

Daniel o encarou, ainda tocando.

— Matando aula.

O violinista fez uma careta.

— Você será um ótimo profissional, não é? Se construir pontes, todas vão cair.

— É — Daniel levantou os ombros. — Mas tudo bem, não vou construir pontes, porque não faço Engenharia. Além disso, meu plano é ser professor e na minha área não vou precisar fazer contas, a não ser que seja para somar notas. Minhas pontes serão todas metafóricas.

— Que curso você faz? — Naoki ficou curioso.

— Filosofia.

— Que mentira.

— É sério! — Daniel riu.

— Não, não é. Diz logo que curso você faz.

— Filosofia!

— Ah, fala sério — Naoki resmungou, irritado, não porque achava um curso ruim, mas porque aquilo o transformava em alguém cada vez mais intrigante. — E que música é essa, caralho?

— *Patetico*. Scriabin.

— Hum... — Naoki limitou-se a ficar quieto, sentindo o peito queimar de ódio. Ele era quem fazia Música ali. Por que Daniel tinha que se meter no piano que *Naoki* deveria estar tocando, e ainda por cima tocar algo que ele não conhecia? "Patético"? Aquilo realmente era o nome de uma composição clássica?

— Sai daí, vai — mandou, ainda mais irritado.

Daniel parou de tocar e o encarou.

— Você foi embora anteontem, me deixou sozinho e agora vai me tratar mal? Qual o seu problema?

— *Você* é o meu problema — Naoki bufou. *Que se foda essa besteira de te fazer se apaixonar! Eu quero que você e os seus milhares de talentos irritantes se fodam e sumam da minha frente.*

O roqueiro abaixou o olhar para a pasta nas mãos de Naoki e viu as partituras. Em seguida, levantou-se e fez um gesto dramático, indicando o piano com as mãos.

— Todo seu.

— Eu quero que você saia da sala também — ordenou Naoki.

— Por que essa agressividade toda? — Daniel franziu a testa e se aproximou, dando um sorrisinho maldoso. — É raiva porque sei de coisas que só você devia saber?

Naoki respirou fundo, fechando os olhos com força enquanto tentava se controlar. Lembrou-se de Akira dizendo que ele nunca pensava duas vezes antes de fazer alguma coisa e, em seguida, da voz de Akane o aconselhando: "Conte até dez". *Um, dois, três, quatro...*

— Você devia estar na sua aula — disse enfim, calmamente.

— É, mas eu decidi vir atrás de você.

— Para me infernizar?

— Para te contemplar.

Naoki o encarou e riu, cheio de sarcasmo.

— Não faça isso.

— O quê?

— Mentir com uma cantada barata. Não faça isso.

— Não estou mentindo — Daniel segurou-o pelo queixo com cuidado. — Eu queria ver você — inclinou-se, fazendo menção de beijá-lo, mas Naoki virou o rosto e se sentou no banco.

— Você está louco? E se alguém entrar?

— Qual é...

— Eu preciso praticar.

— Está bem — Daniel deu de ombros e ficou ali, parado.

Naoki se virou, incrédulo:

— Você pode ir embora?!

— Por que não tocamos um dueto? — perguntou o loiro, sentando-se ao lado de Naoki.

— O quê?

— Um dueto. Vamos, vai ser legal — Daniel pousou as mãos nas teclas. — Olha só... para você não ficar com raiva, vou tocar uma que todo mundo conhece, tá legal?

Daniel começou a dedilhar uma música que Naoki adorava: *Canon em D,* de Pachelbel. Ele não podia deixar de tocá-la, contudo, a raiva era mais forte que a vontade. *"Vou tocar uma que todo mundo conhece". Idiota!*

Naoki continuou parado, sentindo o próprio corpo ferver de raiva.

— Sai daqui, Daniel — resmungou.

— O que foi, você não conhece essa também?

Babaca! Ridículo!

Ainda mais irritado, Naoki começou a tocar. De início, o toque pesado deixou as notas agressivas, mas Naoki fez um esforço para se acalmar, o que resultou na melodia ficar mais suave, do jeito que deveria ser tocada.

Em alguns minutos, a proximidade das mãos começou a desconcentrá-lo — sobretudo porque a de Daniel era extremamente quente e o aquecia só de estar perto. Não demorou para que a atividade se tornasse relaxante, e eles sorriam um para o outro enquanto as mãos dançavam sobre as teclas brancas e pretas. A raiva se diluiu junto à melodia e agora uma risada escapava pela boca de Naoki.

Quando eles terminaram a música, ficaram alguns segundos se entreolhando.

— Acho que a música tem um efeito surreal em você — Daniel brincou, baixinho. — Ou será que sou eu?

Naoki tentou desviar o olhar, mas se viu incapaz de desviar dos detalhes do rosto à sua frente.

— Cala a boca.

Daniel assentiu, mas acabou por dizer:

— Você toca muito bem, tanto violino quanto piano... Imagino que deve ser difícil ser ótimo em dois instrumentos na mesma medida. Você deve se dedicar muito, além de ter tanto talen...

Naoki se inclinou e pousou seus lábios sobre os de Daniel com delicadeza, sem pensar mais nos joguinhos — o próprio ou o do roqueiro. Na verdade, sequer entendia o que estava fazendo ou o que se passava em sua mente, então preferia não pensar em nada. Nem mesmo na aposta que fez.

Daniel segurou o rosto de Naoki com cuidado, dando-se conta de que, provavelmente, aquele era o seu primeiro beijo calmo em anos. *Mas que merda?* Foi o que pensou ao constatar aquilo, muito embora não pudesse reclamar: Naoki beijava bem e tinha aquela calma — exceto quando estava tendo um chilique ou tentando irritá-lo — que fazia Daniel relaxar.

Aquela surpreendente e estranha mudança de Naoki o intrigou: podia jurar que o marrentinho se levantaria e iria embora com passos furiosos para nunca mais voltar; mas então, em um único segundo, tudo o que Daniel achava saber sobre Naoki tinha virado de cabeça para baixo, sem explicação alguma.

Eles se afastaram devagar e Daniel o provocou com um sussurro:

— E se alguém tivesse entrado aqui?

Naoki balançou a cabeça e olhou para baixo, envergonhado.

— Que horas você vai sair daqui? — perguntou Daniel.

— Às três.

— Quer sair comigo?

— Para irmos aonde, na sua casa? — Naoki debochou, erguendo uma sobrancelha.

— Bom, se você quer tanto... — o roqueiro brincou.

— Não, eu não posso. Nem na sua casa nem em qualquer outro lugar.

— Pode, sim — Daniel lhe deu um selinho. — Vai, por favor.

— Eu sei o que você quer, e a resposta é *não*.

— Não, eu não quero nada. Só quero que você fique um pouco comigo. Podemos tocar piano e eu posso te apresentar à incrível Janis Joplin.

— Janis Joplin? Deixe-me adivinhar: outra figura emblemática do rock 'n' roll?

— Na mosca. Ela tem uma voz inacreditável, você vai ver.

Naoki mordeu o lábio e olhou para o lado. Ele precisava mesmo voltar para casa, pois ter faltado às aulas extras no outro dia para ir à casa de Daniel rendeu-lhe um sermão potencializado com uma variedade de xingamentos, que durou quase uma hora. Ele não sabia se valia a pena passar por aquilo outra vez por causa daquele roqueiro.

— Eu não sei.

— Ótimo, vou te esperar, às três horas, na porta do prédio de Música — avisou Daniel, levantando-se.

— Mas eu não disse... — Naoki tentou argumentar, no entanto, o outro se inclinou e o interrompeu com um beijo gostoso antes de tirar a jaqueta e jogá-la em sua direção.

— Você está gelado — foi o que disse antes de sair da sala.

Naoki olhou para a peça de roupa em suas mãos, hesitando por alguns segundos antes de vesti-la.

A jaqueta estava quentinha e cheirava a Daniel. Sua boca tinha o gosto dele. Seu rosto ainda sentia seu toque e...

Ah, não, Naoki!

Daniel olhou o relógio no pulso. Eram duas horas e Naoki sairia às três. Pensou em sair dali e encontrar algum lugar para se sentar, mas sabia que não voltaria para encontrá-lo caso se afastasse demais do Departamento de Música, então talvez fosse melhor permanecer ali e esperá-lo.

Caminhou beirando a lateral do prédio, contando as janelas para ficar próximo às da sala onde Naoki estava. Queria ficar bem na frente, mas chegou à conclusão de que o esquentadinho se enfureceria caso o visse pelo vidro e seu treino seria arruinado, sem a concentração que precisava ter. Daniel sabia o quanto aquele tempo para praticar era importante e não era tão idiota e egoísta assim a ponto de não saber o quanto eram importantes aquelas horas de dedicação. Sendo assim, afastou-se e, atravessando a rua, encostou-se em uma das árvores da Praça do Relógio, sem conseguir tirar os olhos das janelas.

Acendeu um cigarro, mesmo sabendo que já devia ter parado. Estava tentando largar há meses, mas algumas coisas ainda lhe causavam recaídas — tocar piano, por exemplo, era uma delas. Ficou encostado na árvore, sem saber ao certo a razão de continuar ali ao invés de ir embora.

Assoprando a fumaça, lembrou-se de Naoki tocando Pachelbel agressivamente por um momento antes de se acalmar e tocar com leveza e do beijo que havia lhe dado ao término do dueto. Naoki era mesmo estranho: ele parecia se irritar com coisas mínimas e tomava decisões que o contradiziam logo depois. Mesmo assim, Daniel não sentia vontade de se afastar. Rindo, tragou o cigarro outra vez.

Sua mãe costumava ouvir Pachelbel quando pintava.

Daniel havia crescido em meio ao cheiro de tinta, ouvindo melodias eruditas, MPB e rock 'n' roll, e implorou para começar a aprender a tocar guitarra e piano quando tinha oito anos. Todos os dias, sua mãe ficava dentro de seu "escritório" estudando fotografias e desenhos para suas pinturas nos quadros enquanto ouvia orquestras ou músicas do Adoniran Barbosa. De vez em quando, ela chamava o filho para pintarem as paredes daquele cômodo com novos desenhos e padrões — o que Daniel adorava, assim como gostava do fato de a mãe sempre manter uma mesa limpa para que ele pudesse estudar em sua companhia ao voltar da escola. Os dois gostavam de ler os mesmos livros e conversarem sobre, como se tivessem um clube do livro só para eles. Daniel sentia falta daquelas noites quando se sentava ao lado da mãe no sofá e sentia seu cheiro de creme de flor de cerejeira, que ela usava para tentar disfarçar o de fumo.

A casa cheirava a cigarro devido ao vício dos pais, mas também cheirava às novas receitas que ela gostava de experimentar, dos livros de culinária que comprava aos montes. Músicas de rock por vezes ressoavam pelos cômodos, porque seu pai era fanático pelo gênero e tinha uma loja de LPs. Ele era um pouco distante, pois estava sempre ocupado, trabalhando fora e reclamando que os quadros da esposa não davam dinheiro. Ela costumava não respondê-lo e o marido não continuava com as queixas, já que a renda da casa era complementada com o dinheiro que conseguiam do arrendamento de um pedaço de terra que o avô de Daniel havia deixado para a filha. E, apesar das brigas, sabia que seu pai era completamente apaixonado pela esposa, assim como ela também era, podia ver nos olhos dos dois. Esse era o motivo para nenhuma briga se prolongar naquela casa.

Quando Daniel completou treze anos, sua mãe parou de pintar. Vinha lutando contra um câncer de pulmão já há alguns meses e, naquela época, nem mesmo ouvia as músicas de que tanto gostava, pois estava entregue a uma melancolia e a um cansaço que a prendiam na cama. O pai, que estava o tempo todo ao lado dela, também já não colocava mais os discos de rock para tocar e o silêncio, que nunca existiu em sua casa antes tão cheia de música, agora incomodava Daniel. Aquele silêncio o incomodava até hoje, mesmo aos seus vinte e quatro anos e morando em outro lugar. A quietude deixava tudo mais vazio, fazia os cômodos parecerem demasiadamente grandes e frios, fosse aos treze anos, fosse aos vinte e quatro.

Não levou muito tempo para sua mãe falecer após o diagnóstico, porque a doença foi descoberta tarde demais. Antes de partir, no entanto, vendeu as terras da família e deixou o dinheiro guardado em uma conta para quando Daniel se tornasse adulto. Seu pai, destruído, largou o cigarro e passava horas se dedicando somente à loja. Havia dias em que dormia lá, deixando o filho sozinho. Daniel imaginava que voltar para casa e a esposa não estar mais lá devia machucar seu pai, além de ter de sustentá-lo sozinho. Por isso, o filho compreendia, em parte, suas ações, mas nem por isso deixava de se ressentir pelo abandono.

Três anos depois, seu pai arranjou uma noiva, que já havia sido casada antes e tinha um filho. Talvez tivesse achado que aquele casamento poderia ser bom para Daniel, que agora se isolava para pintar e fumar escondido, mas o garoto não entendia o motivo de seu pai pensar daquela forma. Aquela mulher nunca seria sua mãe e o filho dela nunca seria seu irmão.

Naquele tempo, o que o garoto mais queria era atingir a maioridade, pegar a herança modesta que sua mãe lhe deixara e se distanciar de seu pai, que, naquele ponto, só sabia ignorá-lo, exceto quando resolvia criticar suas pinturas e xingá-lo por estar fumando. "*Não viu o que aconteceu com sua mãe? Você é idiota e acha que também sou? Acha que não sei que está fumando escondido? Para com essa porra, isso mata!*".

Na época, Daniel gostava de pensar que tudo aquilo machucava mais o pai do que a si próprio... E talvez ainda gostasse de pensar assim, porque ainda não conseguia se livrar do ressentimento que havia criado e alimentado durante tantos anos.

Claro que todos os seus planos tinham ido por água abaixo quando finalmente completou dezoito anos...

O vento o arrepiou subitamente, levando-o para longe de suas recordações. Piscou. Quanto tempo tinha perdido vagando na própria mente? Um minuto ou um século inteiro? Quando olhou o relógio, viu que já estava dando o horário de Naoki sair.

Relutou em ir atrás dele. Fazia anos que não pensava naquelas coisas ruins do passado e tinha consciência de que só havia se embrenhado em tais lembranças por ter tocado Pachelbel com Naoki.

Apagando o último cigarro e jogando-o no lixo, respirou fundo antes de voltar ao prédio.

Quando Naoki saiu, o vento gelado o acertou em cheio e bagunçou seu cabelo, fazendo-o se encolher dentro da jaqueta de Daniel. E ao vê-lo se aproximar, parou de andar no mesmo instante.

O roqueiro também parou, a vários passos de distância, e os dois ficaram se encarando. Daniel não parecia estar com frio, apesar de não estar com sua jaqueta, e seus olhos pareciam perdidos, embebidos em algo que ele não compreendia. Naoki tentou decifrar aquilo, contudo, não pôde. Mal o conhecia... Mal o conhecia e, mesmo assim, estava ali, tentando decodificar seus olhos indecifráveis.

Naoki engoliu em seco. Parecia que o gesto vinha se tornando um hábito toda vez que o via. Sua boca ficava seca, sua mente dava um nó e ele se pegava sem saber como agir. Queria acreditar que a explicação estava na dificuldade de ter que pensar numa maneira para fazer Daniel se apaixonar, mas estava começando a duvidar de si mesmo.

O roqueiro, alheio aos pensamentos de Naoki, caminhou em sua direção quando percebeu que ele não sairia do lugar.

— Então? Vamos? — perguntou.

Agora, os olhos pareciam estar de volta ao normal: atrevidos, repletos de brasa, como se o zombassem por saber de um segredo que se negava a contar.

Naoki desconcertou-se diante deles e precisou de um instante para desprender-se daqueles olhos e se lembrar do que deveria ser dito em seguida.

Estava sempre se desconcertando com os olhos de Daniel, sempre tirando-o da órbita... E desconfiava que sempre seriam.

— Eu preciso estudar — respondeu em voz baixa.

Aquilo não deixava de ser verdade, mas a questão era que depois de muito pensar sozinho, enquanto errava sem parar as notas das partituras, chegou à conclusão de que não deveria sair com ele. Não apenas porque achava que tinha que se fazer de difícil e obrigá-lo a implorar mais um pouquinho por sua atenção, mas também porque não queria perder seus afazeres outra vez. Aquele roqueiro realmente não valia os sermões de seu pai.

— Eu *realmente* preciso estudar e pôr tudo em dia — completou. — Desculpe.

Daniel o observou.

— Está bem.

— Você está chateado? — Naoki deixou escapar e logo se xingou silenciosamente por isso. *E daí se estivesse?* Pensou, indignado consigo mesmo.

— Não — o outro sorriu.

Claro que contente não estava, afinal, tinha esperado ali feito um idiota à toa, mas também se lembrava de que Naoki havia dito que não poderia sair naquele dia. A escolha de ficar ali, no final das contas, foi sua, então só lhe restava respirar fundo e perdurar o falso sorriso.

— Mas ficarei feliz se você me prometer que vai ouvir a Janis Joplin — ele concluiu.

— Com você? — Naoki levantou o olhar em expectativa, com as palavras escapando-lhe sem que pudesse detê-las.

Daniel sorriu de lado, com o queixo erguendo-se lentamente.

Naquele momento, teve certeza de que Naoki o queria.

— É — concordou com a cabeça.

— Tá.

— Tá.

— Aqui, sua jaqueta.

Naoki começou a tirá-la, mas Daniel pousou as mãos sobre as suas.

— Sabe, queria mentir e dizer que estou preocupado com você passar frio... mas a verdade é que eu quero que fique com ela pra você ter um pretexto para me procurar amanhã.

Naoki semicerrou os olhos.

— Você é quem deve me procurar amanhã, já que quer que eu ouça Janis Joplin.

— Não, não! — o loiro riu. — Foi você quem disse que quer ouvir comigo.

Naoki revirou os olhos.

— Tá legal. Até amanhã.

— Até.

Naoki saiu andando, e Daniel o observou.

Algo parecia estar errado, mas o roqueiro não sabia dizer o quê. Naoki já parecia estar caidinho por ele, então por que recusava *tanto* que saíssem juntos? Por que não tinham transado naquele dia? *Sabia* que Naoki queria, mas, graças a ele, nada havia acontecido. Levá-lo para a cama já se mostrava uma tarefa que exigiria paciência demais para seu gosto.

Depois do beijo daquele dia, Daniel não conseguia parar de imaginar como seria transar com Naoki, nem de se perguntar por que não tinham chegado aos finalmentes. Teria sido tão simples se fosse com qualquer outra pessoa... Aquele marrentinho, no entanto, dava-lhe a impressão de que queria gestos enormes e significativos. Aliás, não era só impressão: ele já tinha dito com todas as letras. Qual é, Naoki se achava algum deus da Grécia Antiga e queria uma hecatombe ou algo assim? Exigia algum tipo de sacrifício ou participação nas Cruzadas? Era assim, não era? Quem ia para as Cruzadas entrava no céu? Se Daniel fosse para as Cruzadas, então entraria, bem... em Naoki?

Daniel riu consigo mesmo ao pensar na comparação de Naoki com o céu, porque lidar com aquele cara chato, mimado e irritante estava mais para o inferno.

A sua fala daquele dia, de que não queria ser "usado e jogado fora", mostrava a Daniel que ele precisava agir de forma totalmente diferente para conseguir levá-lo para a cama. Então, se queria mesmo fazê-lo se apaixonar e levá-lo para a cama, teria que idolatrá-lo, elogiá-lo e tratá-lo com muito carinho e cuidado — o que era péssimo, porque Daniel não fazia coisas do tipo. Ele preferia tudo simples e gostava de ser curto e grosso, sem complicações e sem tempo para meios-termos.

No entanto, muito embora sentisse preguiça só de pensar nas coisas a que teria de se sujeitar para cumprir seu objetivo, estava disposto a sair da rotina para ver Naoki apaixonado.

A graça de ser Daniel era que ele conseguia absolutamente todos que quisesse, tudo o que tinha que fazer era se esforçar um pouco mais — ou um pouco menos. Naoki não demoraria a ser seu: ele se apaixonaria logo e Daniel, enfim, poderia se ver livre dele ao cumprir sua própria meta.

Mas ele se preocuparia com aquilo no dia seguinte, porque, naquele exato momento, decidiu ir atrás de alguém para passar a noite que se aproximava de uma forma deliciosa. Alguém como André, por exemplo.

É, ele já devia estar em casa.

Apesar de combinarem que ouviriam Janis Joplin no dia seguinte, Daniel e Naoki acabaram não se encontrando, porque o roqueiro se esqueceu de que, há meses, já tinha compromisso marcado para essa data.

Assim, tudo o que Naoki recebeu, já que não haviam trocado seus números de telefone, foi um recado. Akane e ele estavam caminhando e conversando dentro do prédio da Faculdade de Arquitetura e Urbanismo onde a amiga estudava quando um rapaz se aproximou. Ele se vestia como os caras do Charlie Brown Jr. e os dois imaginaram que fosse um calouro perdido.

— Você é o Naoki? — o rapaz perguntou, e ele assentiu, franzindo as sobrancelhas. — O Daniel pediu para te avisar que vai ter que cancelar os planos.

— Quem é você...? — Naoki estava confuso.

— Um amigo dele. Ele me disse para te procurar no CMU ou na FAU.

— Na FAU? — Akane repetiu.

— É. Ele disse que uma amiga do Naoki estudava Arquitetura, então talvez eu encontrasse vocês dois aqui.

— Uau, ele se lembrou que curso eu faço? — Akane riu, debochada e impressionada ao mesmo tempo.

— E por que ele te mandou aqui ao invés de vir me dizer? — perguntou Naoki.

— Porque não teve tempo de vir.

— Ah. E ele disse... o motivo?

— Ele tem um compromisso de família ou algo assim.

Naoki assentiu e respondeu:

— Sinto muito que você tenha vindo aqui só para me dizer isso.

— Não esquenta, não fiz de graça — o jovem sorriu, tirando duas notas de dez reais do bolso. Era a edição lançada naquele ano, em polímero, para homenagear os quinhentos anos da chegada dos portugueses ao Brasil. O rapaz olhou para Akane, ainda exibindo o dinheiro. — Além disso, valeu a pena. Quer tomar alguma coisa, princesa?

— Hã, hoje não, obrigada — a garota sorriu de leve, fazendo-o se despedir e ir embora. Em seguida, virou-se para o amigo.

— Bom, você... valeu vinte reais, hein? — ela riu baixinho.

— Grande merda. Um compromisso de família? — Naoki se virou para a amiga. — O que é isso, uma desculpa pra me dispensar e pegar outra pessoa?

— Pegar outra pessoa? — Akane riu e brincou: — Quer dizer que você esperava que ele te pegasse hoje?

— Não foi isso que eu quis dizer... — ele murmurou, sem conseguir esconder a verdade.

Pelo menos três músicas de MPB haviam tocado no restaurante enquanto Daniel esperava e lia, concentrado, um livro de Nietzsche. Havia reservado uma mesa ali, porque a companhia daquela noite gostava especificamente daquele estabelecimento, em especial, das sobremesas servidas.

Costumava frequentar aquele local com seu pai e sua madrasta alguns anos antes, mas agora apenas ia uma vez ou outra no ano.

Ele deixou o livro de lado quando sua companhia se sentou à mesa, treze minutos atrasado. *Como sempre*, o roqueiro pensou, resignado.

— Oi — Rodrigo murmurou em um tom baixo e monótono, como de costume.

— Oi — Daniel sorriu, observando os detalhes às vezes esquecidos do rosto alheio. Cada detalhe que, por muito tempo, soube de cor.

Rodrigo era a razão de o roqueiro ter esquecido todos os planos que fez para a sua maioridade. Ele apareceu com seu jeito meio fechado e rude quando Daniel tinha dezessete anos e Rodrigo tinha vinte e três anos. O rapaz estudava no Largo São Francisco e morava em uma república. Passou um ano inteiro visitando a mãe — que virou a madrasta de Daniel — esporadicamente e, aos poucos, fez amizade com Daniel, mas os dois nunca falavam sobre coisas relevantes. Algumas vezes, trazia sua namorada. Adriana era linda, divertida e parecia gostar de conversar com Daniel muito mais do que Rodrigo parecia gostar. Pelo fato de ambos adorarem rock, Daniel e Adriana sempre tinham assunto e o pai do garoto até mesmo deu a ela um disco de vinil dos Beatles, sua banda preferida. Daniel não conseguiu acreditar que seu pai havia dado um LP caro daqueles para ela, mas imaginou que quisesse parecer um cara legal para o enteado.

No começo do ano seguinte, em meio a crises de ansiedade, Rodrigo trancou o curso e foi morar com a mãe. Naquela época, Daniel e ele começaram a se ver todos os dias e a conversar de verdade.

Rodrigo sabia tocar piano e sempre chamava Daniel para tocar duetos, mas o garoto não praticava desde que a mãe ficara doente, de modo que nada soava bonito sob seus dedos enferrujados. Rodrigo também adorava literatura russa — que o mais novo começou a consumir aos montes só para impressioná-lo. Antes que percebesse, Daniel havia voltado a fazer aulas de piano, abarrotado a estante de livros em seu quarto e criado raízes demais naquela casa para colocar em prática os planos para seus dezoito anos, quando antes desejava se afastar do pai. Ao invés daquilo, no entanto, estava apenas se permitindo aproveitar os dias com Rodrigo, iludindo-se com sua companhia e atenção, acreditando que flertavam em segredo e que podia existir algum tipo de paixão entre eles.

Quando o rapaz terminou com Adriana, tudo pareceu ainda mais real. No aniversário de dezoito anos de Daniel, Rodrigo o beijou no último minuto do dia, dizendo uma frase ridícula e clichê como aquele era seu presente de aniversário — que, apesar de brega, fez o roqueiro se apaixonar ainda mais. Não demorou a perceber que nunca conseguiria sair daquela casa, não enquanto Rodrigo permanecesse ali.

A amizade de Daniel com Adriana continuou por alguns meses depois do término do namoro, no entanto, quanto mais tempo passava com Rodrigo, mais culpa sentia por cultivar a amizade com a moça, o que o levou a se afastar dela. Os dois acabaram tendo um namoro escondido e mal resolvido por quase dois anos. Depois do beijo e de algumas coisas mais, o mais velho retornou à universidade, visitando Daniel vez ou outra, sempre com a desculpa de estar ocupado demais. Daniel ainda se lembrava do quanto desejava que ele voltasse e dissesse "eu te amo", algo que ele mesmo havia dito tantas vezes e ficado sem resposta, no silêncio das noites escuras, observando os pontinhos de luz que atingiam o teto do quarto. Tinha desejado que Rodrigo oficializasse o namoro, que não fosse embora e o esquecesse, que não o tratasse com aquela indiferença que só parecia aumentar... Mas foi exatamente o que se sucedeu e o resultado foi um Daniel destroçado por meses após ter sido dispensado sem explicações ou despedidas apropriadas.

Quando percebeu que aquele relacionamento não tinha importância nem significado algum para o outro, Daniel finalmente pegou suas coisas e saiu de casa, decidido a jamais se apaixonar outra vez, muito menos admitir que amava alguém. Desde então, não falara com o pai, a menos que fosse realmente necessário — o que se resumia a desejar feliz aniversário, feliz natal e feliz ano novo. Daniel também não aceitava dinheiro do homem, que, talvez por remorso, havia sugerido depositar uma pequena quantia mensal em sua conta. O roqueiro havia usado o dinheiro que sua mãe lhe deixara para pagar o aluguel de um apartamento minúsculo e velho enquanto procurava por um emprego e estudava para o vestibular.

Quando enfim entrou na universidade, matriculou-se no período noturno e passou os dias trabalhando e estudando no transporte público. Conheceu André no primeiro ano da faculdade, antes de o rapaz desistir do curso, e começou a dividir com ele um apartamento um pouco maior, com dois quartos e uma varanda, localizado em cima de um conjunto de lojas. Seu sonho era juntar dinheiro para comprar uma moto Honda CB 500, mas encarou a realidade e se contentou em comprar uma CBX Strada, menor e mais barata.

Tinha acreditado que havia dado um jeito em sua vida e esquecido Rodrigo, mas quando ele reapareceu, foi incapaz de lhe dizer "não".

Seu pai se divorciou um ano depois de o filho sair de casa. Daniel não voltou a ver a madrasta, no entanto, voltou a ver Rodrigo e a ter recaídas tolas.

Mas, agora, pelo menos, já fazia quase um ano que não iam para a cama juntos.

— Você está atrasado — constatou Daniel. — Por que combinou antes se só ia chegar agora?

Rodrigo não ergueu os olhos. Primeiro olhou para a mesa, depois para as taças, o livro e, em seguida, para o próprio relógio.

— É, eu sei... Desculpe — respondeu simplório e finalmente o olhou, sorrindo de leve. — Como você está?

— Estou bem, e você?

— Também.

Houve um momento de silêncio enquanto os dois se entreolhavam e se acostumavam às mudanças físicas de alguns meses para cá.

— Você ainda não cortou esse *mullet*, Daniel?

— Não. E nem vou.

Rodrigo revirou os olhos, sem dizer nada.

— Você gostava dele antes — murmurou o roqueiro.

— É, admito que era legal te puxar pelo *mullet* para te dar uns petelecos e te xingar por causa da louça que você nunca lavava — Rodrigo riu e foi a vez de Daniel revirar os olhos.

— Ah, não... Você gostava de puxar para fazer outra coisa — o mais novo sorriu de canto, fazendo-o franzir a testa e desviar o olhar.

Rodrigo chamou um garçom e pediram o jantar. Quando o funcionário se afastou, ele tentou puxar assunto:

— Então, o que anda fazendo? Brincando de quebrar corações?

— Como adivinhou? — uma risada escapou pela boca de Daniel.

— É a única coisa que você faz da vida — Rodrigo deu de ombros.

— Ah, você sabe... Algumas coisas eu sei fazer muito bem — Daniel sorriu maliciosamente outra vez. — Aliás, não foi por isso que você quis me ver? Fazia tempo que não me ligava...

Rodrigo se reclinou na cadeira, com o olhar irritado chocando-se com o do mais novo.

— Como está seu pai? — perguntou, então.

— Sei lá — Daniel deu de ombros. — Como está sua mãe?

— Aparentemente, bem. Já está no quarto casamento.

— Meus parabéns — o outro riu. — Foi por isso que quis me ver, então? Para perguntar como está meu pai? Porque se veio me convidar para ir ao casamento da sua mãe, não estou a fim de comprar nenhum presente.

Rodrigo o encarou, os olhos se demorando sobre seu rosto.

— Só queria te ver — disse, enfim.

O loiro franziu a testa.

— O que foi? Está morrendo? Se quisesse só passar a noite comigo, não diria isso.

— Cala a boca, Daniel — Rodrigo resmungou. — Só... vamos jantar, está bem?

— Sabe que não vou ficar quieto enquanto você não me disser o que aconteceu.

— Sei, você é um pé no saco, mas hoje estou tentando ser paciente.

— Eu também fui paciente. Esperei pacientemente por dois anos enquanto você não resolvia se me queria ou não.

O mais velho suspirou, encarando-o.

— Vai me dizer que está saindo com alguém, então?

Daniel tombou a cabeça para o lado e, na ausência de uma resposta, insistiu:

— Está, não está?

— Estou.

— Deve ser sério, então.

— Na verdade, não, ainda não sei no que vai dar — Rodrigo tomou um gole do vinho.

— Então por que me contar?

— Não vim te ver para dizer que estou saindo com alguém, Daniel. Pare de concluir coisas com as minhas palavras.

— *Meias-palavras* — ele o corrigiu. — Você sempre só disse meias-palavras e esperou que todos te entendessem, então não reclame por eu tentar ler nas entrelinhas.

Rodrigo respirou fundo e se reclinou na cadeira do restaurante, parecendo cansado.

— Faz tempo que não vejo sentido nos nossos jantares — Daniel murmurou, olhando para o lado.

— Foi por isso que te chamei. Sei que te machuquei muito... e que continuo te machucando, talvez. Desculpe. Fui um babaca e não devia ter te tratado daquele jeito.

Daniel o encarou, engolindo a raiva. A voz monótona de Rodrigo ainda tinha a capacidade de feri-lo, assim como suas palavras.

— Não precisamos de um ponto-final, se é o que você quer, ou o que acha que preciso — o mais novo respondeu. — E se você quer perdão, não te darei, porque aposto que não se importa de verdade com o que aconteceu. E se passou a se sentir mal de uma hora para a outra, continue se sentindo.

Rodrigo concordou com a cabeça, em silêncio.

— Quer que eu fique com essa culpa para sempre? — perguntou, após um tempo.

— Quero que se sufoque nela...

— Daniel...

O mais velho tentou interrompê-lo, mas ele continuou:

— E se preferir, não nos veremos depois de hoje.

— Você complica demais as coisas.

— Não é como se você tivesse facilitado, também.

Ficaram novamente em silêncio, com o peso das palavras sobre seus ombros, incapacitando-os de quebrá-lo, até que Daniel respirou fundo e disse:

— Então, quem é?

— Por que você faz isso?

— Quem é? — repetiu.

— Um cara da sua universidade — Rodrigo admitiu em voz baixa depois de um momento.

— Diz o nome — Daniel pediu e, em seguida, deu um gole no vinho.

Apesar de ter perguntado, não queria saber. Ele nunca queria saber quem eram as companhias amorosas de Rodrigo.

— Akira Hashimoto.

Aquele nome fez o roqueiro se engasgar com vinho.

— Desculpe — ele deu uma risada —, tenho que avisar antes que você fique bravo por eu não ter contado: se não me engano, já transei com ele.

— E por acaso tem alguém com quem você ainda não transou, Daniel?

— Tem, sim — riu mais uma vez, lembrando-se de Naoki.

Lembrou-se do sorriso meigo, do beijo surpreendentemente doce e das mãos receosas que o tocavam como se o jovem tivesse medo de errar.

— Como pode você mudar da água para o vinho em segundos? — o semblante de Rodrigo se contraiu.

— Porque sou rancoroso, mas sou legal.

— Falso, você quis dizer.

— Tanto faz — Daniel deu de ombros ao mesmo tempo que o garçom colocava a comida na mesa. Jantaram em silêncio, aliviados por aquela ser a última vez que se encontrariam.

Sentados na mesa perto da piscina, Akane mexia o suco de maracujá e Naoki se concentrava nas partituras à sua frente. Enquanto o amigo estudava, ela estava completamente entediada, uma vez que já havia concluído todas as suas tarefas — o que o amigo considerava impossível, já que na faculdade só havia uma máxima: a matéria sempre estava atrasada.

Ele estava tentando estudar, mas a verdade era que ainda pensava no bolo que tinha levado de Daniel no dia anterior e ainda se irritava com isso.

— O que acha de sairmos quando você terminar? — Akane questionou.

— Não sei, posso demorar aqui — ele respondeu sem olhá-la.

A garota se debruçou sobre a mesa, fitando sua mão enquanto ele escrevia notas nas partituras.

— Nunca entendi como você faz pra estudar essas partituras — Akane murmurou, mas ele não respondeu, provavelmente nem a escutou. — O Akira me disse que você pediu ajuda com o Daniel...

Distraído, Naoki assentiu, ocupado em apagar algo que havia anotado errado.

— E também disse que vocês fizeram uma aposta — ela completou, enfim fazendo o amigo encará-la.

Naoki pensou que Akane faria algum comentário sobre a aposta, mas ela não fez. Talvez não soubesse o que tinha sido barganhado ou, quem sabe, não quisesse entrar em detalhes.

— Ah... É.

Akane assentiu, endireitando-se.

— Então... — sua voz soou baixa. — Quando você vai ver o Daniel de novo?

— Não sei. Eu preciso ouvir Janis Joplin.

— Por quê?

— Ele me disse para ouvir.

A amiga riu.

— O Daniel está te dando aula de "Fundamentos do Rock"?

Naoki riu de volta.

— Sei lá, ele é doido.

— Mas você está gostando do jeito doido dele, não está...?

— Não.

Naoki revirou os olhos, voltando a atenção para os papéis, mas a amiga insistiu em conversar:

— Você não ficou com ciúme pelo Akira estar saindo com alguém?

— Por que eu teria ciúmes? — Naoki questionou, ainda com os olhos nas notas musicais, como se tivesse sido perguntado sobre algo trivial.

— Porque... Sei lá. Vocês não tinham algo? — Akane mexeu em seus anéis e o cabelo preto escorrido deslizou para a frente enquanto ela se movia, impaciente por causa do silêncio.

— Não tínhamos nada sério. Ele pode sair com quem quiser, e eu também.

— Eu sei. É só que... Não sei se gostei do cara com quem o Akira está se encontrando — a amiga mexeu na gola do conjunto xadrez que usava.

— Deixa seu irmão, Akane — Naoki finalmente deixou tudo de lado, afastando as folhas. — Ele parece gostar do cara. Você não quer ver ele feliz?

— Eu sei, é que... — ela passou a mão pelo cabelo e suspirou. — Tá bom, escuta, Ki... Não quero que você saia de coração partido dessa aposta doida. Nem que precise... cumprir o que prometeu ao meu irmão.

— Isso não vai acontecer, vou ganhar a aposta e um violino novo — ele lhe deu uma piscadela.

— Não, Naoki, você não está entendendo... Eu não devia ter sugerido aquela ideia idiota e vocês não deviam ter feito essa aposta.

— Por que não?

— Porque é errado e alguém vai sair machucado. Não quero que seja você.

— Por que acha que serei eu? — Naoki franziu a testa.

— Não acho que vai ser você, só estou falando hipoteticamente.

O jovem ficou em silêncio antes de suspirar.

— Qual é o problema de verdade, Akane?

— É esse, já falei.

— *Akane-san* — ele a chamou com o sufixo da língua japonesa que usava apenas para caçoá-la ou repreendê-la, o que quase nunca acontecia.

Ela respirou fundo.

— Tudo bem... A verdade é que acho que estou gostando do Daniel e não quero que ele se apaixone por você. E só estou dizendo isso porque tenho certeza de que você não se apaixonou por ele ainda. Então, antes que isso aconteça, queria que você e o Akira parassem com essa aposta.

Naoki tombou a cabeça para o lado, reclinando-se na cadeira.

— Está apaixonada por ele? — franziu a testa, confuso.

— É.

— Mas vocês nem se falaram mais...

— Eu sei, mas não consigo parar de pensar nele... — a garota soltou um suspiro.

— Então quer que eu pare de ver o Daniel?

— É. Desculpe — Akane sorriu com as bochechas vermelhas, do jeito que Naoki sabia que ficavam quando ela estava se esforçando para dizer algo que estava entalado na garganta. Ela devia estar pensando em falar com ele já há alguns dias.

— E você vai... atrás dele? — ele perguntou.

— Ah... Talvez... Eu não sei — Akane passou as mãos pelos cabelos outra vez. — Acho que sim.

Naoki suspirou. Então deveria abandonar a aposta e não voltar a ver Daniel?

Tudo em que conseguia pensar não era no violino que poderia ganhar com a aposta, nem se Akane realmente estava apaixonada, mas em como queria *não* ter escutado aquilo e em como Daniel estava se tornando sua prioridade nos últimos dias, sem que sequer tivesse percebido. O roqueiro havia se tornado uma constante em seus pensamentos e Naoki não entendia como aquilo tinha acontecido, nem o que aquilo significava.

E, de alguma forma ainda mais confusa, começava a se dar conta de que não queria cancelar a aposta com Akira, porque ela era sua melhor desculpa para poder ver Daniel outra vez.

— Você... está gostando dele? — Akane perguntou, hesitante.

— Não — Naoki balançou a cabeça.

— Tem certeza?

— Por quê?

— Porque se você estiver... nenhum de nós deveria ir atrás dele — ela concluiu. — Não quero estragar nossa amizade por causa de um cara, principalmente esse.

Ele a encarou por alguns segundos antes de se levantar, juntar suas coisas e dar as costas para a amiga.

— N-Naoki — ela o chamou com a voz triste, levantando-se com pressa. — Espera aí...

O rapaz se virou para Akane e respirou fundo antes de responder:

— Não estou gostando dele. Só estou... irritado. Foi você que me implorou para "quebrar o coração dele", em primeiro lugar. Por que não me falou antes?

— Tem razão, me desculpe! — ela sacudiu a cabeça com violência, com os cabelos mexendo no mesmo ritmo das mãos frenéticas, enquanto tentava se aproximar. — Não quero dar uma de mandona. Você pode fazer o que quiser... É só que... você sabe que essa aposta vai dar problema e... Eu não quero que nossa amizade seja afetada por causa de um cara.

Naoki não respondeu e a amiga parou, sem coragem de se aproximar.

Ele a encarou em silêncio antes de dizer:

— Você devia voltar para casa. Tenho que estudar.

— Tudo bem...

Akane engoliu em seco, assentindo enquanto o via entrar em casa. Ela observou suas costas e, em seguida, baixou o olhar para o seu par de sapatos preferido.

Sabia tudo sobre Naoki e sempre tinha devotado enorme esforço e tempo para decorar cada um de seus detalhes e gostos, sendo capaz até mesmo de lê-lo melhor do que ele achava que seria capaz. Naoki era seu melhor amigo, afinal.

Mas o que ela estava fazendo? Sentia que causara um dano no relacionamento dos dois só porque seu ego tinha sido ferido por um babaca estúpido. Sabia, desde o início, que ela e Daniel não seriam nada além de uma noite, mas, mesmo assim, sentiu-se ultrajada e inventou aquele plano estúpido para tentar humilhá-lo.

Também sabia que se Naoki continuasse com aquilo, acabaria se apaixonando por Daniel mais rápido do que pensava e, no final, sairia de coração partido.

Mas aquela não era a possibilidade que mais a assustava: na pior das hipóteses, acreditava que perderia o amigo para sempre. Na pior das hipóteses, Daniel o levaria para longe dela.

Akane suspirou e pegou sua bolsa antes de sair da mansão.

Quando Daniel chegou em seu apartamento naquele sábado, o relógio ainda não marcava sete horas da manhã. Havia passado a noite com algum cara qualquer que não conseguia lembrar o nome, nem ao menos sabia se havia lhe perguntado.

Haviam se passado alguns dias desde o jantar com Rodrigo, desde que finalmente haviam colocado um ponto-final naquilo que mal poderia ser considerado um "relacionamento", e Daniel não tinha ido atrás de Naoki nenhuma vez desde então.

Sua cabeça latejava quando passou pela porta do apartamento e encontrou André jogado no sofá, com as pernas encaixadas entre as de Luísa. Para seu alívio, eles estavam de roupa — não que nunca os tivesse visto sem, mas, naquele momento, Daniel não estava a fim de presenciar nada, nem de se trancar em seu quarto e ouvir gemidos do lado de fora.

Tudo o que queria era tomar um banho, comer alguma coisa e se deitar em sua cama ou, talvez, ler algum livro ou tocar alguma música na guitarra.

— Ei, olha quem chegou! — Luísa se levantou e o olhar de Daniel caiu sobre suas pernas expostas devido à minissaia. — Chegou cedo, garanhão.

— Chegou cedo mesmo — André sorriu. — Faltam dois minutos para as sete horas, olha só.

— É, eu precisava sair daquele apartamento, já que não era meu — Daniel deu de ombros.

Luísa sorriu e beijou sua bochecha.

— Está tudo bem?

— Sim. O que vocês dois estão fazendo acordados tão cedo?

— Não dormimos ainda — André respondeu. — Alugamos alguns filmes velhos e comemos açúcar demais.

— Parece que a noite de vocês foi legal. — Daniel sorriu, evitando fazer qualquer outro comentário. Ultimamente, os dois estavam passando bastante tempo juntos.

Luísa enroscou a mão em seu *mullet* antes de voltar a sentar no sofá.

— Então, deixe-me adivinhar... Você saiu com aquele mimadinho? — ela perguntou, fazendo bico.

Daniel negou com a cabeça, vendo a amiga ficar com a testa franzida.

— Não?

— Ei, calma aí! — berrou André. — Assim é muito fácil, né, Daniel?

— O que é fácil? — Ele olhou para o amigo.

— É muito fácil tentar levar o tal Naoki para a cama enquanto pode sair com qualquer um ao mesmo tempo.

— Tem razão — Luísa sorriu, virando-se para Daniel. — Você devia se abster de quaisquer relações sexuais até cumprir seu objetivo com o Naoki.

— Nem fodendo!

— Hum... Tem razão, você não é capaz de ficar uma semana sem transar — a garota o provocou com uma risada debochada.

— Não sou capaz? — repetiu Daniel, logo percebendo como estava caindo no jogo dos amigos. — Esqueçam. Estou fora de seja lá o que vocês tão pensando.

— Te dou cem reais — Luísa sorriu. — Cem reais se não transar com ninguém até ficar com o Naoki.

Daniel revirou os olhos e começou a caminhar em direção ao quarto.

— Eu te dou mais cem! — André pulou no sofá. — Serão *duzentos reais* ao todo, Dan!

— Por que vocês vão me dar dinheiro para *isso*? — ele se virou para os amigos com uma risada. — Ainda mais esse tanto.

— Porque você vai perder, é óbvio — André soltou uma risada.

— E qual é a graça em eu perder?

— A graça é saber que você não vai aguentar ficar sem transar.

— Ah, então acham que sou viciado em sexo?

— Eu não acho, tenho certeza — Luísa também riu.

— Isso é ridículo — o roqueiro bufou. — Não transo tanto assim. E até parece que me dariam dinheiro para isso...

— Não me importaria nem um pouco em gastar numa aposta tão divertida como essa — André garantiu, e a amiga agitou a cabeça, concordando animadamente e confirmando com um "eu também". — Ainda mais porque você não vai conseguir e eu não vou perder nada.

Daniel o encarou, ponderando.

— Você não pode transar com ninguém, nem com você mesmo, se é que me entende — André riu. — Fechado?

— Acha que consegue, Daniel? — Luísa o provocou com uma gargalhada. — Ou também sabe que vai perder?

— Idiotas. Odeio vocês.

— Mas você quer ganhar dinheiro, não é? — a amiga sorriu. — Quem não gostaria?

— E você está desempregado... — começou André, mas Daniel o interrompeu:

— Ei, eu já falei que vou procurar emprego quando acabar este semestre! E eu sempre pago a minha parte das contas com o dinheiro dos bicos...

— Eu sei, calma, cara! — o amigo riu. — Só ia falar que duzentos reais é uma quantia legal para quem está desempregado.

— E tem mais: se você ganhar, vai poder provar que estamos errados — Luísa apresentou mais uma razão.

— Tá — Daniel rosnou. — Não se preocupem, eu vou ter meus duzentos reais antes do fim do mês *e* vou mostrar que estão errados.

— *Uhuuuum* — André brincou, e Luísa riu enquanto Daniel revirava os olhos e se trancava em seu quarto.

O roqueiro permaneceu com aquilo na cabeça durante todo o final de semana. Quis ir atrás de Naoki no domingo, mas não sabia onde ele estava ou onde morava, então se conteve.

Na segunda-feira, não o encontrou em lugar algum da faculdade, mas encontrou Akira. Rapidamente, aproximou-se do jovem, que estava sentado rindo com algumas pessoas. Quando Daniel parou em frente a eles, o silêncio encerrou a conversa e todos o encararam.

— Posso falar com você? — pediu a Akira, que franziu a testa, mas levantou-se.

Quando os dois se afastaram, Daniel viu o outro rir e perguntar:

— Tem a ver com o Naoki, não é?

O roqueiro deu de ombros, um tanto quanto orgulhoso para responder e olhou para Akira de cima a baixo, tentando se recordar da vez que estiveram juntos. Quando foi? Não tinha certeza, mas chutaria que em alguma data importante, porque lembrava que o riquinho estava com pressa e não parava de pedir para se apressarem.

Akira se empertigou, incomodado com o silêncio.

— Então, o que você quer saber?

— Onde ele mora?

— O quê?!

— Onde o Naoki mora? — Daniel repetiu.

— Você quer saber *isso*? — Akira se espantou.

— Sim. *E* uma lista de coisas que ele gosta.

— Por que quer saber o endereço? Vai bater à porta dele e pedir pra ele dormir logo com você? — o amigo de Naoki riu com desprezo e, ao não obter respostas mais uma vez, questionou: — Por que você quer saber tanta coisa assim?

Daniel refletiu por um instante para medir as palavras, já que não tinha certeza se Akira contaria ou não ao amigo sobre essa conversa.

— Não sei — respondeu simplesmente. — Ele é interessante, mas nunca consigo que ele me diga algo sobre ele.

Akira franziu a testa.

— Não acho que você esteja tão interessado assim.

Daniel o encarou com tédio.

— Aliás... — o outro continuou — acho que você não se interessa de verdade por ninguém. O que quer tanto dele então, hein?

— Que foi, tá com ciúme pelo Naoki estar se interessando por mim?

Daniel sorriu, ardiloso, e se aproximou para provocá-lo:

— Cuidado, posso roubá-lo de você.

— Ele não é meu para você "roubar" de mim.

— E mesmo assim, eu vou.

Akira revirou os olhos, respirando fundo antes de retrucar:

— Você é mais interessante quando não fala muito.

— O que foi? Quer relembrar a última vez que não falamos muito? Engraçado, lembro de ter ouvido bastante a sua voz — o roqueiro brincou, e Akira o encarou, irritado. — Vai me dizer ou não? Se bem que sua irmã deve saber também, né?

— Naoki gosta de salada e adora comida italiana, mas quase nunca come. Adora Britney Spears, Leonardo DiCaprio e todos os filmes dele, violinos, pianos, orquestras e camisas brancas de botão.

— Isso é tão inútil quanto dizer que a Terra é plana. Já deduzi tudo isso sozinho, Akira.

— Oh, meus parabéns, você tem um cérebro! Já estava achando que não tinha um.

— Ah! Lembrei. *Akane*, é esse o nome da sua irmã, não é? Ela deve saber mais sobre o Naoki do que você.

— *Star Wars* — Akira bufou. — Naoki ama *Star Wars*, quase tanto quanto ama o Leonardo DiCaprio. Assista aos filmes com o meu amigo e ele vai se apaixonar por você. Ou ficar muito perto disso.

Ele então tirou uma caneta do bolso e puxou a mão de Daniel, começando a escrever.

— Este é o endereço.

Já havia alguns dias que Daniel sabia onde Naoki morava, mas não tinha feito absolutamente nada a respeito, nem sobre a lista de coisas de que Naoki gostava. Daniel esperava pelo mais simples, que era encontrá-lo pela universidade e poder conversar, mas passou uma semana sem que conseguisse vê-lo em lugar nenhum, fosse no *campus*, nos corredores ou nas salas do Departamento de Música.

Sendo assim, às 22h19 daquela sexta-feira, Daniel parou em frente à mansão da família de Naoki, segurando uma sacola plástica. O muro de pedra era enfeitado com plantas e o portão vazado permitia a visão do jardim e da enorme casa.

Ele olhou para as janelas e viu todas apagadas e fechadas por cortinas grossas, exceto por uma. Era a janela do quarto de Naoki, que estava com as cortinas abertas, de onde Daniel pôde vê-lo passar pelo vidro. Queria ligar para o seu telefone e pedir para ele sair, mas havia esquecido de pedir seu número a Akira.

O roqueiro tocou a campainha, mas ninguém atendeu. Foi preciso repetir o gesto mais duas vezes para que a voz de Naoki soasse pelo interfone.

— Quem é?

— Eu — Daniel respondeu.

— Quem?

— O Daniel.

— O quê? Como conseguiu meu endereço...? Não, quer saber? Vai embora — Naoki disse tudo de uma vez, sem deixá-lo responder, e desligou o interfone.

Daniel observou o muro e percebeu que, no topo, não tinha arame farpado nem cacos de vidro. Havia uma árvore na calçada que, embora não fosse muito alta nem tivesse galhos grossos, podia ajudá-lo a subir o muro. Assim o fez e só se perguntou se o jardim podia ter um sistema de alarme de segurança quando caiu na grama. Ficou parado no chão esperando que algo acontecesse, mas quando nada se seguiu, Daniel se levantou e se aproximou da casa. Ele encarou a janela de Naoki e, sentindo-se em um filme romântico clichê, pegou uma pedrinha e a jogou no vidro.

Naoki, que olhava para algo que Daniel não via, virou-se para a janela na mesma hora, assustado. Assim que o viu e o reconheceu, sua reação foi revirar os olhos e avisar em um misto de sussurro e grito:

— Vai embora ou vou chamar a polícia! — e então fechou a cortina.

Estava assistindo a *10 Coisas Que Eu Odeio Em Você* pela terceira vez e não estava a fim de ouvir seja lá o que Daniel tivesse a dizer. Devia evitá-lo, assim como seus joguinhos estúpidos, porque além de ele não tê-lo procurado depois de lhe ter dado um bolo, Akane havia contado que estava apaixonada pelo roqueiro.

Daniel bufou, contendo-se para não jogar o próprio celular na janela e quebrar o vidro. Apesar de achar que seria divertido, aquilo não deixaria Naoki apaixonado, apenas irritado.

O quarto de Naoki tinha uma pequena sacada e, se conseguisse alcançá-la, Daniel poderia bater à porta de vidro e Naoki não teria alternativa senão ouvi-lo. Ele tentou pular e se agarrar à varanda, mas mesmo com seu 1 metro e 88 de altura, não conseguiu. Por isso, arrastou um dos grandes vasos que enfeitavam o térreo e equilibrou-se na borda para alcançar as barras do parapeito. Fazia aquele tipo de coisa com frequência na adolescência, entrando e saindo de casa escondido para fumar, sem deixar rastros nem ser pego. Nunca foi pego, a não ser pela única vez que Rodrigo e Adriana o viram pela janela porque estavam acordados em plena madrugada, olhando o céu e tentando descobrir os nomes das constelações. Nunca tinha tentado aquele método para entrar em nenhum outro quarto além do seu próprio, mas, pelo visto, ainda tinha jeito para a coisa. Não foi tão difícil quanto podia ter sido e, logo, estava passando as pernas sobre o guarda-corpo.

Naoki deu um pulo quando ouviu as batidas na porta da varanda e correu para abri-la antes que seus pais ouvissem algo.

— O que você está fazendo aqui, seu maluco?! — esbravejou. — Eu te disse para ir embora ou chamaria a polícia!

— Mas não chamou — o tom debochado era evidente em Daniel, que entrou no quarto e largou a sacola que trouxe consigo perto da TV. Ele viu o que passava antes que o outro conseguisse desligá-la. — Vendo aquele filme que foi febre ano passado?

— Não, tô fazendo malabarismo com pinos em chamas, se você não percebeu — Naoki revirou os olhos e fechou as portas da varanda e a cortina. — Você tem que ir embora, sério. Meus pais estão dormindo.

— Se não acordaram com o barulho que fiz até agora, não vão acordar mais — Daniel retrucou e olhou ao redor, deixando um assobio escapar de seus lábios. — Quarto grande, hein?

Ele reparou na escrivaninha abarrotada de livros e cadernos abertos, evidenciando que até há pouco o violinista estava estudando. E tirando os livros abertos, tudo estava extremamente arrumado e organizado naquele quarto.

Naoki não respondeu.

— Você usa essas camisas de mauricinho até dentro de casa? — Daniel observou o grosso suéter azul que o violinista usava, cuja gola deixava o colarinho da camisa de botões para fora. Como ele conseguia se vestir assim em casa em plena noite de sexta-feira?

Sem ouvir uma resposta, o roqueiro se jogou na cama, espalhafatoso.

— Ah, que colchão gostoso!

— Você é um folgado — Naoki se irritou. — Um pé no saco, irritante, presunçoso e prepotente. Será que dá para você sair da minha casa?

— Pela porta da frente? Com todo o prazer — Daniel sorriu, vendo-o fazer uma careta e cruzar os braços.

— Você vai sair por onde entrou.

— E fazer barulho de novo?

— Melhor do que sair pela porta! E se meus pais te verem?!

— Só saio pela porta.

— Já disse que você não pode — Naoki franziu a testa, descruzando os braços.

— Então vem comigo pela janela — Daniel agarrou-o pelos pulsos e puxou Naoki para perto de si, fazendo-o cair por cima de seu corpo.

Naoki sentiu a respiração falhar. Estar sobre seu corpo era como estar em uma fogueira, pronto para ir ao inferno. Ah, céus, talvez Daniel pudesse matá-lo de prazer e ressuscitá-lo?

Naoki! No que está pensando?!, ele se censurou.

Afastou-se rapidamente, como se tivesse levado um choque, mas o roqueiro o segurou. A franja de Naoki escorreu para a frente e encostou na testa do outro enquanto as respirações se misturaram.

Daniel se inclinou um pouco para a frente, fazendo os narizes se encostarem.

— Desculpe não ter conseguido me encontrar com você ou ter avisado direito. Tentei te encontrar depois, mas... você sumiu.

— Ah, então só você pode sumir? — o violinista contestou com um sorriso provocativo. — É a regra do seu jogo?

— Jogo? Não estou fazendo jogo nenhum.

Naoki riu, afastando-se.

— Aposto que está e vir aqui faz parte dele.

Daniel se ergueu sobre os cotovelos.

— Você acha que me conhece tão bem, né, Naoki?

— É que sua fama torna seus joguinhos meio previsíveis — balançou a cabeça, rindo. — Mas não, não acho que te conheço bem... Continuo achando que nem *você* se conhece bem.

— Ninguém se conhece super bem — retrucou Daniel. — Nem você mesmo, sabichão.

Naoki respirou fundo.

— Está bem... Você já subiu, já me viu, falou baboseiras e me irritou. Era isso o que queria? Então agora pode ir.

— Não, não era o que eu queria. Então não vou sair.

O dono da casa encostou-se no móvel sobre o qual estava a televisão, cruzando os braços enquanto o encarava, impaciente. Daniel, por sua vez, deitou-se outra vez, encarando-o de volta, perdurando o momento.

— Não vou dormir com você — Naoki afirmou.

— Ficar se proibindo só vai te deixar com mais vontade — o loiro riu, fazendo-o rolar os olhos e virar o rosto para o lado.

— O que é isso? — o violinista ergueu a sacola plástica, tirando algumas fitas VHS de dentro. — *Star Wars*?

— É. Vamos assistir.

Daniel sorriu de lado, esperando ver a reação animada de Naoki. Entretanto, o outro o encarou com seriedade e respondeu secamente:

— Eu odeio *Star Wars*.

— Já disse que você não sabe mentir.

— Não estou mentindo. Eu não suporto esse filme, é um dos piores filmes que fui obrigado a ver. Me obrigue a assistir outra vez e vou te odiar para o resto da vida.

Daniel o encarou, ávido para encontrar algo em sua expressão que indicasse que aquilo era mentira, mas Naoki parecia realmente irritado, tanto com a sua presença quanto com as fitas em suas mãos. Xingando Akira de todas as maneiras possíveis em sua mente, o roqueiro jogou a cabeça para trás, bufando. Tinha perdido seu tempo e seu dinheiro alugando aquilo para não conseguir nenhum ponto extra com Naoki — aliás, podia ser até que tivesse perdido alguns —, além de ter sido feito de idiota por Akira.

— Tá legal... — resmungou — Se você não gosta, deixa para lá.

Colocando os filmes de lado, Naoki se sentou no canto da cama e voltou a prestar atenção na TV. Já que o roqueiro prepotente se recusava a sair dali, poderia ao menos demonstrar que sua presença não o afetava — o que, claro, era uma grande mentira.

Daniel olhou para a televisão também, mas sua atenção voltava-se para Naoki.

— Engraçado o sotaque desse ator, não é? Os australianos têm um inglês diferente — tentou puxar assunto, mas foi totalmente ignorado. — Já jogou *paintball*, Naoki? E esse tal de Heath Ledger, você gosta dele também? — insistiu, mas o outro permanecia em silêncio. — Tenho uma pergunta importante: qual você prefere? Leonardo DiCaprio ou Heath Ledger? Ei, vamos trocar nossos números de celular.

— Meu Deus, cala a boca! — Naoki se virou para ele, enfim. — Não aguento mais ouvir a sua voz.

— Sério? Engraçado, dizem que é uma das minhas melhores qualidades.

— Se é essa uma das melhores, então as outras devem deixar muito a desejar.

Daniel riu, erguendo-se, e aproximou-se até seus lábios quase encostarem na orelha de Naoki:

— Mentiroso. Aposto que te arrepio com a minha voz... — sussurrou, rapidamente inspecionando os pelos eriçados de sua nuca.

O violinista tapou-a com a mão com rapidez e afastou-se, franzindo o semblante com raiva.

— Qual é o seu problema?

— Vamos sair, Naoki.

— Não, não quero sair com você — respondeu, irritado, levantando-se.

— Por que não?

— Porque não estou interessado em você, nem em sair com você, tá legal? Agora, chega. Dá o fora e para de me atormentar.

— Como amigos, então — Daniel se sentou. — Podemos sair só como amigos.

— Amigos? Sério? — Naoki satirizou.

— Poxa, nem isso você quer de mim? Uma companhia para se distrair da sua rotina monótona e regrada? — o roqueiro perguntou com um sorriso, levantando uma sobrancelha. — Vamos, só para espairecer um pouco, se divertir! Conhece aquela música dos Mutantes?

E começou a cantar:

— *Você precisa tomar um sorvete na lanchonete, andar com a gente, me ver de perto...* É disso que você precisa, cara. Deve ter ficado preso neste quarto e nessa rotina chata a semana toda, né? Ou estou errado?

O violinista o encarou antes de rir sem humor e desviar o olhar.

— Você é um manipulador de primeira.

— Como é? — o loiro parecia genuinamente confuso.

Naoki não repetiu nem explicou. Ao invés disso, cedeu, irritado:

— Se vamos sair, vamos logo.

Daniel franziu a testa, sem entender bem a reação. Mas a expressão durou pouco, pois um sorriso tornou a lhe enfeitar o rosto, embora não exatamente pelas razões que gostaria.

Nem conseguia acreditar que tinha se dado ao trabalho de entrar no quarto de alguém daquela forma e nem ao menos tinha conseguido um beijo. Não conseguia acreditar que sairia com Naoki como *amigos*. *Mas tudo bem*, ele dizia para si mesmo, *aquilo era só agora*. Tinha certeza de que, dali a uma hora, Naoki se entregaria, e até a madrugada estariam transando, e ele ganharia os duzentos reais.

Daniel tirou o celular do bolso.

— Seu número — disse e, na mesma hora, teve o aparelho tirado de sua mão com força.

— Pronto — Naoki resmungou, devolvendo-o após ter gravado seu contato na agenda do roqueiro.

— Sabe descer pela janela? — Daniel andou até ela e abriu as cortinas.

— Nem pensar! — o violinista balançou a cabeça veementemente, desligando a TV. — Você desce pela janela e eu saio pela porta.

— Ou os dois saem pela porta ou os dois saem pela janela.

O violinista revirou os olhos e Daniel beliscou sua bochecha.

— Sua vida é muito chata, Naoki. Quando estiver comigo, vou sempre querer te fazer quebrar algumas das suas regras.

Naoki quis argumentar que aquelas não eram "suas regras", eram as de seu pai, que lhe dizia serem importantes para o seu futuro.

— Você vem comigo ou não? — Daniel questionou, sentando-se na janela para esperá-lo.

— Vou — Naoki assentiu depois de alguns instantes em silêncio.

— Ah, não calce aqueles seus sapatos lustrosos, pode estragá-los — avisou o roqueiro.

Naoki tirou um par de All Star de baixo da cama e os calçou, indo até a janela.

Daniel esticou-lhe a mão, repetindo para si mesmo que, dali a uma hora, o violinista se entregaria e que, até a madrugada, eles estariam transando. E duzentos reais cairiam na sua mão no dia seguinte.

Mais de uma hora havia se passado e Daniel estava sentado sozinho em uma banqueta num bar de karaokê no bairro da Liberdade olhando para o outro lado do estabelecimento, onde Naoki conversava com um cara qualquer.

Uma moça magnífica de pernas chamativas se aproximou de Daniel e o rapaz engoliu em seco. Quando a desconhecida se debruçou sobre o bar ao seu lado e ele viu suas costas lisas pelo decote na parte de trás do vestido, teve de se virar para focar em alguma outra coisa, lembrando-se da aposta feita com André e Luísa.

Naoki o estava evitando e ele não poderia investir em mais ninguém. *"Ótimo"*, pensou, *"vai ser uma noite longa..."*

— Oi — a moça sorriu de maneira doce, com o queixo pousado sobre a mão. *Como ela era bonita!*

— E aí? — Daniel sorriu, um tanto desconfortável por saber que não poderia dar nada a ela.

— Vi você me olhando e estou te esperando vir falar comigo há meia hora.

— Ah... — Daniel desviou o olhar. — Foi mal, eu não... estou tendo um dia legal.

— É mesmo? Posso te ajudar, se quiser — ela sorriu, tombando a cabeça para o outro lado, com o cabelo acompanhando seu movimento. — Dizem que sou uma ótima ouvinte...

— E aí, Daniel!

Naoki apareceu de repente, gritando em sua orelha e fazendo o outro pular na cadeira. Em seguida, olhou para a garota.

— Ah, desculpa... Não te vi.

Ela olhou para Daniel em expectativa, mas tudo o que o roqueiro fez foi se levantar e ignorá-la, com a atenção voltada ao jovem.

— Então, quem é o seu amigo ali? — questionou Daniel, afastando-se do bar e puxando-o consigo.

— Ah, ninguém que você conheça, eu acho... — Naoki sorriu e olhou de soslaio para a moça que ficou para trás. — Só vim te avisar que vou embora com ele.

— Como é? — o outro parou de andar.

— Vou embora com ele.

— Por quê?

Naoki o encarou, arqueando as sobrancelhas e sem respondê-lo para não dizer o óbvio, e Daniel entendeu. Praguejou todos os tipos de insultos em sua mente por ter sido tão idiota a ponto de ter apostado algo que, obviamente, não conseguia fazer: ficar sem transar com alguém. Ah, céus... Ele queria voltar e beijar aquela menina, depois fazer tudo o que ela quisesse em uma cama enorme.

— Você não vai, não — ele balançou a cabeça.

— Como é?

— Você nem conhece o cara. E se for um louco? Um psicopata?

— Eu também não te conhecia e você me levou para a sua casa — Naoki arqueou as sobrancelhas com deboche.

— Exatamente! Tá vendo? Você é ingênuo demais. Precisa de alguém para te proteger desses loucos. Por isso, você não pode ir.

— Não estou pedindo sua permissão, estou te *comunicando* que vou embora com ele.

Daniel o encarou por um instante antes de insistir:

— Não, você *não pode* ir.

— E por que não? — Naoki cruzou os braços, desta vez achando que o outro estava realmente desesperado a ponto de tentar impedi-lo de ficar com outra pessoa.

— Porque... Porque eu ainda vou cantar e você vai ter que ouvir.

Daniel deu de ombros e se virou, indo em direção ao pequeno palco que estava vazio já há algum tempo, porque a atração principal já havia ido embora.

— O quê? — Naoki franziu a testa, observando-o sem entender nada.

O rapaz que o esperava se aproximou, sorrindo, e perguntou:

— Vamos?

— Ah...

Naoki cogitou dizer "claro" e sair dali o mais rápido possível antes que o roqueiro os visse, mas a repentina e inconfundível melodia dos instrumentos de sopro o fez olhar para o palco. E então, a voz grave de Daniel inundou todo o bar como uma enchente, e sua nuca se arrepiou só de ouvi-lo... Outra vez. *Maldita voz!*

O loiro estava no palco do karaokê com sua jaqueta de couro, seus olhos bonitos, seu *mullet* ridiculamente charmoso, sua voz arrepiante, seu corpo que mais parecia uma escultura e suas mãos perfeitas segurando o microfone. Parecia que tudo o que havia de mais bonito, perfeito e esplendoroso estava concentrado em um único lugar, bem ali. E Naoki sabia que se saísse do recinto sem contemplar aquele espetáculo que o universo tinha criado, ele seria louco.

You're just too good to be true
Can't take my eyes off you
You'd be like heaven to touch
I wanna hold you so much[1]

Maldito!!! Naoki pensou ao constatar que aquela era a música que o Heath Ledger cantava no filme *10 Coisas Que Eu Odeio Em Você. Desgraçado! Ridículo, babaca, conquistador barato, mas que voz... Que olhos... E ele está olhando para você! Ah, não... Daniel, por que você é tão bonito e talentoso, mas tão imbecil, babaca, manipulador e ridículo?!*

— Então... Vamos? — o rapaz ao seu lado se inclinou para observá-lo quando percebeu que o cara cantando no pequeno palco tinha os olhos fixos em Naoki. Sem obter respostas, suspirou, ciente de que tinha perdido a noite.

O público se animou com a música e a voz de Daniel, que cantava bem e tinha uma incrível presença de palco, parecendo um cantor profissional. As trombetas soaram exatamente na hora certa e o lugar se encheu com luzes coloridas vindas do globo espelhado.

O cantor apontou para Naoki enquanto cantava, fazendo-o rir, debochado e desacreditado. Mas ele não podia mentir para si mesmo: seus olhos não eram capazes de desviar dos de Daniel, seu corpo simplesmente não parava de se arrepiar com aquela voz e uma parte de sua mente — provavelmente, a sensata — dizia que ele deveria ir embora com o outro rapaz, mas a outra dizia que deveria ficar ali e esperar Daniel terminar de cantar. Esperar pela criação mais bonita do Universo.

Franzindo a testa, confuso pelos seus próprios pensamentos, Naoki virou-se para ir embora, mas não encontrou o rapaz com quem pretendia sair.

As pessoas, animadas, começaram a bater palmas, como na canção original, e Daniel desceu do palco, aproximando-se o suficiente para dominá-lo com o olhar. Ele sorriu ao continuar a música:

I love you baby
And if it's quite all right
I need you baby
To warm the lonely nights

---

1 Música *Take My Eyes Off You*, de Frankie Valli.

I love you baby
Trust in me when I say
Oh pretty baby
Don't bring me down I pray
Oh pretty baby
Now that I've found you stay
And let me love you, baby
Let me love you

— Seu filho da puta, conquistador desgraçado, aproveitador barato de referências... Eu te odeio — Naoki sussurrou para ele, mas seus olhos diziam o oposto: *Eu te quero. Agora, por favor.*

Daniel sorriu.

Nunca havia pensado que faria uma loucura daquelas, que para ele era quase humilhação. Não entendia como teve coragem de subir naquele palco para cantar uma música de um filme brega de que Naoki gostava só para impedi-lo de ir embora. Em condições normais, ele jamais impediria alguém de ir embora; afinal, sempre haveria outra pessoa para passar a noite. No entanto, aquilo ali valia duzentos reais agora — além de seu orgulho, que estava sendo ferido por aquele riquinho, por mais que odiasse admitir.

Qual era o prazer que Naoki tinha em alfinetá-lo daquele jeito? Em recusá-lo sem parar e, mesmo assim, nunca afastá-lo de vez? Estava sempre inconstante, indo e vindo, como ondas na praia, e aquilo o confundia. Confundia e, de modo paradoxal, fazia-o não querer desistir, instigando-o e fazendo-o se sentir cada vez mais atraído. O fato de que tudo poderia mudar em um minuto era justamente o que o intrigava em relação a Naoki. Por isso, sentia-se cada vez mais arrastado para a confusão que era aquele violinista.

Ora voragem incontrolável das águas, ora tranquilidade frágil e domada, mas sempre a um triz de tragar tudo ao seu redor.

E sabia que, naquele momento, apesar das palavras que o xingavam, seus olhos denunciavam seu desejo. Por isso, Daniel sorria.

Porque, bem... talvez já tivesse ganhado a aposta.

— Obrigado pelo elogio — Daniel sorriu de lado, e Naoki desviou o olhar.

— Não estava te elogiando.

— Mas já me xingaram de coisa pior, então... vou levar como um elogio.

Ficaram em silêncio, porque Naoki se sentia desconfortável e exposto demais para responder qualquer coisa, embora as pessoas ao redor tivessem voltado a conversar e não prestassem mais atenção neles.

Uma moça veio buscar o microfone para cantar a próxima música, e Daniel o devolveu. Em seguida, resolveu provocar o outro:

— Você não foi embora, então cantei a música certa, né?

— Não, não fui embora só para te ver pagando mico.

— Ah, claro... — o loiro gargalhou. — O que acha de sairmos daqui?

— Aonde vamos?

— Você gosta de fazer compras?

— Hã?

Daniel riu com a confusão do rapaz, conduzindo-o para fora do bar.

— Vamos a uma loja de vinis.

— Mas já é tarde, todas devem estar fechadas.

— Não exatamente.

O roqueiro tirou uma chave do bolso da jaqueta, mostrando-a para Naoki, que indagou:

— O que é isso?

— Uma chave.

— Isso eu sei, idiota!

— É de uma das lojas de LPs do meu pai. Vem logo — Daniel estendeu a mão para que o violinista subisse na moto com ele. — Ou você prefere ficar aí?

Naoki franziu a testa e subiu na moto, ignorando a mão do roqueiro. Contudo, assim que se sentou, sentiu a mão em seu joelho fechar suas pernas e o puxar para mais perto. Depois, segurou suas mãos, enfiando-as dentro do bolso da jaqueta de couro.

Naoki sentiu as bochechas queimarem, mas não tirou as mãos dali, sentindo tanta vergonha que deixou o rosto cair para a frente e se esconder perto da nuca de Daniel.

Aquilo fez o roqueiro sorrir, achando aquele gesto fofo. Achando *Naoki* fofo. Quando percebeu o que estava pensando, deu a partida na moto e saiu dali o mais rápido possível.

Ao estacionar na loja do pai, entrou para desligar o alarme enquanto Naoki permaneceu do lado de fora, com medo de entrar, mas também com medo de ficar na rua, até que Daniel voltasse e o puxasse pelas mãos.

Depois de trancar a loja, Daniel acendeu as luzes de natal que decoravam o ambiente ao invés de ligar as lâmpadas enormes que pendiam do teto.

— Aqui é legal — Naoki disse em voz baixa, ainda acanhado.

— Vem — o loiro o puxou pela mão novamente, conduzindo-o até perto dos discos de vinil. — Quer ouvir algo específico?

— Não sei... O especialista em rock aqui é você — Naoki riu de um modo que fez os olhos de Daniel caírem sobre seus lábios e ele mordeu de leve a própria boca, contendo a vontade de beijá-lo ali mesmo.

Em seguida, foi surpreendido quando a risada do outro se transformou numa gargalhada.

— O que foi? — ele franziu a testa.

— Como sabia que o Heath Ledger canta aquela música? Você já assistiu a *10 Coisas Que Eu Odeio Em Você*?

— Qual o problema? Só você pode ter visto?

— Não tem problema nenhum, é só que achei que não combinasse com seu estilo roqueirinho — ele brincou. — Mas você canta muito bem, tenho que dizer.

— Obrigado. E eu sei que você adorou.

— Isso foi uma pergunta?

— Não. Sei que adorou.

O violinista rolou os olhos.

— Convencido. Mas... Eu admito, foi uma boa maneira de me fazer ficar — sorriu, com as pontas dos dedos passeando pelo balcão distraidamente, como se só tentasse arranjar um lugar para acomodar suas mãos inquietas.

Daniel estranhou ao não encontrar nenhum traço de provocação ou de desdém na fala do outro. Naoki estava calmo, com o sorriso contido, segredando-lhe que, no fundo de sua alma romântica, tinha considerado aquela humilhação pública uma espécie de fantasia amorosa ao nível da famosa cena da sacada de Romeu e Julieta.

— O filme não sei — Daniel replicou com indiferença —, mas aquela música é boa. Quem fez o roteiro teve bom gosto.

Ficaram um momento em silêncio até Naoki quebrar o gelo:

— Não me admira que você goste de rock, com seu pai sendo dono de uma loja de discos. — Seus dedos passeavam pelos plásticos que envolviam os LPs.

Os olhos de Daniel observavam-no com cuidado, percebendo sua mente e sua boca ficarem quietas, fazendo a voz de Naoki parecer mais alta. Era bonita de tal forma que se tornava impossível não tentar imaginar como seriam seus gemidos... Contudo, ao perceber para onde seus pensamentos estavam indo, o roqueiro balançou a cabeça de leve, tentando não se deixar levar por aquele tipo de coisa. Talvez André e Luísa tivessem razão e sua carne era fraca demais...

— Por que você me trouxe aqui? — perguntou Naoki, de repente.

Daniel cogitou ser o mais sincero possível, mas "porque queria te comer" soaria agressivo demais, então apenas deu de ombros.

— Para você ouvir alguma coisa legal — respondeu, enfim. — E porque não quero levar você embora tão cedo.

As bochechas à sua frente ficaram vermelhas, e Daniel segurou um sorriso, comprimindo os lábios.

Como Naoki era bobinho... e bonitinho.

— Por que você não me conta sobre a sua vida? — o violinista sugeriu, desviando o olhar e andando pela loja. Precisava pensar direito e ser mais esperto que o roqueiro, mas sua mente não conseguia fazer nada além de travar ou querer fugir.

— O que quer saber?

— Não sei. Qualquer coisa que você queira dizer. Que tal alguma coisa sobre sua família? Ou sobre como você sabe tocar piano; por que pinta obras de arte; por que faz Filosofia e gosta de literatura clássica...

— Ah, já sei: não sou o que você esperava, não é? — Daniel riu.

Naoki não respondeu, fazendo-o continuar:

— Hum, tudo bem... Eu aprendi a tocar piano ainda criança, mas só voltei a praticar com meu irmão "postiço". Ele era mais velho e, além do piano, gostava de romances russos, então eu acabei lendo todos os livros e aprendendo a tocar piano de verdade para... impressioná-lo. E sobre os quadros...

Daniel fez uma pausa e Naoki o esperou pacientemente.

— Minha mãe gostava de arte, era artista e me levava a museus quando eu era pequeno. Eu também pintava, mas depois que ela morreu, eu perdi a vontade de continuar, ainda mais porque meu pai costumava reclamar que eu fazia sujeira demais e que não ficavam bonitos. Acho que me ver pintando fazia ele pensar na minha mãe quando estava desesperado para esquecê-la, então dizia coisas ruins para me fazer desistir de pintar. E sobre o curso de Filosofia... Simplesmente aconteceu, sabe? Como uma paixão. Você não escolhe o que você gosta, só gosta. É assim a minha relação com a Filosofia. — Daniel sorriu.

— Sinto muito sobre seus pais. Desculpe fazer você falar sobre isso.

— Não tem problema, eu falei porque quis.

Eles ficaram em silêncio e Naoki olhou ao redor, notando as guitarras presas à parede.

— Gostei daquela — apontou para uma vermelha.

— É uma Gibson SG. O guitarrista do AC/DC, o Angus Young, usa uma igual a essa. E olha que coincidência: também é a minha preferida.

Naoki estreitou os olhos em sua direção, dando um sorriso.

— Duvido. Você está falando que é sua preferida só para dizer que temos mais alguma coisa em comum.

— Não! — Daniel riu. — Estou falando sério, é a minha preferida, eu até tenho uma. Foi minha mãe quem me deu, quando eu tinha oito anos e pedi para fazer aulas de guitarra.

Naoki acabou por assentir, decidindo acreditar na história.

— Certo, é uma mera coincidência, então — acabou dizendo, e Daniel deu um meio sorriso, incitando-o:

— Mais uma dessas e eu direi que não é apenas coincidência.

Naoki revirou os olhos.

— Então, o que vamos ouvir?

— Que tal Led Zeppelin? — sugeriu o outro. — Uma das maiores bandas de rock de todos os tempos!

— Pode ser.

Naoki riu do entusiasmo de Daniel, achando-o surpreendentemente fofo. Enquanto Daniel colocava um LP da banda para tocar, Naoki andava pela loja. O estabelecimento era simples, com decoração comedida e agradável. No fundo da loja havia um teclado e alguns amplificadores, além de um sofá pequeno e algumas poltronas sobre um tapete persa. Algumas luzes de natal estavam penduradas na parede e Naoki se aproximou para ligá-las, gostando de como aquele pequeno espaço ficou iluminado. Sentou-se no sofá e ouviu a música pouco a pouco preenchendo o ambiente.

Daniel foi atrás dele e se jogou ao seu lado.

— Esse álbum é de 1971 e tem algumas das músicas mais famosas deles — ele explicou. — Essa aqui se chama *Black Dog*.

— A voz do cantor é legal — observou Naoki com um sorriso. Ele queria colocar os pés no sofá, mas estava tímido demais para tirar os sapatos.

— Tira o tênis — Daniel disse, como se lesse sua mente.

— Hã? — Ele piscou, surpreso, e antes que pudesse responder, o roqueiro estava se curvando e desamarrando seus All Star.

— Assim você fica mais confortável — o roqueiro sorriu, e Naoki o observou com estranheza antes de sorrir de volta.

— Obrigado. Por que você também não tira seu sapato?

Assentindo, o outro arrancou os coturnos e os jogou para longe. Na mesma hora, o violinista gargalhou.

— Você está usando uma meia de cada cor?

Daniel olhou para os próprios pés e riu.

— Verdade, nem tinha percebido!

— Vem, vamos dançar no tapete, é legal fazer isso de meia — Naoki se levantou, puxando o loiro pelas mãos.

— Mas essa música deve ser estranha de dançar.

— Só se mexe, Daniel — o outro riu, fazendo-o mexer as mãos e os braços como se brincasse com um boneco de marionete.

"*Oh, babe! Oh, babe!*" Robert Plant gritava pela loja enquanto eles se mexiam como dois idiotas pelo tapete, deslizando sobre o tecido fofo.

O roqueiro observou enquanto Naoki se mexia e descobriu ser impossível deixar de olhá-lo de cima a baixo: seu corpo se mexia livremente e ele sorria de um jeito que Daniel não tinha visto até então. O violinista parecia estar realmente curtindo o momento, diferente de todas as outras vezes, em que parecia não estar onde queria e se mostrava mais irritado a cada segundo. O enorme sorriso do mimadinho era contagiante e inebriante, tornando inevitável não se perder naquela alegria. Com os olhos brilhantes e as pupilas dilatadas, Naoki tinha uma beleza digna de estar em um museu. Talvez estivessem mesmo em um e Daniel fosse o único espectador, um privilegiado que contemplava, sozinho, o nascimento de uma das mais belas artes.

Quando a música *Rock and Roll* começou, Naoki se mexeu como se dançasse uma música dos anos 50 ou 60, e o loiro não pôde deixar de rir com a coreografia, mais ainda quando o outro subiu no sofá e pulou, mexendo a cabeça como um doido. Daniel adorou conhecer aquele lado que o violinista, provavelmente, escondia a sete palmos abaixo da terra.

— Canta, Daniel! — gritou Naoki, mas a música estava caminhando para o solo de guitarra. Então, o roqueiro pegou o instrumento da parede e fingiu tocar o solo, sentindo-se o próprio Marty McFly na cena do baile do filme *De Volta Para O Futuro*.

Eles riam como duas crianças que brincavam de fazer *show* e, quando se deram conta, estavam caídos no tapete, deitados e ofegantes, gargalhando.

— Isso foi divertido — disse Naoki quando as risadas cessaram.

Daniel o observou em silêncio, percebendo que as respirações rápidas e cansadas dos dois eram a única barreira que o impedia de chegar mais perto e beijá-lo.

Permitiram-se ficar ali, lado a lado, iluminados apenas pelas luzes de natal.

O pé de Naoki esbarrou no de Daniel sem querer, mas este devolveu o contato e eles encostaram os pés com cuidado, observando as três cores das meias e rindo baixinho. Eles permaneceram encostados e os olhos ficaram se encontrando com hesitação, sempre voltando um ao outro.

— Eu te contei sobre mim... Por que agora não me conta sobre você? — sussurrou Daniel, repentinamente.

— Não tem muito para saber sobre mim. Não sou interessante.

— Você é muito mais interessante do que pensa — respondeu o roqueiro, e ele só não pôde ver as bochechas do outro se tingirem de vermelho outra vez, porque Naoki já estava corado graças à agitação da dança. — Sabe, eu nem sei seu nome inteiro...

Naoki riu.

— É Naoki Matsui.

— Matsui — Daniel repetiu. — É bonito. Por que não me conta sobre sua família também? Por que você toca piano e violino, por que estuda Música...

O outro olhou para o teto, pensativo.

— Minha família... Tá, vamos lá: a minha mãe parece que só vive por mim e por meu pai. A única coisa que faz quando não está se preocupando com a gente é ler e, às vezes, acho que ela seria mais feliz se não fosse casada. Comecei a tocar violino por causa dela, porque ela era violinista, mas desistiu quando eu era pequeno. E meu pai... É, não tem muito o que falar dele. Foi ele quem escolheu tudo na minha vida, principalmente depois que descobriu que eu gostava de tocar piano e que era um prodígio no violino. Então, ele me fez treinar os instrumentos como um louco, me colocou em aulas de inglês, alemão e até de japonês, porque eu só tinha aprendido a falar em casa... Ele me obrigou até a fazer natação... Mas, segundo ele, é tudo pro meu futuro.

— Você deve se sentir bem preso, né?

— É... — Naoki assentiu, surpreendendo-se com o quanto tinha se aberto para o outro, e ficou quieto, sem saber o que dizer em seguida.

— Mas natação, hein? — Daniel quebrou o silêncio com um sorriso ladino, percebendo que devia mudar de assunto. — Então é daí que vem suas costas.

— Minhas costas?

— É. Elas chamam a atenção, se quer saber.

Naoki ficou ainda mais vermelho e olhou para o lado, tentando disfarçar, sentindo o corpo esquentar. Com cuidado, o roqueiro bateu o pé no seu, arranjando um jeito de fazê-lo voltar a olhar para ele. Assim, lentamente, o violinista virou o rosto.

Daniel observou os olhos de Naoki, perdendo-se naquela cor escura tão comum, mas que, subitamente, parecia tão única. Perdeu-se nos detalhes do rosto, no formato dos olhos e dos lábios. Quando Naoki ergueu a mão para passá-la pelo próprio cabelo a fim de ajeitá-lo, notou as veias dos seus braços e os dedos. As sobrancelhas, as bochechas, o queixo e a linha do maxilar... O roqueiro baixou o olhar, lentamente, para o peito de Naoki e se certificou de que já tinha voltado à respiração normal.

Então, quando *Stairway to Heaven* começou a tocar baixinho, Daniel se aproximou devagar e o beijou com cuidado. Foi só um toque dos lábios, devagar e cuidadoso. Naoki o encarou, com as bocas ainda encostadas de leve, e se inclinou para que Daniel aprofundasse o beijo, mas ele não o fez. Apenas segurou seu rosto com cuidado, passando o dedão por sua bochecha, com os lábios selados.

Naoki fechou os olhos e Daniel se distanciou, encostando os lábios em sua bochecha e, em seguida, distribuindo pequenos beijos em seu rosto. O violinista riu baixinho, sentindo o coração disparar. O de Daniel, por outro lado, já estava acelerado há alguns minutos, mesmo com o tempo que tiveram para descansar da dança.

O roqueiro cobriu o rosto de Naoki com beijos delicados e depois desceu até seu pescoço, colocando-se sobre seu corpo e posicionando sua cintura entre as pernas. Cada toque dele era calmo e delicado, e o violinista se arrepiou por constatar que o outro, se quisesse, podia ser aquela pessoa gentil e carinhosa. Os lábios quentes de Daniel passearam por sua pele em linha reta, arrancando-lhe suspiros. O loiro subiu a boca para perto do maxilar de Naoki e cheirou sua pele, escondendo o rosto perto de sua nuca. O cheiro do rapaz era gostoso, suave e meio doce, quase viciante.

O violinista ergueu as mãos para passear os dedos pelo cabelo loiro, deslizando-os até o *mullet* e depois subindo de novo. Enquanto isso, as mãos quentes de Daniel seguraram sua cintura gentilmente e ele soltou um suspiro de susto quando sentiu elas deslizarem para baixo de sua camisa e tocarem sua pele da barriga, subindo para as costelas, com as digitais arrepiando-o com o toque suave.

Aquele toque macio era delicioso, mas Naoki queria mais. Então, coincidentemente, no momento exato em que o solo de guitarra começou, segurou os ombros de Daniel e, ainda deitado sob seu corpo, distanciou-o de seu pescoço e o beijou com vontade, abandonando toda a calma e ternura em que estavam imersos.

As bocas se entreabriram e Naoki sentiu a língua de Daniel explorar cada canto de sua boca enquanto suas mãos começaram a segurá-lo com mais firmeza, e apertou os dedos contra o *mullet* do loiro, puxando-o para mais perto.

Quando Daniel chupou sua língua, ele se ergueu sobre os cotovelos, como se pedisse por algo a mais. O corpo do roqueiro se ajeitou para que pudesse voltar a direcionar seus lábios para o pescoço de Naoki, desta vez mordiscando e sugando sua pele.

O violinista colocou as mãos em seu peito, empurrando-o para fazê-lo se sentar no tapete e depois deslizou para seu colo, entrelaçando as pernas em sua cintura. Eles se beijaram com mais urgência e menos suavidade, mas a ternura ainda estava presente no modo paradoxalmente cuidadoso com que um tratava o corpo do outro.

Daniel começou a sentir algo estranho com aquele beijo, mas sem saber nomear o que fervia dentro de si. Por isso, concentrou-se apenas no que seus cinco sentidos conseguiam captar.

Naoki se mexeu em seu colo e o pressionou sem querer, fazendo-o arquejar e soltar um gemido, e um sorriso provocativo brotou nos lábios do violinista na mesma hora.

— Achei que você tinha dito que quem ia gemer seria eu — brincou em voz baixa.

Daniel mordeu seu lábio, voltando a ficar por cima.

— Não se preocupe, você vai — respondeu, tirando o suéter de Naoki e subindo sua camisa para marcar a pele da barriga, descendo até a linha V e abaixando um pouco a calça para tanto.

Você precisa parar agora, Naoki.

Mas eu não quero! Choramingou para si mesmo quando um gemido involuntário escapou de sua garganta, sentindo a parte inferior de seu abdômen se arrepiar com os lábios roçando sua pele.

Ele segurou Daniel pela camisa e o puxou para cima. Precisava parar. Mesmo que aquilo pudesse acabar do jeito mais gostoso possível, também havia grandes chances de ter seu coração partido e, assim, perder a aposta.

— A sua pele é tão gostosa, Ki... — o roqueiro sussurrou olhando fundo em seus olhos, com os dedos procurando pelo botão de sua calça.

— K-Ki...? — gemeu Naoki, sem querer, quando a mão de Daniel pressionou seu membro por cima da calça após descer o zíper.

— Não gosta que te chamem assim?

— P-pode me chamar do que quiser — respondeu sem pensar direito, e o loiro riu, com as mãos subindo pelas suas costelas antes de voltarem para a camisa, numa tentativa de abrir os botões.

Foi então que Naoki se ergueu e praticamente gritou:

— Não, Daniel!

O outro se afastou no mesmo instante, parecendo assustado.

— Não?

— Não... Desculpe, eu...

Naoki pensou que o outro fosse insistir, mas, ao invés disso, Daniel logo saiu de cima, com uma expressão envergonhada.

— Desculpa — sussurrou Daniel, com os olhos desviando do rosto de Naoki. — Achei que você quisesse também. Desculpa.

— Tudo bem... — o violinista franziu a testa, espantado ao ouvir tantos pedidos de desculpa, mesmo sabendo que aquilo era o mínimo que alguém deveria fazer em uma situação como aquela.

Daniel se levantou e foi desligar a música enquanto Naoki arrumava a roupa.

Quando ele voltou, o roqueiro coçou a nuca, totalmente sem jeito, e perguntou:

— Quer ir para sua casa?

Naoki engoliu em seco.

— Não.

Daniel ergueu os olhos, confuso. Ele não o queria, mas também não queria ir embora?

E por que seu coração estava daquele jeito?

— Eu ainda quero que você me beije — disse Naoki, timidamente. — Mas só isso. E quero que você toque comigo naquele teclado. — Apontou para o instrumento. — Eu... Eu não quero que você me leve embora, nem que vá embora... Eu só quero passar um tempo com você.

O coração de Daniel deu um pulo e ele sentiu as pernas ficarem ligeiramente bambas.

Que porra era aquela? O que estava acontecendo com ele?

E assim como o roqueiro, Naoki tampouco sabia o que se passava dentro de seu próprio peito. Por que seu coração estava acelerado daquele jeito? Por que estava tão confuso? Por que não queria ir embora?

A última coisa em que conseguiam pensar era nas apostas que haviam feito.

Capítulo 10

Naoki só abriu os olhos naquela manhã de sábado porque o sol estava batendo direto da janela em seu rosto, esquentando-o e atrapalhando seus sonhos — que foram ótimos, diga-se de passagem. Queria continuar sonhando, ou melhor, queria não ter voltado para casa e que a noite passada não tivesse acabado. A cada segundo que Naoki passava naquela loja, ao lado de Daniel — que parecia ser um limítrofe ambulante entre a babaquice e alguma espécie nova e estranha de doçura —, era um segundo a mais desejando que o tempo parasse de andar para a frente.

E, com certa raiva de si mesmo, constatou que nunca mais poderia ter momentos como aquele. Nem mesmo poderia revivê-los em suas lembranças, o que o deixou com o peito apertado.

Se estava tentando fazer *Daniel* se apaixonar, então por que era *ele* quem se sentia assim?

O sol esquentava sua pele, fazendo seus pensamentos fervilharem junto.

Ele tinha se esquecido de fechar a janela e as cortinas algumas poucas horas atrás, quando havia entrado em casa pela porta dos fundos com todo o cuidado para não fazer nenhum barulho que pudesse acordar seus pais.

Abrindo os olhos devagar, encarou a janela com um pequeno sorriso que não demorou a se transformar em uma careta. Em seguida, escondeu o rosto no travesseiro, frustrado. *Daniel é quem tem que se apaixonar... Daniel, não você, Naoki! Você vai perder a aposta desse jeito!*

No meio de seus pensamentos, Akane apareceu de súbito. Seu rostinho delicado, seus longos cabelos pretos e a frase que o encheu de culpa: "*A verdade é que estou gostando do Daniel e eu não quero que ele se apaixone por você*".

Naoki se sentia um fura-olho, um péssimo amigo, um ser humano torpe e falso. Sentia que devia dizer à amiga que talvez também estivesse gostando de Daniel, mas se o fizesse, qual seria a reação dela? E a verdade era que ele não queria admitir aquilo nem a si próprio. Só admitiria sob tortura que estava *ligeiramente* interessado e encantado pelo idiota do Daniel.

Idiota era um adjetivo que, sem dúvidas, usaria para descrever o outro até treze ou quatorze horas atrás. Contudo, na noite passada, enquanto se beijavam devagar deitados no tapete persa da loja e ouviam Led Zeppelin, Naoki percebeu que havia um lado de Daniel que não conhecia até então, um lado que era surpreendentemente gentil e doce. Além do mais, havia a história da mãe falecida e do pai que só sabia criticar seus quadros, detalhes que mudavam a percepção do violinista sobre o outro.

Naoki tinha uma ideia de como Daniel devia se sentir. Não pela parte da mãe, mas por sempre ouvir coisas ruins sobre suas notas, tanto no colégio quanto agora, na universidade; sobre seu desempenho na música clássica — mesmo que, para quem realmente entendesse de concertos, ele fosse ótimo —, em idiomas, no terceiro teste de direção em que foi reprovado... Naoki sempre se sentia medíocre, ou talvez um grande nada, quando seu pai falava dele. Para sua sorte, tinha sua mãe, que lhe devotava enorme amor e cuidado, mas Daniel havia perdido a sua.

Naoki sentia, pela primeira vez, que poderia se abrir emocionalmente com aquele roqueiro e que ele, para sua surpresa, poderia ser a pessoa que o entenderia. Afinal, Akira e Akane, apesar de serem seus melhores amigos, tinham uma ótima relação com seus pais. Eles não o entendiam e, por mais que tentassem ajudá-lo, não era como se Naoki se sentisse consolado ou confortado, muito menos compreendido.

Ele se virou na cama, olhando para a janela mais uma vez, e sorriu para si mesmo enquanto voltava a pensar na noite anterior.

Por que pensar em Daniel deixava seu coração daquele jeito? Começava a achar que seus amigos tinham razão sobre ele perder a aposta. Naoki já começava a contar com sua própria derrota, mas agora não ligava para isso tanto quanto deveria, porque admitir seu interesse por aquele roqueiro presunçoso não parecia mais algo assim *tão* abominável... Para ser sincero com seus próprios sentimentos, a aposta e sua tentativa de humilhar o outro pareciam uma grande besteira naquele momento. Não havia um real propósito naquilo tudo.

Após perder o sono, Naoki saiu da cama, embora tivesse dormido talvez pouco mais de três horas. Sentia-se descansado, animado, com algo em sua cabeça que martelava e brilhava como uma enorme placa de luzes néon. Colocou o pijama que estava jogado em cima da cadeira da escrivaninha, tentando se livrar do cheiro de Daniel em sua roupa e para que seus pais não estranhassem o fato de ele ainda estar com a roupa da noite anterior.

Correu escadaria abaixo, em direção à sala de música, sentou-se ao piano e lembrou-se da melodia de *Bohemian Rhapsody*. Então, fechando os olhos, Naoki tentou tirar a música pela memória.

A verdade era que desejava tocar com Daniel. Tinham tocado um pouco naquela vez, na sala de música da universidade e no teclado da loja, mas Naoki se dava conta agora de que estava... digamos assim, *viciado* em tocar piano com o roqueiro.

Depois de ter iniciado as aulas de violino, começou a se interessar pelos pianos também, que foram sua paixão quando era mais novo, mas logo o pai a transformou em uma obrigação enfadonha, desgastante e odiosa. No entanto, tocar duetos com Daniel vinha se mostrando ser algo extremamente divertido e ele podia sentir toda a paixão que sempre teve pelo piano voltando, como uma injeção de ânimo em suas veias. Talvez fosse mesmo como uma droga, afinal, aquilo o tirava do planeta e de todos os seus problemas, fazendo tudo se aquietar ao seu redor, como se deixasse de existir. Naoki estava se sentindo vivo pela primeira vez em anos, como se toda a sua vida até aquele momento tivesse sido uma mera existência arrastada como poeira que segue a ventania.

Ele não queria confessar, mas o tempo que Daniel lhe roubava parecia mais ser um presente. Um remédio, quem sabe. Algo que provoca nele uma descarga de adrenalina, serotonina, dopamina e endorfina, tudo junto e de uma vez só.

Ele sentia que poderia criar uma música totalmente inédita naquele momento, só se lembrando de Daniel.

Como eu sou bobo...

Apesar do pensamento de autocensura, Naoki sorria.

Daniel assoprou a fumaça do cigarro enquanto observava o céu clarear aos poucos com o nascer do sol. Estava parado em um dos viadutos do bairro da Liberdade, de onde podia ver os carros passando pela via expressa e ouvir os barulhos altos que faziam. O vento ali era mais forte, como se as pistas abaixo da ponte criassem uma corrente de ar.

O rapaz não tinha conseguido voltar para casa depois de deixar Naoki na dele, então decidiu voltar à Liberdade e observar o trânsito se formar na Ligação Leste-Oeste, na expectativa de que seu cérebro se calasse e seu coração parasse de bater daquela forma estranha. Tinha achado que andar de moto pela cidade seria o suficiente para esquecer de tudo o que havia acontecido naquela madrugada, mas não havia funcionado. Quanto mais tentava se livrar dos pensamentos, mais se aprofundava neles — não apenas nas lembranças que se repetiam, incessantemente, da pele de Naoki e seu beijo, mas nos paralelos que começavam a surgir. A última pessoa que havia beijado daquele jeito fora Rodrigo, assim como ele havia sido o primeiro e último para quem contara sobre sua vida.

Era espantoso que tivesse levado Naoki à loja de seu pai, sem mais nem menos, já que nunca mais havia entrado lá. A última vez foi antes de sair de casa, para pegar um livro de sua mãe que estava guardado com seu pai. Buscou-o para sentir o aroma dela, que, por alguma razão inexplicável, sempre ficava preso nos livros — ou talvez porque o cheiro das páginas o fazia se lembrar da mãe —, e também para ver a caligrafia pequena e bonita das anotações que ela deixava nas margens abarrotadas.

Daniel não conseguia entender por que tinha levado Naoki àquele lugar, assim como não compreendia o motivo de tê-lo beijado daquele jeito tão carinhoso, nem como haviam *apenas* se beijado.

Não fazia sentido, nada do que havia acontecido, nem o que estava sentindo. Só haviam se visto algumas vezes e sempre se desentendiam, graças às suas personalidades que se chocavam quase em fúria. Então, por que aquilo estava acontecendo? Por que Daniel sentia que precisava passar mais tempo com Naoki? Por que queria conhecê-lo cada vez mais, saber todas as coisas explícitas e implícitas que passavam pela sua mente? Por que sentia que, apesar da irritação constante que sentia, estar junto dele era divertido e que um único segundo era capaz de compensar todo o resto?

Por que sentia que, embora aquilo não parecesse fazer sentido nenhum, fazia?

Daniel esmagou o cigarro no parapeito de ferro em que estava encostado e observou o céu alaranjado. Ele havia se esquecido do quanto gostava de observar o sol nascer. Costumava fazer aquilo com sua mãe e, durante seu relacionamento torto com Rodrigo, eles sempre observavam o sol nascer depois de transar de madrugada. Já fazia muito tempo que Daniel não parava para observar o céu com todas aquelas cores, e ele amaldiçoava Naoki mentalmente por ter lhe deixado naquele estado emocional patético.

Ele sentia falta da mãe e dos momentos que passava com ela, observando-a pintar em silêncio, conversando com ela sobre os livros e deixando-a sugerir músicas para ele aprender a tocar no piano quando crescesse e tivesse mais habilidade. Sentia falta de ver seu sorriso, sentir seu abraço, seu calor e até mesmo de vê-la ao lado de seu pai, quando ela pedia para tocar seus álbuns preferidos nos discos de vinil. Sua banda preferida era

Pink Floyd e ela amava *Wish You Were Here*. Amava tanto que Daniel fez questão de aprender a tocá-la no violão e a tocou em seu último aniversário, antes do seu diagnóstico.

Uma incontrolável vontade de chorar o atordoou e Daniel precisou jogar a cabeça para trás e respirar fundo para impedir que o vazio em seu peito transbordasse em lágrimas.

Teve um sobressalto quando o celular começou a tocar. Pegou-o imediatamente, esperando ver certo nome na pequena tela, mas se decepcionou. Bufando, atendeu com uma voz irritada:

— Oi.

— Você trouxe alguém na minha loja à noite? De novo? — ouviu o pai ralhar.

— Não. Quer dizer... Sim, mas não "de novo". Só fiz isso uma vez, anos atrás, com o Rodrigo e, naquela época, você disse que eu podia.

— Eu só deixei porque ele era meu enteado.

Daniel respirou fundo.

— Abriu a loja cedo, hein?

— Não abri ainda, porque cheguei e me deparei com uma bagunça nas almofadas e no tapete. O que você andou fazendo ali?

— Nada.

— É bom mesmo que não tenha sido nada!

— Porra, só ouvi umas músicas e toquei no teclado! Agora que você já atingiu seu objetivo de estragar minha manhã, será que posso desligar?

— Por que não vem algum dia, quando eu estiver aqui? — o pai questionou, de súbito.

— Para você me perguntar como estou e depois começar a criticar qualquer coisa da minha vida? — o rapaz revirou os olhos. — Não, valeu. Estou bem sozinho.

— Venha pelo menos ver os discos novos — o homem pediu em um tom baixo e Daniel desligou, metendo o celular no bolso outra vez.

Havia poucos meses que seu pai tentava se reaproximar, mas sua mania desgastante de criticá-lo o tempo todo só fazia o filho repudiá-lo e afastá-lo. Além disso, Daniel precisava de mais tempo para superar o passado e o ódio por conta própria. Era rancoroso, sabia bem e não negava. Portanto, era melhor ficar longe.

Sua manhã estava péssima, perdida entre sentimentos confusos. Se o que sentisse fosse apenas ressentimento, não estranharia, mas se pegar preso às sensações da noite anterior e ao sorriso bobo de Naoki era a novidade assustadora do dia. Ele não gostava daquilo, não gostava do que começava a tomar conta de seu coração, nem de sentir que não tinha controle sobre si mesmo.

Irritado, pegou o celular do bolso outra vez e procurou, na agenda eletrônica, por um número que não deveria.

— Alô? — a voz soou baixa do outro lado.

— Oi.

— Daniel?

— É. Quer dar uma volta?

— Você acabou de me deixar aqui não tem nem quatro horas — a risada baixa de Naoki provocou um esboço de sorriso no roqueiro.

— Eu sei. Mas acho que não queria te deixar em casa ainda.

Daniel ouviu o outro rir mais uma vez, fazendo cócegas em algum lugar do seu cérebro, ao mesmo tempo que uma sensação esquisita congelou seu estômago como se estivesse despencando em um brinquedo de parque de diversões. Quando o violinista não respondeu, ele insistiu:

— E então? O que me diz?

— Só me deixa tomar banho e comer alguma coisa.

— Não, só tome banho. Eu vou te levar para tomar café da manhã.

— Daniel...

— Te dou meia hora para tomar banho e estar pronto, me esperando fora de casa, está bem? Do contrário, eu bato à porta e falo para seus pais te chamarem.

— Nem pensar!

— Então vai logo.

— Está bem — Naoki riu e desligou.

Mas que porra você está fazendo, Daniel? Foi o que perguntou a si mesmo ao dar meia-volta e subir na moto.

Não tinha ideia do que estava fazendo, mas não queria pensar muito, senão perderia a coragem de fazer tudo o que tinha vontade.

E sua vontade era conhecer todos os detalhes secretos e inimagináveis de Naoki e de sua personalidade, mesmo que se sentisse andando sobre areia movediça.

Quando Daniel parou a moto em frente à casa de Naoki, viu-o de pé no meio-fio, esperando por ele com uma expressão típica de tédio, mas não reclamou. Apenas sorriu e perguntou:

— Aonde vamos?

— Aonde você quer ir?

— Sei lá, qualquer padaria que seja aceitável. E estou morrendo de fome, então vamos logo!

— Tá legal — Daniel riu e lhe estendeu a mão para que o jovem subisse na moto, mas Naoki a recusou mais uma vez, subindo sozinho.

O roqueiro escolheu uma padaria longe do bairro onde Naoki morava. O local era pequeno, não era nada decorado e havia poucas pessoas ali, todas sozinhas e em silêncio, mas o cheiro maravilhoso de pão que acaba de sair do forno e café recém-passado preenchia o ambiente. Naoki não se lembrava de já ter entrado em um estabelecimento tão simples como aquele. Estava sempre acompanhando os pais em restaurantes caros, cheios de pessoas usando trajes chiques, e sempre tomava o café da manhã na grande mesa de sua casa, repleta de diferentes tipos de comidas, mas sempre sozinho e sentindo-se vazio por dentro.

Naquela manhã, no entanto, tudo estava diferente.

Daniel olhou Naoki de soslaio e percebeu que seu coração palpitou com a visão. O que é que havia naquele marrento que o deixava daquele jeito, afinal? Estava tentando se desvencilhar dos novos sentimentos, mas não conseguia mais dizer para si mesmo que o outro era só um riquinho metido, mimado e nojentinho. Toda vez que pensava naqueles adjetivos ruins, logo se lembrava de que havia algo de doce, simpático, acanhado e gentil em Naoki. Daniel admitia que talvez estivesse começando a gostar daquele jeitinho escondido que parecia vir à tona tão — e, por enquanto, apenas — intimamente.

Eles se sentaram e pediram um pão na chapa, um misto quente, um café puro e um pingado. Quase não trocaram palavras, tamanha a timidez de Naoki por se lembrar da noite passada, tamanha a confusão mental e emocional em que Daniel se encontrava, como se estivesse no meio de um furacão. E o furacão era o par de olhos de Naoki.

— Dormiu bem? — o violinista perguntou de súbito, como se procurasse uma maneira de tornar aquela situação menos embaraçosa.

— Não dormi ainda — Daniel se inclinou sobre a mesa. — Você me deixou sem sono.

Sorriu, mas não obteve resposta. Em seguida, reclinou-se, com o timbre rouco saindo baixo ao perguntar:

— E você... teve bons sonhos comigo?

As bochechas de Naoki pegaram fogo, denunciando-o. Em seguida, rolou os olhos para longe, endireitando-se.

— Você esqueceu os filmes na minha casa — o violinista desconversou.

— Está me convidando para voltar ao seu quarto? — brincou Daniel.

A lembrança da aposta atingiu Naoki bruscamente, deixando-o perdido entre seus sentimentos, respostas presunçosas e a vontade de flertar.

— Estou, mas *só* para pegar os filmes — disse por fim, depois de perceber que devia se esforçar para agir de modo que não se arrependesse depois.

— Só isso? — o roqueiro levantou uma sobrancelha.

— Bem, se você insiste... pode pegar o lixo do quarto e jogar fora.

— Estava falando de *pegar você* mesmo.

— Fala baixo! — Naoki olhou ao redor.

— Sabe por que você me deixou sem sono? — Daniel disse em voz baixa desta vez, inclinando-se um pouco mais sobre a mesa para ficar mais perto do violinista. — Porque fiquei pensando em como você me fez dançar naquele tapete feito uma criança, e em como não me divertia assim fazia muito tempo. Em como você beija bem e em como sua pele é gostosa... E no quanto quero te conhecer melhor. Tudo a seu respeito, até o que você não acha necessário.

Naoki o encarou, pego de surpresa. Se aquele era o jogo de Daniel, ele era realmente bom. Teve medo de estar caindo em uma armadilha, porque sabia bem o estado em que estavam seu coração e sua mente desorganizada. Sabia que era Daniel quem lhe provocava tudo aquilo e se via impotente, por mais que tentasse resistir. Sabia que deveria se esforçar para evitar, que deveria se focar nos próprios planos, mas o maldito sorriso daquele roqueiro era desconcertante; seus olhos hipnotizantes e alarmantes, furtivos e perigosos, como a beira de um precipício...

Não soube respondê-lo e, diante de tais pensamentos, perdeu-se. Abaixaria a guarda e acreditaria em suas palavras ou continuaria jogando também? Pularia ou não?

— Ah, deixa eu adivinhar — Naoki disse então. — Esse é o próximo passo do seu manual de "Como Destruir Corações Em Dez Passos"? E quantos faltam, aliás?

— Não estou jogando — Daniel replicou calmamente. — Não agora.

— Ah, então estava antes?

— Antes de te conhecer, sim.

Naoki riu.

— Nossa, você devia se envergonhar dessas cantadas baixas. Com certeza sabe fazer melhor do que isso.

— Por que aceitou sair comigo então, se não acredita em nada do que digo? — Daniel sorriu, semicerrando os olhos.

— É só que... é meio difícil acreditar nas palavras de alguém com a sua reputação. E até acredito, mas porque acho que você quer me ter como troféu ou algo assim, só para depois me descartar.

— Já que nada do que eu disser vai mudar sua opinião, não vou tentar me defender. Mas se quiser mesmo descobrir minhas motivações, vai ter que sair da defensiva e baixar a guarda.

— E você, vai baixar a sua?

— Já fiz isso.

Ficaram mudos. Ainda se encararam por um momento, no entanto os olhos escorregadios do violinista procuraram por qualquer coisa ao redor, menos o rosto em sua frente. Os segundos se transformaram em minutos desconfortáveis e eles não puseram as mãos no café da manhã enquanto se perdiam em conjecturas a respeito um do outro.

Em certo momento, olharam-se ao mesmo tempo e rapidamente desviaram.

— Eu acho que compus uma música — as palavras saíram de Naoki assim, de repente, sem que o rapaz quisesse, e Daniel ergueu os olhos da xícara que observava.

— Compôs uma música? Quando?

— Hoje.

— Hoje? — Daniel riu. — Está me dizendo que compôs uma música em uma ou duas horas?

— Mais ou menos. Não está totalmente completa, é só um esboço. Você... — Engoliu as palavras, empurrando-as para dentro com timidez, incapaz de completar a frase.

— Eu...? — o loiro se inclinou em sua direção, com o olhar intimidador e sedutor adentrando-o e bagunçando-o sem pedir permissão.

— Você... Você quer me ajudar a terminar?

Daniel reclinou-se, com um sorriso inesperado tomando-lhe o rosto.

— Claro.

Comeram depressa e tomaram os cafés em três goles, em seguida, pagaram a conta e saíram de lá o mais rápido possível. André não estava em casa — quase nunca estava nas manhãs de domingo — e Daniel abriu a porta do apartamento com urgência. Assim que entraram, sentou Naoki ao piano, dizendo:

— Quero ouvir. Toca.

Naoki se virou para as teclas, acanhado. Suas mãos queriam tremer de vergonha, mas ele fechou os olhos e se lembrou do que tinha tocado mais cedo. Não ia admitir que tinha criado aquela melodia pensando em Daniel, mesmo que parecesse bem explícito — em sua cabeça, pelo menos — que aquele era exatamente o caso.

Daniel se sentou ao seu lado ao final da música. Pediu que tocasse mais uma vez e, na terceira, atreveu-se a acompanhá-lo, colocando uma e outra nota aqui e ali, completando lacunas antes vazias.

Os dois se entendiam de forma estranha. Quando se tratava daquele instrumento que ambos tocavam juntos, não parecia que suas diferenças se chocavam como o Céu e o Inferno.

— Naoki, acho que você é um gênio — comentou o roqueiro, rindo enquanto tocava.

— Mas você está me ajudando, como posso ser um?

— Você foi quem teve a ideia, só estou te ajudando. Não se menospreze.

Naoki sorriu. Aquela sensação era estranha: a de ser elogiado ao invés de criticado, de sentir que havia feito algo certo, algo bonito, algo incrível. E a sensação era tão boa que ele não pôde voltar atrás quando tirou as mãos do piano e segurou o rosto de Daniel, virando-o para si e o beijando com urgência, como se precisasse ser preenchido naquele exato momento — mas não em um sentido vulgar: era em um sentido inocente, apaixonado... Em um sentido existencial, talvez. Como se Daniel, de alguma forma, preenchesse algum vazio da sua existência medíocre.

E o outro retribuiu o beijo, como se a recíproca fosse verdadeira.

CAPÍTULO 11

A emergência dos toques era tão grande que Naoki podia sentir a pele queimando sob os dedos de Daniel, assim como a dele queimava sob os seus. E saber que podia causar aquele efeito no roqueiro era suficiente para fazê-lo delirar. Entender que o calor emanando era sinal de que Daniel o desejava parecia incrível demais para ser realidade.

Naoki agarrou a gola da jaqueta de couro do loiro e o ergueu, puxando-o para perto enquanto saía do banco do piano. Colocou-o sentado no sofá e sentou-se em seu colo, segurando seu rosto com cuidado, sem vontade de soltá-lo por um segundo sequer. Sentia os dedos alheios passearem pelas suas costas e a própria pele se arrepiar sob a camisa. Quanto mais os círculos eram desenhados, mais Naoki se aproximava.

Daniel traçou uma linha de beijos por seu pescoço e o violinista deixou a cabeça cair para trás, com o coração acelerado.

Ele o queria tanto... Talvez não tivesse coragem de desejar antes, mas agora queria senti-lo por inteiro, cada centímetro de pele e cada parte do corpo. Queria senti-lo preenchendo-o em todos os sentidos e matando-o, lentamente, de prazer.

Naoki ousou tirar a jaqueta de Daniel, em seguida a blusa e, por um segundo, prendeu o ar diante da visão. O roqueiro segurou seu rosto, levantando ambos do sofá enquanto o beijava, e o fez caminhar de costas até a parede para empurrá-lo com força.

O Universo pareceu explodir quando as costas bateram no concreto frio e Naoki sentiu Daniel pressionar seu corpo contra o dele, tornando tudo ainda mais quente. Aquele beijo parecia lhe dar milhões de sentidos a mais, que ele nunca imaginou existirem. Quando Daniel chupou seu pescoço, Naoki esqueceu como se respirava e tudo que pôde fazer foi segurar os ombros do roqueiro com força e puxá-lo para ainda mais perto, mesmo que fosse fisicamente impossível.

Daniel experimentava cada pedaço que podia do outro, que já não sabia mais o que saía de sua boca, apesar de acreditar que fossem súplicas. Fechou os olhos ao sentir os lábios do loiro por sua clavícula, como seda roçando na pele.

— Daniel... — o nome saiu pela boca de Naoki como uma prece desesperada.

— Você não sabe *o quanto* eu quero te sentir — o outro respondeu.

— Por favor — Naoki implorou baixinho, delirando de desejo.

O roqueiro pegou em seu cabelo e o puxou para trás, aproveitando para beijar cada centímetro de seu pescoço e de seu maxilar, sentindo o cheiro de seu perfume.

Naoki percorreu a pele macia dos braços de Daniel com as pontas dos dedos, e o outro apertou seu cabelo, puxando-os para trás com mais força, o que o fez arranhá-lo instintivamente.

Meu Deus, nunca achei que fosse querer tanto alguém; nunca achei que fosse me sentir assim; nunca achei que fosse me sentir tentado dessa maneira — era só o que passava pela cabeça de Naoki. E *tentado* era a palavra certa, porque sabia que não poderia avançar, não se quisesse ganhar a aposta. No entanto, cada toque de Daniel era como um anúncio de puro deleite, transformando Naoki em puro desespero por mais.

— Naoki... — Daniel sussurrou no seu ouvido e mordeu-lhe o lóbulo da orelha, provocando um gemido. O violinista estava quase se humilhando aos pés do outro, o que o fazia se odiar. Como era possível sentir ódio de si mesmo por querê-lo tanto — a ponto de quase se pôr de joelhos e implorar —, mas não ser capaz de mover um único músculo para afastá-lo, como sabia que devia fazer?

Foi então que, como se alguém tivesse gritado "Fogo!", Daniel se afastou, com os olhos perturbados. E, em silêncio, foi para o quarto e ali se trancou, deixando Naoki sozinho, completamente desordenado, confuso e ofegante. Deixou-o pegando fogo e se desfazendo em cinzas, sentindo-se patético por, enfim, perceber o óbvio: sempre esteve claro que aquilo ia acontecer. Ele só não quis ver porque estava cego, graças a uma paixonite ridícula.

Naoki desejou, fervorosamente, que aquilo fosse um sonho. Por que não acordava logo? Por que o despertador não tocava? Por que continuava ali parado, sem conseguir se mexer? Era o pior tipo de pesadelo, pelo visto:

aquele em que não conseguia controlar nada ao seu redor, nem mesmo o próprio corpo.

Então aquele era o joguinho humilhante de Daniel... Como pôde ser tão burro e se deixar cair na dele?

Naoki levou alguns segundos para se recompor, mas quando o fez, logo saiu do apartamento, batendo a porta com força e jurando para si mesmo que não voltaria ali outra vez — e que se colocasse os pés naquele lugar outra vez, colocaria fogo no piano maldito em que tinham tocado aquela música juntos.

A música que tinha feito para Daniel em um surto apaixonado.

Daniel trancou a porta de seu quarto e esperou que Naoki saísse de sua casa, sem coragem para voltar atrás e encarar a estupidez de suas ações.

Não queria ter feito aquilo. Sabia que aquilo tinha sido humilhante para Naoki e que, provavelmente, ele nunca mais iria querer vê-lo, mas não conseguiu conter a reação: a lembrança da aposta com André e Luísa fez com que ele recuasse, como se os beijos o queimassem. Cada sorriso de Naoki, cada palavra doce e toque suave, cada emoção boa que lhe causou também o queimavam, juntando-se à culpa que o arrebatava naquele momento.

Era óbvio que Daniel queria senti-lo de todos os jeitos possíveis, impossíveis e inimagináveis, mas não queria sentir que estavam transando só porque queria ganhar dinheiro de uma aposta.

Não queria mais fazer aquilo com Naoki.

Ele queria o violinista de um jeito diferente e admitir o fato para si mesmo era assustador. Conheciam-se há muito pouco tempo para Daniel estar sendo invadido daquele jeito pelos prenúncios de sentimentos indesejados. Não tinha certeza do que estava acontecendo e, ao mesmo tempo, tinha, numa contradição que o deixava confuso e com medo.

E por mais que tentasse se convencer de que não saberia explicar os próprios sentimentos, não era assim tão difícil de entendê-los. Daniel sabia bem que queria Naoki daquele jeito meigo e doce de quando tocavam piano juntos. Queria-o para contarem sobre suas vidas; para se beijarem com carinho e para se entenderem nas conversas. Para passarem longas horas juntos, falando de coisas de que gostavam, descobrindo coisas novas um sobre o outro ou não fazendo absolutamente nada. Soube disso quando estava deitado ao seu lado no tapete da loja, em silêncio, apenas o encarando. Havia algo em Naoki que dizia que ele o entendia, mesmo que os dois parecessem tão diferentes.

E, talvez, tudo o que Daniel queria era alguém que o entendesse, mas tinha conseguido estragar até mesmo aquilo. O rapaz se impressionava com a capacidade de estragar a própria vida.

Como consertaria aquilo?

Tinha certeza de que nada faria o violinista lhe dar outra chance.

Como pôde agir de maneira tão idiota? No fim das contas, acabou sendo todas aquelas palavras que Naoki tinha usado para descrevê-lo: "um babaca, manipulador, filho da puta, conquistador desgraçado".

Todas aquelas palavras poderiam defini-lo, porque Daniel era aquilo. Era só o que tinha sido até aquele momento. Esteve tão ocupado em seus próprios joguinhos que não notou o quanto sentia, nos breves instantes de calmaria com aquele violinista complicado, que ele podia ser mais do que sua fama — e o quanto realmente queria ser.

Não se deu conta de que não queria aquela grana, para falar a verdade, mas sim um pretexto para procurá-lo, para ouvir suas palavras afiadas e encarar seus olhos desafiadores, para ficar perdido no labirinto em que se colocou. Não importava de que modo ou qual era a desculpa: estava sempre procurando uma forma de voltar para aquele caos paradoxal munido de sarcasmo, desdém e loucura, com roupas certinhas demais, partituras eruditas, ações completamente contraditórias e sorrisos que nunca surgiam no momento em que se esperava.

Além de uns olhos... uns olhos pandemoníacos, instáveis, onde todos os segredos ficavam à deriva, implorando para serem decifrados.

Naoki não valia os duzentos reais da aposta — ou dinheiro nenhum — porque nada podia mensurar seu valor.

E Daniel se odiava por perceber aquilo tarde demais.

Akane passava os dedos pelo cabelo de Naoki enquanto o ouvia chorar sem parar.

Ele tinha chegado tão de repente em sua casa, sem dar um único telefonema, que até mesmo os pais dela se surpreenderam. Ao levá-lo para seu quarto, Naoki começou a chorar assim que entrou e a garota não soube o que dizer ou fazer, pois era a primeira vez que o via assim. O amigo ainda não tinha lhe contado nada e ela não conseguia imaginar o que podia ter acontecido para ele estar chorando daquele jeito em pleno sábado, perto da hora do almoço.

Tudo o que Akane fazia era deixá-lo esconder o rosto em uma almofada sobre seu colo enquanto ela lhe fazia cafuné e seu coração se partia junto ao dele.

Suspirando, ela se curvou e encostou o rosto em seu ombro, sentindo seu coração doer por encostar-se a ele daquela forma.

— Naoki... — a menina sussurrou. — Você não vai me contar o que aconteceu?

— Não é nada — ele respondeu entre soluços.

— Se não fosse "nada", você não estaria chorando assim. Mas se não quiser falar, tudo bem. Eu estou aqui do mesmo jeito.

O rapaz ficou em silêncio e ela continuou a mexer em seu cabelo, endireitando a postura antes de pegar o controle remoto e ligar a televisão. Pelo horário, deviam estar passando jornais ou programas esportivos na TV aberta, então zapeou pelos canais pagos e parou em um que passava *As Meninas Superpoderosas*.

— Ah! — Akane sorriu. — Adoro esse desenho, é tão bonitinho! Olha como é diferente do que tinha na nossa época... Pra quem assistia *She-Ra*, isso é muito diferente, né... ?

Naoki ergueu o rosto e encarou a TV.

— É bem diferente mesmo... — ele respondeu e se empertigou. — Você tinha razão, Akane. — E voltou a esconder o rosto em seu colo, envergonhado.

Ela permaneceu quieta, esperando por alguma explicação, mas ele não disse mais nada.

— Sobre *As Meninas Superpoderosas*? — a garota arriscou.

— Não, sobre o Daniel — Naoki se levantou da cama. — E que alguém ia sair de coração partido. Fui eu! E foi humilhante!

— Por quê? O que aconteceu?

— Estávamos quase... Você sabe... E ele me deixou sozinho. Foi horrível!

Akane franziu a testa, confusa.

— Como... Como assim te deixou sozinho?

— Estávamos na sala, nos beijando, e eu estava tentando não me deixar levar, mas ao mesmo tempo, queria que tudo aquilo acontecesse logo, e aí... ele se afastou, como... Como se tivesse nojo de mim ou sei lá. E se trancou no quarto, sem dizer nada. Eu fiquei lá, feito idiota, sem entender nada. Foi ridículo e vergonhoso.

— Ah, Naoki, eu... Eu sinto muito. Você não merecia isso...

— Você também não merecia o que ele fez! — exclamou, voltando a se sentar na cama. — Eu quase estraguei nossa amizade por causa daquele babaca! Ainda bem que não fizemos nada, porque eu me arrependeria muito mais!

— Naoki, está tudo bem. A verdade é que eu nunca...

Alheio ao que a amiga tentou revelar, ele a interrompeu:

— E pensar que tudo isso foi por causa daquela merda de aposta e... Eu perdi! Que droga! — choramingou. — Eu não devia ter apostado.

— A aposta não era que o Daniel ia quebrar seu coração primeiro? Você tinha que estar gostando dele para isso acontecer, né...?

— Eu... — ele tentou responder, mas se calou e abaixou a cabeça. — É que de repente se tornou legal estar com o Daniel, entende? Ele me surpreendeu e acabei criando expectativas com base em mentiras. Era tudo mentira, Akane. Tudo o que ele me disse e fez, foi só pra... brincar comigo.

— Ei — a amiga pegou sua mão. — Podemos tomar sorvete e assistir a algum filme ou ouvir música... Ou qualquer outra coisa que você queira. Não pense mais nele, só vai te fazer mal.

Naoki sorriu.

— Obrigado, Akane.

— Não tem que agradecer. Sou sua melhor amiga, não sou?

— É — ele assentiu, ainda sorrindo.

Eles ficaram em silêncio. Naoki olhava as próprias mãos e Akane o encarava com carinho.

O coração dela doía tanto quanto o dele, mas era uma dor diferente.

— Você merece alguém que te trate tão melhor... — ela sussurrou. — Alguém que cuide de você e te ame como merece.

Antes que Naoki respondesse, Akane se inclinou repentinamente em sua direção, segurando seu rosto e encostando seus lábios nos dele.

Capítulo 12

Akane e Naoki se encararam enquanto experimentavam a estranha sensação das bocas encostadas. O coração dela batia freneticamente e o arrependimento percorreu suas veias no mesmo instante em que sentiu os lábios de Naoki. Não devia ter feito aquilo, não devia ter escancarado toda a verdade e o beijado em seu momento mais vulnerável, mas seu cérebro simplesmente não ponderou antes de mandar seu corpo agir. Agora, o que vinha reprimindo e tentando se convencer há anos de que não sentia estava evidente — não só para Naoki, mas para si mesma. Beijá-lo e sentir o corpo todo estremecer era a resposta para todas as dúvidas que tinha sobre o assunto: Akane não estava confundindo sua amizade com amor, pois sempre gostou de Naoki desde a primeira vez que o viu. Ele foi sua primeira paixão, seu primeiro amor e sua primeira decepção, porque jamais poderia ser dela.

Apaixonou-se aos doze anos, no mesmo dia em que Naoki derrubou suco de uva em seu vestido. Quando o garoto apareceu em sua casa com um vestido novo, Akane pensou que tinha encontrado seu príncipe encantado. Ficaram amigos e ela fantasiava que, assim como nas comédias românticas a que tanto assistia, um dia namoraria seu melhor amigo. Sonhava com o dia em que Naoki perceberia que também gostava dela, mas o que aconteceu, ao invés disso, foi lhe contar que era gay. Para piorar, ainda havia *aquele dia* em que chegou mais cedo em casa e procurou pelo irmão até abrir a porta de seu quarto e dar de cara com os dois na cama. A garota ainda era assaltada constantemente pela tristeza que sentiu ao fechar a porta em um reflexo assustado, segurando a respiração até se trancar no próprio quarto, onde começou a chorar.

Akane tinha tentado de tudo para esquecê-lo. Saía com outras pessoas na tentativa desesperada de tirá-lo de sua cabeça, mas todas a faziam imaginar como seria estar com Naoki. Tentou beijar garotas em festas da faculdade, pensando que talvez pudesse finalmente se apaixonar por outra pessoa, mas sempre voltava a ele: à sua risada, à sua companhia e aos momentos preciosos que colecionava em sua mente. Em seu último desespero, resolveu se jogar em Daniel Stein, mesmo com sua fama ruim, mas, outra vez, só o que havia ganhado fora a sensação de que era incapaz de ser amada — e de amar alguém que não fosse Naoki.

Estava completamente cega quando pediu a Naoki para quebrar o coração de Daniel, agora tinha ciência disso. Ela sabia que o roqueiro se apaixonaria — afinal, quem seria idiota de não cair de amores por seu melhor amigo? —, mas não imaginava que *Naoki* se apaixonaria e terminaria de coração partido. Ela se culpava por ter criado tantos sentimentos ruins dentro dele. Culpava-se por ter mentido e fingido que sentia algo por Daniel quando a verdade era que aquele sentimento, aquele medo todo de perder a amizade, na verdade se tratava de Naoki. Culpava-se por não conseguir esquecê-lo e por desejar tão fervorosamente que ele pudesse corresponder seus sentimentos.

O beijo foi rápido, mas pareceu uma eternidade. Nenhum dos dois sabia o que fazer e nenhum deles queria encarar o momento seguinte, mas Akane recuperou a sanidade e se afastou primeiro. As bochechas da garota estavam vermelhas como Naoki nunca tinha visto e os olhos começavam a se encher de lágrimas. Ela cobriu os lábios com as costas da mão esquerda, franzindo a testa enquanto o rosto se molhava.

— Me perdoa, Naoki. Eu sei que você não gosta de mim e que te beijar foi errado — ela soluçou, sua dor saindo inteira com as palavras entrecortadas. — Me perdoa!

Naoki quis dizer algo, mas não soube o quê, então apenas assistiu a ela se levantar da cama, abrindo a porta do quarto e saindo em disparada. Ele engoliu em seco, confuso, e permaneceu imóvel por longos segundos, sem conseguir pensar nem reagir. O que deveria fazer agora? Ir embora? Ir atrás dela? Fingir que nada tinha acontecido? Os pais dela estavam em casa, o que piorava tudo: se a vissem chorando sozinha, o que pensariam a respeito dele?

Akane sempre foi tão confusa, impulsiva, imprevisível e doida que Naoki definitivamente nunca imaginou que ela gostasse dele, porque jamais pensou que ela conseguiria esconder. O rapaz agora se perguntava o que teria feito se tivesse percebido antes. Mas o que poderia ter feito? Sua amiga sempre soube que ele gostava de homens e, se tivessem se afastado, teriam perdido todos os bons momentos de sua amizade.

Naoki resolveu que deveria ir embora e se levantou da cama, mas, ao se virar, teve a visão do quintal pela enorme janela do quarto de Akane e viu a melhor amiga de cócoras na beira da piscina. Ela estava de costas e seus ombros subiam e desciam, mostrando que ela ainda chorava. Sentindo o coração apertar, o violinista se sentou na cama de novo e esperou que a amiga voltasse. Ela o fez mais de vinte minutos depois, com o rosto inchado e vermelho, assim como os olhos. A vergonha dela era visível.

— Akane... — ele tentou dizer, mas se calou.

A garota fechou a porta e se encostou à madeira, decidida a não se aproximar.

— Você... não foi embora — observou ela. — Por quê? Por que não brigou comigo ou me chamou de louca?

— Akane, eu nunca faria isso... Por que faria?

— Porque é isso o que você devia ter feito. Eu te beijei quando você estava chorando. Eu te beijei, sendo que você nem gosta de meninas... Não é o que qualquer um faria?

Naoki balançou a cabeça, abismado.

— Akane... Essa é a única maneira que você imagina alguém te tratando? Brigando com você e te chamando de louca? É assim que os caras te tratam?

Ela se encolheu, desviando o olhar, e Naoki se deu conta de que quase nunca falavam sobre os relacionamentos da amiga e quando ela permaneceu em silêncio, o violinista resolveu dizer logo o que achou que era preciso:

— Você sabe que eu não posso gostar de você desse jeito, Akane... mas sabe que eu te amo, né?

Aquilo a fez chorar.

— Me desculpa — a garota repetiu. — Eu estraguei nossa amizade. Você pode ir embora e nunca mais falar comigo.

— Eu não vou fazer isso.

— Mas, eu... Eu estraguei tudo.

— Você não estragou nada, Akane — ele se levantou e andou até a amiga. — Está tudo bem.

Ela franziu a testa, tentando segurar o choro.

— Está tudo bem — Naoki afirmou novamente, porque sabia que ela precisava ouvir.

Akane deslizou até o chão e Naoki sentou-se ao seu lado. Ficaram em silêncio durante alguns minutos até ele se incomodar com aquilo e mudar de assunto:

— Você tinha razão. Acho que me apaixonei pelo Daniel... E ele me fez ver da pior maneira possível que não significo nada para ele. Você também tinha razão quando disse que eu não devia ter aceitado a aposta com o Akira. Fui idiota.

— Não queria que você estivesse triste — ela murmurou após um tempo, enxugando o rosto outra vez.

— Eu também não queria que você estivesse triste.

— Desculpe ter feito isso com você — a voz dela saiu fraca.

— Não foi você quem fez isso — ele balançou a cabeça.

— Foi, sim. Se eu não tivesse insistido em algo tão infantil pra começo de conversa, você não teria se aproximado dele e não ficaria de coração partido.

— É, mas eu quis, e depois ainda fiz uma aposta com o Akira. A culpa não é inteiramente sua, eu também fui infantil... Mais até que você, na verdade. Eu apostei um violino. — O rapaz riu, provocando uma risada suave na amiga. Ele a observou com cuidado.

— Eu gosto de você, Naoki — Akane sussurrou, as lágrimas voltando a rolar, e abaixou a cabeça imediatamente, escondendo o rosto entre os joelhos. Precisava dizer aquilo em voz alta pela primeira e última vez. — Me desculpa... Alguma hora eu vou superar.

— Akane... Você é linda, gentil, inteligente, divertida... Você merece alguém que te trate muito bem, alguém que cuide de você e te ame como merece — Naoki repetiu as palavras dela. — Desculpe não poder ser essa pessoa. Mas você vai encontrá-la.

— Eu também espero que você encontre a pessoa certa para você — Akane disse baixinho, erguendo a cabeça devagar. — E espero que o Daniel te peça desculpas, no mínimo.

— Ele não vai pedir. Por que pediria? Eu também não planejava me desculpar depois de quebrar o coração dele... — Naoki suspirou. — Estou sentindo pena de mim mesmo pelo que aconteceu, mas a verdade é que não passo de um hipócrita.

— Mas já que você se apaixonou... Não quer que ele peça desculpas e conserte as coisas?

— Consertar o que, Akane? Já estava sem conserto desde o início.

— Mas e se ele vier pedir desculpas? Talvez seja só um mal-entendido. Toda história sempre tem dois lados.

— Não. Eu nunca mais quero ver o Daniel na minha frente e tenho certeza de que minha vida vai ser melhor longe dele.

Já fazia um mês que não se viam — na verdade, fazia pouco mais de um mês desde que Daniel tinha deixado Naoki sozinho na sala de seu apartamento

— e os dias passavam morosos, vazios e nublados... Parecia mais que havia se passado um século. Era um século sem Naoki.

O tempo passava, deixando uma sensação incômoda e triste que machucava Daniel como uma farpa toda vez que ele se lembrava de como havia perdido o violinista de forma tão estúpida. Por que não tinha simplesmente deixado as coisas acontecerem e, mais tarde, dito a André que desistiria da aposta? Não entendia como pôde ter sido tão impulsivo e burro.

Daniel não teve coragem de encarar Naoki no dia seguinte ao incidente e assim foi durante a semana. Sabia que precisava falar com ele, explicar seus sentimentos e implorar por seu perdão, mas não tinha coragem suficiente. Tentou ir atrás de Naoki após uma semana e meia sem vê-lo, porém percebeu que seus esforços em encontrá-lo eram inúteis, porque ele não estava em lugar algum e ninguém sabia de seu paradeiro. A cada dia que passava, o roqueiro percebia que não gostava da ideia de não vê-lo mais.

Aqueles dias passados serviram apenas para Daniel pensar em Naoki a cada segundo, dando-se conta do quanto queria estar ao seu lado e dividir todos os seus segredos e cada detalhe da sua vida, da sua infância, dos seus medos e alegrias. E cada corpo que tinha tocado tentando esquecer o do rapaz era apenas um modo de entalhá-lo ainda mais em sua mente. Nenhum cheiro era igual ao de Naoki, nenhum toque era suave como o dele, nenhum sorriso, nenhum olhar... Ninguém era como Naoki.

Daniel estava a um passo de enlouquecer. Tinha jurado que jamais se apaixonaria novamente, que não quebraria mais o próprio coração e não se sentiria mais daquela forma. Tinha jurado que Rodrigo seria o primeiro e último a fazer aquilo com ele.

Mas o que sentiu naqueles poucos dias de convivência com Naoki foi muito diferente do que sentiu com Rodrigo. Não sentia que precisava se esforçar para chamar a atenção de Naoki, nem como se fosse algo usado só para passar o tempo. Daniel sentia que ele o achava interessante, que lhe deu toda a sua atenção naqueles breves momentos em que passaram juntos e que, de fato, quis estar em sua companhia. E aquela sensação era indescritível. Daniel lembrava-se daquela música dos *Secos & Molhados*, porque pensar em Naoki amadurecia, em seu corpo, aquela leve pluma, *nuvem azul que arrefece, simples e suave coisa — suave coisa nenhuma*. Não eram sentimentos leves, nem suaves, Daniel tinha cada vez mais certeza. E por essa razão, foi atrás de Akira no início do mês de julho, pronto para ignorar o próprio ego e pedir ajuda.

Assim que o viu, antes mesmo de Daniel se aproximar o suficiente, Akira já revirou os olhos e se levantou, pronto para ir embora. Daniel, no entanto, segurou seu ombro com cuidado e pediu:

— Espera...

Akira se virou, encarando-o com seriedade.
— O que foi?
— Não consigo encontrar o Naoki em lugar nenhum. Onde ele está?
— Estou sentado no balcão de informações, por acaso? Não, né? Então procure outra pessoa para te ajudar — respondeu, começando a andar.
Daniel o seguiu.
— Ei, espera, Akira! Por favor.
Ao ouvir aquilo, o rapaz se virou com um sorriso sarcástico.
— Você disse "por favor"? — zombou.
O roqueiro franziu a testa.
— Posso ser babaca, mas não sou mal-educado.
— Ah, tá legal — Akira riu. — E por que quer saber onde o Naoki está? Não acha que já brincou o suficiente com ele?
— Olha, eu não sei o que você sabe, mas...
— Eu sei tudo, Daniel. E também sei que está na hora de você se afastar, porque parece que tudo o que sabe fazer é brincar com os sentimentos dos outros e quebrar corações.
— Eu não queria magoar o Naoki, me afastar...
— Ah, é mesmo? Então qual é a sua justificativa para o que fez? — Akira o intimou e Daniel abriu a boca, mas se manteve em silêncio. Falar da aposta só pioraria as coisas.
— Eu quero falar com ele, quero consertar as coisas.
— Mais de um mês depois? Já considerou a hipótese de que não tem conserto?
— Quero que *ele* me diga isso, não você. Você me odeia — Daniel se irritou.
— Ele também te odeia e não quer falar com você, nem te ver, se ainda não entendeu. — Akira lhe deu as costas, provocando-lhe um enorme suspiro.
— Pelo menos me diga se ele desistiu da faculdade!
— Por que ele faria isso? Por você? Vou te contar uma novidade, Daniel: você não é o centro do Universo! O semestre dele já acabou e meu amigo está de férias. Agora, me deixa em paz — ele impôs, afastando-se enfim.
Ouvir o óbvio — que Naoki não queria vê-lo nem falar com ele — foi como um balde de água fria para o roqueiro, porque ele esperava ainda existir uma chance de acertar as coisas.
Daniel tinha ciência de que já havia esperado tempo demais para se desculpar e de que deveria correr atrás dele para se explicar o quanto antes, mas, ao mesmo tempo, também achava que deveria respeitar o espaço de Naoki. Aparecer quando não era bem-vindo poderia apenas aumentar a irritação e o rancor que o outro sentia.
Assim, resolveu esperar alguns dias para voltar a procurá-lo.
Contudo, naquele mesmo dia, enquanto andava pelas ruas fumando e

olhando os próprios sapatos, esbarrou em alguém. Ao erguer os olhos para se desculpar, viu, ao longe, uma pessoa entrar na Blockbuster e reconheceu-o imediatamente: Naoki.

O ar pareceu queimar nos pulmões de Daniel e ele correu até a loja como se sua vida dependesse daquilo. Mas suas mãos paralisaram ao chegar à porta e ele não conseguiu empurrá-la nem adentrar o local, porque lá dentro, estampando um enorme sorriso e olhos apaixonados, Naoki estava escolhendo um filme ao lado de um conhecido de Daniel. Estava sorrindo de um jeito que Daniel nunca tinha visto, porque só o que sempre faziam era brigar. Ele parecia feliz como não tinha estado em nenhum dia ao seu lado. O roqueiro então viu os dois darem as mãos disfarçadamente, num gesto que durou alguns segundos e fez as bochechas de Naoki corarem.

— Daniel? — uma voz suave o interrompeu de súbito e ele franziu a testa, reconhecendo-a imediatamente. Reconheceria-a com uma única palavra. Era como um terremoto dentro dele, arrancando-o dos pensamentos sobre Naoki.

Virou-se e viu o sorriso que tinha ficado gravado em sua memória, que fez emergir em seu peito sentimentos que achava que já tinham sido esquecidos, especialmente o mais incômodo de todos: culpa.

— Nossa, é você mesmo! — Adriana mexeu a cabeça de leve, em um cumprimento. — Oi!

Adriana se sentou na poltrona em frente a Daniel na pequena mesa redonda do café. Era tão estranho se encontrarem depois de tantos anos... Ainda mais sem Rodrigo.

— Quando você voltou? — questionou Daniel depois de se sentir incomodado com o silêncio e de olhar ao redor impacientemente, sem saber o que dizer à moça.

— Há umas duas semanas — Adriana sorriu. — Ainda estou me reacostumando com a cidade. Não estava nos meus planos voltar, mas sabe como é o trabalho...

— Não queria voltar?

— Na verdade, não — ela balançou a cabeça com uma risada. — Mas foi até bom. Terminei um relacionamento pouco antes de vir, então... foi bom.

— O Rodrigo sabe?

— O quê? — Adriana fez uma cara confusa.

— Ele sabe que você voltou?

— Não, eu não falo com ele há anos — ela franziu a testa, como se não quisesse ouvir aquele nome.

E Daniel sabia que era o caso, afinal, Adriana e Rodrigo nunca mais se falaram após o término. E embora ela tenha continuado amiga de Daniel por algum tempo — antes de ele ter se afastado —, nunca soube a respeito do beijo que Daniel ganhou de Rodrigo pouco depois do fim do namoro, nem de toda a confusão que se sucedeu entre os dois.

Na época, Daniel passou meses imaginando se Adriana sabia o que realmente havia acontecido e se ele não deveria ter, por consideração à sua amizade, evitado se envolver com Rodrigo. Porém, acabou por perceber que ela, de fato, não sabia de nada e seus sentimentos bobos e apaixonados foram mais fortes do que a amizade, impossibilitando-o de resistir a Rodrigo e forçando-o a se afastar de Adriana.

No fim, nem ela nem ninguém soube a respeito do envolvimento entre os dois, o que trazia certo alívio e culpa para Daniel. Vez ou outra, ele se perguntava se a culpa também corroeu Rodrigo com o passar do tempo, levando as coisas entre os dois a acabarem da forma como aconteceu.

— Daniel? — Adriana se inclinou sobre a pequena mesa, fazendo-o piscar.

— Hã?

— Está pensando na morte da bezerra? Ou está distraído por causa de alguém? — ela brincou com um sorriso doce, e Daniel balançou a cabeça.

— Desculpe... O que estava dizendo?

— Perguntei como vão as coisas e o que você fez nesses anos que não te vi.

— Ah! Tá tudo bem. E não fiz nada de muito interessante... Só estou cursando Filosofia e não falo com meu pai desde que saí de casa, algum tempo depois de você ter ido embora também.

As palavras saíam sem filtro e Daniel percebeu que, só de vê-la, sentia-se de volta à adolescência, quando confidenciava bobeiras e se queixava de frustrações ainda mais tolas para Adriana, que o ouvia como uma espécie de irmã mais velha. Na época, Daniel achava que ela fazia aquilo por querer se dar bem com a família do namorado; depois, com o tempo, concluiu que ela o ouvia porque era solitária e estava entediada. Naquele momento, contudo, Daniel pensou que, na verdade, ela realmente gostava de ajudar. Talvez Adriana realmente gostasse de ser sua amiga — o que tornava tudo pior, porque reiterava o quanto ele tinha sido um péssimo amigo.

— Eu soube que o seu pai e a mãe do Rodrigo se separaram — ela comentou enquanto colocava um cacho do cabelo atrás da orelha. — Você não fez nada de interessante? Então continua sendo o Daniel quietinho de sempre? — a moça deu uma risada de leve.

O roqueiro sorriu, balançando a cabeça.

— Não... Acho que não sou a mesma pessoa que você conheceu.

Ele falava sobre Rodrigo, mas Adriana não entendeu, por isso riu e brincou:

— Não me diga que virou um canalha de primeira?!

— Ah, então é assim que devem me chamar pelas costas — o rapaz brincou de volta.

— O quê? — ela arqueou as sobrancelhas. — É sério? Você virou um conquistador, Daniel Stein?

— Quem disse isso?

Ele fingiu estar ofendido e Adriana continuou a rir, mas Daniel resolveu mudar logo de assunto:

— Quer comer alguma coisa? Você ainda gosta de *brownies* com calda de chocolate?

— Adoro! — ela chacoalhou a cabeça, animada.

Daniel chamou o garçom. Em pouco tempo, os dois estavam se sentindo como na época do colégio de Daniel enquanto comiam doces e conversavam sobre bandas de rock. Colocaram as novidades em dia e a moça acabou por contar os detalhes sobre o término de seu namoro — que, na verdade, foi quase um noivado, até ela perceber tarde demais que não estava feliz, o que causou grande frustração e tristeza no namorado. Depois que Daniel se afastou de Adriana e ela se mudou da cidade, ele não fez outros amigos para quem pudesse contar sua vida e ouvir confidências. Estava sempre rodeado de pessoas, mas nunca tinha desenvolvido laços fortes com elas, nem mesmo com André. Tudo o que dividiam era o aluguel, algumas garrafas de bebidas, algumas drogas em certas festas e a cama, em certas noites.

Além de Adriana, Naoki fora o único que lhe deu a sensação de que ele poderia criar um laço que há muito tempo não existia mais em suas relações. E talvez aquele fosse o motivo para sentir tanto incômodo e surpresa ao perceber os próprios sentimentos pelo violinista, além de sua resistência para correr atrás dele. Ele havia traído Adriana, mentido e se afastado como se nunca tivessem sido amigos; agora sentia como se tivesse feito algo similar com Naoki. Esse era o tipo de pessoa que ele era: alguém que destruía os relacionamentos e usava os outros. E pensar em se reaproximar de Naoki o fazia sentir que repetiria todas as escolhas ruins que fizera durante sua amizade com Adriana.

Mas ali estava ela, que continuava sorridente e animada como antes, perguntando sobre sua vida mesmo depois de tantos anos sem se falarem ou se verem. Então, quando Daniel se deu conta, já tinha contado tudo a ela, desde o dia em que conheceu a amiga de Naoki até o afastamento, sobre como se irritou com a personalidade mesquinha dele e como quis fazê-lo se apaixonar, mas que estava arrependido. Contou sobre os beijos, as músicas da Britney Spears que teve de ouvir, sobre a aposta com André e Luísa e a assustadora mudança de sentimentos em relação ao outro. Ele não escondeu nada de Adriana, nem mesmo a parte em que quase transou com Naoki, mas o abandonou porque não queria ganhar a aposta. Porque não queria estar com ele daquela maneira tão nojenta. O roqueiro se surpreendeu com as próprias palavras e, sobretudo, com o modo como simplesmente haviam saído.

Adriana ficou em silêncio quando Daniel terminou, como se ainda esperasse por alguma frase que concluísse aquela história enorme.

— Eu não sei o que estou sentindo — disse a ela, então. — E não sei o que fazer para ele me perdoar, mesmo que isso já não valha nada, porque... Bem, porque quando te encontrei, naquela hora, eu o vi na Blockbuster com outro cara e os dois deram as mãos, mesmo que escondidos... Não adianta mais pedir desculpas.

Adriana sorriu docemente.

— Sempre adianta pedir desculpas.

— Não, você não conhece o Naoki. Ele vai, sei lá, querer me matar por isso.

Ela riu e ficou em silêncio, examinando-o.

— Você disse que não sabe o que está sentindo, mas acho que já sabe, né? Ou precisa mesmo que alguém lhe diga que está apaixonado?

Daniel respirou fundo e olhou para os lados, como se admitir aquilo fosse absurdo demais para sua essência. Derrotado, acabou assentindo e viu Adriana sorrir, encostando as costas na poltrona.

— Você não mudou nada.

— Como assim? — ele perguntou, mas Adriana balançou a cabeça, recusando-se a explicar o que quis dizer.

— Você devia pedir desculpas logo — a moça voltou ao assunto anterior. — Quem sabe ele te perdoa?

— Adriana, ele está namorando. Do que adianta?

— Eu disse *perdoar*, não largar o cara e correr para os seus braços. Além de paixão, você também está sofrendo por culpa. Se você se desculpar, vai aliviar esse sentimento. E se vocês dois voltarem a conversar, quem sabe um dia... não podem dar certo? Isto é, se você realmente valer a pena, né? — brincou.

— E como eu vou saber se valho?

— Ele é que tem que decidir — ela levantou os ombros e olhou o relógio no pulso, arregalando os olhos. — Nossa Senhora, eu perdi a hora!

Adriana começou a juntar suas coisas apressadamente.

— Aqui — a mulher estendeu um cartãozinho para Daniel. — Tem o número do meu trabalho, do meu fixo e do meu celular. Vamos manter contato, tá bom? Quero te ver de novo, senti sua falta... E quem sabe não posso te ajudar com o tal do Naoki?

— Por que você perderia seu tempo me ajudando? — Ele riu.

— Porque você é meu amigo e só faz burrada desde que nos conhecemos, mas eu quero te ver feliz. Além disso, estou solitária! Meus amigos estão todos em outra cidade e não tenho com quem sair. O que significa que se você quer minha ajuda, vai ter que sair comigo para se divertir.

— Interesseira... — ele brincou e a moça jogou o cartão em seu peito.

— Pega logo o cartão. Tchau!

Daniel assentiu, segurando o papel com um sorriso, assistindo a Adriana acenar e se dirigir ao caixa antes de sair.

Ele olhou para o número escrito sem perceber que ainda sorria. Era bom ter sua amiga de volta.

Aquilo foi ideia de Akira.

Depois de Naoki se recusar a pagar a aposta — primeiro ao mentir descaradamente, alegando que não perdeu, porque não estava de coração partido, depois passando a negar de todas as formas mais grosseiras possíveis —, Akira percebeu que o amigo vinha cultivando a própria dor, alimentando lembranças e parecendo triste em qualquer lugar que estivesse. Era óbvio que Naoki estava de coração partido, mas não admitia por orgulho e por não querer pagar a aposta de jeito nenhum. Para ser honesto, Akira não via problemas em não cumprirem o trato, porém ele e a irmã ficavam tristes de vê-lo naquele estado. Naoki nunca tivera o coração partido antes e estava tão arrasado que pensou em se matricular no período noturno para poder fugir de Daniel, mas, infelizmente, seu curso era oferecido apenas no período integral.

Sentindo pena da situação, Akira resolveu que deveria fazer algo para animá-lo. Assim, apresentou-lhe a um amigo de um amigo, um cara chamado Júlio, afirmando que ele precisava esquecer Daniel.

Akane foi contra a ideia, dizendo que Naoki se machucaria mais e que começar a sair com uma pessoa para esquecer outra era deprimente. E quando o melhor amigo e Júlio começaram a sair, ela começou a se esquivar de encontros e conversas com Naoki e até com o irmão, sempre sob o pretexto de estar ocupada demais com os trabalhos e provas finais daquele semestre, mas era claro que era tudo mentira. Naoki não queria deixá-la triste, todavia Júlio era uma companhia muito agradável e, volta e meia, aceitava os convites dele para passear e acabava deixando-a de lado.

Embora o primeiro encontro dos dois tenha sido constrangedor e Naoki tenha feito questão de dizer “não crie expectativas”, eles se divertiram na companhia um do outro, dentro do possível. Júlio gostava de alugar filmes e sempre perguntava sobre seu dia, queria saber sobre seu curso, sobre sua carteira de motorista, sobre quais músicas Naoki gostava de tocar… Ele era uma pessoa normal, atenciosa e cuidadosa.

Naoki acabou descobrindo que Júlio conhecia Daniel por causa de amigos em comum, mas não eram próximos e nunca trocaram mais do que cumprimentos. Para Júlio, Daniel era só mais um babaca qualquer por aí.

As coisas estavam tão tranquilas e lentas — tão opostas ao que viveu com Daniel — que Naoki se assustou quando Júlio finalmente o beijou. Irritando-se com o fato de sempre comparar todos os momentos com o minúsculo período em que se envolveu com o roqueiro imbecil, Naoki acabou retribuindo o beijo com raiva, mas se culpou no mesmo instante, porque sentiu como se estivesse o beijando apenas para esquecer outra pessoa, como Akane tinha dito. No entanto, Naoki acreditava que não esqueceria Daniel se não se desse a chance de experimentar coisas novas, e acreditava realmente que pudesse esquecer do roqueiro com Júlio.

Acreditou *mesmo* naquilo até ver Daniel outra vez, do lado de fora da Blockbuster.

Naoki e Júlio haviam entrado na videolocadora e passeavam por entre as prateleiras olhando todos os filmes juntos, mas com as mãos escondidas nos bolsos dos casacos e os corpos distantes um do outro. Júlio parou, de repente, para ver um filme, e o violinista, distraído, trombou em seu corpo.

Num reflexo, Naoki tirou as mãos dos bolsos e Júlio sorriu, tirando as suas também. Seus dedos se entrelaçaram em público pela primeira vez, fazendo o violinista corar e sorrir de volta, tímido e surpreso com o ato. Nem sempre era uma boa ideia alguém como ele demonstrar afeto em público, então logo soltou as mãos, esperando que o gesto não fosse mal-interpretado pelo outro.

Ao se virar para a fachada de vidro da loja, Naoki viu Daniel com uma moça e seu coração pareceu parar.

Era mesmo ele. E ele já estava com outra pessoa! Com uma mulher bonita que parecia um pouco mais velha, sorrindo para Daniel como se o conhecesse há anos. Eles desceram a rua juntos, com o olhar de Naoki preso à imagem da dupla, fazendo seu coração acelerar e sua respiração ficar suspensa.

Foi naquele exato momento que Naoki percebeu que não tinha superado o que aconteceu entre ele e Daniel e que, provavelmente, demoraria muito para esquecê-lo. Não adiantava conhecer alguém novo nem se distrair, porque alguma coisa sempre o levaria de volta ao maremoto que era estar apaixonado por Daniel. *Aquele babaca, idiota, filho da puta desgraçado...*

Quem Naoki queria enganar? Apesar de querer sentir ódio, foi tomado pela vontade de saber como Daniel estava, o que estaria fazendo, se estava saindo com aquela moça ou com outras trinta pessoas ao mesmo tempo... Queria saber se ele ainda estava tocando piano, se tinha pintado algum quadro novo, se a faculdade ia bem, se estava se divertindo sem ele, se estava tendo prazer sem ele...

Provavelmente. Certamente.

— Naoki?

— Hum? — ele piscou, chacoalhando a cabeça e se virando para Júlio. — O que foi?

— Você está bem? — o outro perguntou, franzindo a testa.

— Estou — Naoki sorriu e se apressou em mudar de assunto. — Hum... Então, você escolheu o filme?

— Qual desses?

O rapaz ergueu duas embalagens brancas com o logo da Blockbuster em azul e amarelo, mostrando os títulos: *Matrix* e *O Sexto Sentido*. Os dois filmes eram de 1999, mas Naoki não tinha visto nenhum deles. Tinha até combinado com Akane de assistirem a *Matrix* no ano anterior, mas ele acabou dormindo na metade sem querer, fazendo-o chegar à conclusão de que talvez não fosse o tipo de pessoa que assistia a "filmes cabeça".

— Então? — Júlio olhava para ele com expectativa.

— Pode escolher — Naoki sorriu.

— Ah! Certo, então... — a indecisão tomou conta do outro e o violinista suspirou, aliviado porque o outro não podia ler seus pensamentos.

Porque, se Júlio pudesse, saberia que ele ainda estava apaixonado por Daniel. Se qualquer um lesse seus pensamentos, saberia que seu coração já em pedaços estava se quebrando um pouco mais naquele momento e que, se pudesse voltar ao passado, escolheria voltar para o dia em que conheceu Daniel e faria tudo para reescrever a própria história.

Porque a verdade era que Naoki preferia nunca ter conhecido Daniel. Não queria ter conhecido nenhuma daquelas bandas de rock, nenhuma daquelas sensações boas e, com absoluta certeza, nenhuma daquelas sensações ruins que pareciam querer matá-lo por dentro.

Então, Naoki decidiu que, quando chegasse em casa, a primeira coisa que faria seria jogar fora o CD do Elvis Presley que havia comprado apenas para ter uma chance com Daniel. E, quem sabe, nunca mais colocaria os pés em uma Blockbuster, só para não ter que se lembrar de ter visto Daniel do lado de fora... com outra pessoa que não era ele.

CAPÍTULO 14

Já que Daniel não conseguia encontrar Naoki em lugar algum da universidade, decidiu tentar entrar em contato pelo telefone. Obviamente, Naoki não atendeu a nenhuma de suas ligações, assim como não respondeu nenhuma de suas mensagens de texto. Em várias de suas tentativas, foi avisado de que o número estava "temporariamente fora de serviço" — evidência de que Naoki vinha mantendo o celular desligado nas férias. Daniel cogitou ir até sua casa e pedir para ter uma chance de ao menos conversarem, mas Adriana opinou que talvez fosse melhor não fazer aquilo, dizendo que, provavelmente, Naoki precisava de um tempo para digerir a raiva que ainda sentia.

E quando foi sua vez de entrar de férias, em julho, Daniel se dividiu entre procurar por um emprego e sair com Adriana em algumas noites, levando-a para dançar e beber. Os dois também passearam pelos museus da cidade durante o dia, coisa que ele não fazia há anos, e combinaram de passear no Parque Ibirapuera com Luísa e André, para que a moça finalmente os conhecesse.

Ao final do recesso, Daniel tinha conseguido um emprego como atendente em uma livraria na Avenida Paulista, que ia das nove da manhã às cinco da tarde, o que o fez se matricular no período noturno para o próximo semestre. Ao voltar às aulas, começou a sair do trabalho e ir direto para o *campus*, sem ter mais tempo disponível para ir atrás de Naoki.

A última mensagem enviada por Daniel pedia ao violinista que lhe dissesse se preferia que nunca mais se falassem, mas, novamente, foi ignorado. Pensando no que diziam a respeito do silêncio também ser uma resposta, Daniel resolveu aceitar a situação e parar de procurá-lo, ainda mais porque Naoki estava com outra pessoa. Não queria se tornar insistente a ponto de persegui-lo e estragar seus relacionamentos, então tentou parar de pensar nele — o que era impossível, mas pelo menos o trabalho o ocupava o suficiente para impedi-lo de voltar a correr atrás de Naoki.

Na mesma semana em que tinha decidido deixá-lo para lá, no entanto, eles se encontraram por acaso durante seu expediente. Naoki estava carregando alguns livros que desejava comprar e quando seus olhos pousaram sobre Daniel, o rapaz franziu a testa, surpreso. Antes que o roqueiro pudesse pensar em abrir a boca, o outro, corado e visivelmente sem jeito, empurrou os livros contra o peito do loiro e saiu da loja em disparada, desaparecendo.

Daniel não pôde ir atrás dele, mas tentou ligar para seu celular novamente, sem sucesso. Mesmo assim, encontrá-lo outra vez, por acaso, fê-lo perceber que não queria desistir de conversar e confessar seus sentimentos para Naoki. Teve a sensação de que aquele encontro havia sido um sinal do destino — ou qualquer uma daquelas coisas ridículas e supersticiosas. E com a certeza em mente, pediu a um amigo da Filosofia que cursava o período diurno para entregar um bilhete a Naoki.

Na tarde seguinte, o violinista recebeu um pequeno pedaço de papel dobrado vindo de um total desconhecido que perguntou seu nome completo.

— É para você — disse o rapaz, que se afastou antes que Naoki pudesse fazer qualquer pergunta.

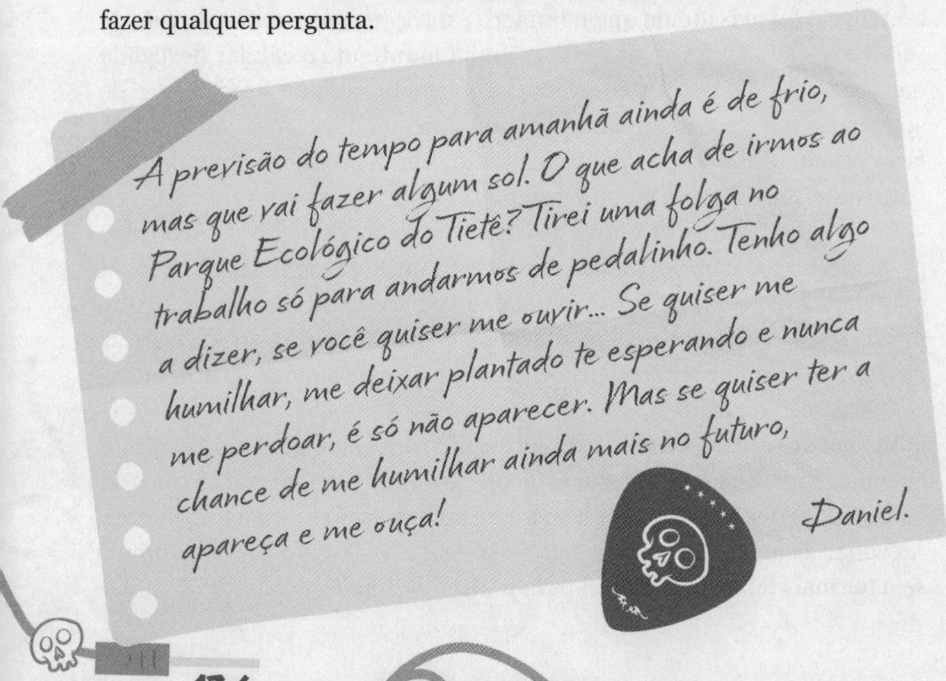
A previsão do tempo para amanhã ainda é de frio, mas que vai fazer algum sol. O que acha de irmos ao Parque Ecológico do Tietê? Tirei uma folga no trabalho só para andarmos de pedalinho. Tenho algo a dizer, se você quiser me ouvir... Se quiser me humilhar, me deixar plantado te esperando e nunca me perdoar, é só não aparecer. Mas se quiser ter a chance de me humilhar ainda mais no futuro, apareça e me ouça!

Daniel.

Espertinho, o rapaz pensou enquanto esmagava o bilhete entre os dedos. Humilhá-lo no futuro? Daniel achava mesmo que Naoki usaria suas palavras contra ele no futuro? Bem, parecia que o roqueiro havia aprendido alguma coisa sobre ele no pouco tempo que passaram juntos, afinal. De qualquer forma, não importava.

Ele não iria.

Quando chegou ao parque, Naoki pensou que, para um dia de inverno, até que o sol estava forte.

Ele tinha faltado à aula e atravessado toda a cidade de táxi só para estar ali, já que não conhecia o caminho e tinha medo de se perder caso fosse sozinho de carro. Embora tivesse, enfim, tirado a carteira de motorista e saísse com Akane para passear, nunca ia muito longe de onde morava nem se aventurava a dirigir por lugares novos e distantes, de modo que Naoki ainda não sabia se orientar em São Paulo.

Sentia-se idiota por estar ali, o que só piorou quando viu a silhueta de Daniel, que estava de costas perto do pedalinho. Ele não estava com suas roupas normais de roqueiro... Estava bem simples, na verdade, com uma blusa de moletom, uma calça — que não era de couro, nem *jeans* — e um par de chinelos, algo que Naoki nunca imaginou vê-lo usar.

O violinista ficou parado, incapaz de dar um passo a mais. Seus olhos estavam presos em Daniel e parecia haver algo em seus pulmões, porque não parecia que o ar o preenchia. Ele comprimiu os lábios e olhou para o chão, bagunçando o próprio cabelo num gesto de nervosismo. Não sabia o que fazer.

— Então... — a voz de Daniel soou mais forte que o sol. Mais forte que um trovão. Retumbou e ressoou dentro de Naoki com força, arrepiando-o. — Por qual das opções você veio? Já sei: por nenhuma, só quer me mostrar que eu estou errado.

Naoki estreitou os olhos. Por que Daniel sempre acertava?

— Que roupa é essa, hein? — debochou, tentando desprezá-lo.

— O que tem de errado com a minha roupa?

— Não combina com seu visual... sei lá, quero-ser-um-rockstar.

— Estamos no parque, não ia vir de jaqueta de couro — Daniel deu de ombros.

Naoki bufou.

— Fala logo o que você tem a dizer — seu tom foi agressivo.

— Mas foi você quem perguntou da roupa, esquentadinho. Eu só te respondi.

Os olhos do violinista evidenciaram o quanto ele estava irritado. Daniel, fingindo não perceber, apontou para os pedalinhos brancos em formato de cisne.

— Você quer andar?

— Não vou entrar numa coisa dessa com você.

— Você pode pelo menos chegar mais perto?

— Você que me chamou, então se aproxime *você* — Naoki mandou, mas logo se arrependeu, porque o outro chegou tão perto que o coitado pensou que fosse perder a sanidade de vez.

Era como se o rosto de Daniel tivesse ficado ainda mais bonito depois daqueles dois meses.

— Assim está bom para você? — ele o provocou.

A resposta de Naoki foi recuar, encarando-o de cenho franzido, mas o loiro deu um passo à frente, seguindo-o.

— Eu paguei um passeio de meia hora para nós — disse, mostrando o bilhete.

Naoki olhou para o lago.

— Já disse que não vou entrar nessas coisas.

— Tem medo de se afogar? — Daniel riu.

— Não.

— Então o que foi? Esse é um programa muito popular para você, burguesinho? Preferia que eu alugasse um iate?

Naoki revirou os olhos.

— O que você queria me falar, hein? Diz logo.

— Só quando estivermos sozinhos no meio do lago.

— Seja lá o que você queira dizer, pode dizer aqui.

— Não. As pessoas ao redor vão ouvir.

— E qual o problema?

Foi Daniel quem revirou os olhos dessa vez.

— Tá — bufou. — Desculpe por ter feito aquilo com você. Nada que eu disser vai justificar, eu sei que você se sentiu humilhado. Eu sou um cara babaca e louco, mas você soube disso desde o começo. Não foi isso o que você falou que eu era? Um babaca, conquistador barato... É isso que sou, você tem razão. Mas eu estou apaixonado por você, Naoki. Eu sei disso agora. E eu quero fazer tudo diferente dessa vez, se você me deixar.

Naoki ficou em silêncio, olhando dentro dos olhos de Daniel com a expressão irritada. Estava arrependido por não ter entrado no pedalinho, porque poderia ter escutado tudo aquilo sem as pessoas ao redor, principalmente as crianças gritando.

— Mentiroso... — sussurrou.

Daniel não desviou o olhar.

— Eu gosto de você, Naoki.

— Mentira.

— É verdade.

Naoki pegou o bilhete de sua mão e foi até o deque onde os funcionários ajudavam as pessoas a entrarem nos pedalinhos, com Daniel em seu encalço. Os dois colocaram os coletes salva-vidas antes de entrarem e, após pedalarem com esforço e se distanciarem das margens, Naoki finalmente se virou para Daniel e começou a reclamar:

— O que você quer, hein?! Continuar seus joguinhos e me humilhar ainda mais?! — e virou o rosto, olhando para os outros cisnes de plástico.

— Não, não quero nada disso! — Daniel tentou segurá-lo para que o encarasse. — Nunca quis te humilhar, eu... Olha, Naoki, eu já fiz burradas demais até hoje, já magoei um monte de gente e me arrependo disso. Desculpe ter te magoado também. Eu não quero mais fazer isso com ninguém, principalmente com você. Eu quero ser diferente, alguém que... Alguém de quem você possa gostar.

Naoki desviou o olhar.

— Por que você quis vir num pedalinho? — Naoki resmungou, fugindo totalmente do assunto. — Você nem sabe pedalar, ficamos meia hora só fazendo círculos na água. E esse cisne deve ser da época em que o parque foi inaugurado, há trocentos anos.

— Se não queria vir, por que não ficou lá na grama?

A intenção de Daniel era levá-lo para um passeio agradável, mas assim que o viu com aquela cara emburrada, percebeu o quanto sua ideia tinha sido boba, porque Naoki ainda estava bravo demais — de um jeito que chegava a ser engraçado, na opinião do roqueiro. Agora que estavam dentro da pequena embarcação, ele continha a risada com os atos impulsivos e incompreensíveis de Naoki: primeiro ele se recusou a ir nos pedalinhos, mas depois entrou por livre e espontânea vontade, e agora reclamava infantilmente.

— Olha como o dia está bonito... — Daniel sorriu, olhando o céu azul e tentando pedalar sozinho.

Naoki revirou os olhos e observou a água enquanto o cisne se movia devagar.

— Eu esperei que você viesse me pedir desculpas no dia seguinte — ele recomeçou, mais calmo, enquanto observava a cor mais escura da água. — E no outro dia e no outro... Naquela semana inteira. Depois comecei a desistir de você, porque achei que você não viria mais, então pensei que não devia vir mesmo e que era melhor assim. Você tinha me pedido para baixar a guarda e disse que tinha baixado a sua, que queria me conhecer melhor... Aí, de repente, você fez aquilo comigo e nem fala comigo depois? Por que não veio me pedir desculpas e contar essas coisas logo?

— Desculpe, Naoki. Eu...

— Não! Eu estava apaixonado por você, mas depois de me usar, você virou as costas e me deixou sozinho. E agora você simplesmente me quer de volta assim, tão fácil? — a raiva do violinista era tanta e ele falava tão rápido que as palavras se atropelaram e o ar lhe faltou. — O que foi? Se arrependeu de não ter me comido naquele dia?

— Não, Naoki...

— Então o que é?!

— Eu quero você! Eu quero que você seja meu namorado! Eu quero te tratar bem, quero que me ensine a te tratar bem! Quero que você toque piano comigo, que me deixe te apresentar as coisas que eu gosto, que me mostre do que você gosta...

— Não posso te ensinar a tratar ninguém bem se você é um babaca! Aprenda sozinho a não ser um.

— Eu só sei ser isso... — Daniel falou com cuidado. — Mas quero tentar ser outra coisa. E posso ser pra você, se me der uma chance.

— Pra mim? Seja para você mesmo, Daniel!

— Mas quero que você fique comigo! Quero ser se...

Naoki se levantou de repente e o interrompeu, aos berros:

— Você me sufoca com essas palavras!

— Ei, não pode ficar em pé no pedalinho!

Daniel tentou segurar seus braços e fazê-lo se sentar, mas Naoki parecia ter se esquecido de que estava em um barco estranho em formato de cisne no meio de um lago e tentou se livrar de suas mãos.

Um dos homens que trabalhavam no pedalinho apitou para os dois, porém Naoki continuou a reclamar:

— Você está brincando comigo, não está?!

Daniel se levantou também, na intenção de fazê-lo se sentar, e o barco balançou com mais força, com os dois em pé.

— Naoki, a gente precisa ficar sentado...

— Depois de eu conhecer alguém novo, você vem me dizer tudo isso?! E quer mesmo que eu acredite que não está brincando comigo?

— Não! Eu não quero e *não estou* brincando com você! Eu só quero... — o loiro ofegou. — Eu só quero te amar.

— Porra nenhuma!

Os funcionários continuaram apitando e Daniel ouviu alguém gritando para eles se sentarem.

— Por que não me deixa te provar que estou falando a verdade? Agora, se você puder se sentar...

Naoki franziu a testa com raiva e, agarrando o pescoço de Daniel, empurrou-o na água. Para sua surpresa, o roqueiro segurou seus pulsos e os dois caíram juntos, sentindo a água gelada na pele.

Eles afundaram enquanto Naoki segurava os ombros do outro com força, sentindo os ossos da clavícula sob os dedões. As bolhas de ar passearam ao redor de ambos, os cabelos flutuaram e as roupas se tornaram pesadas, tentando puxá-los para o fundo, mas o colete começou a jogá-los para cima. De olhos fechados, os dois sentiam a pele congelar com a água e os pulmões apertaram, sem ar.

Naoki soltou Daniel, que o agarrou pelos cotovelos, puxando-o para mais perto.

Emergiram, ofegantes, limpando a água e a sujeira do lago do rosto.

— Eu sei que você está com raiva, mas... *Você é louco?!* — berrou Daniel.

— Sou! Sou completamente doido, impulsivo e tóxico, igual a você! E eu quero que você suma! — gritou Naoki de volta, empurrando o rosto de Daniel para abrir espaço entre seus corpos grudados sob a água. — Eu te odeio! Nunca mais apareça na minha frente!

— O que vai fazer se eu aparecer, hein? Enfiar um garfo na minha mão? — o roqueiro perguntou com sarcasmo. — Me jogar da janela?

— Eu te odeio! — Naoki o empurrou de novo, tentando nadar até o cisne.

— Eu já entendi, porra!

— Então por que não some?!

— Desculpe por ter arruinado seus sentimentos e fodido a sua vida — disse Daniel, mais calmo. E, por um segundo, Naoki achou que fosse ironia.

O loiro nadou até também estar mais próximo do pedalinho, mas nenhum dos dois tentou sair da água. Eles continuaram a se encarar.

— Eu te odeio, Daniel — Naoki sussurrou. — Mas acho que sou louco por você ao mesmo tempo.

Ao ouvir aquilo, o roqueiro puxou o corpo do violinista para perto do seu e este segurou-lhe o rosto com as duas mãos.

E então, mesmo com o frio de agosto congelando seus corpos molhados e mal conseguindo nadar, eles se beijaram, escondidos dos olhares alheios graças ao pedalinho.

CAPÍTULO 15

O salva-vidas chegou com um pequeno barco para levá-los de volta à margem, fazendo a emoção do momento morrer. Assim que desceram e tiraram os coletes, os dois foram questionados se estavam machucados, se tinham perdido algo no lago e se queriam atendimento médico. Ao verificarem que, por sorte, ainda tinham as carteiras nos bolsos, responderam "não" a todas as perguntas e foram repreendidos por terem ficado de pé no pedalinho.

— Vocês estavam loucos? Não sabem que existem casos de afogamento em pedalinhos? Você o empurrou? — o salva-vidas perguntou diretamente a Naoki, mas este não respondeu.

O homem então se virou para Daniel.

— Vocês são amigos? Porque se não, eu sugiro que faça um boletim de ocorrência por tentativa de homicídio. Ele segurou seu pescoço e tentou te afogar.

— Não, não foi bem assim — o loiro balançou a cabeça. — Não foi isso que aconteceu...

— Foi exatamente o que vi.

— Foi um mal-entendido.

Daniel continuou a se explicar e se desculpar pelos dois enquanto Naoki permanecia calado, porque ainda estava voltando a si. Ele se lembrou de que Júlio o esperava para saírem à tarde e se levantou na mesma hora, dizendo que precisava ir embora e recusando a toalha oferecida pelo salva-vidas. Sem dizer nada, Daniel o viu se afastar, ciente de que o outro fingiria que nada daquilo havia acontecido e de que sumiria novamente.

Não haviam trocado nenhuma palavra e nenhum olhar. Daniel ficou sozinho, sentindo o ar de agosto ainda mais gelado, principalmente com a roupa encharcada que grudava em seu corpo. *Que volte andando pra casa, então!* Pensou, sem conseguir conter o rolar de olhos enquanto se enrolava em uma toalha. Jamais imaginou que Naoki o jogaria na água como um doido e aquela atitude o deixou um pouco assustado e muito irritado.

Ficou mais algum tempo no parque se cobrindo com as toalhas até que a roupa estivesse menos encharcada e pudesse subir em sua moto para voltar para casa.

Já Naoki tinha saído andando pelo acostamento da Rodovia Parque. Não havia nada ali a não ser um ponto de ônibus e muito mato. Estava com tanta raiva que não percebeu o quanto havia percorrido até se sentir cansado e finalmente se dar conta de que não fazia ideia de onde estava. Furioso, ele voltou todo o trajeto e pediu ajuda aos guardas da entrada do parque, que chamaram um táxi. O motorista se incomodou pelo fato de Naoki estar ensopado, mas o passageiro prometeu pagar um pouco mais por ter molhado o banco do carro.

Após chegar em casa e pagar pela corrida, ainda transtornado, Naoki correu escada acima para se trancar no quarto e tomar banho. Para seu alívio, pelo menos não precisou se preocupar com explicações sobre sua aparência, porque seus pais não estavam. Entrou no chuveiro de roupa para tirar a água suja da pele e dos tecidos. Mais do que isso, queria se livrar da sensação do beijo, da língua de Daniel encostando na sua e do toque das mãos que ainda perdurava em sua pele, arrepiando-o mais do que as rajadas de vento gelado. Queria também apagar as palavras que certamente haviam sido ditas só para confundi-lo e enganá-lo.

Começou a chorar quando algo dentro de si se perguntou se elas não podiam ter sido sinceras, sem saber se as lágrimas eram por ódio de si próprio ou de cada palavra que ouviu. *"Eu quero você!", "Eu quero que você seja meu namorado, Naoki!", "Eu quero te tratar bem, quero que me ensine a te tratar bem! Quero que você toque piano comigo, que me deixe te apresentar as coisas que eu gosto, que me mostre o que você gosta...".*

Daniel tinha exibido uma expressão sincera ao prometer que não queria brincar com ele, quando disse que queria amá-lo... E quanto mais Naoki pensava no que tinha escutado naquele pedalinho, mais confuso ficava.

Ele que vá para o inferno! Pensou enquanto se livrava das roupas molhadas e começava a esfregar a cabeça com o *shampoo*.

Naoki tinha combinado de aproveitar o cancelamento de uma de suas aulas daquela tarde para sair com Júlio e tinha repetido para si mesmo na noite anterior, inúmeras vezes, que não iria atrás de Daniel antes de seu encontro. No entanto, acabou indo encontrá-lo, como uma presa idiota que não aprendeu a fugir depois de cair em uma armadilha. Uma parte de si sentia-se realmente bem na companhia de Júlio enquanto a outra sabia bem que só queria usá-lo para esquecer outra pessoa — além de ter certeza de que não conseguiria pensar nele como mais que um amigo... Afinal, não tinha lá tanta vontade de beijá-lo ou fazer qualquer outra coisa a mais. Já Daniel, aquele babaca miserável... Naoki tentava se enganar, mas era óbvio que queria tudo de volta. Tudo e muito mais. Voltar ao início para mudar o que tinha sido ruim, repetir o que tinha dado certo, acrescentar outras coisas boas...

Ficou se lembrando de como tinha sido louco ao empurrar Daniel no lago e em como tinha sido bom beijá-lo novamente. Tinha sido surreal. Naqueles dois meses sem vê-lo, tinha se esquecido de que o que diziam sobre o roqueiro era verdade: ele tinha um beijo delicioso. O gosto, o jeito como segurava seu corpo, os movimentos da língua e das mãos... era viciante, impossível de enjoar ou se cansar. Sua mente rodava incessantemente ao redor daquele beijo e da vergonha que agora sentia por ter empurrado o loiro na água. Por que tinha feito aquilo?!

Deixou cair *shampoo* nos olhos enquanto pensava em tudo ao mesmo tempo e começou a esfregar os olhos, tentando aliviar a ardência terrível.

— Ah, merda! Quem eu quero enganar? — choramingou em voz alta. Estava cansado, apertando os olhos com raiva pelo *shampoo* e por finalmente admitir a verdade. — Eu gosto do Daniel!

Depois de tomar banho e se vestir, Naoki se jogou na cama e esfregou freneticamente a toalha no cabelo, como se pudesse tirar Daniel de sua mente com o ato. Mas só piorava: a cada minuto, pensava mais na sensação daqueles lábios nos seus, o aperto dos dedos em sua pele, a língua atrevida em cada canto de sua boca... Até mesmo a voz do outro veio lhe importunar, repetindo as palavras de antes.

Naoki jogou a toalha na cama e olhou o relógio, vendo que ainda tinha um tempo antes do encontro com Júlio. Levantou em direção à escrivaninha e abriu a gaveta, encarando cada CD de todas as bandas de rock que Daniel havia lhe apresentado naquele curto tempo que tiveram.

Havia um álbum da banda Queen, outros do Elvis Presley, Jimi Hendrix, Janis Joplin, Led Zeppelin e até mesmo de Frankie Valli — só porque quis ouvir, repetidas vezes, aquela música que Daniel havia cantado na frente de todo mundo, imitando o filme *10 Coisas Que Eu Odeio Em Você*. E no meio de tudo estava o *Use Your Illusion I* — que Naoki tinha feito questão de comprar o mesmo disco só porque era o preferido do roqueiro.

Naoki se sentiu bem estúpido ao olhar para a coleção. Como conseguiu chegar àquele ponto? Parecia ridículo e vergonhoso, algo que só um desesperado faria.

Com raiva, apanhou todos os CDs. Procurou por uma caixa de papelão e, quando não encontrou, pegou uma caixa de cereal vazia e os jogou ali dentro. Depois, buscou a chave do carro e saiu de casa.

A intenção era doar os CDs ou jogá-los fora em alguma lixeira qualquer, mas quando Naoki deu por si, estava parado em frente ao prédio de Daniel. Mesmo após dois meses, seu inconsciente ainda sabia de cor o caminho para o prédio do roqueiro.

Passou longos minutos estacionado do outro lado da rua, sem decidir se ia embora ou não. Com um suspiro, pegou a caixa de cereal e atravessou a rua correndo.

Tocou o interfone e quem atendeu foi André.

— O Daniel está aí? — perguntou o violinista, impaciente.

— Está.

— Mande-o descer.

— Ei, não sou seu empregado!

Naoki bufou.

— Pode, *por favor*, pedir para ele me encontrar aqui embaixo?

— Ele está tomando banho — respondeu André. — Você quer subir ou prefere ficar aí esperando?

— Não vou ficar na rua. Quero subir.

— Tá legal... — o colega de casa de Daniel liberou o portão.

Naoki subiu apressadamente e André abriu a porta. Mais uma vez, ele estava sem camisa, e depois de olhá-lo de cima a baixo e virar o rosto, Naoki resmungou:

— Vou te dar uma camisa de presente.

André riu, olhando a caixa de cereal.

— Meio tarde pra tomar café da manhã, não? Ou você virou entregador? Não me lembro de ter pedido nenhum cereal.

Naoki o encarou seriamente, provocando-lhe outra risada.

— O que é isso aí?

— Não é da sua conta — o rapaz respondeu sem pensar, olhando ao redor e procurando por Daniel, mas ouviu o som do chuveiro e constatou que ele realmente estava no banho.

— Tá bom... — André estalou a língua. — Mas se o "não é da sua conta" estiver pesado, por que não põe na mesa? — sugeriu em um tom de deboche, indo em direção ao quarto.

Naoki ficou sozinho na sala e colocou a caixa no sofá. Após alguns instantes, André voltou, vestindo uma camiseta branca.

— Tchau tchau — ele acenou e saiu do apartamento. Em seguida, Naoki ouviu o som das chaves trancando a porta.

Alguns minutos depois, Daniel saiu do banheiro com a toalha enrolada na cintura e o cabelo molhado. Ao ver o outro ali, deu um grito.

— Você quer me matar de susto, caralho?! — berrou, cruzando as mãos sobre o tórax como se tivesse algo a esconder ou defender, mas talvez fosse só para acalmar o coração acelerado. — Porra, como você entrou aqui?!

— O André abriu para mim — Naoki respondeu sem conseguir desviar os olhos do corpo de Daniel, que abaixou as mãos e suspirou, resmungando algo sobre o colega de casa. Porém, Daniel logo percebeu o olhar do outro e sorriu.

— Aproveitando a visão?

Naoki virou o rosto, que ficou corado na mesma hora, e franziu a testa.

— O que veio fazer aqui? — ele questionou. — Ficou com saudade, por acaso? Você disse que não queria mais me ver, que era para eu nunca mais aparecer na sua frente... mas olha só quem aparece aqui, na *minha* frente.

Naoki, ainda sem encará-lo, apontou para a caixa de cereal.

— Fica com você.

Daniel alternou o olhar entre a caixa e o violinista, sem entender o que estava acontecendo.

— O quê? — ele riu, provocando um revirar de olhos no outro. — Veio me dar cereal envenenado, é?

— Pode vender, doar, queimar, usar para pendurar na parede... Sei lá, faz o que quiser. Só quero isso longe de mim, assim como você e todas as suas lembranças.

— E o que é isso? — Daniel se aproximou da caixa.

— Você não pode pôr uma roupa antes de olhar? — questionou Naoki, esforçando-se para não encará-lo.

— Não — respondeu, simplório, em seguida abrindo a caixa e espantando-se com os CDs. — De onde é tudo isso?! Olha só, Janis Joplin! Eu não tenho este CD aqui...

Naoki não respondeu, apenas foi em direção à porta e girou a maçaneta, mas esqueceu que André tinha trancado o apartamento.

— Abre essa porta — mandou, virando-se para Daniel.

— A minha chave está aí no armário do lado da porta, na fruteira — Daniel respondeu, ocupado olhando para os CDs.

— Não está, não — Naoki disse, irritado, após olhar cada canto daquele armário, mas não havia quase nada ali em cima, então não seria difícil encontrar uma chave se ela estivesse ali. — Abre logo, Daniel!

— Por que tanta pressa para ir embora? Você nem me disse "oi".

— Porque o *Júlio* está me esperando — Naoki tinha a voz desdenhosa.

— *E por que você veio aqui, então?* — Daniel imitou seu tom de voz.

O violinista bufou.

— Só abre, tá legal?

— Já falei que a chave tá aí — Daniel se aproximou, nervoso e revirou o armário. — Ah, não... Droga, o André levou a minha chave de novo e me trancou aqui!

— *O quê?!* — berrou Naoki. — Você tá brincando, né? Não tem graça, Daniel! Abre logo!

— Eu tô falando sério! Ele fez isso anteontem também... Tive até que ligar para o trabalho dele, porque eu precisava sair pra trabalhar. A chave dele fica no bolso da jaqueta, mas ele *sempre* se esquece e leva a minha, que fica perto da porta.

— Que mentira! Aposto que você combinou isso com ele!

— Você tá maluco?! — Daniel se irritou. — Como eu ia combinar se nem sabia que você tava aqui?

— Sei lá! — Naoki estava quase tendo um ataque. — Como eu vou avisar ao Júlio que estou preso na porcaria do seu apartamento?! Aliás, eu nem posso falar esse tipo de coisa para ele! Imagina? "Oi, vou me atrasar porque estou preso no apartamento de outro cara, foi mal".

— É, não pode mesmo — Daniel riu e foi em direção ao quarto para se trocar.

— Liga para um chaveiro! — Naoki estava à beira de um ataque. — Ou, sei lá, qualquer pessoa que possa me tirar daqui!

Daniel voltou, já vestido, e se jogou no sofá, agindo como se nada de importante estivesse acontecendo.

— Não tenho nenhum número de chaveiro, sinto muito — disse, arrumando a camiseta amarrotada.

— Liga para o trabalho dele!

— Ele já saiu antes da hora anteontem, não vai ser bom fazer isso de novo... E já que não temos compromissos importantes, você podia fazer como fiz anteontem: esperar o André voltar.

— Quem disse que eu não tenho um compromisso importante?! Liga para o trabalho dele!

— Você vai fazer o André ser demitido só para ir ao seu encontro? Não seja egoísta, Naoki.

— Daniel... Estou falando sério.

— Eu também.

— Cadê o número do celular do André? Eu mesmo ligo para ele se você não quer resolver nada.

— Ele não tem celular — o roqueiro respondeu enquanto abria o CD do Frankie Valli. — Ah, este aqui é daquele cara da música que eu cantei para você, não é?

— Maldita tecnologia! Por que existe se não é para todo mundo?! — gritou Naoki, ignorando-o completamente e tentando abrir a porta várias vezes, mesmo sabendo que estava trancada.

Após incontáveis tentativas, virou-se para o roqueiro.

— Já sei! Procura o número de algum chaveiro no seu computador.

— Não tenho computador.

— Lista telefônica?

— Não tenho nenhuma.

— Como você não tem?

— Não tendo, ué — Daniel deu de ombros.

Naoki se virou para a porta outra vez, tentando abri-la de novo.

— Está trancada, Naoki! — o roqueiro estava ficando impaciente.

— Eu sei!

— Então por que fica tentando abrir?

— Vai pro inferno.

— Estou sempre nele, com você por perto — Daniel rolou os olhos.

— Ah, é? E aquele papo todo no pedalinho? — O outro o encarou. — De que quer me amar e blá-blá-blá? Era só historinha, né? Eu sabia! Ai, não suporto a ideia de ter que ficar trancado aqui, olhando para a sua cara de mentiroso.

Daniel se levantou e caminhou até Naoki bem devagar. Seu cheiro de banho recém-tomado era gostoso e o cabelo molhado dava alguma coisa mais selvagem aos seus olhos. Naoki achou que fosse derreter e se espalhar pelo chão quando o outro colocou uma mão na porta e o encarou.

— Você tem uma habilidade incrível de me infernizar e me deixar bem ao mesmo tempo — disse, bem perto do violinista.

Naoki virou o rosto, fazendo-o procurar por seus olhos.

— Por que você não quer ficar preso aqui comigo? — ouviu Daniel perguntar em voz baixa, e o timbre grave lhe causou um arrepio.

— Não é óbvio? Porque eu te odeio.

— Mas você disse que é louco por mim.

— Louco *de ódio* — Naoki revirou os olhos.

— Não, não foi isso o que você disse — Daniel riu baixinho. — Quer que eu refresque sua memória?

— Não.

Naoki o empurrou e Daniel tombou a cabeça para o lado.

— O que mais eu tenho que fazer para você me desculpar? Só quero que você me desculpe... Pelo menos isso.

— Eu já te desculpei, tá bom? Desculpar, perdoar, esquecer e sei lá mais o quê, já fiz isso, agora você pode ficar longe de mim — Naoki passou reto por ele e se sentou no banco do piano.

Daniel ficou quieto e colocou as mãos nos bolsos da calça, ainda de costas para Naoki. Então, virou-se em direção ao piano e andou até o instrumento, sentando-se ao lado do violinista para tocar uma música que Naoki demorou um pouco para reconhecer. *Love of My Life*, da banda Queen.

Daniel é ridículo, fala sério, o violinista pensou — mas ele tocava muito bem, o que lhe dava nos nervos. Quando começou a cantar, com a cabeça inclinada na sua direção, Naoki bufou, com raiva.

— *Love of my life, you've hurt me... You've broken my heart and now you leave me...*

— Dá para você parar? — ele pediu, com a voz irritada.

— Por quê? Estou me divertindo.

— Não, você está tentando me manipular com a letra da música. Pare.

— Não estou fazendo nada disso.

— Está, sim. Você está *sempre* fazendo isso.

— Ah, então é *isso* que eu faço? — Daniel riu, levantando uma sobrancelha de modo sugestivo. — Achei que só te desconcertasse muito bem.

Naoki revirou os olhos.

— Que horas o André volta?

— Ele foi trabalhar, então... só à noite — respondeu Daniel, começando a dedilhar outra música. — Não adianta, Naoki. Ficaremos presos aqui e você vai ter que me aguentar, então vamos tocar piano — disse, imediatamente começando a cantar. — *So don't stop me now... Don't stop me 'cause I'm having a good time, having a good time!...*

Em seguida, voltou a falar:

— Você não perguntou em voz alta, mas sei que está querendo saber que música é essa. É *Don't Stop Me Now*, do Queen.

Naoki nada disse; pelo contrário, virou-se de costas e encostou o cotovelo na beirada do piano, o que fez Daniel trocar de música e gritar em seu ouvido:

— *MAMAAAAAAA, UuUuUUuu! Didn't mean to make you cry, If I'm not back again this time tomorrow... Carry on, carry on! As if nothing really matters...*

Naoki se assustou pelo volume, afastando-se um pouco, mas acabou rindo e apreciando a cantoria de Daniel.

— Você é um pé no saco, mas você toca e canta muito bem...

— Obrigado. E você é um doido que me empurrou na água e tentou me matar — ele riu também, continuando a tocar.

— Eu não tentei te matar, mas me desculpa.

— Olha só, você sabe pedir desculpas! Quem diria? — provocou Daniel, observando-o revirar os olhos ao mesmo tempo que dava um sorriso sutilmente doce.

— Eu peguei essa, vê se consegue reconhecer — Naoki colocou as mãos sobre as de Daniel para fazê-lo parar e começou a tocar.

— É *Somebody to Love*! — berrou Daniel, animado. — *Each morning I get up I die a little, can barely stand on my feet.*

— *Take a look at yourself* — Naoki cantou junto e o roqueiro ficou espantado por um momento, mas acompanhou:

— *Take a look in the mirror and cry...*

— Isso é triste.

— Não estarmos nos beijando? Também acho, Naoki.

— Estava falando da música, idiota. Sobre se olhar no espelho e chorar.

— Quem nunca, né? — o roqueiro brincou, fazendo-o rir.

Naoki nunca tinha cantado com alguém ao piano e agora via o quanto aquilo era divertido. Na verdade, não era só a atividade em si, era especificamente fazer aquilo com Daniel. Estar na companhia um do outro fazia tudo ter algo de diferente, algo de melhor — é claro, quando não estavam brigando. E os dois sabiam que, quando coexistiam, embora de modo tão inflamável, com tantas fagulhas e constante iminência de uma explosão, faziam uma mistura tão interessante e agradável quanto rock e música clássica.

Daniel tirou as mãos do piano, virando-se e inclinando-se para encará-lo de perto. Naoki deu um pequeno sorriso de volta, com as bochechas gradualmente se tornando coradas.

— Gosto quando suas bochechas ficam vermelhas — o roqueiro disse baixinho enquanto o outro ainda tocava as notas no piano, tímido e sem jeito.

Naoki parou e ficou em completo silêncio. Daniel julgou que ele fosse dizer algo ruim, algo para afastá-lo, mas o que disse não foi de todo mau:

— Eu já tenho uma música preferida do Led Zeppelin.

Daniel sorriu diante da óbvia tentativa de estragar o clima.

— E qual é?

— Vê se você consegue descobrir. — O violinista riu e começou a tocar.

— É claro que eu sei, essa é fácil demais: *All My Love*.

— Ah, então acho que tirei bem essa música, se você acertou — Naoki retirou as mãos do teclado. — Queria aprender no violino também, mas vou precisar de mais tempo para isso. Você sabe tocar violino ou só piano? Ah, você sabe tocar guitarra, tinha esqueci...

— Acho que só sei tocar *você* — Daniel se inclinou e o beijou com cuidado.

— Essa frase foi ridícula e sem sentido — Naoki riu sob os lábios do loiro, incapaz de se afastar ou de afastá-lo.

— Ah, eu sei que você gostou...

Naoki não replicou, porque era verdade, então fechou os olhos e deixou Daniel adentrar sua boca. Agarrou-o pelo *mullet* ainda meio molhado, subindo os dedos em direção ao topo da cabeça enquanto sentia as mãos grandes agarrarem sua cintura e o puxarem para mais perto.

— Me deixa te amar, Naoki — pediu Daniel enquanto deslizava a boca pelo seu pescoço.

— Se seu amor for uma mentira, eu juro que te mato.

— Não é — respondeu, entrelaçando as pernas de Naoki por sua cintura e se levantando.

Ele carregou o violinista até o quarto e o deitou na cama, deixando-o subitamente nervoso.

— Lembra quando você disse que sexo era arte? — Naoki perguntou com a intenção de quebrar totalmente o clima, porque estava com medo, mas não sabia exatamente do quê. Talvez, se dissesse algo assim, a atmosfera mudaria e as coisas não se concretizariam.

— Não, eu disse que *fazer amor* era arte... E é — Daniel respondeu enquanto beijava cada parte de seu pescoço. — Para de tentar estragar o momento, tá legal? Por que você não fica quietinho?

— Não consigo! Eu... Eu estou nervoso.

— Por que está nervoso? — o roqueiro passou a mão por seu cabelo, depois com os dedos deslizando e brincando com o lóbulo de sua orelha.

Naoki se encolheu, escondendo o rosto sob o queixo de Daniel.

— Acho que estou com vergonha.

— De mim?

— É... e de mim.

— Por quê?

— Porque... E se você não gostar?

— Isso não vai acontecer — Daniel mexeu a cabeça, com o cabelo úmido balançando. — E você também tem que gostar.

— É, mas você já ficou com tanta gente... E se eu não for nem um pouco... bom?

— Naoki — ele o fez olhá-lo. — Por que não para de pensar nisso e relaxa? Deixa acontecer... — aconselhou, beijando seu maxilar.

— Não consigo. Imaginei tanto esse momento e, mesmo assim, estou com vergonha — o violinista sussurrou sem querer.

Daniel levantou a cabeça e o encarou.

— Você imaginou muito isso? — sorriu, malicioso.

Naoki ficou vermelho como um pimentão.

— Está tudo bem, eu também imaginei — Daniel riu baixinho, com o nariz encostando no do outro. Então, esticou o braço e abriu a gaveta da mesa de cabeceira. — E depois daquele dia que te falei aquilo, encontrei isto em uma loja... Confesso que só conseguia imaginar usando com você.

Era uma camisinha cujo pacote estampava o quadro da Mona Lisa. *Pobre Leonardo da Vinci, teve sua arte transformada... Em quê, exatamente?* Naoki pensou, mas afastou aquilo, porque... Fazer amor, no fim das contas, era mesmo uma arte. Daniel era arte. Seus beijos, seus olhos, a voz, o toque, o calor, o corpo, o sorriso, a mente idiota e brilhante ao mesmo tempo... E Naoki queria fazer parte daquela arte, desesperadamente.

Naoki queria enquadrar aquele olhar, pegar o brilho dos olhos de Daniel e preencher o céu escuro que pintava a janela de seu quarto toda vez que ia dormir, sozinho e vazio. O violinista tinha medo de estar sendo enganado pela própria mente, que o fazia acreditar que ninguém nunca havia olhado para ele daquela forma, mas... não. Não era uma peça. Ninguém nunca o tinha olhado daquele jeito, com aquele misto de desejo, carinho e... amor.

Amor? Naoki se assustou com os próprios pensamentos. Ainda era cedo demais e seu cérebro já criava mil conjecturas e ilusões. O ar lhe escapou dos pulmões e ele puxou o corpo sobre o seu em um ímpeto urgente, agarrando-o como se precisasse que Daniel o abraçasse e nunca mais o soltasse.

O roqueiro passou as mãos por suas costas, mesmo com dificuldade por causa do colchão.

— O que foi, Naoki? — perguntou em um sussurro.

— Você vai fugir amanhã? Vai fingir que nunca aconteceu?

— Não, eu prometo — Daniel respondeu firme e afastou-se para encará-lo. — Você vai?

Naoki encarou cada pequeno detalhe de seu rosto, passando o dedão por sua bochecha. Em seguida, sacudiu a cabeça.

— Não.

Daniel sorriu, entrelaçando seus dedos nos de Naoki. Eles olharam para aquele emaranhado e sorriram, em silêncio. O sol bateu em alguma coisa lá fora e o reflexo atingiu os olhos de Naoki, forçando-o a fechá-los. Eles riram baixinho e Daniel se levantou para fechar as cortinas. Quando voltou, deitou-se ao lado de Naoki, como se aquele momento fosse precioso demais para fazer qualquer coisa que não fosse apenas estar ao seu lado, em silêncio, contemplando sua beleza.

— Você é lindo... — ele sussurrou, dando vazão aos pensamentos.

Naoki pressionou os lábios, sentindo os dedos do roqueiro passearem por seu rosto, depois por seu braço. Estava com tanta vergonha que tinha vontade de manter os olhos cerrados, mas segurou os ombros de Daniel com força e sentou-se, criando coragem para afastar aquela sensação — mesmo que a simples decisão o fizesse corar ainda mais e seu coração estivesse batendo tão rápido que Daniel poderia senti-lo sem ao menos tocá-lo. Com o outro observando-o atenta e gentilmente, Naoki tirou o suéter e desabotoou o primeiro botão da própria camisa. Em seguida, o segundo, o terceiro, até tirá-la e deixá-la de lado.

O corpo de Daniel se ergueu devagar e as mãos aproximaram Naoki com toques leves. Suas bocas se encontraram com delicadeza e os dedos sutis do roqueiro acariciavam sua nuca, provocando-lhe arrepios. As mãos de Naoki seguraram a barra da camisa de Daniel com cuidado e subiram-na, ainda com certa hesitação. A pele nua deixou à mostra algumas tatuagens que foram contornadas devagar pela ponta dos dedos alheios.

Havia duas expressões filosóficas, uma em cada bíceps seu: *Memento Mori* e *Amor Fati*. Na região das costelas havia um ouroboros e, nas costas, um tigre e um dragão. Quando Naoki viu o suficiente das tatuagens, os olhos voltaram a se encontrar no silêncio e no desejo.

Daniel o deitou com cuidado para tirar ambas as calças *jeans*. Ele percebeu como estava sendo calmo e suave em todos os seus atos — algo que não costumava ser — e também hesitou. Sexo sempre lhe foi selvagem e ele não sabia bem o que estava fazendo ali. Aquilo era o tal do "fazer amor"? Aquela breguice toda?

Ao perceber a pausa de Daniel, Naoki sentiu algo estranho queimar em seu peito e agarrou-o pelo *mullet*, puxando-o para baixo com urgência. Os toques e os beijos abandonaram a suavidade, tomados por pressa e necessidade. Os dedos do violinista puxaram o cabelo do roqueiro com mais força enquanto os toques nos seus ombros e braços pareciam exigir algo a mais. Quando as mãos ansiosas e impacientes de Naoki foram ao cós da cueca de Daniel e abaixaram-na, o roqueiro compreendeu sua impaciência e empurrou-o mais para cima, deslizando-o pelo colchão até que sua cabeça encontrasse os travesseiros. Em seguida levantou-se para tirar a última peça do corpo.

Ele se posicionou sobre o corpo de Naoki novamente e as mãos grandes deslizaram pelo tórax e pelas costelas do violinista, sentindo cada pedaço de pele. Daniel se inclinou para lambê-lo e sentir seu gosto, fazendo-o engolir um gemido. A língua quente roçou sobre os mamilos enquanto as mãos desciam para dentro da cueca com toques arrepiantes. Naoki engasgou quando o sentiu segurar seu membro, seus olhos esmagaram-se, o coração bateu mais rápido e seu sangue parecia ferver.

— D-Daniel — acabou gemendo baixinho, com a respiração descontrolada.

— Hum? — o roqueiro olhou para ele. — O que foi? Você gosta quando te toco assim?

O violinista engoliu em seco.

Daniel descia e subia a mão em seu membro em movimentos lentos, sem desviar os olhos dos seus nem por um segundo. Estava excitado, mas queria vê-lo delirar antes.

— Gosta? — perguntou mais uma vez, continuando a tocá-lo. — Estou perguntando se gosta disso.

— Gosto! Gosto! — Naoki quase gritou, colocando-se sobre os cotovelos, mas voltou a cair a cabeça para trás, gemendo alto. O tórax subia e descia rapidamente.

— Quer que eu continue?

— Q-quero!

Daniel sorriu, tirando a mão de dentro da cueca de Naoki para remover a peça, o que provocou um gemido de impaciência no outro pela ausência de toque. Naoki queria segurá-lo, mas o roqueiro se inclinou e mordiscou a pele de sua linha V enquanto apertava sua bunda com força, provocando-lhe gemidos ainda mais altos. Quando sentiu Daniel colocar a boca em seu membro, perdeu o ar.

As mãos agarraram o *mullet* com força enquanto os dedos do roqueiro se afundavam em sua pele. Naoki acabou erguendo o quadril, querendo ainda mais contato, e a resposta de Daniel foi puxar suas pernas por sobre os ombros, segurando-o com força.

— D-Daniel... Eu... Eu... — Ele não conseguia formar suas frases. A única coisa que saía por sua boca eram gemidos altos, que soavam deliciosos aos ouvidos do outro.

Acabou se desfazendo na boca do roqueiro, que engoliu tudo e, em seguida, afastou-se para deslizar a língua pela parte de dentro da coxa grossa e forte.

— Naoki... — Daniel o chamava sem parar, como se o nome fosse algum tipo de prece ou elogio, adorando o som que aquele nome tinha na própria boca. Marcou-o em inúmeros lugares pelas coxas, sugando e mordendo sua pele, dando-lhe apertos gostosos.

Naoki o puxou para cima pelo *mullet* até as bocas se encontrarem em um beijo cheio de lascívia. E quando Naoki tocou a ereção de Daniel, o roqueiro se afastou.

— Deixe eu cuidar de você primeiro, pode ser? — pediu Daniel.

— Mas eu...

— Shh, você fala demais — o loiro o interrompeu, colocando um dedo em sua boca. — Por que você não chupa e fica quietinho, hein?

Naoki o encarou antes de obedecer, abrindo a boca e deslizando a língua por todo o dedo longo de Daniel. Quando ele ofereceu mais um dedo, Naoki também o lambeu e chupou, vendo o roqueiro sorrir com o gesto obsceno. O violinista sorriu de volta e se ergueu um pouco, tirando os dedos da boca e aproximando-se para chupar o lábio inferior de Daniel, mas este se apressou em deitá-lo novamente e penetrá-lo, sem aviso, com os dois dedos úmidos.

Naoki choramingou de surpresa, arranhando-o ao tentar se segurar nos ombros largos.

— Você quer me matar? — gemeu, sem ar, com a cabeça inclinando-se para trás enquanto o prazer tomava o lugar da repentina dor.

— Só se for de prazer — sussurrou Daniel, com a voz grave causando-lhe arrepios até os ossos.

Naoki podia jurar que gozaria só com aquela voz rouca e deliciosa.

— Fala mais, Daniel... sua voz é... — Naoki começou a dizer, mas as estocadas transformaram suas palavras em gemidos.

— A minha voz o quê? — ele o provocou, com os dedos entrando e saindo do violinista rapidamente.

— Não sei... — Naoki murmurou qualquer coisa, chacoalhando a cabeça, incapaz de pensar. Os olhos se fecharam enquanto a mente via estrelas, o paraíso. — Meu Deus, nunca mais me deixe... — pediu baixinho, espremendo os olhos. Não queria que Daniel o deixasse nunca mais, porque nunca havia sentido aquilo com ninguém e sabia que nunca sentiria.

— Eu devo ficar ofendido porque você só está dizendo isso enquanto fodemos? — Daniel brincou, sentindo as unhas do outro percorrerem suas costas.

— Se você for me foder assim toda semana, eu posso te dizer isso toda semana — Naoki retrucou entre os gemidos, arrancando uma risada de Daniel.

— Se você me deixar fazer o que eu quiser, posso pensar no seu caso.

O violinista riu de volta, segurando seus ombros e deitando-o com um empurrão.

— Cadê a Mona Lisa?

— O quê? — o loiro franziu a testa, achando que tinha entendido errado, mas logo apontou para os travesseiros.

Naoki pegou a camisinha e rasgou o pacote, colocando-a em Daniel.

— Você gosta de se sentir no comando, não é? — ele provocou com uma risada sensual.

— Gosto. Então fica quietinho aí, tá bom? — Naoki ordenou com um sorriso e se pôs sobre os joelhos até se arrumar na posição certa e sentar, aos poucos, no pênis de Daniel.

O roqueiro fechou os olhos quando sentiu seu membro ser apertado e abriu-os ao sentir as mãos do outro se entrelaçarem às suas. Diminuiu ainda mais o espaço entre os dedos como resposta, pressionando as palmas e os ossinhos, sorrindo.

Naoki se manteve no controle, com os olhos observando cada detalhe das expressões de prazer que dominavam o rosto de Daniel. Ele era lindo normalmente, *perfeito* até, mas havia algo extraordinário em vê-lo daquela forma: suado, em completo êxtase, com os gemidos roucos saindo pela sua boca maravilhosa. Talvez saber que era capaz de deixar Daniel daquela maneira era o que tornava aquela visão ainda mais bonita. Naoki gostou de saber que podia lhe dar prazer, de saber que cada gemido do roqueiro era culpa sua. Gostou ainda mais de sentir que estava prestes a delirar apenas por ouvi-lo dizer seu nome daquela forma.

— Você não sabe o quanto imaginei isso, mas agora parece tão melhor... — Daniel gemeu alto, apertando suas mãos com mais força até soltá-las para agarrar cada centímetro de sua bunda com aquelas mãos enormes.

Naoki se engasgou e teve de segurar os lençóis com força quando Daniel se ergueu e começou a estocá-lo com mais rapidez e firmeza. Seus gemidos saíram mais altos, cortados, e seu coração bateu mais rápido conforme o prazer passeava, alucinado, por cada átomo de seu corpo. A cama rangia, mas eles nem perceberam e as estocadas continuaram intensas até Daniel gozar, gemendo o nome de Naoki tão alto, rouco, arrastado e gostoso que fez Naoki também chegar ao limite. Mas o violinista nunca admitiria que tinha sido por causa do gemido.

Eles ficaram um tempo parados, tentando recuperar o fôlego.

— Você está uma bagunça — Naoki inclinou-se para se aconchegar sobre o corpo alheio, sem vontade de sair dali. Não queria que aquela sensação acabasse.

— *Você* me deixou assim... É culpa sua — Daniel respondeu, de olhos fechados e ainda ofegante.

Naoki segurou seu rosto e o beijou, tirando o roqueiro de dentro de si com um último gemido baixo. Beijaram-se com calma. Daniel brincou com o cabelo de Naoki, depois deslizou as mãos por suas costas, descendo-as até as coxas, depois subindo tudo outra vez, e roçou os dedos na entrada do outro, provocando-lhe uma risada.

— Você não tá cansado, não?

— Você nunca ouviu o boato sobre mim? — o loiro perguntou, mordendo seu lábio.

— Eu já ouvi vários, seja mais específico.

— Aquele que diz que sou viciado em sexo. — Sorriu.

— Aposto que é mentira. — O violinista sorriu de volta, levantando-se.

— Por que está se vestindo? — Daniel rapidamente se virou de barriga para baixo, observando o outro com as sobrancelhas franzidas enquanto ele se vestia.

— Porque...

— Esqueceu que está trancado aqui comigo?

— Ah... — Naoki enrubesceu. — É... Achei que era hora de ir embora.

— Não! Vamos tomar banho, vem. — Daniel pulou da cama e o puxou pela mão, entrelaçando seus dedos e beijando-o na boca com cuidado.

Naoki sentiu uma pontada de culpa. Tinha traído Júlio, não tinha? Tecnicamente, eles não estavam namorando nem nada , mas estavam tendo algo. Eles se viam toda semana, combinavam de sair, beijavam-se... E por aquele motivo, Naoki sentiu o peito doer.

— Daniel... devíamos ter esperado.

— Por quê?

— Por causa do Júlio... Eu... O que eu fiz com ele?

Daniel o observou, em silêncio.

— Desculpe — disse após um instante, em voz baixa.

Naoki balançou a cabeça, olhando para o chão.

— Também foi culpa minha. Eu vou terminar tudo com ele amanhã.

— Sou uma péssima influência, né? — o roqueiro riu, fazendo Naoki ser contagiado e também deixar escapar uma risada. — Vem, tira essa roupa.

Daniel o puxou e os dois foram para o banheiro, onde o loiro ligou o chuveiro e ajudou Naoki a tirar a roupa outra vez. Em seguida, os dois entraram juntos no boxe.

— Vocês estavam namorando? — Daniel perguntou, molhando o cabelo de Naoki.

— Não exatamente, mas... ainda assim, acho que agi errado.

— Termine com ele e volte para mim amanhã, então. — Ele sorriu, enchendo a mão com *shampoo* para esfregar o cabelo de Naoki. — Aí nós podemos fazer amor, só que dessa vez como namorados.

Naoki parou de funcionar por um momento.

— Namorados? — ele perguntou quando se recuperou do choque, tirando a espuma que escorria em direção aos olhos, enfiando a cabeça debaixo d'água para tirar todo o *shampoo*. — Namorados? — repetiu, afastando o excesso de água do rosto.

Daniel riu e se inclinou para beijá-lo com cuidado.

— É... namorados. Ou vai me dizer que você não é o tipo de cara que namora?

Naoki franziu a testa, ainda um pouco confuso, e desviou o olhar, pensando em tudo o que havia acontecido até ali entre eles. Pensou na fama de Daniel e se perguntou se aquilo importava, se aquilo o incomodava a ponto de dizer "não". Ele então balançou a cabeça e o advertiu:

— Se você me trair...

— Que tal você começar a confiar em mim? — Daniel perguntou, colocando-o contra a parede com um movimento cuidadoso.

— Desculpe... — Naoki suspirou. — Eu... confio. Confio em você.

— Eu nunca fiz isso com ninguém e meu plano era nunca fazer, mas olha eu aqui te pedindo em namoro. — Daniel sorriu, pressionando seu corpo contra o de Naoki e beijando seu pescoço.

André chegou, de fato, quase à noite, com duas chaves no bolso e pedindo desculpas. Como percebeu o que fez apenas horas depois, quando já estava no trabalho, não pôde sair para devolver a chave, mas pediu para ser liberado mais cedo. Quando viu os dois de cabelos molhados, no entanto, sorriu e disse:

— Não parece que foi tão ruim ficarem trancados aqui, né?

Naoki, na mesma hora, corou e se engasgou com a comida que Daniel havia preparado.

No final do dia, o violinista não só havia perdido seu encontro, como também as aulas da noite e ficou imaginando que odiaria chegar em casa e encarar o pai, mesmo que ele provavelmente nem ficasse sabendo. Para sua sorte, o homem estava trabalhando até mais tarde e apenas sua mãe estava em casa. Ela viu o filho sorridente e comentou:

— Alguém teve um dia bom, não é?

— Não, mãe, meu dia foi ótimo — Naoki respondeu, beijando sua bochecha antes de pegar uma maçã e correr escada acima.

Ao chegar, trancou-se no quarto e se jogou na cama, sentindo o coração bater no estômago e causar-lhe um frio de animação, ansiedade e alegria. O cheiro de Daniel estava por todos os cantos de sua pele e ele *quase* ainda podia senti-lo dentro de seu corpo, com sua imaginação fértil o ajudando a se lembrar daquela sensação indescritível.

Naoki olhou o teto e riu consigo mesmo enquanto dava uma mordida na fruta. Era uma risada feliz, uma risada de "não acredito no que fiz, não acredito que aconteceu mesmo". E quando a risada morreu, seus dedos pousaram sobre a própria boca, como se quisessem sentir os lábios deliciosos do roqueiro mais uma vez. Tinha vinte e três anos, mas se sentia um adolescente bobo só de se lembrar de Daniel.

Naoki queria muito ter passado a noite com ele, que também havia praticamente implorado por isso, mas não podia sumir até o dia seguinte, porque seus pais teriam um ataque cardíaco.

Suspirando, puxou os travesseiros para esconder o rosto, repassando cada momento em sua cabeça. Em seguida, puxou o *discman*, que ficava escondido embaixo do travesseiro e o ligou, pensando que precisava tirar aquelas coisas da cabeça. Contudo, aquele ato não adiantou muito, porque a música que preencheu sua mente foi *Like a Prayer*, da Madonna, e cada linha daquela música fazia Naoki se sentir com Daniel outra vez: "*Ouço você chamar meu nome e me sinto em casa*".

Era assim mesmo que se sentia.

Ficou imaginando como Daniel se sentia com ele e corou.

Abriu os olhos e se levantou em um pulo com uma ideia acesa na cabeça, piscando com urgência. Pensar em fazer aquilo o fazia se sentir como um adolescente idiota na puberdade, mas queria tanto... E assim, decidiu-se: gravaria um CD para Daniel com todas as músicas que o lembravam dele. Era ridículo, ele sabia, mas o que podia fazer? Não conseguiria dormir se não fizesse aquilo.

Pegou o celular e discou o número. O roqueiro atendeu com a voz rouca e ligeiramente assustada de quem estava dormindo até aquele momento.

— Oi! — Naoki o cumprimentou, sorrindo para o nada.

— Ah, sentiu saudades, foi? — Daniel riu do outro lado, com o timbre grosso atravessando cada pedaço de seu corpo. — Está arrependido por não ter ficado para dormir comigo? Ainda posso te buscar...

Naoki balançou a cabeça, tentando conter o sorriso bobo que insistia em brotar no rosto.

— Eu quero gravar um CD para você — anunciou sem se importar com o quanto aquilo soava piegas.

— Ah, é? — a voz do roqueiro pareceu levemente animada. — Uma gravação dos seus gemidos? Eu aceito.

— Não, seu pervertido! — Naoki riu baixinho. — Um CD com músicas que lembram você.

— Ah! Então vou gravar um também, mas é surpresa. E não vai ser um CD, porque ainda não tenho um computador e não tenho tempo para ir a uma *lan house*, então é melhor você ter um *walkman* ou um rádio que toque fita cassete, tá me ouvindo?

— Você acabou de me dizer que vai fazer isso, então não é mais surpresa, idiota — Naoki revirou os olhos, rindo.

— Você vai ver a surpresa, calma! E eu vou escrever um título cheio de estrelinhas e corações — provocou Daniel.

— Tá bom, então, tchau.

Naoki desligou o telefone na cara de Daniel para procurar por algum CD virgem em suas gavetas. Assim que achou, correu escada abaixo para se trancar no escritório, onde ficava o único computador da casa.

Depois de ter gravado o CD e de ter escrito nele, com caneta permanente, *"Músicas que lembram você"*, Naoki resolveu ligar para Júlio. Quando o rapaz atendeu, o violinista desculpou-se por não ter comparecido ao encontro e pediu que se encontrassem no almoço do dia seguinte em uma padaria perto do *campus* da USP, porque precisavam conversar.

Sendo assim, na quinta-feira, Naoki olhava, nervoso, pela vidraça do estabelecimento, procurando pelo rosto de Júlio na entrada ou no lado de fora. Já fazia quinze minutos que esperava por ele, mas cada minuto parecia durar o dobro do tempo. Sentia-se mal, não por ter dormido com Daniel enquanto estava — ou deveria estar — com Júlio, mas exatamente por não sentir tanta culpa quanto achava que deveria. Sua consciência dizia que ele devia se sentir péssimo por não ter se controlado o suficiente e, no fim, ter sido apenas mais um babaca, mas não se arrependia do que tinha feito. O que diria a Júlio se só o que Naoki tinha feito todo aquele tempo juntos fora iludi-lo e usá-lo como curativo?

— Naoki! — Ele finalmente ouviu o rapaz, que apareceu perto da mesa de súbito, provocando-lhe um pulo.

— Ah, oi. — Naoki virou o rosto da vidraça para encontrar um sorriso bonito. Sentiu-se ainda mais estranho ao vê-lo sorridente, sem expressar mágoa ou irritação pelo bolo que levou no dia anterior.

— Então, o que aconteceu para você querer conversar tão urgente assim? — Júlio se sentou.

— Hum... Você quer comer ou beber alguma coisa? — Naoki desviou do assunto, mexendo na xícara de café à sua frente.

O rapaz recusou e o encarou. O silêncio reinou por alguns segundos enquanto Naoki tentava pensar em uma maneira de ser delicado e sutil.

— Eu... Olha... — começou, coçando a cabeça. — Você é muito legal, Júlio. De verdade. Só que eu... Eu não posso... continuar saindo com você. Desculpe, não quero te magoar, mas... Bem, não tínhamos nada sério, né? — deu uma risadinha sem graça, percebendo a estupidez que saíra de sua boca graças ao nervosismo. *O que estava dizendo?*

Tinha sempre que se esforçar para pensar duas vezes antes de falar ou agir, mas mesmo assim sempre acabava fazendo algo que não deveria. Agora, estava ali, rindo de nervoso após dizer aquelas palavras para Júlio.

— Como é? — o outro piscou, confuso e surpreso. — "Não tínhamos nada sério"?

— Bem... não era propriamente um namoro... — Naoki respondeu, em voz baixa.

— Você está dizendo que não quer mais sair comigo? — Júlio adotou o mesmo volume reduzido.

— É...

— Mas por quê? Você disse... Você disse, naquele dia, que se sentia bem comigo. Por que mudou de ideia tão de repente? Achei que estávamos nos dando bem e tendo algo legal.

— Eu me sinto bem com você, sim. Você é uma boa pessoa, é engraçado, me deixa confortável, mas... é que... só não acho que... temos futuro como um casal. Entende?

Júlio assentiu em silêncio, mesmo que ainda visivelmente confuso. Parecia digerir as palavras pouco a pouco.

— É por causa do Daniel, né? — ele perguntou, tão de repente que Naoki se surpreendeu.

— O quê?

— Daniel Stein. Eu ouvi... — Júlio suspirou e coçou a sobrancelha, de olhos fechados, como se estivesse em um dilema interno sobre dever ou não dizer o que queria.

— Ouviu o quê?

— Um conhecido me contou que viu o Daniel atrás de você no CMU e que ontem vocês estavam juntos no Parque do Tietê. É verdade?

Naoki engoliu em seco, mas pensou que não tinha por que se sentir daquela maneira. Estava encerrando aquele relacionamento, ainda que não soubesse defini-lo, justamente para não magoá-lo, e mentir não melhoraria nada.

Então, assentiu e confirmou:

— É. É verdade.

— Uau — Júlio deu um sorriso irônico. — Você estava saindo com ele enquanto estava comigo?

— Não. Não fiz isso com você. Estou dizendo para pararmos de nos ver para não fazer isso...

— Ah, então vão sair agora, aí você tá terminando comigo?

— Olha, eu acho que não vamos a lugar nenhum com essa conversa... — o violinista franziu a testa. — Só estamos terminando, tudo bem?

— Tudo bem. Mas espero, de verdade, que você não seja só mais um na lista quilométrica dele. Achei que fosse mais esperto que isso, Naoki. E que já tinha descoberto que ele tava só te usando.

Naoki o encarou, sem conseguir respondê-lo.

— O que está querendo dizer? — ele indagou, enfim.

— Ouvi André dizer algo sobre uma aposta com Daniel, algo envolvendo você — Júlio explicou. — Não sei o que foi, mas...

— O que é isso? Você não quer terminar e por isso tá inventando coisas? Não quero ouvir isso.

Naoki se recusou a acreditar nele. Preferia confiar em Daniel e em sua declaração, em seu pedido de namoro, no seu olhar enquanto estavam fazendo amor...

— Quando alguém destrói um relacionamento para formar o seu próprio, geralmente a coisa não dá certo.

— E quem destruiu algo aqui? Eu e você não tínhamos nada, Júlio!

— Certo. Tchau, então — o rapaz deu de ombros e levantou da mesa, saindo da padaria a passos rápidos.

— Tchau — Naoki respondeu de mau humor, vendo-o sumir entre as pessoas do lado de fora.

No fim de semana que se seguiu, Naoki tocou o interfone do prédio de Daniel e o esperou na rua.

Depois do que Júlio lhe dissera, o violinista passou o resto da semana imaginando o que as pessoas pensariam sobre seu relacionamento com Daniel até chegar à conclusão de que provavelmente presumiriam que ele seria deixado de coração partido, que Daniel estava só brincando com seus sentimentos e se aproveitando dele — assim como fora com qualquer outra pessoa com quem já esteve — e que, uma hora, acabaria se cansando dos joguinhos e o abandonaria.

Ter um relacionamento como aquele seria difícil. Não queria que as pessoas pensassem daquela maneira, muito menos que aquelas suposições se infiltrassem na sua mente e estragassem tudo. Não queria, não suportaria, se fossem verdade.

— O que você está fazendo aqui? — a voz de Daniel o assustou, causando-lhe um sobressalto. Naoki piscou e encarou o rosto em sua frente, que parecia confuso e feliz ao mesmo tempo.

— É sábado. Não temos aula, você não vai trabalhar e meus pais não estão em casa... — o violinista deu de ombros.

Daniel estreitou os olhos com um sorriso malicioso.

— O que está insinuando?

— Que é um ótimo dia para fazermos algo juntos por algumas horinhas — Naoki balançou a chave de seu carro, mostrando que poderia levá-lo para sair.

Daniel olhou para a rua e percebeu o Audi A3 estacionado.

— *Aquele* é o seu carro? — perguntou.

— É.

O roqueiro arqueou as sobrancelhas, soltando um assobio de surpresa, mas guardou os comentários para si e assentiu, colocando as mãos nos bolsos da jaqueta de couro.

— Então minha moto está de folga hoje?

— Isso aí.

— Legal, não vou ter que pagar pela gasolina — ele riu, e Naoki rolou os olhos. — Então, vamos almoçar juntos?

— Pode ser. Mas, na verdade, eu não tenho *tanto* tempo disponível, porque preciso estudar alemão e praticar piano...

— Qual é, em pleno sábado? Por que você não fica comigo? — pediu Daniel, controlando-se para não agarrá-lo em público. — Podemos praticar piano juntos, a tarde toda.

— Não posso ficar...

— *... Nem mais um minuto com você! Sinto muito, amor, mas não pode ser!* — cantou Daniel, interrompendo-o ao inserir a letra de Adoniran Barbosa em sua frase.

— Não posso ficar *a tarde toda* com você — Naoki completou o que ia dizer, rindo da cantoria do outro.

— Tá, né... Vamos almoçar logo, então.

Eles tiraram no pedra, papel e tesoura quem escolheria o restaurante da vez. O violinista ganhou e obrigou Daniel a comer em um restaurante mais saudável do que o roqueiro costumava comer e mais caro do que normalmente estava disposto a pagar.

— Olha só as coisas que faço por você... — ele resmungava enquanto comiam. — Vou ficar com fome daqui a meia hora e nem vou ter dinheiro para comprar outra comida. Como uma salada pode custar tão caro?

— Nossa, você só reclama.

— Olha quem fala!

Depois do almoço, Naoki convidou Daniel para ir à sua casa, porque queria lhe entregar o CD que gravou para ele, mas havia esquecido de levá-lo. Dessa vez, o roqueiro pôde entrar pela porta da frente, já que os pais de Naoki não estavam.

Foram até o quarto e, enquanto o morador da casa procurava pelo CD e aproveitava para arrumar suas coisas para a tarde de estudos, o roqueiro ficou mexendo em sua estante de livros, achando algumas revistas atrás dos exemplares. E ele não admitiria, mas ficou levemente enciumado ao ver as páginas abarrotadas de fotos do Leonardo DiCaprio e de *boybands* estadunidenses famosas, como Backstreet Boys e *NSYNC.

— Você não se masturba olhando isso, né? — provocou Daniel, folheando-as. Naoki arregalou os olhos, boquiaberto ao vê-lo mexer naquelas revistas e com a pergunta indiscreta.

— Não!

— Não? Tem certeza? — o loiro continuou a encher seu saco.

— Tenho — Naoki fechou a cara, finalmente encontrando o CD e tirando-o da gaveta. — Por que eu faria algo assim? Se estivesse com vontade de fazer essas coisas, o Akira quase sempre... — Ele percebeu que havia falado demais e calou-se, sem terminar a frase.

— O Akira? — Daniel levantou uma sobrancelha. — Quer dizer que vocês dois têm uma amizade colorida?

— *Tínhamos* — Naoki o corrigiu, limpando a garganta e fechando as gavetas. Evitou fazer contato visual, porque estava ficando ligeiramente nervoso à medida que Daniel se aproximava, tocando-o na cintura.

— E quem te tocou melhor? Eu ou ele? — o loiro perguntou em um sussurro grave que o fez engolir em seco.

— Não vou responder, você só quer massagear seu ego. — Mostrou-lhe a língua, afastando-se. — Ah, olha só, seu CD. — Pegou a caixinha em cima e lhe entregou.

— *Músicas que lembram você.* — Daniel gargalhou. — Que brega, Naoki!

— Se você não quer, eu dou para outra pessoa. Aposto que o Akira vai gostar... — A resposta saiu irritada enquanto ele tentava pegar o presente de volta.

Daniel ergueu o braço sobre a cabeça, segurando a capa do CD longe do alcance do outro.

— *Eu* quero, você fez pra *mim!*

— Mas você não gostou!

— Quem disse?! — O roqueiro se afastou, sentando-se na cama. — Quais são as músicas?

— Depois você ouve... não quero que ouça na minha frente.

— Está com vergonha? — Daniel riu e as bochechas de Naoki enrubesceram em uma resposta silenciosa. Em seguida, o loiro tirou uma fita cassete do bolso da jaqueta de couro, entregando-a para Naoki.

— Eu trouxe seu presente também. Fiquei o almoço todo com isso guardado no bolso.

Naoki sentou-se, com o objeto em mãos, e arqueou as sobrancelhas para o que estava escrito nas linhas acima dos círculos, um pouco surpreso e tímido. Ainda não tinha se acostumado com aquele jeito de Daniel.

— *Músicas que eu ouviria enquanto te fodo.* Nossa, que fofo! — ironizou, encarando o outro rapaz.

Daniel sorriu e apontou para a fita.

— Ficou mesmo! Olha, fiz até as estrelinhas e corações.

— É, tô vendo.

— Então por que a gente não toca ela agora? — sugeriu Daniel, malicioso.

— Você está louco? — Naoki riu. — Uma coisa é meus pais chegarem e você estar aqui, dá para inventar uma desculpa, mas se nos pegarem fazendo coisas... O que eu vou fazer?

— E se formos rápido?

— Não — Naoki balançou a cabeça. — Aliás, você devia ir embora e me deixar estudar.

— Esquece isso, eu te dou uma aula melhor — Daniel deu um sorriso safado, reclinando-se na cama e o chamando para se deitar ao seu lado.

— Você não sabe alemão.

— Não... mas eu sei grego.

Naoki franziu a testa, aproximando-se.

— Eu não preciso aprender grego.

— Tem certeza? — Daniel arqueou as sobrancelhas, sugestivo, mas Naoki não conseguiu entender o que estava acontecendo.

— Até parece que você sabe! Diz uma palavra aí, então.

— Eu faço Filosofia, Naoki, grego é o que eu mais ouço — o loiro riu. — Mas já que você quer ver se eu sei mesmo... — inclinou a cabeça para o lado, deixando a frase suspensa. Ele se levantou e derrubou Naoki na cama.

— O quê...?

O violinista piscou, confuso, e só entendeu o que estava acontecendo quando o outro segurou suas pernas com mais um sorriso cheio de malícia enquanto teve que esperar três segundos para que Naoki o entendesse.

— Você devia ser mais específico quando fala coisas com duplo sentido!

— Duplo sentido você tem que *pegar*, não dá pra pedir para a pessoa ser explícita — Daniel soltou uma risada, segurando os joelhos de Naoki, mas largou-os para se jogar na cama outra vez, ao seu lado. — Eu sei que você quer estudar, então não vou fazer isso agora.

Naoki se virou para ele.

— Falando sério agora: você realmente sabe falar grego?

Daniel riu mais uma vez.

— Não, só uma coisa ou outra.

Eles sorriram um para o outro e ficaram em silêncio até que o roqueiro questionou:

— Esse seu rádio no quarto toca fita cassete?

— Não, mas o rádio dos meus pais, sim. Por quê?

Daniel tirou outra fita do bolso.

— Eu gravei essa também.

— O que tem nela? — Naoki se ergueu da cama na mesma hora, pegando-a e lendo o título “para dançar com você”. — Ah, que bonitinho, Daniel! Essa era a surpresa?

Ele assentiu e o violinista lhe deu um selinho antes de sair da cama e correr para fora do quarto gritando um “Espera aí!”. Algum tempo depois, estava de volta com um enorme rádio com compartimento para fitas e colocou-a ali.

Naoki logo ouviu o som de uma bateria seguido por um xilofone e franziu a testa.

— Que música é essa?

— *A Girl Like You*, de um cara chamado Edwyn Collins. Sempre quis dançar, mas sozinho parecia vergonhoso — confessou.

— Que bobeira, eu vivo dançando sozinho!

— É mesmo? Você dança Britney Spears aqui? — Daniel provocou, com a mão segurando sua cintura. — Posso ver?

— Idiota — Naoki empurrou-o de leve e depois começou a se mexer. — Vamos dançar, então.

Eles se mexeram, um ao redor do outro, brincando com as mãos e entrelaçando as pernas vez ou outra. Nas partes em que a guitarra rasgava o ambiente, os dois dançavam de um jeito ainda mais estranho, pulando na cama, no chão, cambaleando pelo quarto todo.

— Sei que a letra é sobre uma menina, mas essa música é perfeita para você — Daniel comentou.

— Por quê? — Naoki riu.

— Porque nunca conheci ninguém como você. E você deixa só um gostinho, que faz qualquer um querer mais, engatinhando e machucando as mãos e os joelhos, como na letra.

— Que exagero!

— Não é, é a verdade.

Logo depois, uma música chamada *Stay,* do grupo Maurice Williams & The Zodiacs, começou a tocar, fazendo Naoki parar, meio ofegante, e tentar descobrir qual era a música, mas logo ficou óbvio que não a conhecia. Daniel começou a dançar ao seu redor, com os dedos fechados e as mãos mexendo de um lado para o outro enquanto as pernas se balançavam e rondavam-no estranhamente. Naoki segurou uma risada, observando-o com carinho.

— Não vai dançar? — Daniel perguntou.

— Não sei como dançar músicas de 1960.

— Só se mexe, ué! Não foi o que você me falou naquele dia?

Naoki deu de ombros e concordou, imediatamente começando a se mexer de qualquer jeito. Dançaram ao som da música *Come Along*, do mesmo grupo, e Daniel tentou imitar John Travolta na cena da dança do filme *Pulp Fiction*, provocando uma gargalhada no violinista, que não conseguia conter seus sorrisos de maneira nenhuma. Quando o famoso tema do filme

Meu Primeiro Amor, *My Girl*, do grupo The Temptations, começou a tocar, Naoki riu ainda mais.

— Se você colocou a música daquele filme *Ghost*, vou te jogar pela janela — brincou, fazendo Daniel ergueu as mãos, como se se rendesse.

— Não botei, relaxa!

Quando acabou, a próxima música foi a romântica e lenta *Put Your Head On My Shoulder*, de Paul Anka. Assim que ela começou, Daniel parou de se agitar e puxou Naoki para perto, colando seus corpos e dizendo, de um jeito bobo:

— Põe a cabeça no meu ombrinho, vai.

— Uau, Daniel... — Naoki riu. — Quem diria que você sabe ser romântico, hein?

— Tenho meus segredos — ele deu de ombros. — E aí, vai querer dançar coladinho?

— Hum... por que não? — o violinista obedeceu-lhe, segurando seus ombros.

— Agora põe a cabeça também — sussurrou Daniel, puxando-o para perto e embalando-o com passos pequenos, de um lado para o outro, ao som da melodia calma.

— Onde você aprendeu a dançar assim? — Naoki questionou baixinho.

— Minha mãe. Ela descobriu uma aula de dança de mãe e filho quando eu tinha onze anos. Fomos por meses e eu aprendi a coisa mais inútil da minha vida.

— Dançar não é inútil, é divertido.

— É, você tem razão... principalmente se for com você — Daniel sorriu.

Naoki revirou os olhos com a cantada. Por dentro, no entanto, seu coração batia rápido — e não era por causa da agitação causada pela dança, era porque Daniel fazia seu pulso disparar com cada coisa boba e romântica que dizia e se mostrava capaz de fazer. Fosse dançando rock 'n' roll ou qualquer gênero musical, era divertido e o deixava cada vez mais apaixonado.

Naoki deitou a cabeça sobre o ombro direito do roqueiro, com o nariz roçando seu pescoço e sentindo seu cheiro. Ergueu os olhos, observando seu rosto tranquilo, e fechou os olhos, sentindo-se ser embalado de um lado para o outro enquanto as mãos estavam espalmadas, com cuidado e gentileza, nas suas costas.

— Não quero que essa dança acabe nunca — ele sussurrou.

— Naoki... — Daniel começou a dizer. — Eu gosto do que sinto quando estou contigo.

— Eu também gosto. Acho que nunca me senti assim.

— Eu também não.

O loiro sorriu, adorando sentir o coração de Naoki bater acelerado contra o seu enquanto os corpos colados e embalados se envolviam em uma sensação inominada.

Era tão estranho... Até alguns poucos meses atrás, Daniel jamais imaginaria que se apaixonaria daquela forma. Como poderia prever aquilo? Não poderia, é claro, o que só deixava tudo ainda mais incrível. Não era só sua própria paixão, mas o alvo de todo o seu sentimento: Naoki era imprevisível, ao contrário do que Daniel quis tanto se convencer no começo, de que sabia o que o outro queria, sentia e o que faria. Não, nunca soube. Não sabia o que poderia esperar de Naoki, assim como em relação a nada na vida, e aquilo o tomava com uma sensação indescritível e incompreensível.

A próxima música era *Beija Eu*, da Marisa Monte.

— Ah, eu adoro essa música — Naoki sussurrou, os corpos ainda colados, com as mãos incapazes de se afastarem. Assim, ficaram se observando, ambos sorrindo de leve.

— Eu estou te atrasando ou atrapalhando os seus estudos? — Daniel perguntou, também em um sussurro.

— Quer saber? Dane-se os estudos, eu quero ficar assim com você — Naoki sorriu, beijando-o com cuidado.

Ficaram um tempo em silêncio, com o violinista escondendo o rosto no pescoço cheiroso de Daniel, aproveitando a música, até que o roqueiro perguntou baixinho:

— Naoki, você sabe o que é Qualia?

— Não — ele respondeu, esperando pela explicação do outro.

— É um conceito filosófico que diz que só somos capazes de entender algumas coisas se a gente experienciar e que cada pessoa tem a própria bagagem de experiências, por isso uma coisa nunca será a mesma para todo mundo. Como as cores, por exemplo: você só sabe o que é azul porque vê e sabe a cor, mas saber o comprimento da onda de luz para o azul ficar visível a olho nu não te faz entender o *que é* o azul, porque você só entende vendo. Por isso, cada pessoa pensa em algo diferente quando pensa em "azul". É uma filosofia sobre a subjetividade das coisas.

— O que você está tentando dizer?

Naoki riu baixinho e Daniel brincava com seu cabelo enquanto respondia:

— É uma filosofia que pode ser usada para explicar sentimentos que *só você* entende e o porquê é difícil explicar para os outros. Por isso é difícil te explicar o quanto eu estou... apaixonado por você — disse sem conseguir encará-lo. — Eu achava que já tinha sentido isso uma vez e que tinha me machucado, mas... com você é totalmente diferente. É mais forte. E foi tão rápido, é estranho... E eu não sei explicar. Não dá pra explicar.

— Porque só você sente o que sente — Naoki concluiu, sorrindo, antes de beijá-lo outra vez. — Eu também sinto isso. Ou algo bem parecido.

O violinista riu e, então, imitou-o ao perguntar:

— Você sabe o que é reciprocidade, Daniel?

O loiro sorriu e o encarou por alguns segundos, dando-lhe um beijo calmo em seguida. Um beijo longo e profundo, cheio de carinho e cuidado enquanto o abraçava.

Naoki podia sentir o coração de Daniel bater tão forte que nem se lembrou do que Júlio lhe havia dito sobre a aposta — mas talvez devesse ter lembrado e perguntado ao namorado, porque, quando percebeu que havia perdido a chance de dizer algo, teve menos coragem para fazê-lo.

E, com o tempo, viu que simplesmente deixar para lá não era uma opção: a lembrança começou a aparecer em sua mente com frequência, causando-lhe nervoso. Achava que não tinha o direito de dizer nada ou de ficar chateado, já que também havia se aproximado de Daniel por conta de uma aposta. Naoki sentia que deveria confessar seu próprio erro, porque não queria que a relação se construísse sobre mentiras. E que, se contasse, talvez Daniel revelaria se também havia feito ou não uma aposta.

Apesar de aquilo sempre importuná-lo, não tinha coragem o suficiente para admitir o que havia feito e Daniel nunca tocava no assunto, levando-o a crer que, de duas, uma: o roqueiro escondia algo ou Júlio tinha mentido. Tentou deixar para lá e, aos poucos, substituiu aqueles pensamentos pelos beijos e abraços do namorado, pelas músicas novas de rock que conhecia e pelos duetos no piano, pelas melodias que Daniel tocava na guitarra e pelos sorrisos que compartilhavam. Assim, pensava cada vez menos em sua mentira, convencendo-se de que era algo bobo que não precisava ser confidenciado.

Daniel se jogou de barriga para baixo na cama, ao lado de Naoki, observando-o desenhar algumas notas musicais em seu caderno de partituras. Com um livro em mãos, o roqueiro se inclinou e deu-lhe um beijo estalado que causou uma leve risada em ambos e uma troca de olhares doce e carinhosa antes de os dois voltarem a se concentrar.

Estavam juntos há quase um mês e, no início, Naoki sempre dava um jeito de sair mais cedo ou até cabular algumas aulas para eles almoçarem juntos. No pequeno intervalo entre o fim do expediente de Daniel e o começo das aulas da faculdade, ele ia ao seu encontro para ficarem um pouco juntos. Despediam-se perto do horário limite para que Naoki enfim voltasse para casa, mas, em algumas noites, acabava esperando-o para dormir na casa dele.

Com o passar do tempo, no entanto, o fato de Naoki dormir com frequência no apartamento de Daniel acabava fazendo o roqueiro chegar atrasado ao trabalho e, por causa das advertências que ele tinha recebido e das obrigações que o estudante deixou acumular, os dois resolveram se encontrar apenas nos finais de semana, mas Naoki continuava não conseguindo estudar tanto quanto devia. Além disso, ele não conseguia ficar longe do namorado por muitos dias e sempre acabava voltando ao seu apartamento em noites de semana.

Nos finais de semana, Naoki levava todo o seu material de estudo para a casa do namorado, prometendo a si mesmo e a Daniel que estudaria. Mas claro que não era o que acontecia, porque os dois se perdiam completamente na companhia um do outro, fosse conversando sobre a vida, sobre o dia, sobre bandas de rock, música brasileira ou compositores clássicos, fosse se abraçando e se beijando com ternura ou rolando e enroscando seus corpos sobre os lençóis. As horas voavam e, quando se dava conta, Naoki não tinha feito nenhuma de suas obrigações e já era tarde demais para voltar para casa, então mentia para os pais dizendo que dormiria na casa de Akane, pedindo aos irmãos Hashimoto que confirmassem seu álibi.

Naquele sábado, assim como em todos os outros, Naoki se esforçava para estudar, mas a simples presença silenciosa de Daniel era o suficiente para distraí-lo.

— O que está lendo?

Daniel mostrou a capa vermelha do livro. "A Chave", de Junichiro Tanizaki.

— Literatura japonesa? — Naoki riu.

— É, eu nunca li nada de lá. Lançaram mês passado, então pensei que seria legal conhecer livros de outros países. Sabe, quando eu tinha uns onze ou doze anos, minha mãe e eu líamos os mesmos livros e debatíamos, mas nunca vimos nada dos países do Leste Asiático. Ela gostava de ler muito sobre Budismo e Zen Budismo, mas nada de ficção.

— Você e sua mãe tinham um clube do livro?

— Tipo isso.

— Que legal! — Naoki sorriu. — Sua mãe te levou para aulas de dança, te ensinou a pintar, te colocou nas aulas de piano e guitarra porque você pediu, fez um clube do livro com você... Ela parece ter sido uma mãe incrível.

— É, ela era. Sinto falta dela.

Eles ficaram em silêncio por um tempo enquanto Naoki acariciava sua mão.

— Eu li esse livro em japonês — ele mudou de assunto. — É bem legal. Mas não se preocupe, não vou dizer nada para não estragar sua leitura. — Passou um zíper imaginário pela boca.

Daniel sorriu e olhou para as folhas nas mãos de Naoki.

— E o que você está fazendo? — inclinou-se e sussurrou ao pé do seu ouvido, fazendo o namorado arrepiar até o dedinho do pé. Ele afastou a orelha com uma risada de um típico idiota apaixonado, tremendo de leve graças ao arrepio.

— Tentando compor, mas falhando — respondeu, dando de ombros e observando Daniel se deitar de barriga para cima, exibindo a camiseta que tinha o logotipo de uma banda que Naoki não reconheceu.

A primavera já tinha começado e os dias vinham, gradativamente, afastando-se das temperaturas frias, de modo que o violinista não mais precisava usar casacos para andar pela cidade, nem para ficar no apartamento de Daniel — que parecia sempre estar mais frio do que na rua.

Com o clima esquentando aos poucos, os dois já se sentiam animados para passear com mais frequência, visitando parques que Naoki não conhecia e, inclusive, voltando ao pedalinho; sem incidentes daquela vez. Daniel o levou para almoçar em bairros que Naoki não conhecia, sempre em restaurantes muito mais simples e baratos do que o jovem costumava frequentar. Alguns dias, eles se deitavam na cama do apartamento do roqueiro com a cabeça virada para a janela e brincavam de achar desenhos em nuvens. Porém, agora estavam tentando se distrair menos para conseguirem focar nos estudos.

— Aposto que vai ficar boa — Daniel sorriu, com os dedos brincando pelas costas do namorado. — Não vou implorar por atenção dessa vez, sei que você precisa estudar.

Daniel se voltou para o livro e Naoki se voltou às partituras, mas depois de um tempo, largou o lápis e puxou o objeto da mão de Daniel, fazendo-o encará-lo com a testa franzida.

— O quê? Você reclama quando não te deixo estudar, agora está reclamando porque estou te deixando?

— Não estou reclamando! Só ia pedir um beijo. Sabe, para você dar uma inspiração genial à minha composição.

— Ah, eu sou seu muso agora? Entendi — Daniel riu, pegando o livro de volta e rolando para longe. — Você é espertinho, mas não. Quando terminar, quem sabe.

Naoki bufou, rolando pela cama até ele e colocando todo o peso de seu corpo em cima do namorado. O roqueiro revirou os olhos, mas acabou rindo baixinho. Eles se encararam, com a expectativa na expressão do violinista, e logo se beijaram, com as línguas encostando-se como se fizessem carinho uma na outra. Daniel se distanciou primeiro para observar o rosto de Naoki e eles permaneceram se entreolhando, em silêncio, com os pés emaranhados até que os olhos de Naoki caíram sobre a estante cheia de CDs.

— Por que a gente não ouve alguma coisa? — sugeriu, jogando-se para trás, com os braços acima da cabeça.

— Você precisa estudar, Naoki!

— Posso fazer isso depois.

— Não, você *nunca* faz isso depois.

— Você sabe que eu sou irritante e que não vou te deixar em paz até eu conseguir o que quero.

— Não — Daniel lhe deu as costas, voltando ao seu livro.

Naoki pegou o celular e ligou para o número do namorado, que bufou ao ouvir o aparelho tocar na sala.

Apesar de terem trocado seus números há tempos, quase não se falavam por ali, porque Naoki dizia ter medo de seus pais ouvirem algo que não deveriam em alguma ligação. Então, as ligações eram sempre curtas e Daniel nunca se arriscava a dizer nada muito fofo ou tentar recriar um momento "Desliga você. Ah, não, desliga você primeiro", porque Naoki era conciso e sempre desligava em sua cara assim que o assunto acabava.

O roqueiro deixou o livro de lado e puxou o celular de sua mão, desligando-o.

— Tá — levantou-se, enfim, e escolheu um CD. — Essa banda se chama Aerosmith...

— Ah, é o logo da sua camiseta — Naoki apontou.

— É. Sabe aquela garota do filme que você gosta, das patricinhas? A Alicia Silverstone? Então, ela aparece em vários videoclipes deles.

— Quero ver! Você tem eles aí?

— Hum... Acho que tenho, em algum lugar...

Daniel procurou pelo quarto e achou uma fita VHS. Em seguida, chamou Naoki para assistirem na sala e ligou o videocassete.

— Essa música se chama *Crazy* — Daniel começou a explicar enquanto Naoki se sentava no sofá e via uma garota de uniforme fugir da escola pela janela do banheiro.

— Olha, é a Alicia Silverstone mesmo!

— É, ela é uma das mulheres mais sexys dos anos 90 pela revista *Rolling Stones* — o roqueiro comentou, sentando-se no chão e encostando as costas no sofá, perto de Naoki.

— Você seria o cara mais sexy dos anos 2000, com certeza. A *Rolling Stones* está perdendo milhões por não te colocar na capa — Naoki brincou, mordiscando o lóbulo da sua orelha.

— Naoki, se você não quer mais transar, para de me tentar, tá bom? — Daniel brincou de volta, e Naoki mostrou-lhe a língua.

— Idiota — empurrou-o com o pé. — E quem é aquela ali?

— Liv Tyler. É filha do vocalista.

— Ela é bonita.

— Ah, se é...

Naoki esperou que Daniel dissesse algo como "mas você é mais", e quando a frase não veio, empurrou o namorado com uma risada.

— Ei!

— O que é? — Daniel franziu a testa.

— E eu?

— Ah, você até que é bonitinho — provocou Daniel.

— Ah, é mesmo? — Naoki exibiu um bico enorme.

— Bem bonitinho e manhoso — o roqueiro sorriu, beijando-o de leve e subindo no sofá devagar, com os corpos se colando rapidamente. Naoki agarrou o cós da calça jeans de Daniel e subiu os dedos sob a camiseta, sentindo a pele de sua barriga e do peitoral até chegar aos ombros, agarrando-os enquanto sentia as mãos do outro em suas coxas.

Passavam tardes inteiras se beijando daquele jeito, na maioria das vezes acabando em sexo sob o som de alguma música de rock. Estavam viciados um no gosto do outro e Naoki não tinha problema nenhum em admitir que estava obcecado por cada detalhe do namorado — e estava começando a se viciar em como sua vida estava se tornando uma mistura meio obscena de rock 'n' roll e sexo. E Daniel. Muito Daniel.

Os dedos de Naoki enroscaram-se no *mullet* e o puxaram — o que já havia virado um costume, algo que o roqueiro não podia dizer que não gostava. *Adorava*, assim como cada detalhe de Naoki e de como ele agia, ria, falava, dançava, cantava, tocava... Daniel o adorava por inteiro.

Quando a música mudou, o violinista abriu os olhos para ver o próximo clipe. Algo chamou sua atenção e ele empurrou Daniel para gritar:

— Ei, o que era aquilo ali?!

— O quê? — Daniel olhou para a TV, onde passava o clipe da música *Cryin'*.

— Aquilo na mão do cara!

— Ah — o roqueiro afastou o cabelo da testa. — É uma tatuagem brega de um coração alado que o casal tem no clipe... Ele tem a metade na mão, com uma asa, e ela tem a outra metade, perto do peito, e o desenho se completa quando o cara coloca a mão nela. Viu que ridículo?

Naoki ficou em silêncio por alguns segundos antes de olhá-lo. E não foi preciso dizer nada, porque Daniel o entendeu sem nenhuma palavra.

— Ah, não! Nem pensar! — ele negou veementemente. — Aquilo é absurdo! Ridículo! Não faço aquilo nem por cima do meu cadáver.

— Ah, *vaaaai* — pediu Naoki, manhoso.

— Não.

— Por favor!

— Por que diabos você ia querer isso, Naoki?! Tatuagem é um negócio que dura para sempre.

— Então... eu e você não somos?

Silêncio.

— Você sabe do que eu estou falando — murmurou Daniel. — Eu ficaria com você para sempre, mas a gente nunca sabe como vai ser amanhã.

— O quê? O que está insinuando?

— Naoki, tatuagens são para *sempre* — o loiro repetiu.

— Mas eu ficaria com você para sempre, *então*...

Daniel suspirou.

— Esquece essa ideia. Uma tatuagem já é demais, não acha?

— Não acho, não. Sempre quis uma... E você tem tantas! Qual o problema de fazer mais uma?

— Naoki, estamos juntos há só um mês ou um pouco mais... Se você quiser fazer uma tatuagem, eu te acompanho, mas não me peça para fazer com você, ainda mais uma dessas metadinhas bregas.

Naoki semicerrou os olhos, cruzando os braços.

— Eu consigo tudo o que quero, Daniel. Você vai ver.

— Dessa vez não, neném. — Ele também apertou os olhos antes de lhe dar um selinho rápido. — Aliás, o André vai chegar logo, podíamos pedir alguma coisa pra co...

— Se eu topar um *ménage* com quem você quiser, podemos fazer uma tatuagem?

Daniel se engasgou.

— Você tá doido?! Eu não topo tudo por sexo não, falou?

— Então o que você quer?

— Nada! Não vou fazer essa tatuagem — o roqueiro bufou. — Às vezes, você é mimado demais para o meu gosto, sabia?

André tinha chegado e o casal de namorados havia pedido uma pizza para dividir. Tentavam conversar e comer normalmente, mas já era a quarta vez que Naoki insinuava algo sobre fazer sexo a três com André.

— Tá bom, já chega, né? — Daniel revirou os olhos, enfiando um pedaço de pizza em sua boca. — Come e fica quietinho, tá bom?

André olhou confuso para o casal, ainda sem saber ao certo o que estava acontecendo nem por que Naoki estava dizendo aquelas coisas estranhas.

Daniel se xingou mentalmente e chegou à conclusão de que seu namorado era tão doido quanto a Alicia Silverstone naquele clipe do Aerosmith. A diferença era que a garota tinha ficado louca com a traição do namorado, enquanto Naoki... Bem, ele estava louco porque *tinha* um namorado. Aquilo significava que Daniel estaria fodido se um dia eles terminassem? Naoki já o havia empurrado em um lago... O que mais faltava fazer?

— Sabe, André... — o roqueiro ouviu o namorado voltar a falar. — Sou obrigado a dizer que você é muito gostoso e que não ligo de te encontrar sem camisa toda vez que venho aqui — Naoki sorriu. — Aliás, se você quiser ficar sem camisa comigo e com o meu namorado na cama, tudo bem.

Daniel engasgou de novo.

— Você quer fazer um *ménage* comigo e com o Dan, é isso? — André riu.

— Não! — Daniel quase gritou, em seguida levantando-se e agarrando o namorado pelo pulso para fora do apartamento.

— Você é louco, Naoki! — ele resmungou, pegando as chaves da moto

— Eu sei — o violinista riu em resposta, fazendo o outro bufar. — Aonde vamos?

— Como castigo por você ter feito aquilo, vamos fazer a tatuagem e você vai ter algo para se lembrar de mim *para sempre*. Se algum dia terminarmos, você vai se lembrar de mim toda vez que olhar para a metade do seu coraçãozinho alado.

— Adoro os seus castigos — Naoki sorriu, dando-lhe um selinho e correndo escada abaixo.

Depois de revirar os olhos pela milionésima vez desde que o namorado cismou com aquela ideia idiota, Daniel o seguiu até a moto e eles foram ao estúdio em que o loiro fazia suas tatuagens, na Galeria do Rock.

O cara do estúdio atendia pelo apelido Sebastian Bach, porque se parecia com o cantor da banda Skid Row, mas Naoki não conhecia a referência, então não pôde comprovar a semelhança.

— E aí, cara! — Sebastian sorriu ao ver Daniel. — Faz meses que não te vejo! Como você está? Sabe quem veio aqui esses dias?

— Quem?

— A Adriana! — o tatuador riu. — Lembrei da primeira vez que vocês dois passaram por aquela porta juntos para fazer uma tatuagem. Ela ficou ainda mais bonita, hein?

— É — Daniel concordou, percebendo que o violinista o olhou como se perguntasse "Que história é essa?!". — Esse aqui é o Naoki, meu namorado.

Sebastian riu, mas logo ficou quieto.

— Ah... É sério?

— É — Naoki sorriu, desconfortável.

— Ah, foi mal, cara. Parabéns aí.

— Será que você não tem um horário agora, antes de fechar? Se não tiver, tudo bem, vamos embo...

— É seu dia de sorte, cara! — Sebastian sorriu, e Daniel fez uma careta. *Droga, o Naoki tem sorte. Eu nunca consegui fazer uma tatuagem sem marcar.* — A pessoa que tinha reservado este horário hoje cancelou, e eu tava pronto para fechar o estúdio quando você entrou. Então, o que vai ser?

— Sabe a música *Cryin'*, do Aerosmith? — Daniel começou a explicar. — É aquela tatuagem ridícula do coração alado em metades, do casal lá.

Sebastian gargalhou.

— Não vou falar mal da tatuagem porque quero o dinheiro, mas... Vocês têm certeza disso?

— Sim... — o roqueiro respondeu, sem ter certeza alguma.

— Está bem... quem vai ser o primeiro?

— Ele — Daniel empurrou Naoki.

— Certo, só vou arrumar minhas coisas. Já escolheu onde será a tatuagem?

— Tá legal, você vai mesmo fazer isso? — o loiro segurou os ombros de Naoki, obrigando-o a olhá-lo.

— Sim.

— Tá, mas pelo menos escolhe algum lugar mais discreto.

— Eu não ia fazer na minha testa, idiota.

— Mas você ia fazer perto da clavícula igual à Alicia Silverstone, não ia?

— Não! Vou fazer aqui, vai ficar escondida — Naoki apontou para a lateral do tórax. — E você vai fazer na mão, né?

— Por que *eu* tenho que fazer na mão?!

— Você me mandou fazer em um lugar discreto e alguém precisa fazer na mão, para juntar as metades do coração! — Naoki deu de ombros, sorrindo.

— Porra, vai se fuder, sério...

— Vou, sim, Daniel. Vou com você.

— Olha isso, puta merda! — Daniel xingava, profundamente arrependido, enquanto saíam do estúdio. — Não acredito que você me convenceu a fazer isso!

— Se você não queria, era só não ter feito — Naoki revirou os olhos e Daniel o encarou como se pudesse matá-lo ali mesmo.

— Para de revirar os olhos para mim! Olha isso aqui, conseguiu ficar pior do que a do clipe! — o roqueiro colocou a mão perto dos olhos de Naoki. — Eu te odeio, sabia?

— Odeia nada! Você tem uma tatuagem ridícula que completa a metade da minha, o que prova que *Você. Me. Ama.*

Daniel bufou.

— É, acho que eu amo — murmurou, ainda frustrado.

Naoki deu um sorriso de lado.

— Sabe o que a gente podia fazer?

— Um ménage? *Nunca* — Daniel fechou a cara.

— Eu não ia dizer isso — Naoki riu. — Eu ia dizer que podíamos alugar um filme!

— Ah, é uma boa ideia.

— E você pode aproveitar e me contar quem é a tal Adriana e qual tatuagem vocês fizeram juntos — o violinista tentou esconder o ciúme em seu tom de voz, mas foi impossível, e o namorado riu.

— Não fizemos uma tatuagem juntos, calma... Ela só me levou lá quando eu fiz a minha primeira. Éramos amigos, tipo você e a Akane. Fiquei um tempo sem falar com ela, mas voltamos a ter contato recentemente, porque ela voltou para São Paulo. Inclusive, foi ela quem me incentivou a ir atrás de você naquele dia que você tentou me matar afogado.

— Ah... E de onde você a conhecia?

— Ela era namorada do meu irmão postiço.

— Aquele que você voltou a tocar piano para impressionar?

— É...

— Quem era ele?

— Rodrigo.

— Rodrigo? — Naoki repetiu. — Que coincidência, o nome do cara com quem o Akira tá saindo também é Rodrigo!

— É... Na verdade, é o mesmo Rodrigo.

— O quê? Como você sabe?

— Eu ainda via o Rodrigo de vez em quando, ele me contou que estava namorando um cara chamado Akira Hashimoto, que estuda na USP. Só pode ser seu amigo, né?

— É, sim! A não ser que existam vários caras com o mesmo nome lá... Nossa, como o mundo é pequeno!

— Com certeza...

— Mas por que o Rodrigo terminou com essa Adriana?

— Você é curioso demais, Naoki.

Daniel não sabia se deveria falar sobre seu passado com Rodrigo, mas, naquele momento, achou que fosse desnecessário, porque não tinham mais nada e não era mais importante para ele.

— Nossa, que grosseria! Não pergunto mais nada, então.

— Desculpe, é que não gosto de ficar falando sobre outras pessoas assim. Vamos alugar um filme? — Daniel agarrou sua mão para subirem na moto.

— Espera — Naoki parou no lugar, receoso por um breve momento. — Eu preciso te contar uma coisa.

— O que foi? — Daniel se virou.

Naoki engoliu em seco, lembrando-se do que Júlio lhe disse um mês atrás. Não teve coragem de abordar o assunto com o namorado desde então, mas pensou que estava mais do que na hora de se confessar. Além do mais, queria saber se o roqueiro lhe diria se também havia feito algo do tipo.

— Quando você dormiu com a Akane... — Naoki começou, um pouco tímido. — Ela ficou com o coração partido e me pediu para eu fazer você se apaixonar e quebrar seu coração. Então eu me aproximei de você pra isso, também porque achava que você era um babaca, do tipo dos garotos que me maltratavam na escola... Algo em mim quis se vingar de tudo usando você, mas... eu me apaixonei de verdade. Desculpe não ter contado antes.

Daniel ficou parado por alguns segundos. Naoki teve medo de seu silêncio, mas logo percebeu que o outro não estava bravo.

— Tudo bem — o roqueiro sorriu, compreensivo. — Para falar a verdade, eu também fiz uma aposta com o André e a Luísa. Se eu te levasse para a cama, ganharia duzentos reais.

Naoki o encarou, mordendo o lábio para não sorrir. De alguma forma, sentia-se aliviado, pois Daniel havia lhe contado sem que precisasse questioná-lo. E, de maneira estranha, saber que ele também havia feito uma aposta tirava a culpa de seus ombros. Afinal, eles estavam fazendo o mesmo joguinho sórdido naquela época.

No fim, acabou rindo.

— E cadê esse dinheiro? Você me levou para a cama, agora tem que dividir comigo.

— Eu desisti da aposta — ele afirmou, dando-se conta de que, na verdade, nunca avisou ao André ou à Luísa de que tinha desistido.

Naoki franziu a testa, pensativo. Em seguida, indagou:

— Foi por isso que você me deixou sozinho naquele dia em que quase transamos? Você desistiu da aposta e me deixou sozinho, foi isso?

— É. Desculpe ter feito aquilo.

— Por que você simplesmente não desistiu depois? Não precisávamos ficar tanto tempo longe um do outro.

— Eu não sei... Só fiz o que achei que era o certo, mas acabei agindo da pior forma possível e não soube consertar — Daniel deu de ombros, sem conseguir explicar os próprios sentimentos e ações.

Os dois ficaram em silêncio por um tempo até Naoki quebrá-lo:

— Eu não contei tudo — o rapaz chutou uma pedrinha. — Também apostei com o Akira que ia quebrar seu coração... Ele apostou que você quebraria o meu primeiro. Se eu ganhasse, ele ia me dar um violino novo.

— E se você perdesse?

— Hum... — Naoki mordeu os lábios, abaixando os olhos, um tanto quanto envergonhado.

— Hum? — o roqueiro se inclinou, esperando pela resposta.

— Se eu perdesse, ele queria fazer um... *ménage* — respondeu em voz baixa.

— E seria com você, Akira e quem?

— Com esse novo namorado dele, o tal Rodrigo.

Os olhos de Daniel se arregalaram.

— E você...? Você... fez?!

— Não, eu me recusei — Naoki balançou a cabeça e olhou para o céu, tentando esconder o quanto tinha ficado nervoso ao confessar aquilo. — Nós só queríamos brincar um com o outro... Que coincidência, não é?

Daniel assentiu, ouvindo-o fazer outra pergunta:

— Acha que isso vai dar certo?

— Isso o quê? — o loiro franziu a testa, colocando as mãos nos bolsos da jaqueta.

— Eu e você.

— Por que não daria?

— Por causa disso tudo.

— Já contamos um ao outro, né? Por que continuar pensando nisso?

— Não sei... Espero que você não esteja mais brincando comigo, Daniel.

— Não estou. E espero que você também não esteja.

— Eu fiz uma tatuagem idiota porque estou completamente apaixonado... — Naoki murmurou, ficando com o rosto totalmente vermelho. — É suficiente para dizer que não estou brincando.

— Tá legal, vamos voltar para o apartamento. Eu mudei de ideia sobre o filme, agora eu quero inaugurar a tatuagem.

— Como assim?

— Não é óbvio? Vamos transar e eu vou juntar as metades dos corações. — Daniel piscou, e Naoki revirou os olhos.

O tempo exagerado que passavam juntos fazia os dois se dedicarem menos às obrigações, colocando-as de lado irresponsavelmente. Naoki ainda estava conseguindo levar as coisas daquele jeito, mas as advertências de Daniel logo se transformaram em uma demissão.

Sentindo-se culpado, Naoki prometeu que visitaria o namorado com menos frequência, mas com tantas horas disponíveis nos dias de Daniel enquanto este não procurava por um novo emprego, os dois voltaram a passar tempo demais juntos.

Às sextas-feiras, Naoki estava livre da faculdade, mas suas manhãs eram preenchidas pelas aulas de inglês e, à tarde, havia as horas separadas para o treino de violino e de natação, que iniciavam perto do pôr do sol. Já havia pelo menos três semanas seguidas que ele faltava a ambos por causa dos horários livres de Daniel e tinha até mesmo inventado outro esquema de mentiras para que seus pais não soubessem de nada. Ele tinha consciência de que vinha se dedicando muito menos à sua rotina e aos seus estudos do que antes, mas não tinha vontade de parar.

Naquela sexta-feira, no entanto, como Daniel precisava estudar para uma prova, Naoki resolveu se atarefar com as aulas extras e fingir que vinha se dedicando a algo que não fosse o namorado.

Tentava se concentrar em sua rotina, mas a única coisa em que conseguia pensar era em Daniel. Parecia que podia vê-lo em cada mínimo detalhe, até mesmo nas coisas mais insignificantes e sem relação nenhuma com o namorado. Seu cérebro criava subterfúgios impensáveis para mantê-lo em sua mente e se regozijava toda vez que o via, como se Daniel fosse uma recompensa pelo seu bom comportamento. Ele se fechava em um mundo composto unicamente pelos dois e não se importava nem um pouco com a pequenez daquilo, de modo que já havia se esquecido de seus amigos, a não ser quando pedia que eles mentissem a seu favor. Passava tanto tempo com Daniel que já fazia um mês desde a última vez que tinha visto Akane e Akira. Ou mais. Ele não tinha certeza.

Sua amiga andava sozinha naquele tempo, porque Naoki era praticamente seu único amigo e Akira estava ocupado demais com seu mais recente e duradouro interesse amoroso. Daniel sugeriu apresentá-la à Adriana para que as duas ficassem amigas, e Naoki concordou, achando uma boa ideia, já que Adriana também não tinha amigos em São Paulo além de Daniel. Até aquele momento, no entanto, nenhum dos dois tivera a iniciativa de combinar para saírem todos juntos.

Naoki não se preocupava em encontrar Akira e sair com o amigo, já que desde que ele conhecera o tal Rodrigo, tinha esquecido quase por completo da existência do violinista e da irmã. Ao invés de ficar contrariado, contudo, Naoki ainda achava engraçado pensar que seu melhor amigo estava namorando o cara que foi "irmão" de Daniel por alguns anos. O mundo era realmente pequeno...

Ele saiu da natação quase às sete da noite, finalmente livre de seus compromissos. Pensou em voltar para casa, mas não foi capaz. Então, ainda de cabelos molhados e cheirando a cloro, foi ao apartamento de Daniel. Sabia que André não estaria lá, porque ele nunca dormia em casa nas sextas-feiras — a não ser que estivesse doente, como costumava dizer Daniel.

Àquela hora, Daniel já devia ter estudado o suficiente e, assim como Naoki, o roqueiro tinha a grade horária livre naquele dia da semana.

Quando Naoki chegou, o namorado estava tocando piano e cantando. Ele fechou a porta atrás de si, deixou a mochila no chão e o observou.

— *I can't sing a love song like the way it's meant to be...* — Daniel o olhou e sorriu antes de continuar. — *Well, I guess I'm not that good anymore, but baby, that's just me...*

— Essa eu conheço — Naoki sorriu, orgulhoso, como se reconhecer alguma música sem que Daniel tivesse que lhe dizer o nome fosse algo grandioso. O namorado parou de tocar e prestou atenção. — Tocava em todas as rádios. Como se chama mesmo? *Always*?

— É. Do Bon Jovi. Canta comigo, então, já que você sabe. — O loiro sorriu.

Naoki riu baixinho, aproximou-se e sentou-se ao piano.

— Não me lembro muito bem da música, só do videoclipe. Por que não canta para mim?

As notas soaram novamente e eles se entreolharam enquanto Daniel cantava o refrão.

— Sempre achei essa música triste e um pouco nada a ver — Naoki comentou.

— É? Por quê?

— Porque, no vídeo, o cara trai a namorada e... O que tem a ver com uma letra que fala sobre amar alguém eternamente? Como ele a ama eternamente se a traiu?

— Talvez seja sobre arrependimento, sabe? — Daniel deu de ombros, pensando na perspectiva de Naoki a respeito da música. — Vai ver ele está triste e canta todas essas coisas sobre amá-la para sempre porque se arrepende do que fez.

— Eu não acreditaria nele, se fosse ela.

— Acho que, se eu fosse ele, cantaria as mesmas coisas.

— Cantaria isso se tivesse me traído?

— Acho que sim.

— Está cantando isso porque me traiu, então? — Naoki estreitou a visão, desconfiado.

— O quê?! — Daniel gargalhou com a conclusão sem nexo do namorado. — Não, paranoico! Só estava tocando e cantando!

Naoki o encarou com seriedade antes de rir também.

— Estou só brincando — disse, passando a mão pelo *mullet* do outro e levantando-se, esquivando-se das mãos do roqueiro, que tentavam agarrá-lo.

— *Naoki...* — Daniel reclamou, um tanto quanto manhoso, e ele próprio se surpreendeu com o tom de voz usado. Ele nunca tinha feito aquilo, nem mesmo quando era mais novo e apaixonado por Rodrigo. Era vergonhoso demais.

Por isso, empertigou-se e limpou a garganta, disfarçando o próprio ato antes de perguntar:

— Você não tinha dito que não viria hoje?

— É, mas... mudei de ideia — Naoki sorriu, indo até a cozinha para pegar água. — Então vim correndo o mais rápido que pude. — Estava enchendo seu copo quando sentiu o namorado abraçá-lo por trás.

— Você já corre como louco normalmente, tenho até medo de pegar carona com você naquele carro de boyzinho. Aliás, por que você ainda não me beijou hoje?

Naoki sorriu e se virou de frente para ele, agarrando seu rosto com as duas mãos para beijá-lo.

— Seu cabelo está molhado — Daniel murmurou sob os lábios de Naoki, tocando os fios perto da nuca.

— Eu tava na natação, esqueceu? — o outro respondeu, mordiscando-lhe o lóbulo da orelha.

— Ah... É mesmo — concordou o roqueiro. — Já que você está de banho tomado, eu também preciso tomar um.

— Por quê? — Naoki seguiu-o até o banheiro, apoiando-se no batente da porta para observá-lo se despir.

— Porque não é justo você já ter tomado banho sem mim. É o troco. Ou você quer entrar comigo?

Naoki mordeu os lábios, pensativo. Demorou alguns segundos para dar um passo à frente, querendo juntar-se ao namorado, mas Daniel balançou a cabeça negativamente.

— Demorou demais, agora vai só olhar — sussurrou em provocação e entrou no chuveiro sozinho.

Naoki empurrou a bochecha com a língua, um tanto quanto irritado, mas tentando esconder o sentimento com um sorriso debochado.

— Tá legal.

O violinista deu as costas e foi para o quarto. Fechou as cortinas e colocou para tocar a fita que Daniel havia gravado para ele — "Músicas que eu ouviria enquanto te fodo", que eles acharam melhor deixar no apartamento do roqueiro mesmo, já que não teria serventia nenhuma na casa de Naoki. Ele procurou pelo número da faixa *Crazy,* do Aerosmith, e esperou que o roqueiro saísse do banho.

Assim que Daniel pôs os pés no quarto, esfregando o cabelo com uma toalha, Naoki ligou a música. O namorado ergueu o olhar e o encarou, esperando pelo que quer que fosse acontecer em seguida.

Naoki se aproximou, passando as pontas dos dedos nas tatuagens de Daniel, depois deslizou as mãos sobre a toalha e pousou-as demoradamente sobre o membro do namorado, com um sorriso safado enquanto se aproximava devagar, como se fosse beijá-lo, mas nunca o fazia de fato para provocá-lo, voltando sempre a cabeça para trás.

Daniel ergueu a mão para puxá-lo pela cintura de uma vez, mas Naoki lhe deu um tapa ardido.

— Você não vai tocar em mim, *só vai olhar* — avisou com um sorrisinho.

O roqueiro revirou os olhos, com um pequeno sorriso de lado. O típico sorriso de quem queria esconder a euforia, mas não conseguia.

Naoki se afastou, tirou os sapatos e subiu na cama. Em seguida, começou a tirar a calça e Daniel encostou-se à porta, fechando-a com as costas. Quando mordeu os lábios, Naoki sorriu e começou a desabotoar a camisa pelos botões de baixo.

Daniel se mexeu, impaciente.

— O que foi, Dan? Hum? — Naoki o provocou. — Você quer vir aqui me tocar?

Ele não respondeu, apenas riu.

— *Quer?* — o namorado refez a pergunta, com o tom de voz imperativo e as mãos caindo ao lado do corpo.

— *Quero.*

— Está bem, então se ajoelhe.

— Estou de toalha, Naoki.

— Ajoelhe-se — o outro mandou.

Daniel riu e obedeceu, esperando Naoki se aproximar. Assim que os pés ficaram em frente aos joelhos do namorado, ele agarrou seu *mullet* e o puxou para trás. Em seguida, aproximou as bocas e lambeu a de Daniel, mas quando o loiro tentou tocá-lo e beijá-lo, Naoki se afastou.

— Você não me toca, só *eu* te toco — disse, puxando o roqueiro para sentar-se na beirada da cama. Em seguida, afastou as pernas de Daniel e sentou-se em seu colo.

— E o que você vai fazer, Naoki? — perguntou, curioso, com as mãos apoiando-se no colchão.

O jovem não respondeu com palavras, deixando que seu corpo respondesse à pergunta enquanto rebolava sobre Daniel. O roqueiro sentiu a respiração descompassar e quis segurá-lo, mas foi empurrado para que caísse deitado na cama e mantivesse as mãos longe.

— Se você tocar em mim de novo, vou te amarrar — Naoki avisou, com as próprias mãos pousando sobre o peito nu do namorado.

Então, em um gesto rápido e de propósito, Daniel moveu as mãos e apertou a bunda de Naoki. E como resposta, o violinista se esticou para pegar a bandana vermelha jogada na cama — que o roqueiro, às vezes, usava no cabelo ou pendurava na calça — e amarrou seus pulsos com força e jogou-os para cima da cabeça de Daniel para que ele não passasse os braços ao redor de seu corpo.

Ainda sentado sobre a crescente ereção do namorado e com os olhos cravados sobre ele, Naoki voltou a desabotoar a camisa, finalmente a tirando. O roqueiro se mexeu, aflito, necessitando de contato diante daquela visão.

Naoki se curvou e usou a camisa para tapar a visão de Daniel, em seguida começou a lamber seu tórax, contornando os traços das tatuagens e excitando-o com a sensibilidade dos mamilos. Os gemidos e as arfadas não conseguiam ser contidas pelo roqueiro, frustrado por não poder ver a cena nem mexer as mãos — mas tinha de admitir que aquilo aguçava cada sensação.

Naoki alternou entre mordidas e chupões enquanto descia pelo peito, em direção ao abdômen e, finalmente, à linha V do namorado. Tirou a toalha de Daniel e tomou-lhe a ereção com as duas mãos, subindo-as e descendo-as pelo comprimento, aumentando a frequência pouco a pouco.

Daniel gemia alto e rouco, o som era de uma sensualidade inebriante. Naoki o observou tentar mexer as mãos, mas não conseguir, e apertou os lábios por causa da visão.

— Tira essa coisa das minhas mãos! — Daniel pediu com o timbre grave, fazendo o outro morder a boca.

— Eu falei que você não ia tocar em mim, não falei? — ele provocou, apertando o membro em suas mãos.

— Naoki! — protestou, mas acabou gemendo alto.

— Shhh — o violinista riu. — Para de reclamar!

— Eu quero te botar de quatro pra te foder, tá me ouvindo?

— Uhum... — concordou.

— Eu vou te foder com você sentado no meu pau, depois vou te deitar com as pernas pra cima e te foder segurando a sua... *Ah*... — Daniel não conseguiu continuar, perdendo-se nas sensações que cortavam sua voz.

— Estou ouvindo, fala mais — Naoki riu, com a voz um pouco embargada devido à crescente excitação com o que o outro dizia que queria fazer. — Eu amo a sua voz e as suas ideias.

— Eu não consigo mais pensar — Daniel virou o rosto, de modo a encostá-lo no braço esquerdo. — Mas posso dizer seu nome o dia inteiro, se quiser.

— Eu quero.

— Naoki, Naoki, *Naoki*... — o loiro repetia entre os gemidos, arrancando-lhe um sorriso enorme, de bochechas coradas.

Naoki continuou os movimentos, sem conseguir pensar direito, apenas sentindo excitação e desejo.

— Daniel... — chamou-o em tom de pedido, e o outro gemeu arrastado, tentando emitir um som que indicasse que estava ouvindo. — Eu posso... Hã... Posso te foder? — Naoki parou, receoso.

— O quê?

— Eu sei que você nunca deve ter sido passivo, mas...

Daniel riu.

— De onde você tirou essa ideia?

— Hã?

— Se vai me foder, faz logo. Estou necessitado aqui! Mas tira essa porra dessa venda, porque eu quero ver isso.

— Ah... — Naoki engoliu em seco e concordou. — Tá bom.

Ele já tinha feito aquilo antes, mas com o namorado sempre pareceu mais simples e natural que Daniel fosse o ativo, talvez por todas as ideias estereotipadas que tinha feito dele. Por algum motivo, entretanto, Naoki tinha sentido aquela vontade no momento e estava feliz pelo roqueiro não ter se recusado. Ele tirou a camisa que servia de venda, rindo quando Daniel abriu os olhos e o encarou.

— Faz anos que eu não sou passivo, então talvez seja um pouco estranho, não sei... Mas faço tudo que você quiser, Naoki.

— Com quem você era passivo?

Daniel olhou para o teto.

— Acho que esse assunto vai broxar a gente. Espera aí, *já* está broxando! — Riu.

— Cala a boca — o outro revirou os olhos e virou Daniel de costas.

— Não vai soltar as minhas mãos?

— Não. — Naoki amarrou a camisa à bandana, prendendo o namorado na cabeceira da cama, de quatro sobre o colchão.

— Isso é humilhante — Daniel riu, provocando uma risada em Naoki também.

— Não é, não, você até que está bem bonitinho — respondeu enquanto pegava o lubrificante e as camisinhas da Mona Lisa na gaveta da mesa de cabeceira, ajeitando-se.

De joelhos, o violinista se posicionou em frente à entrada de Daniel, lambuzou os dedos com o lubrificante e o provocou com eles, apenas roçando-os na entrada. Os gemidos já saíam roucos pela boca do roqueiro e Naoki o segurou firmemente antes de escorregar as mãos até a cintura e trazê-lo para trás enquanto o penetrava devagar.

O loiro gemeu e tentou puxar as mãos, esquecendo que estava preso. A cama deu um tranco e bateu na parede.

— Gosto desse barulho — Daniel comentou e seu namorado riu, afundando-se mais. O roqueiro deixou a cabeça pender enquanto gemia e sentia os movimentos de entrada e saída começarem.

Naoki deslizou uma mão para o pênis de Daniel e começou a masturbá-lo enquanto o penetrava por trás. Os gemidos ficaram cada vez mais entrecortados e ele gostou de constatar que também podia lhe proporcionar aquele prazer. Os movimentos começaram a ficar mais fortes, fazendo a cabeceira da cama bater contra a parede a cada estocada.

— Seus vizinhos devem te odiar — Naoki disse, ofegante.

— É verdade — Daniel riu. — Não sei como nunca fui expulso.

Naoki riu e sentiu quando o namorado gozou em sua mão. Uma onda de satisfação o encheu como prazer e ele se distanciou. A camisa que prendia a bandana à cabeceira acabou desfazendo o nó, e Daniel rapidamente se virou e passou as mãos amarradas por trás da nuca de Naoki, puxando-o para se beijarem de um jeito lascivo, barulhento e melado enquanto o roqueiro se arrumava para que o outro se sentasse em seu colo. Assim que o membro do loiro bateu contra o seu, naquela posição, Naoki gemeu e agarrou o *mullet*.

— Tá meio difícil de te segurar, sabe? — Daniel disse baixinho, chupando o pescoço de Naoki e trazendo as mãos para a frente.

— Ah, desculpe — Naoki riu ao desfazer o nó.

O namorado segurou sua cintura e ergueu-o suavemente para penetrá-lo. Devagar, começou a ditar os movimentos do quadril de Naoki com as mãos enquanto o outro subia e descia para estocá-lo.

Naoki segurou os ombros de Daniel e fechou os olhos, gemendo escandalosamente, mas o roqueiro o fez abrir os olhos ao encostar o nariz no dele e, depois, na testa.

Eles se encararam durante todo o tempo, até mesmo quando Daniel o deitou na cama, segurando suas pernas enquanto penetrava rapidamente. Naoki havia aprendido bem rápido que o namorado gostava de observá-lo, então sempre tentava demonstrar todo o prazer que Daniel lhe proporcionava. Naquele momento, não foi diferente: Naoki continuou olhando nos olhos de Daniel com as pupilas dilatadas, o rosto corado, a respiração ofegante e os gemidos que não fazia questão nenhuma de conter. Ele agarrou as mãos do namorado e as puxou para que passeassem por sua pele, porque gostava de sentir aquele toque por todo o corpo.

O roqueiro deslizou as mãos, mas acabou por segurar Naoki perto da tatuagem, juntando as metades do coração alado. Era algo que sempre acontecia desde que as tinham feito, mas eles mal notavam quando estavam transando, porque só conseguiam prestar atenção aos olhos um do outro.

Quando terminaram, Daniel se jogou ao lado de Naoki, recuperando o fôlego, e acariciou o cabelo do namorado.

— Não sabia que você curtia essas coisas de amarrar e vendar.

— Nem eu, nunca tinha feito isso — Naoki respondeu, olhando-o.

Eles riram baixinho, mas foram interrompidos quando o celular de Naoki começou a tocar.

— Não quero atender. — Ele escondeu os olhos com o pulso.

— Desliga — Daniel riu.

— Desliga para mim, hm? — pediu, manhoso. — Não quero me levantar.

— Folgado. — O loiro riu e deu um beijo em sua testa antes de se levantar.

Naoki colocou os dedos na região na mesma hora, todo bobo, mas lembrou-se de quando Akane lhe disse que Daniel a havia beijado no mesmo local. O violinista se ergueu sobre os cotovelos e observou enquanto o roqueiro ia até a sala, à procura do celular, sem conseguir parar de pensar naquele beijo na testa.

— Daniel — chamou-o alto —, por que você beijou a testa da Akane quando vocês transaram? E por que disse que ia ligar se não ia ligar?

— Não sei... — Daniel respondeu, sua voz de um canto da sala em que Naoki não podia ver. O celular continuava a tocar insistentemente. — Acho que porque a Akane é fofa... Eu sei, babaquice minha... — Naoki podia ouvi-lo procurar o aparelho. — Eu mesmo me incluo na espécie de homens babacas... Mas estou tentando não ser mais.

— Então, porque a pessoa é fofa, você resolve iludir ela com um beijo carinhoso na testa e pedir seu telefone, dizendo que vai ligar? — Naoki fez uma careta, não gostando da resposta. — Você não...

— Naoki, são seus pais.

— O quê? — ele levantou o corpo.

— No telefone. São seus pais.

— Droga! — exclamou, levantando-se e caçando as roupas pelo chão, vestindo-se com pressa. — Eu preciso ir. Eles nunca me ligam se não estiverem querendo me matar.

— Ah, é? Você vai me usar como brinquedo sexual e vai embora? Vai me deixar sozinho aqui?

— Para de ser manhoso, amanhã a gente se vê — o violinista sorriu, terminando de abotoar a camisa. — Isso se meu pai não tiver me matado e escondido meu corpo.

— Você vem amanhã?

— Claro, não quero ficar sem você — Naoki o beijou carinhosamente.

— Seus pais são estraga-prazeres de primeira...

— Eu sei. Tchau, Daniel.

— Ei! Espera aí.

Daniel correu atrás de Naoki antes que ele alcançasse a porta e lhe deu um tapa ardido na bunda, provocando um grito surpreso de dor do namorado.

— Isso é por você ter me amarrado e não ter deixado eu te tocar — depois o puxou para um beijo longo e profundo. — E isso é para você voltar amanhã.

— Eu sempre vou voltar no dia seguinte — Naoki falou, sorrindo, e esfregou os narizes. — Se você também voltar.

— Eu sempre irei.

CAPÍTULO 20

Naoki chegou em casa temeroso. Seus pais estavam na sala de estar, sentados em cada um dos sofás floridos. Havia um papel nas mãos de seu pai e, assim que o filho entrou, a mãe foi a primeira a encará-lo. Ela não parecia brava nem decepcionada, apenas confusa; seu pai, no entanto, estava visivelmente furioso.

Suspirando, Naoki deixou suas coisas no chão e foi até eles. Tudo o que queria era criar um pouco de distância daquela pressão e do cansaço emocional e mental que o pai lhe infligia, mas sempre que tentava, as coisas pioravam.

— Por que não atendeu quando ligamos? Onde você estava? — perguntou o homem.

— Por aí — Naoki respondeu, sem dizer mais nada. Ele não tinha contado sobre Daniel, assim como jamais havia contado que era gay, então não havia mais explicações possíveis a dar.

— *Por aí*? — A voz de seu pai soou irritada e ele virou o papel que estava em sua mão para que Naoki o lesse. — Recebi uma carta sobre uma apresentação de piano da escola de música... Por que não nos contou sobre a apresentação? Aliás, por que você nem ao menos foi?! Você vem faltando às aulas há um mês... Qual é a razão para isso?

Naoki não respondeu e viu o homem se levantar.

— Naoki, desde pequeno você foi tido como um prodígio da música, então nos dedicamos para que você tivesse a melhor educação, os melhores professores, os melhores instrumentos... E você está jogando tudo no lixo?! — ele berrou, bem próximo ao filho. — E o que é aquele monte de revistas no seu quarto, daquele monte de homens estadunidenses?! Aquela sem-vergonhice é da Akane, por acaso?! É ela que está te afastando da música clássica? Responda!

— Não! — Foi só o que saiu da boca de Naoki.

— Como eu posso acreditar em você se você só mente há semanas?! A partir de hoje, você não a verá mais, entendeu? Aliás, a partir de hoje, você será acompanhado em todas as suas aulas, assim não faltará mais pelas minhas costas!

— Acompanhado? O quê?! — Naoki franziu a testa, incrédulo.

— Sim. Vou mandar um motorista te levar e te buscar no horário. Se você não aparecer, vou saber.

— Não! Não pode fazer isso! Pai...

— Eu fui claro?

— Pai, eu não quero mais...

— *O que você não quer mais?!* — o homem berrou tão alto que Naoki fechou os olhos, com medo. — Eu não paguei quase vinte anos de aulas de música para você jogar todo o meu dinheiro no lixo! A partir de amanhã você entrará nos eixos de novo. E não se fala mais sobre isso nesta casa!

Naoki olhou para a mãe, que se levantou.

— Você está indo longe demais, Hiroshi — ela disse ao marido. — Não pode impedir o Naoki de ver a melhor amiga, e ele não é uma criança, não precisa ser acompanhado.

— Não precisa?! E você quer que ele continue jogando o futuro dele pro alto?

— Nosso filho já é adulto e entende o que é melhor para ele.

— Se ele entendesse, não estaria fazendo isso, Mie — o homem se voltou para o filho. — Se continuar assim, você vai acabar se arrependendo! Vai se arrepender, no futuro, de ter largado tudo, de não ter atingido nenhum dos seus objetivos. Ou vai me dizer que seu sonho não é mais ser um grande violinista?

— É! Eu só... não aguento mais.

— É preciso disciplina, Naoki.

— Eu não quero mais viver essa vida! Não quero fazer esse monte de coisas que você me obriga a fazer. Meu sonho ainda é ser um violinista, mas quero fazer as coisas do *meu* jeito, não de acordo com o que *você* quer. A vida é *minha!*

O pai o olhou com ódio e fechou o punho. Naoki pensou que fosse levar uma surra, mas a mãe colocou a mão no ombro do marido.

— Se estava sofrendo, por que nunca disse nada antes, meu amor? — ela perguntou ao filho.

— Como?! E não adiantaria nada, porque tudo tem que ser do jeito dele!

— Por que essa revolta tão de repente? — seu pai o olhou com desdém.

— Você não quer mais estudar música, filho? — sua mãe perguntou com atenção. — Não gosta mais?

— Não, não é que não queira, eu ainda gosto! Amo, até! Mas...

Naoki calou-se. Ele queria dizer que, nas últimas semanas, tinha percebido que a vida era mais do que incontáveis aulas e horas praticando violino. Queria dizer que ouvir músicas de outros gêneros, dançar, passear e quebrar as regras do pai lhe traziam uma felicidade que ele não sentia havia muito tempo. Que ter conhecido Daniel havia mudado sua perspectiva de vida e que estar com ele era muito melhor do que estar sozinho, rodeado de instrumentos, aulas, regras e tédio.

— Não vou deixar você estragar sua vida — o pai se apressou em dizer. — Vou te dar uma chance para me mostrar que está levando sua educação a sério, mas no primeiro deslize, você só sai de casa acompanhado por alguém que eu designar. Entendeu bem? E quero ver você treinando nos finais de semana. Essa sua folga acabou.

— Hiroshi, não precisa de tudo isso... — a mãe tentou argumentar outra vez.

— Se você não sabe educar nosso filho, eu sei — o homem respondeu, ríspido, e deixou a sala.

Naoki quis dizer algo, mas não conseguiu. Ele nunca tinha enfrentado o pai e não o faria agora. Sua mãe tentou passar a mão por sua bochecha, sorrindo com tristeza, mas ele se afastou, correndo pelas escadas para se trancar no quarto e chorar.

Queria ligar para o namorado, mas o que diria? Que ficaria difícil de encontrá-lo a partir de agora? Que não teve coragem de enfrentar o pai? Para que Daniel o achasse um imbecil medroso?

Naoki se viu, novamente, como o mesmo idiota covarde e mimado que sempre foi antes de ter conhecido Daniel — concluindo que, na verdade, nunca havia parado de ser. Podia ter tido coragem de fazer loucuras como uma tatuagem brega ou faltar a várias aulas que odiava, mas não era capaz de desobedecer ao seu pai daquela forma.

Ele se encolheu na cama, sentindo-se tão solitário quanto sempre se sentiu antes de conhecer Daniel.

Encolhendo as pernas no sofá e sentindo a barriga doer, Adriana tentava respirar em meio a uma crise de risos que já durava pelo menos uns cinco minutos enquanto Daniel a encarava com tédio.

— Não acredito que ele te convenceu a fazer essa tatuagem ridícula! — ela disse, tentando se controlar.

— Nem eu — o roqueiro respondeu, tomando um gole do café depois do almoço.

— Então você está mesmo gostando do Naoki, né? — A moça sorriu, tombando a cabeça para o lado. — Quer dizer, o garoto tentou te matar afogado e você fez uma tatuagem de metadinha com ele. Isso ainda parece meio tóxico para mim... que ele tenha tentado te matar afogado. — Ela riu um pouco mais, embora ainda se mostrasse um pouco chocada e assustada com aquela história.

— Ele não tentou me matar — Daniel riu também. — Só me empurrou na água, é diferente.

— Ah, tá, certo — a amiga assentiu, pouco convencida.

— Ele não me faz mal... Pelo contrário, só me faz bem. O Naoki é meio impulsivo, mas sei que jamais faria algo para me machucar.

— Bom, se você diz... — Adriana tomou o café. — Mas, ainda assim, você perdeu o emprego porque ficou tempo demais com ele. Isso não é bom.

Daniel respirou fundo.

— É... Eu acho que ainda estamos muito...

— Cegos de paixão? — ela completou.

— Não ia dizer isso, mas, é, acho que é isso. O Naoki também tem perdido algumas aulas e estudado menos para ficar comigo.

— Vocês ainda estão nas nuvens. É só uma questão de voltar para a Terra.

Os dois ficaram em silêncio, bebericando seus cafés.

— Ah, eu estava pensando, Adriana... — Daniel puxou o assunto. — Você não quer conhecer a melhor amiga do Naoki, a Akane?

— Por quê? Ela é lésbica?

— Por quê? Você é? — o loiro levantou uma sobrancelha.

Ela deu de ombros, sem dizer nada. Depois, complementou:

— Não entendi se você quis dizer "conhecer" no sentido de amizade ou romance.

— Eu não sei se ela gosta de garotas — o roqueiro comentou, pensativo. — Mas o Naoki estava pensando em apresentar vocês duas, porque ela está sozinha ultimamente... Ele e o irmão dela a abandonaram.

— Isso não é problema meu. *Vocês* deviam fazer companhia a ela. Não se abandona amigos, ainda mais por causa de namorados ou namoradas — Adriana estava visivelmente chateada por saber que Akane, alguém que ela nem conhecia, tinha sido deixada de lado por causa de relacionamentos.

— Nossa, calma aí! Tudo bem. — Daniel olhou o relógio no pulso da amiga. — Estranho... o Naoki não dá sinais de vida desde ontem.

— Já pensando em vê-lo? O que eu acabei de te dizer, Dan? Vocês são muito dependentes um do outro.

— Não é isso — Daniel bufou. — É que você veio só para conhecer ele e ontem os pais dele... — O loiro balançou a cabeça, interrompendo-se. — Deixa para lá. O Naoki costuma vir para cá no sábado e almoçamos juntos... Hoje ele deve ter preferido fazer suas aulas chatas...

— Por que não vai atrás dele? Acho que seu namorado gostaria de saber que você está esperando ele na rua — Adriana sugeriu com um sorrisinho. — Sabe, não acho que você aprendeu a ser romântico, Dan, porque sempre tenho que te dar ideias.

Daniel se levantou, seus olhos reparando na tatuagem ridícula na mão. Pensando bem, parecia que Naoki também não sabia ser muito romântico.

— É, pode ser que eu não seja mesmo, e acho que vou atrás dele.

— Está bem! — Adriana se levantou também. — Vamos marcar outro dia para eu conhecer o Naoki, então?

— Claro, aí você aproveita e conhece a Akane — Daniel respondeu, pegando suas coisas enquanto ela deixava a caneca em cima da mesinha de centro.

— Hum... Vou até cortar as unhas.

— Quê? — Ele se virou, porque não havia escutado direito.

— Nada — a amiga chacoalhou a cabeça, rindo, e ele deu de ombros.

Os dois deixaram o apartamento de Daniel e ele saiu com a moto, dirigindo rapidamente até a casa do namorado. Quando estacionou no destino, viu que a rua estava vazia e o A3 estava estacionado na garagem. Ele ligou para seu celular, mas Naoki não atendeu de primeira. Na segunda tentativa, Daniel disse, antes mesmo de cumprimentá-lo:

— Vem aqui fora, tô te esperando.

— O quê? — o namorado parecia preocupado.

— Vim saber se você está bem, hoje você não foi lá pra casa... A Adriana me visitou e queria te conhecer.

— Ah... Desculpe, eu não... Eu não posso sair — a voz de Naoki saiu mais baixa.

— O quê? Vem aqui fora, não estou te ouvindo.

Daniel o ouviu bufar e desligar a chamada. Ele ficou olhando para o portão e sorriu quando Naoki finalmente apareceu, esperando no mesmo lugar, perto da moto, enquanto o outro atravessava a rua.

— Você tem que ir embora — Naoki sussurrava, como se alguém pudesse escutá-los.

— O que houve? — Daniel se aproximou, mas o namorado recuou, os olhos denunciando seus sentimentos. Em meio ao castanho, havia algo que dizia que tudo estava errado. — Está tudo bem?

— Você veio aqui só para isso? — Naoki encolheu os ombros.

— O quê? Isso é uma resposta a qual pergunta minha?

O violinista suspirou.

— Você veio só para me ver? Porque se veio, já viu, pode ir embora. Não posso ficar aqui na rua por muito tempo — ele deu as costas e começou a andar.

— Eita, calma aí, engomadinho! — Daniel o acompanhou. — O que aconteceu? Fala comigo.

— Não quero conversar agora.

Daniel parou de andar.

— Está bem, já percebi. Mas amanhã podemos nos ver e conversar?

— Não...

— Quando então?

— Não sei.

— O que isso significa?

— Significa só que não vamos nos ver por enquanto. Que merda, precisa que eu explique tudo? — As palavras de Naoki saíram secas enquanto ele se aproximava do portão.

— Caralho, qual é o problema? Eu fiz alguma coisa errada?

Naoki parou de andar e se virou, com raiva de si mesmo por não conseguir explicar o que estava acontecendo, simplesmente porque não tinha coragem. Como diria que não era capaz de viver a própria vida sem desobedecer aos pais? Daniel riria dele e certamente o acharia um idiota mimado. *Engomadinho*, como acabou de chamá-lo. Naoki não tinha coragem de sair de casa, como o roqueiro havia feito. Seu namorado se virava, tomava conta da própria vida, dividia o aluguel e trabalhava para pagar suas contas enquanto Naoki vivia às custas dos pais e morria de medo de sair e ter de se virar sozinho.

Suspirou, nervoso consigo mesmo, mas acabou descontando no namorado:

— Nada! — berrou. A rua estava vazia, mas mesmo assim, Naoki olhou ao redor, perguntando-se se era possível escutá-lo de casa. — Só me deixa em paz, tá legal?

— Por que está agindo assim? Eu não fiz nada!

Naoki comprimiu os lábios, com remorso.

— Desculpe, não queria gritar com você — sussurrou, abraçando-o. — Você está certo e eu estou errado, desculpe.

Daniel ficou em silêncio por um momento e afagou suas costas.

— Foram seus pais, né? — questionou. — Por que você não me conta o que aconteceu?

Naoki se afastou e desviou o olhar, focando no céu ao invés daqueles olhos que o induziam a cometer loucuras e contar todos os seus segredos.

— Ei, olha para mim... — Daniel pediu, aproximando-se. — O que aconteceu ontem quando você voltou para casa? Por que não quer conversar comigo?

— Você vai me achar um riquinho idiota e mimado.

— Não vou, Naoki.

— Vai, sim. É o que eu sou.

— Não vou achar isso, prometo. Pode me contar.

— Não consigo dizer com você me olhando.

— Então fecha os olhos.

Naoki fez o que foi sugerido e despejou as palavras:

— Meu pai me disse que não posso jogar o meu futuro no lixo nem o dinheiro de quase vinte anos ou mais de aulas de música. Se eu faltar a mais alguma aula, ele vai mandar alguém me levar e me buscar em tudo que eu tiver que fazer, e nós... Eu e você... não vamos nos ver mais.

Silêncio.

— Seu pai é um pé no saco, hein? Porra...

Naoki ficou em silêncio e mexeu a cabeça em concordância. Em seguida, verbalizou o que estava pensando desde o dia anterior:

— E você perdeu seu emprego por minha culpa. Daniel, será que não é melhor...

— Não, não é melhor — o roqueiro balançou a cabeça veementemente, arrancando um sorriso fraco do namorado. — Seu pai te proibiu de sair?

— Não exatamente... — Naoki suspirou.

— Você tem muito o que fazer hoje?

— Um pouco...

— Podemos passear amanhã? Seu pai devia deixar você descansar no domingo, pelo menos.

Naoki assentiu.

— Vamos combinar por mensagem de texto — pediu e abriu o portão. — Tchau, Dan.

No dia seguinte, o roqueiro parou a moto na esquina e esperou que Naoki saísse de casa e fosse até ele.

— Aonde vamos? — ele perguntou, já que Daniel não havia lhe dito nada por mensagem além de "Vai de tênis e não leva seu relógio caro".

— Você vai ver — Daniel sorriu, fazendo um sinal para que o outro subisse logo na moto.

Andaram pela Marginal Tietê sem que Naoki conseguisse adivinhar aonde o namorado o estava levando, até que, após alguns minutos, avistou o Playcenter.

— Mentira?! — Naoki gritou sob o capacete. — Vamos ali?!

— Sim! — Daniel gritou de volta.

Enfrentaram a fila e compraram os bilhetes, os dois animados, pois adoravam parques de diversões. Escolheram apenas os brinquedos mais radicais — os preferidos de ambos — e não se importaram com o tempo de espera nas filas, porque haviam tirado o dia inteiro para aquilo. Naoki se surpreendeu com o fato de Daniel não gritar nos brinquedos, por maior que fosse a adrenalina.

— Como você consegue não gritar?! — Naoki perguntou quando pararam para comer algodão-doce e cachorro-quente, exatamente nessa ordem: primeiro o doce, depois o salgado.

— Não sei, acho que é um dom — brincou Daniel.

— Nem nas Noites de Terror?

— Não.

— Mentira!

— É sério — Daniel riu.

— Vamos combinar de vir em uma, aí quero ver se você não vai gritar, mesmo — duvidou Naoki.

— Combinado, então.

No fim do passeio, quando já escurecia, entraram na roda-gigante.

Enquanto Naoki observava as luzes que se acendiam lá embaixo, o roqueiro observava seu rosto, sem ser percebido. Quando o violinista se virou para dizer que estavam no topo, seus rostos estavam tão próximos que os narizes se encostaram. Riram baixinho, e Daniel passou os dedos por sua bochecha antes de perguntar:

— Naoki, por que você não vem morar comigo?

Por um breve momento, Naoki ficou em dúvida se havia escutado direito. Depois pensou que havia imaginado tudo e então se perguntou se aquilo era um sonho. Daniel arqueou as sobrancelhas, esperando uma resposta, e o outro franziu o cenho.

— O quê?

— Vem morar comigo — o loiro repetiu, mais enfático.

Naoki se afastou.

— Você está doido?

— Por quê?

— Há quanto tempo nos conhecemos?

— Não aguento mais te ver infeliz assim dentro da sua própria casa — Daniel explicou, com a voz suave e os dedos acariciando sua mão.

— Você quer estragar tudo o que temos me chamando para morar com você em tão pouco tempo? Se você não me suportar, para onde vou se terminarmos?

— Vamos ficar bem — o namorado tentou tranquilizá-lo.

— Eu... — Naoki engoliu em seco. — Eu não posso.

— Por que não? Viver com seus pais é péssimo. Seu pai te controla e você odeia isso, então por que você ainda quer ficar...

— Porque não sei viver sem o dinheiro deles — Naoki o interrompeu, sincero.

Daniel o encarou em silêncio.

— Desculpa... — Naoki sussurrou, olhando as próprias mãos. — Mas se eu sair de casa, meu pai não vai me dar um centavo que seja, e eu... O que eu vou...? — Sua voz diminuiu até se calar, sem finalizar a frase.

Daniel olhou para baixo também e o coração de Naoki doeu. *Como podia ser tão...?* Que palavra poderia usar para definir a si próprio?

— Tudo bem — o roqueiro assentiu. — Tudo bem. Não posso me intrometer na sua vida, não é?

Silêncio. A roda-gigante estava chegando perto do chão.

— Preciso ir embora — Naoki pronunciou em voz baixa.

— Tudo bem. Quando pudermos nos ver de novo, você pode tocar violino para mim? Você quase nunca toca...

— Posso, sim — Naoki sorriu, sentindo o coração acelerar ao perceber o quanto Daniel realmente se importava com ele.

— Vem, eu te levo para casa — o namorado entrelaçou suas mãos antes de chegarem ao chão e ao fim do passeio.

Quando saíram da roda-gigante, Daniel emprestou sua jaqueta para protegê-lo do vento frio que pegariam no caminho de volta e Naoki abraçou o namorado durante todo o trajeto, não querendo soltá-lo nunca mais. Quis chorar ao se lembrar do convite para morar com ele e pensou se tinha feito a coisa certa ao recusar. Teve vontade de se bater por não ter coragem de sair de casa e viver a própria vida, mesmo que não aguentasse mais estar onde estava.

Quando Daniel foi embora após esperar que ele estivesse do lado de dentro do portão, Naoki correu para o quarto e começou a chorar.

Ele se abraçou, sentindo o cheiro gostoso do namorado na jaqueta. Ao perceber um barulho vindo do bolso, mexeu e tirou um papel de dentro. Daniel lhe havia escrito um bilhete com a letra de uma música do Pink Floyd:

> *Somos apenas duas almas perdidas*
> *Nadando em um aquário ano após ano,*
> *Correndo sobre o mesmo velho chão*
> *O que encontramos?*
> *Os mesmos medos velhos*
> *Queria que você estivesse aqui.*[2]

---

2 Música *Wish You Were Here*, da banda Pink Floyd.

Daniel podia não entender totalmente a intensidade ou a complexidade dos sentimentos de Naoki, mas se esforçava para ter empatia. Ele tinha uma vaga ideia do que o namorado estava sentindo; afinal, também havia sido difícil para ele sair de casa alguns anos antes. E mesmo que não houvesse quase nenhuma lembrança boa daquela relação, o homem ainda era seu pai. Volta e meia, o roqueiro se perguntava se as coisas podiam ter sido diferentes ou se poderiam vir a ser, um dia. A esperança de que as coisas melhorariam sempre esteve ali, guardada a sete chaves, como se tivesse passado tinta sobre todas as lembranças e sentimentos que estavam gravados em sua mente, mas isso não os fazia sumir. Ainda estavam ali, embaixo de camadas de tinta.

Certamente, Naoki passava por algo parecido com o que ele passou e, apesar de odiar a pressão, ele ainda era seu pai e, no fundo, esperava que os dois se resolvessem da melhor forma possível.

Daniel podia compreender a insegurança de Naoki com a ideia de ser financeiramente independente e arranjar um trabalho sem ter nenhuma experiência ou referências. Ele se lembrava de seu primeiro emprego e de como, às vezes, ainda sentia certo desconforto no primeiro dia na livraria e nos bicos que arranjava nas férias.

Naoki devia sofrer muito mais, já que nunca tivera nenhuma liberdade e sua dependência dos pais fora sempre tão grande que, àquela altura, era difícil até mesmo se imaginar sem o seu suporte. Com as condições impostas por seu pai, Naoki só poderia viver como desejasse se estivesse disposto a abrir mão da vida que conhecia e começasse a se virar sozinho.

Aquilo não era algo que Daniel poderia interferir: Naoki tinha de tomar suas próprias decisões e tudo o que podia fazer era estar ali para ajudá-lo.

Sendo assim, ele esperava que a letra da música do Pink Floyd, que sempre lhe fora tão reconfortante, também pudesse ajudar o namorado. Esperava que o fizesse perceber que os humanos eram só almas perdidas vagando dentro de um espaço pequeno e insignificante do Universo inteiro. E que os velhos medos estariam sempre ali se não mudassem os velhos caminhos.

Uma semana depois, Naoki saiu de casa com a jaqueta de Daniel na mochila, a fim de encontrar-se com ele no *campus* e devolvê-la. Também queria sugerir que fossem ao cinema, quem sabe ver algum filme diferente no Cine Belas Artes.

Os dois não se viam desde domingo, no Playcenter. Naoki estava seguindo à risca todos os horários das aulas e as ordens do pai por puro medo, mas não havia se passado um único dia em que não havia pensado no bilhete de Daniel. E por não ter devolvido a jaqueta ao namorado, não havia se passado uma única noite sem que ele a vestisse, sentindo o cheiro gostoso do roqueiro e imaginando que o abraçava enquanto ouvia os álbuns do Pink Floyd que só havia comprado por causa de Daniel.

Ele se perguntava se o relacionamento ainda estava bem e se o outro não estaria chateado ou bravo com seu sumiço, pois não haviam se falado mais desde o último encontro, porque Naoki tinha recusado suas ligações durante a semana e apenas respondido com mensagens para avisar que estava ocupado.

Então, ao invés de voltar para casa depois de todas as aulas do dia, Naoki dirigiu até o prédio de Filosofia a fim de encontrar Daniel. Ao estacionar e sair do carro, o vento gelado o atingiu em cheio e ele vestiu a jaqueta de couro sobre o suéter antes de continuar o caminho. O coração apertava de saudade a cada passo que dava para se aproximar de onde Daniel estaria — ou esperava que estivesse.

Quando chegou lá, viu o roqueiro sentado em um banco qualquer no pequeno jardim perto do ponto de ônibus, conversando com alguns amigos. Ele vestia uma jaqueta jeans e segurava um livro de Schopenhauer em uma das mãos. Naoki parou para admirá-lo de longe, sem conseguir conter o sorriso. Antes que resolvesse sair do lugar, Daniel o viu, despediu-se dos amigos e desceu as escadas.

— Quem te disse que jaquetas jeans esquentam? — Naoki o provocou em voz baixa.

— Alguém roubou minha jaqueta de couro — Daniel levantou os ombros.

— Elas também não esquentam muito — Naoki a tirou e a estendeu. — Sempre preciso colocar uma blusa por baixo.

— Logo vai começar a esquentar — o namorado riu e pegou a jaqueta, sentindo o cheiro do violinista por todo o tecido. — Já disse que adoro seu perfume?

Naoki sorriu e negou com a cabeça.

— Pois é, eu adoro — afirmou Daniel, então. — E já falei que adoro seus olhos? E suas pintinhas? Decorei a posição de cada uma delas.

O outro continuou em silêncio, sentindo-se tímido.

— Você está melhor? — o roqueiro perguntou.

— Não muito.

— Sinto a sua falta, Naoki.

— Eu também sinto a sua... Comprei dois álbuns do Pink Floyd por sua causa, mas só serviu para me deixar com mais saudade.

— Ah, é? Quais você comprou?

— *Wish You Were Here* e *The Division Bell.*

— Parece que você anda comprando muitos álbuns para alguém que não gosta de rock, né?

Naoki sorriu de leve, sem responder, e Daniel estendeu-lhe a jaqueta de couro.

— Você fica bem nela. Quer de presente?

— Não, ela vai perder seu cheiro. — Naoki bateu em seus ombros. — E o intuito de pegá-la de vez em quando é poder sentir seu cheiro quando você não estiver por perto.

— Isso não vale, eu não tive seu cheiro durante esta semana... — Daniel comentou em voz baixa e aquilo foi suficiente para que o violinista o puxasse para perto e o agarrasse em um abraço urgente.

— N-Naoki, você está me enforcando.

Mas o namorado só o apertou mais.

— Por favor, Dan, podemos nos ver amanhã? Deixa eu passar o dia com você... Quero sentir seu cheiro e a sua pele, quero que você me esquente, quero que você me beije, me ame, me toque, me sinta... Por favor, eu quero te sentir também.

Daniel o afastou.

— Mas amanhã é quarta-feira... E o seu pai e as condições dele?

— Eu só quero ficar longe de casa por uma tarde... — lágrimas começaram a rolar pelo rosto de Naoki. — Prometo que venho para a faculdade de manhã e volto para casa à noite. Eu quero assistir a um filme no cinema... Vamos, por favor?

— Ei, tá legal, não precisa fazer chantagem emocional com esse choro — Daniel riu, afastando seus cabelos da testa e enxugando os olhos do namorado com os dedões enquanto o sentia abraçá-lo com ainda mais força. — Claro que pode vir em casa amanhã.

No dia seguinte, almoçaram feijoada juntos e compraram os ingressos do cinema para a sessão das 13h. Quando os créditos começaram a rolar, Naoki começou a chorar, mas Daniel sabia bem que não era pelo filme.

Foram para o apartamento, levando a mochila e o violino de Naoki, que tinha trazido seu material para as aulas da noite. Finalmente sozinhos e em casa, Daniel pôde enfim segurar o rosto do namorado e beijá-lo com cuidado, bem devagar e suave, na tentativa de tirar sua tristeza pelo menos por um tempo. Deitaram-se na cama, puxaram as cobertas e ficaram abraçados, com o rosto de Naoki escondido no peito de Daniel, e, assim, acabaram por dormir durante algum tempo.

Ao acordarem, fizeram café e ficaram sentados na cama, conversando.

— Ei, Dan... — Naoki estava receoso em perguntar o que queria.

— Hum?

— Posso te fazer uma pergunta?

— Até duas.

— Você... Você usa drogas?

Daniel arqueou as sobrancelhas.

— Hã?

— Você sabe da sua fama. Sei que você frequentava aquelas festas, pegava todo mundo e usava drogas...

— Ei, não sou nenhum viciado. É uso recreativo.

— Não acha isso perigoso? — Naoki comprimiu os lábios.

— Por quê?

— Qual é o limite entre recreação e vício?

O roqueiro o encarou.

— Não sei — balançou a cabeça, levantando-se e sentando ao seu lado. — Mas não se preocupe, nunca mais usei nada, nem fumei. Aliás, eu nem mesmo saí mais depois que te conheci — riu, encostando as testas. — Parece que tudo o que eu precisava lá fora agora está bem aqui, na minha frente.

Naoki riu de volta.

— Não sei se uma pessoa pode suprimir vícios.

— Você está bem pensativo hoje.

— Só... É, estou mesmo pensando em tudo.

— Sabe no que *eu* estava pensando? — Daniel levantou uma sobrancelha e o outro sorriu, esperando-o completar. — Que você poderia tocar violino para mim. Só te ouvi tocar uma vez, e você me mandou sair da sala.

Naoki riu de leve e assentiu. Ao levantar-se, procurou pelo instrumento e arrumou-o enquanto pensava em uma música. Por fim, começou a tocar *Zigeunerweisen, Op. 20,* uma que havia apresentado quando adolescente na Sala Cecília Meireles. Foi a primeira vez que viajou para se apresentar fora do estado de São Paulo, e ter sido aplaudido e elogiado com tanta veemência o surpreendeu. Ainda se lembrava de cada nota e do sentimento de tocar na frente de tantas pessoas... Vez ou outra, durante suas apresentações ou apenas ali, em frente ao namorado, o rapaz tentava suprimir o próprio sorriso, porque não queria parecer esnobe e convencido, mas era impossível. Sabia que era bom naquilo e ficava contente com seu próprio esforço e desempenho. Queria comemorar consigo mesmo, com pequenos elogios mentais e sorrisos.

A cada nota que ecoava pelo apartamento, Daniel ficava cada vez mais embasbacado, surpreso pelo quanto Naoki tocava incrivelmente bem — fosse o piano ou o violino, não importava, ele era magnífico em ambas as coisas. As notas soavam confiantes, assim como seu semblante, e o corpo do namorado se movia como se fosse feito de cada uma daquelas notas. E quando um pequeno sorriso de lado ocasionalmente aparecia em seus lábios, Daniel sorria também, imaginando que Naoki devia saber o quanto era talentoso e pensando que ele devia mesmo sorrir para seus próprios feitos.

Naquele momento, o roqueiro pôde entender a razão para os pais de Naoki não quererem que ele "jogasse sua vida fora". De fato, um talento daqueles não podia ser desperdiçado.

Ao final, quando Naoki abaixou o violino, seu namorado estava completamente sem palavras. Encarava-o sem reação e demorou um tempo até conseguir dizer:

— Acho que deve ser verdade quando dizem que você é um prodígio. Nunca vi alguém tocar tão bem!

Naoki riu, sem jeito.

— Obrigado.

— E você quer desistir disso?

— Não... Eu não quero desistir. — Virou-se para guardar o violino.

— Ufa, ainda bem! — Daniel exclamou.

— Escuta, podemos... não falar sobre isso?

— Claro, desculpe. Mas saiba que concordo com seus pais, até certo ponto. Seu talento não deve ser desperdiçado, Naoki. Só que seus pais também não deviam forçar a barra desse jeito.

— Só meu pai que é assim, na verdade. A minha mãe só é... oprimida por ele, assim como eu.

Naoki ficou em silêncio por um momento, observando os quadros nas paredes do apartamento de seu namorado.

— Daniel... — chamou-o, virando-se para ele.

— O quê?

— Você também tem um enorme talento. Não só no piano, mas na pintura também... Não pode desperdiçar isso só porque um dia seu pai disse que você não sabe pintar. Ele mentiu quando te falou aquilo, acredite em mim.

Daniel assentiu.

— Obrigado.

— Você podia fazer um quadro para mim — murmurou Naoki.

— O quê?

— É! — o violinista se animou. — Faz uma pintura para mim? O que você quiser, desde que seja para mim.

— Ah, não sei, faz tempo que não...

— *Por favoooor...* — Naoki pediu alongando o som, como uma criança.

— Tá bom! — Daniel riu. — Mas só se você tocar comigo.

— Duetos no piano?

— Também! Mas quero tocar piano enquanto você toca violino. O que acha?

Naoki sorriu.

— Acho que seria divertido. Mas quero que você pinte um quadro para mim e que toque as músicas que gosta na guitarra. O que acha? Pode me mostrar seu solo preferido...

— Acho que nossos dias vão ser tipo um paraíso assim — Daniel riu, puxando Naoki para seu colo e colocando cada perna de um lado de sua cintura. — Um paraíso cheio de arte.

— Fazer amor também é arte, não é? — Naoki provocou-o, lembrando-se de uma das frases mais ridículas que Daniel havia dito quando ainda não eram namorados.

— Claro que é — o roqueiro deu uma risada. — Se você é arte, transar com você também é... E você é arte.

Eles se encararam por alguns segundos. O dedão de Naoki deslizou até o lábio inferior de Daniel e acariciou a região, puxando-o suavemente para baixo para abrir sua boca de leve. As mãos do roqueiro subiram da cintura para a nuca do namorado, ávido por contato, mas o violinista deslizou o polegar para dentro do nariz de Daniel, que virou o rosto com uma gargalhada, afastando-se.

Eles riram, chacoalhando a cabeça e os ombros feito dois idiotas. E talvez fossem mesmo, mas era tão bom serem idiotas juntos que, às vezes, os dois perdiam a noção de tudo ao redor.

Naoki se inclinou e o beijou, ouvindo Daniel sussurrar seu nome enquanto traçava uma linha de beijos até abaixo da orelha, com as mãos entrelaçando-se com urgência.

— Eu te amo — ouviu-o dizer, ainda com a voz baixa.

O violinista se afastou, necessitando de contato visual, e respondeu, desesperado:

— Eu também te amo. Te amo, te amo, te amo...

— Eu amo mais — Daniel brincou, com um enorme sorriso que derreteu o coração de Naoki.

— Impossível — ele também sorriu, com os olhos brilhando diante de todo o ser humano maravilhoso que Daniel era, tão diferente do que julgou ser quando se conheceram. — Eu te amo muito mais.

— Nem acredito que sou tão meloso assim — o roqueiro comentou baixinho, e Naoki deu uma risada alta. Eles encostaram as testas, com as pontas dos narizes se encostando logo.

— Queria poder contar sobre isso aos meus pais — Naoki sussurrou, de súbito. — Queria que eles soubessem quem eu sou de verdade.

— Contar que você é gay?

— É... e que namoro você... e que quero viver a minha vida do jeito que *eu* quiser, sem me importar com o dinheiro deles. Quer saber? — afastou--se. — É isto o que vou fazer: vou dizer tudo a eles. Se você estiver do meu lado, é só isso o que me importa.

Daniel piscou, surpreso, sem saber o que dizer, mas logo segurou o rosto de Naoki entre as mãos e lhe disse:

— Eu estarei aqui com você. *Sempre*. Obrigado por ter voltado, mesmo depois de uma semana.

— *Eu sempre vou voltar no dia seguinte*, lembra? — Naoki sorriu, inclinando-se e encostando as testas.

— Eu te amo — o roqueiro repetiu, fechando os olhos e sentindo aquela sensação indescritível que nem sabia qual era.

Era possível que fosse amor, e Daniel jamais pensou que tal sentimento fosse tão forte quanto aquilo, mas ele não queria que passasse nunca. Se pudesse, ficaria daquele jeito para sempre, apenas sentindo o corpo de Naoki perto do seu e a respiração chocando-se devagar com a sua, sentindo seu amor ser correspondido. Era a melhor sensação que já tinha tido em toda a vida.

— Sabe o que percebi agora? — Daniel perguntou de repente, abrindo os olhos.

— O quê? — Naoki o encarou com as testas ainda grudadas e os dedos se entrelaçando ao *mullet* do namorado.

— Nunca tiramos uma foto juntos.

— Tem razão.

Daniel se levantou do sofá, ainda carregando Naoki no colo — o que provocou risadinhas abafadas e bobas neste — até o quarto. Em seguida, pegou uma câmera guardada na gaveta da mesa de cabeceira, junto das Mona Lisas, e se sentou na cama, ainda com o namorado agarrado ao seu pescoço.

— Diga "X" — o roqueiro disse, afastando a câmera para tirarem uma foto juntos. Naoki virou o rosto e encostou as cabeças, sorrindo.

Daniel devia ter ido à aula e Naoki devia ter voltado para casa, mas, ao invés disso, o começo da noite foi preenchido com polaroides do casal. Encheram o chão com fotos, rindo de algumas e escolhendo as preferidas. Em seguida, pediram pizza para o jantar e a dividiram com André quando ele chegou do trabalho.

Os namorados se beijaram até tarde da noite e Naoki resolveu que não voltaria para casa porque estava colecionando, em sua mente, aquelas primeiras vezes: o primeiro "eu te amo", a primeira foto juntos e sua primeira decisão de realmente tomar conta da própria vida.

E ao observar o rosto tranquilo de Daniel enquanto dormia, abraçando-o, Naoki se deu conta de que ele só era arte porque Daniel o fazia ser.

Na manhã seguinte, quando a mente de Naoki despertou, a primeira coisa que ele fez foi sorrir, antes mesmo de abrir os olhos. O calor da cama de Daniel e o cheiro dele por toda parte eram suficientes para extasiá-lo e derretê-lo. No entanto, quando finalmente abriu os olhos, o violinista percebeu que estava sozinho na cama.

O relógio marcava 7h13 e Naoki estava atrasado para as aulas da manhã, além de não ter cumprido nenhuma das suas obrigações da tarde anterior.

Levantou-se, colocando os pés no chão frio, e passou a mão no cabelo para ajeitar os fios levantados. Coçou os olhos enquanto abria a porta e se surpreendeu ao ver Daniel em frente a um cavalete, que apoiava uma tela de pintura. O roqueiro tirava algumas tintas e pincéis de dentro de uma caixa e já parecia bem acordado, mesmo àquela hora da manhã. Naoki estampava uma cara de sono quando entrou no campo de visão do namorado e eles se entreolharam, sorrindo em silêncio.

— Você vai pintar? — Naoki perguntou, com a voz rouca da manhã.

— Não, vou pular de paraquedas. É claro que vou pintar!

— Babaca.

— Ai, não me insulte, isso dói — Daniel brincou, colocando a mão no coração, e aquela cena foi nostálgica para o outro, de alguma forma. — Você dormiu bem?

— Uhum... — Naoki sacudiu a cabeça e percebeu um maço de cigarros em cima do piano. Olhou para a sacada, cuja porta de vidro estava fechada, e viu o cinzeiro no chão com dois cigarros apagados. — Você não tinha parado?

Quando Naoki conheceu Daniel, não tinha se atentado a nenhum cheiro nem gosto de cigarro, nem mesmo quando se beijaram, porque o roqueiro já tinha parado de fumar havia alguns meses. Entretanto, depois que começaram a namorar, por passarem tempo demais juntos, Naoki acabou descobrindo que, vez ou outra, Daniel tinha recaídas, em especial quando algo o deixava nervoso ou o fazia pensar demais — o que chegava a ser irônico, visto que ele estudava Filosofia, a mãe dos questionamentos e reflexões.

— Desculpe, Naoki — o roqueiro balançou a cabeça. — Eu estava parando... É que... estou nervoso.

— Com o quê?

— Estava pensando em voltar a pintar, quem sabe começar a imaginar o quadro que você pediu, mas aí me lembrei da minha mãe... e do meu pai. Fiquei nervoso por lembrar de quando ele dizia que tudo o que eu pintava era feio. Talvez ele tenha razão, entende?

— Esquece isso, ele estava errado — Naoki franziu a testa, aproximando-se e abraçando-o. — Eu acho que tudo o que você pinta é lindo e incrível. E só a minha opinião importa — riu. — E não fume de novo. Você sabe que isso faz mal... Quero você bem saudável, tá?

Daniel riu baixinho e o abraçou mais forte. Naoki se afastou, reclamando do cheiro da nicotina, e o outro só pôde observá-lo se jogar no sofá com uma cara de sono que o deixava fofo.

— Está com fome? — a voz grossa de Daniel soou mais rouca do que o normal e Naoki ergueu os olhos, levemente arrepiado.

— Nossa, eu amo a sua voz.

Daniel riu.

— Você me diz isso todo dia.

— Preciso deixar claro! Artes magníficas precisam ser reconhecidas e apreciadas. — Naoki sorriu.

— Como você?

— É — deu de ombros, convencido, e Daniel riu, dirigindo-se à cozinha.

Depois de tomarem café e lavarem a louça, Daniel se preparou para pintar o quadro e Naoki se arrumou para, enfim, voltar para casa. Se dissesse que estava tranquilo e seguro com a ideia de voltar para casa e conversar com os pais seria uma das maiores mentiras que já havia contado na vida. Foi por isso mesmo que, à procura de conforto e segurança, surrupiou a jaqueta de couro do namorado e a vestiu.

— Você vai com a minha jaqueta? — Daniel levantou uma sobrancelha assim que viu o namorado sair do quarto. O cheiro de banho recém-tomado que emanava de Naoki fez seu corpo inteiro ficar mole. O roqueiro queria ir até ele e agarrá-lo, cobri-lo de beijos da cabeça aos pés e passear as mãos por cada centímetro daquela pele macia. Queria deitá-lo novamente na cama, enterrar seu nariz na curva do pescoço dele, mordiscar sua pele da clavícula e ficar ali, com os corpos grudados, esquentando-se, respirando tranquilamente. Só existindo, em completa alienação ao resto do mundo.

— Posso? — Naoki ergueu-lhe os olhos pedintes e, quando Daniel sorriu e assentiu, aproximou-se para dar-lhe um selinho antes de se despedir: — Estou indo... Tchau.

Ele se afastou para sair do apartamento e Daniel apenas teve tempo de gritar um "boa sorte" atropelado antes que a porta se fechasse.

Sua casa nunca pareceu tanto com uma prisão. Claro que nada da fachada sugeria isso, eram as lembranças de Naoki que faziam sua mente associar as duas coisas. Ele demorou cinco ou seis minutos encarando a construção até finalmente criar coragem suficiente para sair do carro e entrar. Dobrou os dedos em direção à barra da manga da jaqueta, como se pudesse agarrar a mão de Daniel.

Vai ficar tudo bem. Você dirá a eles que só quer diminuir um pouco a carga horária das atividades extras e que quer tomar suas próprias decisões. E você pode contar sobre o Daniel... Seria legal se sua mãe conhecesse seu namorado, né? Conversava consigo mesmo, ficando mais nervoso a cada passo dado em direção à porta. *Não. E se não te aceitarem? Tudo bem, não precisa dizer nada sobre você ser gay e ter um namorado. Você não teria de contar nada se fosse hétero, então por que precisa contar que é gay?*

Quando Naoki entrou em casa, percebeu que os pais estavam na sala de estar e, sem pensar duas vezes, foi ao encontro deles. Seria melhor se dissesse tudo logo o mais rápido que pudesse, mesmo que sua vontade fosse correr para o quarto e se esconder. Ele sabia que os pais o esperavam mesmo sem aviso prévio, porque não tinha dado as caras na noite anterior e não havia aparecido em casa até às nove da manhã.

Seus pais estavam quase de saída para seus compromissos, ele sabia bem. E talvez por isso mesmo tivesse chegado àquela hora: havia uma possibilidade de lhe dizerem "conversaremos à noite" e ele teria a chance de formular argumentos válidos ao invés de dizer frases imaturas, como seus pais geralmente o acusavam de fazer. Mas, se fosse assim, por que Naoki não tinha voltado para casa mais tarde? Talvez isso significasse que, no fundo, ele não acreditava existir o "melhor momento".

O violinista parou na entrada da sala de estar com o coração acelerado e seus pais lhe dirigiram o olhar imediatamente, deixando de lado a bolsa e a maleta que cada um arrumava. Ambos franziram a testa ao ver a jaqueta de couro, porque aquilo estava longe de fazer parte do guarda-roupa do filho. Podia ver a decepção no rosto de seu pai misturada a uma espécie de raiva enquanto sua mãe parecia aliviada por ele ter chegado. Os ombros da mulher relaxaram enquanto falava com o filho:

— Fiquei preocupada por você não voltar ontem. Você está bem?

— Onde esteve? — seu pai questionou antes que ele respondesse.

— Na casa de um amigo — mentiu Naoki, incapaz de dizer a verdade.

— E você chega em casa assim, agindo como se não tivesse feito nada?

Naoki o encarou.

— Você faltou a todos os seus compromissos. Eu te disse que se você fizesse isso mais uma vez, daria um jeito nisso — a voz do pai soou alta e autoritária. — Não disse, Naoki?

— Disse. E *eu* disse que queria tomar minhas próprias decisões — o mais novo respondeu, tentando ser firme.

— Eu te dei uma chance e você a jogou no lixo!

— Vamos conversar com calma...

Sua mãe tentou intervir, mas Naoki explodiu:

— Isso não foi uma chance! Foi só mais uma maneira de me manter preso! Preso a essa casa, às suas regras malditas, àquelas aulas imbecis e desnecessárias! Preso aos *seus* sonhos e às *suas* expectativas, pai! *Suas!* Quando é que vou poder ter os *meus* sonhos e as *minhas* expectativas?!

— Mas o seu sonho era esse! Você quis aprender piano e violino, você quis ser um músico famoso! *Você* quis fazer disso a sua vida!

— Porque vocês não me deram outra escolha! Eu quis fazer essas aulas, sim, mas nunca quis que a minha vida se resumisse a isso! Eu sempre amei tocar, mas vocês me sufocavam tanto que passei a odiar isso tudo! Eu não aguento mais! Não quero mais viver assim!

— Quando foi que você ficou tão idiota, Naoki? — seu pai berrou mais alto. — Vai mesmo jogar tudo no lixo?!

— Vou! Se isso significa que posso viver a minha própria vida, então sim!

— Se quer viver "a sua própria vida", então se vire a partir de agora. Nem eu, nem sua mãe ajudaremos e você não fica mais nesta casa. Não é isso o que quer, tomar suas próprias decisões?! Pois bem! Vá! Saia! Eu não dou uma semana para você voltar.

Naoki encarou-o, sem reação. Seu pai tinha realmente acabado de expulsá-lo de casa? Tinha sido expulso por... não querer mais receber ordens? Deu um passo para trás, e balançou a cabeça, ainda achando tudo aquilo inacreditável.

— Está bem — e virou-se.

— Naoki, meu amor, espera!

Sua mãe quis segui-lo, dizer algo, impedir aquela situação, mas o marido a impediu:

— É isso o que ele quer.

Então a "decepção da família" subiu a escada correndo, abriu a porta do quarto e jogou algumas roupas dentro de uma mala de mão. Em seguida, desceu as escadas sem olhar para o pai e desvencilhou-se dos toques da mãe. Jogou a chave do carro, presente que seu pai lhe dera, no chão, porque não ia mais usá-lo e saiu da casa sem olhar para trás, cego de ódio.

Andou até o ponto de ônibus mais próximo — que, ainda assim, era longe — e, com alguns trocados no bolso, pegou a primeira condução que passou. Não sabia onde estava quando resolveu descer e estava com tanta raiva que até as lágrimas doíam. Sua cabeça doía. Queria gritar, mas não faria isso na rua. Nunca pensou que pudesse sentir tanto ódio na vida, no entanto, ali estava o sentimento mais forte que já tinha sentido até então, que chegava a cegá-lo, obrigando-o a se sentar em um banco para fechar os olhos e respirar. Não soube por quanto tempo ficou ali e não sentiu o tempo passar até que a fome começou a tomar conta de seu corpo. Naquele momento, Naoki percebeu que já estava de tarde, que não sabia onde estava, não tinha comido e nem tinha parado de chorar.

Suspirando, procurou por um orelhão. Tinha usado aquela coisa uma ou duas vezes na vida, sempre com Akane ao seu lado para implorar que Akira os buscasse depois do cinema. Sentiu-se o pior tipo de amigo por estar se lembrando dela apenas naquele momento, quando estava na pior, mas o número de Akane era um dos únicos que ele tinha se dado o trabalho de decorar, então discou-o.

Poderia ter ligado para Daniel, mas... ele queria ver Akane. Queria estar com sua melhor amiga, sua quase irmã, a garota que o conhecia há tantos anos e com quem compartilhava tantos segredos, que parecia ler sua mente e que sempre sabia o que lhe dizer.

Quando a voz dela soou do outro lado da linha, Naoki sentiu o coração aliviado, como se tivesse encontrado a luz de um farol em meio à tempestade do mar.

— Alô?

— Oi, Akane — ele respondeu. — É o Naoki.

— Ah, oi! — a amiga riu, sem jeito. — Por que está me ligando a cobrar?

— Hã... Eu... — Naoki engoliu em seco, incapaz de pedir ajuda.

— O que foi, Ki? Por que está com a voz assim?

— Akane, eu... Meu pai... Eu não sei explicar agora, não consigo — ele balançou a cabeça e um grupo de adolescentes passou ao lado, gritando animados.

— Onde você está? — ela perguntou, preocupada.

— Não sei.

— Hã?! Como não sabe?

— Não sei... Tudo o que eu sei é que tem uma hamburgueria na minha frente. Ah, espera aí... Eu reconheci agora, é aquela hamburgueria em que eu conheci o Daniel.

— O Akira e eu estamos indo. Fica aí, ok? — Akane disse apressadamente e desligou.

Naoki se sentiu um fracasso. Um perdedor. Afastou-se do telefone e observou a lanchonete, tentando se lembrar de alguma música do Queen para preencher a mente, mas aquilo o lembrava de Daniel, o que o fez desistir. Pensar em Daniel só o faria se sentir ainda mais fracassado, por motivos bem óbvios para Naoki.

Mais de meia hora depois, Akira estava parando o carro e Akane descia rapidamente, abraçando o amigo com força.

— Você está bem? — a garota perguntou, com a mão em sua cabeça.

— Não.

— Vem, vamos para minha casa — ela disse baixinho, puxando-o para dentro do carro.

Naoki foi levado para a casa dos irmãos, onde passou o resto da tarde fugindo do assunto. Na hora do jantar, quando os pais já estavam em casa, eles procuraram opções na lista telefônica e pediram comida.

Akane fez questão de colocar dois colchões no chão de seu quarto para que Naoki e Akira dormissem lá. Ela preparou chá verde, o único que havia em casa, e se sentou no colchão ao seu lado, esperando que Naoki se manifestasse, mesmo que fosse para dizer que não queria conversar. Ela era o tipo de pessoa que acreditava que tudo precisa ser verbalizado, mas apenas assentiu quando Naoki disse que não queria falar sobre aquilo no momento.

Os três ficaram bebericando os chás. Akira pegou as revistas de Akane para folhear e, em questão de minutos, estavam falando sobre a nova novela das seis, que Naoki não tinha ideia de qual era, já que quase não assistia à TV.

Quando Akira foi tomar banho, Naoki contou tudo a Akane. Não queria que o amigo ouvisse, porque tinha medo de ser julgado por ele.

— Estou orgulhosa de você — ela disse assim que o violinista terminou.

Naoki a olhou. Aquilo era bom de ouvir, tão bom que seus olhos marejaram. Akane sorriu de leve e continuou:

— E estou feliz porque me ligou... Pensei que não seríamos mais amigos, depois... do que eu fiz.

— Nunca deixaria de ser seu amigo por isso. Me desculpe por quase não ter falado com você nos últimos tempos...

— Tudo bem, sei que você e o Daniel estão se aproveitando — ela abraçou os joelhos. — Só... não me esqueça, está bem?

Naoki assentiu em silêncio.

— Agora descansa... Amanhã você pode pensar com mais calma no que vai fazer.

— Obrigado, Akane. Por ter me buscado e... tudo mais.

— Não precisa agradecer. Somos melhores amigos, não somos? — ela sorriu, esticando a mão para segurar a de Naoki, mesmo que seu coração doesse um pouco com o contato. — É para isso que servem os melhores amigos, para dar apoio.

Ele assentiu em silêncio e tomou o último gole do chá. Os dois não disseram mais nada e Akira finalmente voltou do banho para logo se enfiar nas cobertas. O rapaz não disse nada, porque sabia que Naoki não queria conversar, mas afagou seu cabelo por alguns minutos. Então, depois de um tempo, os três foram dormir em silêncio.

Naoki chorou até que o sono chegasse.

Capítulo 23

Os irmãos levaram Naoki ao apartamento de Daniel no almoço do dia seguinte, embora Naoki não tivesse certeza se o namorado estaria em casa naquela hora. Certamente não estava na faculdade, mas podia estar à procura de outro emprego ou em qualquer outro compromisso.

Naoki sabia os números de telefones dele de cor, de modo que poderia ter ligado para o fixo ou o celular, mas achava que devia conversar pessoalmente com Daniel para explicar sua situação. Quando disse aos amigos que iria à casa do namorado, eles se ofereceram para levá-lo, dizendo que aproveitariam para comer fora, então Naoki aceitou a carona.

Com sorte, Daniel estava em casa e o recebeu com um beijo assim que abriu a porta. Ao vê-lo, Naoki se sentiu envergonhado em dizer que tinha sido expulso de casa, portanto não conseguiu pensar no que dizer.

— Você sumiu! Eu fiquei preocupado... — Daniel disse enquanto permaneciam de pé perto da porta.

— Ah. É... Preciso te contar uma coisa.

O namorado o olhou, assustado.

— Pode falar.

Naoki abriu a boca, mas ainda não conseguia dizer nada. Ao invés disso, puxou-o para perto e o beijou. Precisava conversar sobre aquele assunto com calma, mas tudo em que conseguia pensar era em Akira e Akane o esperando no carro.

— O que você quer falar? — perguntou Daniel, afastando-se, e ambos deram um pulo quando o interfone tocou.

Era Akane, que estava apertada para ir ao banheiro e queria saber se podia usar o do apartamento.

— Podemos conversar depois — Naoki sorriu enquanto esperavam a amiga subir.

Akane estava envergonhada quando entrou ali desacompanhada do irmão, que permaneceu esperando na rua.

— Estou com fome, Ki — ela disse ao sair do banheiro, sem conseguir olhar Daniel nos olhos.

— O Akira também está enchendo o saco, porque quer comer. Você já pode ir...?

— Ah... — Naoki olhou para o namorado. — Prometi que almoçaria com eles.

— Tudo bem.

— Hum... Você... quer ir junto?

Daniel e Akane se entreolharam pela primeira vez.

— Eu não sei bem... Não vai ser esquisito? — o roqueiro questionou.

Naoki franziu a testa, mas então se deu conta da razão. Daniel já tinha transado com Akane, com Akira e, agora, namorava Naoki. Talvez fosse uma situação constrangedora e bizarra para outras pessoas, mas ele não ligava para aquilo. Não se importava nem um pouco com a enorme lista de pessoas com quem o outro já havia transado e não sabia se deveria se importar, mas tinha feito sua escolha. Um dos primeiros pedidos de Daniel quando começaram a namorar foi para que o violinista confiasse nele, e Naoki confiava. Não havia por que se incomodar com aquilo.

— Queria que pudéssemos almoçar todos juntos e depois eu... — o violinista engoliu em seco. — Queria te contar sobre o que houve ontem com meus pais.

— Ah! Está bem — Daniel sorriu de uma forma doce que fez Naoki se perder por um instante naquela visão, com toda a preocupação se esvaindo do corpo diante da tranquilidade alheia.

Akane limpou a garganta e os namorados desviaram o olhar, lembrando-se de que não estavam sozinhos e que precisavam ir.

— Eu quero que você conheça a Adriana — Daniel disse enquanto pegava o celular e a carteira. — Será que posso chamá-la?

— Muita gente para um almoço só — Naoki murmurou em resposta, mas Daniel ergueu uma sobrancelha.

— Deixe de ser antipático.

— Não estou sendo... — ele então se virou para Akane. — Aliás, tudo bem se o Daniel almoçar com a gente?

— Sim...

— E a Adriana? — Daniel perguntou.

— Tudo bem — a garota assentiu.

— Legal! Vou ligar, ela deve estar no horário de almoço do trabalho.

— O que ela faz? — Naoki perguntou enquanto saíam do apartamento e trancavam a porta.

— Não sei.

— Como assim não sabe? Ela não é sua melhor amiga?

— Eu e você temos conceitos diferentes de amizade, Naoki.

— Você é que tem um conceito diferente do resto do mundo! — o violinista bateu seu ombro no namorado, empurrando-o para o lado.

— Vamos logo — Daniel revirou os olhos e riu.

Akane começou a descer as escadas, sentindo-se esquecida.

Eles foram até o carro de Akira e, assim que ele viu Daniel, seu rosto estampou uma expressão de surpresa e leve incômodo. Quando entraram no carro, um silêncio constrangedor os dominou.

Daniel estalou a língua.

— Oi.

Naoki franziu a testa para Akira, que franziu a testa de volta, mas logo se intimidou com o olhar raivoso do amigo e sorriu.

— Oi, Daniel.

— Vamos almoçar todos juntos — Naoki explicou, sorridente, e entrelaçou a mão à do namorado, apertando-a com carinho.

Akira ligou o carro sem dizer nada.

O silêncio era constrangedor naquela mesa, onde Akane evitava olhar para Daniel enquanto Akira encarava o casal que estava sentado no banco em frente aos dois. O quarteto havia resolvido comer na lanchonete estilo anos 50 em que Naoki e Daniel haviam se conhecido e esperavam por Adriana, que concordou em se juntar ao almoço.

— Então, Daniel... — Akira riu subitamente, atraindo todos os olhares para si. — Como é ser o único que já transou com todo mundo nesta mesa?

Naoki se engasgou, Akane ficou vermelha como um pimentão. Daniel abriu a boca, mas não emitiu som algum.

— Ai, meu Deus, cala a boca! — Akane colocou a mão no rosto do irmão e o empurrou.

— Só estou tentando descontrair! — Akira gargalhou, empurrando-a de volta. — Se esse silêncio constrangedor durasse mais um segundo, eu ia me matar.

— Por que não foi se matar então, hein? Isso é o oposto de descontrair! — a garota o provocou, brigando com ele como faziam quando estavam irritados com a presença um do outro.

— Olha como você fala comigo, ô garota que acharam na lata de lixo!

— Saco de piche — ela retrucou.

Daniel gargalhou.

— Vocês são engraçados.

— Eu tenho que aturar isso todo dia — Naoki fez uma careta.

— Todo dia não, você nos abandonou — Akane murmurou.

— Ela sente sua falta — Akira disse para Naoki. — Acho que minha irmã precisa mesmo de uma amiga nova.

— Exatamente! A Adriana é bem legal, Akane. Quem sabe vocês não ficam amigas? — Daniel sorriu. — Aliás, você é bi?

— Hã? — Akane pareceu surpresa com a pergunta e ficou ligeiramente nervosa. Naoki apertou o joelho do namorado para que ele parasse com as perguntas, ao passo que a garota respondeu:

— Não... que eu saiba.

Daniel sorriu.

— "Não que eu saiba" é quase um "sim", hein? O que você acha de dar uns amassos com uma garota qualquer dia desses para... Ai! — Daniel reclamou quando o namorado apertou sua perna com mais força, retribuindo o gesto. Eles se entreolharam, sorrindo de leve, e a mão do roqueiro deslizou para cima da coxa, fazendo Naoki engolir um gemido devido ao arrepio causado pelo toque inesperado.

— Façam isso em um quarto! Não sou obrigado a assistir — Akira bufou e a irmã bateu em seu tórax.

— Deixa eles em paz, garoto.

— Não! Estamos em público, tem mais gente na lanchonete.

— Até parece que você não faz isso com o Rodrigo — Akane revirou os olhos.

— Em público? Claro que não!

— Não precisa ficar com ciúme, Akira — Naoki brincou.

— Não estou com ciúme do meu melhor amigo. Por que estaria? Estou feliz por ele estar namorando, mas não precisa fazer essas coisas na minha fren...

— Hã... Oi — Adriana parou ao lado da mesa, interrompendo-os.

Daniel sorriu e se levantou para cumprimentá-la.

— Adriana! Esse aqui é o Naoki — apontou. — E esses são os melhores amigos dele, a Akane e o Akira.

— Muito prazer — ela acenou timidamente enquanto Akira a cumprimentava de modo gentil.

Akane ergueu a cabeça logo depois e, ao fazê-lo, seus olhos se arregalaram de leve enquanto o olhar de Adriana demorou-se sobre ela, obrigando-a desviar o contato visual de imediato, encarando o cardápio. As bochechas de Akane ficaram vermelhas, e Adriana pareceu surpresa também.

Daniel e Naoki se entreolharam, estranhando a situação.

— Vocês... já se conhecem? — Daniel questionou.

— Já nos vimos antes, sim — respondeu Adriana. — Mas não sabia que ela se chamava Akane nem que era melhor amiga do Naoki.

— Ah! Agora vocês se conhecem devidamente, então — o violinista sorriu.

Akira observou a irmã e ergueu uma sobrancelha, mas a garota desviou o olhar.

Eles se sentaram em silêncio e Adriana ficou ao lado de Daniel, mas não tirava os olhos de Akane. Depois de alguns segundos silenciosos e constrangedores, um garçom se aproximou da mesa e os cinco finalmente fizeram seus pedidos.

— O Daniel realmente te mudou, Naoki... — Akane deixou escapar quando ouviu o melhor amigo pedir batatas fritas e um hambúrguer gorduroso. Todos a encararam e ela se intimidou, baixando o olhar para as mãos. — Quer dizer... Você costumava comer só coisas saudáveis e dizer que batata era gordurosa demais.

— Parece que estou te influenciando — Daniel riu, virando-se para Naoki.

— Uma má influência, né? — o namorado brincou.

Adriana observou Naoki e depois Akane. Akira franziu a testa, olhando para a moça e, logo em seguida, para a irmã, e balançou a cabeça, ainda sem entender o que estava acontecendo ali.

— Então, Adriana, de onde você conhece o Daniel?

— Ah! Eu era namorada do meio-irmão dele.

— Meio-irmão?

— *Irmão postiço* — corrigiu o roqueiro.

— Tanto faz. O Rodrigo foi seu irmão por um tempo.

— Mas não é de sangue, tem muita diferença — Daniel murmurou. — E nossos pais nem são mais casados, então o Rodrigo nem é mais meu irmão postiço.

— Rodrigo? Que Rodrigo? — Akira ficou curioso.

— Seu namorado — Naoki respondeu.

— O quê?

— É. O seu Rodrigo é o mesmo Rodrigo que era namorado da Adriana e “irmão” do Daniel — Naoki riu.

— Vocês eram “irmãos”? — Akira olhou para o roqueiro.

— Fomos, por... Sei lá, um ou dois anos? Algo assim, até ele ir embora. Ou melhor, até nossos pais se divorciarem.

— Então o Rodrigo namorou você? — Akira olhou para Adriana. — Desculpe, é que estamos saindo e... É muita informação. E ele nunca falou nada sobre ser bi.

— Por um bom tempo, eu também não soube — Adriana riu, balançando os ombros. — Mas é como dizem: todo mundo é bi lá no fundo, não é mesmo?

— Quem diz isso? — O amigo de Naoki a encarou e ela ficou sem graça.

— Ah... É só brincadeira.

— Mas você também é bi?

— Sim... — ela assentiu.

Akira ficou um tempo em silêncio.

— Puta merda, eu realmente não sei nada a respeito dele.

— Pode ser que não seja a mesma pessoa — Akane deu de ombros.

— Você podia ter convidado o Rodrigo para almoçar também, assim saberíamos se o Dan tem razão — Naoki riu.

— Ele disse claramente o nome Akira Hashimoto, por isso que eu acho que é ele — Daniel explicou.

— Ele nunca me contou nada sobre isso — Akira ficou amuado.

— O Rodrigo era assim com você também, Dan? — Naoki se virou para ele.

— Hã? — o roqueiro se engasgou e tossiu.

— Quando vocês eram tipo "irmãos", você também não sabia nada sobre ele?

— Não. Eu só... sabia o que ele me contava.

— Bem, eu não sei nada sobre ele até hoje — Adriana riu para Akira. — Mas não vamos falar disso, não é? Acho que seria meio... desagradável.

— Tem razão, viemos por causa do Naoki e do Daniel — o rapaz concordou, em seguida se virando para a irmã. — Você está quieta, Akane! Fala alguma coisa, menina.

Ela ergueu os ombros.

— Estou com fome.

A comida chegou poucos minutos depois e eles comeram em meio a mais silêncio. Uma música do Dire Straits, *Sultans of Swing*, tocava na lanchonete, mas apesar da melodia animada, os cinco jovens não pareciam muito alegres. Eles almoçaram rapidamente e pagaram as contas a fim de saírem dali o mais rápido possível.

Os irmãos Hashimoto saíram depois de se despedirem, mas Akane estava tão apressada que Naoki precisou comentar com Daniel e Adriana:

— Não sei o que aconteceu, ela geralmente é mais simpática. Queria que vocês pudessem ficar amigas, Adriana... Seria legal.

— Está tudo bem, Naoki — a amiga de Daniel sorriu. — Na verdade... eu sei por que ela ficou assim.

— Como assim?

— Bem... Já faz umas duas semanas mais ou menos... que eu fiquei com uma garota numa festa e... Bem... Era ela.

— Era ela? A Akane? O quê?! — Naoki ficou boquiaberto.

— Mas não conta a ela que você sabe! — Adriana implorou. — Acho que eu nem devia ter falado.

Daniel riu e brincou.

— Olha, realmente... No fundo, todo mundo é bi!

— Como isso aconteceu, Adriana? — questionou Naoki.

— Eu não sei bem, a Akane estava meio bêbada e me beijou primeiro... Mas foi só isso mesmo. Ela me disse que sempre quis beijar uma garota e que queria esquecer alguém. Foi estranho, porque ela disse que tinha gostado, mas logo depois foi embora.

— A pessoa que ela quer esquecer ainda sou eu, Naoki? — Daniel perguntou.

— Não... — Naoki deixou os ombros caírem. — Sou eu.

— Como é? — o roqueiro levantou uma sobrancelha. — Sua melhor amiga gosta de *você*?

— A Akane parece ser um amor... — Adriana interrompeu-os. — Mesmo meio bêbada e falando sem parar da pessoa que quebrou o coração dela... Me pareceu fofa.

— Ô-ou, isso aí é uma paixonite que eu detectei, Adriana? — Daniel a provocou.

— Paixonite? Não — ela riu, negando com a cabeça. — Não tenho paixonites por pessoas que vão brincar com meus sentimentos. Não de propósito, é claro, mas é óbvio que a Akane está tão perdida que acabaria me machucando. Enfim... eu preciso ir. Adorei te conhecer, Naoki! Espero te ver novamente.

— Também gostei de te conhecer, Adriana! Você é tão legal que não sei como pode ser amiga do Daniel — brincou Naoki, ganhando um beliscão do namorado como resposta. Acenaram e Adriana foi embora.

— E aí, pronto para uma aventura? — Daniel o observou.

— Que aventura?

— Andar de busão!

Daniel abriu a porta do apartamento com Naoki agarrado em suas costas, sentindo o cheiro da pele de sua nuca por entre os fios do *mullet*, roçando-lhe os lábios de modo gostoso e provocando-lhe arrepios.

Assim que entraram, Daniel fechou a porta, empurrando o corpo de Naoki contra a madeira. Suas mãos seguraram-lhe o rosto, desceram pelo pescoço e, depois, para a cintura, pressionando os corpos de modo excitante enquanto as línguas se moviam com violência.

Naoki separou o beijo, mas Daniel desceu a boca por seu pescoço, sem a mínima intenção de se separar tão cedo. Aquilo fez o violinista suspirar, pensando que poderia passar uma vida inteira e mais beijando o namorado — aliás, todas as suas próximas vidas, se elas de fato existissem —, mas, naquele momento, queria parar para conversar.

— D-Dan... Eu preciso te contar uma coisa... — disse com dificuldade, sem ar por causa dos beijos.

— Pode dizer — o namorado murmurou, subindo as mãos por suas costas por baixo da camisa, provocando-lhe arrepios.

— É sério... Assim não consigo... pensar... — Naoki quase gemeu, sobretudo quando o outro colocou a mão dentro de sua calça. — Dan!

— Oi? — Daniel riu.

— Meu pai me expulsou de casa.

O roqueiro se afastou, envergonhado.

— Me desculpe, Naoki.

— Tudo bem, estava bom.

— Não, sério. Me desculpe por ter feito isso enquanto você queria me dizer algo importante.

— Tá tudo bem, sério.

— Não sei se está mesmo tudo bem, seu pai te colocou para fora de casa... O que aconteceu?

Sutil como um míssil, pensou Naoki enquanto Daniel o conduziu até o sofá para se sentarem.

— Eu disse que queria cuidar da minha própria vida — explicou o violinista. — E ele disse "então dá o fora da minha casa e vai cuidar da sua própria vida sem meu dinheiro". Não foi exatamente assim, mas... foi quase isso.

— Seu pai é tipo um monstro?

— Deve ser. Igual ao seu.

— Devem ser gêmeos.

— Minha nossa, então seríamos primos de primeiro grau.

— Uau, um incesto! Escandaloso!

— Eca, ainda bem que você não é meu parente — Naoki riu. — Como eu faria para resistir a você?

— Não resistiria — Daniel deu de ombros, convencido.

— Tem razão, não sei nem como o Rodrigo resistiu — Naoki riu, mas subitamente se deu conta de algo, como se uma luz se acendesse em sua mente. — Ah... Ele não resistiu, né?! Vocês... Vocês tiveram um caso, Daniel? Enquanto ele morava na sua casa e namorava a Adriana?! — Naoki cobriu a boca com as mãos dramaticamente. — Foi por isso que você estava tão estranho, insistindo toda hora que ele não era seu irmão de sangue? Por isso ele terminou com a Adriana?

— Caralho, Naoki, você é o Sherlock Holmes?

— Eu acertei?! Seu filho da puta! — o namorado bateu em seu braço. — Como você pôde fazer isso com a sua amiga?! Se fizer isso comigo também, você vai ver só, Daniel Stein!

— Ei, eu nunca fiquei com o Rodrigo enquanto ele namorava a Adriana. Eles terminaram, aí ficamos. Eu não tenho mais nada com ele, isso ficou no passado. Não tenho nada com ninguém além de você. Somos só eu e você, eu juro. Você tem que confiar em mim, Naoki.

— Eu confio, desculpe. É só que essa história... Nossa.

— Como você descobriu?

— Só chutei, porque você ficou todo estranho quando a Adriana e o Akira estavam falando do Rodrigo. Até ela deve ter reparado, você não foi muito sutil.

Naoki mordeu os lábios e ficou em silêncio por alguns segundos antes de questionar:

— A Adriana sabe disso?

— Eu não sei... Ela nunca me disse nada e não sei se devia contar depois de tantos anos... Quer dizer, será que não é melhor não mexer no que ficou para trás?

— Ela é sua amiga, não deveria saber da verdade?

— Ei, o assunto não era esse... Estávamos falando sobre seu pai ter te chutado para fora de casa.

Naoki suspirou.

— Eu sei que, na verdade, meu pai só me ameaçou... Ele deve ter achado que eu fosse pedir para ficar e teria que voltar a obedecê-lo. Mas eu decidi sair mesmo e... não sei por que fiz isso! — o rapaz passou a mão pelo rosto. — Não tenho casa para voltar! Não tenho onde morar! Não tenho dinheiro!

— Você vai tentar voltar para casa?

— Não, não mesmo! — Naoki se exaltou. — Voltar seria como me humilhar para o meu pai e essa é a última coisa que eu quero fazer na minha vida!

— Então mora aqui comigo — Daniel segurou-lhe o rosto entre as mãos.

Naoki parou de falar e ficou em silêncio por um longo momento.

— Não acho que todas as pessoas sejam bissexuais lá no fundo — disse, ao invés de responder à oferta do namorado.

— Eu não falei isso.

— A Adriana disse e depois você concordou, mas eu não acho que é por aí.

— Eu sou bi — o roqueiro declarou o óbvio.

— *Você* não é todo mundo, Daniel. E eu não sou bi, sou gay. Só gay.

— Naoki, você está mudando de assunto porque não sabe recusar a minha oferta?

Ele suspirou.

— Não é que não queira, é que estou com medo. Isso é um passo muito grande e estamos há tão pouco tempo juntos...

— E onde você vai ficar se não for aqui?

— Não sei... Mas e se você começar a me odiar depois de conviver comigo vinte e quatro horas por dia, sete dias por semana, trinta dias no mês?

— Naoki... — o roqueiro fechou a cara. — Eu aguentei ouvir um CD inteiro da Britney Spears por você. Depois disso, nada é grande demais.

— Então você admite que odiou!

Daniel revirou os olhos.

— Esse não é o ponto. Olha, eu aguentei a Britney Spears, suas respostas mesquinhas, seu temperamento irritante, seus joguinhos... E adivinha só, descobri que você não era nada do que eu pensava. E adoro quem você é, do jeitinho que é. Então... já que você não tem para onde ir e eu tenho uma cama de casal... — levantou os ombros. — Você não quer aproveitar?

Naoki ficou em silêncio, fitando-o nos olhos.

— Você também não é nada do que pensei que fosse — riu docemente, colocando a mão na bochecha do namorado. — A sua fama de babaca, destruidor de corações, pegador e todos os adjetivos ruins que existem em qualquer língua... Você não merece. Fico feliz de ter te conhecido de verdade. E vai soar estranho, mas fico feliz que você tenha transado com a Akane, porque assim a gente pôde se conhecer.

Daniel gargalhou ao ouvir a última sentença, mas parou quando Naoki disse:

— E eu... quero morar com você se... realmente não for a pior decisão que poderíamos tomar.

O roqueiro sorriu, erguendo Naoki pela cintura. Carregou-o até o quarto e jogou-o na cama.

— Então só falta a gente falar com o André.

Parece que, até então, tinham esquecido aquele detalhe importante.

— Mas até ele chegar, temos algumas horas, então... Você quer...? — Daniel deu de ombros, colocando-se sobre o corpo alheio e pondo os dedos longos nos botões da camisa branca do namorado.

— *Fazer arte*? Quero — respondeu Naoki com uma risada, erguendo-se sobre os cotovelos e beijando-o com urgência.

As mãos de Daniel retiravam a camisa do namorado enquanto suas bocas se encontravam em um desespero quente. Os dedos de Naoki deslizaram nuca acima, enroscando-se no *mullet* para segurá-lo ao passo que seu corpo se movia para sentar-se no colo do roqueiro.

Naoki mordiscou a linha do maxilar de Daniel com delicadeza e as pontas dos dedos do namorado faziam pequenos desenhos na pele nua de suas costas, lentamente dirigindo-se para o tórax e o abdômen, distribuindo arrepios por todos os lados.

— Naoki... — Daniel sussurrou em seu ouvido, com a voz rouca estremecendo-o.

— Hum?

— Sabe aquele seu filme preferido? Dez coisas blá-blá-blá? — o loiro questionou enquanto mordiscava o lóbulo de sua orelha e sentia Naoki apertar seus ombros e beijar seu pescoço.

A resposta foi outro "hum", com uma pequena risada, porque Naoki estava ocupado demais retirando a camisa de Daniel e jogando-a para longe.

— Então... eu estava pensando...

— Não quero que você cante a música agora. Estou tentando transar com você, se não percebeu — o violinista brincou, com as mãos passeando pelas tatuagens de Daniel.

— Não! Eu ia tentar ser romântico — ele fez uma careta e empurrou o namorado para deitá-lo sob seu corpo. — Eu ia te dizer dez coisas que eu *amo* em você.

— Quem é você e o que fez com Daniel Stein?

— Porra, quer ouvir ou não? — o roqueiro perguntou, irritado, abrindo o zíper da calça de Naoki e tirando-a.

— Tá bem, desculpe! — o rapaz sorriu. — Qual é a primeira coisa?

— Eu amo o jeito que você toca piano e como sempre dá um jeito de encostar sua mão na minha quando tocamos duetos — respondeu Daniel, curvando-se e roçando os lábios pelo interior da coxa de Naoki, fazendo seu coração acelerar com o toque delicado e levemente excitante.

— Não faço isso de propósito — Naoki franziu a testa e logo prendeu a respiração quando Daniel apertou sua bunda com força. — Ai, tá bom! Eu faço de propósito mesmo. Qual é a segunda?

— Eu amo quando você sorri, é o sorriso mais bonito que já vi — disse, subindo a cabeça para o abdômen de Naoki e beijando-o. — Terceira: amo quando você segura meu *mullet*.

Dito isso, Naoki rapidamente puxou seu cabelo com um sorriso safado.

— Quarta: eu amo como você canta no banho.

O violinista riu e puxou Daniel para cima para olhar em seus olhos.

— Continua, mas me olhando nos olhos, por favor — pediu em voz baixa.

— Amo suas camisas brancas de botões que me fazem imaginar todo o seu corpo por baixo. Amo que você sempre quer ouvir música comigo e amo te ouvir tocando qualquer coisa no violino ou no piano, porque você tem um dom e eu amo esse dom. Amo que você goste da minha arte e quando você me diz coisas boas, o quanto me ajuda a gostar de mim mesmo. E, principalmente, amo o fato de você me fazer querer ser melhor. Você me ajuda a largar o cigarro e as drogas e não sei se entende a dimensão disso, mas... é importante para mim.

Naoki ficou um momento em silêncio, sem reação diante de todas as coisas que lhe tinham sido ditas. Seus olhos marejaram de felicidade e ele sentiu necessidade de responder:

— Eu amo seu sorriso também, Dan. Eu amo sua animação para me mostrar coisas novas e que você sempre quer compartilhar suas coisas comigo. Seus gostos, seus pensamentos, suas histórias... e até a sua, quer dizer, *nossa* casa — riu. — Amo a cor dos seus olhos e o seu *mullet*. Sua risada, seu sorriso... Amo que você nunca me julgou pelo meu gosto musical, porque eu sempre escondi isso de todo mundo por ter vergonha. Amo seus cafunés e o quanto você gosta de arte. Amo seu jeito gentil e carinhoso. Amo quando você entrelaça seus dedos nos meus e como as nossas mãos se encaixam perfeitamente, porque parece que foram feitas para estarem sempre assim. Amo que você me faz gostar mais de mim também e como me dá coragem para eu fazer o que quero. Amo a forma que você me abraça e me tranquiliza e como você faz eu me sentir em casa onde quer que estejamos.

Aquele momento era tão íntimo que parecia irreal. E diante dessa constatação, as mãos de Naoki seguraram Daniel com mais força, como se tivesse medo de que o outro sumisse. Tanta coisa estava dando errado que o medo parecia inundá-lo, súbita e violentamente. Antes que percebesse, estava agarrando os ombros do namorado e abraçando-o, trazendo-o para mais perto e enterrando seu nariz na curva do seu pescoço.

— O que foi, Naoki? — Daniel o abraçou de volta.

— Eu não quero te perder. Não me mande embora também — pediu.

— Eu acabei de falar para você morar comigo — o roqueiro riu levemente. — E te fiz uma lista enorme de coisas que amo em você. Não vou te mandar embora.

— Eu sei, mas... não me deixe também, Dan, por favor.

— Não vou te deixar — o roqueiro sorriu e o afastou, obrigando Naoki a encará-lo nos olhos. — Estou aqui.

Eles se olharam. O sol entrava pela janela atrás de Naoki e batia em sua pele, iluminando-a quase como ouro. Os fragmentos de luz também batiam nos olhos de Daniel e deixavam suas íris mais claras.

— Você é lindo... — Naoki sussurrou de repente, segurando-lhe o rosto entre as mãos e provocando-lhe um sorriso. — Queria que seu rosto ficasse fotografado em algum lugar na minha mente.

Daniel passou a mão pelo cabelo do namorado, afastando-o da testa e observando-o em silêncio. As respirações se misturavam com a proximidade e, de repente, era como se só aquilo fosse o bastante.

— Dan?

— Hum?

— Eu amo estar com você, mesmo se estivermos só em silêncio.

— Não acabou ainda? — o rapaz riu baixinho, e Naoki lhe deu um tapinha. — Tô brincando. Eu também amo estar com você.

Naoki queria que aquele momento ficasse preso, gravado, tatuado em alguma parte de seu corpo ou de sua mente, porque a luz fazia os olhos de Daniel ficarem mais claros, permitindo que ele visse os pontinhos de luz que pareciam uma galáxia condensada em um único lugar. Não havia nada mais bonito do que aquilo.

O namorado entrelaçou suas mãos e as ergueu na luz do sol.

— Eu amo o jeito como você se encaixa na minha vida e preenche cada frestinha, Naoki — sussurrou, com o nariz deslizando pela bochecha do violinista.

Eles fecharam os olhos e ficaram em silêncio, sentindo o sol. Sentindo um momento de existência simples e maravilhoso. Talvez a arte fosse isso: os dois juntos, respirando. Existindo, vivendo e amando.

E nada mais foi preciso naquela tarde. Nada além de dois corpos estirados sob o sol e sobre a cama, com os dedos entrelaçados, os pés se tocando, os olhares se encontrando...

Então, talvez arte fosse nada mais que Naoki e Daniel juntos.

Quando André chegou em casa pela noite, o ar estava tomado pelo cheiro de comida chinesa e havia três caixinhas fechadas na mesa de centro. Daniel e Naoki estavam jogando xadrez no chão.

— André! — Daniel se virou com um enorme sorriso assim que ouviu o som da porta. — Você chegou! Está com fome? Estávamos te esperando. Pedimos China in Box e acabou de chegar, ainda está tudo quente.

André franziu a testa.

— O que foi? Vocês mataram alguém e querem minha ajuda para esconder o corpo? — perguntou, jogando a chave na mesa de centro e sentando-se no sofá.

— Não — Daniel riu. — Não é bem isso.

Naoki finalmente movimentou sua única torre restante.

— Então eu acertei, vocês querem alguma coisa mesmo — André riu e esticou-se para pegar uma caixinha. — Que delícia! É ótimo chegar em casa e ter comida esperando, mesmo que seja só para me subornar.

— Está bem, vamos ser diretos — Daniel suspirou. — Os pais do Naoki expulsaram ele de casa e eu queria que ele morasse aqui com a gente, se estiver tudo bem por você.

— Tá de brincadeira? Eles te expulsaram, Naoki?! — André parecia preocupado. — Por que ninguém aqui tem bom relacionamento com os pais?

Naoki o observou, em dúvida.

— Isso é horrível — o outro continuou a falar. — Eu te entendo, cara, meus pais também me expulsaram de casa...

— Por quê?

— Porque eles me odiavam por eu ser bi e sempre vão me odiar. Não entendiam como eu podia gostar de homens e de mulheres ao mesmo tempo e gostar de homens era uma vergonha para eles. E os seus pais, por que te chutaram? — questionou o rapaz.

— Porque eu não quero mais que eles ditem a minha vida — respondeu Naoki.

André assentiu, em silêncio.

Daniel buscou talheres, porque ele e o amigo não sabiam comer bem com hashis, e, ao voltar, todos abriram suas caixinhas.

— Parece que esse apartamento vai ser a casa dos "acolhe-deserdados" — André comentou, enfiando a comida na boca. — Sabem, se um dia eu for pai, vou me esforçar para ser tudo o que os meus não foram para mim.

Daniel riu.

— Meu Deus, é cedo demais para pensar nisso.

— Ah, André... — Naoki começou a dizer, envergonhado. — Você... ainda não disse o que pensa sobre eu morar aqui.

Ele balançou a cabeça de boca cheia. Em seguida, respondeu:

— Desde que a gente divida o aluguel e as despesas em três, está tudo bem.

— André, eu te amo! — Daniel sorriu, e Naoki o olhou. — Quer dizer. Não do jeito que amo o Naoki, mas... você entendeu.

— Mas eu preciso de dinheiro — Naoki ficou desanimado. — E não tenho experiência nenhuma. Nunca tive que trabalhar, como vou arranjar algo? E se eu não arranjar?! Ai, meu Deus...

— Não se desespere ainda, cara, você só tem que olhar as vagas no jornal — André começou a falar. — Como diz aquela música do Journey: *Don't stop belieeeevin'!*

— Journey? — Naoki franziu a testa, confuso.

— Não acredito! Você não mostrou esse clássico para ele, Daniel? — André se virou para o amigo, indignado, e o roqueiro revirou os olhos.

— Não tenho que mostrar tudo que existe também, né?

— Pois então eu mostro — André correu para o próprio quarto e voltou com um LP que havia comprado na loja do pai de Daniel. Enquanto o colocava para tocar, ele continuou: — Aliás, a Luísa trabalha em uma loja no shopping Iguatemi, podemos perguntar se ela sabe de alguma vaga, Naoki. Ah, eu também tenho um amigo que abriu um pequeno café e está precisando de atendentes! Ele me disse que aceita pessoas sem experiência, porque está disposto a treiná-las. Se você quiser uma entrevista, posso tentar falar com ele.

Daniel olhou para o namorado, esperando uma resposta, mas este se mostrou nervoso na mesma hora.

— Café? Eu acho que vai ser um desastre... E se eu derrubar tudo em alguém? Vou ser demitido e...

— Calma, Ki — o roqueiro o interrompeu com um sorriso. — Você ainda nem foi lá. Para de pensar tanto assim, só vai te fazer ficar mais ansioso.

— Eu sei que suas mãos só nasceram para tocar piano e violino — André brincou. — Mas vai precisar trabalhar para arranjar dinheiro. Ou você pode tocar piano em algum restaurante no Dia dos Namorados ou algo assim.

Enquanto o rapaz gargalhava, Naoki ficou sério, sentindo seu orgulho ferido.

— Eu estudo para tocar em orquestras, não em restaurantes — ele logo arrependeu-se das palavras ao perceber como havia soado mesquinho. — Mas... se precisar... é uma opção, não é?

— Está tudo bem, acho que você não vai precisar. — Daniel riu baixinho. — Como disse o André: *don't stop belieeeevin'...*

A música mencionada começou a tocar e a melodia logo foi reconhecida por Naoki, que mesmo não sendo um expert em rock, já havia escutado aquela em algum lugar. André e Daniel começaram a cantar feito doidos, contagiando o violinista com a alegria e energia doidas que os acometiam sempre que ouviam as músicas de que tanto gostavam.

Em dado momento, envolvido naquela atmosfera inebriante, Naoki acabou dizendo:

— Está bem, André, você pode falar com seu amigo então? Por favor? E com a Luísa também... Melhor ter várias opções, né?

André sorriu.

— Claro.

Naoki segurou a mão de Daniel.

— Você pode ir comigo no dia?

— Com certeza — o namorado também sorriu e, então, afastou a mão para mover sua rainha no xadrez, que o outro já havia esquecido que estavam jogando. — *Xeque-mate*, Naoki.

— O quê? — ele olhou para o tabuleiro. — Como assim? Ei, não vale, nós nem estávamos mais jogando!

— O que foi? É a primeira vez que você perde no xadrez e está arranjando desculpas? — Daniel riu.

— Não estou arranjando desculpas, não estávamos mais jogando! — respondeu com um bico, emburrado. — Mas tá, eu nunca tinha perdido no xadrez.

— Ah, você fica tão bonitinho emburrado... O que acha de irmos buscar suas coisas na casa da Akane e do Akira?

— Está bem.

— Tragam refrigerante! — pediu André. — Vocês se esqueceram disso quando pediram comida.

— Refrigerante faz mal, vamos tomar suco — Naoki respondeu, levantando-se.

— O quê?

— O Naoki é meio saudável — Daniel levantou os ombros.

— Que droga.

— Tchau, cara. — Daniel pegou a jaqueta de couro largada no sofá e puxou Naoki pela cintura.

Eles saíram do apartamento e desceram as escadas.

— Eu mal posso esperar para as suas coisas estarem nas minhas gavetas — Daniel sussurrou enquanto iam até a moto que estava estacionada no meio-fio. — E para acordar com você todos os dias, dormir abraçados todas as noites, sentir seu cheiro nos meus lençóis e saber que não foi só de uma tarde.

Naoki riu.

— Obrigado, Dan.

— Não tem que agradecer.

— Tenho, sim. Você está me ajudando muito. Não só com o apartamento, mas comigo mesmo.

— Você também está me ajudando, então estamos quites, não é?

— Gosto disso.

— Do quê?

— De estarmos quites. E de termos sentimentos recíprocos. Não tem nada mais gostoso do que isso.

Eles sorriram, finalmente alcançando a moto.

— Vamos logo, porque a Akane costuma dormir cedo.

Daniel concordou, entregando-lhe o capacete.

CAPÍTULO 5

Na primeira manhã após se mudar, Naoki finalmente se deu conta do que estava acontecendo em sua vida. Não estava mais em casa. Não tinha que ouvir as críticas de seu pai. Não tinha que cumprir mais nenhuma de suas obrigações cotidianas — na realidade, Naoki sequer seria capaz de pagar por nenhum dos cursos que fazia, portanto não seria possível continuar mesmo que quisesse. Não sabia ao certo se seu pai já tinha cancelado as aulas ou se ele mesmo devia cancelar, então resolveu telefonar para todos os lugares com o telefone fixo do apartamento de Daniel, comunicando sua saída.

Daniel o levou para uma *lan house*, onde fizeram currículos para cada um. Depois, foram juntos entregar nos lugares em que viam as placas de "contrata-se". Fizeram a mesma coisa a semana toda e foram chamados para algumas entrevistas.

Quase duas semanas haviam se passado desde então. Naoki havia participado de três entrevistas para empregos de meio período — inclusive uma sugerida por Luísa —, mas todas lhe causaram ansiedade, pois o rapaz percebeu que era um desastre como possível candidato e que certamente não seria chamado. Além disso, tinha um detalhe agravante, que era sua grade horária: o Departamento de Música oferecia aulas apenas nos períodos da manhã e da tarde, o que conflitava com o horário em que poderia trabalhar. Nas entrevistas, Naoki tinha pedido por flexibilidade na jornada de trabalho, o que provavelmente não tinha agradado aos empregadores. A entrevista na cafeteria tinha sido a única exceção: Ricardo, o amigo de André, tinha uma vaga com preferência para estudantes universitários, de forma que os horários encaixavam da melhor forma possível. Como o café seria aberto em um shopping, o expediente poderia ser das 17h às 22h. Aquela vaga era a melhor opção, mas ainda assim, Naoki não estava muito esperançoso. Daniel, por outro lado, tinha se mostrado tranquilo em sua própria busca por um novo trabalho e o conseguiu em uma semana, fato que deixou o namorado se sentindo pressionado e derrotado.

Desde que Daniel havia voltado a trabalhar, Naoki passava a maior parte do tempo sozinho depois de voltar da aula. Em casa, ele treinava violino, mexia nos CDs e LPs de rock, tentava cozinhar, arrumava a casa, lavava e estendia a roupa, tirava o lixo e deixava a cozinha brilhando. Andava de ônibus todos os dias, mas ainda não tinha se acostumado com tantas pessoas no transporte público e, às vezes, ainda se esquecia da mochila nas costas e ficava preso ao passar pela catraca. Ficava contando moedas para pagar pela passagem, tinha medo de pegar o ônibus errado e corria pelas ruas para não perder a condução.

Naquele dia, enquanto voltava da faculdade, Naoki finalmente conseguiu se sentar no ônibus e ficou olhando a cidade pela janela. Ele começava a cogitar a possibilidade de trancar o curso e se candidatar para empregos de período integral, pois assim poderia trabalhar e pagar as contas. Talvez mais para a frente poderia voltar e terminar a faculdade...

Aqueles pensamentos não o abandonaram nem mesmo quando chegou em casa. Tentou praticar violino, mas errou tantas vezes que desistiu e se sentou ao piano, resolvendo tocar outra coisa a fim de relaxar. Não conseguia deixar de se sentir estressado, nervoso e deprimido, imaginando a todo segundo que não seria chamado para trabalhar em lugar nenhum e que devia sair pela cidade à procura de mais oportunidades, fazer mais entrevistas...

De vez em quando, ele ficava encarando o telefone fixo enorme e silencioso em cima do piano vertical, esperando que começasse a tocar, mas aquilo não acontecia. Seu nervosismo aumentava, assim como sua sensação de fracasso.

Quando pensava na possibilidade de arranjar um emprego, Naoki se via animado com a ideia de ganhar o próprio dinheiro, poder dividir o aluguel e as contas e comprar sua própria comida. No entanto, aquela realidade também trazia medo, porque era algo completamente diferente e ele não sabia o que esperar. Era uma sensação estranha de liberdade misturada a medo: gostava desse sentimento indescritível de não ter de se reportar a ninguém, mas vez ou outra se pegava pensando em como seria tão mais fácil se ainda tivesse o dinheiro dos pais.

Em uma tentativa de afastar aqueles pensamentos que o deixavam para baixo, puxou um caderno de partituras que Daniel deixava em cima da tampa superior do piano e o folheou. Uma das últimas composições que havia estudado estava ali: *Ma Mère L'Oye: V. Le jardin féerique*, de Maurice Ravel. Naoki se lembrava de ter escutado Daniel tocar aquela peça em alguma tarde, enquanto tentava tirar uma soneca. Ela havia sido composta para ser um dueto, mas Daniel a tocou sozinho, com bem menos notas do que a composição original possuía. Naoki ficou ansioso para que pudessem tocá-la juntos.

Perdido nos pensamentos sobre Daniel, refletindo com satisfação que há dias dormia abraçado com o namorado, Naoki deu um pulo quando o som alto do telefone fixo tomou conta da casa. Agarrou-o e atendeu, atônito.

Daniel chegou em casa mais cedo naquele dia, porque sua aula havia sido cancelada pelo professor e trazia consigo três latas de guaraná em uma sacola plástica, conforme André havia pedido.

Naoki estava no piano, concentrado, tocando uma peça que Daniel conhecia bem — uma das favoritas de sua mãe e, com certeza, sua preferida. O roqueiro encostou-se à porta em silêncio e ficou parado ali, observando Naoki tocar. O namorado ainda não havia percebido a sua chegada, tamanha a concentração, e um sorriso esboçou-se nos lábios de Daniel. Adorava vê-lo daquele jeito e sempre imaginava ansiosamente o dia em que o veria tocando em um palco.

Naoki olhou de soslaio para o lado e deu um pulo, enfim percebendo a sua presença, e apertou as teclas com violência.

— Daniel! Por que não avisou que chegou?!

— Eu acabei de chegar.

Naoki deixou os ombros caírem e sorriu ao anunciar:

— Você está falando com o novo "atendente sem experiência" contratado para trabalhar no café!

— Que epíteto grandioso, hein?! — Daniel brincou e se aproximou, largando a sacola no sofá e beijando seu rosto. — Parabéns, Ki. Estou feliz por você. Muito mesmo!

— Obrigado, Dan. Eu não lembrava como é bom estar feliz por mim mesmo — Naoki segurou as mãos do namorado enquanto ele enchia seu rosto de beijos. — Podemos fazer alguma coisa pra comemorar?

— Fazer um bolo?

— Não. Quero que você toque isto aqui comigo — Naoki lhe entregou a partitura, mas antes mesmo de ver, Daniel já imaginou que fosse o dueto que o outro estava tocando sozinho momentos antes, então logo sorriu e concordou. Um dos maiores prazeres da vida de Naoki era certamente a música... Não havia como negar, uma vez que "comemorar", para ele, quase sempre significava tocar um dueto. Sendo assim, sentou-se ao seu lado.

— É minha composição preferida. Minha mãe gostava de ouvir — o roqueiro contou.

— Eu já te ouvi tocar. Você parecia tão absorto que eu sabia que a música era importante pra você... Só não imaginava que fosse sua preferida.

Daniel sorriu sem dizer mais nada e começou a tocar.

Por alguns minutos, aquilo foi tudo o que existiu: Daniel, Naoki e um piano.

Vez ou outra, os dedos de Naoki tocavam os do namorado para sentirem o toque quente por milésimos de segundo antes de se distanciarem para a próxima nota. Toda vez que isso acontecia, o loiro sorria, porque agora tinha certeza de que aquilo era proposital.

Quando terminaram de tocar, Naoki encostou o nariz na bochecha de Daniel e o beijou com ternura.

— Então, o que você trouxe na sacola? — virou o rosto, levantando-se e indo até o sofá.

— Guaraná — o roqueiro respondeu e viu a careta no rosto do namorado. — Trouxe uma lata para cada um. O André adora.

— Que atencioso...

Daniel sorriu e seguiu-o, sentando-se ao seu lado. Inclinou-se para beijá-lo e segurou seu rosto entre as mãos com cuidado, acariciando sua bochecha com os dedões. E quando pensou em separar os lábios para deixar uma trilha de selinhos pelo pescoço do violinista, o toque do telefone soou pelo apartamento, fazendo-os se distanciarem com reclamações.

— Quem será a essa hora? — Naoki perguntou.

Encararam-se, como se esperassem para ver quem se levantaria para atender. Naoki tombou a cabeça para o lado e se reclinou no sofá, mostrando que não se levantaria dali. Com um suspiro, o roqueiro se ergueu e pegou o aparelho em cima do piano.

— Daniel? — a voz de seu pai soou calma.

— Oi.

— Oi. Desculpe ligar a essa hora. Como você está?

— Estou bem — respondeu sem muita vontade e lutando contra a vontade de dizer que estava ocupado.

— Isso é ótimo. Escuta, filho, eu... queria te convidar para jantar.

— Jantar? — Daniel franziu a testa, respirando fundo. — Você está bêbado?

— O quê? Não. Eu me mudei faz alguns dias... Seria legal se você viesse conhecer a casa.

— Eu não sei.

— Você está namorando?

— Pai...

— Porque, se estiver, pode trazer sua namorada. Ou namorado.

— Eu vou pensar, tá legal? Preciso desligar, tchau.

Quando Daniel colocou o telefone no gancho, Naoki o olhou com curiosidade.

— Seu pai?

— É. Ele está querendo se reaproximar nos últimos tempos. Quer que eu vá jantar e conhecer a casa nova dele... E disse para levar meu namorado.

— Ah! Essa é uma ótima ideia! Eu quero ir... se você quiser que eu vá, é claro — Naoki sorriu, pondo-se de pé em um pulo.

— Eu não quero ir. Não mesmo.

— Quanto rancor, Dan... — brincou.

— Não é rancor. É só que ele fica melhor onde está, longe de mim.

— Você devia dar uma chance a ele.

— Diz isso porque não é seu pai.

Daniel foi para o quarto a passos pesados e o namorado o seguiu.

— Tudo bem, desculpe. Mas não pode considerar dar uma chance a ele?

— Não. Ele me deixou sozinho quando a minha mãe morreu, Naoki! — o roqueiro esbravejou, movendo-se de um lado para o outro, angustiado. — Ele só sabia me criticar e vivia o tempo inteiro me dizendo que eu não sabia pintar nem tocar guitarra... Depois que se casou de novo, ficava reclamando que eu só gastava dinheiro com aquelas "porcarias" de aulas de piano e com livros... Ele não me deixava em paz! Só me criticava! E agora quer se aproximar? Criar um laço?! Deixa eu te contar: ele teve vinte e quatro anos para fazer isso! Vinte e quatro!

— Ei, ei! — o outro aproximou-se, pegando seu rosto entre as mãos. — Calma. Se você não quer, não precisa. Está bem? Respira... Desculpa ter sugerido isso.

Daniel pousou as próprias mãos sobre as do namorado e fechou os olhos, respirando fundo.

— Desculpe — disse baixinho.

— Não tem pelo que pedir desculpas — Naoki balançou a cabeça. — Eu não quis te pressionar, sinto muito.

O roqueiro se jogou na cama, mudando abruptamente de assunto:

— O que você vai querer jantar?

— Sei lá — Naoki deu de ombros, afastando-se para encostar-se à escrivaninha. Sua mão direita esbarrou em algo gelado, pegajoso e, num reflexo, ele a tirou dali e deparou-se com tinta por toda sua palma e dedos. Tinha pousado a mão em cima da paleta cheia de cores.

— Ah, Dan, desculpa!

— O quê? — Daniel ergueu-se para ver do que se tratava e riu. — Não tem problema, você é quem se sujou.

Naoki também riu, molhando a outra mão de tinta antes de se reaproximar do namorado. Sentou-se em seu colo, tentando sujá-lo, mas Daniel segurou seus pulsos com força, afastando-o enquanto gargalhava.

— Ei, isso não é justo! — Naoki disse entre risadas, contorcendo as mãos e sujando as de Daniel. Então, o roqueiro soltou seus pulsos e entrelaçou suas mãos.

— Pronto, agora os dois estão pintados de arco-íris — Daniel brincou, e Naoki entrelaçou as pernas em sua cintura, encostando as testas. Encararam-se por um bom tempo, com as mãos sentindo os dedos molhados de tinta um do outro.

Naoki se perdeu nos olhos à sua frente e já não sabia mais quantas vezes por dia aquilo acontecia. Encostou a ponta de seu nariz no de Daniel, dando-lhe um beijinho de esquimó e provocando uma risada no outro. Em seguida, fecharam os olhos e só apreciaram a sensação de estarem juntos e o silêncio calmo.

Daniel desceu o nariz pelo rosto de Naoki e enterrou a cabeça em seu ombro, tentando mordiscar sua nuca.

Naoki sentiu o corpo inteiro derreter com aquela sensação simples e ficou pensando em como se rendia facilmente a todos os toques de Daniel. Tudo o que ele lhe proporcionava parecia invadi-lo por todos os lados; fossem suas mãos, a boca ou só com a voz. Todas as vezes que faziam amor — ou apenas ficavam daquele jeito, aproveitando os batimentos cardíacos e as respirações, os toques singelos e doces —, o violinista tinha certeza de que nunca sentira nada parecido. Era como se seu corpo inteiro fosse feito sob medida para o outro. Como se, talvez, Daniel Stein fosse o único que sabia onde e como tocá-lo do jeito que queria ser tocado. Levá-lo à morte e trazê-lo de volta.

Transbordá-lo.

Era isso. Ele não o completava, como diziam as revistas e os livros românticos ou como Naoki esperava que alguém fosse fazer algum dia para salvá-lo da vida infeliz. Naoki estava feliz em perceber que, na verdade, Daniel o transbordava. Ao invés de salvá-lo, o namorado tinha o ajudado a se salvar. Ele não estava completando sua metade, porque Naoki já era inteiro. Assim, o outro apenas o fazia transbordar, derramando tudo o que já tinha de belo e tudo o que já era.

Quando Daniel inspirou em seu pescoço, Naoki sentiu uma lágrima escorrer pela bochecha. Era de felicidade, mas ele rapidamente soltou as mãos e a limpou, deixando um rastro de arco-íris por causa da mistura de tintas que havia nos dedos.

O roqueiro afastou-se para olhá-lo com carinho e riu de leve, tocando a tinta em sua bochecha.

— Você se pintou, Naoki.

— É — ele riu de volta, segurando sua mão e entrelaçando os dedos. — E eu te amo, Daniel.

— Eu também te amo.

Depois que André chegou em casa, às sete da noite, os três resolveram fazer algo para a janta e, uma vez decidido que seria noite de comida italiana, fizeram uma macarronada. Não tinha ficado incrível, mas até que estava boa.

— André, tenho uma novidade para contar — Naoki sorriu feito uma criança que ganhou um brinquedo.

— E o que é?

— Seu amigo resolveu me dar uma chance e me contratar! — falou alto demais, sem conter a animação.

— Uau! Isso é ótimo. Parabéns, Naoki!

— Espero que eu pegue o jeito logo — o violinista sorriu.

— Se você estiver com medo, podemos treinar — André sugeriu, enfiando uma garfada na boca.

— Treinar?

— É, eu e o Daniel podemos ser seus clientes, sei lá — o rapaz deu de ombros.

— Ah! Seria interessante! — Naoki se virou para Daniel. — Vamos? — e depois para André. — Vamos mesmo? Hoje? Agora?

— Agora? Ainda estou comendo — o namorado segurou o prato, como se achasse que Naoki o roubaria.

André gargalhou com a reação do novo colega de casa e puxou da mesa de centro um bloco de anotações que ele e Daniel usavam para deixar recados um para o outro e fazer listas de compras.

— Aqui, para você anotar nossos pedidos.

— Certo — Naoki levantou-se para pegar o bloco e ficou em pé, esperando. André meneou a cabeça.

— E aí?

— O que eu faço agora?

— Cumprimenta a gente — Daniel orientou. — E entregue os cardápios.

— Tá... — Naoki assentiu. — Que cardápios?

— Finge que tá na sua mão.

De súbito, o garçom de mentirinha se sentiu levemente nervoso.

— Hã... Bem-vindos! O que vão... Quer dizer, aqui! — fingiu entregar dois cardápios, que Daniel e André fingiram pegar.

— Um pedaço de bolo e um *frappuccino*, por favor — André pediu.

— Certo — Naoki fingiu anotar, rabiscando no bloco.

— Não sei o que eu quero... — Daniel fez uma expressão pensativa — Você vem de brinde junto com algum café?

Naoki corou e André revirou os olhos.

— Bem, se você quiser, eu saio às dez — o namorado brincou de volta.

— Ei! Você tem que dizer "não!" — Daniel franziu a testa, fingindo irritação.

— Por quê? Você é meu namorado.

— Não, sou um *cliente*. E se algum cliente te cantar, você joga café quente nele.

— Não, nada disso! — André balançou a cabeça, agitando as mãos. — Você chama o Ricardo.

— Ricardo? — Daniel o encarou, sem entender.

— Meu chefe — explicou Naoki. Em seguida, deixou o bloco de anotações de lado e se sentou. — Quer saber? Deixa para lá, acho melhor ele mesmo me treinar.

— Como quiser — André deu de ombros. — Ei, você podia tocar alguma coisa legal no piano?

— Agora? Os vizinhos vão nos matar.

— Podemos fazer barulho até às dez, vai.

Naoki riu e assentiu, perguntando:

— O que quer que eu toque?

— Não sei, alguma música legal para cantarmos.

— Hum...

Ele se levantou e caminhou até o piano. Assim que começou, as notas curtas e simples foram reconhecidas.

— Não! — Daniel e André falaram em uníssono, rindo.

— *Vem, amor, que a hooooora é eeessa! Vê se entende a miiiinha pressa!* — André começou a cantar *Pintura Íntima*, da banda Kid Abelha, alto e desafinado.

Os namorados riram, entrando na brincadeira. Quando a música chegou ao refrão, os três cantaram como idiotas em uma noite de karaokê:

— *Que no fim das contaaaas, o que intereeeessa pra nóóóós* ééé... *Fazer amor de madrugada! Amor com jeito de virada!*

— Eu sei uma música muito melhor!

Após anunciar aquilo, Daniel se sentou ao lado de Naoki e começou a tocar. Os outros dois não reconheceram a melodia de imediato, mas depois de alguns segundos, André caiu na gargalha e cantou:

— *Quero vê-la sorrir! Quero vê-la cantar! Quero ver o seu corpo dançar sem parar!*

— Ei, eu não conheço essa — Naoki franziu a testa.

— Meu Deus! Como não?! — André se surpreendeu.

— Ele não conhece os clássicos da música brasileira — Daniel disse em tom fingido de decepção. — É do Sidney Magal.

— Ah, é? Então vou tocar uma que *vocês* não conhecem!

Naoki tirou as mãos do namorado do piano para tocar, mas o tiro saiu pela culatra: Daniel e André sabiam cantar *Wannabe*, das Spice Girls — e muito melhor do que Naoki, o que era a coisa mais estranha que podia ter acontecido naquele dia.

À meia-noite, André já tinha ido dormir, mas Daniel e Naoki ficaram sussurrando na cama. Conversavam sobre inúmeras coisas bobas e importantes, como o fato de Daniel gostar de morango e Naoki gostar de banana ou o fato de ambos gostarem de criar as próprias composições, fosse no piano, no violino ou na guitarra. Falaram sobre o sonho que Daniel teve, por muito tempo, de se tornar um pintor e de como, ao se apaixonar pela Filosofia, deu-se conta de que nenhum de seus sonhos dava dinheiro, mas a verdade era que ele tinha aversão à ideia de trabalhar em um emprego formal, assim como o namorado. Também conversaram sobre a antiga vontade de Naoki de virar um nadador profissional e sobre como abandonou a ideia quando percebeu que era melhor na música do que nos cem metros livres. Às duas da manhã, no entanto, o violinista tinha dormido no meio da conversa e Daniel ficou observando-o em silêncio até também cair no sono.

Naquele momento, o roqueiro pensou que não o merecia e que as coisas que tinha feito antes de começarem a namorar não podiam ser esquecidas ou apagadas. Temeu pelo momento em que estragaria tudo, porque uma parte de si ainda pensava que relacionamentos estavam fadados ao fracasso, que as pessoas se cansavam umas das outras cedo ou tarde e que era inevitável que os amores se tornassem fardos pesados e cortantes. Lembrou-se de como as coisas acabaram com Rodrigo e de como fez questão de se comportar com as outras pessoas que vieram depois.

Daniel, no entanto, obrigou-se a pensar que daquela vez seria diferente. Ele não se sentia mais o mesmo, afinal. E, definitivamente, não queria cometer os mesmos erros.

Capítulo 26

O grande sonho da Sra. Matsui sempre foi viajar pelo mundo e ajudar pessoas. Já na adolescência, tinha vontade de conhecer novos países e culturas, desde a culinária até a arquitetura, e era o tipo de garota que gostaria de lutar pelo meio ambiente e contra as injustiças sociais. Formou-se em Medicina com o sonho de atender pessoas em lugares distantes, mas, quando se deu conta, já estava presa em uma vida diferente.

Não esperava engravidar de Hiroshi — que, na época, era apenas seu namorado — no último ano da faculdade, muito menos ter de se casar por aquele motivo. Nunca se imaginou tendo um filho, mas o amou incondicionalmente desde o exato momento em que descobriu a existência do ser humaninho em seu ventre. O que ela não esperava, no entanto, era ter que colocar seus sonhos em segundo plano para cuidar do bebê até que, eventualmente, eles caíssem no esquecimento; mas se resignou com a situação sem sequer perceber. A princípio, imaginou que poderia seguir com seus objetivos mesmo tendo um filho, mas logo descobriu que as coisas não eram assim tão fáceis. Percebeu que se não quisesse ser malvista pelas pessoas, deveria colocar a maternidade como única prioridade de sua vida, a ponto de ignorar tudo o que estivesse ao redor. Teve de abandonar a ideia de se especializar, de estudar fora do país e, por consequência, de virar médica. Tanto sua família quanto a de seu marido lhe disseram que bebês precisam de suas mães o tempo todo, então ela deveria ser uma mãe presente em tempo integral. Sendo assim, tudo o que não condizia com *ser mãe* foi removido de sua vida, de uma forma ou de outra. E ela deveria ficar contente com aquilo: afinal, que mãe não gostaria de poder ficar com o filho o tempo todo? É claro que Mie adorava estar com Naoki e cuidar dele, mas também tinha sonhos, como qualquer pessoa, e não achava que ter uma família deveria impedi-la de ter uma carreira.

A única pessoa bem-sucedida foi Hiroshi, que formou-se em Engenharia e expandiu ainda mais a construtora da família, sem precisar se preocupar em trocar fraldas ou acordar no meio da noite com choros de neném, muito menos em pedir licença maternidade e prejudicar seu trabalho.

A única coisa de que Mie não se viu obrigada a abrir mão foi o violino. Ela era talentosa naquele instrumento e continuou a tocá-lo mesmo com a barriga enorme e, posteriormente, com o bebê para cuidar. Deixava o filho em seu cercadinho e treinava por horas, percebendo que Naoki gostava de ouvi-la com seus olhinhos e ouvidos atentos à música, observando em silêncio. Quando começou a andar, falar e manusear coisas, Naoki se mostrou um menininho tão curioso que ela não pôde impedi-lo de pegar o violino. Para a alegria de Mie, ele também se interessava pelo instrumento e a mulher o incentivou, ensinando a ele o básico, como a postura necessária, o modo certo de segurar o violino e os primeiros ritmos. Ao ver o gosto do filho, Hiroshi presenteou-o com um violino ideal para seu tamanho e logo perceberam que ele tinha um dom.

Naoki foi matriculado em aulas com os melhores tutores que seus pais puderam pagar e, quanto mais o tempo passava, mais os dois ouviam que o filho seria um ótimo violinista. Mie estava orgulhosa do filho e, quando ele disse que também gostaria de aprender piano, ela e Hiroshi atenderam seu pedido prontamente, surpresos com seu crescente talento e gosto pela música. Assim, um curso extra era adicionado a cada vez, sob o pretexto de que aquilo era a garantia de um futuro brilhante para Naoki. Mie, contudo, não demorou a perceber que aquilo sufocava o filho e toda noite questionava o marido a respeito da necessidade de tantas aulas e tantas regras, mas o homem sempre lhe dizia a mesma coisa: "São para o futuro dele! Você quer privar nosso filho de ter um futuro incrível? Vamos aproveitar enquanto temos dinheiro, Mie. Há tantas crianças que gostariam de estar no lugar do Naoki e ter acesso a uma boa educação...".

Mie sentia-se péssima, pois queria que Naoki tivesse a liberdade para escolher o que desejava para a própria vida, mas era difícil ter um diálogo com o marido. Tudo o irritava — o que a irritava em dobro, porque não conseguia fazê-lo mudar de ideia. Ela não tinha voz e, conforme Naoki crescia, Mie percebia que não suportava mais aquela situação nem aquele casamento, mas não podia ir embora. Como havia abandonado sua carreira antes mesmo de começá-la, uma separação a obrigaria a recomeçar a vida em um estágio em que ninguém mais a empregaria e, naquele cenário, Hiroshi certamente ganharia a guarda de Naoki e ficar longe de seu filho era algo que Mie jamais suportaria. Quando tentava falar sobre o que passava em sua casa e tentava pedir ajuda aos pais, o que ouvia era que seu filho precisava da figura do pai, de uma família unida e que ver os pais divorciados mexeria com sua cabeça e desestruturaria sua vida. Mie não devia pensar naquilo, então ela voltava para casa e para Naoki, perguntando-se aonde tinha ido a vontade e energia que um dia tivera. Talvez tivessem ficado para trás, assim como seus sonhos e sua juventude.

Mas por Naoki, o amor de sua vida, Mie encontraria um jeito de voltar a ser o que era — ou de ser ainda mais forte do que já foi.

Por isso, ela sabia muito bem o que faria.

Akane desceu as escadas da casa correndo assim que ouviu sua mãe a chamar. No entanto, quando seus olhos encontraram a porta da entrada, os pés pararam, hesitantes.

— Matsui-*san*? — sorriu, demonstrando respeito em japonês, e se curvou para cumprimentá-la.

— Olá, Akane! — a mãe de Naoki sorriu de volta, simpática. — Posso falar com você?

— Ah... É claro.

— Por que não conversam lá fora, Akane? — a mãe sugeriu. — Lá na mesinha, perto da piscina. Vou levar suco para vocês. Mie, você tem que provar uns beliscões de goiabada que eu comprei na viagem para Minas... Aliás, acabei de lembrar que eu trouxe um pote de doce de leite para vocês! Filha, não me deixe esquecer de entregar...

— Tudo bem, mãe — Akane assentiu e, quando a mãe foi para a cozinha, olhou para baixo, envergonhada. Tinha mentido várias vezes para a Sra. Matsui nos últimos meses, em todas as vezes que Naoki lhe pedira. — A senhora...

— Sabe que não precisa me chamar de "senhora", querida! "*Você*" está bom — Mie balançou a cabeça. — Não sou assim tão velha.

— Tudo bem. Você... É...

— Vamos lá para fora? — a mulher sugeriu.

Elas seguiram em silêncio até se sentarem perto da piscina.

— Akane... eu gosto muito de você — Mie começou, sorrindo. — E gosto muito da sua amizade com meu filho. Então quero te pedir algo...

Akane permaneceu em silêncio, esperando a mais velha continuar:

— Você sabe onde ele está, não sabe?

— Hã... — a jovem hesitou, em dúvida sobre o que dizer.

— Eu sei que sabe, querida. Não minta, por favor.

Akane olhou para o lado.

— Eu não sei se o Naoki gostaria que eu te contasse...

Mie assentiu, compreensiva. Ela se lembrava de como costumava ser leal aos seus amigos quando era mais jovem e sabia que se suas amigas lhe pedissem para mentir aos pais, ela o faria sem pensar duas vezes.

— Só quero saber se ele está bem — ela explicou. — Naoki saiu de casa há duas semanas e deixou o celular para trás. Sei que devia ter ido atrás do meu filho no mesmo dia, mas ele estava com tanta raiva... Eu imaginei que precisaria de um tempo sozinho. Achei que ele estivesse aqui, mas sua mãe me disse que ele só passou uma noite na sua casa. Não sei onde Naoki está, nem *como* está... Por favor, Akane, eu preciso saber. Se eu não souber de nada, vou ficar desesperada e começar a procurá-lo no *campus* como uma louca todos os dias.

Akane a observou em silêncio, não conseguindo evitar os pensamentos de que, se estivesse no lugar de Mie, também ficaria muito preocupada com o filho. E, sem dúvidas, contar para ela onde Naoki estava seria melhor do que contar ao Sr. Matsui.

— Ele está... morando com... Com um amigo — Akane respondeu, emaranhando os dedos em puro nervosismo, torcendo para que caracterizar Daniel como "amigo" não trouxesse problemas a Naoki.

— Quem? Achei que ele só tivesse amizade com você e seu irmão... Ele nunca levou outros amigos para casa.

— Não... Ele... — a garota coçou a cabeça. Talvez fosse melhor não mandá-la à casa de Daniel. — Eu não sei o endereço direito.

— Mas você sabe chegar lá?

— Não — ela mentiu. — Mas eu soube que o Naoki vai começar a trabalhar em um café num shopping aqui perto... Talvez você possa encontrá-lo lá.

— Trabalhar em um café? — Mie franziu a testa, confusa. — Meu filho? Isso é sério, Akane?

A jovem concordou, vendo o rosto da mulher se iluminar com um sorriso.

— Meu Deus, ele está mesmo se virando sozinho!

— Posso te passar o endereço de lá.

— Sim! Sim, por favor, Akane, me passe.

— Tudo bem.

A garota respirou fundo, cruzando os dedos para que não estivesse tomando a pior decisão possível.

Naoki teve um péssimo primeiro dia como assalariado: quebrou duas xícaras, derramou o café com leite e quase derrubou um bolo inteiro no chão. Estava desesperado, pensando que seria demitido ao fim do expediente, mas Ricardo, seu chefe, tranquilizou-o:

— Não há nada que não possa ser aprendido, Naoki! Eu também era meio desastrado no começo, mas peguei o jeito. Logo você também vai!

Aquela frase simpática fez com que o novo funcionário se sentisse bem, embora os dias seguintes não tenham sido melhores. Apesar dos perrengues na primeira semana, ele já gostava de Ricardo e de seus dois colegas, Carla e Sérgio, que estavam o ajudando e treinando. Sérgio não tinha feito faculdade, trabalhava como barista em tempo integral e seu hobby era colecionar piadas ruins, mas que todos achavam graça por causa da risada estranha do rapaz que acompanhava as piadas. Naoki também não pôde deixar de notar que Sérgio e Ricardo se entreolhavam de vez em quando, mas logo desviavam o olhar, ligeiramente nervosos. Já Carla era uma moça que tinha experiência como barista e também fazia bicos como animadora de festas infantis. Ela sabia fazer todo tipo de bichinhos com bexigas e havia algo em seu jeito atencioso ao treiná-lo que fazia Naoki se lembrar de sua mãe quando ela lhe ensinava o que sabia no violino.

Na realidade, Naoki pensava muito em Mie desde que saíra de casa. Era estranho não ter sua companhia e pensava a toda hora em como ela devia estar se sentindo sozinha com seu pai naquela casa enorme. Eles nunca foram um casal que interagia muito, então Naoki sempre havia sido o companheiro de sua mãe para tudo. Perguntava-se como ela estaria aguentando seu pai e cogitava que, talvez, os dois nem mesmo estivessem se falando mais — já que, na maior parte das vezes, Naoki os ouvia conversar apenas sobre ele próprio. O rapaz não entendia como seus pais podiam ter se apaixonado na juventude, porque não tinham nada a ver um com o outro, além de ser dolorosamente óbvio o quanto seu pai havia destruído a felicidade de sua mãe. Não entendia como certas pessoas ficavam juntas mesmo que fosse evidente que não tivessem sido feitas uma para a outra.

Quando, enfim, encerrou o expediente de sua primeira sexta-feira como um trabalhador, Naoki se arrumou e esperou Daniel do lado de fora do shopping, como haviam combinado.

Distraído olhando o movimento dos carros e as luzes de suas lanternas, surpreendeu-se ao receber um beijo rápido na bochecha e sorriu na mesma hora ao ver o namorado ali.

— O que está fazendo aqui? Cadê sua moto?

— Eu cheguei antes do que imaginei, aí fiquei estacionado, esperando você sair.

— Mas já estou aqui há alguns minutos e não te vi.

— Porque eu fiquei te olhando de longe — Daniel disse em voz baixa, e Naoki corou. —Então, como foi a primeira semana, *senhor assalariado?*

— Ah... Não fui muito bem, mas o Ricardo é sempre muito legal comigo. E o Sérgio e a Carla também são, espero que nos tornemos bons amigos.

— Aposto que sim, Ki.

Eles entrelaçaram as mãos por apenas alguns segundos. E, ao se virarem, Naoki sentiu a garganta ficar seca e o coração disparar.

— Filho?

O jovem congelou, estático, e Mie o puxou para um abraço na mesma hora.

— Você está bem, não é? — a mãe estava quase chorando. — Eu estava tão preocupada! Mas te ver inteiro e sorrindo assim é tão bom!

Naoki a abraçou de volta, respirando fundo para sentir seu cheiro.

— Oi, mãe...

Eles se abraçaram por um tempo até que a Sra. Matsui se afastou e disse a Daniel:

— Nossa, me desculpe! Olá, eu sou a Mie, mãe do Naoki.

— Ah... — o roqueiro ficou um pouco sem graça. — Sou Daniel.

A mulher olhou para o filho como se esperasse alguma explicação. Naoki sabia que se dissesse que ele e Daniel eram amigos, sua mãe provavelmente não acreditaria, pois tinha visto as mãos entrelaçadas, mesmo que o carinho tenha durado meros segundos. E embora soubesse que ela não o forçaria a dizer a verdade, Naoki sentiu que não havia por que mentir. Assim, disfarçou o ligeiro nervosismo com um dar de ombros e disse:

— Mãe, o Dan é... meu namorado.

— Ah! — Mie sorriu para eles. — Parabéns! Estou tão feliz por você, querido! Você saiu de casa, arranjou um emprego, um namorado... E está tomando suas próprias decisões, finalmente! Isso é tão libertador, né? Espero que esteja feliz, meu filho.

Naoki ficou sem palavras, sem saber como responder às perguntas da mãe. Ela parecia genuinamente alegre, pela primeira vez em anos, e pensar que suas ações a deixavam assim lhe deu uma sensação boa no peito.

— Estou, sim, mãe — ele sorriu, enfim. — Estou feliz.

A mulher pegou sua mão.

— Por que não vamos jantar?

— Jantar às onze da noite? Onde?

— Sempre tem lugares que ficam abertos até meia-noite, Naoki. Você já comeu? Porque eu estou cheia de fome!

Naoki olhou para Daniel como se lhe dissesse "pode nos dar um momento?", mas Mie puxou o roqueiro para perto.

— Daniel, gostaria de vir com a gente?

Naoki piscou, surpreso, e seu namorado arqueou as sobrancelhas, voltando-se para Mie:

— Ah... Tem certeza? Acho que vocês precisam de um tempo a sós.

— Eu gostaria muito de conhecer você.

— Então tudo bem... — ele sorriu, sem jeito.

O lugar que escolheram para jantar ficava ali pelas redondezas e era muito mais simples do que os estabelecimentos aos quais o pai de Naoki costumava levá-los, mas sua mãe parecia muito mais feliz ali do que em qualquer restaurante chique.

Após se sentarem em uma das mesas quadradas e fazerem os pedidos, os três começaram a conversar. Mie quis saber tudo sobre Daniel, mas diante da estranha timidez do namorado, Naoki começou a falar por ele e contou que o outro cursava Filosofia, pintava quadros, tocava piano, guitarra e gostava de rock. Também contou à mãe que dividiam um apartamento com André e depois falou sobre a cafeteria onde tinha começado a trabalhar.

Sorrindo, Mie encostou levemente na mão do roqueiro.

— Obrigada — disse com os olhos brilhando. — Por ajudar o meu filho e por fazer ele feliz. Espero que vocês se deem muito bem.

— Nós nos damos, Sra. Matsui — ele respondeu, olhando para Naoki com um sorriso.

— Então, como se conheceram? — a mulher indagou.

Os dois se entreolharam.

— Na USP — Daniel limitou-se a dizer.

— Ah, sim...

— E como foi que você me encontrou, mãe? — Naoki mudou de assunto.

— Bem... Tenho meus contatos — Mie brincou.

— Você foi atrás da Akane, não é?

— Não fique bravo com ela — ela se apressou em pedir. — Aliás, você não tem o direito de ficar bravo com ela. Se alguém tem que estar bravo com alguém aqui, esse alguém sou *eu*, com *você*, por não ter entrado em contato com a sua mãe antes. Eu não tinha nem um número pra te ligar! Parecia que você queria fugir de mim!

— Desculpe, mãe — ele sussurrou, encolhendo os ombros.

— Está tudo bem — Mie segurou na mão do filho. — Agora que sei que você está bem, eu estou tranquila.

O garçom serviu o jantar e os três começaram uma conversa animada sobre gostos musicais, instrumentos e livros. Mie preferia literatura brasileira a literatura russa e estava se interessando por filosofia, o que fez ela e Daniel conversarem tanto que Naoki se sentiu levemente jogado para escanteio, mas contente por sua mãe ter gostado de seu namorado.

Mie não parava de olhar para a mão de Daniel, mas só mencionou quando já estava pedindo a conta:

— Hum... Desculpe ser inconveniente, mas essa tatuagem aí é a metade de um coração?

— É, sim — Daniel confirmou, envergonhado.

Os olhos de Mie se voltaram lentamente para o filho.

— Você fez uma dessas também, Naoki...?

— Não — mentiu.

— Não? — a mãe levantou uma sobrancelha.

Daniel franziu a testa para Naoki, como se dissesse "*Ela vai achar que tenho esse coração com outra pessoa e não vai gostar de mim!*", então Naoki suspirou e confessou, num fio de voz:

— Sim.

Mie gargalhou.

— Meu Deus! Aposto que foi ideia sua, né? Meu Deus, que bobagem, filho!

— Mãe!

— Foi o que eu disse para ele — Daniel disse à sogra.

— Como ele te convenceu a fazer isso? — perguntou a mulher, ainda rindo.

Os olhos de Naoki se arregalaram quando viu o roqueiro abrir a boca e, desesperado, ele interviu:

— Ele aceitou, só isso! Agora parem de dizer que sou impulsivo e idiota, por gentileza.

— Você é quem está dizendo — Daniel balançou a cabeça e tanto ele quanto Mie, começaram a gargalhar às custas de Naoki.

— Tá, já podem parar — murmurou Naoki, ainda contrariado.

Ele deixou que os dois conversassem e sorriu sozinho, sem prestar atenção no que estavam falando. Seu coração batia rápido e quente no peito, de um jeito que ele soube que era de uma felicidade incomensurável.

Daniel tinha dado espaço e tempo para Naoki e a mãe conversarem um pouco a sós e agora esperava pelo namorado encostado na moto, um pouco afastado do restaurante.

Próximo dali, um táxi estava estacionado no meio-fio, esperando por Mie enquanto ela se despedia do filho.

— Estou tão orgulhosa de você! — ela sorriu, passando a mão pelo cabelo de Naoki.

— Obrigado, mãe.

— Quando te procurei, eu estava desesperada achando que você precisava de dinheiro. Até pensei em alugar um apartamento para você, mas acho que você está indo muito bem sozinho.

Naoki assentiu, sorrindo.

— Sabe que pode contar comigo se precisar de qualquer coisa, né? — a mãe segurou suas mãos. — Ah, parabéns também pelo Daniel, ele é um rapaz muito bonito — ela o cutucou, fazendo-o corar. — Como foi que você o fisgou?

— Porque eu também sou bonito, oras.

Mie riu, sem responder.

— O que foi? Não sou? — o filho perguntou, enciumado.

— Claro que é, mas esse seu jeitinho marrento... — Mie riu, e ele fez uma careta.

Os dois ficaram em silêncio por alguns segundos até a mulher perguntar:

— Naoki, você não quer voltar para casa, não é?

— Não, mãe.

Ela o encarou com um semblante suave.

— Tudo bem, eu entendo... Mas, por favor, me ligue de vez em quando — ela tirou o celular de Naoki da bolsa e entregou ao filho.

— Quem paga a conta de telefone é meu pai, não posso usá-lo.

— Eu pagarei a conta do seu celular, pronto. Não me deixe sem notícias, Naoki! Ou vou *morrer* se ficar sem saber como você está.

— Que exagero!

— Você tinha que ter puxado isso de alguém, não é? — ela riu em resposta. — Do seu pai é que não foi...

— Não conte a ele que me viu, por favor — Naoki pediu. — Nem que estou trabalhando, muito menos sobre o Daniel. Por favor...

A mãe suspirou antes de responder:

— Tudo bem, como você quiser. Mas saiba que estou muito feliz por você, filho — Mie sorriu e deu-lhe um beijo na bochecha. — Eu sempre imaginei quando você me contaria, e eu gostei do Daniel. Ele é diferente, mas acho que vocês combinam. E Deus sabe que você precisa de alguém dif...

— Quando eu te contaria? — Naoki a interrompeu, franzindo a testa.

— Você achava que eu não sabia que você gosta de meninos? Conheço meu filho — a mulher riu. — Agora preciso ir, querido. Eu te ligo, está bem? E se você me ignorar, eu vou lá no seu trabalho te fazer passar vergonha!

— Está bem — ele riu com a ameaça e a abraçou antes da mulher entrar no táxi.

Enquanto o carro se distanciava, Daniel se aproximou.

— Gostei da sua mãe.

— E ela gostou de você — Naoki virou-se para ele. — E me perguntou como foi que você se apaixonou por mim, com a minha personalidade marrenta. Acredita numa coisa dessas?

Daniel riu.

— Também me pergunto isso, sabia?

— Idiota! — Naoki riu, empurrando-o pelo ombro sem muita força, mas o roqueiro soltou uma interjeição de dor. — E ela ainda teve a coragem de deixar subentendido que você é mais bonito que eu. Vê se pode isso? Eu sou filho dela!

— Talvez eu concorde com ela — Daniel resmungou, dessa vez de verdade, quando o namorado lhe deu um beliscão. — Ai, é brincadeira! Você é mais bonito!

Naoki riu e revirou os olhos enquanto se dirigia à moto.

— Estranho encontrar ela aqui... O mais estranho foi que ela não brigou comigo por eu gostar de homens... Eu sempre tive tanto medo de contar, mas ela sabia todo esse tempo. Sabia e não disse nada!

— Porque para ela é natural e ela devia estar esperando você mesmo contar, ué — Daniel deu de ombros enquanto subia na moto. — Estou feliz por você, Ki.

— Eu também... E sabe o que é mais engraçado?

— O quê?

— As coisas estão dando certo demais para mim — Naoki o ignorou. — Isso nunca acontece. Não tem aquela frase: "Quando a esmola é boa demais, o santo desconfia"?

— Para com esse pessimismo todo — Daniel rebateu. — Vamos logo para casa. Aliás, o que acha de alugarmos um filme para o fim de semana?

Naoki concordou com um sorriso e beijou a bochecha do roqueiro antes de subir na moto.

Daniel segurou as mãos do namorado e as colocou dentro dos bolsos de sua jaqueta, fazendo o outro sorrir enquanto enterrava o rosto em sua nuca, com as bochechas coradas.

O roqueiro riu.

Às vezes, Naoki ainda era tão bobinho...

Capítulo 27

Daniel largou o pincel e observou o esboço de Naoki que agora começava a ficar colorido, em tons tão suaves quanto seus toques. Ainda não tinha certeza se estava gostando do resultado, mas estava se esforçando para não ser tão perfeccionista e acabar desistindo.

Seus olhos desviaram da pintura, pousando sobre o maço de cigarros e o isqueiro que estavam em cima do piano ao lado. Havia comprado aquilo em segredo, quando estava no trabalho, mas não tinha fumado nenhum até o momento. Esticou a mão, inclinando-se para pegar a caixa, mas recuou, respirando fundo.

Levantou-se, agarrando o maço e o isqueiro antes de ir até o quarto. Lá, jogou o pacote no lixo cheio de partituras amassadas, guardou o isqueiro no bolso e começou a procurar por alguns pincéis menores. Não os encontrou sobre a escrivaninha, então puxou uma caixa de madeira que ficava sob a cama, onde todo seu antigo material de pintura estava guardado. Ao abri-la e mexer nos pincéis, encontrou uma pequena cigarreira de metal e um mal-estar se apossou dele enquanto a abria, completamente enjoado pela nostalgia.

Ali dentro havia uma foto polaroide e podia ver seu rosto — o rosto de um Daniel idiota, de dezessete anos — ao lado de Rodrigo. Aquela era a única foto apenas dos dois, tirada em um almoço de família. Daniel sempre foi tão otário e apaixonado por Rodrigo que a havia guardado junto a um papel.

Sentiu-se estúpido ao desdobrá-lo e se deparar com a letra de Rodrigo:

Desculpe não ter ido à sua apresentação de piano.
Você tem um enorme talento e devia acreditar em si mesmo,
sem a necessidade de ouvir isso de mim.
R

Daniel pensou que chegava a ser patético como, anos atrás, sentiu-se especial ao receber aquele bilhete, pensando que aquela era a prova de que Rodrigo se importava com ele. Se tivesse aberto um pouco mais os olhos, teria percebido que não havia nenhum tipo de demonstração de afeto naquele pedaço de papel e que o relacionamento não tinha significado nada para o outro. Pode ser até que Rodrigo tenha sentido algo por ele no começo, logo que o namoro com Adriana chegou ao fim, mas era óbvio que aquilo nunca havia passado de um desejo, uma vontade, em vista do final que tiveram, sem explicações, sem diálogos ou despedidas. Um final sem nada além de um silêncio cortante e uma distância súbita.

Pensou na última vez que se viram, quando Rodrigo pediu desculpas pelo passado, e, ao invés de aceitá-las, Daniel só conseguiu proferir palavras grosseiras com a intenção de machucá-lo. Achava que tinha superado o acontecido durante aqueles anos separados, mas quando Rodrigo tocou no assunto, o roqueiro percebeu que havia guardado tanto rancor dentro de si que o peso daquele sentimento em seu peito o sufocava, mesmo que não se desse conta. Em noites mal dormidas, chegou a sonhar com as lembranças mal enterradas e nem um pouco resolvidas de seu envolvimento.

E não era apenas com Rodrigo que aquilo acontecia: Daniel ainda remoía tudo o que havia passado com seu pai e não conseguia se livrar do ressentimento, nem ao menos sabia como fazê-lo.

Com a mente cheia daqueles pensamentos, Daniel puxou o isqueiro do bolso da calça jeans e aproximou-o do papel. Depois de alguns segundos olhando-o fixamente, afastou o fogo e tirou o maço de cigarros do lixo, acendendo um enquanto fechava as pálpebras, tentando relaxar. Largou a foto e o bilhete para tragar, sentindo-se terrível por estar quebrando a promessa que fizera a Naoki enquanto soltava a fumaça pela boca, inclinando a cabeça levemente para trás.

Ainda de olhos fechados, sua mente começou a traçar cada detalhe de Naoki, tentando escapar da sensação ruim que o afligia. Pensou no sorriso do namorado, no desenho dos olhos brilhantes, no cabelo macio, nas veias dos braços e das mãos. Na imagem formada pela sua mente, Naoki tocava violino e parecia totalmente focado na atividade, mas cada centímetro de sua pele o convidava para seus toques, dos mais leves aos mais íntimos, suaves e selvagens.

Era engraçado pensar como Daniel o achava tão mesquinho e irritante, mas agora testemunhava Naoki se mostrando uma coisa completamente oposta ao que ele pensava. O roqueiro gostava de poder vê-lo se tornando aquela pessoa diferente e gostava ainda mais de imaginar que tinha alguma influência naquilo. Gostava de como Naoki o havia mudado, compelindo-o a agir, sentir e se expressar de formas que ele jamais imaginou que faria. Cada detalhe de Naoki estava tomando conta de sua mente, trazendo uma sensação que o loiro nunca pensou que poderia sentir e jamais sentiu, com Rodrigo ou com qualquer outra pessoa.

— Daniel?

A voz soou alta e lhe causou um sobressalto que o tirou do curso de seus pensamentos. Soltando a fumaça do cigarro no ar, ele abriu os olhos, que logo encararam os de Naoki. O namorado tinha chegado cedo demais ou ele se perdera nas próprias memórias?

— Eu te chamei na sala... — o outro disse, hesitante. — Mas você não respondeu, então...

As palavras morreram na boca de Naoki, que estava incerto se deveria comentar a respeito do cigarro ou não, mesmo que sua vontade fosse brigar com Daniel. Algo na expressão do loiro, além do fato de estar fumando, dizia que ele não estava bem.

— Como foi o trabalho? — Naoki ouviu o namorado perguntar.

— É estranho trabalhar no sábado... — ele respondeu, incomodado com o fato de o namorado não dizer nada sobre o cigarro.

Sem conseguir se conter, disparou:

— Então... Por que está fumando? Está nervoso com algo? Achei que eu tinha te ajudado a parar...

Daniel baixou os olhos devagar e moveu a mão para apagar o cigarro no papel com a caligrafia de Rodrigo. Naoki observou a fumaça e, em seguida, reparou na fotografia caída no chão.

— Eu vou queimar — Daniel falou, como se pedisse desculpas.

Naoki voltou a olhar para ele.

— Quem é esse?

O roqueiro não respondeu.

— É o Rodrigo?

Novamente, Daniel não verbalizou, mas depois de alguns segundos, respondeu com um aceno de cabeça e Naoki também assentiu, sem se irritar ou ficar chateado.

— Não precisa queimar a foto por minha causa.

— Mas acho que ninguém gosta que o atual namorado tenha fotos com o ex, né?

— Não — Naoki respondeu. — Mas você não tem que se sentir obrigado a queimar por minha causa.

O silêncio pairou entre os dois por alguns minutos e Naoki foi para a sala, cansado da ausência de palavras. Daniel foi atrás dele e o encontrou sentado no pequeno banco posicionado em frente ao cavalete, observando as cores suaves na tela e o esboço do próprio rosto.

— Não era para você ver — o artista resmungou.

— A foto ou a pintura? — Naoki não o olhou, continuava a olhar a tela.

— A pintura.

— E a foto? — o outro perguntou, traindo sua própria vontade de se mostrar inabalado com aquilo. — Você ia queimar mesmo ou só falou aquilo porque eu vi?

— Desculpa — Daniel suspirou. — Eu nem lembrava que aquela foto existia. Ela tava guardada no meio do meu material de pintura e eu nunca mais abri essa caixa, porque não pintava já tinha uns cinco anos... Aliás, já tô vendo que seu quadro vai ficar horrível, eu tô enferrujado. — Ele tentou mudar de assunto.

— Você parou de pintar porque o Rodrigo foi embora?

— Não.

— Não minta para mim, Daniel.

— Não foi *só* por isso. Eu te disse, meu pai dizia que tudo o que eu pintava era "desperdício de tinta", que comprar "material de artista" era queimar dinheiro, já que eu não era um... O Rodrigo costumava me encorajar quando morou lá em casa, mas eu parei de pintar quando ele foi embora, porque eu também resolvi ir.

Naoki olhou para a janela.

— Dan, tudo o que você faz é maravilhoso. Suas pinturas, seus desenhos... O modo como você toca piano, guitarra... Não sei por que dá ouvidos a essas coisas. Você é muito talentoso. Não tem motivo para se sentir mal a ponto de voltar a fumar.

— Mas você também não dava ouvidos ao que seu pai dizia?

Naoki ficou em silêncio.

— Na verdade, ele nunca disse que eu não tocava bem... — ele encolheu os ombros. — Só... me criticava porque, segundo ele, eu não treinava o bastante. O que será que ele diria me vendo agora, não é? Não faz sentido... Ele me expulsou de casa porque eu não treinava o suficiente, mas agora eu nem consigo mais treinar — ele concluiu, rindo sem humor.

Ficaram imóveis e silenciosos por mais algum tempo enquanto Daniel sentia a angústia em seu peito e não sabia se deveria se aproximar de Naoki. Não conseguia entender se o outro estava irritado ou não.

— Não sabia que ia me pintar — o violinista sorriu, com a voz suave que atravessou Daniel com uma sensação estranha.

— Você disse que queria um quadro e não consegui imaginar nada além do seu rosto.

Daniel foi pego de surpresa quando Naoki se aproximou, e o analisou como se procurasse por alguma pista de raiva, algo que lhe mostrasse que, se fizesse qualquer movimento brusco, levaria um soco. No entanto, a expressão de Naoki era branda.

Então, diante daquele olhar e a passos lentos, Daniel aproximou-se até acabar com a distância entre os dois, mas as mãos hesitantes demoraram a segurar seu rosto. Foi Naoki que tomou a iniciativa e puxou as mãos do loiro para si, colocando-as sobre a própria face. Seus olhos se fecharam e Daniel se viu totalmente absorto naquela imagem, acariciando-o com o dedão e sentindo os dedos alheios segurarem seus pulsos com mais urgência.

Daniel encostou sua testa na de Naoki e também fechou os olhos. Ambos permaneceram em silêncio, sentindo as respirações se misturarem, e logo os lábios se encontraram. Naoki puxou-o para perto pelos ombros e entrelaçou suas mãos, pousando a cabeça na curva entre o pescoço e o ombro.

— Por favor, Naoki... Não duvide do meu amor por causa dessa foto — pediu Daniel.

— Desculpe, Dan — o outro sussurrou em resposta. — Eu só... sou inseguro. Eu sinto como se a qualquer momento você pudesse me deixar ou me trocar, porque já ficou com várias outras pessoas e viu que não sou lá essas coisas — A voz de Naoki era baixa e ele teve medo de sua confissão parecer uma acusação, pois não tinha a intenção de julgá-lo. — É só que você já deve ter ficado com alguém melhor e...

— Nunca mais diga isso — Daniel segurou seu rosto e o obrigou a encará-lo. — Você é muito melhor para mim do que qualquer outra pessoa com quem já estive. Desculpe se meu passado te deixa inseguro. Se soubesse que você apareceria, juro que não teria ficado com ninguém — brincou com uma risada suave.

Naoki não respondeu e eles se encararam em silêncio até Daniel lhe dar um beijo calmo, tão carinhoso e cuidadoso que o outro sentiu o corpo inteiro aquecer, principalmente seu peito. Era brega, mas era verdade: seu coração se aquecia toda vez que estava com Daniel.

Quando se separaram, em busca de fôlego, Naoki o chamou em um sussurro:

— Dan?

— Hum?

— Podemos tocar piano?

Daniel sorriu e assentiu.

— Claro.

Naoki sorriu de volta, com os olhos cintilando, e se apressou para sentar ao piano, deixando o outro imóvel e pensativo.

Vez ou outra, Daniel se pegava questionando a razão de Naoki ter trocado o piano e a música — certamente, suas coisas prediletas no mundo — e todo o futuro que a música lhe garantiria por coisas tão incertas e, talvez, até efêmeras. Por que Naoki estava ali com ele? Até quando estaria?

Daniel tentava parar de se perguntar, mas acabava sempre voltando àquelas questões.

O casal tocava piano — e Daniel mordiscava a orelha de Naoki, provocando-lhe risadas e arrepios — quando André chegou com Luísa. As pernas da moça enroscavam-se nas dele e Naoki se sentiu um pouco envergonhado por presenciar a cena, como se estivesse pegando-os no flagra.

O roqueiro olhou os amigos, com o braço apoiado no tampo do piano, enquanto sorria maliciosamente.

— Olá para vocês.

— Oi — Luísa sorriu, acenando e encarando Naoki de cima a baixo, fazendo-o desviar o olhar, constrangido.

— Oi — André balbuciou, levando a garota para seu quarto.

Naoki se virou para Daniel.

— Já vi essa menina várias vezes, mas nenhum de vocês me apresentou a ela. Não foi ela que entrou aqui daquela vez, quando estávamos tocando piano? Aquela que entrou sozinha com um livro na mão?

— Foi, sim.

O violinista assentiu.

— Hum... E qual é mesmo o nome dela?

— Luísa.

Naoki assentiu outra vez e deu de ombros, voltando os dedos para o piano, deixando o assunto de lado. Daniel o observou até que a ficha do namorado, enfim, caiu:

— Espera... Luísa? Não é o nome da garota com quem você apostou que me comeria?

— Eu não apostei que te *comeria*... Essa palavra é horrível, Ki.

— É ela?

Naoki arqueou as sobrancelhas com a confirmação e assentiu.

— A Luísa é muito bonita... Você já ficou com ela?

Daniel não respondeu, então Naoki suspirou, sabendo o que aquele silêncio significava.

— Às vezes é mais fácil perguntar com quem você não ficou... — comentou, com a voz ressentida.

Daniel odiava aquela fama. Nunca tinha se importado com aquilo, porque nunca pensou em arranjar algo sério, mas agora parecia que seu histórico estava se tornando um empecilho para Naoki. Ele não entendia muito bem o motivo de o namorado parecer tão incomodado naquele momento, já que ele sabia de seu passado e parecia disposto a não ser mais afetado por quem Daniel já foi. Talvez tivesse sido apenas pela foto de Rodrigo?

Daniel pensava que aquele assunto já havia sido encerrado, mas pelo visto não.

Ele suspirou e se levantou, deixando Naoki sozinho no piano. Em seguida, foi até o quarto, abriu a gaveta da mesa de cabeceira, pegou uma lata de alumínio e, quando voltou, entregou-a a Naoki.

— É só isso o que importa agora — disse. — Não as outras pessoas. Está bem?

Naoki abriu a lata e encontrou todas as fotos que os dois haviam tirado juntos.

É só isso o que importa agora.

— Desculpe, Dan.

— Me deixa triste pensar que você se sente mal com quem já dormi, com quem tirei uma foto ou de quem gostei anos atrás... Eu estou aqui com *você* agora, isso não devia ser o mais importante? Achei que já tivéssemos falado sobre isso. Eu amo você, Naoki. Confie em mim. É tão difícil assim?

— Não... Me desculpe — Naoki o olhou. — Não me importo com o seu passado. Sei que você me ama.

Em resposta, a mão de Daniel aproximou-se do queixo do namorado, tocando-o embaixo duas vezes, em uma carícia rápida que fez Naoki se arrepiar e sorrir.

O roqueiro sorriu de volta, com os olhos exibindo pequenos lampejos de alguma coisa que Naoki não pôde decifrar — havia sempre algum mistério em Daniel, algo que ele não conseguia raciocinar.

Mas se pudesse sentir, então saberia o que era.

Naoki acordou sozinho na cama, sentindo o calor que começava a tomar conta das noites do fim de outubro.

Ao ouvir o som de guitarra vindo da sala, entretanto, voltou a fechar os olhos. Como sempre, Daniel tocava uma música de Jimi Hendrix e Naoki adorava aquele som. Sabendo que não conseguiria mais dormir, ficou de barriga pra cima no colchão e começou a encarar o teto, incapaz de esvaziar a mente logo cedo.

Ele vinha pensando cada vez mais em trancar a faculdade, porque não conseguia ter tempo nem disposição para treinar tanto quanto deveria. Já tinha abandonado as aulas de violino que fazia por fora e se trancasse aquele curso também, estaria se afastando completamente de seus objetivos e sonhos, sem ter nenhuma certeza se seria apenas por um tempo ou em definitivo.

Se trancasse a faculdade, demoraria mais do que o único ano que faltaria para se formar, enquanto Daniel se graduaria no tempo certo. Naoki desejava que o namorado atrasasse pelo menos um semestre, assim não se sentiria tão péssimo consigo mesmo, apesar de sempre se censurar pelo pensamento egoísta e por saber que o outro provavelmente não via a hora de se formar, como qualquer universitário normal.

Naoki pulou da cama e andou até a porta, tentando sair de seus próprios pensamentos.

André não estava em casa e não havia mais sinal de Luísa.

Ainda sonolento, ele se encostou ao batente da porta e observou o namorado que estava sentado no sofá, extraindo as notas da guitarra. O rosto de Daniel estava suave, seus olhos estavam fechados e a mente, tão absorta no solo de *Bold as Love* que ele não ouviu quando Naoki se aproximou.

Daniel se arrepiou quando o namorado mexeu em seu *mullet* com os dedos delicados subindo pela nuca em direção ao couro cabeludo, roçando sua pele de um jeito gostoso.

— Bom dia — ele ergueu os olhos com um sorriso de canto, o sorriso que Naoki costumava odiar quando ainda faziam apostas sobre um quebrar o coração do outro.

Seria mentira se dissesse que aquele sorriso não o derretia na época, e nada havia mudado.

Daniel o observou com calma, seu sorriso aumentando ao constatar que Naoki não cortava o cabelo há algum tempo. Seus fios pareciam tão fofos ao toque que o roqueiro teve vontade de afofá-lo e passar horas fazendo-lhe cafuné.

— Bom dia — Naoki sorriu de volta.

Ele viu o namorado colocar a guitarra de lado e o puxar para seu colo, abraçando-o e beijando seu pescoço, não perdendo tempo em cheirá-lo e lhe fazer cócegas com o nariz.

— Dan! — o rapaz riu, engasgando-se. — Para, faz cócegas!

O loiro sorriu, passando a mão por seus ombros.

— Tá bem.

— Ah! Olha só! Ontem eu ouvi uma música na cafeteria — Naoki se levantou e alcançou o violino, distanciando-se. — Aposto que você conhece, então veja se eu consigo acertar as notas.

Ele começou e Daniel o observou com um sorriso. Claro que conhecia aquela música: *Bitter Sweet Symphony,* mas sua felicidade era por ver o quanto era incrível a forma como Naoki conseguia aprender qualquer música que quisesse só de ouvi-la, como conseguia compor músicas tão bonitas tão rapidamente, como amava aquilo, como tinha um dom. Era muito talento sendo desperdiçado ao trocar horas de prática por horas de trabalho em uma cafeteria.

— Sabia que a música é da banda The Verve, mas foi baseada em um cover instrumental de uma dos Rolling Stones?

— Você virou uma enciclopédia ambulante sobre rock, é isso? — Naoki riu, levantando uma sobrancelha.

Daniel sorriu e brincou:

— Posso fazer uma para você, o que acha? Vai aprender tudo.

— Pode ser. Aí eu farei o posfácio. E acho que "Sobre todas as bandas de rock que eu não conhecia antes de te conhecer" seria um bom nome.

— Fechado, então — Daniel sorriu e se levantou, indo até o namorado e batendo as pontas dos dedos sob seu queixo duas vezes, como na noite anterior.

— Dan — Naoki começou a mudar de assunto —, eu tenho algumas partituras da peça de Prokofiev para Romeu e Julieta, é um arranjo para um dueto de violino e piano. Você quer tocar comigo? Vai ser legal para eu treinar...

— Claro! — O roqueiro lhe deu um beijinho em uma de suas maçãs do rosto, perto do olho. — Mas como minha companhia em duetos sempre é muito requisitada, você vai ter que me pagar.

— Não tenho dinheiro nenhum. O pagamento pode ser com um beijo? — Naoki deu uma pequena risada brincalhona.

Daniel sorriu diante da resposta doce e inocente e chacoalhou a cabeça.

— Não. No mínimo dez beijos.

Naoki balançou a cabeça, como se dissesse "como você é bobo".

— Na verdade, mudei meu preço — o loiro anunciou, deixando o namorado confuso:

— O quê?

— Você vai fazer algo hoje à noite?

— Não, por quê?

— Posso te levar para jantar?

Depois do café da manhã e de tocarem o dueto de Prokofiev, Naoki resolveu pagar os dez beijos que devia a Daniel. No entanto, a sessão de amassos no sofá evoluiu para uma sessão de "arte" e apenas às três da tarde saíram para almoçar.

Sem vontade de ir num restaurante, os dois compraram alguns salgados e ficaram em um parque comendo em um banco de madeira sob os ipês coloridos que projetavam sombras agradáveis. Conversaram sobre o que Daniel tinha vontade de pesquisar para um possível mestrado, mas, de alguma forma, o assunto mudou e eles começaram a falar sobre sobremesas. Daniel contava sobre um restaurante em que ia durante a adolescência com o pai, a madrasta e Rodrigo e descreveu as sobremesas incríveis que o estabelecimento servia, deixando Naoki com água na boca. Também contou que, após a separação dos pais, Rodrigo e Daniel se encontraram algumas vezes naquele local.

Embora Naoki tenha ficado um pouco incomodado com aquela história, sugeriu que fossem jantar no restaurante das histórias. No fundo, estava enciumado e esperava criar novas memórias em Daniel sobre o lugar para substituir todas as lembranças de Rodrigo — além de, claro, querer saber se aquelas sobremesas eram realmente tão gostosas quanto o namorado tinha dito. Por alguma razão, esperava que Daniel dissesse que elas não tinham o mesmo gosto de antigamente.

Então, às oito e meia daquela noite, Daniel segurou a porta do restaurante para que o outro entrasse.

— Primeiro as damas — brincou.

Naoki riu com deboche.

— Você sai da quinta série, mas a quinta série não sai de você.

Eles se entreolharam em silêncio, com risadas abafadas nos lábios, e seguiram para uma mesa em que pudessem se sentar. Um garçom se aproximou e, enquanto faziam os pedidos, Daniel encarou Naoki sem dizer nada.

— O que foi? — Naoki perguntou, erguendo o queixo.

— Estou te olhando, ué.

— Jura? Achei que estivesse plantando bananeira embaixo d'água — Naoki revirou os olhos. — Por que está me olhando?

— Eu tenho que ter um motivo?

— Não sei, talvez.

— Às vezes só olhamos por olhar.

— Mas você está me olhando só por olhar?

— Não, é porque você é muito bonito.

Naoki corou e olhou ao redor. Imediatamente, arqueou as sobrancelhas em surpresa ao ver quem mais estava ali e, quando acenou, seu namorado franziu a testa.

— Akira! — Naoki chamou o amigo.

Daniel girou o tronco, procurando pelo rapaz, mas tudo o que viu foi um casal qualquer passando. Ao se deslocarem um pouco, pôde ver o amigo de Naoki acenando de volta. Em seguida, ele se virou, cobrindo a boca com uma das mãos, e seu maxilar se moveu, dando a entender que estava falando com alguém.

Quando o casal que passava enfim saiu do campo de visão de Daniel, uma silhueta muito familiar surgiu ao lado de Akira. Se não fosse certa fotografia, Naoki não seria capaz de reconhecê-lo. Mas é claro que ainda se lembrava e é claro que reconheceu a pessoa, recebendo a confirmação de que precisava quando Daniel deixou escapar o nome dele num tom surpreso:

— Rodrigo?

Rodrigo e Akira se aproximaram da mesa com passos tranquilos e Daniel olhou para o lado, como se amaldiçoasse a situação. Naoki, por sua vez, percebeu o desconforto de Daniel e se sentiu levemente ameaçado por enfim ver o famoso Rodrigo em pessoa. Ele estava diferente da foto, mas ao contrário do que o violinista esperava, os anos passados só serviram para deixá-lo mais bonito. Observando seu rosto, seu corpo e até seu corte de cabelo, Naoki não se admirou por aquele ter sido o primeiro amor de Daniel.

— Oi — Akira sorriu ao chegar perto da mesa, com a mão atrás da cabeça. — Hã, que coincidência...

— Muita — Daniel tentou sorrir, apesar de estar visivelmente incomodado. Ele queria ter um jantar tranquilo com Naoki, mas já podia prever o fim daquela noite.

— Oi, Daniel — Rodrigo acenou com a cabeça.

— Oi, Rodrigo — o roqueiro ficou um segundo em silêncio, então puxou Naoki para perto. — Esse é o Naoki, meu namorado.

O violinista desviou o olhar, envergonhado pela cena.

— Ah, já ouvi falar bastante de você. O melhor amigo do Akira — Rodrigo sorriu, simpático. Sua voz era baixa e tranquila. — Muito prazer.

— Ah. É! Muito prazer — respondeu, tentando disfarçar a curiosidade. Queria saber se Rodrigo também havia contado a Akira que teve um caso com Daniel alguns anos antes, mas não achou que deveria tocar no assunto, então se manteve calado enquanto Daniel e Akira olhavam para ele, confusos.

— Já que estamos aqui, que tal jantarmos todos juntos? — Akira sorriu de repente e Rodrigo o encarou, um pouco surpreso.

— Claro, por que não? — Naoki sorriu de volta.

Daniel permaneceu mudo enquanto Akira pedia a um dos garçons para que colocassem mais pratos na mesa, e os quatro se sentaram. Naoki tomou um gole de água enquanto observava Rodrigo, que, por sua vez, tinha um semblante tranquilo enquanto olhava para o cardápio.

— E aí, Akira... — Daniel começou a falar, fazendo todos o olharem. — Como se sente sabendo que transou com todo mundo desta mesa?

Naoki cuspiu dentro do próprio copo e deu uma gargalhada, mas depois deu um tapinha nas costas de Daniel, tentando disfarçar:

— Que piada, hein?! É só brincadeira...

— Tudo bem, Naoki, o Akira me contou sobre vocês dois — Rodrigo riu baixo, sem se afetar pelo comportamento do roqueiro.

Naoki encarou Daniel com seriedade, tentando demonstrar como estava decepcionado pelo comentário do namorado. Depois olhou para Akira, arqueando as sobrancelhas com um olhar sugestivo. Então seu melhor amigo estava mesmo gostando de Rodrigo, pois além daquele relacionamento estar durando mais de uma semana — algo inédito para o amigo —, parecia que Akira estava contando seus segredos a Rodrigo, já que ninguém além de Akane e Daniel sabia sobre os dois.

— Você não foi muito criativo na sua vingancinha — Akira provocou o namorado do amigo em resposta, obviamente incomodado.

— Não foi uma vingança — Daniel riu de um jeito não muito agradável. — Só levantei um fato.

Os dois se entreolharam com uma fagulha que, se fosse um pouco mais intensa, pegaria fogo.

— Contou a ele sobre a aposta que fez com o Naoki também, Akira? — o roqueiro questionou.

— Dan...! — Naoki tentou pará-lo, constrangido, mas seu amigo deu de ombros e respondeu:

— É claro que sim.

Daniel encarou Rodrigo de sobrancelhas franzidas.

— E você ia aceitar o *ménage* com meu namorado?

Naoki sentiu as bochechas queimarem com a pergunta do loiro.

— Claro que não — Rodrigo mexeu a cabeça com veemência. De certa forma, seu tom de voz fez o violinista se sentir menosprezado, encolhendo-se um pouco. — Não conheço ele direito e colocar uma coisa dessas numa aposta é muito complicado.

Naoki se empertigou, sentindo-se um pouco melhor.

— Tá legal, vamos mudar de assunto, né?

Rodrigo concordou.

— O Akira me contou que você toca violino, piano e que faz faculdade de Música — comentou, esforçando-se para ser simpático. — É difícil tocar dois instrumentos?

— Ah — Naoki sorriu. — Não muito.

— Ele é chamado de prodígio desde que éramos pequenos — Akira explicou, voltando-se para o namorado. — Claro que não é difícil para ele.

— Isso não é verdade — Naoki balançou a cabeça. — É difícil para mim também. Ter que arranjar tempo para treinar os dois e...

— Ah, Ki, para de se fazer de bobo — o amigo riu e bateu em sua mão sobre a mesa, largando-a pousada ali. — Você não era chamado de prodígio pelos seus professores à toa, né?

Daniel observava a conversa com as mãos descansando uma sobre a outra e se reclinou na cadeira com o braço passando pelo encosto da cadeira de Naoki. O toque quente nas costas fez o violinista se arrepiar e conter um sorriso.

Não sabia até que ponto o ciúme era algo saudável, mas sentia-se quase feliz ao constatar que Daniel nutria aquilo por ele, mesmo que fosse só um pouco. Talvez fosse algum tipo de necessidade idiota de ser desejado pelo namorado, apesar de saber que não era algo tão nobre. Porém, como não queria que Rodrigo criasse uma imagem ruim sobre a amizade que tinha com Akira, principalmente graças ao comentário anterior de Daniel, Naoki retirou a mão.

— É, prodígio ou não, agora estou dando um tempo — respondeu.

— Um tempo? — Akira franziu a testa.

— É. Parei minhas aulas e estou pensando em trancar a faculdade... Não tenho dinheiro nem tempo.

— Você não pode desistir da faculdade, Ki — a voz do amigo estava preocupada.

— Desde quando você está pensando nisso? — Daniel o encarou também.

— Se eu trancasse a faculdade, poderia trabalhar mais horas...

— Não, não pode fazer isso! — Akira chacoalhou a cabeça.

Daniel desviou o olhar, sentindo-se mal por aquela conversa.

— Foi só uma ideia... — Naoki comprimiu os lábios. — Não estou estudando com a mesma intensidade de antes, por isso que pensei... Mas você não precisa se preocupar com isso, Akira.

— Claro que preciso, cara! Você é meu melhor amigo e sei que seu sonho é ser um violinista famoso, igual aquele tal de Itzhak Perlman que você sempre fala.

— Eu ainda tenho tempo para isso... — Naoki riu, sem graça.

Akira resolveu não prolongar a conversa, portanto apenas assentiu e olhou para Rodrigo, perguntando-lhe o que gostaria de jantar.

Naoki fitou Daniel, mas seu namorado tinha os olhos fixos em algo e a mente dispersa. O violinista percebeu que ele olhava para as mãos de Rodrigo, que seguravam o cardápio. Quando Naoki o tocou, o loiro piscou e retirou o braço de suas costas na mesma hora, como se tivesse levado um choque.

— Está tudo bem? — Naoki perguntou, mas só o que obteve como resposta foi um rápido aceno de cabeça.

— Então, Rodrigo, como vai a carreira de advogado? — o roqueiro perguntou, desviando de conversas com o namorado.

Naoki não conseguia parar de repassar o jantar da noite anterior em sua cabeça. O rosto de Rodrigo e o olhar vazio de Daniel ficavam indo e vindo na mente, embebidas no incômodo que o roqueiro havia deixado transparecer com toda a situação. Teria sido ciúme de Akira? Na cabeça de Naoki, era *ele* quem deveria estar com ciúme: Rodrigo era bonito, gentil, legal e foi o primeiro amor do roqueiro. Não conseguia parar de pensar se aquele jeito estranho do namorado tinha sido porque, lá no fundo, ele ainda sentia algo pelo ex.

Não podia ficar pensando naquele tipo de coisa. Daniel havia pedido que Naoki confiasse nele, e o rapaz queria se esforçar para tal... Portanto, decidiu acreditar em Daniel, acreditar que era verdade quando ele disse que Rodrigo era apenas alguém de seu passado, nada mais que isso.

— Naoki? Naoki! — Carla estalou os dedos em frente aos seus olhos e ele piscou, sobressaltado.

— Oi? — o jovem terminou de enxaguar as xícaras coloridas. Era fim do expediente e eles estavam arrumando a cozinha para irem embora.

— Você está legal?

— Estou ótimo. Por quê?

— Sei lá, faz um minuto que você está olhando para o nada, com essa cara estranha — ela levantou os ombros, guardando as xícaras que secava. — E você ficou o dia todo quieto, também.

— Está pensando no namorado, por acaso? — Sérgio apareceu de repente, carregando um engradado de caixas de leite e exibindo um sorrisinho malicioso.

— Hã... — Naoki corou. — É. Mas...

— Mas não é coisa boa, né? — a moça levantou uma sobrancelha.

— Como você sabe?

— Pela sua cara! — Sérgio riu. — Quando alguém fica olhando pro nada e pensando, não é coisa boa. Quer contar alguma coisa pra gente? Desabafar com os amigos faz bem.

Naoki tentou não franzir a testa. Eles já eram amigos a esse ponto?

— Ah... — balançou a cabeça. — Ontem eu e o Daniel fomos jantar, mas ele ficou estranho a noite toda. Não estava assim antes, ficou depois de encontrarmos meu melhor amigo e o namorado dele.

— Será que ele não ficou com ciúme do seu melhor amigo? — o colega de trabalho sugeriu. — Tem muita gente que tem ciúme do melhor amigo.

Naoki começou a lavar os pires.

— Pode ser...

— Mas tem motivo para ele ficar com ciúme? — perguntou Carla. — Você tem que conversar com ele, Naoki. Uma boa conversa ajuda a tirar ideias paranoicas da cabeça.

— Bom... meu melhor amigo e eu já... — ele deixou a frase no ar e Sérgio exibiu uma expressão chocada.

— Então é por isso!

— Mas nós nunca namoramos, nem pensamos nisso... Não tem motivo para ter ciúme.

— Por isso mesmo, estou dizendo que você precisa conversar com seu namorado — reiterou Carla. — Você sabe disso, mas talvez ele não saiba...

— Quem tem que ter ciúme sou *eu* — Naoki começou a reclamar. — Parece mentira o que vou dizer, mas é verdade: o namorado do meu melhor amigo foi o primeiro amor do Daniel. Eu é que devia estar enlouquecendo de ciúmes e...

— E está — Sérgio o interrompeu, gargalhando. — Que história, hein?! Meu Deus, todo mundo se conhece aí...

— Naoki... — Carla tentou continuar com os conselhos. — Você sabe, relacionamentos só funcionam com diálogo. Você devia conversar com o Daniel pra descobrir o porquê dele ter ficado estranho e falar sobre o que você sente também.

— Eu sei... — o violinista suspirou.

— Que nada! — Sérgio deu uma risadinha. — Se eu fosse você, faria o Daniel sentir um pouquinho de ciúme também.

— Hã? — Naoki o olhou, distraindo-se da torneira. A água bateu na louça e voou em seu avental, então ele se afastou da pia, fechando o registro. — Ai, que saco...

— Assim... se ele te fez sentir ciúme, você devia devolver na mesma moeda.

— Onde no mundo que isso é saudável, Sérgio? — Carla revirou os olhos.

Naoki mordeu os lábios.

— Ele gostou mais da minha ideia do que da sua, tenho certeza — ele retrucou, debochado.

A moça suspirou e se voltou para Naoki:

— Meu, conversa com ele, sério...

— Pessoal! — Ricardo abriu a porta da cozinha de supetão. — Hoje foi um dia ótimo, obrigado pela colaboração! E eu tenho novidades: vou começar a encomendar mais bolos confeitados, porque eles estão fazendo sucesso.

— Isso é ótimo, Ricardo — Sérgio sorriu e o chefe o observou por um tempo longo demais, o que obrigou Carla a tossir, fazendo o chefe voltar à realidade com um balançar de cabeça.

— Então... — ele pigarreou, sem jeito. — Naoki! Você está indo muito bem! Eu disse que você pegaria o jeito bem rápido, não disse?

— Acha mesmo? Ainda bem! Obrigado! — Naoki sorriu. — Mas espero continuar melhorando. Quero aprender a fazer cafés bonitos que nem os da Carla.

Ela sorriu.

— Você devia fazer um curso então!

— Não, não... Só de ouvir essa palavra eu fico com calafrios.

Naoki saiu do shopping acompanhado dos demais trabalhadores do café. Carla e Sérgio se despediram para irem juntos ao ponto de ônibus, enquanto Ricardo e Naoki foram na outra direção.

— Estou feliz com seu progresso, Naoki — disse Ricardo, exibindo um sorriso que mostrava uma covinha em apenas uma bochecha.

— Ah, obrigado. Isso é importante para mim...

— Vamos trabalhar muito bem juntos, certo?

— Certo.

Naoki despediu-se do chefe com um sorriso quando seus caminhos divergiram. E ao chegar do lado de fora do estacionamento, encontrou a moto de Daniel parada no meio-fio, do outro lado da rua. Encostado a ela, com uma bandana vermelha no cabelo, o dono do veículo olhava para Naoki com olhos intensos que fizeram suas bochechas queimarem, sentindo-se idiota por constatar o quanto ainda era bobo por ele.

— Você demorou hoje — o namorado falou depois que Naoki atravessou a rua.

— Não pedi para você vir me buscar — o outro murmurou.

— Ah, sei... — Daniel levantou o queixo. — Tá legal, vou embora então.

— Não! Idiota! — Naoki bateu o pé no chão. — Que merda, não consegue ver que estou bravo?

— Não, daqui eu só vi você sorrindo todo simpático pra aquele cara lá. Não parecia nada bravo para mim...

Naoki o encarou por um segundo, mas logo olhou para o lado.

— O Ricardo é muito simpático, por isso eu estava sorrindo. E ele sempre me trata bem, diferente de você.

— De novo isso? Já ouvi esse papo com aquele outro cara... Como era o nome dele mesmo? — Daniel desencostou da moto. — Júlio, né? “Ele me trata muito melhor do que você”.

— Pois é.

— Então está me dizendo de novo que não te trato bem, Naoki?

— Sim, estou dizendo isso mesmo — resmungou.

— Quando não te tratei bem? — Daniel cruzou os braços e olhou para o lado, incrédulo.

— Ontem, quando encontramos o Rodrigo e o Akira. Você ficou todo esquisito, fazendo aquela cena ridícula. Parecia mais que estava morrendo de ciúme do Rodrigo, além de passar a noite toda me ignorando. Você é um idiota!

— Não foi isso o que aconteceu.

— Então o que era?

— Eu... — Daniel respirou fundo. — Desculpe. Só foi estranho ver o Rodrigo com alguém... Não queria ter me deixado abalar tanto, mas é que acho que ainda guardo rancor demais...

— Você não tem que sentir nada por ele, Daniel! — Naoki esbravejou. — O contrário de gostar de alguém é sentir indiferença, não ficar do jeito que você estava ontem, com ciúme do seu ex!

— Acorda, Naoki! Eu estava com ciúme de *você*. Por que contou ao Akira que está pensando em trancar a faculdade e não pra mim?

Naoki arqueou as sobrancelhas.

— Estou pensando nisso, ainda não decidi! Por isso não te falei nada.

— Mas você falou pra ele! Todo mundo merece saber das coisas, menos eu; todos são simpáticos demais para você e te tratam bem, né? Menos eu, né?

Naoki se aproximou e o empurrou, irado.

— Você não tem o direito de ficar bravo comigo, *eu* é que estou bravo com você! Todos os meus dedos das mãos e dos pés não são suficientes para contar com quantas pessoas você já transou!

Eles se encararam.

— Estamos na rua, tarde da noite... — Daniel bufou. — Melhor não brigarmos aqui.

— Não estamos brigando, estamos conversando!

Daniel não respondeu e subiu na moto, esperando que Naoki o seguisse. Quando o outro subiu na garupa, não encostou as mãos no namorado e se segurou no banco, bravo, gesto que fez o roqueiro revirar os olhos.

Ao invés de irem para casa, no entanto, eles foram parar na loja de LPs do pai de Daniel e entraram em silêncio. Como sempre, o roqueiro tinha a chave em mãos, o que Naoki sempre achava estranho, mas nunca dizia nada a respeito.

— Você é tão babaca que não consegue falar com seu pai, mas fica usando a loja dele — Naoki resmungou de braços cruzados, parado em frente a uma vitrola. — Aliás, por que você anda com essa merda de chave para todo lugar? É aqui que você leva suas conquistas pro abate?

— Eu já ia te trazer aqui, para começo de conversa. E já que o André está em casa, aqui é um ótimo lugar para terminarmos a nossa *conversa.*

— Terminar? — Naoki o olhou. — Não tenho mais nada a dizer, já está terminada.

— Talvez você não tenha, mas *eu* tenho. Primeiro, pare de achar que ainda gosto do Rodrigo — Daniel se aproximou. — Se você disser isso mais uma vez, vou ser obrigado a fazer algo que você não gosta: cócegas. Até você chorar de rir e dizer que acredita em mim.

Naoki o encarou de sobrancelhas franzidas, marrento, e Daniel bateu um dedo embaixo de seu queixo.

— Estou falando sério... Vou fazer tantas cócegas que vou te deixar sem ar.

O rapaz perdeu a compostura e sorriu.

— Você é um besta. Está bem.

— Desculpe por ontem. Eu não estava preparado para rever o Rodrigo nem para ter aquele jantar estranho de casais.

Naoki concordou, em silêncio.

— Não vai dizer nada? — perguntou Daniel, de braços cruzados. — De repente, sei lá, um pedido de desculpas por me chamar de babaca e jogar um monte de coisa na minha cara?

Naoki suspirou e abaixou a cabeça.

— Desculpa... E, olha, você não precisa ter ciúme do Akira. Não precisa ter ciúme de ninguém, na verdade. E quanto ao Ricardo... Ele me ajuda muito e eu o admiro, mas é só isso.

— Só se ama o que se admira. O resto é confusão mental — Daniel murmurou, encostando-se a uma estante.

— De onde é isso?

— Não sei. Mas é verdade. Só se ama o que se admira... E você admira o Ricardo. Mas e eu?

— Eu admiro você, Dan — Naoki sorriu. — Por que não ia te admirar? Você tem tantos talentos, se vira sozinho há anos, leu mais livros do que eu até hoje, faz Filosofia! — O violinista riu baixinho antes de sua expressão ficar triste. — Mas... Será que você me admira? Quer dizer, acho que não tem nada em mim para admirar.

— Claro que te admiro! — Daniel segurou seu rosto. — Sua disciplina, o jeito que você luta pelas coisas que quer. Sua força de enfrentar seus pais e começar do zero... Você não consegue enxergar nada disso? Você é tão forte e nem consegue perceber.

Naoki se aproximou, os dedos passando pela jaqueta de couro antes de abraçá-lo, baixando o rosto para o chão.

— Você também é, Dan — ele sussurrou, pensando em como o namorado tinha conseguido viver e sobreviver depois de perder a mãe. Naoki não conseguia imaginar uma vida sem a sua. — Devia saber disso. Cada detalhe seu é admirável.

O roqueiro sorriu e o envolveu com os braços.

— Não tenho ciúme, Naoki, eu confio em você. Você confia em mim?

— Confio — o outro sorriu, erguendo o rosto para beijá-lo, e Daniel o apertou com força, pressionando seu corpo.

— D-Dan... Não me aperta assim — Naoki pediu.

— Por quê? Você é tão fofinho... — o roqueiro o apertou mais.

— Não, sério, você tá apertando minha barrig... — Naoki ficou vermelho como um pimentão quando o barulho escapou e o loiro gargalhou.

— Naoki, você soltou um pum?!

— Cala a boca! Ugh, te odeio! — ele o empurrou, envergonhado. — Já estou envergonhado o suficiente!

— Não fique com vergonha! — Daniel riu. — É normal.

Naoki choramingou e tapou o rosto com as mãos, depois bateu no ombro do namorado.

— Eu disse para você não me apertar tanto!

Daniel continuou a rir, andando pela loja e sumindo enquanto Naoki jogou-se no tapete em que eles haviam se beijado na primeira vez que foram lá, escondendo o rosto com vergonha. Uma música começou a tocar de repente e Naoki ergueu a cabeça na mesma hora, reconhecendo-a em menos de dois segundos: *I Wanna Dance With Somebody (Who Loves Me)*.

— Whitney Houston te deixa mais feliz? — questionou Daniel, finalmente aparecendo no seu campo de visão.

— Sim — Naoki riu.

— Quer dançar comigo? — Daniel esticou a mão. — Como dançamos quando te trouxe aqui da primeira vez.

— Quero.

Então, com um puxão de Daniel, Naoki se pôs de pé e tirou os sapatos, sendo seguido pelo outro.

A voz suave e potente da Whitney preencheu o ambiente e a melodia agitada fez os pés dos dois dançarem praticamente sozinhos.

— Desta vez você está usando o par de meias certo — o violinista riu, e o roqueiro respondeu com uma careta, mostrando-lhe a língua.

— Cala a boca e dança.

O jovem respondeu com uma careta também enquanto os pés deslizavam pelo tapete, auxiliados pelas meias. Sua voz saiu sem que conseguisse contê-la, porque a música era contagiante demais:

— *Oooh, I wanna dance with somebody! I wanna feel the heat with somebody! Yeaaaah, I wanna dance with somebody, with somebody who loves me!*

Entre risadas, Daniel fez o namorado rodopiar e depois o segurou apoiado em um braço, inclinando-o para trás. Naoki gargalhou e levantou as pernas, distanciando-se em seguida para fazer o roqueiro rodopiar também.

— Sério, Naoki... O que eu não faço por você? — o loiro riu com o nariz no pescoço do namorado enquanto eles dançavam. As costas de Naoki sentiam o tórax quente do namorado. — Estou em uma loja dançando Whitney Houston! Meu lado roqueiro quer se matar, mas não consigo não dançar com você.

Naoki sorriu.

— Eu te amo, Dan — disse, tomando-lhe o rosto com cuidado e beijando-o. — E como diria Janis Joplin, pegue mais um pedacinho do meu coração.

— Eu não quero um pedacinho... — Daniel sorriu com as mãos passeando pelo cabelo do outro. — Eu o quero por inteiro.

— Mas já é todo seu! — exclamou Naoki, abraçando Daniel pelo pescoço e puxando-o para o tapete. — O que acha de ouvirmos Janis Joplin depois?

— Gosto das suas ideias, meu caro.

Quando os dois se deitaram no tapete e Daniel o beijou devagar, Naoki teve certeza de que não esqueceria tão cedo aquele dia, assim como não esqueceu que se beijaram naquele mesmo local, ouvindo Led Zeppelin. Ele gostava da mistura de rock, música clássica e pop que sempre cercava os dois. Gostava da mistura que formava com Daniel.

Enquanto se beijavam, suas mãos procuravam pelo tórax de Daniel — mais precisamente, onde estava o coração. Queria senti-lo, *precisava* senti-lo para ter certeza de que o que sentia era recíproco. E seus lábios esboçaram um sorriso ao notar que o coração do namorado batia tão rápido quanto o seu, embora soubesse que poderia ser apenas o efeito de dançar Whitney Houston.

Por favor, Naoki... Não duvide do meu amor, do quanto eu amo você, a frase de Daniel veio em sua cabeça, como um lembrete.

— Ah, então minha loja virou uma discoteca agora! — uma voz assustou o casal, fazendo com que ambos se sentassem em um pulo.

Um homem encostou-se a uma das estantes em que ficavam os LPs. Suas sobrancelhas estavam arqueadas e havia um sorriso brincalhão em seu rosto.

— Pai — Daniel disse com uma careta que mostrava um misto de cansaço e irritação antes de levantar-se e estender a mão para Naoki, erguendo-o.

— Desculpe, não queria atrapalhar. Mas você vem namorar no meu trabalho, o que eu poderia fazer? Não sabia que estaria aqui... — o homem olhou para o relógio de pulso. — Quase meia-noite.

— Não sabia que você estaria aqui a essa hora, senão não teria vindo.

Naoki estava vermelho de vergonha, em completo silêncio.

— Não vai me apresentar ao seu namorado?

Daniel suspirou.

— Naoki, esse é o João, meu pai. Pai, esse é o Naoki.

— Muito prazer, senhor...

Com o nervosismo, Naoki acabou se curvando levemente, como fazia para demonstrar respeito em reuniões de família. Ao lembrar-se de que aquele não era um costume brasileiro, sentiu-se ainda mais tolo.

— O prazer é todo meu! — o homem sorriu, simpático, e o jovem teve um pouco de dificuldade para ligar aquele indivíduo às lembranças ruins de Daniel. — Então, me conta: meu filho já te convidou para jantar na minha casa?

— Ah... — Naoki não soube o que dizer, então olhou para o namorado, que suspirou.

— Sério, pai?

— Sério. Vamos jantar — o mais velho sugeriu outra vez.

— Hoje? A essa hora?

— Vocês não querem comer? Eu adoraria conhecer seu namorado, filho.

E olhou para Naoki, que, sem jeito, respondeu:

— Bom... eu não comi nada ainda.

Daniel respirou fundo, irritado.

CAPÍTULO 29

Naoki e João estavam entretidos em uma longa e interminável conversa sobre violinos, pianos e orquestras, enquanto Daniel encarava os pratos vazios, imerso em tédio.

A nova casa de seu pai estava decorada no mesmo estilo que sua mãe costumava decorar a casa de sua infância. O rapaz viu na estante da sala, onde ficava a televisão, alguns livros sobre budismo e todo tipo de louça brega que ela costumava comprar. Tudo ali o fazia lembrar de sua mãe e imaginar se seu pai nunca tinha superado a perda dela.

— Algum dia, quero saber a diferença entre *Adágio, Alegro, Presto*... Sei lá como se chamam essas coisas todas que leio nos nomes das composições e nunca entendo — o homem disse para Naoki, rindo enquanto seu filho revirava os olhos.

— O Naoki não é professor para ficar te explicando coisas.

O namorado o olhou com tranquilidade e Daniel quase pôde ouvi-lo dizer "está tudo bem, tente ficar calmo".

— Ele é igualzinho à mãe dele, sabia? — o senhor Stein segredou para Naoki. — Faz as mesmas caras que ela fazia quando estava irritada. Tenho certeza de que ela ia adorar te conhecer.

— Tenho certeza de que eu adoraria conhecê-la também. Pelo que o Daniel conta, sua esposa era uma mulher maravilhosa — Naoki sorriu.

— Era, sim. A mulher mais incrível que já pisou na Terra.

— Pena que você não soube cuidar dela — Daniel retrucou, ríspido.

— É, não soube... Nem dela, nem de você. Então não repita meus erros e cuide bem das pessoas que você ama, está bem?

Daniel reclinou-se na cadeira, calando-se. Poderia dizer mil coisas em resposta, mas preferiu ficar quieto. Naoki não merecia presenciar uma briga.

— Querem sobremesa? — perguntou o homem, levantando-se para recolher os pratos e talheres.

— Deixe que eu te ajudo — Naoki se levantou, pegando os copos. Os dois foram para a cozinha e, em seguida, voltaram com um pote de sorvete e pequenas cumbucas.

Os três comeram o sorvete sem voltarem ao assunto da mãe de Daniel e, antes de irem embora, Naoki foi ao banheiro, deixando pai e filho sozinhos por um tempo.

— Eu sei que você não queria me ver — João começou. — E não te culpo por isso. Só queria que você me desse uma segunda chance... Sei que fui um pai terrível, que sempre descontei meus problemas e ressentimentos em você, e sinto muito por isso. Não vou tentar justificar meu comportamento, porque sei que nada justifica todas as coisas que eu fiz, mas espero que você possa me perdoar algum dia... No seu tempo.

Daniel enfiou as mãos nos bolsos da jaqueta, sem responder.

— Seu namorado é um cara muito legal — o pai continuou. — Ele parece te fazer bem. Eu não te via sorrir como estava sorrindo na loja há anos.

— Você... — Daniel pensou em não terminar a frase, mas acabou perguntando: — Você estava falando sério quando disse que minha mãe ia gostar do Naoki?

— Claro que estava — o homem sorriu. — Quem quer que você ame, ela amaria também.

O roqueiro assentiu, outra vez sem dizer nada. Quando Naoki voltou do banheiro, dirigiu-se à porta e se despediu de João.

— Obrigado pelo jantar.

— Eu que agradeço pela companhia! Dirija com cuidado, filho.

O homem acenou para Naoki, que retribuiu o gesto.

Antes de chegarem à moto, Naoki procurou pelos olhos de Daniel, mas ele os escondia, virando o rosto levemente.

— Foi uma noite ruim? — o violinista perguntou.

— Não sei...

Naoki apertou sua mão com carinho.

— Estou aqui.

O roqueiro se virou para ele, sorrindo e dando-lhe um rápido beijo na bochecha.

— Eu sei. Obrigado por estar.

— Um *cappuccino* e um pedaço de bolo confeitado, um *latte* e um waffle com morangos e chocolate, um *macchiato* e um *brownie* com sorvete... E um *mocaccino* e um *cookie* de baunilha com gotas de chocolate.

— Mais alguma coisa, meninas? — Naoki sorriu para as clientes, tirando os olhos da pequena caderneta em que anotava os pedidos.

Elas se entreolharam e balançaram a cabeça, sorrindo.

— Só isso, Naoki!

— Certo, eu já trago os pedidos.

Ele se afastou da mesa. Aquelas garotas se encontravam com tanta frequência no café que já o chamavam pelo nome. Naoki achava aquilo divertido e sentia-se feliz quando os clientes pareciam satisfeitos com o seu atendimento.

— Carla, você pode me ajudar com os cafés? — pediu ao se aproximar do balcão.

— Claro — ela sorriu, dando uma olhada na anotação de Naoki.

Naquele momento, o rapaz viu um vulto pelo canto do olho e ergueu o rosto para a entrada do café, surpreendendo-se ao se deparar com Júlio. Ao reconhecer o violinista, o ex ficou surpreso e rapidamente recuou, deixando o lugar. Naoki se sentiu um pouco aliviado por não ter de atendê-lo, mas sabia que estava sendo bobo: deveria torcer para pessoas conhecidas encontrarem-no ali e voltarem mais vezes, porque seu emprego dependia do estabelecimento estar indo bem.

Ele continuou a olhar para a entrada por um tempo, esperando que Júlio voltasse, mas não voltou. Sendo assim, começou a separar os doces das garotas enquanto Carla preparava os cafés. Depois de separar os doces, ainda ajudou a colega com os cafés, aproveitando para aprender um pouco com ela enquanto Sérgio saiu do caixa para atender um casal que havia chegado.

Quando o pedido do grupo de garotas ficou pronto, Naoki se dirigiu à mesa delas ao mesmo tempo que ouviu outras pessoas entrando. Ele não podia ver os clientes, porque estava de costas para a porta, mas pela quantidade de passos e pelo barulho característico dos sapatos e das vozes, presumiu que fossem alguns homens de negócio que resolveram ir num local diferente.

— Aqui, meninas!

Naoki colocou o pedido das moças na mesa sem errar quem tinha pedido o quê, orgulhoso de si mesmo pelo quanto tinha progredido nos últimos tempos. Elas sorriram, agradeceram e o funcionário se afastou, pegando a caderneta no avental e se dirigindo à mesa em que os homens — que, como Naoki supôs, estavam todos engravatados — tinham se sentado.

— Olá, gostariam de fazer o pedido? — o rapaz sorriu, parando para olhá-los.

Seu sorriso desmanchou por um segundo quando reconheceu o rosto do pai, que o encarou sem expressão. Não havia nada ali que indicasse óbvio descontentamento, mas depois de tantos anos de convivência com o homem, Naoki sabia que, na realidade, ele estava incomodado. *Extremamente* incomodado, furioso até.

— Ah! Olá, Naoki! — um dos homens que trabalhava com seu pai sorriu para ele. Naoki conhecia todos naquela mesa e todos o conheciam, porque ele era sempre apresentado como o “filho prodígio do Sr. Matsui”. O filho que sempre tinha que se apresentar no piano ou no violino para mostrar seu valor. O filho que tinha saído de casa e agora trabalhava em um café.

— Ah... Oi, Senhor Braga — Naoki sorriu um pouco sem graça, tentando não parecer abalado por encontrar o pai ali, mas era impossível. Sentia vergonha e frustração por vê-lo outra vez e por saber exatamente o que os outros pensariam dele e da situação.

— Que surpresa agradável! Não sabia que você estava trabalhando aqui — o Sr. Braga sorriu e Naoki sentiu que estava sendo menosprezado pelos conhecidos de seu pai.

— É... Estou, sim. Então... já sabem o que querem pedir?

— Ainda não — seu pai respondeu secamente.

Naoki olhou para os próprios pés, assentindo.

— Quando decidirem, é só chamar.

Os passos rápidos levaram-no à cozinha e a falta de ar fez com que espremesse os olhos, mas sem demonstrar o descompasso da respiração nem o tremor das mãos ou das pernas no caminho. No entanto, assim que fechou a porta, apoiou-se na parede como se estivesse tonto, sentindo o corpo sucumbir e o coração acelerar.

— Naoki? — Carla se aproximou, preocupada. — Está tudo bem?

— Hã... Eu... — ele engoliu em seco. — Acho que estou me sentindo um pouco mal. Você pode atender os homens que acabaram de chegar?

— Claro — ela respondeu prontamente, secando as mãos em um pano de prato. — Mas você precisa de alguma coisa? Você está ficando pálido...

— Não, está tudo bem. É só... falta de ar — o jovem balançou a cabeça. — Vou me sentar um pouco, vai passar logo.

— Está bem, mas qualquer coisa é só me chamar — Carla avisou e saiu.

Naoki tentou manter a calma, mas não conseguiu e começou a hiperventilar, sentindo angústia por ter encontrado o pai daquela forma e temendo que ele invadisse a cozinha do seu trabalho para humilhá-lo e arrastá-lo de volta para casa. Esticou a mão para puxar a banqueta para perto e se sentar, mas a falta de ar o fez cair de joelhos, o coração apertando e doendo por todos os lados do corpo. Com as mãos sobre o peito, fechou os olhos e acabou deitando ali mesmo, no chão, sentindo que daquela forma teria mais chances de se acalmar.

De onde o pai tinha vindo? Ele sabia que estava trabalhando ali? Sua mãe havia contado? Não, Naoki sabia que ela não contaria. Será que seu pai havia mandado alguém segui-lo e descoberto aquele lugar? Será que foi totalmente por acaso?

Independentemente de como ele o encontrou, aquele olhar do pai tinha sido humilhante, aquele olhar de reprovação conhecido que o mais velho lançava para praticamente tudo o que Naoki fazia. Por que tinha que aparecer de novo? Por que tinha que fazê-lo se sentir tão diminuído de novo?

O peito doía e sua respiração não conseguia se estabilizar. Desesperado, Naoki começou a sentir os braços e as pernas dormentes.

Ricardo o encontrou no meio de sua crise de ansiedade e o ajudou a se erguer.

Daniel saiu do trabalho e correu para casa, sem se importar com a falta que receberia na faculdade. Tinha recebido uma ligação de Ricardo perto do fim de seu expediente, avisando que Naoki tinha tido uma crise severa de ansiedade e que fora dispensado para voltar para casa. Como já estava perto do seu horário de ir embora, Daniel esperou, morrendo de nervosismo, até poder correr pela cidade como louco e se certificar de que Naoki estava em casa e bem.

Quando abriu a porta do apartamento, afobado, encontrou o namorado com o rosto inchado e vermelho, deitado no sofá em posição fetal enquanto Mariah Carey cantava *Hero* no rádio.

O roqueiro largou as coisas no chão e correu até ele, ajoelhando-se no chão e passando a mão por seu cabelo. Em seguida, segurou seus braços e inspecionou seu corpo, à procura de alguma coisa errada.

— Ei... O que houve? Você está melhor? Precisa ir ao médico?

Naoki escondeu o rosto no estofado e murmurou algo que o roqueiro não entendeu.

— O quê?

Ele murmurou novamente, dessa vez soluçando.

— Naoki, eu não consigo entender... — Daniel tentou puxá-lo com cuidado para longe do sofá. — Por que não levanta o rosto e me conta o que aconteceu?

O rapaz ergueu a cabeça e começou a limpar as lágrimas com as costas das mãos, como se não quisesse que o namorado o visse daquele jeito.

— Ki...

— Meu pai me viu hoje. Ele entrou no café com aqueles outros caras de construtoras e... Você tinha que ter visto a expressão dele, Dan. Aquele olhar que ele sempre me dava, aquele que quer dizer: "Você não serve para nada", "Você faz tudo errado", "Quando vai aprender algo que preste?".

Mas dessa vez tinha algo a mais... Era como um... "Você trocou tudo que te dei por *isso* aqui?".

Daniel pulou para o sofá e puxou-o para um abraço.

— Está tudo bem... Ele já foi embora, Ki.

O roqueiro acariciou seu cabelo para acalmá-lo e lhe dar conforto enquanto sentia Naoki fungar em seu ombro.

— Eu tenho uma ideia. — Daniel falou depois de um tempo.

— Jogar ovos no carro do meu pai?

— Não — o outro riu. — Por que a gente não sai um pouco?

— Não... Só quero me deitar na cama e dormir.

— Tem certeza? Talvez seja melhor você se distrair ao invés de ficar pensando nisso tudo.

Ao ver Naoki balançar a cabeça, Daniel insistiu:

— Ah, não, vamos... Que tal a gente comer fora? Você não quer jantar algo diferente?

— Não, Dan. Eu...

— Depois podemos ir a um karaokê! Você pode cantar Britney Spears. Aposto que isso te deixaria animado, não deixaria?

— Eu... — Naoki olhou para o lado, dando-se por vencido. — Está bem.

Daniel sorriu e deu um beijo na bochecha do namorado.

— Então vá lavar o rosto e trocar de roupa, tá?

Daniel o esperou e, como Naoki foi rápido, não demoraram a sair do prédio e subir na moto do roqueiro.

O casal jantou em um restaurante pequeno e barato na Liberdade e, após sair, caminhou pela rua em silêncio. Naoki ainda estava cabisbaixo, mas toda vez que exibia uma expressão de tristeza, Daniel chocava seu ombro contra o do namorado e inclinava o rosto para olhá-lo nos olhos. Naoki acabava por sorrir e o empurrá-lo de volta.

— Cara, já é novembro... — Daniel comentou, olhando para os carros que passavam sob o Viaduto Mie Ken. — O Natal já tá aí...

— É — respondeu. — Seu aniversário também está chegando, né?

— Pois é. Sempre achei uma bosta fazer aniversário no Ano-Novo.

— E você comemora os dois juntos? — Naoki perguntou, virando-se para o namorado e andando de lado.

— Cuidado, assim você vai tropeçar e cair — Daniel o virou para a frente. — E não. Quando minha mãe era viva, ela costumava fazer um bolo junto com a ceia, aí ficávamos vendo os fogos... Mas quando ela morreu, parei de comemorar.

— Por causa dela? — o outro perguntou, cuidadoso.

— Não. Eu já não gostava quando ela ainda estava viva.

— O quê? Sério?

— É. Não sou muito de comemorar aniversários.

— Por quê?

— Sei lá, pra mim é uma data como qualquer outra — Daniel deu de ombros. — Só significa que estou mais próximo da morte.

— Que horror, não diga isso! — Naoki riu. — É óbvio que é para celebrar mais um ano de vida! Vamos comemorar seu aniversário? Aliás, não foi uma pergunta, nós vamos.

— Não preci...

— Precisa, sim! Vai ser legal, podemos fazer uma festinha de aniversário e Ano-Novo com o André e a Luísa, quem sabe a Akane e o Akira, se você deixar... E a Adriana também, ela não pode faltar! — Naoki riu, empolgado, e, de repente, seus olhos se arregalaram. — Daniel, olha o karaokê ali! Vamos!

O rapaz agarrou sua mão e os dois saíram correndo para entrar no estabelecimento, onde conseguiram uma sala individual.

— Então, o que você vai cantar para mim? — Daniel sorriu, tirando a jaqueta e jogando-a no sofá enquanto se sentava.

Era uma sala não muito pequena, com um sofá que acompanhava as três paredes do fundo, uma TV com o karaokê em cima de um pequeno palco de madeira que ficava perto da porta, e uma mesa de centro relativamente afastada de onde as pernas das pessoas ficariam. Havia duas caixas de som fixadas à parede do palco e um globo de luzes em cima da mesa onde ficavam as pastas com as músicas, mas ele estava desligado.

— Vou pedir uma bebida. O que você quer? — perguntou Daniel, olhando o cardápio.

— Água. E você também! Água — respondeu Naoki, folheando as pastas. — Não podemos beber, vamos trabalhar e estudar amanhã.

Daniel suspirou e assentiu em silêncio antes de fazer o pedido.

Quando a música da Britney Spears começou a tocar, Daniel deixou uma risadinha escapar de seus lábios e Naoki o encarou com um sorriso de canto e olhos tímidos.

Daniel colocou os braços para trás, apoiando-os sobre o encosto do sofá. Não lembrava que música era aquela, mas só de imaginar Naoki cantando e talvez dançando, já estava empolgado.

Naoki pegou o microfone, olhando para o namorado.

— *Oh baby, baby, how was I supposed to knooow... That something wasn't right here?* — ele cantou enquanto se aproximava dos joelhos de Daniel, afastando suas pernas.

— Não, não faz isso... — o roqueiro tirou os braços do sofá e inclinou-se para a frente, tentando juntar as pernas, sentindo-se quente. O que era aquilo? Daniel não sabia dizer se aquilo era vergonha alheia ou timidez, mas não queria ficar com uma ereção em uma sala de karaokê.

Naoki o empurrou de volta para trás.

— *Oh baby, baby, I shouldn't have let you go and now you're out of sight, yeah.*

O outro engoliu em seco e Naoki riu ao som do instrumental.

— Qual o problema? Está com vergonha, Daniel Stein? — provocou-o. — *Você?* Tímido?

O loiro o encarou com tédio, fazendo o violinista sorrir ainda mais.

— *My loneliness is killing me and IIII, I must confess I still belieeeeve, still believe! When I'm not with you, I lose my mind...* — cantou, sentando-se à mesa e subindo o pé pela perna de Daniel. — *Give me a siiiiign! Hit me, baby, one more time!*

— Essa música não é sexy, Naoki — Daniel resmungou, dando um sorriso, com a mão arrastando o cabelo para trás e afastando a franja loira da testa, tentando parecer descontraído. Será que existiam câmeras naquela sala?

Naoki subiu na mesa.

— E daí? Eu gosto dela — respondeu, dançando de um jeito que fez o namorado corar. Ele afundou no sofá, mas Naoki se abaixou e o puxou pela gola da jaqueta de couro, cantando a centímetros do rosto de Daniel, com os olhos em sua boca. Ele chegou tão perto que o roqueiro se inclinou, pronto para beijá-lo, mas Naoki se afastou rapidamente, animado com a música.

— *Show me how you want it to be... Show me baby, cuz I need to know, oh because!...*

Daniel revirou os olhos e levantou-se, segurando-o pela cintura e obrigando-o a se abaixar. Eles se encararam e Naoki sorriu com uma pontada de depravação e lambeu o maxilar do namorado. Imediatamente, o roqueiro segurou seu rosto e o beijou, obrigando-o a sentar na mesa. O corpo de Daniel se inclinava conforme Naoki deitava sobre a mesa, com as pernas se enrolando no tronco do namorado.

A língua de Daniel ocupava cada espaço da boca de Naoki de uma forma feroz, mas ao mesmo tempo carinhosa. As mãos ansiosas posicionaram-se no zíper da calça do roqueiro, mas ele o impediu com um sorriso.

— Aqui não...

Naoki fez uma careta, assentindo em uma concordância silenciosa. A música finalmente chegou ao fim, então Daniel se afastou, pegando uma pasta para escolher outra música.

— Você vai cantar? — Naoki sorriu.

— Não, meu caro, vou te *ensinar* o que é cantar — disse, brincando, mas seu tom tinha sido provocante.

Naoki revirou os olhos enquanto A-Ha preenchia a pequena sala, e Daniel começou a dançar de um jeito esquisito.

— Você parece minha avó dançando — o violinista provocou.

— Cala a sua boca e dança também — mandou Daniel, segurando-lhe os pulsos e obrigando-o a mover-se com a batida.

Naoki riu e começou a dançar desajeitadamente, imitando o namorado.

— *We're talking away, I don't know what I'm to say, I'll say it anyway* — o loiro começou a cantar e bateu os dedos de leve sob o queixo de Naoki. — *Today is another day to find you, shying away... I'll be coming for your love, okay?* — Então, levantou o microfone de Naoki para que cantassem juntos.

— *Take on me, Take me oooooon... I'll be gooooooooooone... In a day or twoOoOOoOooo!*

Naoki gargalhou por causa da nota desafinada do namorado.

— Você sabe cantar, Daniel! Canta direito!

— Mas a graça é cantar desafinado! — respondeu, dançando como um doido, chacoalhando a cabeça para mexer o cabelo.

Eles continuaram a cantar e dançar, tirando os sapatos para subirem nos sofás e pularem como duas crianças. Ligaram o pequeno globo com luzes coloridas e quando a música voltou ao refrão, os dois cantaram o refrão desafinados. Após a última nota estendida, Naoki agarrou Daniel e eles caíram sentados no sofá. Ofegante, o roqueiro se jogou para trás para se deitar e o namorado se moveu junto.

Ficaram se encarando, tentando recuperar o fôlego enquanto a música sumia. Naoki ajeitou-se e segurou o rosto de Daniel entre as mãos, causando uma troca de olhares que durou por um bom tempo, até o violinista se inclinar e beijar a pontinha do seu nariz.

Daniel quis dizer algo, todavia o namorado se afastou e escolheu outra música: *YMCA*, de um grupo chamado Village People.

— Meu Deus! — O roqueiro gargalhou e escondeu o rosto entre as mãos, constrangido. Para que precisava de álcool quando o outro já agia como um louco mesmo estando sóbrio?

Enquanto Naoki dançava animadamente, o garçom chegou com duas garrafas de água e Daniel folheou a pasta para encontrar outra música. Seus dedos passearam por um título em específico que deixou seu coração esquisito. Sorriu e a colocou para tocar quando o namorado se sentou e tomou a garrafa de água inteira de uma vez.

Quando a música começou, o namorado franziu a testa.

— O quê? Vai cantar uma música romântica agora? — Naoki estreitou os olhos.

— Vou, para você — o outro sorriu e lhe deu uma piscadela, fazendo-o corar.

A música era *Heaven*, do Bryan Adams, e o timbre de Daniel estava um pouco mais rouco que o normal, fazendo Naoki se arrepiar por inteiro. Seus olhos não conseguiram desgrudar do loiro por nem um único segundo e seu coração apertou. Daniel estava cantando uma música romântica para ele, assim como Naoki tinha fantasiado depois de assistir a *10 coisas que odeio em você*. Não era a primeira vez que o roqueiro fazia algo do tipo, mas a motivação era outra e parecia cada vez mais irreal que estivessem mesmo namorando. Momentos como aquele pareciam o paraíso, mas mesmo quando estavam só existindo, um ao lado do outro, também era como se estivessem no céu.

Naoki coçou o olho, fingindo que havia um cisco ali quando, na verdade, queria chorar de alegria. Em seguida, ergueu o rosto para observar enquanto Daniel pronunciava cada palavra da música. Ao final, o roqueiro se aproximou o suficiente para segurar seu o rosto com uma das mãos e olhar em seus olhos enquanto cantava o refrão — certamente, um dos mais bonitos que Naoki já tinha escutado:

Baby you're all that I want
When you're lyin' here in my Arms
I'm findin' it hard to believe
We're in heaven...
And love is all that I need
And I found it there in your heart
Isn't too hard to see
We're in heaven...

Daniel encostou suas testas enquanto cantava e Naoki sorriu, segurando o pulso do outro com carinho e praticamente tombando a cabeça para sentir melhor a mão quente contra a sua bochecha.

Quis dizer algo. Quis, mas não pôde, porque as palavras não saíram. Aquele momento era precioso demais para ser estragado com palavras.

Mas se tivesse conseguido, teria dito: *Eu confio em você, Daniel. No quanto você me ama. E eu te amo com todo o meu ser.*

Daniel e Naoki estavam deitados na cama em plena tarde, quase dormindo, aproveitando tanto as esperadas férias de dezembro da faculdade quanto a folga no trabalho, já que era Natal.

Como o calor estava forte, ambos estavam sem camisa e a cabeça de Naoki repousava sobre as costas do namorado, que estava deitado de bruços. Ele se movia suavemente com a respiração e a orelha de Naoki estava grudada à sua pele nua para ouvir seu coração batendo enquanto passava os dedos pelas tatuagens.

Daniel tinha lhe dito alguns meses antes que tinha feito o dragão e o tigre após um período de obsessão por cultura e mitologia asiáticas. Havia começado a estudar diferentes mitologias do continente quando a mãe resolveu estudar budismo e passou a levá-lo em viagens para alguns dos templos existentes no Brasil. Depois de ter visto a representação do dragão e gostado das lendas que o traziam junto ao tigre, resolveu que queria tatuar os dois animais mitológicos, mas só a fez de fato quando saiu de casa. De alguma forma, embora sua mãe nunca tivesse se interessado por dragões e tigres, Daniel via naqueles desenhos uma conexão com ela.

Naoki achava engraçado ver aquelas coisas nas costas de Daniel, porque eram alguns dos desenhos que costumava ver desde criança nos pergaminhos verticais que ficavam pendurados em sua casa ou nas de outros descendentes de japoneses.

Eles conversaram uma vez ou outra sobre budismo, por causa do grande interesse que a mãe de Daniel tinha, mas Naoki disse que apesar de sua família ser adepta, ele nunca havia frequentado os templos ao ficar mais velho, e quando o fazia na infância, não conseguia entender o que diziam.

Em comparação aos meses anteriores, em que não conseguiam ficar muito tempo calados, sempre conversando sobre inúmeros assuntos, momentos de silêncio se tornavam cada vez mais comuns, principalmente porque Daniel estava mais quieto nos últimos tempos.

Naoki ergueu os olhos e percebeu que seu namorado olhava para a janela com o rosto inexpressivo, perdido em pensamentos. Observou-o em silêncio até se cansar, então se jogou para o lado e o chamou, mas Daniel não respondeu, nem sequer pareceu escutar.

O violinista ainda estava pensando no filme Matrix a que haviam assistido na noite anterior. Finalmente havia conseguido ver sem dormir, mas Daniel não tinha ficado empolgado com a noite de filmes como antes e tinha mantido, durante quase toda a noite, uma expressão pensativa e longe. Era como se não estivesse ao seu lado, mas perdido em algum lugar inacessível dentro da própria mente.

— Ei, Dan... Você acha que vivemos na Matrix?

Ele não respondeu outra vez, sem expressão.

— Daniel... Daniel!

Naoki o chacoalhou e ele piscou, enfim saindo de seus devaneios.

— Hã? Você disse alguma coisa?

— Perguntei se você acha que vivemos na Matrix.

— O quê...?

Naoki riu.

— O filme de ontem. Matrix.

— Ah. Não sei...

— E se tudo for um sonho? E se tudo for um sonho de outra pessoa, mas nós achamos que existimos de verdade? — o violinista perguntou, cheio de pensamentos por causa do filme. — E se existimos de verdade, o que você acha que acontece quando morremos? Você acredita em inferno e céu, Daniel? — Naoki se ergueu. — Daniel?

Ele o olhou, ainda parecendo perdido.

— Desculpe. O que você disse?

— Você não ouviu nada do que falei?

— Hum... Não, desculpe.

Daniel colocou as pernas para fora da cama e segurou a cabeça entre as mãos antes de deslizá-las para trás, puxando o próprio cabelo. Parecia irritado ou ansioso de repente, o que fez Naoki deduzir que, talvez, ele quisesse fumar.

— O que houve? Está pensando em quê?

— Em nada — o outro se levantou, evasivo. — Só estou distraído.

— Você está assim já faz um tempo... — murmurou Naoki.

— Desculpe.

— Só vai dizer "desculpe"? Sem explicar o motivo de você estar tão estranho?

Daniel vestiu uma camisa de botões e virou-se com um sorriso de canto, sem abotoá-la.

— Tem razão — respondeu e aproximou-se para beijar o namorado. — Estou pensando no último ano da faculdade... e em como deveria fazer um curso de algum idioma.

Naoki assentiu.

— Desculpe te encher o saco. Mas pensa pelo lado positivo, pelo menos alguém tem que se preocupar em estudar para valer — riu baixinho.

Daniel observou Naoki com algo no olhar que o violinista não soube identificar. Por vezes, Naoki julgava que seria mais fácil interpretar o sorriso da Mona Lisa do que os olhos de Daniel. Chegava a desgostar desses momentos, porque se sentia distante do namorado, mesmo ele estando bem na sua frente. Aquele olhar, na verdade, fazia-o voltar a se sentir como quando o conheceu: intimidado e confuso.

Então, desconfortável, Naoki desviou os olhos e acabou por observar a capa do LP de Janis Joplin no chão, o que o fez pensar no Clube dos 27, sua mente voltando para as mesmas perguntas que não saíam da sua cabeça desde ontem, depois de assistir ao filme.

— O que você acha que acontece quando morremos? — perguntou ao namorado. — Acha que desaparecemos por completo? Os epicúreos acreditam na mortalidade da alma, não é? Você acredita nisso também?

Daniel o observou antes de dizer, o tom praticamente inaudível:

— Não sei o que acontece quando partimos, mas aqueles que ficam sentem saudade.

Naoki o olhou. Por que aquilo parecia uma resposta a outra pergunta? Não entendeu suas palavras, tampouco a expressão em seu rosto. Arrependeu-se de tê-lo questionado sobre o assunto, afinal a mãe de Daniel havia falecido. Desviou o olhar, sentindo-se insensível, e quando pensou em pedir desculpas, o roqueiro questionou:

— Por que está me perguntando isso?

— Não sei. É que você faz Filosofia e vivia conversando sobre esse tipo de tema comigo, mas ultimamente você não fala quase nada... Só quis puxar assunto...

— Vou fazer um café — Daniel anunciou de repente, encarando-o sem piscar, como se estivesse vidrado. Então, desviou os olhos verdes para longe, parecendo atordoado. — Quer? — Afastou-se abruptamente, indo até a cozinha.

Naoki franziu a testa e o seguiu para o cômodo.

— Você tem tomado muito café... Não faz mal pro seu estômago?

— Não, está tudo bem — o outro suspirou, enchendo a chaleira de água. — Acho que é meu novo vício, sabe? Para largar o cigarro.

— Achei que *eu* fosse seu vício — Naoki riu e abraçou o namorado pelas costas. Havia uma fagulha de desapontamento em sua voz.

Daniel não respondeu. Sem olhá-lo, nem sequer se mexeu, não fazendo menção de retribuir o abraço que o outro esperava. Suas mãos seguraram a pia com força e Naoki se afastou.

— Está tudo bem, Dan?

— Está.

— Não, não está. Por que não...

— Já falei que está tudo bem — Daniel não ergueu a voz, mas seu tom não era amistoso.

Naoki assentiu e saiu da cozinha, sentando-se ao piano e começando a tocá-lo. Daniel olhou para o teto e caminhou a passos lentos até a porta, de onde ficou observando o namorado curvado sobre as teclas, com os dedos passeando devagar para extrair uma melodia calma e baixa.

— Desculpe.

— Pelo quê? — Naoki respondeu, irritado. — Você já falou que está tudo bem.

O roqueiro abriu a boca, mas a fechou antes de dizer algo.

Naoki não conseguia entender o que havia de errado. Até algumas semanas atrás estava tudo bem, mas então, depois daquele incidente da fruteira, Daniel se tornou distante...

Uma noite, depois de jantarem, Naoki abriu a lixeira para jogar fora os guardanapos usados e se deparou com a fruteira de cristal totalmente quebrada guardada dentro de uma pequena caixa de papelão.

Ele não havia notado a ausência do objeto sobre o aparador ao lado da porta, já que não costumava colocar suas chaves ali, diferente de Daniel. Uma vez o namorado lhe disse que aquela era uma das únicas coisas que teve coragem de levar embora da casa do pai, porque sua mãe lhe dissera que se tratava de um presente de casamento de sua avó. Ela costumava mantê-la cheia de frutas, sempre limpa e brilhando e ter aquilo lhe trazia lembranças dela e da infância. Seu namorado não era apegado a bens materiais, mas Naoki tinha certeza de que aquilo era, no mínimo, especial.

— Não acredito... Sua fruteira quebrou? — ele perguntou na ocasião, preocupado, imaginando o que havia acontecido, se o roqueiro tinha se machucado e se estava triste.

— É, quebrou — o outro se limitou a responder, indiferente.

— O que houve?

— Nada. Só esbarrei no aparador.

— Nossa! — Naoki se aproximou, preocupado. — Você deve ter batido com muita força para ela cair dali desse jeito. Você se machu...

— Sim, bati com força — Daniel respondeu com certa hostilidade, subitamente irritado. — Mas foi só isso, não me machuquei. Podemos mudar de assunto?

Naoki imaginou que a reação do outro fosse devido ao fato de a fruteira ter pertencido à mãe, mas aquele tipo de reação grosseira começou a se tornar frequente desde então. Queria saber qual era o motivo desse comportamento estranho, mas Daniel sempre se esquivava quando questionado. "Está tudo bem"; "Desculpe"; "Não é nada"; "É a faculdade"; "As aulas e o trabalho estão me matando"; "Acho que estou sentindo falta de fumar"; "Desculpe".

Desculpe, desculpe, desculpe, desculpe, desculpe. Sempre havia uma desculpa, mas nunca havia uma resposta.

— Quer saber? Estou cheio das suas desculpas! — esbravejou Naoki ao mesmo tempo que a chaleira começava a apitar, trazendo-o de volta ao presente. Entretanto, as lembranças não se dissolveram, continuaram ali, martelando sua mente junto com a ideia de que Daniel estava se irritando com sua presença.

— Eu... — Daniel começou a falar.

Naoki não sabia o que ele queria dizer, tampouco sabia se queria ouvir qualquer coisa. Contudo, querendo ou não, ele não teve sua resposta, porque alguém entrou no apartamento, interrompendo-os.

— Olha quem chegou! O Papai Noel! — André brincou, trazendo algumas sacolas de supermercado. Ele usava um gorro de Natal, embora o calor intenso fosse mais que motivo para manter qualquer coisa daquelas longe da cabeça.

— O que é isso? — Daniel franziu a testa.

— Comida. Vamos fazer uma ceia! É a primeira vez que temos companhia — André respondeu, tirando a touca.

— Com "companhia" você quer dizer eu? — Naoki perguntou, animado.

— Não... Quer dizer, claro! Você *também!* — André sorriu. — Mas estava falando sobre a Luísa, vou chamá-la para passar o Natal aqui. Por que você não chama aquela sua amiga e o irmão dela, Naoki? Ah... E a Adriana, Dan. Ah, você pode chamar seu quase irmão também.

— Ele não é meu irmão. Nem quase — Daniel resmungou.

— Qual é, vocês querem passar o Natal sozinhos, por acaso?

Silêncio. *Sim, por favor?*

André revirou os olhos.

— Não gastei metade do meu salário para vocês fazerem essa desfeita. Vamos, chamem seus amigos!

— Você não falou nada antes, não nos culpe por ter gastado metade do seu salário. Isso é problema seu — o roqueiro foi ríspido e seu amigo o encarou, confuso.

— Ihhh, qual é o problema, mano? Faz tempo que não te vejo assim.

— Você e a Luísa estão namorando? — Naoki questionou, curioso, mudando de assunto.

— Sim! — André sorriu, todo bobo.

— Então é por isso que você quer fazer uma ceia... — Daniel balançou a cabeça e olhou para o namorado de relance. — Já ouvi dizer que comida não significa amor verdadeiro, hein, André?

Naoki desviou o olhar, lembrando-se de ter dito algo parecido ao loiro.

— Ah, mas é amor! — André colocou a mão no coração ao responder. — Os beijos da Luísa são como os beijos da Julieta... *Assim os teus lábios purificam os pecados dos meus* — tentou declamar, como se interpretasse Romeu em uma peça.

— Sério? Shakespeare? — Naoki levantou uma sobrancelha, gargalhando. — Está apaixonado mesmo, hein?

— Como disse a Julieta... — começou Daniel, revirando os olhos. — Você passa seus pecados para os lábios dela, mano.

Naoki riu baixinho.

— Cala a sua boca e ponha esse peru para assar! — André olhou para ele com uma expressão não muito amigável.

A campainha tocou outra vez.

Luísa já estava no apartamento e se ocupava em fazer uma sobremesa na cozinha com os ingredientes que levou. Já André tomava sua terceira taça de vinho e olhava para ela com cara de idiota apaixonado, tentando ajudá-la, mas só a atrapalhando. Luísa repetia que não precisava de ajuda, mas ele queria ser útil e insistia em permanecer na cozinha.

Quando Naoki abriu a porta do apartamento, encontrou Akane e Adriana.

— Oi! Chegaram ao mesmo tempo? — ele sorriu. — E cadê seu irmão?

Quando seus olhos reparam nas mãos entrelaçadas, Naoki franziu a testa e abriu a boca, surpreso. Por dois segundos, sua voz não saiu, tamanho o espanto.

— Vocês...? — perguntou, enfim. — Hã?

— Não tenha um infarto no Natal — Akane murmurou, empurrando-o para dentro e puxando Adriana pela mão.

— Vocês estão juntas? — a voz do jovem ficou aguda. — Como assim? O que eu perdi?

— Minha amizade? — Akane retrucou, e Naoki fez uma cara triste.

— Não seja tão grosseira, amor — Adriana a repreendeu com uma carinha fofa.

— Mas o que aconteceu? *Como* aconteceu? — Naoki ainda estava confuso.

— Só aconteceu — Adriana sorriu, dando de ombros.

— Parabéns, então — Daniel se levantou do sofá e Adriana sorriu ao encará-lo.

— Você não falou sério quando disse que perdi sua amizade, não é? — murmurou Naoki para Akane, e ela riu.

— Não, bobinho. Sou sua melhor amiga para sempre, não sou? Foi isso que você me disse duas semanas depois de nos conhecermos — ela esticou o dedo mindinho com os olhos cheios de ternura. — Você disse que seríamos melhores amigos para sempre e pediu desculpas por ter manchado meu vestido branco com suco de uva.

Naoki a olhou com carinho e entrelaçou seu dedinho ao dela.

— Desculpe ter estado tão longe ultimamente — disse-lhe. — Prometo compensar algum dia.

— Você pode compensar comprando outro vestido para mim — Akane o provocou. — Ou me levando para passear... Faz tempo que não saímos juntos.

Daniel observou a cena com um olhar um pouco distante, entretanto, logo se aproximou para provocar a jovem.

— Ei, lembra quando te perguntei se você também gostava de meninas? Eu te disse que o seu "não sei" era quase um "sim" — riu e bateu seu ombro no dela, gesto que Akane visivelmente não gostou. — E como resistir à Adriana, não é mesmo?

— *Resistir?* Fica longe dela! — A garota empurrou Daniel pelo tórax e puxou Adriana para perto.

— Somos melhores amigos, Akane — Adriana beliscou a bochecha dela com os dentes. — Está tudo bem.

A campainha tocou outra vez e Daniel a abriu. Akira rapidamente passou o braço por sua nuca, obrigando-o a se abaixar para se esquivar do abraço indesejado.

— Ei, Dan! — gritou em seu ouvido. — Eu trouxe vinho para vocês!

— Já tá bêbado, cara? — o roqueiro tentou se desvencilhar.

Rodrigo entrou e fechou a porta. Por um segundo, Naoki achou que ele fosse se sentir estranho na companhia de Adriana, sua ex-namorada, mas nenhum dos dois pareceu se importar — pelo contrário, Rodrigo sorriu e a cumprimentou, recebendo o mesmo tratamento simpático de volta. Era como se não existisse um passado entre eles, o que fez Naoki pensar que aquele devia ser o significado de "superar". Pelo visto, aqueles dois conseguiam ser mais maduros do que ele.

— Vocês chegaram! — André correu para a sala. — Oi, gente! Eu amo todos vocês! Nossa, eu amo todos, sim.

— Você não costumava ser assim. Deve estar mesmo muito apaixonado

— Daniel riu e Luísa corou. Ela tinha guardado a sobremesa na geladeira e acompanhado André até a sala a fim de conversar e interagir com o grupo.

— O que eu posso fazer? — o rapaz se virou para Daniel. — Pessoas realmente podem mudar as outras! — disse, abraçando a namorada em seguida.

— Ah, quanto amor! — Naoki soltou uma risada.

Adriana começou a brincar com André, vendo o quanto ele já estava bêbado, e Akane fez o mesmo com o irmão, sem entender como podiam já estar naquele estado.

— Desculpe — Daniel sussurrou de repente perto de Naoki para que apenas ele o escutasse. Em seguida, ergueu a mão para tocar seu corpo, mas vacilou. De repente, a gritaria e agitação dos outros pareciam distantes. Até inexistentes para o roqueiro. Só o que havia era o centro do furacão que havia nos olhos de Naoki, que deslizaram para a imagem sorridente de Rodrigo e voltaram ao namorado.

— Está tudo bem — respondeu num tom suave. — Mesmo. Só queria que você me dissesse o que há de errado.

— Não há nada de errado.

Eles se encararam em silêncio. Naoki quis confrontá-lo, quem sabe forçá-lo a contar tudo, mas aquiesceu, sem coragem para insistir e sabendo que não era hora para tal, não com todos ali.

— Acho que o peru já está bom — ele mudou de assunto abruptamente.

— O quê? — Daniel franziu o cenho, perdido.

— O peru assando. Vai queimar.

Daniel saiu correndo para a cozinha sem dizer nada. Ele tirou a comida do forno e Akira foi ajudá-lo com os outros pratos, assim como Luísa e André. Naoki ficou na sala conversando com Akane, Adriana e Rodrigo. Em certo ponto da noite, em algum momento ligeiramente confuso e turvo após terem comido e bebido demais, Rodrigo começou a tocar piano e Naoki o acompanhou sem pensar duas vezes.

Quando Luísa caiu no sono, encostada no tórax do namorado, todos perceberam que a festa de Natal estava acabando. André a levou para o seu quarto para deitá-la confortavelmente na cama, tirando seu salto alto. Enquanto ele a observava, acabou deitando na cama também e dormindo pesado.

Akane e Adriana resolveram ir embora e Akira e Rodrigo aproveitaram a deixa, deixando Daniel e Naoki, enfim, a sós olhando a mesa bagunçada, abarrotada de pratos e copos sujos. O silêncio entre os dois era incômodo. Não haviam sequer desejado "Feliz Natal" um ao outro, tampouco conversado durante o jantar.

Agora, eles se entreolhavam sob a luz fraca dos pisca-piscas que André tinha arranjado e ligado. Naoki esperou que o namorado iniciasse alguma conversa, mas aquilo não aconteceu. Então, ocupou-se em limpar a mesa.

Daniel se afastou e entrou no quarto.

Respirando fundo, Naoki se esforçou para não se irritar e continuou a levar a louça suja para a pia. No entanto, ergueu os olhos, surpreso, quando um pacote pardo apareceu em seu campo de visão.

— Feliz Natal, Ki — Daniel sorriu fracamente.

Naoki deu um enorme sorriso de volta e pegou o pacote, abrindo-o com a empolgação de uma criança pequena que ganha um presente dos pais. Era uma pintura em aquarela de seu rosto, aquela que já tinha visto, mas agora estava completa, muito mais colorida e viva. A técnica do namorado era surpreendente e a verdade era que ele não esperava ver aquela pintura tão bem feita.

— Está lindo, Dan... — sussurrou, e sentiu-se mal por não ter comprado um presente. — Obrigado! Mas não imaginei que fosse me presentear, eu não com...

— Não tem problema, não te dei um presente esperando outro em troca — Daniel sorriu e o abraçou. Agarrou sua mão. — Vamos andar.

Puxou-o, mas o outro protestou:

— O quê? Você está louco? Está tarde demais para sair na rua!

— Só faz o que eu te peço uma vez na vida, Naoki Matsui!

O violinista continuou a achar a ideia um pouco absurda, mas deu de ombros e o seguiu. Desceram as escadas do pequeno prédio tentando fazer o mínimo de barulho possível e andaram pela calçada, observando algumas luzes de Natal que coloriam as fachadas de outros prédios e estabelecimentos.

Enquanto caminhavam lado a lado e quietos, algumas gotas geladas começaram a cair do céu.

— Dan! — Naoki exclamou, cobrindo a cabeça com as mãos. — Está chovendo!

— Quem diria que choveria justo quando estamos andando na rua de madrugada? Parece que estamos rodeados de clichês.

— Clichê? Do que você está falando?

— Dos filmes românticos com cenas de beijo na chuva.

Naoki revirou os olhos.

— Vamos voltar antes que caia o mundo, eu não quero ficar ensopado.

Seu plano não deu certo, pois a chuva engrossou na mesma hora, transformando-se em uma típica pancada de verão. O rapaz tentou começar a correr, mas Daniel segurou-o pelo pulso e o puxou para si, segurando seu rosto e beijando-o levemente, fazendo a chuva forte encharcá-los nos poucos segundos que gastaram se beijando.

Ao se afastarem, Daniel sorriu, brincalhão.

— Não é você que gosta de romances clichês?

Naoki inclinou a cabeça para baixo, segurando uma risada tosca e tímida.

Com tanta chuva, nem conseguia olhar para o namorado direito.

Um clarão os assustou, iluminando a rua, e o trovão que se seguiu fez Naoki estremecer.

— Puta que pariu, Daniel! Vamos, eu não quero morrer atingido por um raio! — resmungou, dando meia-volta e correndo de volta para o prédio.

O roqueiro ainda levou alguns segundos para segui-lo, pois se perdeu ao observar a silhueta se afastar sem ele.

CAPÍTULO 31

— O que há de errado?

— O problema é *você* — as palavras duras e roucas de Daniel, junto ao seu olhar frio, fizeram algo ruir dentro de Naoki e ele imediatamente abriu os olhos, sentindo uma única, porém forte e dolorosa batida em seu coração.

O sono o deixou e ele respirou fundo de maneira descompassada, como se tivesse segurado o fôlego por um longo tempo debaixo d'água.

Precisou de meio segundo para discernir onde estava e entender que aquilo havia sido um pesadelo. Lentamente, reconheceu o teto branco com pequenos relances de luz que entravam pelas frestas da janela velha e soube que estava no quarto que dividia com Daniel. O dia ainda não tinha amanhecido por completo, mas o sol não demoraria a inundar as paredes, seus corpos e os objetos, como água preenchendo um aquário.

Sem olhar para o lado, esticou os dedos para sentir o corpo quente que repousava ao seu lado. Os olhos tomaram o mesmo caminho das mãos, tão hesitantes e lerdos quanto essas, observando a expressão calma que Daniel levava no rosto.

Naoki sentiu-se tolo e afundou-se mais no travesseiro. As bochechas queimaram ao imaginar que se aquilo fosse uma cena de filme, provavelmente aquela música do Aerosmith, *I Don't Want to Miss a Thing*, tocaria ao fundo.

Assim como Steven Tyler cantava, o violinista poderia ficar acordado a noite inteira só para ver o namorado respirar e, naquele momento, o refrão da música surgiu em sua cabeça: não quero fechar meus olhos, não quero dormir, porque eu sentiria sua falta e eu não quero perder nada.

Ele não sabia o motivo, mas, ultimamente, quando olhava para Daniel, ele era tomado por uma sensação estranha e sua mente enchia-se de perguntas: por que se sentia assim? Por que teve aquele pesadelo? Por que *aquele* olhar passou a viver nos olhos de Daniel? Por que o silêncio vinha preenchendo o espaço entre eles cada vez mais, até tornar-se insuportável? Havia cada vez menos música e cada vez menos palavras trocadas. Havia cada vez menos toques, carinhos ou momentos românticos. Naoki se sentia solitário em meio àqueles discos de rock e aos livros que preenchiam o quarto do namorado. Mesmo quando Daniel estava deitado ao seu lado, havia um vazio que ele não sabia de onde vinha.

Naoki começava a imaginar se Daniel não se sentia mais da mesma forma que ele, se não se gostavam mais na mesma medida, se o namoro tinha esfriado a ponto de, de vez em quando, parecer uma brincadeira boba.

As batidas fortes à porta fizeram Naoki erguer a cabeça, assustado.

— Estou saindo! — André gritou e abriu a porta. — Vou passar o Ano-Novo com a Luísa. Não estarei de volta antes do dia dois, então feliz Ano-Novo adiantado.

— Feliz Ano-Novo, André.

O rapaz estava fechando a porta quando se lembrou de algo:

— Ah, vai ter uma festa bem legal na noite do dia primeiro. O Daniel sabe onde é, ele vivia indo. Diz para ele se você quiser ir também, tá?

— Sim. — Naoki sorriu, vendo-o enfim fechar a porta. Virando-se, chacoalhou o namorado, que apenas resmungou e se deitou de bruços.

Levantando-se em silêncio, o violinista foi até a cozinha e acendeu uma pequena vela de aniversário, colocando-a no meio de um bolinho que havia comprado no café onde trabalhava. Era dia 31 de dezembro e, além de Ano-Novo, era o aniversário de Daniel.

Voltou ao quarto e ajoelhou-se no chão, ao lado do roqueiro.

— Dan... — disse baixinho, mexendo em seu cabelo com uma das mãos até o namorado despertar, com um olho abrindo estranhamente depois do outro. — Feliz aniversário! Sei que você disse que não queria comemorar, mas eu não consegui deixar passar em branco, então... faz um pedido.

Daniel riu de leve e se ergueu, pegando o bolinho e assoprando a vela.

— Pronto. Feliz?

— Sim.

— Que bom, foi isso que eu desejei — Daniel sorriu.

— Que eu ficasse feliz?

— É.

Naoki riu, sentando-se ao seu lado.

— Vamos ao mercado? Não temos nada para comer hoje à noite e os mercados vão fechar amanhã.

Daniel colocou o bolinho na mesa de cabeceira e voltou a se deitar, murmurando qualquer coisa inaudível. Naoki se jogou em cima dele.

— Vai, vamos logo... — disse em seu ouvido, e quando o roqueiro não se mexeu, soprou lá dentro.

— Ai! — Daniel riu, tapou a orelha e jogou o corpo que o esmagava para o lado com cuidado, abraçando-o imediatamente. — Tá legal! Já acordei, já acordei.

Naoki sorriu e acariciou sua bochecha.

— O que quer comer à noite?

Daniel fungou.

— Morango.

— Então vamos logo — disse depois de rir baixinho.

A câmera fotográfica estava preparada ao lado do corpo quieto de Daniel, pronta para capturar os fogos de artifício. Naoki estava deitado junto a ele com o chão de madeira gelado sob seus corpos, resfriando-os. Os dedos do violinista tracejavam os ossos das mãos do roqueiro, e os olhos ocupavam-se em observá-lo. Era só impressão dele ou Daniel estava mais magro?

A comida estava pronta há mais de meia hora, entretanto nenhum dos dois conseguia se levantar do chão da sala escura, pois em mais alguns minutos o ano viraria, então o céu da meia-noite se enfeitaria inteiro com milhares de pontos coloridos, brilhantes, barulhentos e tão bonitos... Fagulhas incrivelmente esplêndidas que duravam poucos segundos. Nenhum deles queria perder a queima de fogos.

Naoki ergueu os olhos para o céu, observando-o através do vidro da sacada, e sua mão subiu para acariciar o cabelo de Daniel. Este, como de costume nos últimos dias, não dizia uma única palavra há alguns longos minutos, apenas observava o teto, visivelmente perdido em pensamentos ou no próprio silêncio. Naoki ainda não sabia com o quê Daniel se perdia tanto.

— Não é engraçado? — sussurrou de repente, tentando tomar a atenção do roqueiro de volta.

— O quê? — o outro piscou, virando-se para encará-lo.

— Os fogos de artifício. São tão lindos, mas duram tão pouco.

— Talvez por isso eles sejam tão bonitos.

— Hã? — Naoki franziu a testa.

— São bonitos justamente por durarem pouco. Coisas bonitas que duram pouco se tornam ainda mais bonitas. Quando duram demais, tendemos a esquecer delas ou não prestar atenção suficiente.

Naoki sentou-se e o encarou. A camisa que usava tinha botões e era feita de um tecido muito leve e solto, que deixava sua pele um pouco nítida — não totalmente à mostra, nem totalmente escondida, apenas o suficiente para provocar a imaginação. O tipo de tecido que fazia Daniel procurar, no fundo das memórias, cada pedacinho do corpo do outro e reviver a sensação de tocá-lo. Ele esticou a mão para alcançá-lo, mas desistiu no meio do caminho.

Naoki franziu a testa e virou o rosto.

— Odeio quando você fica me olhando e não diz nada. Pare de me olhar assim — mandou, irritado.

— Não posso.

Naoki se voltou para ele com o olhar tão forte que Daniel se sentiu perfurado. O violinista quis resmungar, reclamar, gritar, xingá-lo de todas as formas e até chutá-lo; qualquer coisa que o fizesse dizer o que estava acontecendo, mas engoliu a enorme frustração quando Daniel se sentou e o segurou pelos ombros.

O roqueiro o puxou para perto, abraçando-o e enterrando o rosto na curva de seu pescoço. Deslizou o nariz por seu ombro, sentindo o cheiro gostoso que ele sempre teve, e o apertou com mais força.

Naoki segurou-o de volta. Como aquilo era idiota... Naoki sempre seria um completo idiota por Daniel. Podia ficar uma fera, mas bastava ver aqueles olhos enigmáticos encararem-no e aquelas mãos segurarem-no que tudo evaporava, entrava em estado de calefação. Os problemas, as frustrações, o quarto, o apartamento, o mundo, o Universo... E então, nada mais existia. Nada além de Daniel.

Naoki se afastou, querendo encará-lo de novo. Ficaram se medindo enquanto o roqueiro analisava todo o seu rosto, como se não o visse há anos. Observou-o enquanto via os olhos verdes se demorarem sobre suas feições e fechou as pálpebras quando sentiu os dedos de Daniel desenharem seu rosto.

— O que está fazendo?

— Estou decorando seu rosto. Os detalhes.

— Pra quê? — Naoki riu baixinho. — Você me vê todo dia.

Silêncio. Se Naoki tivesse aberto os olhos, teria visto que havia algo errado em Daniel. No entanto, não o fez, e os dedos de Daniel estudaram seu rosto como se fosse uma escultura e ele, um cego em um museu. E, certamente, Naoki era a estátua mais bonita já feita, muito mais do que qualquer obra de Michelângelo, de Rodin ou de Camille. Daniel engoliu em seco, com os olhos ardendo, e inclinou-se.

Beijaram-se com calma. Os lábios de Daniel pareciam querer decorar a forma dos de Naoki e degustá-los devagar. E após beijar a boca do namorado, seus lábios resolveram viajar pelas bochechas, a testa, as pálpebras fechadas, a ponta do nariz, o queixo, a linha do maxilar, o pescoço — os detalhes. As mãos passearam como se fosse a primeira vez que o tocava e, com cuidado, de modo suave e sem pressa, subiam lentamente pela barriga, sob a camisa. Naoki suspirou, trespassado pelo arrepio. Se lhe pedissem para descrever aquele toque, aquela sensação, era provável que o violinista dissesse que estava entre as nuvens, rodeado pelo sol morno de um dia frio, aquecendo-se e sentindo o calor confortá-lo lentamente.

Enquanto ainda se beijavam, Daniel desabotoou a camisa de Naoki e a removeu suavemente para que o tecido caísse por suas costas até o chão. O relógio badalou e os fogos de artifício estouraram, fazendo Naoki se espantar com o barulho por um instante antes de deitar novamente no chão, com as cores do céu atingindo seus olhos.

Ele fechou um pouco os olhos e, quando os abriu, viu Daniel encarando-o. Sorriram com o silêncio das palavras em meio ao barulho dos estouros e aos lampejos dourados, vermelhos e verdes. O roqueiro se inclinou até encostar suas testas e Naoki viu algo por entre as luzes dos fogos refletidas no verde de suas íris.

Era tristeza. Era a tristeza que se afogava no meio daquele verde, tornando-o quase cinza, como uma manhã cheia de névoa.

Daniel entrelaçou suas mãos e depois as soltou para subir os dedos pelo braço de Naoki, acompanhando as veias e os contornos da musculatura.

Ele queria poder criar um mapa de Naoki em sua mente, em que cada centímetro da pele macia estaria estendido em seu inconsciente. As pintinhas pelo corpo seriam constelações brilhantes no céu escuro quando fechasse os olhos; o cheiro gostoso seria o vento e o sorriso seria o farol que iluminaria o mar dos olhos em noites de ressaca. Se ficasse perdido no imenso castanho da maré alta, haveria o farol — o sorriso — para guiá-lo de volta. As veias eram os rios que, abaixo, davam no mar e acima, davam na nascente, que era a sua risada. O corpo todo seria um continente — terra firme para ficar e se sentir seguro. E seus abraços seriam casas que, após uma longa viagem, lhe diriam: *Entre! Você está em casa agora, Daniel.* Então as mãos fechariam a porta para abrigá-lo dos furacões. E os beijos suaves seriam, na verdade, a maior altitude das curvas de nível.

— Nada me faz feliz que nem você — Naoki sussurrou em seu ouvido de repente, com uma das mãos em seu ombro e a outra em sua nuca. — E olha só, o mundo não acabou ainda! Feliz 2001, Dan! Eu te amo...

O violinista afastou-o para olhá-lo nos olhos, pois queria ver aquele universo todo o encarando como se não existisse mais nada. Então, sentiu algo dentro de si quebrar em alguma parte desconhecida. A lágrima caiu perto de seu olho, fazendo-o piscar.

— Daniel, você está chorando?

O roqueiro enterrou o rosto no meio do cabelo de Naoki, que limpou a lágrima caída sobre a própria pele.

— Dan... — olhou para o teto iluminado pelos fogos, sem saber o que fazer, e as mãos agarraram-se ao *mullet*. — Ei...

Os fogos continuavam a estourar e o roqueiro continuava sem responder, então Naoki tentou mudar de assunto:

— Já que agora estamos em 2001, arranjarei duas mil e uma maneiras de te dizer que eu te amo.

Daniel grunhiu e retrucou:

— Isso é impossível.

— Não é, não! Não se diz eu te amo só com palavras — o outro riu em resposta, abraçando-o mais forte.

O violinista sentou mais uma vez, obrigando o namorado a fazer o mesmo. Ficaram se encarando até que, por algum motivo, Daniel desviou o olhar. Então, Naoki se inclinou a fim de entrar em seu campo de visão. Estreitou-lhe os olhos, como se pudesse dizer: *Por que foge tanto de mim, Daniel?*

Quando o sorriso inesperado tomou os lábios de Naoki acompanhado por fagulhas douradas iluminando seus olhos, Daniel sentiu o peito queimar. Como aquilo era possível? Ele sentia-se sob o sol apenas com aquele olhar, que enxergava todas as suas rachaduras e que suplicava para que ele só o deixasse fazê-las brilhar.

Daniel tateou o piso de taco em busca da câmera e puxou-a.

— Não se mexa — sussurrou e tirou uma foto de Naoki, que deixou uma risada baixa escapar dos lábios, tal como um leve suspiro.

— Faz tempo que você não tira uma foto minha.

— Às vezes seus olhos têm essa luz dourada que não entendo. Não entendo como podem ser dourados. Parece que o sol... — a voz morreu lentamente.

— Eu não entendo seus olhos também — Naoki sussurrou de volta. — Parece que você esconde tudo por trás deles. Parece que o Universo passa por eles e pela sua mente, mas você não diz nada. Queria que me dissesse.

Daniel não respondeu e Naoki se afastou, vestindo a camisa após ser tomado por um arrepio de frio intenso.

— Vou jantar — anunciou, levantando-se.

— Naoki...

Daniel o chamou de súbito, fazendo-o se virar. Seu namorado o observou por três segundos em total silêncio, e Naoki notou que o outro prendia a respiração.

— Não é nada.

Com um suspiro, Naoki deixou a sala.

Os dedos de Naoki dobraram-se sobre os lençóis brancos quando ele respirou fundo e abriu os olhos devagar.

Era a primeira manhã de 2001.

Sentou-se na cama, constatando que Daniel não estava ali, e, em seguida, levantou-se para abrir a janela e sair do quarto. Já era dia e o céu azul estava tão claro que não era preciso sair ao sol para saber que queimaria sua pele. Naoki gostava de dias assim, que traziam consigo mais energia e disposição, ao contrário dos dias nublados ou frios, em que parecia que a atmosfera cinzenta grudava nos ossos.

Ao passar pela porta, tropeçou em uma fita cassete da Blockbuster, o último filme que viram juntos: o honconguês *Amor À Flor Da Pele*, que havia sido lançado há pouco tempo. Abaixou-se para pegá-lo do chão, então percebeu que a porta da sacada estava escancarada e Daniel fumava do lado de fora.

Naoki teve a sensação inesperada dos dias nublados, em que os ossos pareciam estar sendo corroídos pela pressão atmosférica. Mais do que isso, ele pôde ver que o cinza estava nos ossos de Daniel. Inclinado sobre o parapeito em meio ao sol e à fumaça do cigarro, estava com aquela expressão incompreensível que se tornou conhecida nos últimos tempos. Parecia que Daniel tinha perdido todas as suas cores, ainda mais em contraste com toda a luz solar, o azul e o verde que podia ver pela varanda. Todas aquelas cores da aquarela, dos fogos de artifício, dos sorrisos... Daniel estava desprovido de cores.

E se Naoki também estivesse perdendo as próprias? Olhou-se em reflexo ao próprio pensamento, tentando encontrá-las e, ao erguer rosto, viu que Daniel o encarava.

E aquele olhar... Naoki nunca o tinha visto, nem mesmo quando viviam em guerra.

Aquele olhar frio, cinza e estranho. Dolorosamente indiferente e vazio.

Ele durou apenas alguns segundos, porque Daniel desviou a atenção para o cinzeiro sobre o parapeito, jogando as cinzas do cigarro ali. Depois levantou a cabeça para o violinista, com o olhar esverdeado tentando alcançá-lo, mas era inútil, porque agora Naoki já sabia que o gesto era cinza.

— O que quer tomar de café da manhã? — Daniel perguntou e Naoki tentou seguir o dia como se não tivesse sido alvo daquele olhar.

Entretanto, aquilo foi tão desconcertante que, quando Naoki acordou no dia seguinte e não encontrou o namorado na cama, nem na sala ou na cozinha — nem em lugar algum daquele apartamento pequeno —, ele não se espantou.

Tentou ligar para Daniel, mas pôde ouvir o celular tocar no quarto, esquecido sob os livros e papéis amontoados na escrivaninha. Então, Naoki sentou-se na cama e pensou naquele olhar... E concluiu que, talvez, a única coisa que realmente o tinha espantado tinha sido o barulho dos fogos de artifício na noite de Ano-Novo. Porque Naoki sabia. *Sabia e sempre soube* que aquele era o olhar que Daniel reservava às pessoas com quem passava uma noite para depois ir embora. Para nunca mais voltar.

O café estava silencioso e vazio naquela hora. Agora que estava de férias da faculdade, Naoki tinha sido chamado para trabalhar integralmente nos meses de janeiro e fevereiro. Era seu primeiro dia comparecendo às dez da manhã.

Carla estava sentada em uma banqueta lendo uma revista enquanto Ricardo e Sérgio conversavam ao longe sobre algo inaudível. O shopping, naquele segundo dia do ano, já recebia pessoas trocando presentes de Natal e voltando à rotina após as festas de final de ano. Por serem férias escolares, podia-se ouvir crianças passeando por todos os lados, inclusive na cafeteria, onde iam para comer doces.

Naoki queria que sua mente ficasse tão vazia e quieta quanto aquele momento raro de silêncio na loja, mas não conseguia parar de pensar no olhar de Daniel nem no fato de que ele não estava em casa quando acordou. Parte de sua mente dolorida e barulhenta lhe dizia que o que estava pensando era bobagem — quer dizer, o roqueiro provavelmente tinha saído por algum motivo *importante* e, mesmo sem lhe ter dito aonde ia ou ao menos avisado que sairia, devia haver uma boa razão. Além disso, ele não era obrigado a lhe dar satisfações, era?

Naoki suspirou e continuou a esfregar a louça, meneando a cabeça em uma tentativa fracassada de pensar em algo diferente. Talvez em alguma música... mas todas em que podia pensar o lembravam de Daniel. Não conseguia mais focar nas composições clássicas que costumavam fazer parte de sua rotina, porque agora só conseguia pensar em coisas que havia conhecido graças ao roqueiro. Conhecer aquelas bandas tinha sido quase pré-requisito para se conhecerem, afinal; e agora que elas estavam incrustadas em sua mente. Não tinha como não pensar naquele roqueiro babaca.

Carla se levantou para atender alguns clientes que chegavam e Naoki se esforçou para se concentrar no trabalho, terminando de lavar a louça para ajudar a colega a preparar os pedidos.

O resto do dia correu tão morosamente que Naoki quase não o suportou.

Quando seu novo expediente enfim acabou, juntou as coisas para ir embora, receoso. Havia passado o dia inquieto e nervoso, com vontade de ir embora, mas agora parte dele — talvez a maior de todas — não queria chegar em casa. Claro que desejava passar pela porta e receber um abraço de Daniel, porém havia algo dentro de si que o fazia se perguntar se voltar para casa não seria pior do que ter acordado sem Daniel. E se não houvesse abraço nenhum? E se tudo o que recebesse fosse apenas aquele olhar cinzento, aquele que o havia desconcertado de uma maneira tão terrível e dolorosa?

Naoki saiu do shopping se sentindo derrotado e irritado consigo mesmo. Os passos lentos pareciam pesados e os olhos estavam pregados ao chão do estacionamento, com a cabeça girando em meio a tanto caos.

— Naoki?

Quando se virou para ver quem havia chamado seu nome, sua testa franziu na mesma hora.

— Júlio?

— Hum... Oi. Tem um minuto? — o rapaz parecia sem graça.

— Hã... Tenho. O que foi?

— Podemos conversar em algum lugar?

— Sobre o quê? — Naoki olhou ao redor. O barulho das pessoas entrando e saindo e os carros passando provavelmente fazia aquele lugar não ser muito apropriado para conversas, mas eles não tinham nada para falar e sequer se viram desde a época em que terminaram, portanto Naoki estranhou sua súbita aparição.

— Tudo bem. Então, falo aqui mesmo — Júlio se aproximou. — Olha... Eu... Eu vi o Daniel ontem em uma festa. Achei que você estivesse junto dele, mas como não estava, eu vim falar com você...

Festa? Um estalo em sua mente fez Naoki piscar, como se finalmente tivesse encontrado a peça perdida do quebra-cabeça, porém não quis acreditar. Achava que estava entendendo alguma coisa, mas, ao mesmo tempo, não entendia nada.

— O quê?

Júlio ergueu o queixo e o encarou. Sua hesitação pareceu durar uma eternidade para Naoki, que agora estava nervoso em dobro.

— Vou direto ao ponto, porque... o que aconteceu não foi legal e eu queria te contar, se você ainda não souber. Não acho legal que você fique no escuro...

— Do que você está falando? — Naoki ficava cada vez mais confuso.

— Ele disse que se cansou de você, na frente de todos os amigos — Júlio despejou as palavras barulhentas, que pareceram machucar seus ouvidos.

— O quê? — repetiu Naoki, como se o que acabou de ouvir não fizesse sentido algum. De onde Júlio tinha vindo? Do que ele estava falando? O que estava acontecendo?

— Ele tava falando pra quem quisesse ouvir que se cansou de você, de "ficar preso", namorar, eu sei lá, algo assim. Ele disse, eu juro. Eu pensei que vocês tivessem terminado, mas também pensei que, se ainda estivessem juntos, eu precisava...

Mentira. Mentira, mentira, mentira, mentira, mentira, mentira, mentira! Naoki fechou as mãos em punhos, apertando-os.

— Deixa eu adivinhar: precisava ver como eu estava? E se por acaso eu precisasse juntar meus *cacos,* você me mostraria como é um cara incrível e como eu nunca deveria ter te trocado pelo Daniel? — ele falou de uma vez, quase perdendo o fôlego. — Veio esfregar na minha cara aquela sua última frase de quando terminamos tudo? Olha só, muito obrigado, mas eu e o Daniel *não* terminamos. Sabe por quê? Porque eu sei que tudo o que está me dizendo é mentira.

— Naoki...

— Eu não quero ouvir mais nada! Não acredito em você!

— O Daniel não estava com você ontem, né? E você sabe *onde* ele estava? Eu o vi, Naoki. Não adianta negar e...

— Cuida da sua vida, entendeu? — Naoki o interrompeu mais uma vez, sentindo o maxilar tenso.

Júlio o encarou por um segundo, em total silêncio.

— Quer saber? Beleza! — deu um passo atrás. — Se você não acredita em mim, por que não pergunta ao Daniel? Que tal?

— Vai se foder! — Naoki cuspiu as palavras e saiu dali às pressas. Sentia o corpo inteiro pinicar, como se estivesse sendo picado por agulhas quentes. O que era aquilo? Ódio? Frustração? Medo?

Medo? De quê? Naoki não confiava em Daniel? Tinha medo de que Júlio estivesse falando a verdade?

Ele correu como um idiota até o ponto de ônibus. Nunca tinha se sentido tão imbecil como se sentia agora. As palavras de Júlio não saíam de sua cabeça, como um disco arranhado e estridente, mas elas faziam cada vez mais sentido conforme se repetiam. Fechou os olhos em fúria, contendo as lágrimas ardidas que ainda não tinham motivo concreto para surgirem. *Ainda?*

Quando chegou ao prédio depois de minutos de agonia, subiu as escadas correndo até o andar de Daniel. Acabou derrubando a chave no chão, porque as mãos tremiam e, quando conseguiu abrir a porta, o silêncio foi tão aterrador que ele ficou sem ar, o caos e o barulho dentro dele eram tão grandes que o contraste com o apartamento o desconcertou por um instante. Principalmente com a visão que teve de Daniel encostado na varanda, fumando, assim como no dia anterior.

Entreolharam-se.

Naoki fechou a porta sem fazer barulho e deu apenas alguns passos para a frente. Por alguma razão, não tinha coragem suficiente para se aproximar nem mais um centímetro.

— Você chegou — disse, mas não em um tom amigável. Estava carregado de mágoa e raiva. Faltava-lhe ar e sentia a caixa torácica pequena demais, como se estivesse encolhendo aos poucos.

— Você também — Daniel respondeu, indiferente, deixando os olhos caírem sobre ele por pouco tempo antes de voltarem ao céu. Quando tragou o cigarro, Naoki sentiu-se nauseado com o cheiro.

Um silêncio incômodo pairou, uma quietude dolorosa e cortante que queimava feito fogo.

Naoki não suportou. Deu um passo à frente, enfim, como se tomado por alguma coragem de origem desconhecida. Deu outro, mais outro e continuou até chegar a Daniel.

— Então?

— Então o quê?

— Ah, deixa eu ver... Eu acordei e você não estava em casa — Naoki franziu a testa. — Então... Aconteceu alguma coisa?

Daniel deu de ombros, sem verbalizar, tragando novamente. Quando a fumaça foi lançada para o teto, Naoki bateu em sua mão, fazendo-o derrubar o cigarro e encará-lo de verdade.

— Qual é o seu problema? — Naoki questionou, com raiva, instantaneamente se lembrando de seu sonho no dia 31, no qual o namorado tinha lhe dito *"O problema é você"*.

Daniel franziu a testa, meneando a cabeça.

— O quê?

— Acordei e você não estava, liguei e você tinha deixado seu celular aqui... Achei que tivesse acontecido alguma coisa, mas parece que você tá ótimo, né?

O roqueiro o encarou com seriedade.

— Ótimo? — a voz falhou, mas Naoki, no auge de sua raiva, não foi capaz de perceber.

— E não está? — olhou-o com rancor.

A risada debochada de Daniel fez Naoki queimar de raiva. O roqueiro se inclinou e pegou outro cigarro no maço sobre o parapeito.

— Onde você estava ontem? — o outro refez a pergunta enquanto o via colocar o narcótico na boca e acendê-lo com o isqueiro.

Daniel não respondeu, ocupado demais assoprando a fumaça para o teto, e o violinista se surpreendeu ao perceber que aquela visão lhe causava nojo.

— Mas que merda! O que tá acontecendo? — gritou com a voz subitamente grave. — Qual é o seu problema, hein? Por que não fala direito comigo há semanas?! Por que fica aí com essa pose ridícula? E agora voltou a fumar?! Por que está sendo um filho da puta babac...

— Um filho da puta babaca *que eu sempre fui?* — Daniel ergueu uma sobrancelha, rindo. — Você está certo: eu sempre fui. Não deixei de ser.

Naoki o encarou:

— Do que você tá falando?

— Não é isso o que você queria ouvir? Não é isso o que quer fazer? Me xingar? Vá em frente, pode me chamar de todos os nomes possíveis! Eu já ouvi todos. E eu mereço, não é?

— Não. Não era isso o que eu queria ouvir e não é isso o que quero fazer.

Eles ouviram a porta abrir. André havia chegado em casa e não demorou a perceber as expressões em seus rostos.

— Hã... Oi — ele cumprimentou o casal, sem graça, não tardando a fechar a porta e dirigir-se ao seu quarto, onde se trancou.

Daniel voltou a se encostar na parede, parecendo indiferente, e Naoki fechou os olhos, tentando controlar a raiva. Daniel não percebia o que estava acontecendo? Ou será que era ele quem não percebia?

— Eu encontrei o Júlio — murmurou de súbito, fitando os coturnos em frente aos seus sapatos.

— É?

— É. E ele me contou que você... — Ergueu a cabeça. — Que você disse para todo mundo que você se cansou... Que se cansou de mim.

Daniel não o olhava mais nos olhos, passando a encarar o lado de fora, e o maxilar apertado dele fez Naoki ter vontade de chorar. Por que Daniel não lhe dizia nada? Por que não o olhava? Por que não sorria e dizia "Desculpe, foi tudo um mal-entendido"? Ou um "Eu te amo, Naoki. Você é a arte que eu gosto de apreciar todos os dias"? Por que tudo aquilo estava acontecendo? O *que* estava acontecendo?

Naoki sentia que seu coração estava sendo corroído por ácido.

Doía. Ardia. Roubava-lhe o ar.

— É verdade? — perguntou em um sussurro, mas Daniel continuou com o olhar distante. — Estou falando com você, porra! — ergueu o tom de voz. — É verdade?

— Se você sabe a resposta, por que pergunta? — o roqueiro o olhou de um jeito que Naoki desejou que ele não o tivesse feito. — Para se machucar mais?

O violinista deu um passo para trás.

— Está brincando comigo, não é?

Não houve resposta.

— Está brincando comigo, né?! — Naoki riu de repente. Talvez de desespero, o que o fez se sentir humilhado. — Porque isso não tem graça.

— Eu cansei, Naoki — Daniel finalmente disse, desencostando-se da parede, os olhos fechando com força por um instante antes de abrirem e encararem-no com um semblante vazio. — De *você*, de ter alguém o tempo inteiro no meu pé, de ficar só com uma pessoa, de fingir que está tudo bem e normal entre nós quando não...

— Você disse que me amava! Pediu que eu confiasse em você, me pediu para não duvidar do seu amor! Por que está fazendo isso?

Daniel não fez nada além de voltar a encostar-se à parede. Os cinco segundos que se seguiram foram o silêncio mais longo que já havia preenchido o espaço entre os dois. Pareceu uma eternidade dolorosa, e ambos souberam o que tinha acabado de acontecer: estava acabado.

— Eu te odeio! — Naoki despejou sua raiva, sem ponderar as próprias palavras. — Eu te odeio, Daniel. Eu tenho *nojo* de você e de tudo o que você é, de tudo o que você faz. Você não sabe o que é amor e vai viver com esse vazio que sente até morrer com um câncer no pulmão ou sei lá o quê.

Naoki marchou até o quarto, puxou a mala que estava embaixo da cama e jogou todas as roupas lá dentro, batendo as portas do guarda-roupa com força. Pegou seus cadernos de partitura, jogou-os dentro da mochila, guardou o violino com raiva e carregou tudo para a sala. Depois voltou ao quarto, saindo com o quadro que Daniel havia lhe dado de presente de Natal. Sua vontade era de rasgá-lo, jogá-lo no outro para machucá-lo. Naoki jogou o quadro no chão da sala e Daniel observou a cena sem expressão, mas então riu com o canto da boca.

— Por que não põe fogo logo? — debochou. — Não é isso o que quer fazer?

Naoki o encarou por um segundo antes de assentir. Em seguida, foi à cozinha para buscar álcool e uma pequena caixa de fósforos.

André abriu a porta do quarto. Ele vinha escutando tudo, com medo de que algo ruim acontecesse. Ainda se lembrava de Daniel ter contado do dia em que Naoki havia empurrado o amigo do pedalinho e aquela impulsividade o tinha assustado.

— Você está doido?! — André gritou assim que viu Naoki jogar o quadro em cima do piano e derramar o álcool sobre a pintura e as teclas. — Quer matar a gente queimado?!

No entanto, o rapaz não pôde dar um passo à frente, porque Naoki acendeu o fósforo e jogou no desenho de longe, dando passos apressados para trás.

Enquanto o fogo consumia a pintura de Naoki e começava a se alastrar pelo instrumento, Daniel apenas ficou parado encostado na parede, observando o agora ex-namorado juntar suas coisas e sair.

André correu até o corredor do lado de fora do apartamento e pegou o extintor de incêndio, mas o ruído do objeto e a fumaça para apagar o fogo nem fizeram Daniel piscar, nem mesmo quando o cheiro forte de queimado se instalou em meio ao silêncio.

Embora tivesse escutado tudo, André não entendia o que tinha acontecido e seu coração batia rapidamente, atordoado pela virada dramática de eventos. Ele olhava para Daniel como se esperasse uma explicação ou uma ação, mas o amigo não tirava os olhos do piano.

— Que porra foi essa?! — André se pronunciou, exasperado.

Daniel o encarou.

— Ué, você não ouviu?

— Por que você terminou com o Naoki?

A resposta demorou um pouco para sair:

— Você me conhece. Isso não é para mim.

— Como assim? Achei que vocês estivessem apaixonados... Achei que você amasse o Naoki.

— Eu te disse isso? — o roqueiro desencostou-se da parede.

O amigo o olhava, desapontado, e então balançou a cabeça.

— Não. Mas não precisava, estava nos seus olhos.

Daniel o observou com alguma coisa em seu semblante, algo que André não conseguiu entender.

— Olhares não dizem nada, André. Nem palavras.

O rapaz caminhou até o quarto, fechando a porta atrás de si.

Depois de alguns segundos parado, desacreditado e confuso, André fechou a porta do apartamento, que havia sido deixada aberta por Naoki.

O céu já estava escuro.

Naoki percorreu a cidade de ônibus, levando consigo a mala, a mochila e o violino, causando irritação nos outros passageiros. Estava completamente perdido e fora de si e não se deu conta de onde estava nem aonde ia até reconhecer a casa de Akane e Akira ao longe. Ficou mais algum tempo sentado na calçada, ponderando se deveria ir atrás dos melhores amigos ou não. Talvez só devesse voltar para a casa dos pais... *Não, como eu poderia voltar para lá depois de tudo?* Mas se pensasse bem, aquela era uma das suas únicas opções, porque não poderia pagar um aluguel inteiro sozinho. Grande vida de merda, percorrendo caminhos e caminhos apenas para voltar ao mesmo lugar.

Todas as palavras de Daniel reverberavam em sua cabeça como trovões, assustando-o. Ele revivia aquele momento sem parar e, apesar de sentir que morreria com toda aquela dor e tristeza que o sufocavam, não conseguia chorar, como se a confusão o transformasse em uma represa. Ainda não tinha certeza do que havia acontecido e ainda não acreditava.

Sabia que, eventualmente, entenderia e acreditaria. E então, enfim veria que e o porquê estava tudo acabado. Só não queria fazê-lo ainda.

Como tinha sido idiota... O pior tipo de cego, isso que Naoki fora. Não quis ver o que estava bem diante de seus olhos, não quis acreditar e até precisou fingir que não via. Mas tudo sempre esteve ali, não esteve? Todas as pistas, que talvez fossem até evidentes demais... Claras como relâmpagos que iluminam o céu escuro durante pancadas de chuva rápidas e violentas.

Naoki enfiou a cabeça entre os joelhos, fitando o asfalto. Em seguida, ouviu o som de sapatos se aproximando, mas não ergueu a cabeça. Não queria. Não queria que ninguém o visse daquela forma, tão deprimido e deprimente.

Alguém se agachou à sua frente.

— Naoki...? — a mão delicada de Akane tocou o topo de sua cabeça com cuidado. — O que está fazendo aqui? Quando chegou? Por que não ligou?

— Vem, vamos entrar — a voz de Akira soou tão baixa e tão triste que Naoki soube no mesmo instante que, de alguma forma, eles já sabiam o que tinha acontecido.

Claro que sabem, seu imbecil. A porra da sua mala está ao seu lado e você parece estar chorando. Caralho, como você é burro, é por isso que nunca percebeu nada!

— Eu estava fazendo biscoitos amanteigados com goiabada, você quer? — Akane sorriu e Naoki levantou a cabeça, fungando. Não queria ignorar a tentativa dos irmãos de confortá-lo, mesmo que não quisesse conversar. Akira pegou sua mala e a amiga o abraçou enquanto eles atravessavam a rua até a casa dos irmãos.

— Como sabiam que eu estava por aqui? — perguntou em voz baixa.

— Não sabíamos — Akane balançou a cabeça. — O Akira achou que tinha te visto aqui pela janela, então viemos conferir se era mesmo você.

Ele assentiu, sem dizer nada.

— Está tudo bem? — sua amiga perguntou, hesitante.

Naoki negou com a cabeça, levando alguns segundos para finalmente conseguir responder:

— Terminamos. Terminamos porque ele se cansou de mim. Mas podemos não falar disso? Nunca mais.

— O quê? Ele se cansou de você? — Akira repetiu, franzindo a testa.

— Não quero falar sobre isso! Nunca — Naoki chacoalhou a cabeça.

Os irmãos se entreolharam, confusos, mas calaram-se.

— Tudo bem — Akane consentiu. — E você pode ficar quanto tempo quiser, sabe disso, né? Nossos pais te adoram.

— Obrigado, mas vou embora amanhã — Naoki afirmou, como se pedisse desculpas por incomodar ou por não poder ficar.

— Para onde você vai? — A amiga quis saber, preocupada, mas ele não respondeu.

Quando Naoki colocou os pés no primeiro degrau dos poucos que levavam à varanda de sua casa, sabia exatamente o que estava fazendo e a que voltaria a se submeter. E mesmo que viver sob aquele teto sempre tivesse sido um inferno para ele, agora preferia nunca ter saído.

Porque assim não estaria se sentindo prestes a morrer com toda aquela aflição. Pois aquela era a sensação de ter perdido Daniel: como se fosse morrer. A falta de ar, o aperto no coração, a caixa torácica subitamente pequena demais, pesando toneladas sobre seus pulmões e seu coração... Era o que sentia toda vez que pensava nele. Um desespero tão grande que fazia a morte parecer próxima demais.

Ele respirou fundo, chacoalhando a cabeça ao colocar a mão sobre a maçaneta. *Pare de cultivar esse sentimento ruim. Vai passar, o tempo vai te ajudar... E se concentrar em outras coisas também pode te ajudar.*

Quase riu de si mesmo. Se concentrar em outras coisas! Que grande mentira contava a si mesmo. Como se fosse possível se concentrar, como se fosse possível viver agora... Ele sabia que as coisas melhorariam alguma hora, mas queria que fosse *agora*. Queria que tudo sumisse naquele exato momento, porque cada pensamento o deixava mais nervoso e cada detalhe do dia o lembrava de Daniel. Achava que nunca ia esquecer. *Nunca ia esquecê-lo.*

Ao abrir a porta de casa, Naoki sentiu como se estivesse realmente morrendo.

Você é desprezível, não acredito que está voltando para cá depois de tudo, disse para si mesmo, em um ataque de ódio. *Como vai conseguir se olhar no espelho? Abandonou tudo porque odiava isto aqui e agora está voltando?!*

— Filho?! O que está fazendo aqui? — sua mãe, que carregava alguns livros na mão e atravessava o *hall* em direção à sala de leitura, olhou-o com surpresa. Quando os olhos baixaram para sua mala, ela deixou de sorrir e entendeu tudo. Colocou os livros no chão e correu até Naoki, abraçando-o com força, como se quisesse tirar toda a dor que podia ver no mais novo.

— Está tudo bem... — disse antes mesmo de perguntar o que tinha acontecido.

Naoki sabia que sua mãe esperaria até o momento em que ele quisesse lhe dizer. E esse momento talvez fosse... *nunca*.

— Está com fome? — Mie perguntou, fazendo-o deixar a mala no chão. Pegou o violino pela alça da capa e começou a andar com a mão nas costas do filho para conduzi-lo à cozinha. — Vem, vou fazer algo para você comer.

— Pode deixar que eu levo... — Naoki esticou o braço para pegar o instrumento de volta, mas a mãe arranjou um espaço para deixá-lo sobre um dos móveis onde ficavam expostos retratos de família.

— Então, o que você quer comer?

Antes que ele respondesse, a voz de seu pai irrompeu, alta, do topo da escada:

— Naoki?

O filho ergueu o olhar até encontrar Hiroshi vestindo um terno. Tinha chegado estrategicamente em uma hora em que o pai deveria estar trabalhando para não ter de vê-lo ou falar com ele tão cedo, mas o homem ainda estava ali.

O mais velho alternou o olhar entre a mala e o filho. Naoki sentia-se humilhado com aquele olhar superior, mas não deixou transparecer, nem o respondeu. E na ausência de cumprimentos, seu pai apenas lhe disse:

— Bem-vindo de volta.

— Você não tem que ir trabalhar? — Mie perguntou ao marido secamente, como se o enxotasse, e em seguida se virou para o filho. — Que tal comer *oniguiri*? Posso fazer alguns para você...

Naoki olhou para o relógio.

Fazia sete horas e quinze dias desde que Daniel sumiu de sua vida, exatamente como na música *Nothing Compares 2 U*, que Naoki descobriu na voz de Sinéad O'Connor, mas que, na verdade, foi escrita pelo cantor Prince.

Por alguns minutos, o rapaz permaneceu sentado em sua cama, olhando para um ponto fixo na parede branca. Seu quarto nunca pareceu tão gelado e os lençóis, sempre tão macios, agora pareciam ásperos sob suas mãos. Nenhuma roupa de cama tinha o cheiro de Daniel.

Há vários dias, Naoki mal conseguia comer ou dormir direito. Tinha se demitido do trabalho na cafeteria de Ricardo e retornado às aulas de piano e violino, aos cursos de idiomas e à natação. A ideia de trancar a faculdade foi completamente abandonada e sua matrícula para o próximo semestre estava confirmada. Estava de volta à rotina e à vida que tinha antes de conhecer Daniel.

Desde que voltara para casa, a única coisa que lhe trazia um pouco de felicidade era sentar-se com sua mãe e conversar um pouco ou até mesmo não falar nada. Algumas vezes, chegavam a ficar a tarde inteira em silêncio, mas estava tudo bem.

Naoki se levantou da cama à procura da mãe e a encontrou sentada na sala de leitura com um livro de Jean-Paul Sartre nas mãos. Sentiu um vazio preenchê-lo subitamente ao ver um dos livros que também estavam na prateleira de Daniel.

A epifania estava lhe alcançando. Ele havia, enfim, entendido e a sensação era a de levar um soco, explodindo seu cérebro com uma dor indescritível.

A passos lentos, caminhou até a sala de música, sentou-se no banco do piano e ficou ali em completo silêncio, sem mover um músculo, com a respiração fraca e os olhos presos às teclas.

Quinze dias e sete horas.

Daniel não ia voltar — aquela era sua epifania. Finalmente estava tendo aquela súbita compreensão: *Daniel não ia voltar*.

E como Naoki poderia seguir em frente a partir de agora?

A cabeça pendeu para a frente, com os fios de cabelo acompanhando o movimento. Sua mente machucada não conseguia parar de pensar no roqueiro. Se ele estava com alguém. Se estava beijando alguém. Se estava com alguém na *cama*. Se qualquer corpo desconhecido estava com a cabeça no travesseiro em que *Naoki* tinha dormido por meses. Se Daniel estava dizendo a essa pessoa as mesmas palavras belas e mentirosas que havia lhe dito. Se dizia aquelas idiotices como o estúpido "você é arte". Se abraçava alguém como o abraçou... *Se estava feliz sem ele*. Se vivia como se nunca o tivesse conhecido. Se estava contente por Naoki ter ido embora de sua vida.

Pensava o tempo todo se, em algum momento, Daniel se arrependia de tê-lo deixado ir, mas era claro que não. Naoki praticamente podia sentir que o outro estava o esquecendo e nada era mais vazio ou desesperador do que aquilo.

Os braços pousaram sobre o piano ruidosamente, com a cabeça se escondendo entre eles, e Naoki começou a chorar. Depois de dias jurando que não faria aquilo por Daniel, *finalmente estava chorando*.

Porque doía. Doía como o inferno, como se sangrasse sem parar. Ele sentia que aquela aflição não passaria, que o tempo não amenizaria nada e que, a cada dia que passasse, mais saudade de Daniel ele sentiria. E ninguém substituiria aquelas memórias, mesmo — e principalmente — as dolorosas. Todos mentiam quando diziam que tudo ficaria bem, porque nunca ficaria tudo bem. *Nunca. Afinal, como alguém esquece do amor da sua vida?*

Como se supera a sensação de ter se apaixonado por alguém que nunca existiu? *O Daniel por quem havia se apaixonado nunca havia existido?*

Naoki não sabia. Parecia que, de repente, não sabia nem mais como respirar.

Aquela sala de música parecia grande demais, assim como todos os cômodos daquela casa. Assim como o vazio dentro dele. Assim como as lembranças de Daniel, tão vazias e, ao mesmo tempo, tão grandes e pesadas, a ponto de ocuparem cada espaço de Naoki. E que, mesmo que esvaziadas de sentido, ainda o machucavam como espinhos.

— Um *mojito*, por favor — uma moça esguia parou ao seu lado e inclinou-se sobre o balcão do bar com o cotovelo direito quase pousando sobre a caixa de cigarros de Daniel.

Ele puxou o maço para si, chamando a atenção da jovem com o movimento. Os olhos, cuja cor ele não conseguia identificar, não sabia se por causa do álcool ou do ambiente, examinaram-no de cima a baixo até que o cenho se franziu.

— Daniel? — ela perguntou com um sorriso de canto.

O rapaz a olhou em uma tentativa de reconhecê-la, mas não foi capaz.

— Desculpe... eu te conheço?

Ela pegou o copo que o *barman* lhe entregou e deu uma risada, com um olhar desapontado que transparecia seu pensamento: "Eu sabia que não se lembraria de mim", mas seu corpo se apoiou sobre o balcão ao se aproximar dele.

— Não exatamente... — a desconhecida sorriu. Era óbvio que tinham passado alguma noite juntos, mas ele não conseguia lembrar quando. — Soube que você arranjou um namorado e depois deu um pé na bunda dele, é verdade?

Ah, então foi há muito tempo. Por isso não se lembrava dela.

A verdade era que Daniel não se lembrava com muita exatidão nem de metade dos acontecimentos das últimas semanas, porque vinha passando seu tempo livre tão bêbado ou chapado que tudo parecia um grande borrão. Quando não estava trabalhando, vivia como se desse saltos no tempo: em um momento estava em seu apartamento, olhando o teto; no próximo, estava em algum lugar, drogando-se ou bebendo.

A moça se inclinou mais e, para não ter que respondê-la, Daniel virou o resto da bebida de uma vez. A tatuagem em sua mão brilhou em seus olhos como se fosse pintada com tinta fluorescente. A garganta queimou e ele abaixou a mão, escondendo-a de sua vista.

— Você está péssimo, hein? — a jovem falou.

— E você está ótima — ele tentou ironizar, todavia tinha ciência de que era a mais pura verdade. Aquela mulher, seja lá quem fosse, era linda.

— Obrigada — ela sorriu, a cabeça tombando para a frente e fazendo o cabelo curto deslizar pelo maxilar. O colar comprido brilhava sobre a pele cheirosa, o decote do vestido era chamativo e Daniel sabia o que a outra queria apenas pelo seu olhar.

Ele apagou o cigarro no cinzeiro, sentindo que tinha sido acordado — e não queria estar acordado. Sua cabeça latejava, aquele lugar estava quente e incômodo e a tatuagem em sua mão parecia latejar, gritando sem parar que existia e nunca deixaria de existir. Ele só queria ir embora.

Onde estão André e Luísa? Perguntou-se até lembrar-se de que não queria se importar com eles. Não suportava o olhar de decepção que seu melhor amigo lhe dava há dias.

Esquece isso. Esquece, esquece, esquece, esquece.

Daniel baixou os olhos para os saltos pretos da moça, como se pudesse ver certos sapatos masculinos lustrosos seguidos de calças sociais.

Esquece.

— Você está acompanhado? — a desconhecida indagou.

Ele estava desesperado para esquecer.

— Não — respondeu, decidido, mas logo depois hesitou. Muito tempo antes, meses antes, ele não pensaria duas vezes antes de se levantar e acompanhar uma mulher bonita a outro lugar. Entretanto, agora ele não conseguiria, mesmo que quisesse muito. Tudo em sua mente estava doloroso e gritante.

Daniel se levantou, cambaleando. Estava na hora de ir para casa. Quem sabe conseguiria chegar cansado o suficiente para se deitar e dormir por muito tempo, sem ter sonhos nem pesadelos. Um sono pesado o bastante para não pensar em nada, para adiar o máximo possível o momento em que abriria os olhos outra vez e se odiaria por estar acordado.

— Daniel — alguém o chamou e o roqueiro olhou para a jovem, porém percebeu que não era ela quem o chamava. Demorou algum tempo para reconhecer aquele rosto. Quando finalmente o fez, já estava sendo agarrado pelo braço e tirado à força daquele bar, jogado com força para fora. E de tão bêbado que estava, não pôde se manter em pé. Caiu no chão e, por causa da mente entorpecida, não sentiu a mão ralar e sangrar.

— Seu babaca! — Akira berrou.

Daniel se levantou com dificuldade, quase caindo outra vez.

— Ei! Não precisa disso — Rodrigo olhou para Daniel e esticou a mão para ajudá-lo a se levantar, mas o loiro empurrou sua mão para longe e ergueu-se sozinho.

— Qual é o problema, Akira? — perguntou com a voz embolada.

— Ah, vai me dizer que você não sabe o que fez?

— Eu fiz muitas coisas. Você precisa ser mais específico se quer que eu saiba pelo que estou levando um esporro — Daniel riu, soltando um soluço.

— Seu cínico! — Akira berrou. — Não é certo brincar com o sentimento dos outros, nem terminar um relacionamento dizendo que *cansou* da outra pessoa!

— O que é o certo, então? — Daniel levantou uma sobrancelha e riu. — Falar "Desculpe, não é você, sou eu"?

— Não! Você *explica* as coisas!

— Eu expliquei, porra! Disse que cansei!

— Você só tava brincando com ele o tempo todo? — Akira perguntou só para vê-lo encolher os ombros, indiferente.

— Você vai se sentir melhor se eu disser que sim?

Ao ouvir aquilo, o amigo de Naoki fechou o punho e acertou seu rosto, derrubando-o no chão.

— Akira! — Rodrigo o segurou.

— Idiota! — o outro berrou, desvencilhando-se do toque do namorado e esfregando a mão dolorida. — Espero que saiba que ter saído da vida do Naoki foi a melhor coisa que poderia ter acontecido com ele.

Daniel limpou o canto da boca na jaqueta.

— É, eu sei — respondeu.

Rodrigo se abaixou para ajudá-lo, porém o roqueiro fez um movimento agressivo para afastá-lo e resmungou:

— Me deixa em paz, porra!

Diante da desfeita, o outro afastou-se. Era terrível vê-lo largado no chão, bêbado e machucado, mas se ele não queria ajuda, o que poderia fazer? Rodrigo até pensou em tentar mais uma vez; todavia, quando Akira encostou em sua mão, ele recuou e os dois deixaram o bêbado para trás.

O ar quente da noite queimou os pulmões de Daniel.

Você é um veneno que mata as pessoas à sua volta, ele pensou. *Você destrói tudo que toca e machuca todos que te rodeiam. Não merece ser feliz, muito menos amado.* Com certeza, aquela seria uma noite atormentada por suas memórias, ele podia sentir isso por todos os lados de seu crânio.

Assustou-se quando sentiu alguém segurá-lo com força pelo braço, desta vez ajudando-o a se equilibrar.

— Daniel — o olhar preocupado de André o alcançou. — Voltamos ao bar e você tinha sumido. Onde você estava, mano?

— Aqui, caído — Daniel respondeu com uma risada.

O casal não soube se aquilo na voz dele era ironia, sarcasmo, deboche ou dor.

— Ei, Luísa... Por que você está triste? — o roqueiro questionou, cambaleante, ao ver a expressão no rosto da amiga, que estava ao lado de André. — Seu namorado te falou alguma coisa que te deixou triste?

— Não. É porque não gosto de te ver assim.

Daniel se calou.

— Eu também não gosto, Dan — confessou André, em voz baixa.

Houve uma pausa antes da resposta do loiro:

— Mas eu *sou* assim. Não lembram?

— Não é, não. Você nunca foi assim. O que está acontecendo? — Luísa passou a mão em seu rosto.

O que está acontecendo? Aquela voz o atingiu dentro de sua própria cabeça, mais forte do que o soco de Akira. Daniel fechou os olhos com força. Parecia que tudo atingia seu ser com força demais naquela noite: fossem os socos, a culpa ou as lembranças.

— Eu só quero ir para casa — ele murmurou, puxando o braço para se livrar de André.

— Tudo bem, Dan, nós te levamos. Vem — o amigo o chamou.

— Não, eu... — o roqueiro engoliu as palavras. Ele quis dizer *casa*, a de verdade, a que ele não tinha mais. — Eu... — tentou engolir o choro também, mas quando se sentou, as lágrimas já caíam sem parar. — Eu quero ir para casa...

André se abaixou.

— Vamos te levar, Dan.

— Não, eu não tenho mais casa, André.

— Tem, sim, bobo — Luísa se abaixou também. — Ela está lá, não saiu do lugar.

— Não... Eu não tenho, porque minha casa... — calou-se, escondendo o rosto entre as mãos.

Luísa levantou-se da cama de madrugada. André dormia tranquilo, mas ela queria ter certeza de que Daniel estava bem. Vê-lo chorar a deixou de coração partido, ainda mais quando o amigo disse que não tinha mais casa — o que ela supôs, corretamente, tratar-se de Naoki. Nem Luísa, nem André tinham ideia do que havia acontecido entre os dois e nada fazia sentido para nenhum deles. O roqueiro queria parecer indiferente ao fim do namoro, mas era mais do que óbvio o quanto ele sofria, o que tornava tudo ainda mais incompreensível: se Daniel ainda amava Naoki, por que havia terminado com ele, sobretudo daquela forma tão estranha e súbita?

Quando saiu do quarto, Luísa encontrou o amigo sentado no sofá, olhando para a frente, imóvel. Ela se sentou ao seu lado e os dois ficaram em silêncio por alguns minutos até a jovem finalmente dizer:

— Achei que estivesse dormindo.

Daniel não respondeu. Tinha bebido muito e esperava que o álcool o fizesse conseguir dormir naquela noite, mas não tinha funcionado.

— Sabe... O que você disse naquela hora sobre sua casa... Você estava falando do Naoki?

Mais uma vez, não obteve resposta, então suspirou.

— Eu não sei por que vocês terminaram, nem como, mas, Daniel... você está errado.

— O quê? — o rapaz a olhou.

— *Você* é a sua casa — ela sorriu, mas o gesto era triste. — Você. E é por isso que precisa se cuidar. Se você continuar fazendo o que tem feito nos últimos tempos, você não vai aguentar, Dan.

Ele não respondeu.

— Está me ouvindo? — Luísa encostou em seu pulso. — Não continue nesse caminho. É perigoso demais.

— Ouvi — ele assentiu sem muita convicção. — Obrigado.

Os dois voltaram a ficar em silêncio.

— E se você sente tanta falta dele, por que não vai falar com ele? — a amiga perguntou de súbito, baixinho. — Por que não volta com ele? Naoki te ama também, eu tenho certeza disso. Vocês deviam conversar e resolver tudo que aconteceu...

Demorou até que Daniel enfim respondesse. E quando o fez, sua voz saiu seca:

— Não sinto saudade dele. Não amo ele.

Luísa olhou para a frente e balançou a cabeça, desistindo.

— Está bem. Repita isso para você mesmo várias vezes e quem sabe algum dia você se convence disso — a garota então levantou-se e beijou-o no topo da cabeça. — Boa noite, Daniel.

DEZEMBRO DE 2001

Os olhos de Naoki observavam as folhas agitando-se com a brisa abafada do lado de fora. As árvores estavam todas verdes e o sol brilhava demais naquele verão demasiadamente quente, como se a natureza estivesse em plena euforia, no ponto alto de sua existência. Era uma pena saber que aquelas cores vibrantes sumiriam quando o outono chegasse — tal como a vida humana perde suas cores quando a tristeza chega. *Você tem que parar de fazer esses paralelos bregas, Naoki*, pensou, imerso no balanço da folhagem que ele podia ver, deitado na cama, com a cabeça virada para a janela.

Alguém no andar de cima do prédio ouvia aquela música da cantora Ana Carolina, talvez a mais tocada nas rádios nos últimos meses. Naoki odiava aquela canção. *"Eu e você, não é assim tão complicado, não é difícil perceber..."* Tinha vontade de bater na porta da pessoa e lhe pedir para desligar o rádio.

Arrancado de seu próprio mundo de súbito, prendeu a respiração quando sentiu os lábios de Fernando roçarem sua pele, subindo pelo umbigo em direção às costelas. Naoki moveu o braço para o rosto, tapando a própria visão. Os dedos lhe tocaram em um lugar específico e ele quis revirar os olhos na mesma hora, sentindo o calor das digitais queimarem-no. Sabia bem o que aconteceria agora e odiava essa parte. Não havia como fugir, não importava o quão casual e insignificante o sexo fosse.

— Eu não ia perguntar nada, mas... — Fernando se pronunciou em voz baixa. As palavras podiam variar, mas a mensagem final era sempre a mesma. O violinista tirou o braço do rosto, esperando. — Essa tatuagem foi...

— Sim, eu fiz com alguém. E não, não estou mais com a pessoa — Naoki murmurou em resposta, levantando-se sobre os cotovelos. A risada baixa que se seguiu fez com que a tensão nos ombros se aliviasse, por alguma razão.

— Eu só ia perguntar se foi inspirada naquele clipe do Aerosmith.

— Ah... — piscou, tomado de surpresa. Era a primeira vez que a pergunta não tinha a ver com a outra metade da sua tatuagem. — Foi — concordou em voz baixa.

Fernando assentiu, jogando-se para trás com o corpo caindo sobre os lençóis, e Naoki desviou o olhar, arrastando os dedos pelo cabelo em direção à nuca.

— Naoki?

— O quê?

— Eu te amo — Fernando brincou, com uma risada. Ele adorava provocar o outro, que sempre revirava os olhos quando coisas daquele tipo lhe eram ditas. "Gosto de você", "gosto de estar com você", "gosto de passar o tempo com você", "adoro você", "adoro seu cheiro", "acho que estou apaixonado"... Quando Fernando lhe disse pela primeira vez que podia estar se apaixonando, Naoki teve uma reação negativa tão forte que tentou acabar com o relacionamento casual no mesmo momento, mas Fernando voltou atrás, dizendo que era só brincadeira. A partir desse dia, o pianista começou a irritá-lo com aquele tipo de coisa, como um adolescente idiota.

Eles haviam se conhecido no Festival de Inverno de Campos do Jordão. Fernando tinha se mudado para São Paulo há poucos meses e estava se apresentando na Sala São Paulo, assim como Naoki. Ambos queriam uma companhia para passar algumas horas e não queriam compromisso, de modo que começaram a se encontrar de vez em quando, mas também saíam com outras pessoas nesse meio-tempo.

Agora que o final do ano se aproximava, Fernando ia retornar para o seu estado e tentar se mudar para a Europa. Era provável que nunca mais se encontrassem. Quando se viu talvez apaixonado, o rapaz pensou em tentar construir um relacionamento com Naoki, mas depois de perceber sua recusa veemente, desistiu da ideia.

— Sabe quais são as três palavras que eu mais gosto? — Naoki perguntou, absorto nos detalhes brancos do teto.

— Quais? — Fernando ergueu-se para observá-lo com um sorriso de canto.

— Vai se foder — o violinista disse com uma risada baixa, empurrando-o de volta.

A gargalhada alta de Fernando preencheu o quarto, varado pelo sol dourado.

— Eu vou embora na quarta que vem — ele mudou de assunto.

— Achei que fosse nesta semana — Naoki respondeu, simplório, e colocou as pernas para fora da cama, procurando pela calça jogada no chão.

— Suas frases são sempre tão amáveis... — o outro riu de leve, provocando-lhe um novo revirar de olhos. — Você podia ao menos fingir que vai sentir minha falta.

— Quem disse que não vou? — Naoki retrucou com um tom difícil de interpretar.

Fernando levantou-se, aproximando-se de suas costas largas e deslizando o nariz por seus ombros.

— Apesar de você não estar nem aí, saiba que foi ótimo tocar com você no dueto. E também foi ótimo tran...

— Já entendi — Naoki o interrompeu enquanto se levantava e se vestia, mas não demorou a se sentir levemente culpado com a ação grosseira. — Foi ótimo para mim também. Você é um ótimo pianista, espero que você tenha uma carreira de muito sucesso. E também foi ótimo transar com você. Mas agora preciso ir.

— Certo — Fernando riu mais uma vez. — Quem sabe algum dia nos encontraremos em um concerto na Europa?

O violinista sorriu ironicamente, vestindo a camisa.

— Existem muitos lugares no mundo. Seria improvável nos encontrarmos de novo. Boa viagem de volta.

Fernando acenou em resposta, caindo para trás no colchão sem se dar ao trabalho de se levantar e acompanhá-lo até a porta ou dizer qualquer coisa, porque sabia que o gesto seria ignorado de qualquer modo.

O ar quente atingiu Naoki assim que saiu do prédio e ele caminhou pelas ruas à procura de um lugar onde pudesse comer alguma coisa.

Deteve-se na faixa de pedestres, esperando o momento de atravessar, e observou as folhas verdes nas árvores. O inverno tinha passado tão devagar e, paradoxalmente, tão rápido que já era verão, portanto não havia mais nenhum resquício dos dias frios, nem do céu cinza. O tempo tinha passado, as estações estavam mudando e tudo estava caminhando como se nada tivesse acontecido.

Quase um ano já havia se passado.

— E eu achando que ia morrer... — murmurou para si mesmo e respirou fundo, sentindo o calor encher seus pulmões.

Depois de um tempo, finalmente parecia que a sensação de que ia morrer havia sumido por completo. Ou talvez já tivesse morrido e ressuscitado, não sabia ao certo — nem se havia diferença. O fato era que as memórias de Daniel tinham ficado mais distantes e menos dolorosas a cada dia passado.

Naoki supunha que, com mais algum tempo, aquelas lembranças enfim não lhe trariam nada e, então, ele estaria livre de sentir qualquer tipo de emoção sobre aquela época, fosse boa ou ruim. Esperava que, algum dia, nem mesmo as lembranças lhe alcançassem. Mas, por enquanto, contentava-se em saber que agora seu desespero, antes tão insistente e familiar, afligia-o com menos intensidade.

Ou era o que ele pensava até um carro passar com algum motorista idiota ouvindo Jimi Hendrix no último volume. Instintivamente, Naoki se virou como se esperasse que o idiota fosse Daniel. O cheiro do ex-namorado ainda estava grudado em algum lugar em seu cérebro e toda vez que algo o fazia se lembrar de tudo o que tinha acontecido, o violinista poderia jurar que sentia aquele perfume. Era como se ainda estivesse deitado na cama do roqueiro, sentindo a brisa entrar no quarto e trazer aquele perfume ao seu nariz.

E toda vez olhava ao redor, na esperança de vê-lo se aproximar com aquele maldito sorriso e dizer algo como "você conhece essa banda?". Em seguida, sentia seu coração ser inundado por um ódio violento quando percebia que estava sendo tolo outra vez, regredindo em todo seu processo de recuperação. Naqueles momentos, tinha sempre que soltar a respiração com calma e fingir para si mesmo que não sentira nada daquilo — exatamente como estava fazendo naquele momento, observando o carro se afastar.

Mas então, quando se sentia bem a ponto de achar que o tinha esquecido, quando estava com qualquer outra pessoa tocando seu corpo e lhe dando prazer, quando achava que sua vida estava voltando aos eixos, sua mente era preenchida por aquele pensamento que odiava. Aquele pensamento que não o deixava em paz, que o inundava como água preenchendo cada espaço de uma banheira. Se pudesse, arrancaria aquela parte do cérebro para não incomodá-lo.

Aquele pensamento impotente e terrível que escancarava o quanto ele estava fracassando: *você está só fingindo, Naoki. Está só fingindo, como esteve a sua vida inteira.*

JULHO DE 2002

Daniel fechou a última caixa de papelão, pegou-a no colo para levá-la até o carro e a entregou a André, que fechou o porta-malas depois de colocá-la junto às outras.

— Vai ficar bem sem mim, não é? — ele se virou para o roqueiro.

— Vou.

— Vê se não bebe, hein? — André aconselhou-o. — E continue longe das drogas!

Daniel respirou fundo.

— Eu parei, você sabe! Você tem me levado às reuniões há meses e até ao médico.

— Eu sei, eu só quero ter *certeza*. Quero que prometa para mim.

— Eu prometo.

— E nada de cigarro também, né? — Luísa apareceu segurando três caixinhas de suco e, em seguida, entregou uma a Daniel e outra ao namorado.

— Sim.

— Tem certeza de que vai ficar bem, Dan? — insistiu André. Seus olhos quase imploravam para que o amigo mudasse de ideia e pedisse para ele ficar.

— Vou ficar bem! Vai ser bom para você morar com sua namorada — Daniel bateu no braço do amigo. — Vai ser feliz! Não se preocupe comigo, tá bom? Ficarei bem. E podem vir me visitar de vez em quando para garantir que eu tô andando na linha — brincou.

Luísa riu.

— Está bem, mas se chegarmos aqui e encontrarmos uma droguinha que seja, eu mato você, tá entendendo?

— Boba — ele mostrou a língua.

— Continue indo às reuniões, tá legal? Você sabe que estão te fazendo bem.

— Eu já entendi! Já não está na hora de vocês irem, não? — Daniel se afastou. — Vão logo!

— Tudo bem — André o abraçou. — Eu te ligo amanhã.

— Tá legal, tá legal — empurrou-o e ficou imóvel enquanto Luísa se colocava na ponta dos pés para lhe dar um beijo na bochecha.

— Ei, com a mudança toda, acabamos nem conversando sobre o filme. O que você achou? — ela perguntou.

Mais cedo naquele dia, os três haviam alugado a continuação de Star Wars, que fora lançada em maio daquele ano. Daniel lembrou-se de Naoki durante todo o filme, especialmente da noite em que havia invadido seu quarto levando os quatro filmes da franquia, mas acabou por descobrir que Naoki odiava os filmes.

Não era difícil se lembrar de Naoki. Tudo o fazia lembrar dele, na verdade. Absolutamente todos os detalhes de sua rotina o faziam recordar de seus dias com o ex-namorado. Lembrava-se da risada, do jeito, do cheiro, do rosto, do modo como tocava piano e violino...

— É, foi legal — Daniel respondeu com um sorriso, tentando afastar o pensamento de Naoki.

Enquanto André entrava no carro, Luísa sussurrou:

— Fiquei sabendo que vai ter algo na Sala São Paulo hoje à noite.

Daniel desviou o olhar sem responder e ela comprimiu os lábios, fitando os próprios pés.

— *A gente aceita o amor que acha que merece*[3] — a amiga o olhou, citando o último livro que haviam lido juntos. — Não deixe que isso defina sua vida. Você merece ser feliz com quem você realmente quer, Dan.

Então, o roqueiro a encarou de volta, mas continuou em silêncio.

— Estou feliz por você ter saído daquilo tudo. Lembra-se do outro livro, do mês passado? *Mais importante do que nascer é ressuscitar*[4] — ela sorriu e bateu em seu peito. — Então, tchau — acenou e entrou no carro.

Assim que André ligou o carro, uma música do Tim Maia começou a tocar alta demais, então Luísa reclamou do volume e abaixou o som. Eles acenaram e Daniel ficou parado no meio-fio até o carro sumir.

— Uau, foi muito legal da sua parte ter me convidado para comer salada de frutas — Adriana ironizou enquanto enfiava um morango inteiro na boca. O caldo com leite condensado escorreu pelo seu queixo e Daniel deu uma risada, estendendo-lhe um guardanapo. — Obrigada — ela riu também.

— Eu não gosto muito de mamão na salada de frutas...

— Então por que colocou? — a moça franziu a testa.

— Porque sei que você gosta.

Adriana sorriu e olhou ao redor do apartamento de Daniel. Sem as coisas de André, ele aparentava ser um pouco maior e mais vazio.

— Aqui ficou até com eco, não é? — ela comentou, fazendo sons para ouvi-los.

— É... Parece que tudo o que tenho são discos de rock.

Os dois ficaram em silêncio, comendo.

— Daniel... — a amiga o chamou, com a voz gentil.

— Hum?

— Sabe, sempre achei engraçado o quanto você parecia se importar mais com os outros do que com você mesmo... — ela tombou a cabeça para o lado, observando-o. — Não é engraçado?

— Como é?

— Você gosta de fingir que não faz isso, mas é verdade. Quando nos conhecemos, você sempre se preocupou mais comigo do que o Rodrigo. O que era muito engraçado, já que *ele* era meu namorado...

Daniel sorriu.

— Você era praticamente minha única amiga naquela época.

---

3 As Vantagens De Ser Invisível, de Stephen Chbosky.

4 Ciranda de Pedra, de Lygia Fagundes Telles.

— Você sempre teve um coração bom, Dan, apesar dessa sua pinta de roqueiro destruidor de corações — Adriana sorriu de volta.

— Isso era pra ser um elogio? — Daniel a interrompeu.

— O que eu quero dizer é que... Quando você se importa com alguém, se importa de verdade... Quando viramos amigos, sempre achei que você pensava mais nos outros do que em si mesmo. Não sei o que aconteceu quando fui embora, mas, pelo que entendi, você tinha se tornado outra pessoa, né? Mas quando voltei, você ainda me parecia o mesmo garoto assustado, triste, desesperado por amor e com um coração bom. Aí você arranjou o Naoki e parecia estar feliz, mas aí algo deu errado e vocês... Eu não entendo.

— Eu... — Daniel não tentou encontrar o que dizer, porque não queria falar sobre Naoki. Adriana, Luísa e André ainda falavam vez ou outra de seu ex, porque ainda achavam que eles eram "feitos um para o outro" e que deveriam reatar o namoro mesmo que já tivesse se passado um ano e meio desde o término e que nunca mais tivessem se falado. As coisas não voltariam a ser como antes, não importava o que dissessem. E *ele* não voltaria. Não queria voltar. Tampouco Naoki o faria.

— Não entendi o que você quis dizer com tudo isso.

— Por que você terminou com ele? — ela foi direto ao ponto. — Foi porque... algo em você dizia que ele merecia algo melhor?

Daniel sabia que Adriana era uma boa amiga e só queria seu bem, mas toda vez que ela torcia pela sua felicidade e tentava ajudá-lo, o roqueiro se sentia mal pelo que nunca havia lhe contado sobre Rodrigo. Tinha medo de machucá-la e perdê-la de vez, mas ao ouvi-la dizer que ele tinha um coração bom, sentiu que deveria contar para que Adriana finalmente soubesse a verdade e mudasse de ideia.

— Adriana... Quando o Rodrigo terminou com você... — Daniel engoliu as próprias palavras, temeroso. — Eu... e ele...

— Eu sei — a moça sorriu. — Ele me contou.

— Contou?

— Sim. Quando terminou comigo — Adriana deu de ombros, comendo mais um morango. — Ele disse que estava confuso, que achava que estava gostando de você e que não podia mais ficar comigo. Ele só não me disse nada sobre você gostar dele também.

Daniel olhou para baixo.

— Desculpe.

— Tudo bem... Ninguém manda nos sentimentos. O que eu podia fazer?

— Desculpe por nunca ter te contado.

— Não tem problema, Dan — ela sorriu. — Mas que tal você começar a me contar as coisas agora?

Ele fingiu não saber sobre o que a amiga falava e os dois acabaram por ficar em silêncio. Adriana encheu seu pequeno pote com mais salada de frutas, caçando os pedaços de banana.

— Então, como vai o trabalho?

— Bem.

— Quando vai procurar um emprego na sua área?

— Não sei — ele encolheu os ombros. — Estava pensando em fazer um mestrado.

— Isso é legal. Por que não tenta um daqueles que você pode estudar fora do país por um tempo?

— É, pode ser legal...

— Você gosta de Filosofia alemã, então por que não tenta ir para lá? Já está mesmo fazendo curso de alemão, vai ser uma mão na roda...

Daniel assentiu, em silêncio, e Adriana suspirou.

— Está bem, vou ser direta: você está saindo com alguém?

— Intrometida... — Daniel resmungou, enchendo a boca com morangos.

— Isso é um sim?

Ela arqueou as sobrancelhas, mas o amigo não respondeu.

— Então acho que é um não.

Daniel revirou os olhos e suspirou, relaxando os ombros.

— Eu... não consigo.

Adriana exibiu uma expressão cansada, porque, de fato, estava. Estava cansada de tanto tentar conversar e nunca ouvir nada de Daniel, mas não queria pressioná-lo, então não disse mais nada a respeito. Tentando mudar de assunto, ela empertigou-se e exclamou:

— Nunca vi sua casa tão quieta, Dan! Onde estão as músicas do Jimi Hendrix ou do Queen, ou de qualquer outra banda de rock?

Daniel a observou. Adriana tinha razão: o silêncio e o frio eram suas únicas companhias já há algum tempo. O lugar onde o piano costumava ficar agora estava vazio — ele e André jogaram o instrumento fora após descobrirem o valor exorbitante para restaurá-lo. As coisas que seu amigo levou embora também deixaram a casa espantosamente vazia, sentimento que só aumentou quando André e Luísa se mudaram. O roqueiro não gostava da ausência e do vazio que preenchiam seus dias e seu apartamento. Nunca gostou.

Ele jogou a cabeça para trás e observou o teto enquanto Adriana comia um pedaço de mamão.

— Sabia que ainda tenho o LP que seu pai me deu? — a moça comentou, de boca cheia. — Estou esperando valer uma fortuna para vendê-lo.

Daniel sorriu com a brincadeira e se levantou, indo até o quarto à procura de algum disco para ouvirem.

— O que você quer escutar? — Daniel perguntou.

— Hum... Você tem algum do The Doors?

— Em algum lugar... — ele respondeu, mexendo em alguns LPs em uma caixa jogada no chão, mas não encontrou nada. Não conseguia lembrar se tinha um CD deles, então procurou em uma pilha que estava em cima da cômoda. Quando estava mexendo na segunda pilha de CDs, lembrou-se de que tinha esquecido um disco dentro do rádio e abriu o aparelho para verificar se era algum da banda The Doors. Não era, mas ele resolveu aproveitar para tirá-lo dali. Quando fechou a tampa, sem querer apertou o botão que ligava a rádio FM. Uma música da Britney Spears começou a tocar demasiadamente alta, assustando-o, e ele não demorou a reconhecer a voz característica da cantora. Ela cantava o refrão da música *I Love Rock N' Roll* e Daniel franziu a testa.

— Não me lembro do Jim Morrison ter essa voz — Adriana brincou, com sua risada sobressaindo-se ao som da música.

— Engraçadinha. — Daniel riu também, pensando em como a música original, do The Arrows, era muito melhor do que aquela versão que tocava, assim como o cover de Joan Jett. *Britney Spears nem ao menos era rock 'n' roll!*

Ele se lembrou de quando teve de ouvir Britney Spears com Naoki. Depois, ouviu, na própria mente, Luísa citando aquela frase do livro sobre ressuscitar e, antes que pudesse desligar o rádio e se obrigar a pensar em outra coisa, já estava na sala pegando sua jaqueta e vestindo-a desesperadamente.

— Daniel? — Adriana se levantou, preocupada com a pressa do amigo. — Aconteceu alguma coisa?

— Eu preciso ir a um lugar — ele respondeu, pegando a chave da moto.

A mulher não entendeu, mas assentiu sem questioná-lo.

— Não demore muito ou irei embora antes de você voltar — advertiu-o com um sorriso.

Daniel saiu do apartamento com urgência e dirigiu pelas ruas como doido, à procura daquele lugar. Chegou atrasado, muito atrasado. Talvez ele nem conseguisse mais o ingresso. Talvez já estivessem esgotados ou a bilheteria já estaria fechada. Entretanto, de algum modo, ele conseguiu entrar.

Sentou-se na cadeira mais próxima das portas, bem longe do palco.

As notas do violino preenchiam todo o ambiente.

Daniel se lembrava daquela música. Claro que se lembrava: ele se lembrava de todas. Absolutamente todas. Fechou os olhos. Não sabia o que estava fazendo ali ou o que esperava, mas sabia bem o porquê de estar ali.

A pessoa lá na frente, vivendo a própria vida *sem ele*. Era por isso que estava ali. Porque só queria vê-lo, só queria ter certeza de que estava bem.

Não soube por quanto tempo ficou ali, preso às notas e ao violinista. Quando se deu conta, já havia permanecido por tempo demais e as pessoas batiam palmas de pé. A apresentação já havia acabado.

Daniel se levantou apressadamente e saiu antes de todos, que ainda ovacionavam o solista.

Do palco, enquanto passava o olhar pela plateia e agradecia com uma reverência, Naoki achou que tivesse visto uma silhueta familiar, mas pensou que fosse apenas mais uma de suas odiosas e indesejáveis alucinações. Por isso, voltou os olhos aos sapatos e esforçou-se para não chacoalhar a cabeça.

Quando ergueu a cabeça de novo, a silhueta já havia ido embora e a porta se fechava devagar.

Capítulo 35

NOVEMBRO DE 2003

Os olhos de Naoki observavam as flores brancas da pitangueira agitando-se com o vento do lado de fora. O tempo realmente voava... A última vez que, de fato, havia notado a existência daquelas árvores, também estava estirado em uma cama, mas nessa ocasião estava com outra pessoa ao seu lado.

Se pudesse, não levantaria da cama nunca mais. *Aquele* colchão em específico era fantástico, sem falar nos lençóis macios. Toda vez que se encontravam, Naoki desejava perguntar a marca, mas desistia devido a alguma eventualidade. A eventualidade daquela tarde, por exemplo, foi sentir sua perna ser mordida.

Afastou-a, como se levasse um choque, e seus olhos desviaram da janela, ocupando-se em encarar Rafael, que ajeitou-se para ficar ao seu lado e observá-lo com um sorriso.

Naoki olhou o teto quando sentiu os dedos tracejarem seu tórax desnudo. Os rostos podiam ser diferentes, mas os dedos sempre tracejavam aquele desenho imbecil. O violinista já estava cansado daquilo e a verdade era que, apesar de saber que os rostos eram diferentes, ele já não se lembrava muito bem de todos. Era estranho se tornar tudo o que um dia ele abominou, mas tentava não pensar no fato.

— Posso te perguntar uma coisa? — pediu Rafael.

— Se eu puder responder...

— Essa tatuagem é uma metade, não é?

— É — Naoki lutou contra a vontade de revirar os olhos. — Mas não significa nada. É passado.

Suspirou. Já haviam se passado quase três anos e ele ainda tinha de ouvir aquele tipo de pergunta.

— Entendi... — Rafael se levantou e procurou por suas roupas. — Eu preciso voltar pra aula — ele fez uma pausa para reclamar, com uma careta. — Você é o único sortudo que já se formou.

— Assim parece que sou muito mais velho que você...

O outro não respondeu, ocupado com as peças de roupa.

— Eu também preciso ir embora — Naoki se sentou preguiçosamente, com as mãos deslizando pelos lençóis cor de areia.

— Escuta... — Rafael começou, calçando as meias. — Eu queria muito ir pra te prestigiar, mas não posso. Tenho um trabalho para entregar e...

— Está tudo bem, você não precisa ir — respondeu Naoki, pegando a camisa pendurada no encosto da cadeira e vestindo-a, pensando no porquê de o rapaz se dar ao trabalho de se explicar, já que nem o havia convidado. — Você já foi a um.

O concerto em questão foi a ocasião em que os dois se conheceram. A verdade era que Naoki nunca o convidava para vê-lo se apresentar e não se importava se ele apareceria ou não; para ser honesto, só queria que ele parasse de inventar desculpas para não ir. Se apenas não aparecesse, se não dissesse nada, seria melhor. As desculpas só alimentavam a falsa ideia de que gostavam da companhia um do outro para algo além do sexo. E não gostavam, é claro: Naoki não queria saber sobre a vida do outro, assim como Rafael não queria saber da sua. O fato de Rafael insistir naquela falsa demonstração de afeto o deixava irritado.

— Quer comer alguma coisa antes de ir embora? — perguntou Rafael, mais como um pedido do que como um questionamento. Ele odiava comer sozinho na rua e só por aquele motivo vivia convidando Naoki. — Podíamos ir naquela padaria aqui perto.

— Hum, tudo bem — Naoki assentiu, vestindo a camisa. — Mas não posso demorar.

— Não vou te atrasar mais. Eu também preciso estar logo na aula. Já perdi várias para ficar com você — Rafael riu de leve e Naoki acabou puxando a barra da camisa com mais força do que o normal, sentindo uma pontada na cabeça enquanto esta era tomada por redemoinhos de lembranças que não queria ter.

— Você não devia faltar tanto assim... — Naoki murmurou tão baixo que o outro não pôde ouvi-lo. O ar pareceu rarefeito por um instante.

— Vamos? — Rafael perguntou, colocando a mão na maçaneta sem perceber a rápida oscilação de humor do violinista, que apenas assentiu, engolindo em seco.

Não havia nada que desse mais orgulho a Mie do que ver o filho naquele palco com o violino nas mãos, transbordando seu talento através das notas tocadas. Naoki sempre dissera que aquele era seu sonho e, agora, finalmente o tinha alcançado e estava se apresentando como um violinista reconhecido. A mulher sabia, entretanto, que apesar de o filho repetir inúmeras vezes que estava feliz por tudo que havia conquistado, a verdade era justamente o contrário.

Naoki não estava feliz. Não de fato, e ela sabia.

Quando o concerto acabou, Mie se levantou para ir até o filho e parabenizá-lo, mas o jovem sumiu entre alguns colegas. Ela resolveu que o encontraria na saída e, acompanhada pelo marido, atravessou o ambiente até as portas ao fundo.

Eles andavam e falavam sobre como a apresentação tinha sido bonita quando uma voz conhecida a chamou e ela se virou, logo reconhecendo a mãe de Akane e de Akira.

— Ah! Quanto tempo! — ela sorriu, cumprimentando a amiga. Seu marido a cumprimentou também e as duas começaram a conversar sobre a apresentação. Depois de alguns elogios sobre Naoki proferidos pela Sra. Hashimoto, o marido de Mie pediu licença para deixá-las a sós.

O homem andou para o saguão principal enquanto esperava pela esposa. Ao observar as pessoas ao redor, uma silhueta familiar lhe chamou a atenção. Seu corpo fervilhou e ele deixou escapar:

— Eu não disse para não...?

— Com quem está falando? — Mie apareceu de repente, olhando-o, curiosa. Hiroshi se virou para ela em um sobressalto.

— Ah, você já voltou? E o Naoki?

— Não consegui falar com ele, tem muita gente para parabenizá-lo — a mulher sorriu. — Com quem estava falando? — ela repetiu, olhando na direção que o marido observava antes.

— Com ninguém. Vamos esperar o Naoki lá fora?

Mie assentiu e o casal começou a andar. Ela passou o olhar pelas pessoas mais uma vez e, entre tantas pessoas ali, encontrou um rosto que vinha lhe chamando a atenção há tempos. Mie o via em todos os recitais de Naoki nos últimos meses, mas nunca tinha chance de se aproximar para cumprimentá-lo, porque sempre o via saindo apressadamente, como se precisasse se esconder.

A mulher observou o marido, que já estava longe, e lembrou-se das palavras que havia escutado momentos antes: "Eu não disse para não...?".

Voltou os olhos em direção a Daniel, mas ele havia sumido novamente. Ela se perguntou se Hiroshi também havia o visto e se era com ele que o marido estava falando. Mie teve a súbita sensação de que tinha compreendido alguma coisa, mas perdeu-se nos próprios pensamentos.

— Mãe? — a voz de Naoki fez com que se assustasse e ele colocou a mão em suas costas. — Tudo bem?

— Ah! Sim! — a mãe acariciou seu braço. — Você estava lindo, Naoki! E sua apresentação foi maravilhosa, como *sempre*!

Ele sorriu.

— Obrigado.

— Vamos lá para fora, seu pai está nos esperando.

Naoki assentiu e saíram juntos, encontrando Hiroshi parado perto de um dos postes de luz de ferro.

— Parabéns, filho. Foi uma ótima apresentação — ele disse assim que os viu.

— Obrigado — Naoki se limitou a agradecer e virou-se para a mãe. — Podemos jantar? Estou com fome.

— Claro, vamos ao seu restaurante preferido — Mie sorriu para o mais novo.

Daniel aproximou a câmera do rosto para estudar o melhor ângulo para a foto. O vento balançou seu cabelo, fazendo a jaqueta de couro grudar em sua pele.

— Vai logo, Dan! Eu já tô parada há muito tempo! — Luísa reclamou, sentada no banco de cimento.

— Calma — Daniel murmurou, enquadrando sua silhueta do melhor jeito possível antes de tirar pelo menos umas dez fotos de uma vez.

— Pra que tanta foto?

— Para de reclamar! Você sabe que é para a tarefa do curso de fotografia, eu te falei!

— O seu curso já está acabando? — Adriana perguntou.

— Não, na verdade vou precisar abandonar na metade — ele respondeu, voltando a apontar a câmera para as duas. — Agora, fiquem quietinhas para eu tirar.

— Por que não escolheu o curso de pintura?

— Porque não quis, ué — bufou. — Para de se mexer!

Luísa mordeu a bochecha; Adriana revirou os olhos e segredou-lhe:

— Acho que ele não pinta mais desde *aquele* quadro.

— Parem de cochichar. Eu não posso ouvir, mas estou aqui. Não se sentem mal de falarem mal de mim na minha frente?

— Não — elas disseram juntas e riram.

Daniel revirou os olhos. Garotas conseguiam ser bem malvadas quando queriam. Mas, bem... ele também.

Era claro que havia escutado o que disseram e Adriana estava certa. A verdade era que tentou voltar a pintar, mas foi incapaz. E independentemente do que diziam ou do que ele próprio sentia, a vida seguia. A vida seguia para Naoki, sem Daniel. E devia ser melhor, muito melhor.

Fleetwood Mac já tinha dito isto uma vez: *você pode ir sozinho e pode chamar isso de mais um dia solitário*. A letra tinha razão: todos os dias de Daniel se tornaram solitários desde que resolveu ir sozinho, mas contentava-se apenas em saber que *Naoki* estava melhor com sua ausência.

Daniel olhou o relógio e se desesperou.

— Que droga — murmurou e ergueu o rosto para as garotas —, preciso ir, senão vou chegar atrasado no trabalho. Obrigado por terem vindo.

— Não precisa agradecer, afinal você nos prometeu café de graça se viéssemos — Luísa sorriu, pedinte, levantando-se do banco.

— E eu não tinha nada para fazer mesmo... — Adriana deu de ombros, brincalhona. — Tudo vira um tédio quando se está de férias, mas sua namorada está ocupada demais com projetos de arquitetura.

— Como vai a Akane, aliás? — Luísa perguntou. — Está se adaptando ao emprego?

— Sim, mas ela fica muito nervosa. Nem eu consigo fazer ela relaxar, mas o Nao... — Adriana engoliu as palavras e Luísa fez um biquinho. As duas olharam para Daniel, mas o rapaz estava ocupado demais arrumando seus materiais para prestar atenção no que diziam. Adriana sussurrou: — O *amigo* dela a chamou para sair e sempre que saem, a Akane volta mais tranquila e feliz.

— Isso é bom, ter uma amizade que faz bem é sempre bom — Luísa chacoalhou a cabeça.

Daniel não havia prestado atenção a nem metade das palavras e disse, com pressa:

— Eu vou comprar o café de vocês e sair correndo.

— Não corra ou pode cair e quebrar essa máquina fotográfica novinha em folha, que deve ter custado uma nota — advertiu Luísa.

— Olha, por que vocês não vão comprar o café sozinhas? Eu ainda preciso guardar minhas coisas — Daniel tirou o dinheiro do bolso da jaqueta e estendeu-lhes as notas.

— Obrigada! — Adriana pegou o dinheiro e acenou. — Bom trabalho, Dan! Depois nos ligue para combinarmos de sair. E não pense que vai embora do país sem fazermos nossa festa de despedida, hein? Nem que eu tenha que fazer uma festa surpresa. Vamos, Luísa?

— Por favor, estou com fome.

— Divirtam-se! — despediu-se Daniel, guardando a máquina na bolsa.

Enquanto tentava guardar todas as coisas, atrapalhou-se e deixou sua pasta cair no banco. O vento forte espalhou as folhas e o roqueiro teve de sair correndo atrás delas. Um dos papéis foi levado à grama, deslizando enquanto Daniel corria desajeitadamente atrás do objeto. Quando finalmente o pegou e se voltou para o banco, encontrou um rosto familiar observando-o.

Daniel abaixou os olhos para os sapatos lustrosos e depois ergueu o rosto em completa hesitação. Reconhecia aquele rosto. Era familiar. Familiar até demais.

— Oi, Daniel — a voz suave fez com que ele desejasse recuar, mas permaneceu onde estava.

— Oi — cumprimentou de volta.

— Podemos conversar?

O rapaz engoliu em seco antes de responder:

— Desculpe, mas estou atrasado para o trabalho.

— Vamos conversar depois que você sair? Por favor.

Daniel mordeu os lábios e Mie Matsui se aproximou com mais um passo.

— A que horas acaba seu expediente?

— Às seis da tarde.

— Então venha me encontrar neste café, por favor — ela lhe entregou um guardanapo limpo com o logotipo do estabelecimento. — É perto do seu trabalho?

Ele ergueu o olhar.

— Não sei.

— Então podemos nos encontrar em outro lugar, o que acha?

Daniel ficou em silêncio.

— Aconteceu alguma coisa, Sra. Matsui? — questionou, enfim.

Ela observou seu rosto e depois sua mão, onde a tatuagem era visível. Era claro que a mulher sabia exatamente o que Daniel estava perguntando. Estava perguntando se havia acontecido algo com Naoki.

— Me diga você — a ex-sogra respondeu e Daniel recuou, com a expressão confusa. Ele guardou os papéis dentro da bolsa a tiracolo pendurada em um dos ombros e fechou o zíper. — Eu vou te esperar nesse lugar para conversarmos. Se resolver não aparecer, tudo bem, mas queria muito falar com você. É importante.

O roqueiro suspirou.

— Não sei se poderei ir.

— Pode tentar, pelo menos?

Não foi por acaso que Daniel parou ao lado de Naoki no balcão daquela lanchonete anos atrás — onde que o viu tamborilar os dedos ao som de Queen e perguntar, em voz alta, quem cantava aquela música — dias depois de vê-lo pela primeira vez no prédio do Departamento de Música.

Naquela época, encontrar aquele cara ou qualquer outra pessoa não estava em seus planos quando entrou naquela sala que acreditava estar vazia. E apesar de ter sido expulso dali, Daniel se deteve do lado de fora, absorto e maravilhado com as notas do violino, espiando, sem ser notado, o rapaz que tocava o instrumento através da pequena janela na madeira. Não sabia por quanto tempo havia observado aquela pessoa, cujo nome ou qualquer outro detalhe lhe era desconhecido, no entanto, foi tão prazeroso que se perdeu no tempo. Daniel sequer sabia o nome da composição, mas a melodia ficou grudada em sua cabeça durante dias.

Sentiu algo estranho com aquela melodia e algo ainda mais estranho ao rever o violinista. Passou dias pensando naquela música e naquele rapaz, então a surpresa de encontrá-lo sentado no balcão daquela lanchonete foi imensamente agradável — pelo menos enquanto não se aproximava. Quando o abordou, não tinha nenhuma intenção além de uma simples conversa, mas Naoki foi tão marrento que, de repente, Daniel se sentiu entretido e instigado, como se a partir daquele momento aquilo se tratasse de um desafio. Quanto mais tempo Daniel passava ao lado dele, mais o achava insuportável. Aceitou a aposta feita por André e Luísa por orgulho, desejando que pudesse acabar logo com aquilo para nunca mais pôr os olhos em Naoki. No entanto, passou a se sentir confortável com a presença do violinista, que parecia entendê-lo mesmo que fossem tão diferentes. O jeito mesquinho e irritante começava a se dissolver, dando lugar a uma gentileza que aparecia devagar, surpreendendo-o. Quando deu por si, Daniel se viu encantado por cada detalhe daquele jovem confuso e já não conseguia se desvencilhar. Não era capaz de se afastar, queria vê-lo cada vez mais. Cada dia, um segundo a mais, um minuto a mais, uma hora a mais... até sentir que precisava de dias a mais.

Queria vê-lo, abraçá-lo, beijá-lo, sentir seu cheiro gostoso, passar os dedos entre seus cabelos e dormir tranquilamente ao seu lado, sentindo a respiração do outro bater em seu pescoço. Queria estar o tempo todo em sua companhia, fosse ouvindo qualquer coisa que ele tivesse a dizer ou qualquer música que ele quisesse ouvir ou tocar. Começou a sentir, pouco a pouco, que tinha encontrado em Naoki tudo o que procurava nas noites e festas, nas drogas, na bebida, no cigarro e em todos os corpos que já havia tocado. Estava ali, tudo ali, concentrado em um único ponto no Universo. Naqueles pequenos momentos do dia, Naoki estava ali e eles coexistiam, colidiam-se, entrelaçavam-se, fundiam-se... E Daniel não precisava de mais nada, nada além de só um segundo a mais.

Não demorou muito para o roqueiro perceber que estava amando. Ele tinha jurado que jamais diria "eu te amo" a alguém depois de Rodrigo, mas como poderia não dizer a Naoki? Afinal, ele era *tudo* o que mais queria. E se não lhe confessasse aquilo, se não se abrisse, poderia se privar de algo monumental e aquela ausência o acompanharia pelo resto da vida, lembrando-o de que tinha perdido algo que poderia mudar tudo. E foi graças àquela sensação que Daniel entendeu que não estava amando novamente: a verdade era que nunca havia amado alguém de verdade antes de conhecer Naoki.

Chegar em casa e estar em sua companhia, ouvir música, tocar, cozinhar, limpar, sorrir, rir, passear, assistir a filmes ou a qualquer coisa sem sentido na TV, estudar e conversar sobre tudo, fazer qualquer coisa ou nada em sua companhia... Tudo, tudo era melhor quando Naoki estava por perto. Ele era a sua companhia perfeita e Daniel já não se importava com os momentos ruins que apareciam, porque todos os bons superavam e davam-lhe a força que sempre havia procurado. Amar Naoki e ser amado de volta dava-lhe forças para superar o passado e enfrentar o presente.

Mas, em algum momento, começou a sentir que não conseguia demonstrar que o correspondia à altura. Sentia-se insuficiente. O que já tinha feito pelo outro em troca? Podia ter mostrado a ele uma ou outra banda de rock, mas foi *Naoki* quem lhe mostrou o que era o amor. Além disso, parecia que, para estar em sua companhia, o ex-namorado sempre tinha de abdicar de coisas importantes — suas aulas de violino, piano, natação, inglês, japonês, alemão... Até mesmo da própria casa. Foi por passar tanto tempo com ele que Naoki se envolveu em brigas e teve de deixar seu lar.

Daniel começou a sentir-se culpado, pensando sem parar naquilo tudo. Naoki lhe fazia tão bem, mas o que ele era capaz de fazer em troca? O que sua presença trazia? Nada bom o suficiente. Nunca foi capaz de retribuir como o outro merecia, porque só o que fizera até então foi afastá-lo de seus sonhos, mesmo que não fosse sua intenção. Ele se sentia mal, mas lutava para afogar e enterrar aqueles pensamentos, convencendo-se de que não era verdade. Afinal, Naoki dizia que o amava e aquilo devia ser o suficiente.

No entanto, ao invés de afogar seus medos, Daniel acabou se afogando neles gradualmente. E tudo começou alguns dias depois de encontrar Naoki chorando por seu pai tê-lo visto trabalhando no café.

De alguma maneira, o Sr. Matsui descobriu o endereço do apartamento e apareceu lá em uma tarde quando apenas Daniel estava em casa. Já não se recordava mais de que horas eram ou de como estava o tempo lá fora, mas se lembrava de que quando o homem deixou a casa, tudo parecia gelado e escuro.

Daniel abriu a porta de cenho franzido, sem saber quem era aquele homem, pois nunca o tinha visto antes. Ao ver o terno caro, pensou que o desconhecido tinha batido à porta errada e estava prestes a abrir a boca quando ele adentrou a casa com violência, fechando a porta. O dono do apartamento ficou tão surpreso que não teve reação.

— Quanto você quer para *deixar* de ver meu filho? — o homem perguntou, furioso.

Daniel o encarou e, ao observar melhor seus traços, pôde reconhecer algumas semelhanças entre seu rosto e o de Naoki.

— Como é? — Daniel estava confuso e incrédulo. Aquele homem estava mesmo tentando suborná-lo para ele se afastar de Naoki?

— Você me ouviu — o Sr. Matsui respondeu, olhando ao redor como se tentasse avaliar o lugar e procurar vestígios do filho ao mesmo tempo. — É só dizer quanto você quer. Precisa de dinheiro para terminar a faculdade, para pagar as contas? Posso fazer isso para você. E tenho bons contatos, então posso até te arranjar um bom emprego na área que desejar.

Daniel sorriu, debochado.

— Desculpe, senhor. Nesse momento, eu só desejo que você vá embora.

Hiroshi o encarou em silêncio, parado no meio da sala.

— Não bastava o Naoki ter saído de casa e abandonado todas as coisas importantes, ele ainda veio ficar com *você* — murmurou, incrédulo. — Qual é exatamente a sua relação com meu filho? São tipo... namorados?

Daniel o encarou demoradamente.

— Não acho que tenho que responder isso a você.

— É claro que não acha... — o Sr. Matsui passou a mão pelos olhos, nervoso. — Então me diz: você realmente gosta do meu filho?

— Não tenho como provar nada ao senhor, não é? Mas também não acho que preciso.

— Ah... Então, a resposta é sim. Mas você gosta dele... só um pouco? Mais ou menos? Muito...? Imensuravelmente?

— Eu já te pedi para ir embora — Daniel começou a ficar irritado, sentindo-se insultado por todas as palavras que saíam da boca do Sr. Matsui. — Acho que o senhor não gostaria que eu chamasse alguém para te tirar daqui.

— Bem, *Daniel Stein*, se você gosta do Naoki *imensuravelmente*, como imagino que deva gostar... sabe por que estou fazendo isso, não é? Depois de algum tempo com ele, você deve ter começado a pensar nisso também.

— Do que está falando? — o roqueiro franziu a testa enquanto sua mão tocava na maçaneta. — Eu não vou pedir mais uma vez para você sair. Se não for embora, vou chamar a polícia por invasão de domicílio.

— Você não se sente culpado?

— Culpado? — o rapaz repetiu, olhando para o mais velho.

Estava nervoso. Não queria ouvir nada, mas o Sr. Matsui simplesmente não ia embora. O homem colocou as mãos nos bolsos da calça e continuou:

— E se um dia Naoki acordar arrependido de ter escolhido você e não uma carreira na música? Não acha que você se sentirá culpado por tê-lo feito desistir de todos os sonhos? Se ele se arrepender, o que você vai fazer? O que vai sentir, Daniel? Naoki está desperdiçando o talento incrível que nós dois sabemos que ele tem... E ele está jogando tudo fora para ficar com *você*, chances que qualquer um se mataria para ter. É o maior sonho dele, Daniel. Ele já te contou que seu sonho é ser tão famoso e reconhecido quanto Itzhak Perlman?

Daniel não respondeu, lembrando que Akira tinha lhe dito aquilo.

— Se ele ficar *aqui* brincando de casinha com você, trabalhando em uma *cafeteria*, sem tempo para treinar como deve... O que você acha que vai acontecer? Acha mesmo que ele nunca vai se perguntar o que teria acontecido se não tivesse escolhido você ao invés de ir atrás dos próprios objetivos?

O pai de Naoki arqueou as sobrancelhas, esperando alguma resposta, mas Daniel permaneceu calado.

— Você sabe como funciona esse mundo, por acaso? — o Sr. Matsui continuou. — Se meu filho conhecer as pessoas certas, se fizer as conexões certas, o reconhecimento dele virá muito mais rápido e fácil do que se ele ficar aqui com você. Ele *precisa* estar em casa, onde tem tudo o que precisa para prosperar. Talvez ele tenha até dito que vai voltar a praticar melhor mais para frente, quando puder. Mas quando vai ser isso?

O roqueiro continuou em silêncio.

— Você acha que, nessas condições, algum dia ele conseguirá dinheiro para voltar a treinar, Daniel? Ele precisa disso *agora*. Se jogar tudo fora agora, nunca mais terá outra chance. Você sabe disso. Você quer carregar essa culpa? Quer mesmo tê-lo ao seu lado dessa forma, fingindo que não está arrependido de ter te escolhido? Ele pode te dizer um monte de baboseiras hoje, mas um dia você aprenderá que, no fim das contas, palavras não significam nada. Ele não pode ter certeza de que vai te amar para sempre, nem que nunca vai se arrepender de ter te escolhido. Um dia ele perceberá que não te ama mais e que não devia ter jogado fora a carreira brilhante que poderia ter tido.

Daniel segurou a maçaneta com mais força.

— Eu sei que agora o Naoki deve estar deslumbrado com você. Mas e depois? E se um dia *você* se cansar dele e se arrepender, o que vão ser, então? Dois fracassados dividindo um amor que nem existe mais? E se você resolver deixá-lo, vai ter tirado tudo que ele mais queria, todos os sonhos dele... e ainda vai deixá-lo sozinho. Você quer mesmo isso?

Daniel puxou a porta em um tranco ruidoso.

— Saia da minha casa — mandou.

— Você sabe que tudo que eu disse é verdade.

— Saia! — o mais novo ergueu a voz. — Agora!

O pai de Naoki o encarou sem se mover e Daniel chegou a pensar que precisaria tirá-lo dali à força, mas o homem começou a andar em direção à porta.

— Pense nisso — disse Hiroshi, parando à sua frente e o encarando nos olhos. — Eu sei que vai pensar, porque você o ama, não é? Sei que só quer o melhor para ele, assim como eu. Nós dois amamos o Naoki. É por isso que sei que você vai fazer o melhor para o futuro dele, assim como eu estou fazendo agora.

— Sai! — berrou Daniel, tão irritado que pôde sentir a cabeça latejar.

Ele bateu a porta com força quando o Sr. Matsui finalmente saiu e, em um ímpeto de ódio, empurrou o pequeno móvel que ficava ao lado da porta. O estrondo da madeira batendo contra o chão foi acompanhado pelo som de algo se estilhaçando e Daniel viu que se tratava da fruteira da mãe. Com a raiva que sentiu, esqueceu-se do objeto. Sentiu tanta raiva por ter quebrado uma lembrança de sua mãe que acabou gritando de ódio. Seu corpo todo formigava, como se estivesse sendo perfurado por agulhas em chamas.

Ele se encostou à porta, incapaz de respirar. É claro que pensava naquilo! Pensava naquilo *o tempo inteiro*. Por mais que Naoki tivesse saído de casa porque queria, só o fizera porque o tinha conhecido.

Naoki tinha abandonado todos os seus maiores sonhos para viver ali, trabalhando em um café sem ter tempo ou disposição para treinar, de forma que o violino e o piano vinham sendo cada vez mais ignorados. Daniel *sempre* pensava naquilo, mas preferia enterrar tudo e fingir que nenhum daqueles pensamentos povoava sua cabeça.

Mas... e se Naoki realmente acordasse um dia e se arrependesse de tê-lo escolhido?

Daniel começou a chorar. Ele amava Naoki, amava *tanto*... Todas as suas veias pareciam latejar com aquela sensação enquanto mal conseguia respirar entre os soluços.

E se ele contasse a Naoki sobre a visita de seu pai? Se contasse seus medos, se fosse sincero? Então o outro diria "não seja idiota, eu te amo e jamais me arrependerei de ter te escolhido" e tudo ficaria bem? Assim, tão simples? E se depois da conversa Naoki começasse a pensar naquilo também? Talvez não pensasse logo, mas e se um dia, talvez em alguns poucos ou muitos anos, *realmente* se arrependesse?

Daniel não suportaria saber que tinha arrancado de Naoki a chance de ser um grande violinista, alguém com um futuro brilhante.

Ele não teve a intenção de magoá-lo. Entretanto, quanto mais pensava, menos dormia, menos comia e menos conseguia se sentir em paz. A culpa o consumia de maneira dolorosa, ressoando em sua cabeça sem parar, transformando tudo que era doce em ácido: os toques corroíam-no, os beijos doíam, os olhares sufocavam, as palavras ensurdeciam.

Daniel não soube ao certo quando se decidiu. Talvez tenha sido aos poucos, enquanto passava as noites em claro observando o namorado dormir, mas quando percebeu, já tinha decidido. Odiaria-se por fazer o completo oposto do que tinha prometido a si mesmo a respeito de Naoki — nunca machucá-lo nem decepcioná-lo, nunca fazê-lo chorar e acreditar que não o amava mais —, mas, em sua mente perturbada pela culpa, supôs que fosse necessário.

Então ele foi à festa de Ano-Novo, aquela que frequentava como se fosse uma tradição nos últimos quatro anos. Geralmente ia para beber, usar drogas e transar com alguém, mas naquela vez estava indo para quebrar o coração de Naoki. Queria fazer com que ele o odiasse, pois achava que assim seria mais fácil para Naoki superá-lo. Poderia ficar destruído no início, mas a raiva o ajudaria a esquecer e seguir em frente com seus sonhos. Se tudo desse certo, logo o violinista esqueceria tudo que tiveram e nem teria vontade de revê-lo ou procurá-lo.

A princípio, não soube exatamente como proceder e até pensou em voltar atrás, mas ao ver Júlio ali na festa com seu grupo de amigos, soube o que precisava fazer.

Ficou pensando no que sua mãe lhe dissera alguns meses antes de falecer: "Tudo na vida passa, Daniel". O roqueiro não tinha muita certeza daquilo, pois sempre achou que as pessoas apenas se acostumavam com as mudanças e aprendiam a lidar com a dor, mas, naquele momento, desejou fervorosamente que ela tivesse razão; porque se tivesse, Naoki se curaria daquela dor e o esqueceria.

Daniel sentiu que precisava de um empurrão, pois não seria capaz de dizer sozinho que não queria mais Naoki. Era covarde, sabia bem. Então se aproximou dos antigos amigos, com os quais Júlio conversava, e começou a falar coisas terríveis, que machucavam seu próprio coração. Lembrava-se de ter dito que estava cansado de Naoki, entre tantas outras coisas ruins e, a cada frase nojenta, Júlio se horrorizava mais. Daniel também sentia repulsa de si mesmo, mas sabia que o plano estava funcionando e que Júlio logo iria atrás de Naoki e lhe contaria tudo. Afinal, qualquer um que se importasse com o violinista contaria.

Daniel ficou tão perturbado ao ver Júlio se afastar que não teve coragem de voltar para casa tão cedo. Quando se viu no apartamento várias horas depois, não soube nem mesmo como tinha chegado lá.

Esperou Naoki chegar do trabalho. Esperou por horas, sentado, em silêncio, sentindo frio e desespero. Sentia o peito doer, o corpo todo doer, como se tivesse sido espancado. Então, nervoso, começou a fumar perto da hora de Naoki voltar.

E quando ele enfim chegou, Daniel pôde sentir o chão ruir sob os próprios pés. Seu mundo inteiro estava prestes a desmoronar em poucos minutos e aquilo o aterrorizava. Só o que queria fazer era abraçá-lo e chorar. Queria fechar os olhos e acordar daquele pesadelo longo demais, virar-se na cama e encontrar Naoki dormindo ao seu lado — ou quem sabe o namorado já estivesse acordado e sorriria antes de puxá-lo para um abraço e dizer: "tudo bem, foi só um pesadelo, eu estou aqui".

Mas o silêncio que se seguiu quando Naoki abriu a porta o trouxe de volta à realidade. Aquele silêncio o remeteu a todos os momentos ruins pelos quais passou: quando sua mãe contou que estava doente, quando ela faleceu e o velório que se seguiu. Quando seu pai passou a lhe dizer coisas ruins sobre suas pinturas, o silêncio ao qual Daniel se entregava também estava lá. Quando viu Rodrigo pela primeira vez e os dois ficaram em completo silêncio ao invés de se cumprimentarem, em um prelúdio para todos os silêncios que seguiriam até o último instante daquela relação insuficiente... E, naquele momento, o silêncio estava ali outra vez, preenchendo cada espaço entre Daniel e Naoki há um bom tempo. E doía em Daniel saber que naquela vez seria um silêncio sem fim.

Ele permaneceu encostado na varanda, com o cigarro entre os dedos, e quando se encararam, teve de se esforçar para não demonstrar que estava prestes a chorar.

Ver a confusão e a mágoa no rosto de Naoki o feria. Ele quis dizer tudo, explicar cada minuto de seu comportamento nos últimos tempos e lhe pedir perdão. Quis sentir seu abraço e saber que tudo ficaria bem, mas também sabia que o tempo passado ao seu lado o faria voltar à conversa que tivera com o pai de Naoki e às próprias inseguranças e medos.

Reafirmando a si mesmo a razão de tudo aquilo, decidiu acabar logo com o sofrimento daquela discussão, porque adiá-la só faria doer mais.

Depois que André chegou, no entanto, tudo pareceu ficar mais difícil, pois ter alguém escutando suas palavras maldosas só o fazia se sentir mais cruel.

Incapaz de encarar Naoki, Daniel desviava o olhar para o lado de fora a todo tempo, apertando o maxilar com força na tentativa de engolir suas lágrimas. Desde que sua mãe faleceu, descobriu que era muito bom em segurar o choro e esconder sentimentos.

Antes mesmo de começarem aquela briga — a última que teriam —, Daniel podia imaginar os movimentos de Naoki: o rapaz provavelmente lhe diria algo ruim e iria embora. Meses antes de conhecê-lo, quando saía com mais pessoas do que conseguia se lembrar, algumas reagiam assim, no entanto, nunca se importou em agir daquela forma indiferente e, ele admitia, um tanto maldosa. Naquele momento, contudo, aquilo era insuportavelmente doloroso. Sabia que seria odiado para sempre, fosse por Naoki ou por si mesmo, e que *excruciante* talvez fosse eufemismo para o que sentiu quando, após o silêncio longo, as palavras finais de Naoki finalmente vieram, carregadas de ódio:

— Eu te odeio, Daniel. Eu tenho *nojo* de você e de tudo o que você é, de tudo o que você faz. Você não sabe o que é amor e vai viver com esse vazio que sente até morrer com um câncer no pulmão ou sei lá o quê.

Daniel não soube reagir.

Enquanto Naoki andava da sala para o quarto, depois do quarto para a sala, havia algo em seus olhos, algo que parecia falar: "diga alguma coisa e eu te perdoo. Qualquer coisa, por favor", mas tudo o que Daniel fez foi forçar uma risada quando o viu pegar o quadro que havia pintado para dar de presente ao violinista.

Então, toda a confusão se seguiu, tão rapidamente que o roqueiro mal pôde registrá-la: Naoki colocou fogo no quadro e no piano e foi embora enquanto André saiu do quarto apavorado e confuso, tentando apagar o incêndio.

Daniel não era capaz de mover um único músculo.

O amor de sua vida tinha saído pela porta, odiando-o.

Não era isso o que ele queria, afinal? Então por que estava se sentindo daquele jeito? Nem bem o havia perdido e já o queria de volta. Queria correr escada abaixo, segurá-lo e dizer toda a verdade. Queria dizer "eu te amo" até morrer ou até Naoki perdoá-lo. Queria chorar em seu colo como nunca havia chorado na frente de ninguém.

Mas é claro que Naoki não o perdoaria. Assim, Daniel não saiu do lugar. E se deu conta de que precisava mentir para o amigo também.

— Achei que vocês estivessem apaixonados... Achei que você amasse o Naoki — dissera André.

Naquele momento, Daniel se lembrou de tudo o que o pai de Naoki havia dito: "Naoki pode te dizer um monte de baboseiras hoje, mas um dia você aprenderá que palavras não significam nada."

— Olhares não dizem nada, André — foi o que acabou dizendo, então. — Nem palavras.

Quando enfim se trancou em seu quarto, chorou em silêncio, como não havia chorado em anos.

Naoki nunca o perdoaria.

Naoki nunca o amaria de novo.

Mas sabia que o Sr. Matsui tinha razão: Naoki estaria melhor sem ele. Ele teria seus sonhos de volta e os realizaria.

No entanto, enquanto limpava as lágrimas em silêncio e tentava, inutilmente, acalmar-se, pensou que o homem errou quando lhe disse que palavras não significam nada, pois não conseguia parar de se arrepender por cada uma que havia dito a Naoki. E ali, deitado na cama que parecia mais vazia que nunca, sentia sua dor evocar cada lembrança doce dos dois e ele não sabia se as suportaria, nem se suportaria os dias que ainda viriam.

Tudo o que se seguiu após aquele dia foi um espaço em branco, um vazio preenchido por desespero e tristeza. Depois daquilo, Daniel não suportava conviver com sua própria mente, com as lembranças visitando-o sem parar, machucando-o. Ele queria algo que o fizesse esquecer e tentou voltar a viver como antes, mas era impossível tocar em outras pessoas sem compará-las com Naoki. Assim, voltou-se para a bebida, que o ajudava a manter tudo longe, e logo descobriu que as drogas faziam ainda mais efeito em anestesiá-lo nas noites mais solitárias.

Ele sabia que estava se acabando e, em algum momento, desejou que realmente se acabasse... até encontrar Akira e levar um soco. Quando o rapaz lhe disse que sair da vida de Naoki tinha sido a melhor coisa que havia feito, não soube bem o que pensar. Apesar de ter desejado por aquilo, que o violinista ficasse muito melhor em sua ausência, aquilo o dilacerou, porque percebeu, ali, que não tinha mais nada. A única coisa que tinha era Naoki, mas havia o perdido.

Então, quando Luísa lhe disse que ele era a sua própria casa e que deveria se cuidar, Daniel soube que não poderia continuar vivendo daquele jeito. Mesmo assim, ela e André tiveram que praticamente arrastá-lo às reuniões de reabilitação e, com a ajuda do casal de amigos e de Adriana, a dor pareceu diminuir. As garotas incentivaram-no a fazer um curso de pintura, mas ele acabou por escolher fotografia. Ainda não se via pronto para voltar a pintar, mas a cada mês que passava, lidava melhor com a dor e as consequências das próprias escolhas.

Ele quis tanto que Naoki também estivesse bem que *precisou* ir até o recital para vê-lo. Precisou ir a *todos* os outros que se seguiram até perceber que precisava se afastar.

Ele tinha de seguir em frente, assim como Naoki tinha seguido. E assim, montou um pré-projeto para tentar um mestrado em Filosofia e, quando foi aceito, correu atrás de uma bolsa para estudar na Alemanha. Achava que se ficasse longe de São Paulo e daquelas memórias, finalmente pararia de pensar em Naoki e seguiria em frente.

Estava conformado com o que acreditava merecer até Mie Matsui aparecer e abalar suas frágeis estruturas.

E, sem parar, Daniel se viu repetindo as palavras que gostaria de dizer ao violinista:

Me perdoe, Naoki... Você nunca vai entender quanto amor me custou te deixar. Eu achei que estivesse fazendo o certo ao te afastar de mim.

Mas agora vejo que estava completamente errado.

Capítulo 37

NOVEMBRO DE 2003

Mie tomou mais um gole de seu pingado, o segundo que bebia. Esperava por Daniel há meia hora e agora começava a se convencer de que ele não viria. Se fosse o caso, ela terminaria o café e iria embora, pesarosa.

Enquanto olhava para a própria bolsa e pensava na papelada que guardava ali dentro, ela se perdeu em reflexões sobre o próprio casamento e ficou tão distraída que não percebeu quando a cadeira em sua frente foi puxada e alguém se sentou.

— Olá, Sra. Matsui.

— Ah, Daniel! — a mulher sorriu após se sobressaltar. — Estou muito feliz por você ter vindo.

— É, eu...

O rapaz não completou a frase. Não sabia o que dizer, nem como perguntar o que os dois estavam fazendo ali de uma forma que não soasse grosseira, então se calou. Em seguida, pediu um café e os dois ficaram em silêncio enquanto Mie o examinava.

— Então... — ele tentou iniciar uma conversa, mas novamente se viu sem palavras.

— Você parece bem — a mãe de Naoki deu outro sorriso. — Você está bem?

— Estou — o roqueiro assentiu, a cabeça sacudindo de leve. — Um dia de cada vez... É isso o que dizem, não é?

— É, é isso o que dizem.

Ela também assentiu e suspirou antes de começar:

— Daniel... Eu... Eu preciso saber o que aconteceu entre você e o Naoki.

— Saber o quê?

— Por que você fez aquilo. Por que terminou com o Naoki?

— Eu não... — o rapaz balançou a cabeça, não querendo tocar no assunto.

— Por favor, me conte o que aconteceu.

— Naoki não te contou?

— Sabe do que estou falando — Mie rebateu sem desviar o olhar. — Quero ouvir o seu motivo.

Ele olhou ao redor, desconfortável.

— Sra. Matsui...

— Acho que tem um motivo que você não quer contar a ninguém.

O roqueiro tentou argumentar, mas ela o interrompeu:

— Por favor, Daniel. Por favor. Eu... — a mulher tirou um envelope da bolsa. — Sabe o que é isso? São os papéis do meu divórcio. Eu queria fazer isso há anos, talvez desde que o Naoki nasceu, mas só tive coragem quando entendi o que ele tinha feito com vocês dois. Foi isso o que aconteceu, não foi?

Daniel a observou em silêncio.

— Hiroshi mandou você se afastar, não mandou? Ele ameaçou você?

O rapaz continuou sem responder e baixou o olhar para a xícara, colocando as mãos ao redor do objeto.

— Eu não posso mais fingir que está tudo bem entre mim e o Hiroshi — Mie confessou. — Não quero mais viver uma vida de mentira, sem afeto, mas eu preciso saber se o que estou pensando é realmente verdade... — ela engoliu as palavras, os olhos marejados. — Porque mesmo que isso não me faça mudar de ideia quanto ao divórcio, não quero ser injusta e acusá-lo de algo que ele não fez... Não quero ficar repleta de ódio se não tiver razão para senti-lo. Por favor, Daniel, me diga se ele fez alguma coisa.

Daniel guardou as mãos nos bolsos com um suspiro.

— Não devia perguntar isso ao seu marido?

— Se ele fez tudo pelas minhas costas e não me contou, qual garantia eu tenho de que ele vai falar a verdade?

— Bem... Ele devia, pelo menos, ter coragem suficiente para admitir as coisas que faz.

— Então é verdade? — Mie o encarou, com dor no olhar. — Meu marido te obrigou a se afastar do Naoki?

Daniel também a encarou antes de desviar o olhar.

— Ele não me obrigou, Sra. Matsui... Ele tentou me dar dinheiro, mas eu não quis. Então seu marido me disse coisas que me fizeram ver... — as palavras, de repente, pareciam difíceis de pronunciar e ele precisou de um momento para retomar o fôlego. — ... Que talvez ele tivesse razão, que talvez o melhor era eu me afastar do Naoki e deixá-lo viver seus grandes sonhos. Eu não suportaria viver ao lado do seu filho sabendo que o estava prejudicando. O Naoki devia ser brilhante, não é? E ele não teria chances ao meu lado. Por isso, resolvi me afastar. E eu achei que se ele me odiasse, talvez fosse melhor, porque assim ele não voltaria, mesmo que eu quisesse muito.

— Ah, Daniel... — o rosto de Mie se entristeceu. — Você não devia ter feito isso. Vocês se amavam tanto...

— Mas era verdade, não era? Naoki nunca alcançaria o potencial dele ao meu lado.

Mie não respondeu de imediato e apenas balançou a cabeça com um sorriso triste.

— Não sei — ela foi honesta. — Mas meu filho estava feliz com você, mais feliz do que eu já o tinha visto.

— Agora é tarde demais — Daniel olhou para o lado. — Naoki nunca vai me perdoar. É melhor assim.

— Por que acha que é melhor? Você não o ama mais?

— Não! — ele se alterou, desesperado, mas controlou-se, fechando os olhos por um momento. — É claro que eu ainda o amo. Nunca deixei de amar. É só que... Eu o vi tocando. Sei que ele está bem sem mim. E ele não deve me amar mais.

— Não, não pense isso! — a mais velha balançou a cabeça com veemência. — Daniel, vocês se amavam tanto! E ainda se amam, sei disso. Sei que o Naoki ainda te ama tanto quanto você o ama. Não jogue tudo no lixo, não fique preso a uma vida que não deseja, como eu fiz por tanto tempo, só por achar que não merece algo melhor. Você não merece sofrer nem se martirizar dessa maneira.

— Mas não importa o que eu sinto, Mie. O Naoki nunca vai me perdoar.

— E se ele te perdoar, Daniel? Sempre julgamos conhecer alguém tão bem, mas as pessoas sempre nos surpreendem. E se você nunca tentar, nunca vai saber o que poderia ter acontecido, nem o que ainda pode acontecer.

— E se ele *não* me perdoar?

— *Mas e se ele te perdoar?* — ela refez a pergunta com mais ênfase. — Você vai ficar aí parado perdendo a chance de ficar com o amor da sua vida por ter medo de dar tudo errado? Isso já aconteceu, porque vocês já estão separados! — Após uma pausa, ela continuou: — Não quer saber como seria estar com ele outra vez, agora de verdade?

— Eu não conseguiria contar a verdade — Daniel fechou os olhos. — Ele teria nojo de mim, sei disso. Como vou dizer isso a ele? Vai me achar um covarde.

— Não acha que vale a pena tentar e enfrentar tudo isso?

O rapaz olhou para o lado e suspirou.

— Estou indo embora do país daqui a algumas semanas. Vou terminar meu mestrado na Alemanha.

Mie assentiu e, em seguida, tirou mais uma coisa da bolsa.

— Ele se apresentará daqui a alguns dias no Theatro Municipal — disse ao entregar-lhe uma entrada para o concerto. — Por que não conta tudo a ele?

Ele pegou o ingresso e a observou.

— Essa pode ser sua última oportunidade antes de ir embora — insistiu. — Não acha que vale a pena tentar?

Daniel tirou os olhos do papel sem dizer nada.

— Eu sei que você ainda o ama, por isso assistiu a todas as apresentações dele. Eu te vi, sabia? — Ela sorriu.

Ele abaixou a cabeça enquanto ela se levantava e se despedia:

— Eu preciso ir. Te vejo em alguns dias.

Mie o deixou sozinho no café e foi para casa. Ao chegar, percebeu que Naoki não estava, então adentrou o escritório do marido sem se preocupar com o volume de sua voz:

— Como você conseguiu dormir nos últimos três anos?! Como consegue conviver consigo mesmo?! — ela berrava, batendo a porta atrás de si.

Hiroshi ergueu a cabeça, surpreso.

— Do que está falando? — perguntou, ajeitando-se na cadeira de sua mesa.

— Por quanto tempo você achou que esconderia o que fez com Daniel e nosso filho? Por quanto tempo achou que me faria de idiota?!

O homem se levantou e respondeu com um tom calmo:

— Não entende que foi melhor assim?

Mie deixou os braços penderem nas laterais do corpo.

— Melhor?

— Se ele conquistou tudo o que queria agora, foi porque fiz o que tinha que fazer.

— E a felicidade do nosso filho? — ela perguntou, cansada.

— Ele é feliz. E vai ter uma carreira brilhante como violinista.

A mulher riu, embora sentisse vontade de chorar, e ficou em silêncio.

— Acha que sou feliz também? — indagou depois de um tempo.

— O quê? — a testa de Hiroshi ficou franzida, como se aquela pergunta não fizesse sentido algum para o homem.

Ela tirou um envelope da bolsa, esticando-o na direção do marido.

— Assine.

— O que é isso?

Mie empurrou o envelope contra o seu peito e ele o pegou. Após ver o que havia dentro, o homem a encarou, desnorteado.

— Mie! Não pode fazer isso... E quanto à construtora, nossos bens, nossa família?!

— A construtora e os bens vêm sempre antes da nossa família, não é? — ela balançou a cabeça de leve, desapontada, porém não surpresa.

Hiroshi continuou a encará-la.

— Assine — impôs Mie, com mais veemência desta vez. — Eu já te aguentei por tempo demais quando achava que estarmos juntos seria melhor para o Naoki, quando achava que precisava pôr tudo acima do meu bem-estar, mas agora já chega. Eu não quero mais isso.

Ele permaneceu sem reação enquanto a via sair de seu escritório sem olhar para trás.

O concerto de Naoki no Theatro Municipal era exatamente uma semana antes da viagem de Daniel, que tinha pedido demissão no trabalho naquela semana e estava arrumando o apartamento para entregá-lo dois dias antes de deixar o Brasil. O rapaz deveria estar ocupado decidindo se venderia sua coleção de discos e o que faria com seus livros, mas só conseguia pensar se deveria ou não encontrar-se com Naoki e lhe contar toda a verdade.

Daniel decidiu ir apenas no dia do concerto. Arrumou-se, ansioso e temeroso, e passou o caminho todo tentando controlar a respiração e criando a coragem para realmente procurar Naoki. Contudo, quando se viu ali, parado em frente à escadaria do prédio, cinco minutos atrasado, pensou que não conseguiria fazê-lo.

— Daniel!

A voz de Mie, que esperava por ele do lado de fora, fez com que o rapaz erguesse a cabeça e se lembrasse de respirar. A mulher então desceu as escadas correndo e o puxou pelo braço.

— Vamos entrar, já começou!

Ele assentiu, ofegante, e a seguiu por dentro do prédio. Nunca havia entrado ali e ficou estarrecido com a beleza e o requinte das luzes, dos tapetes vermelhos, das estátuas e pinturas. Ao adentrarem a sala de espetáculo, Mie o conduziu ao camarote, onde se sentaram juntos. Percebendo que Daniel olhava para todos os lados, preocupado com a possibilidade de encontrar o pai de Naoki, Mie o tranquilizou, dizendo-lhe que Hiroshi não compareceria naquela noite, pois estava ocupado com o trabalho.

Com aquela informação, Daniel relaxou um pouco e se concentrou na apresentação.

Naoki tocava Pablo de Sarasate, *Zigeunerweisen, Op. 20*, cercado por outros instrumentistas. O roqueiro se lembrava do dia em que ele havia tocado aquilo em seu apartamento, mas ali a melodia parecia ainda mais bonita, com todos os outros instrumentos acompanhando a perfeição da técnica de Naoki.

Envolto em lembranças, dor e felicidade, os segundos se transformaram em minutos sem que Daniel pudesse relaxar, sentindo-se mais nervoso a cada volta dos ponteiros no relógio. Sentia o peito apertado e as pernas tremerem, sem saber se estava pronto para aquilo. Após separar-se de Naoki, o roqueiro sonhou inúmeras vezes com aquele momento, mas jamais imaginou que o reencontro dos dois seria em um concerto. Tinha imaginado todos os outros lugares possíveis: sua própria casa, o quarto de Naoki, o *campus* da faculdade, uma loja de LP, o viaduto da Liberdade, o lugar em que tomaram o primeiro café da manhã juntos, um karaokê, um pedalinho em formato de cisne... E em todos esses devaneios, Daniel imaginava a si mesmo contando a verdade ao outro e pedindo pelo seu perdão, confessando que ainda o amava e que nunca mais o queria fora de sua vida. E então, todas as suas visões se transformavam em pesadelos em que Naoki ia embora furioso, afirmando que nunca o perdoaria. No pior de todos os cenários, o violinista o empurrava para dentro d'água, cheio de ódio — não importava se nem ao menos estivessem naquele pedalinho: a água sempre aparecia e Daniel era sempre empurrado para o fundo dela, não se afogando apenas porque acordava antes, com falta de ar e chorando de desespero.

Todos os dias, imaginava que Naoki jamais o perdoaria; então era claro que, agora, a apenas alguns minutos do final da apresentação e a apenas algumas palavras do que poderia ser o fim definitivo, ele tremia e temia, antecipando o olhar frio e as palavras ácidas. Não sabia se seu corpo sentia frio ou calor; a pele toda tinha uma sensação esquisita e febril, como se sua sensibilidade tivesse sido triplicada. Seu corpo parecia ansiar pelos movimentos das pernas e das mãos, querendo segurar Naoki contra seu peito, e só de pensar em senti-lo depois de tanto tempo, seu corpo se arrepiou e o coração bateu rápido, sabendo que só se acalmaria se sentisse o coração de Naoki batendo contra o seu. Só queria sentir seu coração bater tão rápido quanto o seu — e então, saberia que não era ódio que preenchia Naoki.

Queria deslizar a ponta dos dedos e o nariz por cada centímetro de sua pele quente, sentindo seu cheiro e tentando guardá-lo em alguma gaveta dentro da memória, causando-lhe ebulição, como sabia que sempre foi capaz de causar. Queria ouvir a voz de Naoki recitando seu nome como uma súplica ou uma prece; queria sentir os lábios sob os seus, os olhos atravessando sua alma, suas palavras retumbando dentro de si com trovões e tempestades. Queria se sentir em casa, queria que Naoki o abraçasse e nunca mais o soltasse, que o beijasse em cada canto do corpo, deixando marcas que nunca mais sairiam, porque assim saberia que ele havia voltado a ser seu, dessa vez para sempre. Queria sentir a morte súbita e suave de estar com ele e, logo no instante seguinte, a vida preenchendo-o completamente, transbordando por todos os lados.

Só percebeu quanto tempo havia passado, onde estava e o que tinha de fazer quando os aplausos causaram-lhe um sobressalto, trazendo-o de volta ao presente. No entanto, permaneceu sentado em pura hesitação, observando os espectadores esvaziarem o andar de baixo. Seus olhos seguiram Naoki por todo o palco até que ele sumiu de seu campo de visão. Mal podia sentir que respirava e só se deu conta de que prendia o fôlego quando Mie tocou em seu ombro e ele inspirou profundamente, olhando para ela.

— Ele vai demorar um pouco, mas combinei de encontrá-lo lá fora. Você vem comigo?

Daniel parecia ter perdido a capacidade de falar. O que diria a Naoki? O que poderia dizer para se justificar e pedir perdão? Tinha pensado em tantas coisas, mas tudo parecia imbecil e frívolo diante da facilidade com que Naoki poderia desfazê-lo com apenas um olhar e silêncio.

— Vamos — Mie pegou-o pela mão e Daniel a seguiu.

Os dois esperaram na praça em frente ao teatro e o rapaz evitou olhar para as portas e a escada, receoso demais para assistir à saída de Naoki. Permaneceu de costas para a construção iluminada, observando seus arredores e se distraindo tentando encontrar estrelas no céu da metrópole. Todo passo que ouvia era motivo de medo.

As pessoas começaram a se dispersar, deixando a praça gradativamente vazia.

Após alguns minutos, Daniel reconheceu o cheiro do perfume, ao mesmo tempo que o aroma foi alcançado pelo som dos sapatos lustrosos contra o chão. O roqueiro fechou os olhos, com o coração apertado por sentir aquele cheiro outra vez. Os passos pareciam extremamente lentos, o que o fez supor que Naoki já o tinha visto de longe.

O violinista parou no lugar sem conseguir desviar os olhos da cena. Sua mãe fez um sinal, chamando-o para mais perto, mas ele não se aproximou, abismado. Reconheceria aqueles ombros, aquelas costas, aquelas mãos e aquele *mullet* em qualquer lugar. Pensou ser um sonho; depois, um pesadelo. Então, sentiu o coração bater rápido ao perceber que aquilo estava mesmo acontecendo. Fechou os punhos com força e quis ir embora, entretanto as pernas não se moveram e o corpo não o obedecia, porque... *Por quê?* Começou a sentir a respiração descompassada e, quando viu Daniel se virar em sua direção, não soube se queria correr para longe ou em sua direção para agredi-lo com toda a raiva que percebeu ainda sentir. Tampouco soube se queria correr para abraçá-lo, para sentir seu calor aquecê-lo, para ouvir sua voz grossa arrepiá-lo e suas mãos afagarem-no. Mas tudo passou rápido demais, porque quando os olhos do roqueiro encontraram os seus, Naoki se lembrou da última vez que estiveram juntos, naquele dia em que os olhos cinzentos e vazios mandaram-no embora.

O ódio fervilhou em seu corpo e ele vociferou:

— O que você está fazendo aqui?!

Daniel quis dizer algo, mas não conseguiu de imediato e Mie deu um passo à frente.

— Talvez seja melhor vocês conversarem em outro lugar...

— Não, eu não preciso conversar com ele, mãe — Naoki balançou a cabeça com força.

— Filho... — ela segurou sua mão. — Eu vou te esperar no estacionamento em que deixamos o carro, está bem? — Depois, olhou para Daniel, meneando a cabeça. "Vá até ele e diga a verdade", era o que dizia seu olhar.

— Não precisa me encontrar lá, eu vou com você — Naoki respondeu, com passos apressados e pesados, tentando alcançá-la, mas Daniel tocou-lhe a mão com cuidado, as pontas dos dedos roçando sua pele tão suavemente que o violinista não deveria ter sentido, mas sentiu. Claro que sim. O toque de Daniel foi sentido com a intensidade de um raio, como se o outro fosse o próprio Zeus criando relâmpagos em Naoki e causando desordem em seu ser. Ele se virou, puxando a mão com agressividade e com uma raiva nos olhos que o roqueiro nunca tinha visto. — Vai embora!

— Vamos conversar, por favor — pediu Daniel, com a voz atravessando todo o corpo de Naoki e fazendo-o se lembrar de como poderia passar o dia inteiro ouvindo aquele som sem se cansar.

— Não!

— Por favor... Eu quero te contar uma coisa. Na verdade, muitas coisas. Juro que depois vou embora, se você quiser que eu vá.

Naoki riu com sarcasmo.

— Ah, *você jura?!* Assim como você me jurou todas aquelas outras coisas?

Daniel não respondeu e seu olhar recaiu para os sapatos à sua frente. Ele pensou em desistir, pois nada que dissesse mudaria o que tinha feito, mas Naoki merecia saber a verdade. Ao erguer a cabeça novamente, percebeu que o outro o encarava com raiva e com as sobrancelhas franzidas.

Mie se afastou e seu filho não soube se ela era rápida demais ou se era ele próprio quem demorava no mesmo lugar, incapaz de se mexer ou de falar qualquer coisa.

Daniel deu um passo em sua direção, mas Naoki recuou, carregado de mágoa. Todas as lembranças do dia em que terminaram, quase três anos antes, enchiam sua memória de forma avassaladora. Queria se esquivar, mas se via impossibilitado de se afastar e ir embora, pois uma parte de si estava curiosa com o que Daniel tinha para falar, depois de tanto tempo. Reparou em como cada detalhe de seu rosto, especialmente os olhos verdes, continuava do mesmo jeito que se lembrava. Esperou, mas Daniel não se pronunciou.

— Agora vai ficar quieto? — Naoki se irritou. — O que você quer? Fala logo!

Daniel hesitou novamente, o que causou irritação no violinista, sentimento que só se agravou com a pergunta que o outro fez em seguida:

— Você está bem?

— Se estou bem?! Você veio me perguntar se estou bem depois de três anos? Por quê? Quer saber se estou melhor do que você esperava? Ou pior?

— Não, não é isso... Eu só... Queria que você estivesse bem.

O violinista balançou a cabeça com uma risada irônica, cansada e cheia de ódio.

— Estou cansado e não quero conversar com você. Boa noite, Daniel — ele colocou as mãos nos bolsos da calça social e deu meia-volta.

— Naoki... — o roqueiro o chamou, mas ele não voltou atrás, então o outro começou a segui-lo, com medo de tentar tocá-lo novamente. — Você se lembra do dia em que você chegou em casa e a fruteira da minha mãe tinha quebrado?

Naoki parou de andar e levou alguns segundos para se virar, apenas o bastante para ver seu rosto parcialmente.

— Eu quebrei...

Suas palavras não pareciam fazer sentido, ele soube pelo olhar irritado de Naoki, então continuou apressadamente:

— Eu quebrei porque estava com raiva... Porque algumas horas antes de você chegar, o seu pai tinha aparecido.

Naoki se virou por completo, encarando-o de frente, e Daniel continuou:

— Ele me ofereceu dinheiro para te deixar em paz e...

— Então você aceitou o dinheiro? Foi isso? — concluiu, sem paciência para as desculpas de Daniel.

— Não, Naoki, não! Eu nunca faria isso. Eu disse ao seu pai para ir embora, mas ele começou a falar... Disse que você tinha o sonho de ser um grande violinista... E eu sabia disso! O Akira disse, *você* disse! E seu pai disse que se você ficasse comigo, estaria jogando todas as suas chances fora e que, um dia, você se arrependeria de ter me escolhido. E eu... Eu já pensava assim na época. Eu achava que estava te fazendo mal e me sentia culpado por você ter brigado com seus pais, por ter que trabalhar e não ter tempo para praticar...

Após um suspiro cansado, ele continuou:

— E não era isso o que você merecia, não era isso o que eu queria te ver fazendo. Eu queria te ver exatamente como você estava hoje, como esteve em todas as outras apresentações... No palco, tocando cheio de talento, sendo aplaudido, vivendo seu sonho. Eu não suportava olhar para você e sentir que você ficaria muito melhor sem mim... E achei que se eu te machucasse, você nunca mais iria querer me ver e as coisas seriam mais fáceis. Mas a verdade é que eu nunca me cansei de você, Naoki... Eu nunca deixei de te amar, nunca deixei de pensar em você. Eu me arrependo de tudo o que fiz. Eu ainda te amo, Ki. Sei que talvez eu não mereça perdão, mas... Me perdoa... Me perdoa, por favor. Você não sabe quanto me custou fazer tudo aquilo, mas eu não suportava saber que estava te afastando de tudo o que merecia, que seria o culpado por você... desistir.

Após o que pareceu uma eternidade de silêncio, Naoki começou a falar, aos berros:

— Desistir?! Meu Deus, Daniel! Como pôde achar que desisti de tudo *só* para ficar com você?! Eu desisti da minha casa porque odiava a minha vida lá, você sabe disso! E ter você comigo me fazia bem... Eu me sentia apoiado e encorajado, como se finalmente tivesse um abrigo! Não acredito que ouviu meu pai e simplesmente decidiu que ele tinha razão sem sequer conversar comigo! E mentir para mim daquele jeito... Daniel, eu *nunca*, *nunca* me arrependeria de ter te amado!

Ele então se calou e ficou parado, ofegante. Daniel tentou abrir a boca, mas Naoki levantou a mão, calando-o.

— E eu ainda não me arrependo — sussurrou, cansado. — E independente do que o meu pai tenha dito, você não tinha o direito de tomar essa decisão sozinho. Era a *minha* vida, a *nossa* vida, que deveríamos construir juntos! Como você pôde mentir para mim?! Como pôde achar que eu ficaria melhor sem você?!

Daniel se aproximou até ficar a poucos passos do violinista. A respiração rápida e entrecortada de Naoki, as lágrimas de raiva, o rosto vermelho... Tudo fazia Daniel querer abraçá-lo.

— Me perdoa, Naoki. Eu sei que errei, que não deveria ter feito nada daquilo, mas eu te amo... Me perdoa, por favor...

Quando Daniel esticou a mão para enxugar suas lágrimas, Naoki o empurrou com violência.

— Não encosta em mim! E eu não quero ouvir mais nada, porque nada que você disser vai mudar as coisas. Você me prometeu tanta coisa e me disse tantas vezes que me amava, mas a única coisa que você tinha que fazer era *confiar* em mim e você não foi capaz de fazer isso! Você nunca confiou em mim!

— Eu confiei, é claro que confiei!

— Não! — Naoki balançou a cabeça, afastando-se com a respiração ofegante por conta de todas aquelas emoções ruins em seu peito. — Se confiasse mesmo, teria me contado tudo e teria acreditado que eu nunca me arrependeria de ter escolhido ficar com você. — Ele fez uma pausa, encarando-o, e Daniel não foi capaz de responder. — Eu te contava tudo... Tudo... E você não foi capaz de me dizer nada. Não adianta vir agora pedir perdão. Nunca mais me procure, está me ouvindo? Eu nunca mais quero te ver.

Daniel tentou tocá-lo mais uma vez, mas deteve-se diante do olhar raivoso de Naoki, que, com pesar, cansaço e impulsividade, concluiu:

— Talvez você e meu pai tivessem razão e eu esteja mesmo melhor sem você.

Naoki deu meia-volta e correu pela rua em direção ao estacionamento.

Não teve coragem suficiente para olhar para trás, porque sentiu que aquilo poderia cancelar todas as suas palavras. Talvez ver Daniel sendo deixado para trás, sozinho, faria seu coração bater com ainda mais dor e a visão faria o violinista correr de volta para os seus braços. Mas voltar para quê, exatamente? Para aquele que o havia destruído? Sabia que não deveria, então por que sua cabeça doía tanto conforme se distanciava? Por que o ato de respirar parecia, de repente, algo tão difícil de se fazer?

Ele entrou no carro com a mãe sem dizer uma palavra e Mie não o questionou a respeito do que tinha acontecido. Naoki dirigiu para o hotel onde sua mãe estava hospedada desde que pediu o divórcio de seu pai enquanto as palavras de Daniel ressoavam em sua mente sem parar, esmagando-o como uma coluna de água em um maremoto.

Ele queria confrontar o pai para saber se tudo aquilo era verdade, assim como queria saber por que sua mãe parecia estar por trás de seu reencontro com o ex, como se já soubesse de tudo, mas não conseguiu formular nenhuma frase durante todo o trajeto. Sua capacidade de falar tinha sido consumida pelo cansaço daquela conversa.

Quando parou na entrada do hotel e sua mãe saiu do carro, Naoki disse a ela que voltaria mais tarde, sem dar mais detalhes de onde iria. E então, ele dirigiu até a casa do pai e permaneceu sentado ao volante por longos minutos, em completo silêncio. Em algum momento daquela quietude, começou a chorar descontroladamente.

Limpando o rosto, saiu do carro e entrou em casa, indo direto ao escritório do pai. Abriu a porta sem bater, escancarando-a com tanta força que seu pai se assustou.

— Naoki? O que houve? Aconteceu alguma coisa?

Ele fechou a porta com raiva. Ficou alguns segundos sem saber o que dizer, porque estava atordoado demais, mas, eventualmente, as palavras saíram devagar após o pai repetir a pergunta.

— Você foi mesmo falar com o Daniel naquele dia?

— Do que está falando?

— Você sabe do que estou falando — afirmou com tristeza. — Eu encontrei com ele. Você quer me contar o que aconteceu três anos atrás, então?

Hiroshi o encarou por apenas um instante, mas dada a aflição de Naoki, o momento pareceu demorar tempo demais.

— Pai! — ele insistiu.

— Eu fui atrás dele — confessou. — Eu quis que ele te deixasse e ofereci dinheiro, mas ele não aceitou, me mandou ir embora. Escute, Naoki, eu não obriguei o Daniel a terminar com você, só disse a ele que você ficaria melhor sem...

— Por que você fez isso? — o violinista o interrompeu. — Por que se meteu na minha vida?! Por que o fez acreditar que eu ficaria melhor sem ele?!

— E você não está?! — seu pai gritou de volta, levantando-se da cadeira. — Olhe tudo o que conquistou depois de ter deixado aquele cara e voltado para casa!

Naoki ficou quieto. A primeira coisa que veio à sua mente foi um ensurdecedor "não", porque não, ele não estava melhor. Podia estar mais perto de conquistar seus sonhos, mas ter alguém que amava e com quem poderia dividir tudo aquilo seria muito melhor. Dar-se conta do quanto estava infeliz o machucava por todas as partes do corpo, fazendo-o se arrepender de ter ido embora e deixado Daniel para trás. Era tão claro que não estava melhor sem ele! Era tão óbvio que ainda o queria, que ainda o amava...

— Não! — respondeu, finalmente. — Não estou melhor sem ele, pai.

— Pense direito, Naoki! Você nunca teria chegado aonde chegou morando com aquele garoto!

— Isso não é verdade! Eu teria dado um jeito... E se você tivesse me apoiado ao invés de agir pelas minhas costas e tentar me controlar, nada disso teria acontecido!

— A sua vida está ótima agora e você tem que *me* agradecer por isso! — o pai gritou de volta. — Ter tirado esse Daniel da sua vida foi a melhor coisa que eu poderia ter feito por você!

— Você não sabe o que é melhor para mim, pai! *Nunca* soube!

— Você acha mesmo que vocês dois durariam muito tempo? Acha mesmo que um não se cansaria do outro? Por favor! Além disso, soube que ele teve vários casos antes de você. E se ele te troca...

— Meu Deus, pai, como você sabe de tanta coisa?! — Naoki estava incrédulo. — Quão longe você foi para garantir que as coisas saíssem do jeito que queria? — Após uma pausa, Naoki atacou seu pai com palavras ainda mais ferozes: — É por isso que a mamãe vai se separar de você, não é? Porque você é um manipulador nojento!

— Chega, esta conversa está encerrada! — seu pai socou a mesa. — Eu não sei por que temos que conversar sobre isso quando você devia ter total consciência de que imaginar um futuro com aquele cara era um *absurdo*!

— Como consegue fazer isso com as pessoas que deveria amar?! — Naoki se esgoelava. — Você deveria dar apoio e liberdade a quem ama, não... Não fazer *isso*.

Após a sessão de gritos, ficaram quietos por um momento.

— Não esqueça, filho — Hiroshi voltou a falar —, que não obriguei o Daniel a fazer nada. Se ele te deixou, foi porque quis. Porque ele viu que eu tinha razão.

Naoki o encarou, incrédulo, antes de abrir a porta.

— Você não se cansa de tentar manipular tudo e todos ao seu redor? Você não acha que perder sua família foi o suficiente?

Ele saiu sem que seu pai lhe desse uma resposta.

CAPÍTULO 38

Naoki não conseguia dormir nem esvaziar a mente naquela madrugada. O quarto do hotel estava parcialmente iluminado e ele permanecia deitado, de terno, fitando o teto. Os pés ainda tocavam o chão, vestindo meias. Enquanto afrouxava a gravata incômoda, só conseguia reviver cada memória e cada sentimento de seu namoro com Daniel, cada lembrança doce e suave. Naquele momento, via todos os momentos ruins em que o silêncio de Daniel fez com que se sentisse esquecido e insignificante tomarem outra forma à medida que imaginava a tristeza, a ansiedade e a frustração que o outro escondia por trás de seus olhos.

Escondendo o rosto entre as mãos, lembrou-se da lixeira com os estilhaços da fruteira da mãe de Daniel, objeto ao qual ele sempre pareceu devotar imenso amor, carinho e saudade. Não conseguia imaginar a palavra certa para descrever o que o roqueiro deve ter sentido ao vê-la quebrada depois de discutir com seu pai.

Também pensou no dia em que Daniel o olhou demoradamente, alegando que queria decorar cada detalhe de seu rosto, passando o dedo por sua pele de um jeito tão carinhoso e gentil... Naoki começou a chorar, revivendo a cena com a tristeza de Daniel, que, na época, não pareceu existir. Saber agora que aquilo fora uma forma do seu então namorado despedir-se fazia seu coração se apertar e se estilhaçar à medida que cada pedaço já quebrado se dividia em outros milhares, estourando os remendos que Naoki tentou fazer nos últimos anos. No entanto, apesar de se sentir despedaçado e arrependido, ainda não conseguia aceitar o fato de que Daniel tinha tomado aquela decisão sozinho, sem um diálogo.

Naoki fechou os olhos com força, com as lágrimas escorrendo em direção aos lençóis. Tentou limpá-las, mas era impossível, pois elas não cessavam. Sentia ódio de Daniel e de si mesmo, por estar chorando daquele jeito. No entanto, estava decidido: deveria esquecer o passado e o que aconteceu naquela noite. Esquecer que Daniel o procurou, esquecer aquelas desculpas, os sentimentos e todos os minutos do passado que desperdiçou em sua companhia, porque tudo não passou exatamente daquilo: de uma perda de tempo.

Continuou com os olhos fechados, sentindo o peito queimar. Não conseguiu fazer nada por longos minutos, mesmo que quisesse tomar um banho, esperando que a água levasse tudo embora — a verdade, a sensação terrível e, sobretudo, as lembranças. Por que não podia simplesmente agir como se nada tivesse acontecido? Por que não conseguia se levantar?

Por que era tão difícil esquecer?

Estava tentando apagar tudo, tentando fechar a porta e seguir em frente, mas uma pequena fresta continuava aberta e o sol passava por ela, reluzindo sobre cada memória, fazendo-as brilhar como diamantes com um único e pequeno raio de luz.

Quando se levantou na manhã seguinte, tomou o café da manhã no quarto da mãe. Junto aos pães e frutas que preenchiam a mesa havia um pequeno rádio portátil, algo de que sua mãe gostava. Apesar de a televisão existir há décadas, Mie gostava de ouvir as notícias por ali, mas, naquele horário, apenas uma música antiga soava baixo. Naoki mal tocava no desjejum e sua mãe o olhava com curiosidade e ansiedade. A inquietude dela o deixou nervoso, então a olhou, enfim, em um silencioso "o que foi?".

— Você está quieto — a mulher lhe disse.

Ele desviou o olhar e Mie continuou:

— Aonde foi ontem à noite?

— Falar com meu pai.

— Ah... — a mãe suspirou. — Então... você falou com o Daniel, né?

— Não quero falar sobre isso, mãe.

— O que ele te contou?

— Você sabia a história toda, não é? Foi por isso que o levou para falar comigo.

Naoki assistiu à mais velha afimar com a cabeça, envergonhada, e perguntou antes que ela pudesse prosseguir:

— Por que não me contou antes?

— Eu descobri há pouco tempo também, filho. Queria ter te falado isso ontem, mas você estava tão nervoso que achei melhor não dizer nada.

Naoki assentiu.
— Nunca pensei que seu pai pudesse fazer algo assim — comentou a mãe com os olhos distantes.
— Foi por isso que você pediu o divórcio?
— Também... A verdade é que seu pai e eu não fazemos sentido, Naoki. Acho que nunca fizemos.
O violinista olhou para baixo.
Daniel e ele já tinham feito sentido? Olhou para os próprios dedos e tentou se lembrar da sensação de ter os dedos de Daniel entre os seus, pensando que aquilo fazia sentido. Todas as sensações que Daniel foi capaz de provocar em seu corpo, sua mente e seu coração sempre fizeram sentido... Desde o primeiro beijo e a primeira conversa, e até mesmo as provocações irritantes, de alguma forma. Eles sempre faziam sentido quando tocavam piano juntos, quando conversavam, quando não faziam nada além de deitar na cama e apreciar o silêncio. A sensação dos dedos de Daniel entre os seus era o que mais fazia sentido em sua vida, como se cada espaço entre os seus dedos tivesse sido feito sob medida para o toque do outro, como se a existência de um deixasse a do outro um pouco menos monótona e inexplicável... Como se, enfim, houvesse um porquê.
— E o que Daniel te disse? — Mie quis saber. — Ele disse que ainda te ama, né?
Naoki franziu a testa, empurrando as costas contra a cadeira.
— Que diferença isso faz agora? Não é como se eu fosse perdoá-lo.
— Você não pode?
— Você perdoaria? — ele retrucou.
A mãe o observou com cuidado antes de responder:
— Bem... não sei o que faria no seu lugar, ninguém sente as mesmas coisas exatamente do mesmo jeito, nem todo mundo reage da mesma forma... Mas de uma coisa eu sei: aquele garoto te ama. E você o ama também — ela concluiu com a voz e um sorriso doces.
— Não.
— Não o quê?
Naoki hesitou por um momento, mas depois respondeu firmemente.
— Não o amo mais
Mie assentiu, quieta.
— Certo... É você quem tem que decidir.
— Dessa vez, pelo menos eu posso, não é? — Naoki respondeu, sarcástica e agressivamente, quase como se falasse com Daniel, fazendo Mie encará-lo. — Desculpe... Desculpe, mãe.
Ela chacoalhou a cabeça e comentou, de súbito:
— Ele te disse que vai embora do país? Vai terminar o mestrado na Alemanha.

— Isso é ótimo. Quem sabe ele fica por lá e nós dois esquecemos essa história de uma vez?

— Se é isso o que você quer, realmente... — Mie assentiu. — Mas... se você o quer de volta, então vai deixar a chance passar. Quer mesmo perdê-lo?

— Perdê-lo? — repetiu Naoki, franzindo a testa para o verbo que a mãe escolheu.

Daniel realmente estava indo embora? Se ele fosse embora, então seriam capazes de esquecer um do outro? Será que lembranças se perderiam no tempo como se nunca tivessem existido? Imaginar que cada minuto que passou ao lado de Daniel poderia ser apagado de sua mente parecia doloroso, de repente, e Naoki estranhou. Não era isso o que mais queria desde o dia em que tudo começou a ruir? Não era isso o que tentava fazer desesperadamente naqueles últimos três malditos e infernais anos? Com Daniel tão longe, poderia seguir em frente e apagar as lembranças que tanto o atormentavam de uma vez por todas.

Então, por que não estava feliz?

Enquanto o violinista se perdia em seus pensamentos, Mie verificou as horas em seu relógio de pulso e inclinou-se sobre a mesa, aumentando o volume do rádio e fazendo a música soar um pouco mais alta. O filho continuou em silêncio e ela voltou a comer.

Ao término da música, o locutor começou a falar, animado demais para aquela hora da manhã, na opinião de Naoki.

— Esta manhã, temos um pedido de um remetente não identificado. Diz: "este conquistador de referências baratas só quer que você ouça uma música... E que possa me perdoar algum dia!". Não diz aqui para quem é nem de quem é, mas esperamos que o destinatário saiba! E perdoe o que essa pessoa fez, desde que não seja muito absurdo. — Riu ele, logo em seguida falando algo rápido sobre um patrocinador.

Naoki franziu a testa ao ouvir aquilo.

Conquistador de referências baratas.

Daniel? Era ele mesmo?

Naoki cruzou os braços e revirou os olhos. Que coisa ridícula. Quanta vergonha alheia ele sentia... Será que o outro não tinha noção de ridículo?

Era claro que sua mãe estava em um complô com o seu ex e o violinista percebeu aquilo quando a mulher sorriu. Quis desligar o rádio, mas quando *Can't Take My Eyes Off You* começou a tocar, não foi capaz.

Aquela era a música que Daniel tinha cantado em um karaokê quando Naoki quis ir embora com outro cara, mas desistiu da ideia ao vê-lo se inspirar na cena de *Heath Ledger*. Era bem provável que ele tivesse se apaixonado naquele momento e se lembrava daquilo tão nitidamente que quase podia ouvir o som das pessoas ao redor, da voz de Daniel e do ardor em seu peito quando o chamou de conquistador de referências baratas.

Lembrou-se de como ele próprio nunca teve noção de ridículo ao gravar CDs com músicas piegas para o roqueiro, ao empurrá-lo na água, ao fazer uma cena de ciúme no meio da rua. E mesmo assim, Daniel nunca o criticou.

Apesar do sorriso involuntário que escapou de seus lábios, chacoalhou a cabeça com raiva suficiente para desligar o rádio, muito embora uma parte de si pedisse para continuar a escutar a música, com as lembranças forrando-lhe a mente conforme a melodia soava.

Mie ergueu o olhar com surpresa e indignação quando o viu desligar o aparelho. Sua torcida para que Naoki e Daniel voltassem era tanta que Naoki começava a se irritar com a própria mãe por causa daquilo.

— Você quer mesmo que eu o perdoe? — ele reclamou, sem paciência. — Mesmo sabendo o que ele fez comigo?! Ele mentiu para mim e terminou comigo daquele jeito horrível porque teve medo do que o meu pai disse a ele em vez de conversar comigo.

— Ele não teve medo do que seu pai disse — a mais velha tentou corrigi-lo, mas Naoki a interrompeu:

— Como eu confiaria nele de novo depois de tudo isso?

— Da mesma maneira que sempre confiou.

— Não posso.

— E se tentasse?

— Não, mãe. Eu precisaria esquecer tudo o que ele fez e ser reapresentado para confiar nele de novo. E acho que existe uma linha tênue e confusa entre o que você acha que é perdoar e o que eu acho que é ser idiota.

— Não disse esquecer no sentido literal, mas no sentido de superar esse ressentimento em vez de ficar relembrando ou jogando na cara dele o que aconteceu entre vocês. E se você perdoá-lo, precisa dar uma chance a ele e se dar uma chance para voltar a confiar.

— E se ele me machucar de novo?

— Filho, eu não posso garantir que tudo vai ser mil maravilhas se vocês voltarem, mas eu confio que o Daniel não quer te machucar. E as pessoas sempre se machucam e relacionamentos sempre terão obstáculos, mas o importante é enfrentar as dificuldades juntos e cada um se esforçar para não repetir os mesmos erros.

Naoki não respondeu.

— Você sabe por que o Daniel fez tudo o que fez. Foi por culpa... Se coloque no lugar dele, meu amor. Como você se sentiria se estivesse no lugar dele?

— Tá, tanto faz — o filho a interrompeu. — Eu entendi que ele já se sentia assim antes e que ele me deixou porque achou que, um dia, eu me arrependeria de ter ficado com ele, não foi isso? Bem, grande desculpa de merda, se quer saber.

— E você se arrependeria?

— O quê?

— Você só consegue ver a sua própria dor e seu próprio ressentimento, querido... Então, já que é assim, me diga honestamente: você tem certeza de que não se arrependeria de ter escolhido o Daniel?

— Eu nunca me arrependeria — Naoki respondeu, nervoso. — Eu o amava, nunca pensei em abandoná-lo e nunca o culpei por nada! A decisão de sair de casa e de deixar o violino foi *minha* e ele foi um idiota egocêntrico por achar que eu tinha feito tudo por ele! E eu amava o Daniel, mais que tudo. Se ele tivesse me contado, eu teria dito que não devia se preocupar com aquilo, porque eu não conseguiria imaginar minha vida sem ele, porque não faria sentido... Se eu soubesse, teria dito que não era para ele sequer cogitar me deixar, porque... porque eu o amava e... e... — calou-se, sem fôlego, surpreso com as próprias palavras. Levantou-se de súbito e disse: — Vou para o meu quarto.

— Você está suja de chocolate — Akira empurrou um guardanapo no rosto de Akane.

— Sai! — ela empurrou o irmão e derrubou-o do sofá.

Naoki pousou o queixo sobre a mão e o cotovelo sobre o joelho, observando-os em silêncio. Os irmãos o tinham convidado para uma tarde de filmes naquele sábado e ele estava se sentindo como nos velhos tempos.

— Olha, Akira, alguém está se sentindo deixado de lado — Akane olhou para Naoki enquanto o irmão se levantava. — Quer que eu brigue com você também?

O violinista revirou os olhos e não respondeu.

— Como está a nova casa? — perguntou Akira, sentando-se ao seu lado.

Naoki e Mie tinham se mudado para um apartamento há dois dias e ainda estavam ocupados organizando a nova casa.

— Bem. O apartamento é pequeno, mas somos só eu e minha mãe, então é bom.

— É muito gentil da sua parte ficar com ela nesse começo — Akane sorriu e o irmão a interrompeu:

— Gentil da parte dele? Naoki não tem nem onde morar, a mãe dele é quem está sendo gentil — riu e recebeu uma cotovelada do amigo.

— Mas ela ia se sentir muito sozinha sem o filho — Akane revirou os olhos para o irmão.

— Ah, tá! — Naoki riu. — Acho que ela sai com as amigas mais do que eu! Todas estão felizes porque ela finalmente se divorciou.

— Nossa mãe, inclusive — Akira riu de leve.

— Hum... E como foi sua última apresentação? — a amiga perguntou como quem não queria nada. No entanto, a verdade era que antes de decidir ir ao concerto no Theatro Municipal, Daniel tinha procurado Adriana, desesperado por conselhos, e finalmente contou toda a história à amiga. Incapaz de guardar a história para si mesma, a moça acabou contando a história à Akane, sua namorada.

— Tudo normal — Naoki respondeu, simplório, afastando-se para enfiar uma das mãos cheia de pipoca na boca.

— *Normal*? Só isso? — ela se inclinou um pouco em sua direção.

— Só. Vocês já foram a uma apresentação minha... Não teve nada de diferente.

Akane assentiu, entendendo que havia duas opções: Naoki não queria falar sobre Daniel ou este não tinha ido atrás dele. Ela pensou em Adriana lhe contando o quanto o roqueiro parecia decidido a ir, então achava que era impossível que tivesse desistido na última hora. Akane ficou se perguntando se deveria ter falado com Adriana, pois agora que sabia de toda a história, estava curiosa para saber tudo o que tinha acontecido naquele encontro.

Enquanto Akira ligava a TV e se ocupava em arrumar um filme para assistirem, Akane tentou criar coragem para perguntar sobre Daniel, mas, sem conseguir, abaixou a cabeça e olhou para os anéis em seus dedos. Ergueu os olhos rapidamente para Naoki, como se quisesse só espiá-lo, mas se assustou com o som alto do canal de música.

— Gente, eu adoro a Kelly Key, sempre me dá vontade de cantar junto com ela! — Akira riu enquanto prestava atenção no videoclipe de Adoleta. — Eu prefiro o álbum de 2001, mas o que saiu neste ano também é legal.

— Quem é essa? — o violinista fez uma cara confusa enquanto olhava para a TV.

— Naoki! — Akane pulou no sofá. — Eu já sei de tudo, então, por favor, conte se o Daniel foi atrás de você! Vocês se resolveram?

Ele encarou a amiga com surpresa e indignação, assim como Akira.

— O quê? "Se resolveram"? — o rapaz se virou para Naoki. — Ele foi atrás de você? Por quê?

— Como você sabe disso? — Naoki perguntou à amiga.

— Hã...

— Sua fofoqueira! E o pior é que você fica sabendo das coisas e nem conta para o seu irmão, né? — Akira fez uma falsa cara de ofendido.

— Minha namorada é melhor amiga do Daniel, o que você queria que eu fizesse? — perguntou Akane.

— Ele contou tudo para a Adriana? — Naoki ficou irritado. — Ele contou tudo para ela e nunca me contou nada?!

— Não, você entendeu errado. Ele só contou um pouco antes da sua apresentação...

— Que história é essa?! — Akira estava confuso. — Alguém me explica o que está acontecendo?!

— Tá legal! Tá legal! — Naoki gritou, irritado, suspirando em seguida. — O Daniel me procurou — murmurou com os olhos varrendo o ambiente ao invés de encararem os melhores amigos, que esperavam pelo restante da história. — E me contou que... Naquela época, ele achou que eu estava desistindo das minhas coisas por causa dele. Ele estava se sentindo culpado e o meu pai... Meu pai foi na casa dele e o pressionou para terminar comigo, então ele terminou mesmo. Aí agora veio me pedir perdão pelo que fez, três anos depois.

— Seu pai fez isso? Meu Deus... — Akira franziu a testa.

— Não sei como ele o encontrou, mas foi depois do dia em que me viu trabalhando na cafeteria do shopping.

— Gente... E o que você disse para o Daniel? — perguntou o amigo, tão curioso que chegou mais perto.

— Mandei ele ir embora — Naoki balançou a cabeça.

— Sério? — Akira se aproximou mais.

— Sim — o violinista revirou os olhos.

— Por quê? — perguntou Akane.

— Eu não sei se consigo perdoá-lo!

— Mas ele queria o seu bem no final, não é? — Akira ainda tentava entender a situação. — Foi o que eu entendi... Quer dizer, quando você se sente culpado por ver alguém que ama abrindo mão das coisas que gosta, acho que deve ser normal querer que a pessoa volte a fazer o que gostava.

— Você nem ouviu a história toda...

— Ele ainda te ama, Naoki! — a amiga segurou seus ombros.

— Akane! Ele não confiou em mim! Como pode dizer que me amava se não confiava em mim?

— E você confiava nele?

— Claro! Que pergun...

— Confiava cem por cento nele? — ela insistiu. — O tempo todo?

— O que está tentando me dizer? — Naoki franziu a testa, irritado com a insinuação.

— Olha, Ki... — Akira falou no lugar da irmã, revirando os olhos. — Eu não quero perder sua amizade e me desculpe se você me odiar pelo que vou dizer, mas você não confiava no Daniel. Você tinha bastante ciúme dele, eu me lembro disso e a Akane também, ela só é boazinha demais para dizer na sua cara. E ele dizia que você não precisava ter ciúme, que ele amava só você, mas mesmo assim você fez alguns escândalos.

— Ah, cala a boca, isso não tem nada a ver...

— Cala a boca você, Naoki! — Akane se pôs de pé em um pulo, falando tão rápido que quase perdeu o ar. — Você está estressado com o *Daniel*, não desconte em nós! E o Akira tem razão, você ficava achando que ele ia te trocar, que podia ainda gostar do Rodrigo ou que ia te trair com alguém... Você chegou a dizer que se ele te traísse ou se o amor dele fosse uma mentira, você o mataria! Claro que foi só um modo de dizer, mas onde no mundo que isso é confiar?! Você só está acusando o Daniel por algo que você também não fez! Você não confiava nele cem por cento!

Naoki a encarou, nervoso, mas Akane permaneceu de braços cruzados, sem desviar o olhar.

— Esqueçam isso — ele murmurou, aquietando-se e olhando para o lado.

Os três permaneceram em silêncio por alguns segundos, desconfortáveis com o clima que a briga tinha gerado. A TV começou a mostrar o clipe de *Complicated*, da Avril Lavigne, a jovem cantora de pop-punk do momento.

Akira ficou preocupado com a briga entre a irmã e Naoki, então tentou mudar de assunto, aproveitando a música:

— E aí, vocês já ouviram essa cantora?

Ninguém respondeu.

Akane olhou para o amigo.

— Quer saber de uma coisa? Você pode ficar aí dizendo que nunca vai perdoá-lo, mas tá na cara que você ainda gosta dele. E se continuar aí, se fazendo de durão, você vai se arrepender de ter dado um pé na bunda dele, que nem a garota da *Sk8er Boi*, que se arrependeu de ter dado um pé na bunda do garoto skatista!

Ela parou para recuperar o fôlego enquanto Naoki a encarava sem entender do que ela estava falando. O que raios era *Sk8er Boi?*

— Eu odiava o universo por você ser gay e não poder te namorar, Ki... Até que percebi que o Daniel te fazia mais feliz do que eu ou qualquer um jamais poderia fazer. Não quero te obrigar a nada, só não quero que você finja que não se importa com o que realmente aconteceu.

— Por que todo mundo agora quer dar opinião nas *minhas* decisões? — Naoki se indignou.

— Quem tem que querer ele de volta sou *eu*, não vocês!

— Eu não ia dizer nada, mas você começou a distribuir grosserias de graça... — Akane murmurou. — Não aguento quando você fica chato assim.

— Ninguém tem que me aguentar, tá legal?

— Ah, é? Ótimo então! — Akane deu meia-volta e retirou-se.

— O que deu em você?! — Naoki aumentou a voz para que a outra o escutasse.

— TPM? — Akira riu, dando de ombros.

— Por que vocês, homens, usam a TPM como desculpa quando mulheres não aturam as palhaçadas de vocês?! Vão se foder! — a garota gritou e subiu a escada a passos pesados.

Os dois rapazes encararam-se em silêncio. A TV mostrava comerciais e eles sentiram que não tinham assunto nenhum para conversar.

— *Sk8er Boi?* — Naoki franziu a testa para o amigo. — Do que ela estava falando?

— É a música da Avril Lavigne que tem tocado direto no rádio. É sobre uma patricinha que não fica com o garoto que gosta só porque ele é skatista e os amigos dela não aceitam.

Naoki concordou, pensando um pouco nas coisas que a amiga tinha lhe dito. Desconfortável com o clima que a briga havia criado, ele decidiu se despedir de Akira e ir embora.

Enquanto dirigia, não conseguia prestar atenção no trânsito de tanto pensar em tudo o que havia acontecido nos últimos dias e quase bateu o carro. Após o incidente, achou melhor estacionar em algum lugar e andar pelas ruas até se acalmar, talvez comer alguma coisa.

Naoki achou que estava procurando por uma lanchonete, mas, quando percebeu, estava parado em frente a uma loja de LPs e CDs, mas não era uma loja qualquer: era a do pai do Daniel. Ele olhou para dentro, tentando ver pela vitrine quem estava lá. Não viu Daniel nem seu pai, mas viu um álbum do Queen ao lado de um do Jimi Hendrix, que o fizeram ansiar pela sensação de ouvir rock. Recordou-se de se deitar no chão em dias quentes, tentando esfriar o corpo, ou na cama macia ao lado de Daniel enquanto ouviam aquelas melodias e o roqueiro lhe contava alguma curiosidade sobre as bandas. Também gostava de quando dançavam, como idiotas, ao som de músicas que provavelmente não tinham sido feitas para aquilo.

O violinista então viu um sofá no canto da loja e lembrou-se da vez que foram pegos pelo pai de Daniel enquanto se beijavam. Seus lábios se mexeram em um sorriso e ele abaixou a cabeça, cansado demais para fingir que não sentia falta daquilo.

Naoki deu um passo à frente, hesitante, e adentrou a loja que parecia repleta de memórias. Parou em frente a uma prateleira qualquer abarrotada de CDs e ficou se perguntando se e *como* deveria confiar em Daniel depois de tudo.

"Confiando" era a resposta mais simples e fácil, além de ser o que todo mundo parecia querer dizer para ele, mas por que ninguém soube lhe explicar como?

Naoki percebeu uma música soando baixo pela loja e tentou identificá-la. Precisou se aproximar mais de onde acreditava estar a caixa de som para reconhecê-la. Era *Heaven*, mas ao invés da versão de Bryan Adams, tocava um remix de DJ Sammy. Daniel cantou a música para ele na noite em que Naoki viu seu pai na cafeteria em que trabalhava. Quando ouviu aquele remix em uma balada algumas semanas antes, Naoki saiu de lá na mesma hora com o primeiro cara que tinha se aproximado dele, desesperado para afastar as memórias que tinha de Daniel. Ele se arrependera, no entanto: aquela música tinha sido feita para Naoki e Daniel dançarem como dois doidos no meio de uma pista cheia de luzes piscantes, não como trilha sonora para Naoki procurar por outra pessoa qualquer. Arrependia-se de todos os caras com quem havia estado depois de Daniel, porque nenhum era *ele*. Nenhum o tocava como Daniel, nenhum o beijava, nenhum o abraçava, nenhum o fazia sorrir como ele fazia... Ninguém mais podia arrepiar sua nuca só com *lembranças*, exatamente como acontecia agora.

Naoki colocou a mão na nuca e balançou a cabeça. Não importava. Não importava que tivesse se sentido daquela maneira só com Daniel, porque ele também o havia machucado como nenhuma outra pessoa tinha machucado.

O CD em sua frente era o da tal Avril Lavigne, de quem Akira estava falando mais cedo. Naoki se lembrou de Akane e de sua analogia ridícula com uma das músicas dela, então esticou a mão e pegou o CD, curioso para escutá-la e ler a letra.

Quando se virou para o caixa, encontrou uma carteira caída no chão que era parecida com a sua, portanto se abaixou e a pegou, abrindo-a para conferir.

Ao abri-la, encontrou uma foto de uma mulher e um menininho, os dois sorrindo em frente a uma escola. Naoki reconheceu aquele garotinho imediatamente: Daniel. Em seguida, ele puxou a foto para vê-la melhor e algo veio junto, caindo no chão.

Era uma foto em que Naoki e Daniel estavam sorrindo, iluminados pelo sol dourado de fim de tarde.

Sentindo o peito queimar, o violinista entregou a carteira à moça do caixa, pagou pelo CD e saiu de lá.

Não parecia conseguir fechar a porta e impedir o sol de iluminar as lembranças... Ou talvez apenas não quisesse.

Daniel tinha apenas dois planos para aquele dia: visitar Rodrigo e seu pai.

O primeiro estava sozinho quando o roqueiro chegou ao seu apartamento. Eles se encararam em silêncio na porta e, depois de alguns segundos, Rodrigo o deixou entrar. Ofereceu café, que foi recusado, e voltaram a ficar quietos, cada um sentado em uma poltrona.

— Então... — Rodrigo olhou ao redor. — Vai me dizer por que veio me ver?

Daniel respirou fundo, olhando ao redor.

— Eu... queria dizer que tá tudo bem.

— O quê? — o cenho do mais velho se franziu.

O roqueiro olhou para as próprias mãos. Alguns anos antes, havia lhe dito que preferia que Rodrigo se sentisse culpado para sempre pelo relacionamento fracassado que tiveram, mas agora começava a se desprender dos rancores que guardava. Não queria que o outro carregasse aquela culpa, porque de nada adiantaria: não voltariam no tempo e consertariam o que tinha dado errado — e, na verdade, tudo ter dado errado parecia ter sido o certo, no final das contas. Afinal, se ainda estivesse em um relacionamento torto com Rodrigo, ele nunca teria conhecido Naoki.

— É — Daniel expirou com calma. — Lembra daquele jantar que você me pediu desculpas pelo nosso passado? Estou dizendo agora que está tudo bem. Três anos depois... Mas antes tarde do que nunca, não é?

Rodrigo ficou um momento sem saber o que dizer, mas deu um sorriso leve, aquele sorriso que Daniel gostava de ver em seu rosto quando os dois eram mais novos.

— Soube que você vai viajar para estudar — o rapaz comentou.

— Sim.

— Vai se especializar em Filosofia alemã, então?

— É.

— Legal — Rodrigo sorriu outra vez. — Daniel... Antes de eu ferrar com tudo, éramos bons amigos, não éramos?

— É, nós éramos — Daniel sorriu. — Mas... talvez seja melhor não voltarmos a ser.

Rodrigo assentiu e o outro se levantou.

— Eu preciso ir. Combinei de ver meu pai.

— Voltou a falar com ele? — o mais velho perguntou, também se levantando.

— Mais ou menos... Eu decidi *tentar*.

Eles foram até a porta.

— Espero que as coisas se ajeitem entre vocês — Rodrigo sorriu antes de fechar a porta, e Daniel assentiu, sem dizer nada.

O próximo lugar era a loja de seu pai.

Antes mesmo de André abrir a porta do apartamento de Daniel, ele e a namorada já haviam reconhecido a melodia de *Vento No Litoral,* que preenchia o *hall* de entrada. Eles entraram sem bater antes e se depararam com algumas caixas de papelão que estavam espalhadas pelo apartamento e Daniel largado no chão, olhando o teto e cantando junto com Renato Russo: *Dos nossos planos é que tenho mais saudade, quando olhávamos juntos na mesma direção...*

Quando os viu, Daniel levantou-se, desajeitado, e desligou o rádio com um soco, como se estivesse envergonhado por ser pego naquele estado.

— Não sabia que você ouvia esse tipo de música — brincou André, que imediatamente levou uma cotovelada da namorada, bem na costela.

— Trouxemos comida! — Luísa sorriu, erguendo uma sacola com quentinhas para o trio.

Depois do almoço, eles embalaram as últimas caixas e Luísa ajudou Daniel a arrumar melhor a mala para que coubessem mais coisas enquanto André varria a cozinha e os quartos já vazios. Quando se sentaram para tomar um café recém-passado, Daniel contou que, antes de partir para a Alemanha, queria visitar o templo budista Zu Lai, em Cotia, que tinha inaugurado no mês anterior.

— Minha mãe me levou para visitar o templo zen-budista de Ibiraçu e o budista de Brasília... Ela queria muito viajar para fora do país e conhecer outros templos, mas não teve tempo... — explicou aos amigos. — Então, antes de ir, eu queria visitar esse. Talvez ela vá comigo em espírito, né? — Riu, achando-se bobo.

— Vai ser bom — André sorriu. — Isso vai deixar sua mãe feliz.

— E ela com certeza vai visitar com você — Luísa acariciou seu braço. — Quando você vai?

— Amanhã. Volto de noite.

— O templo abre no domingo? — a amiga perguntou, e ele assentiu. — Mas e a nossa festa de despedida, Dan?! Você estará cansado demais para isso quando voltar... — constatou com desânimo.

— Ele fez tudo de caso pensado, eu aposto, porque não quer festas de despedida — André resmungou.

— Desculpa, pessoal. Ainda não estou no clima de festas.

— Tudo bem — a amiga sorriu e eles ficaram em silêncio quando o assunto morreu, olhando para as xícaras de café.

— Fui ver meu pai hoje — contou Daniel. — Contei a ele que vou embora.

— E então?

— Nada de mais. Ele me desejou boa sorte. Aliás, derrubei minha carteira na loja, ainda bem que alguém a encontrou e devolveu — o loiro tirou o objeto do bolso da jaqueta. — Foi sorte.

— Pare de se fazer de durão, Dan — Luísa riu. — Você disse que queria tentar se reaproximar do seu pai. Não disse isso a ele?

— Não... Mas acho que ele entendeu — Daniel deu de ombros, deixando a carteira de lado.

— Como? — indagou ela.

— Porque eu disse que quando chegasse lá, ligaria para passar meu novo número.

André sorriu e, como a namorada o encarou, em dúvida, explicou:

— O pai dele teve que roubar o nosso número da lista telefônica, então o Daniel se oferecer para passar o novo número é tipo um "vamos tentar nos aproximar, pai".

— Ah! Se é assim, fico feliz! — ela deu um largo sorriso e tomou o último gole de seu café. — Aliás, você checou seus documentos para ver se ainda estão na sua carteira?

— Quem pegaria meus documentos? — o rapaz franziu a testa e pegou a carteira de novo.

— É bom checar, né? Ei, Daniel... — a amiga o chamou para mudar de assunto. — Podemos dormir aqui hoje? Para nos despedirmos da sua casa e de você.

— É claro. Eu só saio amanhã de manhã, bem cedo — ele avisou e, em seguida, seguiu o conselho de Luísa e abriu a carteira, querendo checar os documentos e as duas fotos que levava para cima e para baixo. Ele puxou a foto da mãe para fora e franziu a testa, começando a revirar cada compartimento.

— O que foi? — André se inclinou, preocupado. — Roubaram algum documento seu?

— Não, eu... Eu perdi a foto do Naoki.

Quando Naoki saiu da loja de LPs enfiando a foto de qualquer jeito no bolso da calça e provavelmente a amassando, esbarrou em alguém. O forte impacto fez seu ombro ser carregado para trás, obrigando-o a girar o corpo para não cair. Por conta do susto, ele precisou de um segundo para reconhecer a pessoa à sua frente:

— Naoki?

Rafael ergueu uma sobrancelha com a cabeça se afastando um pouco, procurando um ângulo melhor para encará-lo. O violinista coçou a pálpebra na tentativa de encontrar algo para dizer, no entanto, na ausência de qualquer coisa boa, ergueu o rosto e segurou um suspiro ao cumprimentá-lo:

— Oi.

Rafael o observou e a boca se abriu, mas, em seguida, optou por não falar o que quer que fosse dizer. Naoki abaixou a cabeça, tirando as mãos dos bolsos, e acenou, despedindo-se antes de lhe dar as costas.

— Espera — Rafael pediu rápido demais, e Naoki demorou um segundo para virar-se, encarando o rapaz.

A continuação de Rafael saiu um pouco atrasada e hesitante por causa da expressão tediosa do violinista:

— Você quer dar uma volta?

— Dar uma volta?

— Sim. Podemos sair pra comer alguma coisa... Se você quiser, claro.

— Agora?

— Hã, eu não ia dizer agora, mas... — Rafael deu de ombros.

Naoki olhou para o céu laranja, em pleno pôr do sol, e ponderou por dois segundos antes de assentir, também dando de ombros. *Aonde tanta indiferença o levaria?* Questionou-se ao responder um simples "É, pode ser".

Várias horas depois — mais especificamente, às dez da noite —, os dois já haviam até jantado e, sem dúvidas, bebido mais do que deviam. Rafael contou, durante minutos intermináveis, sobre a faculdade e sobre como ficou na merda depois que Naoki sumiu argumentando que "Você sabia que eu não queria nada sério e acho melhor você focar os estudos". Aquilo fazia o violinista beber os copos de caipirinha com pressa, porque cada palavra o fazia pensar em Daniel e aquilo o estava matando. Será que não tinha um segundo sequer de descanso? Um mísero minuto em que sua cabeça não fosse atormentada por aquilo? Ele só queria silêncio! Contudo, em meio a tantos pensamentos, pegou-se percebendo o quanto era irônico que tivesse se metido em uma situação tão parecida com a de Daniel sem nem ao menos saber a verdade. Agora que sabia, aquele encontro com Rafael poderia fazê-lo começar a, quem sabe, entender o lado do ex — embora a situação não fosse a mesma, porque não se preocupava tanto assim com Rafael e os dois nunca tinham estabelecido algo sério entre eles.

Nos dias em que estavam juntos, Naoki se sentia culpado pelo fato de o outro perder aulas para se verem, mas... Bem, a verdade é que não tinha nada a ver com aquilo, já que nunca havia pedido para que Rafael faltasse a aula alguma. Assim que aquilo passou pela cabeça, no entanto, ele virou o rosto para o lado por um segundo, tornando-se tão autoconsciente das próprias ações que não pôde evitar se julgar por agir daquela forma com Rafael — e com Daniel. Sacudiu a cabeça e recostou-se à cadeira, concluindo que talvez ainda não tivesse bebido o suficiente, o que o fez pedir por mais um copo.

— E depois que a gente parou de se ver, até tirei algumas notas máximas nas provas!

Rafael gargalhou e começou a falar várias frases desconexas, completamente bêbado. As pessoas nas mesas ao redor começaram a olhá-los, incomodados, e Naoki balançou a cabeça. Com o corpo meio mole, colocou as mãos nos joelhos, fungou e entornou o resto da bebida, percebendo que havia vários copos vazios sobre a mesa, mas estava tão embriagado que já não se lembrava direito de como tinha parado ali. Fungou outra vez e perguntou, com a língua enrolada:

— Ei, por que não saímos daqui?

Rafael fez uma cara esquisita.

— Para onde?

— Só vamos sair! — o violinista sorriu, batendo na mesa e fazendo os talheres dançarem.

— Mas já não estamos saindo?

— Não, estamos bebendo em um lugar chato! Vamos sair daqui — Naoki se levantou com dificuldade, pegando a carteira no bolso da calça. — Eu não aguento mais ouvir esse piano tocando no fundo, vamos ouvir outra coisa!

— Vamos numa balada! — o outro levantou-se, animado, quase tropeçando.

Pagaram a conta e saíram de lá cambaleantes, enfiando-se na primeira boate que encontraram. As luzes coloridas acolheram os dois em meio às melodias agitadas e, em segundos, a cabeça de Naoki estava, enfim, vazia enquanto tocava *Satisfaction*, uma das músicas eletrônicas do momento que tocava em todas as baladas a que tinha ido nos últimos meses. A agitação continuou a esvaziar sua cabeça por horas, fazendo com que ele não sentisse mais ligação com o próprio corpo, que dançava, entorpecido, até que a maldita música de DJ Sammy começou a soar pelos alto-falantes perto do horário em que o estabelecimento devia fechar. É claro que estava tocando aquela música... Como era possível que uma música o perseguisse daquela forma? Por que tinha que ter ficado tão famosa para tocar em todo lugar?

Tentando ignorar tudo o que lhe vinha à mente, Naoki continuou dançando. E tal ação teria surtido efeito se Rafael não tivesse se virado e o beijado tão de súbito em meio a toda aquela gente, a todo aquele álcool no sangue e a todo o conflito em sua cabeça. E, naquele momento, tudo pareceu ficar alto e confuso demais.

Naoki arregalou os olhos, pego de surpresa. Sua mente aquietou-se completamente no segundo seguinte, como se tivesse sido calada. Pôde sentir, no fundo de seu cérebro, a coceira de uma epifania, mas não conseguiu compreendê-la e preferia não o fazer. Piscou e, tentando não raciocinar, retribuiu o beijo.

Ao sentir a língua de Rafael tocando a sua, no entanto, o violinista sentiu que algo estava errado.

Tudo estava errado.

Empurrou o corpo do ficante de leve, ainda tentando entender por que se sentia daquela forma. Confuso, Rafael o encarou com olhos pedintes.

— Desculpe — Naoki sussurrou.

— O quê? — O rapaz não o ouviu e inclinou-se um pouco, mas o outro se afastou.

— Desculpe, desculpe... — Naoki balançou a cabeça, com os olhos tristes e, ao mesmo tempo, aliviados.

Rafael tentou lembrar se algum dia já havia visto aquele semblante no violinista, mas concluiu que não. Ele parecia ser outra pessoa.

— Desculpe! — Naoki gritou e saiu correndo.

O ar da rua naquele fim de madrugada o atingiu com um choque através do tecido fino da camisa. Lá dentro estava tão abafado que o lado de fora parecia estar frio e ele ajeitou a camisa enquanto olhava ao redor, perdido e ofegante. Limpou os olhos, como se chorasse, mas não havia lágrimas. O corpo estremeceu por causa da mudança brusca de temperatura e, de repente, ele enfiou as mãos nos bolsos à procura de algo. Sentiu os dedos roçarem em algum tipo de papel e imediatamente puxou a foto guardada ali. Foi quando percebeu algo que não tinha visto antes: a letra de Daniel, que havia escrito algo no verso da fotografia. Naoki tinha roubado com tanta pressa que nem viu a parte de trás, mas agora lia cada palavra, sentindo vontade de chorar.

Me senti tão desesperado e culpado que pensei que a única coisa certa fosse te afastar da maneira mais dolorosa possível quando, na realidade, a única coisa certa era você. Você sempre será a única coisa certa, Naoki.

Seus músculos estavam rígidos e o violinista sequer conseguia respirar ao ler aquelas palavras e passar os dedos pela caligrafia.

Virou a foto apenas para encarar seu próprio rosto de anos atrás, com um sorriso feliz. O Naoki do presente também sorriu, sentindo um aperto no coração. Uma parte de si dizia para jogar o item fora e ir embora, esquecer Daniel de uma vez por todas e nunca mais olhar para trás. Já a outra parte não parava de lhe dizer: *você ainda o ama, para de ser tão orgulhoso! Ele já te pediu perdão e disse que também te ama, o que mais você quer?!*

Naoki fechou os olhos, lembrando-se do dia em que tiraram aquela foto, e quase pôde sentir o toque do roqueiro. *Ah, se pudesse voltar no tempo...*

Abriu os olhos. *Não! Não precisava voltar no tempo. Precisava voltar para Daniel agora, para tê-lo no presente.*

Daniel Stein nunca seria a escolha errada.

Era isso o que Naoki queria que o outro tivesse entendido antes de tê-lo machucado e afastado. Daniel jamais seria a escolha errada, jamais seria um arrependimento.

Com o coração acelerado, Naoki saiu correndo outra vez e parou o primeiro táxi que viu na rua, informando o endereço do apartamento de Daniel ao motorista. Quando chegou lá, tocou o interfone sem parar e foi atendido por André, que liberou o portão. Naoki correu pelas escadas e parou, ofegante, em frente à porta, batendo desesperadamente. Queria gritar por seu nome, mas a voz parecia ter desaparecido. Estava nervoso e tremendo, incapaz de fazer algo além de bater na porta sem parar até que ela fosse aberta.

Quando a porta finalmente se abriu, Naoki viu o apartamento vazio. Pensou ter errado de casa, mas conhecia aqueles cômodos de cor. André esfregou os olhos com uma expressão sonolenta, seu cabelo amassado e bagunçado, porque havia sido acordado com o barulho do interfone.

— O que está fazendo aqui, Naoki? — ele perguntou.

— Cadê o Daniel? — o outro quase gritou, sem ar.

— Ele não está!

— Ele já foi para a Alemanha?! — Naoki se desesperou.

— Não! Um templo, em Cotia. Como que era o nome mesmo, Lu?

A namorada apareceu ao seu lado, também totalmente desgrenhada.

— Zu Lai! Mas ele vai...

Naoki saiu correndo antes que ela completasse a frase e dissesse que Daniel voltaria à noite. Luísa tentou correr atrás dele, mas tropeçou nos chinelos e, quando alcançou as escadas, o violinista já tinha saído do prédio.

Ele estava desesperado, porque acreditava que aquela seria sua última chance de vê-lo e dizer tudo o que queria, mesmo que pudesse conseguir seu número de telefone quando o outro já estivesse instalado lá na Alemanha. Naoki não queria esperar tanto tempo para falar com Daniel, porque achava que poderia perdê-lo de vez. Além do mais, sentia que precisava dizer tudo pessoalmente, abraçá-lo, beijá-lo, tocá-lo, ter certeza de que o tinha de volta em sua vida.

Ele pegou mais um táxi, orientando o condutor para que o deixasse na porta do Templo Zu Lai, e xingou a si próprio mentalmente por ter esquecido o celular em casa e por não ter pedido a André que pedisse a Daniel para esperá-lo.

Apesar do sono que sentia por virar a madrugada acordado, Naoki não conseguiu dormir durante boa parte do caminho dentro da cidade de São Paulo, mas enquanto desejava que o táxi fosse mais rápido, seus olhos acabaram se fechando, num sono tão pesado que o rapaz sequer ouviu a pancada de chuva que os atingiu durante o trajeto na Rodovia Raposo Tavares.

Após ser chacoalhado pelo motorista, os olhos de Naoki voltaram a se abrir em um estalo. Ele não sabia que horas eram, nem onde estava e precisou de um momento para reconhecer os arredores, vendo que o carro estava parado em uma estrada meio esquisita. Quando viu o valor absurdo da corrida no taxímetro, Naoki se ajeitou em um pulo apressado e desajeitado.

— Já chegamos? — ele passou as mãos pelo rosto, envergonhado.

— Isso. O templo fica do outro lado da rua.

Naoki olhou para o lado e viu o muro branco. Em seguida, procurou a carteira nos bolsos e tirou as notas de dinheiro, perguntando-se se ainda teria dinheiro para voltar para casa. Contudo, a verdade era que não ligava para voltar para casa ou para qualquer outra coisa, porque nada importaria depois que encontrasse Daniel.

O táxi foi embora e Naoki atravessou a rua correndo.

Visitar aquele templo sozinho não fazia parte dos planos de Daniel. Mais de quatorze anos atrás, tinha criado a fantasia de que conheceria vários templos com a mãe, como ela tanto desejava, mas depois que a mulher se fora, nunca mais havia pensado em conhecer outros.

Enquanto andava pelos corredores que circundavam o pátio principal, Daniel tinha a impressão de que podia vê-la ali, andando ao seu lado ou à sua frente. O som da fonte de água o confundiu conforme andou pelo corredor, como se aquele fosse o chiado de uma corrente de vento passando por entre as pilastras. Ele subiu as escadas que levavam ao templo propriamente dito, ouvindo os mensageiros do vento se agitarem e formarem uma cadeia de sons serenos. Seguindo as instruções da placa ao lado de onde se queimavam incensos, o rapaz acendeu um e entrou no templo, contemplando a parede com a imagem de Buda.

Lembrou-se de sua mãe lhe dizendo que viver era sofrimento e que a origem do sofrimento estava no apego e no desejo. Achou que a tinha visto andando entre as pessoas e se assustou, piscando várias vezes. Ela não estava, é claro. Se ele podia alucinar com a mãe ao seu lado, também poderia alucinar com Naoki ali? Fechou os olhos. Queria acreditar que sim, que Naoki pegaria sua mão e o puxaria para observarem cada detalhe do lugar, até mesmo os mais desnecessários.

Abriu os olhos já cheios de lágrimas. Daniel sabia que deveria começar a se despedir das lembranças e a desapegar dos sentimentos que já não cabiam mais em sua vida, além de deixar a dor sair para dar espaço ao que quer que viesse depois. No entanto, quanto mais tentava, mais as lembranças apareciam: a primeira vez que o viu tocando violino sozinho em uma sala da universidade, a vez que o encontrou no balcão da lanchonete prestando atenção à melodia do Queen e todas as alfinetadas que levou a partir de então, entre aquele instante e o momento em que percebeu estar apaixonado de verdade pela primeira vez na vida. *"Ah, mãe... Eu nunca te contei sobre ele! O Naoki talvez tenha sido a única decisão certa que eu já tomei"* — era o que teria dito se ela realmente estivesse ali. Teria contado sobre como Naoki o havia feito se sentir bem, de um jeito que não se sentia há anos. Contaria, sem poupar detalhes, sobre como tinha conseguido estragar tudo, pensando que se afastar parecia a única alternativa certa para garantir a felicidade de Naoki. Choraria até os olhos doerem enquanto sua mãe faria carinho em seu cabelo e lhe diria algo como: *"Vai ficar tudo bem, Daniel... Essa dor vai passar, mas você tem que deixá-la ir. Sei que no fundo não quer que passe, porque é a única coisa que ainda o prende a ele, mas uma hora terá de deixá-lo ir, se é isso o que ele quer".*

E então, ele daria razão à mãe: se Naoki queria mesmo ir embora, então... Então, tudo bem. Ele o deixaria ir.

Enquanto andava pelo terreno do templo e apreciava o lago com as carpas, os bambus e as estátuas, lembrou-se do último filme a que assistiu com o ex: *Amor À Flor Da Pele*. Lembrou-se de uma fala do filme:

"Antigamente, se alguém tivesse um segredo que não quisesse partilhar, subia uma montanha, procurava uma árvore, abria um buraco nela e sussurrava o segredo dentro do buraco. Por fim, cobria-o de lama e lá deixava o segredo para sempre."

O que havia acontecido entre os dois não era mais um segredo, mas Daniel pensou que, talvez, pudesse fazer algo parecido para tentar deixar aquela história para trás. Ele então escolheu uma das árvores, não se importando com as pessoas ao redor antes de arrancar uma casquinha de madeira. Em seguida, inclinou-se, escondendo a boca com as mãos enquanto sussurrava.

Pela última vez, o rapaz contou tudo o que aconteceu e falou sobre a raiva que tinha de si mesmo, paradoxalmente acompanhada pela felicidade que sentia por Naoki estar se tornando o que sonhava, além do quanto ainda chorava ao pensar em como tudo poderia ter sido diferente e maravilhoso... Ao pensar naquilo, lutou para não chorar e sussurrou o segredo egoísta que decidiu deixar para trás na árvore, coberto por um pouco de terra úmida pela pancada de chuva.

Eu não quero que o Naoki me esqueça. Não quero que siga em frente sem mim.

Quando terminou de fazer o pedido, virou-se e começou o caminho de volta. No topo da escada, parou para ver os raios de sol e a copa das árvores, sentindo a sinestesia da mistura entre dourado e azul atingi-lo. Ele se voltou mais uma vez para o templo para se despedir da visão, mas quando se virou novamente para a escada, tudo ao redor sumiu, porque ali embaixo havia algo, a única coisa que importava de verdade: Naoki, completamente imóvel, a alguns passos do pé da escada.

E para o violinista, estar parado assim diante de Daniel era inusitado demais até para o seu padrão de comportamentos impulsivos e completamente malucos quando se tratava do outro, mas ali estava ele, incapaz de dar um passo à frente, porque queria ficar só mais um segundo diante da visão que era Daniel. O peito de Naoki subia e descia rapidamente, os pulmões ávidos por oxigênio depois de percorrer todos os cantos daquele lugar pensando o quanto foi tolo por achar que seria fácil encontrá-lo ali: aquele era um terreno grande, com escadas, andares, pátios, vários e vários espaços para estacionamento e um jardim. No momento em que percebeu a extensão do ambiente e o quanto já havia corrido sem encontrá-lo, começou a achar que Daniel não estava mais ali. Tinha olhado para o rosto de todas as pessoas por quem passava, para os cabelos e até para os sapatos, tentando encontrar algo familiar. Depois de dar duas voltas e não achar nada, pensou em desistir e telefonar para André de algum telefone público, pedindo que desse o recado para Daniel esperá-lo no apartamento, mas aquele lugar era afastado e não havia praticamente nada ao redor.

Também pensou em desistir e tentar encontrá-lo mais uma vez no apartamento, porém, ao se aproximar pela terceira vez da fonte em frente à entrada, finalmente o viu.

Ali estava Daniel.

Naoki sentia que seu coração arrebentaria sua caixa torácica por causa da corrida, mas quando o viu no topo da escada banhado pelo sol dourado, foi como se depois de séculos procurando por paz, finalmente tivesse a encontrado. E tudo ficou calmo e quieto, tudo dentro dele se emudeceu para ser capaz de ouvir até o mais baixo barulho que viesse de Daniel.

O pé de Daniel tocou o primeiro degrau devagar e seus olhos ficaram presos aos de Naoki, como se duvidasse do que via — mas, ainda assim, como se seus olhos só tivessem sido feitos para vê-lo. Em seguida, desceu todos os degraus devagar, hesitando a cada passo, com medo de estar alucinando, com medo de que a visão fosse real, mas que Naoki não tivesse vindo pelo motivo que ele gostaria.

Daniel parou ao pé da escada, no mesmo nível de Naoki. Com os corações acelerados, ambos permaneceram se encarando, com as respirações falhas e os olhos que navegavam um pelo outro, como navios procurando por um farol.

Um sorriso deslizou pelos lábios de Naoki e ele deu um passo à frente. Cada centímetro em sua direção causava um terremoto dentro de Daniel, arrebatando tudo com cataclismas.

Os olhos do violinista fitaram-no com cuidado e a mão se ergueu em sua direção após tirar algo do bolso.

— Eu... — ele tentou dizer algo, mas, de repente, parecia que lhe faltavam as palavras. — Eu roubei isso de você — concluiu com dificuldade, estendendo-lhe a foto.

Daniel, ainda sem entender bem o que estava se passando e se aquilo era um sonho, pegou o objeto da mão de Naoki.

— Eu achei que tinha perdido.

— Não... Eu roubei — o outro repetiu, engolindo em seco.

Daniel riu de leve e eles ficaram em silêncio por um momento, com olhares cautelosos.

— Você veio aqui só para me devolver a foto?

— Não — Naoki mexeu a cabeça com veemência. — Eu vim porque não consigo fechar a porta.

— Porta? — Daniel franziu a testa.

— É. Não consigo fechar a porta e deixar você, nem todas as nossas lembranças do outro lado. Eu quero você comigo do lado de dentro, junto a todas as lembranças e... E o nosso futuro.

Daniel sorriu e confessou:

— Ainda não sei se estou sonhando...

Naoki se inclinou e o beliscou nas costas da mão.

— Ai! — o roqueiro resmungou, esfregando a pele.

— Viu só? Não está sonhando.

Daniel se aproximou e eles se olharam nos olhos, parecendo estarem à beira de um precipício.

— Eu te amo — sussurrou Daniel, tão baixo que não poderia ser ouvido por qualquer outra pessoa que passasse por ali.

— Eu também — Naoki sorriu.

Os dois, agora, estavam prontos para pular.

EPÍLOGO

21 de abril de 2006

(Não me veio à mente uma forma melhor e mais clichê de começar esta carta do que com certa música de que você tanto gosta, então...)

Love of my life

Neste momento, você deve estar sorrindo e perguntando por que raios eu estou te escrevendo uma carta se já existe e-mail, mas acho que quis ser o último romântico e te enviar uma correspondência que vai atravessar o oceano.

Hoje, eu ouvi Beatles tocando em uma padaria quando fui passear com a Akane e, logicamente, não pude deixar de sorrir e de pensar em você! Ainda acho engraçado o fato de você nunca ter me mostrado essa banda assim que nos conhecemos, já que é uma das mais antigas e famosas de todos os tempos... Você só me mostrou quando fomos embora do Templo Zu Lai e tivemos que pegar aquele ônibus intermunicipal só para depois pegarmos mais dois ônibus já em São Paulo... Você lembra, Dan? Você estava com seu *walkman* e me apresentou *Sgt. Pepper's Lonely Hearts Club Band* — a música, depois o álbum. Como sempre, eu nunca tinha ouvido falar, então você riu e, depois de me falar o nome da música, brincou dizendo que montaria uma banda chamada *Lonely Hearts Club* caso eu não te perdoasse nunca ou se juntaria a um clube desses, pois você cismou que devia existir em algum lugar. Eu lembro de, em seguida, te dizer que você não precisaria mais pensar em nada daquilo e entrelaçar meu mindinho ao seu no fundo do ônibus, sem ninguém ver.

Lembro também que, depois, enquanto ouvíamos Beatles, você ficou empolgado que nem uma criança, contando tantas coisas sobre bandas de rock que agora eu me considero praticamente uma enciclopédia ambulante do gênero, assim como você. Você disse que queria ter me apresentado muitas outras bandas, mas não teria tempo por causa da viagem, então falou que ia deixar (e deixou) todos os seus discos e CDs comigo: *Rush, Eagles, KISS, Heart, The Cure, The Police, The Doors*... e mais um monte de bandas e cantores que já não lembro ou nem prestei atenção na hora (e nunca nem ouvi tudo), porque estava ocupado demais sentindo meu coração bater rápido e feliz — e, é claro, também reparando em como você tinha ficado incrivelmente mais bonito naqueles últimos três anos.

Eu lembro como se fosse hoje de observar seus olhos verdes e ver que eles ficavam mais destacados com aquela sua camiseta da mesma cor; assim como lembro do seu jeito animado ao falar de rock e de ter sentido que poderia te ouvir por horas e horas. Eu senti tanta falta de tudo aquilo nos anos em que fiquei longe de você... E também estou sentindo agora que estamos longe mais uma vez.

Semana passada, visitei sua mãe para levar algumas flores e limpar a lápide, o que me fez lembrar do dia que você me levou para me apresentar a ela um dia antes de partir para a Alemanha. Aquela foi uma das coisas mais bonitas que você já fez para mim, porque me fez sentir parte da sua vida depois de tanto tempo — na verdade, até mais do que antes. Eu lembro exatamente das suas palavras: "Mãe, eu trouxe alguém para te conhecer... Eu tenho certeza de que você vai gostar dele. Ele é muito especial para mim, então espero que, de onde estiver, esteja feliz em conhecer ele também". Eu me aproximei e ouvi você me apresentar a ela como *o amor de sua vida*, e ali vi que nunca tive tanta certeza dos seus sentimentos, assim como dos meus, quanto tive naquele momento. E espero que ela goste mesmo de mim, como seu pai sempre diz.

Sinto tanta saudade, Dan... Você também é o amor da minha vida e eu não consigo imaginar como as coisas teriam sido se eu não tivesse ido atrás de você naquele dia — ainda que não fosse preciso, já que você ia voltar para casa antes de viajar. Mas sei muito bem que termos nos reencontrado daquele jeito só me fez te amar ainda mais.

Acho que estou chegando à razão de estar te escrevendo isso (mesmo que, por enquanto, você não entenda nada do que estou falando). Lembra que, uma vez, eu disse que te escreveria um posfácio se você fizesse uma enciclopédia sobre rock? Nem preciso te dizer que você, obviamente, não fez, mas de vez em quando eu ainda penso na ideia... É por isso que estou aqui agora com esta caneta na mão, ponderando se deveria mesmo escrever todos os meus sentimentos em uma carta quilométrica, cheia de sentimentalismo e clichês, que nem um romance água com açúcar... Mas é claro que devo! Preciso, na verdade. Esconder sentimentos nunca foi saudável para ser humano nenhum e preciso contar tudo o que está dentro de mim nos últimos tempos, tão distante de você. Eu preciso escrever sobre você e sobre essas duas coisas esquisitas que você me mostrou: o rock 'n' roll e o amor.

Então estou aqui para falar sobre todas as bandas de rock que eu não conhecia antes de conhecer você.

E vou começar pelo começo, quando te vi pela primeira vez ao som de *Killer Queen* e você conheceu aquele Naoki mesquinho, cheio de pose e de frases afiadas para combater sua lábia. Você era ótimo com as palavras, se quer saber, tão ótimo que eu sempre me via a um triz de cair na sua conversinha e sempre brigava comigo mesmo, tentando me lembrar de que meu objetivo era quebrar o seu coração.

Nem preciso dizer que, em pouco tempo, me apaixonei por Queen. E por você.

Freddie Mercury e Daniel Stein possuíam algo bem único...

Na verdade, a banda como um todo tem algo único, assim como você, mas eu ainda não sei dizer o que é, só sei amar.

Depois (não por recomendação sua, mas por teimosia minha) conheci Elvis Presley. Até hoje eu fico abismado por você ter adivinhado que eu comecei por ele. Como você tinha tanta certeza de que eu só tinha feito isso para conversar com você, hein? Você era tão convencido e irritante, mas tinha razão: era óbvio que eu tinha escutado Elvis Presley só por essa razão... Quer dizer, eu nem conhecia nada de rock antes de te conhecer.

Mas hoje em dia, quando ouço o Elvis cantar *"Take my hand, take my whole life too, for I can't help falling in love with you"*, tudo o que consigo fazer é vislumbrar nosso futuro. Você se pergunta como nossa vida vai estar daqui a alguns anos? Porque eu me pergunto... Mas antes que eu me perca em divagações, vou falar de Guns N' Roses.

No dia em que ouvi essa banda pela primeira vez, tocamos piano juntos e você me emprestou seu CD favorito deles, dizendo para eu escolher uma música preferida. Não lembro exatamente quando foi, mas me lembro de escolher *November Rain* e de quando você disse que aquela era a sua música preferida, junto com aquele papinho sobre pessoas com a mesma música favorita estarem conectadas. Fala sério: você queria muito aquele dinheiro da sua aposta, né? Porque aquela foi a coisa mais brega que você já me disse até hoje! A pior parte é que, de qualquer forma, aquilo me deixou todo derretido... Eu era tão bobo e previsível que em poucos dias você já sabia o tipo de coisa que eu gostava de ouvir.

Nosso primeiro beijo veio logo depois, ao som de Jimi Hendrix, com aquele solo de guitarra virtuoso que, na época, era um som completamente novo para mim.

Se eu me concentrar, ainda posso sentir suas mãos me segurando, o seu beijo me enlouquecendo e o calor tomando conta de tudo... Acho que os solos de guitarra do Hendrix conseguem potencializar alguma força maior que existe por aí. O modo como as notas musicais pareciam dançar na guitarra dele faz com que eu me sinta voando junto a um vendaval ou tendo algum sonho psicodélico cheio de cores e de sensações. E nunca te falei nada, mas adorava o adesivo colado na sua geladeira, com aquela frase dele: "Quando o poder do amor superar o amor pelo poder, o mundo conhecerá a paz".

E quando você cantou *Can't take my eyes off you!* Não preciso nem dizer que ver aquela sua encenação ridícula do meu filme preferido provavelmente foi o ponto alto da minha vida, né? E tudo só ficou melhor quando entramos escondidos na loja do seu pai para ouvir Led Zeppelin, mas acabamos nos beijando e tocando piano. Naquela noite, eu vi algo que não sabia existir em você e me apaixonei ainda mais. Você era completamente diferente do que eu achava e a cada segundo eu te adorava mais. Você era uma mistura interessante e instigante das suas "várias caras", assim como Led Zeppelin era uma mistura interessantíssima daquela guitarra com aquela voz incrível, isso sem falar naquela bateria, que fazia um som tão diferente das outras. Qual era o segredo daquela banda, aliás?

E se Led Zeppelin nos deu uma noite inesquecível, Aerosmith nos deu uma tatuagem ridícula. Mas quer saber? Adoro saber que quando você me segura perto da costela as metades do coração se completam (e que isso vai continuar acontecendo até o fim dos tempos). Depois que terminamos, durante aqueles três anos, descobri que eles tinham outras músicas ótimas para ouvir e sentir saudades de você.

Eu particularmente chorei e pensei muito em você enquanto ouvia *Angel* e *What it takes*... Quando eu ouvia Steven Tyler cantar "Você é meu anjo, venha me salvar nesta noite", eu chorava como um bebê.

Depois de um tempo, descobri que eles também tinham algumas músicas que me faziam sentir um pouco menos vazio. Acho que aqueles caras sabem mesmo escrever coisas inspiradoras, como "Continue sonhando até seus sonhos se realizarem"; "De todos nós, do Aerosmith, para todos vocês, onde quer que estejam, lembrem-se: a luz no fim do túnel pode ser você."

Acho que já estou meio perdido no meu "posfácio" e na nossa linha do tempo... Então deixa eu voltar para o dia em que visitei sua mãe pela primeira vez e almoçamos o melhor arroz carreteiro da minha vida antes de passarmos a tarde toda dançando no seu apartamento vazio pela última vez antes de você ir para a Alemanha. Ouvimos tantas músicas dos anos 70 que me senti no meio do *Woodstock*, mesmo que não soubesse quais bandas haviam tocado lá... Mas sei que o Jefferson Airplane tocou, porque você me disse após dançarmos *Somebody To Love* como dois doidos ao som da voz de Grace Slick. Também dançamos com a Janis Joplin, mas em algum momento eu comecei a chorar e soluçar, falando que não acreditava que tínhamos perdido três anos e que você ia embora, mas que eu estava feliz por você, porque te amava (e te amo). E lembro quando você me confortou, dizendo que também me amava e que o tempo passaria rápido, antes de enxugar minhas lágrimas e me puxar para voltarmos a dançar.

Também dançamos ao som de algum álbum dos Beatles, mas você começou a me contar sobre umas teorias da conspiração bizarras sobre a banda, o que me fez esquecer totalmente da música. Então nos deitamos no chão e ficamos de mãos dadas, conversando baixinho sobre tudo o que tinha acontecido naqueles últimos anos até pedirmos sua última refeição no Brasil.

Eu não me lembro de tudo o que você já me contou sobre rock e acho que ainda tenho muito a aprender. Ainda não sei quantos subgêneros existem, não sei como guitarristas conseguem fazer uma guitarra soar tão diferente da outra, não sei todos os nomes famosos e ainda não sei todas as letras de cor para cantar com você. Eu não sabia que existiam letras tão legais de rock e adoro quando você me conta o que elas significam.

Gosto de como Pink Floyd canta sobre não precisarmos de educação opressiva e sobre como nossos velhos medos ainda estão conosco. Adoro a música em que Dire Straits fala sobre pessoas que acham que música não é trabalho de verdade. Gosto de ouvir Fleetwood Mac cantar que "só há trovões quando chove" e "jogadores só te amam quando estão jogando". Mas eu não sei se isso é verdade, porque eu continuei te amando mesmo quando parei de jogar.

Eu aprendi muitas coisas depois de te conhecer, Dan.

Aprendi que a mistura muitas vezes torna tudo mais interessante (afinal, o que é melhor do que música clássica e rock 'n' roll juntos?). Aprendi que as aparências enganam e que amor é uma coisa muito complicada e que você só pode sentir, não pode escolher, entender, muito menos julgar. Que pessoas incríveis no mundo da música fizeram coisas horríveis, mas eu ainda não sei o que devemos fazer a respeito. Também aprendi que sou forte o bastante para tomar minhas próprias decisões. Uma coisa não tem nada a ver com a outra nessa lista, eu sei, mas estão todas juntas no canto do meu cérebro chamado "Coisas que aprendi depois de conhecer o Daniel".

Também aprendi que dançar com quem se ama é a coisa mais divertida do mundo, não importa muito o estilo da música. Aprendi a cozinhar e até a fritar ovo sem estourar a gema; a limpar o chão direito, a passar roupa e a não ser tão impulsivo... Aprendi que amar não é prender alguém e forçar essa pessoa a ser quem você queria que ela fosse, mas sim estar ao lado dela quando for preciso, amando-a do jeito que ela é, inclusive os defeitos. Dan, eu te apoio e te amo do jeito que você é, por isso eu não me importo que esteja em outro continente, desde que a gente continue a se amar. Também sei que amar alguém é algo que te deixa perto do céu, mas não por causa de todas as músicas que cantam algo parecido, e sim porque é isso o que eu sinto todos os dias depois de ter te conhecido.

Pois é, eu pensei nisso tudo enquanto estava sentado vendo nossas amigas conversando, o que me faz lembrar da outra razão de estar escrevendo esta carta: para contar as novidades, que vou acabar te contando de qualquer forma quando nos falarmos por telefone, mas estou tão empolgado que quero contar por aqui também.

Akane e Adriana vão se mudar para uma cidade no interior, mas ainda estão em dúvida sobre qual escolher. Minha amiga está pensando em fazer um curso de corte e costura paralelamente ao trabalho como arquiteta, porque quer criar roupas. Acho que ela vai se dar bem, sempre pareceu gostar mais de roupas do que de mim.

Akira me disse que Rodrigo pediu para morarem juntos. Ah, e tenho certeza de que você já recebeu a notícia pelo seu melhor amigo, mas estou tão, tão, tão animado que quero dizer também: André e Luísa vão se casar! E me garantiram que vão marcar para uma data em que você possa ir.

E a maior novidade de todas (para mim, pelo

menos): minha mãe, depois de se formar em Enfermagem, decidiu trabalhar no Médicos sem Fronteiras. Vê-la finalmente realizar esse sonho deixa meu coração feliz.

Agora que já te passei as novidades, quero te dizer que quanto mais penso em você, mais sei que não quero nunca mais ficar tão longe. Quero você perto de mim, quero estar com você em todos os momentos, os bons e os ruins... Eu quero que você volte para mim, ou então vou dar um jeito de ficar com você. E quanto mais saudade sinto, mais certeza tenho de que jamais, jamais me arrependerei de ter te escolhido. Você é tudo para mim, Daniel.

Já estou cansado dos seus estudos: primeiro o mestrado, agora o doutorado... Sei que você também está perseguindo seu sonho de ser um professor universitário, mas já estamos com quase trinta anos e me sinto cada vez mais sozinho aqui, tão sozinho que já cogitei adotar vários gatos e cachorros... Ou talvez uma criança.

É. Acho que gostaria de ter uma filha. Será que estou te assustando?

Também sei que é algo fora da realidade, porque não poderíamos adotar uma criança sendo um casal gay, mas... não custa nada sonhar, né? Espero não estar te assustando com minhas ideias. Você já é a minha família, Dan, mas às vezes gosto de sonhar e penso que não seria de todo ruim se nossa família fosse um pouco maior... É uma pena não podermos, né?

Você acha que ela gostaria de rock ou de música clássica? Será que ela gostaria de tocar guitarra ou, quem sabe, violino? Também consegue imaginar os pezinhos dela correndo pela casa e as mãozinhas fofas segurando seu cabelo? E, vamos combinar, ela teria pais descolados: um filósofo e um violinista.

Desculpe pela quantidade de páginas... Espero que você esteja bem. Não pule refeições, beba água, ouça músicas boas e pinte mais quadros! E se ficar tempo demais aí do outro lado do oceano, vou achar que você não me quer mais, então vamos resolver essa situação logo, está bem?

Ah, só mais uma coisa antes de concluir: li os livros de que me falou e agora temos que debater algumas questões filosóficas — algumas que, confesso, eu não entendi nada e nem mesmo sei se vou conseguir debater — no nosso pequeno clube do livro. Aliás, não seria legal se ele fosse um pouco maior? Aposto que nossa filha gostaria de participar depois de ensinarmos ela a ler...

Saudades,

Naoki

Daniel riu das palavras do violinista, balançando a cabeça enquanto deixava a xícara de café de lado. A carta estava bem atrasada: já era meio de dezembro e todas aquelas novidades escritas na carta já não eram mais novidades. Ele se perguntou por que Naoki havia escrito aquilo em abril e enviado apenas em dezembro, pensando que talvez fosse porque nunca tinha lhe dito algumas daquelas coisas antes, principalmente a parte sobre querer ter uma filha.

Os dois nunca haviam falado sobre aquilo, mas ao ler a carta, Daniel tentou imaginar como seria uma filha dos dois. Pensou que, talvez, ela ia querer tocar piano ou algo bem diferente, como um saxofone. Ou talvez ela não quisesse nada daquilo e estaria tudo bem, porque não seria obrigada a aprender nada que não quisesse. Eles seriam pais legais que jamais a matriculariam em várias aulas extracurriculares sem que ela pedisse.

Ao perceber que já entrava na brincadeira fantasiosa de Naoki, riu de si mesmo e levantou-se da cadeira posicionada ao lado da pequena mesa de jantar. Ele aumentou um pouco o volume do rádio, fazendo *Rehab*, de Amy Winehouse, preencher o ambiente. Se Naoki estivesse ali, eles poderiam dançar naquela sala minúscula...

Daniel foi até a cozinha para fazer um sanduíche, pensando que queria poder ligar para Naoki e conversar sobre a carta, mas além do fuso horário ser diferente, o violinista avisou que tinha algo importante para fazer naquele dia e que não poderia conversar.

Ele abria a geladeira e cantava com Amy quando a campainha tocou. Deixando as coisas de lado, dirigiu-se à porta, imaginando se era o entregador com os livros que havia pedido por encomenda. Entretanto, ao abrir, tomou um susto.

— Naoki?! — riu, surpreso, percebendo uma enorme mala ao lado do namorado. — Espera, o quê? Você está aqui mesmo? — perguntou, segurando-o pelos ombros.

O namorado segurou seus cotovelos e ironizou:

— Não, estamos em um dos seus sonhos eróticos e agora vamos transar no terraço. É claro que estou aqui, Dan!

Daniel estava tão surpreso que não soube o que falar, apenas puxou Naoki para abraçá-lo com força.

— Eu vim passar uns dias com você! — o violinista explicou, empurrando o namorado para dentro e depois puxando a mala e fechando a porta. Abraçaram-se por mais alguns segundos antes de Daniel segurar o rosto de Naoki entre as mãos e beijá-lo devagar.

— Recebi um convite para um recital — Naoki completou ao se afastar com um sorriso.

— Meu Deus, não acredito que você tá aqui... — Daniel murmurou e passou o nariz pela bochecha do namorado, sentindo seu cheiro e recebendo um abraço pela nuca. — Esses seis meses desde que nos vimos pela última vez pareceram seis anos... Você está cansado? Quer tomar banho e descansar?

— Estou bem, Dan — Naoki o tranquilizou. — Hum... Você recebeu a minha carta?

— A de abril?

— É.

— Recebi. Mas por que só me mandou agora?

— Estava com vergonha de te mandar, porque eu escrevi coisas bem... bobas.

Daniel riu.

— Nada ali era bobo, Ki.

Naoki sorriu, desvencilhando-se do aperto.

— Estou morrendo de fome. O que tem para comer?

— Bem... Nada ainda.

— Podemos sair para comer, não estou tão cansado assim — o violinista começou a puxar a mala pela sala, pensando em desfazê-la.

— Naoki. — Daniel o puxou de volta e o encarou em silêncio.

— O quê? — o outro riu. — O que foi, Dan? — Ele tombou a cabeça para o lado, fazendo uma cara impaciente.

Daniel queria conversar sobre a carta, mas, de repente, ficou sem jeito de falar sobre aquelas coisas para o futuro, então improvisou:

— Hã... Já ouviu Amy Winehouse?

Naoki balançou a cabeça, acostumado a ouvir aquele tipo de coisa sobre bandas e músicas.

— Não sei, Dan...

— É essa que está tocando no rádio.

— Ah, acho que já ouvi essa música! — o rapaz sorriu. — Essa cantora também tá fazendo o maior sucesso no Brasil.

Naoki jogou-se no sofá e deixou a cabeça cair no encosto, em seguida perguntou:

— Então, podemos sair para comer?

Daniel sentou-se ao seu lado, segurando sua mão e encostando as testas lentamente antes de começar a falar bem baixinho:

— Eu acho que nossa filha seria roqueira, tocaria guitarra ou algo doido como saxofone, faria muitos piercings e tatuagens e seria rebelde. Ela seria impulsiva e irritadinha, talvez até mais do que você, mas também seria muito doce e meiga, *igualzinha* a você. E ela ia amar Literatura Brasileira e chorar muito lendo *Grande Sertão: Veredas*.

Naoki corou e riu.

— Você pensou em mais coisas do que eu!

Daniel segurou seu queixo e disse, encostando os narizes:

— Eu te amo, Naoki.

— Eu também te amo — o violinista respondeu com um sussurro, dando-lhe um beijinho de esquimó.

— O que você acha de irmos a um *show* da Amy Winehouse? — Daniel sugeriu.

— Bom, eu acho que só conheço uma ou duas músicas, mas seria ótimo... Assim como seria ótimo comer alguma coisa. Meu estômago tá roncando!

— Foi mal, vamos logo — o roqueiro riu, puxando Naoki para se levantar. — Mas sabe o que mais seria ótimo?

— O quê?

— Ouvir Queen no rádio do carro.

BIOGRAFIA

D. MAYUMI É DO SIGNO CHINÊS DO TIGRE, ADORA COMER COISAS GELADAS E QUENTES AO MESMO TEMPO, AMA BIBLIOTECAS E LIVRARIAS E COMPRA MAIS LIVROS DO QUE CONSEGUE LER. GOSTA DE FAZER ORIGAMIS DE FLAMINGOS PARA USAR COMO MARCA-PÁGINAS, TEM UM CACHORRINHO CHAMADO VINCENT, E SÓ OUVIA ROCK DURANTE UMA FASE DA ADOLESCÊNCIA. ESCREVEU ESTA HISTÓRIA ENQUANTO OUVIA SOLOS DE GUITARRA, SEM SABER AO CERTO DE ONDE A IDEIA VEIO, NEM PARA ONDE IRIA.

SOBRE TODAS AS BANDAS DE ROCK QUE
EU NÃO CONHECIA ANTES DE CONHECER VOCÊ
2ª edição, 2025

editoraeuphoria.com.br

SEX
DRUGS
MUSIC